刘泰然——著

南风其凉

团结出版社

UNITY PRESS

图书在版编目（CIP）数据

南风其凉／刘泰然著. -- 北京：团结出版社，
2022.8

ISBN 978-7-5126-9452-1

Ⅰ. ①南… Ⅱ. ①刘… Ⅲ. ①长篇小说-中国-当代
Ⅳ. ①I247.5

中国版本图书馆 CIP 数据核字（2022）第 101582 号

出　　版：团结出版社
　　　　　（北京市东城区东皇城根南街 84 号　邮编：100006）
电　　话：(010) 65228880　65244790
网　　址：www.tjpress.com
E － mail：65244790@163.com
出版策划：力扬文化
经　　销：全国新华书店
印　　刷：成都兴怡包装装潢有限公司

开　　本：170mm×240mm　1/16
印　　张：36.5
字　　数：520 千字
版　　次：2022 年 8 月第 1 版
印　　次：2022 年 8 月第 1 次印刷

书　　号：ISBN 978-7-5126-9452-1
定　　价：98.00 元

目　录
CONTENTS

第一回　水陆禅院

"一切恩爱会，无常难得久。生世多畏惧，命危于晨露……由爱故生忧，由爱故生怖，若离于爱者，无忧亦无怖。"

诵声哀婉，回荡林间。世间爱憎恩怨皆由己造，离愁别苦悉从心生，偈中之言，无非是赐人以得鱼之荃、过河之筏，亦不过是佛家教人不住心、离于相的方便法门。沙门中人，毕生修持之业，乃在"解脱"二字，可多少人铭心刻骨之憾事，不会随时间流转而烟消云散，反而因此日渐清晰，"解脱"又谈何容易？

念诵之声出自一个孕妇，但这孕妇身份却不一般，竟是个女尼。只见她呆立山腰一座亭中，美目晶莹，顾盼远山，虽只二十来岁，但眼角泪痕却颇显风尘之色。

时值元朝至元二十九年（1292 年），地处陕西终南山。那女尼兀自吟诵，却被一个路过的和尚听在耳里。这和尚形貌枯槁，身披一袭破衲衣，手持一把蒲葵扇，摇头晃脑地行走于山间，听见诵声，心下微一迟疑，上前道："阿弥陀佛，叨扰师太。"

那女尼回过神来，忙拭去眼角泪珠，转身瞧去，见这和尚邋里邋遢，少说已有七十来岁，但精神矍铄，浑无半分病态，心下有些好奇，道："阿弥陀佛，老禅师有何见谕？"

那和尚道："不敢，只是既入佛门，便需离相，倘若心中执念不破，诵几句偈子，穿一身衲衣，那又济得甚事？"

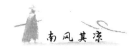

那女尼道："那……那我该怎么办？我已怀胎九月，总不能去寻短见，白白苦了孩子。"

那和尚微微一惊，道："孩子的父亲是什么人？他知道你已怀了他的骨肉吗？"

那女尼甚觉唐突，却不知老和尚心地纯净，向来不谙世俗之礼，心有疑问，便脱口而出。沉吟了片刻，女尼转身眺向远方，道："也许知道，也许不知道。"她顿了顿，又道："他若因此而同我在一起，那也不是我想要的，我要他因为爱我、在乎我才心甘情愿娶我。"

那和尚道："他尚未娶你过门，那这孩子……"

那女尼默然不语，只怔怔望向西首山头。那和尚道："是了，敢问师太，水陆庵要怎么走？"

那女尼"咦"了一声，心想："咱们水陆庵都是女尼，这和尚却来做什么？"原来这女尼正是水陆庵的弟子，法名同霏。

同霏道："请问大德高栖何寺？造访敝庵有何贵干？"

那和尚听她说到"敝庵"二字，便知她是水陆庵的弟子，大喜道："阿弥陀佛，善哉善哉！贫僧法名道济，特来拜会清月师太。"

这道济禅师乃是禅宗杨歧派六祖，在中土佛门地位尊崇，但同霏出家时日不久，对道济的身份毫不知情，只道是一名四处云游的癫僧。即便如此，也未失礼数，当下合十道："阿弥陀佛，贫尼法名同霏，清月师太正是家师。"

道济见她神色间略有狐疑，笑道："老衲与尊师是旧相识了，清月师太早年与我探讨药理时，曾托我校注一部《金匮玉函要略方》，老衲对医术虽只略通一二，但既已承诺，这些年便勉为其难将此经校注完毕，此番特来奉上。"语罢便将怀中一本泛黄书籍取出，向同霏递去。

同霏双手接过，见上面果然写着"金匮玉函要略方"七个字。她师父清月师太精于医术，道济此话听来倒也不假，当下随意乱翻，书中密密麻麻满是批注删改，便释疑虑，道："既然如此，就请禅师随我来吧。"

道济合十道："多谢师太。"

两人顺山道折东南而去，穿过一片银杏林，又行了三里，再转过一个山坳，来到一处湖边，乘渡船径往对岸划去，不到一炷香时辰，便上了一座三面环水的小岛。只见一间规模不大的院落背靠青山，傍水而建，正是水陆庵的所在。

到得院门，已是酉末戌初。惊蛰未过，春寒料峭。同霏伸手朝前指去，道："禅师，便是此处了，请。"

道济欠身道："有劳了。"

堪堪进得院门，只见一名四十来岁的女尼，右手挂着青色禅杖，左手提着一只灯笼，一面快步走来，一面喊道："你挺着个大肚子瞎转悠什么？动了胎气可怎么办？"

同霏道："师父，弟子只是去后山散散心。"她顿了片刻，又道："是了，师父，这位道济禅师是特意前来拜会的。"

这女尼正是清月师太。清月将灯笼递上前去，只见一个脏兮兮的癫僧眯缝着双眼，朝着自己怔怔傻笑，她定睛一瞧，登时喜不自胜，道："稀客稀客，老师哥，这些年过得可好啊？"按理，清月与道济年龄相差甚远，本来不该以平辈称呼，但一来她是半路出家，无门无派，在禅门中没有接引的师父，因此无法论序排辈，二来道济向来不讲虚礼，师兄妹相称倒未觉得有何不妥。

道济道："托师妹的福，一切都好。"

清月忙道："快，快，外面天凉，请师兄移步屋内一叙。"

三人进得客堂，道济和清月坐在上首，同霏陪侍在左首。清月命两名小比丘尼准备斋饭，又命一人沏上茶来，道："这是今年新采的午子仙茗，请师兄品鉴。"

道济端起茶杯，过鼻一闻，随即浅尝了一口，点头道："雨洗青山四季春，好茶！"

清月道："此茶号称'万病之药'，师兄可瞧出端倪？"

道济笑道："师妹恐怕问的是另一杯茶吧？"

清月道："师兄这便说破，当真无趣得紧。"

道济道："师妹托老衲之事，自然不敢怠慢，此番前来便是为得完昔年承诺。"

清月大喜，道："有劳师兄挂怀，小妹感激不尽。"

道济从怀中取出那《金匮玉函要略方》，双手奉上，道："此书为当年张

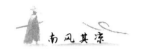

仲景《伤寒杂病论》的杂病篇，后经北宋林亿校注，然多有偏颇纰漏，有些论述在今日看来已可稍做删改。这些年老衲四处云游，遍访疑难杂症，于书中要义略陈固陋，当可供师妹参阅一二。"

清月接过书来，就着烛光细细端详，见原文中"硝石生于赤山"旁有一句批注，当下指给道济，说道："师兄，这句可不是药方啊。"

道济道："不错，去岁端阳老衲途经河南，偶得中唐方士清虚子所著《伏火矾法》，方子中便有这一句。"

清月道："可是那位炼丹名家？"

道济道："正是。老衲有一位好友，于炼丹术颇有一番造诣，素日里以孙思邈所传的皂角伏火。皂角树毒性甚剧，长此以往于心脉大有损伤，这《伏火矾法》却用他物取而代之，当不失为良方，老衲便将此法记录在此，也好告知于他。"

清月奇道："师兄是医家，也信这长生不老之术？"

道济微微一笑，道："尺有所短，寸有所长。各家各派皆有可取之处，当不能一概而论……"

道济尚未说完，突听清月喝了一声："什么人？"起身破门而出，只见四下漆黑，鸦雀无声，却哪里有什么人。

同霏道："师父，兴许是一只猫，不必担忧。"

清月道："绝无可能，我分明看见一条人影，只是此人轻功了得，片刻便没了踪迹。"她左右闻了闻，又道："人虽逃了，气味却没消散，这马奶味是蒙古人特有。我这院中怎会有这等异味？"堪堪说罢，突然间又后悔失言，但说出的话却哪里收得回？

道济道："你可知是什么人深夜造访？"他瞥眼看向同霏，只见她似有心事，默然不语。

清月沉吟了片刻，道："同霏，有师父在，他不能把你怎么样。"

道济道："师妹，有什么难处吗？"

清月不答，却对同霏道："别担心，他下次来，师父定将他打出去。"

同霏道："师父，我只是不想让他知道我有了身孕，他只有这一个孩子，倘若知道此事，定会将我的孩子夺走。"她说到后面，眼里已噙满泪花。

清月忙替她拭去眼泪，道："遮莫是师父眼花了，根本没什么人影。"

同霏道："他手段通天，今日不来，明日也会来，咱们平民百姓要逃过他的眼睛绝非易事。实在没法子，我便跟他回去就是了，只盼……只盼他能悔过前非，真心待我……"

清月"哼"了一声，道："这等负心薄情之人，只图一时之乐，岂会真心待你？你心地善良，更易遭欺，此时他为了让你传续香火，定是百般讨好，一旦你给他生下孩子，他又会如从前那般弃你不顾，你何苦还作此幻想？"

同霏道："可是我若留在这里不肯跟他走，不知他一怒之下会做出什么事来……"

道济听了半晌，道："让我猜猜，同霏出家前与一个蒙古贵胄好上，后来却被那人抛弃，心灰意冷之下，便削发为尼，如今那人得知她有了身孕，又要找上门来，是也不是？"

清月道："师兄，你有什么良策？"

道济道："依老衲之见，咱们明日便动身下山。我有一处落脚地，可供同霏安稳地将孩子生下来，便是多住上几年，待风头过了再走也无妨。"

清月道："那是什么地方？"

道济道："聚寿山三圣庄。"

清月道："我怎的没听说过？"

道济道："老衲与两位朋友隐居此处，与江湖中人少有往来，你自然不知道。待此事平息，自会请师妹前来做客。"

清月道："既是师兄的宝地，小妹也能安心了，只是这本是我水陆庵的家务事，却劳烦师兄受累……"

道济笑道："好说，好说。"

道济看向同霏，示意她表态，她却半晌不语，眼神中既有欣喜又有失落，道济不解，道："同霏，怎么了？"

清月叹了口气，道："这傻丫头是担心今后再也见不到那贼汉子了。你可要想明白，等孩子生下来，他却将你赶出家门怎么办？孩子可不能没有娘。"

同霏一想到腹中孩儿，便不再多言。几人用了斋饭，各自回房歇息了。

次日天明，同霏出得卧房，道济早已在院中等候多时，两人随意吃了几

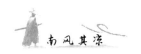

口粥，便与清月话别。清月将二人送至湖边，同霏紧握清月双手，兀自哽咽道："师父，弟子走了，你要多保重……"

清月道："同霏，平平安安把孩子生下来，过些日子师父便来看你。"她与同霏虽只有数月的师徒情分，可一来不平同霏的遭遇，二来两人性情相投，实为亦师亦友，今日一别，却不知何时才能相见，心下感慨，怅然落泪。清月虽入沙门，但凡心未了，多愁善感，当年之所以削发为尼，只因其原配夫君移情别恋，她性情刚烈，不愿求全。这也难怪，他那原配夫君是江浙一带的高官，自古才子多风流，玉楼笙歌也属常事。

道济道："走吧，咱们先下了山，再到镇上雇一辆马车，七日内当可回到聚寿山。"

同霏与清月依依惜别，随道济一路下得山来。她身怀六甲，行动不便，两人走走停停，直到酉时方才寻得一处名唤"莫家村"的落脚地。

天色渐晚，两人商定投一家客店暂歇一宿，明早再行赶路。进得客店，同霏问跑堂要了一碗素面，道济却要了一斤汾酒、一盘牛肉，同霏奇道："禅师，你怎的不忌荤腥？"

道济笑道："我不忌荤腥，心中却了无挂碍，你酒肉不沾，却难以破除执念，你说哪个更好？"

同霏一愣，叹道："倘若他真是为了别的女人才抛下我，我也无话可说了。"

道济道："怎么？难不成他是为了别的男人抛下你？"

同霏道："唉，此事缘由连师父也不知道。禅师，你说一个人若有了信仰，便可为之不顾一切吗？"

道济道："咱们沙门中人，信佛修禅，修的那是众善奉行、诸恶莫做，倘若因此不顾一切，便成了行尸走肉，那可不好。"

同霏美目泫然，呆呆出神。道济见她心事重重，道："莫非那人出了家，所以你也跟着出家？"

同霏道："不是，他信奉的是大食教。"

道济道："这些年唐兀一带的蒙古人信奉大食教的倒不在少数，那又怎样？"

同霏道："可是……可是……"她吞吞吐吐说不出话，脸颊却兀自涨得通红。道济道："可是什么?"突然"啊"了一声，惊道："他净身了?"

同霏点了点头，道济道："倘是正信的大食教徒，恐怕不会如此，可见此人已入了歧途，当真是匪夷所思。"

同霏道："你说，一个正常的女人，怎么能接受这种事?"

道济道："因此你便要亲自试试，信了宗教会否变得麻木不仁?"

同霏道："只是没料到……出家后这肚子却一天天大了起来……"

道济道："难怪你担心他知道你有了身孕，他若知道这是自己唯一的子嗣，定会将这孩子留在身边的。"

突听同霏"啊哟"大叫一声，一手捧着腹部，一手扶着桌角。道济道："糟糕，这娃娃半路上便急着出世了!"他忙去问跑堂村中是否有产婆，可那跑堂只说四十里外的龙兴镇上才有，此时却哪里来得及?道济见同霏腹痛难当，正自着急，那跑堂忽道："是了，佛爷，村里莫二嫂曾替张家娘子接过生，兴许能试试，我这便去请她过来!"

那跑堂匆匆出了门，径向莫二嫂家奔去。好在莫家村地界不大，只半炷香时辰，便来了一个三十岁上下的农妇，正是莫二嫂，另有两个六十来岁的老妪也随她一道而来。

莫二嫂喊道："快，快，热水，毛巾!"她见了同霏，心下吃了一惊，低声自言自语道："真是稀罕，这尼姑也能生娃?"两个老妪一面呼和着将跑堂和道济赶出门，一面按莫二嫂吩咐，取来热水和毛巾。

那跑堂同道济出了房门，道："俺还没见过三个村妇给一个尼姑接生呢，真是奇了。"他淫笑着瞧向道济，道："佛爷，厉害，厉害!"

道济道："小兄弟休要胡说，老衲可不是孩子他爹。"

那跑堂道："也是，佛爷都这把岁数了，若是还能干那事儿，俺也去当和尚，哈哈哈!"

道济道："阿弥陀佛，阿弥陀佛……"

这边厢清月与同霏话别后，只觉水陆庵冷清了许多，庵里原本也就十来号人，如今便似少了一大半。她左右闲来无事，便将那本《金匮玉函要略方》拿出来翻阅。见道济所注清虚子《伏火矾法》一段，默念道："硫二两，硝二

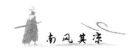

两，马兜铃三钱半。右为末，拌匀。掘坑，入药于罐内与地平。将熟火一块，弹子大，下放里内，烟渐起。"心想："皂角树有毒且不必说，生长时日大多在八年上下，倘若照古法以此伏火，那也太过耗费辰光，清虚子以此物取而代之，确也省了不少事。"

她正细细琢磨，突听大门"砰"的一声响，院中几名弟子随即大叫："师父，有人闯进来了！"

她早料到有人会来，却不想居然来得这般快，当下将书从容合上，置于桌边，出了房门。只见来者一行两人，一人形貌魁梧，左脸有一条长长的刀疤，另一人身披麻衣斗篷，头戴面罩，瞧不清容貌，但隐然透出一丝阴诡之气。

清月见那刀疤大汉恭恭敬敬站在那麻衣人身后，只道这麻衣人便是那始乱终弃的蒙古王爷，目光如冷电般向他射去，讥讽道："无耻败类，你也羞于以真面目示人？"

那麻衣客低声干笑，却不说话。清月喝道："你戴个面罩，藏头露尾，旁人便不知道你是谁了？"她抢上前去，右手倏地递出，要摘他面罩。那麻衣客微一侧头，待清月扑空之际，伸手扣她手腕，顺势往后一带，她只觉被一股浑厚无比的力道牵引向前，端的是难以招架，当下一个扑跌，重重摔在地上。

院中几名年龄幼小的比丘尼已吓得哇哇大哭，蜷缩在角落里丝毫不敢动弹。另有几名年长的弟子，见师父被击倒在地，纷纷抢上前去，将她扶起身，却不敢贸然出头。

那麻衣客道："在下初登贵庵，却不知何事惹怒了师太？"

清月适才领教了他的手段，心想："这蒙古王爷武功好生了得，从前怎的闻所未闻？"清月情知敌他不过，但气势上总不能落了下风，当下站起身，冷冷道："阁下若是来拜佛，贫尼自然欢迎，若是别的什么事，那就恕敝庵招待不周了！"

那麻衣客也不转身，仍是背对清月，道："在下今日前来，是为求借师太一样物事，还望俯允。"

清月寻思："莫非他不是抛弃同霏的那王爷？是了，听此人声音，当与我是同辈人，又怎会是那花心小畜生？"当下略微松了口气，道："贫尼与阁下素不相识，况且我这水陆庵向来清苦，有什么能让阁下瞧得上？"

那麻衣客道："不过是一本书罢了。"

清月奇道："哦？阁下倘若要借阅佛经，何不去嵩山少林寺？那里的佛学典籍可比我这小小的水陆庵要丰富得多了。"

那麻衣客又道："在下欲借阅之书，普天之下除这水陆庵，别处再无第二本。"

清月心下更觉蹊跷，道："这水陆庵中，除一本书外，其余尽可借与阁下。"

那麻衣客冷笑不答。

清月话音突转严厉，道："阁下要的，不会正是此书吧？"

那麻衣客仰天打个哈哈，道："在下所请，正是那《金匮玉函要略方》。"

清月一怔，寻思："一本医书，他要来做甚？倘若此书不是师兄倾注多年心血校注完成，便赠予他又有何妨？只是此书我也是昨日所得，他又怎会知道？"转念又想："还是先问清楚情由。"道："阁下要此书做什么？"

那刀疤大汉突然喝道："老尼姑，叫你拿出来，哪里这么多废话！"

清月听他言辞无礼，心下大怒，昂首道："你们是来借还是来抢？倘若只是借来翻阅，须臾即还，那也无妨，倘若要抢，贫尼武功虽不如你，但也决计不肯委曲求全。"

那麻衣客狠狠瞪了那刀疤大汉一眼，向清月赔笑道："我这属下不懂礼数，师太切莫见怪，在下便在此处借阅片刻即可，绝不夺人所好。"

清月道："这本书贫尼也是昨日所得，你又怎知此事？"

那麻衣客道："实不相瞒，道济禅师亦是在下至交，书中所注伏火之法，便是禅师专为在下所记。"

清月心念电转："这由头当真漏洞百出，师兄昨日确曾说过这伏火方子是为一个道友所记，但此人若真是师兄的朋友，又怎不亲自去问他，反倒等他下山后来问我？

倘若是师兄来此之前便告知他此事，又何不直接将这伏火之法告诉他，反倒多此一举？"又想："既然此人并非那负心王爷，所需左右也不过是本医书，借他瞧瞧倒也无妨，以免节外生枝。"道："罢了，你既承诺在此翻阅，

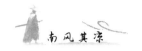
那便随我来吧。"

那麻衣客含笑道："多谢。"

清月引两人朝屋内走去，堪堪跨过门槛，突然喝道："且慢！"

那麻衣客道："怎么？"

清月瞪向那刀疤大汉，厉声道："昨晚偷听的蒙古人是你？"

刀疤大汉和麻衣客都是一怔，那刀疤大汉道："你在说什么？"

清月"哼"了一声，道："贫尼眼力虽然不济，但素日里遍尝百草，你身上的气味却瞒不过我的鼻子。请回吧，所求之事恕贫尼无法答允！"

那刀疤大汉道："军师，这老尼姑既已识破，属下一刀将她杀了便是。"

那麻衣客喝道："混账，咱们有求于人，怎可恁地无礼？"

清月毕竟老辣，知道他不敢硬来，是投鼠忌器，怕自己先行将书毁掉，到时算盘不免落空，可见此书中定有什么内容对他至关重要。

清月略加思索，心下已有计较，当即撒出一把花粉，那麻衣客和刀疤大汉毫无防备，不知是什么有毒暗器，登时朝后退去。便在这一瞬之际，清月已将桌上那《金匮玉函要略方》拿在了手中，大声道："若敢上前强抢，我立即将此书撕毁！"

那麻衣客脸一沉，阴森森地道："想让你那爱徒一尸两命，便尽管将它撕毁就是。"

清月心下猛吃了一惊，道："你究竟是何人？"

那麻衣客道："要想你的徒弟活命，就乖乖把东西交出来。嘿嘿，我好言相求，你不答应，偏要自取灭亡，世上可少有如你这般愚蠢之人。"

清月道："你要借阅此书，也并非不可，只是贫尼尚未读完，请阁下今日暂且回去，三日之后再来取书，到时贫尼必当双手奉上。"她顿了顿，又道："倘若阁下信不过贫尼，便在敝庵住上三日也无妨。"

那麻衣客冷笑道："师太这缓兵之计未免也太过明显，我只数到三，你不肯给，我便下山，明日你就替他们收尸吧。一！"

清月听他喊出"一"字，登时不知所措，她当年行走江湖，也算历经不少风浪，便是刀架在脖子上时，也未曾像今日般窘迫。心想："此人武功高深莫测，加之阴险狡诈，我若为这本书害了同霏和师兄性命，那可太不划算。"

道："你如肯立下毒誓，拿到书后绝不伤同霏和道济性命，我便给你。"

那麻衣客道："我与他们两人素无仇怨，若非师太执意不肯答允，岂会出此下策？"

清月道："那便快快发誓！"

那麻衣客道："好！拿到此书后，我若伤及同霏和道济一根汗毛，死无葬身之地。"

清月道："不就是本破书么，拿去好了！"将书朝他掷去。

那麻衣客伸手接过，立时打开翻看，约莫看了半炷香时辰，突然哈哈大笑，道："妙，妙！马兜铃替代皂角，真是天助我也！"

清月道："书已给你，还望阁下信守诺言，贫尼便不留你了。"

突听那刀疤大汉道："军师，便由属下代劳取那婆娘性命便是。"

清月情知中计，又恨又恼，喝道："你敢骗我！"上前便要动手。那麻衣客道："谁说要杀那女人了？"

那刀疤大汉道："军师，若王爷知道那女人信奉外道，定不会轻易饶她。"

那麻衣客道："那就永远不要让王爷知道。"

那刀疤大汉一脸疑惑，道："属下不明白。"

那麻衣客道："你只需听我的，剩下的事不用操心。"他虽语气平和，却凛然有威。

那刀疤大汉道："是，属下能有今日，全仗军师栽培。只是王爷日后知晓那女人在此出家，咱们却没向他禀告，若是怪罪下来……"

那麻衣客冷笑道："师太，日后若有人问起，你知道该怎么说吧？"

清月道："笑话，我说出来，岂不是害了她？我可巴不得你那主子一辈子也找不到她。"

那麻衣客道："还有，今日之事若吐露了半个字，下场我不说你也该知道。"说完，将书掷回清月，转身出了水陆庵。

两人行到湖边，那刀疤大汉道："军师，干脆杀了那老尼姑，也可高枕无忧。"

那麻衣客道："有时候死人并不是最可靠的，一切照旧才能真正高枕无忧。"

那刀疤大汉道："属下不解，请军师明示。"

那麻衣客道："这是王爷眼皮底下，动静大了，惹人耳目。你瞧这湖面，风平浪静，谁知道下面有多少鱼？"

那刀疤大汉也不知是否听明白，兀自点头，又道："那军师执意要留那女人性命，又是何意？"

那麻衣客道："她是死是活无关紧要，我只要她腹中之子活着，日后自有用处。"

两人踏上木筏，那麻衣客突然问道："我让你办的事办得怎么样了？"

那刀疤大汉道："照军师的吩咐，许其厚秩，那牛鼻子已可听凭军师调遣。"

那麻衣客道："好，此人在中原武林颇有些名望，可善加利用，助我完成大业。"

二人乘船渡到对岸，恰有一蒙古校尉策马赶到，那校尉禀道："报！军师，人现在山下二十里处莫家村客店！"说罢一提缰绳，调转马头往山下去了。

那麻衣客听了探子来报，纵马折东南而去。两匹骏马脚程好快，半个时辰便到了莫家村。

两人施展轻功，跃到客店外一株银杏树上，只见客店大门紧闭，屋内叫喊声撕心裂肺，两人听得真切，便知同霏正在临盆。那麻衣客道："盯紧了，若是男孩，立即回来向我禀报。"

那刀疤大汉道："军师，若是女孩……"左掌在颈边一抹。

那麻衣客道："不必，若是女孩，就由她自生自灭吧。"不等那刀疤大汉回话，已展开轻功遁去，几个起落便不见了踪影。

那刀疤大汉遵命在此守候。五个时辰后，已是次日丑末寅初，道济和那跑堂本已在客店旁的马厩边昏昏欲睡，突听"哇"的一声婴啼，两人登时惊醒，起身来到门外，一名老妪随即走出，笑道："恭喜呀，是个男孩！"

道济赶忙摆手，道："不是，不是，阿弥陀佛……"

那老妪道："啊，对不住，老婆子忙昏了头。"又道："姑娘已上楼歇息了，孩子他爹呢？名儿可起好了？"

道济道："孩子他爹……他爹……"

那老妪道："虽说娘是出家人，但孩子可没说要出家，总得知道姓甚名谁吧？"

道济拿不定主意，也不知同霏是否早已起好。

同霏身子虚弱，心中却起伏如潮，倘若随他父亲的姓氏，难免教人起疑，况且那人薄情寡义，自己又何必一厢情愿？若随自己的姓，她已出家为尼，俗家姓名早已了却，这倒为难了。她低声道："我儿若蒙大师赐名，将来……将来一定……一定是莫大福报。"

道济沉吟一会儿，道："此处是莫家村，那便姓莫，嗯……名字便叫'同非'吧。人生在世，不免多遭非议，总要有包容之心，不然苦的可是自己。"对同霏道："你看怎样？"

同霏点点头，想要起身行礼，但她精疲力竭，无法动弹，道："多谢，多谢大师。"

几日后，道济又回到水陆庵，向清月告知同霏在莫家村诞子之事，清月担心那麻衣客手段毒辣，不敢将那日情形说与道济，只让他务必接同霏母子去三圣庄住下。道济将清月之意转达给同霏，同霏却不愿再添麻烦，执意便要在莫家村安稳度日。道济无可奈何，只得独自回到三圣庄，后又修书让清月知晓此事。可只过了一年，同霏便因临盆时落下的病根香消玉殒，清月不久后也跟着病逝。道济曾去往莫家村，欲将莫同非接到三圣庄抚养，但莫二嫂和丈夫膝下无子，加之对莫同非很是怜爱，将他视如己出，躬亲抚养。道济心想，他若能得父母疼爱，快快活活度过一生，那是再好不过。

道济此番回到三圣庄后，与莫同非再度相见，已过十年光景。

第二回　山雨欲来

南疆大漠风沙猎猎，冷月窥人，胡杨古木虬枝蜿蜒，一头苍狼盘踞树下，厉声嘶嚎。

不远处有一湖泊，只见湖边两个少年道人，一人手握剑柄，神色警惕，似在戒备野兽袭击，另一人从背囊中取出两只水壶，不多时便将水盛满。

那持剑道人促道："师弟，别磨蹭，师父还等着咱们呢。"

那盛水道人站起身，嬉笑道："师兄，我瞧你是怕野狼等着咱们吧，哈哈！"

那持剑道人愠道："胡说，区区一头野狼，怎挡得住咱们的利剑？我是担心师父口渴。"

那盛水道人道："好啦，回吧。"

两人并肩往南行去，那盛水道人忽道："你说师父大老远从四川来这荒地，究竟所为何事？"

那持剑道人道："师父他老人家不告诉咱们，自有他的道理，你也别多问，好好服侍师父，比什么都强。"

那盛水道人点了点头，又道："可我听说八部会就在这大漠之中，会中八大尊者个个杀人如麻、心狠手辣，师父虽然武功高强，可强龙不压地头蛇，倘若教咱们遇上，那可就……"

那持剑道人一听"八部会"三个字，不由得打了个寒噤，过了半晌，凛然道："师父剑法天下无双，哼，别说八部会，九部会、十部会又何足惧？他们要是敢来，便将他们大卸八块。"

话音刚落，猛听得"嗷嗷嗷"几声惨叫，两人脑中"嗡"的一声，头皮阵阵发麻，黑风掠过，兀自渗出冷汗。

待回过神来，忙将长剑拔出，月光映照，寒气森森。那盛水道人惊魂未定，颤声道："师兄，是……是什么东西？"

那持剑道人强自镇定，道："似乎是狼，不过听那声音，不知被什么杀了。"

那盛水道人更加害怕，道："那是什么野兽，竟能……竟能……"忽然间后脑被一物击中，虽不甚疼，但也大吃了一惊。两人跃开丈许，转身瞧去，隐隐见地上有一个黑黝黝、毛茸茸的物事，当下紧握剑柄，缓缓走近。细看之下，忍不住"啊哟"叫了出来，却原来是一颗狼头，颈下鲜血汩汩淌出，显然便是刚才发出哀叫的那头苍狼。

那持剑道人心道："这是剑伤，绝非野兽所为。"他高声喊道："什么人故弄玄虚？出来！"

过了半晌，无人应答。只听砰砰两声响，两人背脊均被击中，回头一瞧，两只血淋淋的狼腿掉落在地。正待破口大骂，后臀又成箭靶，这时虽未看见，也知是何物。果不其然，正是剩下的两只狼腿。

那持剑道人心想："眨眼间四只狼腿从两个方向击出，难道敌人不止一人？师父要赶到此处，尚需一炷香的时辰，倘若敌众我寡，今日怕是大难临头了。"想到此处，持剑道人便朗声道："在下青城派弟子霍有声，这是我师弟涂有俊，我二人随掌门刘云赴西域公干，途经宝地，未及拜谒各寨当家，这里先赔不是了！"

突听"嗤啦"一声，猛然间黄沙飞天，却见一人从沙地中蹿了出来，半空中一个翻滚，平缓缓落在二人面前。

霍、涂二人大吃一惊，急忙向后纵跃，横剑挡在身前。只见这人袒胸露乳，五短身材，又矮又胖，脑袋似是嵌在两肩中央，浑不见脖子在何处。他掸了掸胸前黑毛上的沙石，趾高气扬地道："青城派到这大漠来公什么干？想干什么？"

霍有声道："确是公干，只是家师不曾细说，晚辈也无从得知，请前辈明鉴。"

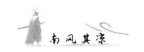

那矮胖子眯缝双眼，斜睨二人，目光中满是狐疑，忽然间一瞪，透出层层杀气，道："刚才说要将八部会大卸八块儿的，是不是你？"

霍、涂二人一凛，心下叫苦不迭，半晌不敢答话。霍有声右手握剑，左手暗催劲力，固守门户，以备敌人突施杀手。

那矮胖子道："怎么，青城派的牛鼻子敢做不敢认？爷爷就是八部会迦楼罗尊者座下，倒要会会青城派的顶尖儿好手。"

霍有声不答，环顾四周。那矮胖子道："不用看了，就我一人。"

霍有声大惊，心想："这胖子好大能耐，今日只怕凶多吉少。"原来他刚才后背后臀被狼腿击中，便认定对方至少两人，否则敌人前后辗转，自己怎能连身影也见不到？哪料到却是一人所为，可见此人轻功之高明。青城派的轻功虽不至独步武林，亦有独到之处，但较之那矮胖子的身法，可就相形见绌了。

涂有俊道："师兄，这肥猪欺人太甚，可不能堕了咱们师父的名头，跟他拼了！"

那矮胖子从腰间抽出两柄铁铲，抢到霍有声身前，左臂抢了个半圆，铲面携风挖来，劲势雄疾之至。但他个头不过到霍有声肚脐，因此这一挖不是挖向敌人面门，而是拦腰截去。霍有声只得向后趋退，若非他轻功已有根基，肚脐非被挖个窟窿不可，心中暗叫："好险！"

那矮胖子一击不中，也不气恼，笑道："好小子，再来称称你的斤两。"他上半句是对霍有声所说，下半句则是对涂有俊而言。

八部会威名赫赫，这两人常听师长说起，一些人曾与八部会交手，为自抬身价，不免添油加醋一番，将八部会说得神乎其神，以彰显自己的能耐。两人不过十八九岁年纪，涉足江湖未深，因此对八部会向来颇为忌惮。这时身在大漠，又无援助，刚才见那矮胖子分尸苍狼，身法诡秘，心中更加畏惧。双方交手，倘若气势上已输了半截，即便武功相当，也已毫无胜算，更何况这矮胖子的功夫实比他二人高出不少。

涂有俊心神一乱，脚下踉跄，招式更无章法。那矮胖子看准时机，挥铲横扫，猛听"呛啷"一声，铁铲撞在剑身，擦出星星火花，却是霍有声挺剑解围。

这一铲力道极大，霍有声手握剑柄，震得虎口剧痛，长剑险些脱手。

那矮胖子微微一惊，道："好小子，竟能接得住我这招'无骸不露'。"双铲前挺，忽然间分往霍有声左右肋骨削去，这一招化铲为剑，变化陡生，实是猝不及防。霍有声大骇，已然难以招架，那矮胖子几乎便要得手，忽然侧身一让，只听"嗖"的一声，却是一枚钢针破空射出，自他耳畔掠过，若非他机敏，那钢针便要穿脑而入。

那矮胖子知道暗器是涂有俊所发，当下怒不可遏，骂道："他妈的，名门正派也喂暗青子偷袭？"

霍有声定了定神，喊道："师弟，混元无极阵！"那混元无极阵是青城派开山祖师张道陵所创，按照六十四卦方位，分以八人各守八卦，发阵时八人互易卦位，变幻莫测。不过这时只有霍、涂两人，威力大大削弱，但临危之际别无他法，唯有一试。

两人几次脱险，士气大振。涂有俊听师兄招呼，摆开架势，横移三步，踏住"兑"位，长剑一抖，斜刺而出。那矮胖子正待还击，岂料背后风声骤紧，已知敌人拍马杀到，当下右铲挥出，与涂有俊长剑相接，这一招蕴攻于守，凝而不发。他不曾回头，左铲已向霍有声来处砍去，哪知左铲这一砍却落了个空，侧目向左后方一瞧，不见霍有声人影，当下明白是声东击西，霍有声早已踏在他右后方的"讼"位。

那矮胖子吃了一惊，但他身法着实迅捷，眼见霍有声利剑刺来，仍在千钧一发之际避过，端的是巧妙之至。霍有声占据先手，顺势抢攻，连刺四剑，分从"乾""鼎""恒""井"四个方位刺出，每一剑都是攻敌要害。涂有俊见缝插针，从旁掠阵，也自"无妄""明夷""震""离"四处攻来。眨眼间恍若有八口利剑，点、刺、劈、扫、压、挑、砍、封，迅猛非凡，看得人眼花缭乱。

霍、涂二人见他虽能抵挡，但已显得左支右绌，心中大喜若狂，料想再拆得十来招，定能将其毙于剑下。两兄弟首次跟随师父下山闯荡，第一战便诛杀八部会强敌，那是何等的光彩？两人一般的心思，想到此处，不禁露出得意之色。

二人终归年少，得意过头必致忘形，何况敌人是八部会高手，岂能容得

半点轻视？那矮胖子机敏过人，对手但有丝毫懈怠，立时便能察觉。当即一个后空翻，头下脚上，双铲插入沙地，转瞬便没入地下，不见了踪影。

霍、涂二人大惊，霍有声想到此前那矮胖子便是从沙地中钻出，忽然明白他起初之所以能躲过自己的眼睛，眨眼间从前绕到后，原来是会这遁地之法。饶是如此，这怪异功夫也是自己闻所未闻。

这一番功亏一篑，两人都感气恼，涂有俊将剑猛力刺入地下，接连刺了几处，抽出剑身看时，剑身浑无半点血迹，谅来那矮胖子自知不敌，遁地逃了。涂有俊道："可惜，可惜！师兄，咱们要不要去追？"

霍有声沉吟片刻，道："还是别在这儿耽得久了，快回去找师父吧。"

涂有俊摇摇头，心中颇有不甘，道："再让咱们撞上，定教那肥猪有来无回。"

二人还剑入鞘，认清了方向，径往回走。堪堪迈出两步，登觉腰间酸麻，竟是动弹不得。只听一阵哈哈大笑，却是那矮胖子趁其不备，忽然从沙地中蹿出，点中二人后背"腰阳关"。"腰阳关"属督脉要穴，那矮胖子打穴功大尚可，一点之下，力透脊骨，霍、涂二人焉有招架之力？

霍有声怒道："暗算偷袭，不是英雄好汉。"

那矮胖子扬扬得意，道："我几时说自己是英雄好汉了？刚才你们喂暗青子的时候，怎不想想英雄好汉的行径？技不如人，落在我的手上，又有何话说？"

涂有俊心中怕极，道："你……你待怎样？"

那矮胖子道："你刚才叫我肥猪，还叫了两次，是不是？"

涂有俊面无人色，不敢答应。那矮胖子又道："老子有名有姓，江湖人称'飞天鼠'的高骏，正是老子。"

他一面说，一面绕着二人踱来踱去，走到涂有俊身旁，忽的右腿一扫，将涂有俊勾倒在地，说道："老子最恨旁人说我胖，笑话我矮，你骂了我两次，我割你两条腿，这生意可还做得？"

涂有俊一听，直吓得魂飞天外，颤声道："你……你别胡来，我师父……我师父不会放过你的！"

霍有声道："高大侠，晚辈们多有得罪，你……你放过咱们，日后必当重谢。"

高骏厉色道:"少他妈啰唆,谁多说一句,我就从他身上取走一样东西。你小子不是要将我大卸八块吗,谅你也没见过那是什么模样,今日让你见见如何?"

霍有声如堕冰窟,暗叫:"我命休矣!"只恨刚才托大,让敌人反败为胜,心想:"常言道,吃一堑长一智,没想到我霍有声吃了一堑,却没命长智了。"

高骏双铲互磨,面目狰狞,盯着涂有俊双腿,道:"先从你下手。"

涂有俊再也忍耐不住,痛哭哀求。高骏哪里理会,抄起铁铲,大喝一声:"来也!"

银月如霜,将那铁铲映得白光闪闪,突听"唰""哐"两声,一口利剑携风飞来,穿过两把铁铲的铲面,将两铲串在剑刃之上,那飞剑余势尤劲,高骏居然握铲不住,一剑两铲弩射而出,直飞三丈,才插入沙地,剑身兀自颤动不止。高骏大惊,纵身跃开,喊道:"谁!"

霍、涂二人死里逃生,又惊又喜,齐声道:"飞虹贯日,师父!"

高骏道:"妈的,老牛鼻子到了!"

只见一个身着碧绿道袍,约莫四十来岁的瘦削道士从胡杨树后缓缓走出,正是青城派掌门刘云。高骏眼下没了兵刃,也不怯战,一面哇哇大叫,一面大踏步向刘云冲杀过来。

那刘云却是闲庭信步,不见丝毫张皇。他身子不晃,右掌倏地探出,高骏挥拳还击,岂知刘云这一掌虚实不定,高骏一拳击了个空,他身手也颇不凡,立时屈臂出肘,撞向刘云小腹,刘云身子一缩,又让他扑了个空。两人你来我往,对拆了七八招,刘云始终站在原地,双脚竟不曾移开半步,那高骏却纵高伏低,左趋右避,甚是狼狈。

高骏愈斗愈急,暗忖今日碰上了硬茬,自知非他对手,便连一旁的涂有俊也瞧出刘云是在刻意容让,霍有声低声道:"师弟,瞧好了,师父是在跟咱们演功夫呢。"

高骏又接连使出五六招杀手,他心浮气躁,章法全无,在高手看来,当真是破绽百出,顷刻间便能将其置于死地,但刘云意在教授道家正宗武学,均以寻常应手拆解,因此双方又斗了十来招。

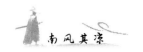

即便如此，高骏也渐感不支，心想："怎生寻个脱身之法才好。"喝道："且住！"

他生怕刘云不肯罢手，使出浑身解数向后跃开，哪知刘云却并未阻拦，道："怎么？"

涂有俊道："师父，这妖人会遁地之法，可别着了他的道儿！"

刘云不加理会，却听高骏道："刘掌门武艺精湛，姓高的佩服。今日得缘相会，荣幸之至，我会中尚有要事，恕不奉陪了。"

刘云道："留步。"

高骏一凛，惨然一笑，道："高某今日死在青城派掌门手上，倒也算不得丢人。"

刘云仰天打了个哈哈，道："谁说要你的命了？"

高骏冷冷道："刘大掌门，士可杀不可辱，你划个道儿吧。"

刘云道："你回去告诉迦楼罗，中原武林与八部会势不两立，洗干净脖子，我择日来取他人头。滚吧！"

高骏听他出言狂妄，心中虽然有气，但知今日敌强我弱，决计讨不了好，当下强抑怒火，道："哼，敝会上下恭候大驾，后会有期。"

涂有俊道："师父，可不能放虎归山！"话音未落，高骏早已钻入沙地。刘云怫然不悦，瞥了他一眼，道："不成器的东西。"

霍、涂二人见师父责骂，不敢多言，取出水来，服侍刘云喝下。寻了株胡杨木，两名弟子轮番守夜，刘云便和衣而睡。

三人只睡得两个时辰，便起身赶路。这时日出东方，三人向西行了六七里，只见前方人烟聚集，已至别失八里境内。别失八里地处边陲，但历来是丝绸之路重镇，彼时元廷刚从察合台汗国手中将其短暂夺回（按：14 世纪初，别失八里再为笃瓦占据，此后长期属察合台汗国所有），境内各族冗杂，且各类商贩、驻军、和尚、道士熙来攘往，颇为繁盛。

到得一处市镇，霍、涂二人寻了间客店歇息，刘云径自独行，约莫行了一里路，来到一处客店外。一名蒙古军官牵了两头骆驼，候在门口。两人一番耳语，不知说些什么，那蒙古军官便请刘云上了坐骑，并往北去。过不多时，到了一片绿洲，临水处有一间阁楼，那军官指引刘云入内，自己在外把守。那阁楼共两层，下层陈设简朴，西首墙上挂了一幅画像，画中是个中年道人，身着黄色戎衣，手持一柄长剑，束发顶簪，英气逼人，留白处尚有题跋，写的是"急雨翻盆泼墨，迅雷激电飞声"，刘云认得画中人物乃是长春真人丘处机。上到第二层，便有一鼎丹炉，四下陈有丹药、瓦罐之属。丹炉旁下垂一张帷帘，其后坐着一人，遮蔽之下，依稀可见。

刘云欠身道："先生。"语气颇显恭敬。那人却不现身相见，道："说说吧。"

刘云道："是。在下上月接到先生的书信，便动身前往南疆。照先生的吩咐，我本应赴八部会，巧的是昨晚他八部会的人自己送上门来，倒省了不少事。"当下将昨晚与高骏交手，放他回去传话之事大略说了一遍。

那人半晌不语，似在细细斟酌。过了一会，道："这样也好，你若按部就班，单刀赴会，八部会虽然高手众多，要杀一人脱身倒是不难，却不如含而不发，更显志在必得，你办得不错。"

刘云听他赞赏，霎时间目露精光，喜上眉梢，道："承蒙先生瞧得起在下，在下必效犬马之劳。"

那人点点头，说道："这段时日是八部会紧要关头，成败与否，关乎数十年气运，你可理会得？"

刘云道："在下粉身碎骨，也绝不让其得逞。"

那人道："不，是成是败与我无关，关口是借力打力。"

刘云不解，道："请先生明示。"

那人道："其余各大派，都联络好了？"

刘云道："按先生吩咐，都办妥了。"

那人又道："此去并非要诛杀迦楼罗，你手中的剑，要对准他兄长一家，刺而不刺，不刺而刺，上兵伐谋，贵在虚实相生。"

刘云机敏过人，道："先生的意思是，项庄舞剑，意在沛公？"

那人道："你很聪明。"这四个字说得顿挫跌宕，极难听出赞赏之意。

刘云一怔，道："在下胡言乱语，不过瞎猫撞上死耗子罢了。"他缓了口气，又道："下一步该当如何，请先生示下。"

那人似是有些倦怠，道："丹炉旁的红色锦囊，你拿回去，照里面说的

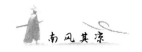

做吧。"

刘云取过锦囊，辞别那人，径自去了。

这时黄沙漫天，那人望向窗外，沉吟自语，道："起风了。"他缓缓起身，掀开帷帘，走到丹炉旁坐下，从怀中取出一部旧书，封面上写着"金匮玉函要略方"几个字，只见那人身披麻衣，正是七年前大闹水陆庵之人。

过了一盏茶工夫，远远闻见阁楼外马蹄踏沙之声，一名刀疤大汉纵马驰来，奔到阁楼下，勒紧缰绳，跃下马来，径自上了楼。他见到麻衣客，忙道："军师，高丽和尚有信儿了。"

那麻衣客双眉微轩，道："怎么说?"

那刀疤大汉道："说是军师之见，也无不可，只不过要军师助他取得一部叫作《成唯识论》的佛经。"

那麻衣客道："区区一部佛经，就能让他与我结盟?"

那刀疤大汉道："军师有所不知，那高丽和尚说，他要的这经书是唐朝玄奘法师的译本，二百年前时流入高丽国，便为瑜伽宗视为珍宝，北宋末年遭人窃取，不知去向，后来人曾在方腊手中见过，可是方腊死后，那经书又不翼而飞。他还说，高丽国瑜伽宗的大和尚们达成共识，谁要能将这经书取回，全国的和尚就都得听他的。"

那麻衣客"嗯"了一声，道："原来如此。方腊……方腊……嗯……"

那刀疤大汉见他念念有词，似在筹措办法，不敢打扰，缓缓往楼下走去。

忽听那麻衣客道："传闻说江南有一座方腊洞，方腊造反后屯兵于此，不知是真是假，多安排些人手，去查清楚。"

第三回 聚寿山下

　　噌噌唥唥，十数口兵刃相交，青光闪动。只见二十余人将一对夫妇和一名十三四岁的少年围在垓心，发难的二十余人中有男有女，有僧有道，个个身怀绝技，频施杀招。遭围攻的三人中男的是个四十岁上下的虬髯汉子，身形魁梧，目露凶光，女的是个三十来岁的少妇，肤白貌美，鼻梁高挺，双眸深邃，瞧着似是回疆女子。那少年身处绝境，却不见胆怯之色，只是紧握母亲双手，目炬之间坚毅非常。夫妇二人均已身受重伤，仍是奋力搏杀，那虬髯汉子赤手空拳，架开众人来剑，双臂张开，将妻儿护在身后，身上刀伤剑创不下十处，全仗一口气撑持。

　　这时一轮冷月高悬夜空，清光流泻，更添几分肃杀。

　　只听外围一人道："两个魔头不识好歹，咱们只让你说出那迦楼罗的下落，又不是非取你三人性命，何苦恁般宁死不从？"说话之人头戴莲花冠，身着青色道袍，手执一柄长剑，乃是昆仑派掌门徐存青。

　　话音甫落，一人又道："徐师兄，魔头执拗得紧，今日非下杀手不可了。"此人一身碧绿太极道袍，不是青城派掌门刘云却又是谁？

　　徐、刘二人正欲动手，又有一人道："乾达婆这女魔头害死贫僧师弟法慧，此仇不报，还算什么英雄好汉？诸位施主执意要将其活捉，贫僧不知是何缘故，少林派也不需诸位援手，今日贫僧要破杀戒了！"

　　"法定大师，你是出家人，又身居贵派达摩堂首座，杀人只怕不妥。咱们要将魔头生擒，便是要问出迦楼罗的所在，所谓除恶务尽，可不能养虎遗患。

还是由我带回华山严加审讯为好！贵寺法慧大师之仇，咱们也绝不敢忘。"说话之人身形瘦长，下颚一丛胡须，正是华山派掌门公良止宇。

只听那虬髯汉子冷笑道："你华山追云腿雕虫小技，就是刑舒在此，又能奈我何？一齐上吧，我阿修罗有何惧哉？"一声清啸，人已欺至公良止宇身前，这一下身法奇快，众人不料他竟还有如此余力，心下暗自佩服。

那追云腿是华山绝学，公良止宇正欲施展，岂料阿修罗轻功了得，霎时间已逼至身前，不等公良止宇出招，已然率先发难，双拳递出，击向他锁骨"缺盆穴"。

公良止宇自是一等一的好手，他见阿修罗身法迅捷，着实吃惊不小，但立时便回过神来，待拳骨相距不到一寸时，突然间双手窜出，扣住阿修罗手腕。那阿修罗乃八部会八大尊者之一，这几派掌门尚且稍逊一筹。可他眼下身负重伤，按说已难以招架，岂料他天生神力，生死关头竟蛮力发作，公良止宇这一扣非但没能扣住，一惊之下，内劲不继，反被他震开数步，险些摔倒在地，形状甚是窘迫。

众人见阿修罗愈战愈勇，当即一拥而上，霎时团团剑花便将三人罩住。

乾达婆保护爱子，无暇助丈夫一臂之力，阿修罗左挡右架，勉力撑持。他虽身怀绝技，怎奈双拳难敌四手，何况敌人俱是江湖上一流的高手，今日苟全性命已是不能，只索拼死断后，好教妻儿趁机脱身。念及此处，向爱妻看了一眼，二人四目相对，乾达婆便已心领神会。

乾达婆狠辣素著，诡计多端，她姓柳名青青，与丈夫阿修罗南天育有一子，正是身边这少年南一安。

柳青青知道丈夫心意已决，纵然不舍，也无他法，满目深情望向南天，惨然一笑。南天重重点了点头，打定主意以命相搏，再也顾不得许多了。

转眼二十余人已斗了一百来招，但听得一人道："何女侠，到了这晌你还出工不出力，莫不是见了你的旧情人又心慈手软了吧？可别忘了你的恩师曹老英雄便是毙命于他八部会迦楼罗的掌下！"说话之人身材矮小，满脸胡楂，看来甚是邋遢，正是关帝帮帮主陈大学。

他口中的何女侠，便是点苍派如今的掌门人何阮溪。

那何阮溪颇有容色，鬓笼蝉翼，眉拂春山，樱桃朱唇，碎玉皓齿，虽江梅之映月，不可比其风韵。

何阮溪听得陈大学一番讥诮，面上有如飞过一朵红云，嗔道："陈帮主，你休要在此说些不三不四的话，这姓南的有负于我，我与他早已恩断义绝，江湖上谁人不知，你这话什么意思？"

陈大学道："既然如此，为何剑招绵软无力？不是怕伤了那魔头却又是什么？"

何阮溪虽嘴上不认，心中何尝不是如陈大学所言，念及往昔岁月，如何也下不了杀手。她知那陈大学瞧出自己心思，一时无言以对，只默默望向南天。

二人所言，南天尽数听在耳里，只是默不作声，更不向何阮溪瞧上一眼。只是一想到当年之事，霎时百感交集，这一分神，真气登见涣散。

此时各派除领头之人外，其余弟子已死伤殆尽，眼下相斗之人俱是一等一的高手，这等变化焉有看不出之理？此次追捕南、柳夫妇的六大门派领头人中，当数少林派法定大师武功最高，法定见他内力滞塞，情知机不可失，双掌一错，"呼"地拍来，正是少林七十二绝技中的推山掌。但他自知趁虚而入，不是英雄行径，因此这一掌虽然击向南天胸口"膻中穴"，却未用全力。

南天不敢大意，奋力招架，二人拳掌相接，两股真气交汇，内力激荡四周。

两人功力本在伯仲之间，但一来法定未使全力，二来南天受了重伤，拳上劲力自不如前，一招走过，双方战成平手。

二人真气相互碰撞，难解难分，这时骑虎难下，双方都不敢当先收势，谁若受到外力滋扰，当即便会经脉逆行而亡，一时间僵持不下。众人见此情形怎会不明其中道理？

徐存青道："降妖伏魔，徐某就不讲什么江湖规矩了！"左手捏个剑诀，右手长剑已径直刺向南天胸前，这一招"北冥有鱼"凌厉非凡，乃是昆仑派扶摇剑法中的招式。

长剑递到，众人都知是要将南天毙于剑下。起初众人都不使出全力，那是要留下活口，以问出迦楼罗的所在。但越斗越觉南天实在悍勇惊人，他一口气不泄，不知什么时候才能将其制伏。索性一齐将他杀了，柳青青与那少

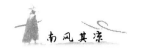

年南一安尚在，即便费些周折，终能寻到迦楼罗的下落。

柳青青见事态危急，已至生死关头，先前与丈夫之约便抛诸脑后，二人合卺多年，感情甚笃，如今丈夫身处绝境，焉能不出手相救？

只见她双足一撑，长袖微拂，倏地欺至徐存青剑前，两臂内合，将剑身夹于肉掌之间。众人大吃一惊，不料她空手夺白刃的功夫已至如此境界，徐存青这扶摇剑法凌厉至极，自己便手执兵刃与之相对，亦不免颇有顾虑，这娇滴滴的美少妇怎能有这等外家横练的硬功夫？

柳青青武功虽属一流，却哪里有众人想的恁般厉害。原来她夹剑之前已将自己的一对耳坠取下，悄悄放在掌心。这对耳坠并非寻常金银首饰，乃是以天山赛里木湖底的玄铁铸成，可作暗器使用，寻常兵刃难以损坏，加之她手法极为隐秘，是以众人不曾看见，更猜想不到。

不过她这一去，南一安便无人庇护，刘云见此情形，料是千载良机，欺至南一安身前，长剑已架在他脖颈上。

刘云见已得手，冷笑道："嘿嘿，若再不将迦楼罗交出来，可别怪我心狠手辣！"南、柳二人情知不妙，柳青青急忙撒手，徐存青见她分心别处，长剑一挺，抵在她胸口。

南天见孩儿被擒，爱妻受制，更是心神大乱，真气再难凝聚，顿觉胸口一热，哇的一声喷出一口黑血，兀自委顿在地。

柳青青怒道："好哇，你们口称名门正派，不过仗着人多势众，我一家三口今日栽在你们手上，就是做鬼也不会放过你们！"

法定长叹一声，道："阿弥陀佛，出家人本不该造此杀业，可我那师弟也不能含冤白死。"说罢看向刘云，道："刘掌门，我等既为天下武林除害，本应堂堂正正与魔头较量，若是技不如人，贫僧拼死也要为师弟讨还公道，可这等卑劣行径，实非端士所为，况这少年尚且年幼无辜，手上未染鲜血，切莫伤他性命，阿弥陀佛。"

柳青青道："法定大师，我夫妻二人素来敬你是一代高僧，少林派又是武林泰山北斗，咱们八部会向来礼敬有加。不过贵派法慧那贼秃，觊觎我派至宝《六通要旨》，频施奸计，被我师兄妹三人察觉，这才将他杀了，还望你查清曲直再做决断。"

她一面说，一面瞪向徐存青、刘云等人，道："哼，各位说什么为武林除害是假，恐怕跟那法慧一样打着《六通要旨》的主意才是真吧！"

法定怒道："一派胡言！我师弟法慧乃是得道高僧，平日潜心钻研佛学经典，于武学一道向来点到为止，你若再玷污他清誉，贫僧绝不与你善罢甘休！"

柳青青正待与他周旋，忽听得一阵话音似近实远传来："夫子如来同庄坐，老道不去函谷关。谁家童儿匆匆过，不识三圣聚寿山……"

众人酣斗多日，从南疆直追到中原，这日不觉已至泽州聚寿山。泽州地处中书省晋宁路，东、南依太行、王屋二山，西靠中条山，北接丹朱岭，控扼晋豫咽喉，俯视千里中原，崇山峻岭，易守难攻，历来是兵家必争之地，战国兵家吴起称之为"夏桀之国，左天门之阴，而右天溪之阳，庐睾在其北，伊洛出其南，有此险也。"聚寿山便在泽州范谷坨村左近，其山以"藏风聚气，怡情养性，安身凝神"而得名，为中国三教宝地。聚寿山上有座三圣庄，从前的主人乃是北宋名相文彦博，庆历八年（1045年）文相平息王则叛乱，由宋仁宗御赐。后来南宋大将孟宗政在山西一带抗击金人，曾在此设下辕门，如今沧海桑田，时移世易，儒圣陆象杉、释圣道济禅师、道圣陈抟老祖来到此处时，早已废弃多年。三圣重新修葺整饬后，隐居于此，起名为"三圣庄"，收养了世间许多孤儿，或传其经史子集，或使其明心见性，或教其性命双修，有些也传以武学之道，弈棋、音律、书画等各按天资不同，皆因材而施教。

适才那话音时而飘忽，时而浑厚，说话之人内力之深，闻者骇然。

循声看去，一个骨瘦嶙峋的老僧快步奔来，只见他身着粗布衲衣，手持一根鸡腿骨，嘴角边尚有油渍。众人面面相觑，俱不知这癫僧是何人。

法定年龄稍长，定睛一看，登时一凛，赶忙合十行礼道："弟子少林寺法定，不知杨岐六祖法驾，未能迎逆，还祈恕罪。"

原来此人正是道济禅师，他自七年前离开莫家村后，便回到了三圣庄。六年前得知清月病逝，又赶往水陆庵为老友荼毗，后来常常四处云游，此番便是从太湖回到聚寿山。

众人起初听道济诗中所言，分明说自己是童儿，还想谁这么大口气，这

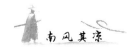

才明白原来是传言中的道济禅师。道济与少林方丈法戒、达摩堂首座法定的师父妙觉老和尚平辈论交，自然算得是师长，而妙觉大师早已圆寂，道济禅师的名号，也只年幼时听长辈说起，从未见过本尊，还道过了这么些年早已不在人世，此刻却活生生出现在眼前，暗忖他老人家只怕少说也有百岁高龄，尚能行走自如不说，适才所展现的深厚内力，实是平生见所未见，当下没了抓寻，只是行礼问安。

道济全然不加理会，径直走到南天身旁，左瞧右看，又搭了搭脉搏，见他气若游丝，原是被他自己和法定两大高手的内力震伤脏腑。柳青青见道济似有搭救之意，急忙伏地跪拜，道："小女子柳青青，这是夫君南天，我们被这群恶人追杀，夫君命在旦夕，若蒙大师搭救，小女子愿一命偿一命。"

道济柔声道："小施主莫慌，出家人慈悲为怀，当救，当救。"

柳青青大喜，又磕了几个响头，没口子地道谢。

只听徐存青道："大师且慢，你有所不知，这二人乃是八部会阿修罗、乾达婆两个魔头，不知多少英雄好汉遭其加害身死，这位少林寺法定禅师的师弟，少林寺罗汉堂首座法慧禅师便是其一。大师今日救了他，他日再行祸端，岂不再造杀业？"

众人听了连连附和，唯有法定默然不语。

道济眯缝双眼，徐徐念了一首偈子，道："郁郁黄花皆般若，青青翠竹是法身。管教苍鹰啄我肉，此生只度有缘人。"道济命柳青青将南天扶起身，自南天背脊"大椎""腰阳关"直至"长强"，督脉各处穴道纷纷点了一遍，又推拿他"定喘""下极俞""百虫窝"三处经外奇穴，拿穴手法之快之奇，方今天下罕有其偶。跟着再以掌心向南天任脉各处要穴催人真力，不到半炷香时辰，南天双眼微睁，一口瘀血喷出，脸色由白渐红。

柳青青喜不自胜，不住拜谢道济。南天伤势缓和，急运一口真气，要与众人再做了断，忽觉身体绵软，内力不继，竟似没了半点功夫，登时愕然。

道济道："小施主，你虽暂保性命，但若强催真力，恐怕大罗金仙也救不了你了，还是安心调养吧。"

众人又惊又喜，寻思南天武功尽失，今日捉他回去岂不如探囊取物？可见道济身法高妙，心中不免颇存忌惮，倘若道济执意要保这二人，自己这一干人等未必是他敌手。三圣庄的名头在武林中原本不算响亮，但听道济适才诗中所念，什么夫子、如来、老道，如来自是指他这位大和尚了，那夫子、老道想必另有旁人，说不定聚寿山上还有两大高人未曾现身，今日胜败着实难料。

刘云清了清嗓，道："大师，今日我等冒昧，叨扰三圣清修，实在罪过，不过事出有因，八部会魔头阴险狡诈，多行不义，屡伤我武林正义之士，今日我等替天行道，分所当为。你老人家不问世事多年，今日想必也不会管这闲事吧？"

道济道："不管不管，嘿嘿，老和尚今日只是救人，管你们的闲事做甚？"众人一惊，哪料到他答允得如此爽快，心下暗喜，连忙称谢。

南天道："且慢，大师，在下有一事相求，我夫妻二人平日行走江湖，手上却也不免沾染了许多朋友的鲜血，今日得蒙大师相救，已然感激不尽。不过我那孩儿尚未成年，烦请大师照应。"

道济一瞧，果然有一名少年被架在刀下，道："嗯，不错，上天有好生之德，这小孩便请施主们高抬贵手。"

南一安忽然喊道："他们才是大魔头，他们要杀我爹爹妈妈和二叔，那便将我一齐杀了吧！"

柳青青热泪盈眶，不禁放声大哭，道："孩子，爹妈对不起你，你快跟这位禅师爷爷磕头，跟他回去吧！"柳青青知道南天身受重伤，无法御敌，道济适才已救了他一命，此刻不愿再次出手相助，亦不能勉强。凭她一人之力，断非群雄敌手，唯今之计，只有趁道济在此，保住南家骨血，夫妻二人也可含笑而终了。

南一安大哭道："我不要！我要跟爹爹妈妈在一起！"说罢一口咬向刘云手指，刘云反应不及，"啊哟"大叫一声，将手缩了回来，南一安趁机逃到父母身旁，三人相互依偎，生死离别之际，情何以堪？

那关帝帮帮主陈大学是个孤儿，自小在关帝帮中长大，当此情形，想到伤心往事。但他不起怜悯之心，反而恼羞成怒，跨步上前，欲将三人分开。

道济心地善良，见陈大学横加阻拦，便上前劝说。陈大学气急败坏，不知后方是谁，一把便将道济推开，跟着一掌拍将出去。

众人见他不自量力，竟敢跟道济动手，皆暗暗冷笑，倒要瞧瞧好戏。

哪知陈大学一掌拍来，道济竟不知闪避，神色张皇，哇哇大叫。陈大学一瞧之下才知是道济，连忙收手。

众人又惊又疑，初时目睹道济禅师使那千里传音法门，更以深厚内力为南天疗伤，功力之深，当世罕有，又见少林派达摩堂首座法定对他礼敬有加，自是一代武学宗师，何故连陈大学的掌力也抵御不住？殊不知，道济禅师为一代高僧不假，但他只精于医术，经年修持佛法，不意竟练就深厚内力，至于武学招式却一窍不通。

群雄不明就里，只道道济是大德高僧，自重身份，不肯与小辈动手。陈大学吃了一惊，赶忙赔礼道："晚辈鲁莽，大师切莫见怪。"

道济惊魂甫定，道："不碍事，不碍事。"

众人心想，倘若今日让南一安随道济回去，未免养虎遗患，他日南一安长了本事，出山寻仇，那时敌暗我明，胜负殊难逆料。可若不放他走，自己身处三圣地盘，却如何是三圣的对手？

眼下正不知如何是好，忽听得刘云道："晚辈青城派掌门刘云，久闻三圣威名，武功盖世，今日得缘相会，若蒙前辈大师赐教一二，我等必是受用终身。"

此言一出，众人皆明其意，他是以晚辈请教之名，试探道济武功虚实，倘若当真深不可测，那也是切磋讨教，道济自重身份，必不全痛下杀手。若是浪得虚名，那便得其所哉了。

柳青青与南天又如何不明白这其中蹊跷？只听柳青青道："禅师他老人家慈悲为怀，当真动手伤了小辈，岂非过意不去？今日我夫妻二人跟你们回去便是，还请诸位放过小儿，勿要自讨苦吃才好。"她话虽这般说，却也心存疑虑，但目下别无他法，唯有虚张声势。

只听道济笑道："老和尚手无缚鸡之力，哪里懂什么武功，小施主说笑啦！"

刘云道："大师莫要太过自谦，适才晚辈等人见大师使那千里传音法门，无不敬佩万分，还望大师不吝赐教！"话音甫落，长剑往地上一指，竟以剑尖为足，倒悬而立，清啸一声，人剑合一，腾空而起，直指道济头顶"百会穴"，这招便是青城剑法中最为凌厉的"枯松倒挂"，与在南疆时使出的"飞虹贯日"并为青城双绝。

刘云虽心中疑惑，终究不敢托大，竟以其生平绝学应对。道济见刘云挺剑长驱直下，登时手忙脚乱。群雄无不错愕，皆哭笑不得，心想他修为再高，终是肉体凡胎，哪有不加拆解的？

法定见道济确是不会半点功夫，深恐道济受伤，双掌倏地翻出，右手长袖往剑身一拂，左掌便往刘云腰上带去，刘云未曾防备，只能回剑招架，这才化解险情。

众人欣喜若狂，南天夫妇却神色黯然，长叹一声，只道今日已势无转圜余地。

道济不知各人是何企图，他一生钻研佛法、医学，交往之人中不是医家圣手，便是大德鸿儒，所谈之事不过禅机公案，所乐之事亦不过救死扶伤。十八岁开悟后，一生逍遥自在，到处游历行医，晚年结识儒圣陆象杉、道圣陈抟，便就此隐居聚寿山，从未染指江湖纷争，亦不知武林中人心险恶。

那华山派掌门公良止宇适才不敌南天，自觉颜面扫地，又见高人现身，一直不敢开言，此刻探明道济不通武学，登时大喜，道："一会儿打杀起来，刀剑可不长眼，大师既非武林中人，还是请回吧！"

道济微微一笑，合十行礼，欲携南一安一道往三圣庄去。

公良止宇忙道："且慢，晚辈是请大师回去，那魔崽子须得留下。"

法定上前一步，道："阿弥陀佛，公良掌门，咱们与八部会的恩怨跟这孩子无关，冤有头债有主，便放他去吧。"道济微微一笑，向法定点了点头。

公良止宇又道："那可不行，他父母是大奸大恶，这小娃子耳濡目染，自然学不了好，今日若不斩草除根，将来他长本事了，岂不再为祸武林？"

南一安道："打脊狗贼，有本事就杀了我，我若不死，将来扒你们的皮，抽你们的筋，千刀万剐，生吞活剥！"

众人见南一安如此狂悖，倘若日后上门寻仇，不免平添祸事。法定心有不忍，奈何孤掌难鸣，当下默诵佛号。

便在此时，又听一人远远说道："一群宵小之辈在此欺压孩童，全然不把三圣庄放在眼里吗？""吗"字尚未说出，一道人影已闪至身前。

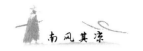

这人六十岁上下，头束青色发带，身着一袭白衣，鬓垂玉线，发挽银丝，风度翩翩，器宇轩昂，双眸温润晶莹，显得内功修为已至绝顶。

道济大喜，道："陆夫子，你来得正是时候。"来者不是别人，正是三圣庄的儒圣陆象杉。他早年入仕南宋，后来蒙古铁骑南下，崖山海战之后，赵宋覆灭。忽必烈知他有经世大才，又是汉儒领袖，几番邀他出山，他却始终不愿侍奉二主，毅然归隐山林。陆象杉文韬武略，戎马半生，英名播于四海。

刘云问道："在下青城派掌门刘云，不敢请教前辈尊姓大名？"

陆象杉道："我的名字，谅你也不配知道。"你我之称呼，鄙意可知。

刘云碰了一鼻子灰，却不生气。道济道："这位老友姓陆，大号象杉。"

群雄久历江湖，怎能不闻陆象杉的威名？却不知他便是隐居在此的儒圣。众人心想陆象杉虽是一代儒将，可带兵打仗却与单打独斗不同，道济禅师不会武功，陆象杉即便英勇善战，难道能打得过一众武林高手？

徐存青道："今日晚辈等人途经宝地，未曾拜谒，实属无礼。只因我等心系天下苍生，誓要降伏妖魔，为武林除害。还请前辈勿要助纣为虐。"

陆象杉"哼"了一声，神情颇为不屑，道："好一个心系天下苍生，堂堂七尺男儿，空有一身武功，不思报效国家，杀敌尽忠，却欺负一个小娃娃，士所不齿。"

陈大学怒道："废他娘的什么话，诸位，咱们众人合力，难道还招呼不了这老儿？"

法定碍于道济情面，况且他原本只是为法慧报仇，不愿多生事端，并未打算动手。徐存青、刘云、何阮溪、陈大学、公良止宇等人则各使绝学，刀劈剑斩，齐向陆象杉杀来。

徐存青右手执长剑横劈，掌心暗藏内力，正是扶摇剑法中的"鲲鹏展翅"，刘云剑尖斜刺，使的是青城剑法中的"搜根式"，意在断敌退路。公良止宇脚底一撑，纵身跃起，右腿劈中带扫，乃是一十二路追云腿中的"泰山压顶"，何阮溪、陈大学二人武功稍逊，便合力从陆象杉后方杀到。

南天与柳青青不知陆象杉功力深浅，眼见五人已罩住陆象杉各个方位，这一次不为生擒，却是要合力毙之，料想若与自己易地而处，此番已绝难脱身，不由自主齐声高喊："前辈留神！"

陆象杉剑眉微蹙，不敢大意，清啸一声，双掌翻飞，身法快如闪电，众人刚一靠近，便觉一股刚猛霸道的劲力倾泻而出，手中兵刃嗡嗡作响，虎口阵阵发麻，却无一人看清陆象杉的招式路数，微一迟疑，便已被震出丈许。

法定与南氏一家看得目瞪口呆，拊舌难下。南天心想："若论掌力刚猛，少林寺法定大师的推山掌和我修罗七煞拳可并为天下之最，岂知天外有天，陆前辈掌法雄俊，可比咱们要高明得多了！"

陆象杉朝众人一一瞧了一遍，好似在问他们服是不服。刘云拱手道："多谢儒圣手下留情，前辈武功盖世，天下无敌，晚辈有眼不识泰山，罪甚，罪甚。"

陆象杉冷冷道："这九渊神掌，滋味如何？"

众人听到"九渊神掌"四字，面面相觑，只觉如此厉害掌法，竟闻所未闻。陆象杉又道："这几日我庄内尚有要紧事，不能扫榻留宾，诸位请回吧！"

徐存青见此情形，料知今日所图无望，若再纠缠下去，只怕性命不保，心道："留得青山在，不愁没柴烧，今日暂且作罢，难道你们一家能在这山上住一辈子不成？"

陈大学喝道："故弄玄虚，有什么了不起？咱们再来打过！"

刘云抢道："一之为甚，其可再乎？陈帮主，你要自取其辱，我不拦你，就此别过了。"

陈大学心念电转，寻思："奇了怪了，说打也是他，说不打也是他，如此朝三暮四，葫芦里到底卖的什么药？"道："呸！这次是你出的主意，你都不打，我干吗去送死？"

刘云冷哼一声，未做理会，道："前辈武功高强，晚辈佩服。诸位，今日咱们武林正道同三圣庄的梁子算是结下了，有朝一日，必当奉还！"

陆象杉道："自当奉陪，不送。"

徐存青心道："姓刘的当真阴险，咱们可没打算和三圣庄过不去。"但若讨好谄媚，又不免自作多情。当下还剑入鞘，与众人一道折西南而去。

何阮溪默默瞧向南天，眼神中又是恼恨又是不舍，呆了半晌，欲言又止，见南天只是不住关切柳青青伤势，对自己全然不加理会，一面苦笑，一面摇头，兀自往山下去了。

待徐、刘等人去后，柳青青左手搀扶南天，右手携着南一安，徐徐走到陆象杉身前，躬身行礼道："晚辈拜谢儒圣救命之恩，他日若有差遣，赴汤蹈火，在所不辞。"

陆象杉只朝三人冷冷瞧了一眼，袖袍一拂，转身便往回走。刚走几步，猛觉胸口一热，急忙潜运真气，调理内息。群雄本非泛泛之辈，合力一击之下，自然非同小可。

南、柳二人见他不睬，心下不解。转念又想，这等高人难免有些古怪脾气，既然救了自己，倒是没有恶意，适才既已谢过，眼下还是尽早回八部会为好。

陆象杉背对三人，忽道："一是一，二是二，老夫给了他们些教训，但绝不是与你们同流合污，可别会错意。"说完便拂袖而去。

看着陆象杉渐行渐远，南、柳二人便与道济辞别。道济道："荒居已离此不远，二位受了伤，还是随我回庄，伤愈后再做打算吧。"

南天既感且愧，忙道："多谢前辈美意，今日多蒙二位前辈出手相救，我一家三口方能安然无事，大恩大德，粉身难报，怎敢再行叨扰？江湖上人多口杂，日后传出去说三圣勾结八部会，辱没了三圣清誉，那晚辈可当真是百死莫赎了。我们这就走，大师就此别过。"

道济笑道："什么清誉浊誉，老和尚从不在乎，我看这小朋友肚子也饿了吧？"

南一安手捧肚皮，点了点头。

南天道："可是……陆先生他……"

道济道："他就是嘴硬心软，不必理会。你眼下虽保得性命，但仍需善加调理，否则会落下残疾，走吧。"

二人见盛情难却，今日已然受了三圣庄大恩，再作推辞，反倒却之不恭，不如养好伤再下山，日后也好图个回报。于是恭恭敬敬道了声谢，拜了一拜，便跟着道济往那三圣庄去了。

第四回　父子参商

　　道济与南天、柳青青、南一安一行四人顺山路而上，约莫行了一个时辰，已到了卯时。天色渐渐发白，树林中鸟儿叽叽喳喳鸣个不停，半山腰晨雾缭绕，一家猎户门外有三两只大红公鸡在院落里踱来踱去，不时叫上两声。

　　道济手指山顶，道："前面便到了。"三人顺着道济手指的方向一瞧，但见前方有一二百来级青石板阶梯，直通山顶。又行了一阵，便来到一座大门前，大门两侧挂着一联对子，右首上联曰"人间水月场"，左首下联曰"心地无色天"，门楣上高悬一块红木牌匾，上书"三圣庄"三个大字。

　　进得大门，但见四面亭台楼宇错落有致，每座小楼的门楣上都书有篆体大字，或"纹枰轩"，或"丹青楼"，或"伯牙亭"，或"云章台"，楼宇亭轩的打造俱是别致非凡，而整个看来又是相得益彰，宛若天成。

　　正面是一条条四通八达的石板小路，通向会客厅与各个楼宇，东西南北各房之间又有廊子贯通，石板路下方是一汪碧绿池水，当时正值端阳前后，池中荷花星星点点，含苞待放。

　　会客厅门楣同样有块长约丈许、宽约尺许的红木牌匾，上书"无名厅"三个大字，想是征引庄子《逍遥游》中"至人无己，神人无功，圣人无名"之意。

　　无名厅后方又是一座宽敞院落，北面是三间正房，从右至左分住儒释道三圣，左首是西厢房，右首是东厢房，东西厢房各三间，原是供宾客暂居，不过三圣庄与江湖人士少有往来，是以东西厢房也常年空置。

正房与厢房之间各有长廊通达，西北角和东北角各有一间耳房，后面有过道可通往后山。后山上大小房间足有数十间，便是三圣庄弟子的居所。

知客弟子将南氏一家延至东厢房，当下匆匆歇息了。三人一觉直睡到午时，若不是被房外吵嚷声惊醒，恐怕不知要睡到什么时候。

门外脚步声此起彼伏，交谈声不绝于耳，显得甚是忙碌，不知在筹备什么要紧之事。夫妻二人匆匆起身整理衣冠，欲向三圣道谢，以尽客礼。

刚推开房门，但见一名十八九岁的弟子站在门口，身后又有数十名弟子急急忙忙来回奔走，那弟子见到三人先打了个躬，道："三位可还住得舒适？"

南天道："多谢贵庄收容，我们住得很好！请问三位庄主现在何处？"

那弟子道："夫子和济公正在无名厅等着三位呢，老祖已闭关半年，不知何时出关。济公吩咐，三位用过午膳后便请移步无名厅一叙。"

那弟子正欲离去，南天问道："这位兄弟，贵庄滔天恩情，无以为报，适才见庄内弟子这般匆忙，可有什么要紧事？倘若用得上在下，请尽管吩咐便是。"

那弟子微微一笑，道："先生哪里话，师父们平日最喜助人，亦时常教导我们要不住心布施，出世而行入世事，入世而为出世法，以助天下苍生为己任……"

他一面说一面摇头晃脑，南一安与柳青青在一旁看他那书呆子模样，不禁哑然失笑。

南天又道："小兄弟，可有什么要我们帮忙吗？"

那弟子被这一打断，才道："呵呵，无甚要紧事，三圣庄每三年要派遣弟子分赴各地接引孤儿，收纳弟子，现下一些师兄弟们正筹备着，明日一早便要下山去！"

南天点点头。三人用完午膳，径直来到无名厅。

进得厅内，但见陆象杉背对着大门，手持一本古籍，口中兀自吟诵，似未察觉三人进来。

道济见客至，命童儿看茶，道："南施主，昨日你受伤不轻，我点了你任督二脉共五十三处穴道，又推拿了三处经外奇穴，方替你护住心脉，不致真气溃散，不过这只是权宜之计，若要完全恢复，尚须每日服药，静心调理，少说也要一年半载方可，但你一身修为恐怕……"

南天闻言，双膝一屈，跪了下去，砰砰砰连磕三个响头。妻儿见他行此大礼，也赶忙下跪。

南天道："大师救命之恩没齿难忘，如今我一家三口已休整一夜，不敢再行叨扰了。"

道济忙将三人一一扶起，道："你若此时下山，只怕落下病根，还是安心留下，待痊愈之后再走吧！"

南天又道："多谢大师美意，南某过惯了刀口舔血的日子，早已将生死置之度外，只因大丈夫受人所托，当不能始乱终弃，这才苟活至今。"

道济见他铁心要走，自己也不便强留，道："你既执意如此，老衲也不便勉强，不过今日正是端阳节，晚上敝庄略备菲筵款待各位，明日再走可好？"

南天夫妇见道济如此仁义，若要再作推诿，恐怕却之不恭，只得应了下来。便在此时，陆象杉转过身来，道："哼，你们吃吧，我不吃了。"

南天夫妇纵横江湖半生，谁人不是闻风丧胆，何曾受过这等三番五次的冷落？若非受他恩惠，哪有不发作的道理？

道济忙打个圆场，道："你们别去理会那老顽固，他跟谁都那德性，只管用过晚宴，明日再走便是。"

南氏一家自无名厅回到东厢房后，柳青青双眉紧蹙，似有什么心事，南天问道："青青，你想说什么？"

柳青青瞒他不过，低声道："咱们与三圣庄素无瓜葛，江湖上又视咱为异端，巴不得离得远远的，三圣庄之人自视甚高，何故他们几次三番挽留咱们？莫不是也打《六通要旨》的主意吧？况且我瞧道济禅师他既是出家人，为何全然不忌荤腥，岂不古怪？咱们还是吃过晚饭，不等天明便星夜赶路为好。"

柳青青行事素来诡谲，又对正道武林极是厌恶，如今白白受人恩惠，以她的性格不免有所怀疑。殊不知，道济禅师乃是得道高僧，视世间名利如流水，又岂会在乎什么武功秘籍？

南天沉吟半晌，道："我瞧道济禅师不似这等奸猾之徒，他是世外高人，行事自非我等凡夫俗子所能揣摩得明白。"他顿了一顿，又道："昨日聚寿山

中一战，也确是见他不懂武功，要这《六通要旨》何用？况他于我南家又有大恩，还是莫要多心了。"

柳青青道："你若不提，我还险些忘了这茬儿，他内力如此深厚，这等修为你我就是再练上十年也未必能及，可动起手来却全无招式，这还不蹊跷？咱们被算计得还不够吗？小心一点总是好的。"

南天见妻子脸上略有嗔怪之意，当下便哄了几句，又睡去了。

他这一睡又是几个时辰，柳青青辗转反侧难以入眠。直到天黑后，方听见有人敲门，门外那人道："南先生，南夫人，菜肴已备齐，济公请各位移步断崖斋一叙。"

说话的正是晌午那名知客弟子。三人忙答应了一声，便随那弟子一同前往断崖斋。这断崖斋在后山一处绝壁断崖处，断崖约二十丈见方，崖高千尺，周围苍松揽月，直插云霄，崖上草木丛生，红卉珠连。

断崖斋为一单层楼宇，面积足占了断崖一大半。但见屋内有相同规格的八仙桌十数张，张张坐满了三圣庄门人，有男有女，年龄从七八岁到十八九岁不等。

桌上摆满菜肴，荤素搭配，看来甚是可口，门人却个个正襟危坐，无人用餐。

道济独自一人坐在最里面一桌的上首，却不见儒圣陆象杉和道圣陈抟。他见三人到来，赶忙招呼，待三人坐定，道济道："三位施主请。"又向弟子们说道："孩子们，今日是端阳，一来大伙儿乐和乐和，二来为明日选派下山的弟子饯行，三来嘛，今日庄里来了客人，咱们备下美酒佳肴，为客人接风！"

一语方歇，座下弟子便虎狼价夹菜吃肉，一时间欢声笑语，其乐融融。

南天与道济互相寒暄一番。酒过三巡后，柳青青终是按捺不住心中疑团，问道："大师，这得道高僧还能吃肉呢？"

南天道："青青，不得无礼。"

道济对柳青青的问话置之不理，只向席间众人说道："孩子们，你们可知这端阳节与谁有关？"

但见一名弟子立时起身，恭恭敬敬地道："回济公，端阳节乃是为纪念先贤屈原所设之节日。"

道济轩眉一笑，转而望向南天夫妇，道："不错，不过世人只知屈原，却不知端阳节亦是春秋末期的吴国大夫伍子胥之祭日。"道济将杯中之酒一饮而尽，复又说道："伍子胥当年为奸臣陷害，亡命天涯，被楚国兵马一路追赶，这日逃到长江之滨，但见江水波涛万顷，浩浩汤汤，前有大水阻路，后有追兵围剿，正在焦急万分之时，忽见一条小船急速驶来，船上渔翁连声呼他上船。伍子胥上船后，小船迅速隐入芦花荡中，不见踪影，岸上追兵悻悻而去。上岸后伍子胥千恩万谢，问渔翁姓名，渔翁笑言自己浪迹江湖，无名无姓，只称'渔丈人'便是。"

突听下首一弟子道："济公，我瞧那渔丈人定是图谋不轨。"

道济摇摇头，道："伍子胥拜谢辞行，走了几步，心有顾虑又转身折回，从腰间解下祖传三世的七星龙渊剑，欲将此价值连城的宝剑赠予渔丈人，以表谢意，并嘱托渔丈人千万莫要泄露自己的行踪。那渔丈人接过七星龙渊宝剑，仰天长叹，对伍子胥说道：'搭救你只因你是国家忠良，而今你却疑我贪利少信，我只好以此剑示高洁。'说罢横剑自刎。伍子胥悲悔莫名。"

南天夫妇登时一凛，当下明白道济讲这伍子胥的传说是何用意，自然是看出自己心中疑虑，借典故以明志，蓦地里既惭且愧。

南天拾起一只青花大碗，将酒水满满斟上，咕嘟嘟一气饮尽，约莫是酒气上涌，两眼霎时有些泛红，道："大师，姓南的一介武夫，不明事理，给您老赔罪了！"柳青青不说话，只跟着喝了一碗。

道济又道："二位施主，陆兄在纹枰轩下棋，不妨去瞧一瞧。一安便让他在此稍待片刻，老和尚照看他便是。"

南天心想，道济让他二人前去纹枰轩定有用意，当下躬身拜别，径直下了断崖。到得纹枰轩外，见房门敞开，陆象杉正独自一人坐在房内下棋。二人深深一揖，伫立门外，只等陆象杉招呼。

谁知陆象杉沉迷棋局，全然不知二人已至，沉吟道："此处扳了再长，当是连回大龙的必由之路，可长完已然落了后手，嗯……"陆象杉沉思间猛然一抬眼，忽见南天夫妇站在门外，怔了片刻，兀自将头转向棋盘，将指间一枚白子重重拍下，道："既然来了，便请进屋说话。"

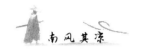

南、柳二人进屋后，又躬身拜了一拜，南天道："小子南天偕浑家柳氏，特来拜见陆老先生。"

陆象杉只如不闻，从右边的花梨木棋罐中捻起一子，却迟迟不落。

柳青青看了一眼棋盘，道："两生勿断，俱死莫连，连而无益，断即输先。"

陆象杉一凛，"哼"了一声。

柳青青道："小女子粗通棋艺，适才观棋入迷，随性胡言，前辈莫怪。"

陆象杉道："左道之人，也敢称'观棋'二字?"

柳青青一愕，笑道："前辈此言差矣，古人言，室内有君子，室外君子至，倘若前辈讥诮小女子不是观棋之辈，那小女子眼前也不该有弈棋之人了。"

陆象杉嘿然一笑，心想这八部会首领出言不俗，莫非还真是个风雅之人?道："既是观棋，必知棋之出处，你且说个道理。"

柳青青道："承前辈下问，小女子冒昧僭谈。尝闻尧造围棋，以教丹朱。一黑一白，谓之阴阳，天元为太极，八星属八卦。九为阳，六为阴，一年有四季，则阳数该为三十六，阴数该为二十四，每卦有六爻，则纯阳之数为二百一十六，纯阴之数为一百四十四，阴阳二数之和恰为整三百六十，除去天元外，棋盘上拢共便三百六十点，正合周天之数。"

陆象杉暗暗惊讶，听她对答如流，料想多半是记问之学，但想便真是记问之学，也亏得她能记下。蓦地里心生赞许，仍不露声色，徐徐说道："三圣庄每三年收纳一干弟子，每名弟子二十岁前须得离庄，其间我儒释道三友会传其道艺本领，二十七年来从未间断，但绝不容纳成年男女，此乃我与释道二友共同立下的门规，你们可明白我这话的意思?"

南天道："晚辈明白，这两日我一家冒昧奉访，多有叨扰，承蒙前辈厚爱，不以出身相嫌，我等明日便自行下山。"

陆象杉道："愚甚，蠢极!"

南天大感疑惑，不知陆象杉是何用意。只见柳青青素唇深抿，双眉紧锁，道："陆前辈的意思莫非是让我夫妻二人离开，却让小儿一安留下来?"

陆象杉不答，兀自盯着棋盘。

南天恍然大悟，心里却不知是喜是忧，一面想他夫妻二人如今已成众矢之的，自己身家性命尚且难保，将南一安带在身边自是大为不安。可一面又觉孩子尚未成人，倘若将其狠心抛下，万一自己丧身仇家之手，今日岂非永别？内心矛盾犹疑，一时拿不定主意。

柳青青见陆象杉并未否认，料是自己语中，不禁情难自已，鼻子一酸，潜然泪下。

陆象杉道："陆某一生，未敢以圣自居，却也心怀忠恕、絜矩之道，既不曾有负于人，亦从未与不端之人有甚瓜葛。此番许你二人上山，是不愿你家小子因你二人之过遭受牵连，若是不愿意，即刻下山便是，从此莫要再上我聚寿山来，权当我多此一举。"

此时南天夫妇方始明白，这儒圣陆象杉虽外表看来不通人情，实是个古道热肠的真君子。

陆象杉又道："两位若是不愿意，老夫决不强人所难，从此各安天命，这便请吧！"

南天一听"各安天命"四字，心中一凛，想到近年来正道武林屡下杀手，一家三口朝不保夕，若能将儿子安顿在此，待避过风头再接他回来，倒也并非不可。道："陆前辈大恩，我夫妻二人来世当结草衔环以报。既然如此，那便将犬子托付予贵庄三位前辈了。"柳青青岂会不明白，只是南一安从小寸步不离，如今不知要分开多久，一念及此，眼泪便连珠价涌出。陆象杉见状，不再多言，兀自出了房门。

夫妇俩回到东厢房中，见南一安已然熟睡，柳青青缓缓坐到床沿边，抚摸南一安稚嫩的脸颊，心中无限哀思。从南一安呱呱坠地至今十四年光景，几乎日日伴在自己身边，从前的温馨场景一幕幕浮现眼前，她忽然间对自己八部会乾达婆的尊位充满了无限憎恶，恨自己身处这江湖风波之中，恨自己曾引以为傲的一切。可事已至此，她只愿今晚能过得漫长些，只因过了今晚，她不知何时方能与爱子再见，也许这便是永别。不住想，眼泪也夺眶而出，滴落在南一安面颊之上，南一安忽然醒转，睡眼惺忪地道："妈，你这是怎么了？"

柳青青急忙拭去眼角泪水，强颜欢笑道："妈没事，乖孩子，再睡一会儿

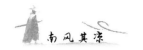

吧，日头还早，明儿爹妈带你去玩。"

南一安也不知是否听见柳青青刚才的话，只是眼含笑意，不觉睡着了。

柳青青泫然欲泣，又恐惊醒南一安，强自压低声音，将挂在颈上的一串项链取将下来，放在南一安枕边。

柳青青与南天自幼便是孤儿，由八部会抚养成人，这条项链便是其养父神龙尊者所赠，她原先一直贴身戴着，此刻要与爱子分别，便给他留个念想。

南天想到他夫妻俩不知历经了多少生死关头，艰难险阻，从未见妻子这般难过，纵然自己内心同样煎熬，可眼下却无论如何不敢表露半分，只得故作坚强，硬生生将眼泪吞了回去，嘴角却止不住抽搐。

南天拉着柳青青的手，道："青青，咱们走吧，再不走天该亮了，到时候一安醒来，怕是又下不了决心。"

柳青青嗔道："你急什么？让我再多瞧一眼儿子。"

南天道："等过段时日，避过了风头，咱们再来接儿子回家。"

柳青青道："你说过段时日回来，如今这情形，玄弟他们几个抽不开身，你又受了重伤，若再遇上那些人，我如何应付得来？"

南天道："咱们先避一段时日，待玄弟和其余几位尊者从灵岩寺返回，咱们几人加上八部会上百弟子，还怕他个鸟！"他顿了顿，催促道："走吧，一安醒来就真走不了了！"

柳青青叹了口气，在南一安脸颊上深深一吻。脚上便与负上千斤巨石相似，缓缓移出房门。

端阳之夜，三圣庄门人酣酒直至丑时。南天夫妇走在庄内，一步一回望，和着断崖斋不时传来的欢声笑语，渐渐消失在茫茫夜色之中。

次日清晨，南一安缓缓抬手，揉着惺忪睡眼，懒腰一伸，环顾四周，竟不见父母双亲，道："爹，妈，你们在哪儿？"

半晌也无人应答。南一安长吁一口气，似是还未睡饱，慢慢悠悠推开房门，但见许多弟子衣冠规整，背负行囊，想是要下山迎新。

南一安四下瞧了瞧，仍是不见父母，便随处向一名年纪相仿的弟子询问，道："小哥，你知道我爹妈去了哪里吗？"那弟子摇了摇头，匆匆走开。又询问了几人，俱是不知，正没处抓寻，忽见道济缓缓走来，神色古怪，似喜似忧。道济伸手轻轻搭在南一安肩上，道："一安，日后啊，你就安心留在这里，与师父师兄们在一起可好啊？"

南一安不禁往后挪了两步，道："我不，我爹妈呢？"

道济道："你爹爹妈妈要去办要紧事，许你暂时待在山上玩耍，待事情办完，便来寻你。"

南一安登时怒目圆睁，喝道："我不信！爹妈怎会抛下我便走，你这老贼秃！大骗子！"

当下便往庄外冲去，未及大门，便被两名弟子拦下。这两名弟子都已十八九岁，气力自然比南一安大上许多，他虽曾修炼本门内功，然而毕竟年龄尚小，这两名弟子已随陆象杉习武多年，左右一架，他却如何挣脱？只是不住大骂，骂得声嘶力竭，头晕目眩，忽觉心中无比绝望，一阵急火攻心，登时便昏了过去。

道济本就心慈善良，瞧着南一安这般模样，心中酸楚，不禁长叹一声。

便在此时，陆象杉缓缓走到道济身旁，道："济公，如今夷狄当道，国破家亡，你我与老祖三人当初发愿，要尽平生之力教书育人。我瞧这孩子天资不错，不过他在父母身边久了，难免有些乖戾，我等好好调教，将来兴许能有一番作为。"

道济点点头，默然不语。

南一安昏头大睡，直至晚间方始醒转，脑中闪现的第一个念头，便是做了一个冗长的噩梦。他睁开双眼，"噌"的一下站起身，右手忽然碰到枕边一块物事，他将那物事拾起，透过窗外月光，仔细一瞧，认得是母亲柳青青的贴身物件。他四下张望，只见屋内一片漆黑，屋外鸦雀无声，哪里有父母踪影头。

这时他才不得不相信道济所言，父母确已离庄而去，可他们为何不辞而别，又是百思不得其解，一时间万念俱灰，呆坐在漆黑的角落，右手紧握柳青青留给他的项链，不禁放声大哭。

他这般恍恍惚惚过了一宿，长吁短叹，难以入寐。到了第二日清晨，整个人昏昏沉沉的，忽听得房门嘎吱一声打开，但见一名十五六岁的弟子手提箪盒而来，小心翼翼放在桌上，向床上瞧了一眼，却不见南一安，转头一瞥，

才见南一安兀自呆坐在墙角，眼圈乌黑，蓬头垢面，很是落魄。

那弟子道："一安师弟，济公吩咐我给你送吃的来了，还叫我好好照看你，你快些尝尝，看合不合胃口。"

南一安道："你拿走，我不想吃。"

那弟子又道："这可不行，可别饿坏了肚子，来来来，我告诉你啊，有烧鸡，有蒸鱼，还有……"

话犹未了，南一安突然发作，喝道："我说不吃就是不吃，你快给我滚！"

那弟子一愣，愤愤地道："哼！你这小魔头当真不识好歹，爱吃不吃！"

南一安一听"小魔头"三字，登时气往上冲。他自离开八部会后，但凡所遇江湖中人，都称自己父母是魔头，心中对此恨之已极，眼下父母离他而去，正自伤心思念，突听得有人唤自己"小魔头"，更是怒不可遏。当即站起身冲将过去，一脚踢向那弟子小腹，那弟子扑通一声摔倒在地，他小腹吃痛，不禁连声叫喊。

门外众人听闻动静，纷纷进来，见那弟子模样，心知定是南一安使的坏，霎时间哗然大噪，有的大叫："小魔头伤人啦！"有的喊道："小魔头狂性大发，快去禀报师父！"有的朝南一安指指点点，窃窃私语，不问也知道定是说他魔性不改云云。还有几个带头的说道："他爹妈是魔头，他便是个小魔头，咱们教训教训他，替陈师兄出气！"

几个爱挑事的弟子蜂拥而上，一阵拳打脚踢，将南一安暴打了一顿。突听一名弟子喝道："哼！小魔头认不认错？服是不服？"

南一安此时已被打得青一块紫一块，但就是咽不下这口气，大喊道："我不服！你们有本事打死老子，不然老子将来吃你们的肉，喝你们的血！"众弟子闻言，更是死命招呼。

便在此时，道济和陆象杉闻讯匆匆赶来，将众弟子呵斥了一顿，走到南一安身旁，见南一安已是奄奄一息。道济赶忙将他扶到床上，替他推拿瘀青。

陆象杉见状大怒，喝道："谁动手，谁起哄，一个个都站出来！"

那几名闹事的弟子你瞧瞧我，我瞧瞧你，都不敢出声。

陆象杉又道："曲万里，雷镇川，站出来！"

这雷、曲二人果然便是适才带头挑事的，两人战战兢兢走上前来，接着又有几名弟子陆续站出来。

陆象杉脸色铁青，狠狠瞪了他们一眼，道："为师平日教你们仁义爱人之道，你们便是这样对待同门师兄弟的？"

那曲万里低声道："夫子，是那小……是南师弟先动手打伤了陈师兄，咱们打抱不平才教训了他一番。"

陆象杉向一旁众人问道："确有此事？"

众人连连点头。陆象杉又道："教徒自有师，几时轮到你们动手？你们几个，罚抄《大学》五十遍，明日此时交与我。"

几人虽不情愿，但也只得应下，灰溜溜地回了房去，其余众人也都陆续散开。

道济道："还好还好，只是皮外伤，不过这孩子两日不进食，身子有些虚弱了。"

陆象杉道："济公辛苦，我明日再来看看。"

道济道："你且放心去吧，我来照看他。"白日间道济趁南一安睡着，便亲自去煎了几副草药。直至日落西山，南一安方才醒转，见道济坐在一旁，手捧热菜，只觉肚子咕噜噜直叫，抓起一根鸡腿便大口嚼咽，又一口气吃了两大碗米饭。吃饱喝足后，拿袖子抹了抹嘴角的油腻，怔怔地瞧着道济。

道济道："孩子，你不该动手打人的，他们都是你的同门师兄弟，而且，而且大都和你一样，也没爹妈陪在身边。"

南一安一听，心中又是一阵难过，哇的一声大哭了出来，道："他们……呜呜……他们说我爹妈是魔头，说我是小魔头……我……我咽不下这口气……"

道济心头一酸，将南一安揽在怀里，道："一安，济公知道，你爹爹妈妈是有情有义的大英雄，你也是个好孩子。"

南一安擦擦脸上的泪水，道："真……真的吗？那为什么他们都说我爹妈是魔头，还要将我们都杀了？"

道济道："一安，这世上很多事啊，别说你不明白，我活到这把岁数也仍是糊里糊涂。不过你且记住，你爹妈离开你，不是不爱你。只是这世间纷扰，从有史以来便无休止，全因世人无明颠倒。"他顿了顿，又道："你瞧这是什

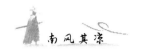

么?"伸出右指往窗外指去。

南一安道:"是你的手指。"

道济笑道:"错啦!"

南一安往窗外瞧去,细细揣摩,心道:"原来你是玩猜谜,这不是手指,便是月亮。"道:"我知道啦,那是……"

道济不待他说出口,便打断道:"别说出来,日后我会再问你。"

南一安不明缘由,只"哦"了一声。道济此举大有禅机,但南一安此时却哪里明白。不过他知道眼前这位老和尚是个大好人,他不会因自己的身世而对自己另眼相看,念及此处,心中不禁添了几分暖意,过不多时,又昏昏沉沉睡去了。

到了第二日,南一安醒来,只见道济仍坐在自己床沿,想是昨晚一直陪着自己,一宿未眠,于是心中有说不出的感动。

道济见他醒转,笑道:"怎么样,好些儿了吧?快把药喝了。"端起一碗热滚滚的药汤,服侍南一安吃下。

堪堪喝完,房门吱呀一声打开,来者不是别人,正是陆象杉。

南一安之前见道济为人和善,总是笑颜相对,于他便不排斥,昨夜对他倾诉良久,已然心生好感。可见到陆象杉,心中仍有抵触,只因陆象杉总是神情肃穆,不苟言笑。那日在无名厅中见他对父母冷眼相对,让人不敢接近,又有些害怕。

陆象杉走到床边,对他打量一番,道:"我看你也好得差不多了,国有国法,门有门规,今日罚你将纹枰轩十八副棋的云子擦拭干净,便有半粒灰尘,也作不得数。"说着转身便要走,道济忙将他拦住,道:"哎,我说陆夫子啊陆夫子,你何苦总是表里不一?昨晚不知是谁半夜三更来看了他三次,你分明在意得紧,干吗让人家讨厌你?"

陆象杉狠狠瞪了道济一眼,道:"哼,我是来看这小子是死是活,他若死了,谁去给我擦云子?"

道济深知陆象杉脾气,向来顽固执拗,只摇了摇头,当下也不再多言。

忽听得南一安道:"师父,我想学功夫!"南一安一双眼睛怔怔地瞧着陆象杉,神情颇是恳切。

陆象杉冷笑一声，道："那你便想想吧，让我教你功夫，好让你出去为非作歹吗？"

南一安忙从床上起身，径直跪下，磕了几个响头，道："求师父成全！"

陆象杉怔了片刻，道："也并非全然不可，三个月后你我对弈一局，我授你九子，若你能胜我，我便传你武功。"长袖一拂，兀自离去。

南一安长叹一声，心下失落，寻思自己如何懂得围棋之道？便是在三个月之内学会，又岂能胜得过他？当下垂头丧气，不住摇头。

道济问道："一安，你为何要习武啊？"

南一安道："我不想被人欺侮，更不要爹妈被人欺侮。"

道济道："孩子，这世上有许多人受人欺凌，使人屈服的方法不止一种，保护自己的方法也不止一种啊，以暴制暴，是下下之策！"

南一安道："那还有什么办法可以保护自己、保护亲人？"道济道："你爱着别人，那便是最好的方法。"

南一安道："济公胡说，我爱别人，别人未必爱我，人要杀我，我爱他他便不杀了吗？只有我自己强大，别人才不敢欺侮我！"

道济摇了摇头，正欲说话，南一安已奔向屋外，径往纹枰轩去了。

他来到纹枰轩后，用了大半日辰光，才将十八副棋的黑白七千多枚棋子一一擦拭干净，之后又到纹枰轩暖阁书架上翻寻围棋古籍。

书架上大多是儒释道三家经典，翻寻良久，才找到三本，分别是《棋评要略》《忘忧清乐集》和《呕血谱》。

南一安当下也不顾腹中饥饿，心想即便希望渺茫，无论如何也要试一试，当先便从《忘忧清乐集》着手。自棋诀而始，书云："盖布置之先务，如兵法之先阵而待敌也。意在疏密得中，形式不屈，远近足以相援，先后可以相符……"读了半晌，仍是一知半解。于是便夙夜研习，起初只为学到陆象杉的高深武功，无奈为此，几日后却觉这对弈之道颇是耐人寻味，于个中"长跳飞虎、爬打拐扳""大龙死活、弃子取势"的法门，倒也渐解义趣，读来津津有味。

倏忽过了一月，转眼已是炎炎夏日，烈日当空，蝉虫嗡鸣。这日南一安如往常一样，来到纹枰轩，此时《忘忧清乐集》已研读完毕，正翻阅那《呕

血谱》，忽觉燥热难耐，难以静下心来研习棋道，于是索性去往后山阴凉处，以消昼暑。

到得后山，登时精神百倍，心情也甚愉悦。但见后山一处凉亭中有七名十五六岁的女弟子，个个身着淡粉长锦衣，外披素白薄纱，头戴步摇冠，棕色丝绒在衣料上绣出节节枝干，一袭罗裙裹腰，浑似七仙女下凡一般，其中六人翩翩起舞，一人缓缓唱道：

亭皋正望极，乱落江莲归未得。多病却无气力，况纨扇渐疏，罗衣初索。流光过隙，叹杏梁、双燕如客。人何在，一帘淡月，仿佛照颜色。

幽寂，乱蛩吟壁，动庾信、清愁似织。沉思年少浪迹，笛里关山，柳下坊陌。坠红无信息，漫暗水、涓涓溜碧。飘零久，而今何意，醉卧酒垆侧。

正是姜夔的《霓裳中序第一》词，这舞便是霓裳羽衣舞。

南一安瞧得出神，竟不知词已唱完，舞也跳罢。众女弟子见南一安在一旁呆呆伫立，不禁咯咯娇笑。

南一安听到笑声，回过神来，问道："不知姐姐们跳的是什么舞？真是好看。"

一名女子道："这舞名唤《霓裳羽衣舞》，方才骆姐姐唱的那首词，是姜白石的《霓裳中序第一》。"

南一安道："原来如此。却不知姐姐们在此练舞，所为何事？"

只听那姓骆的女子道："下月初三是陆夫子六十大寿，姐妹们正要为夫子送上一支舞曲，为他祝寿呢。"

南一安见这姓骆的女子十五岁上下，肩若削成，腰如约素，眉似翠柳，肌胜白雪，娇媚处却多了几分出尘气质，便直勾勾盯着她。那骆姓女子见南一安如此发痴，不禁脸颊微红，双眸瞥向一旁。

南一安顿觉失礼，忙道："啊，是了，我姓南，名一安，我妈说取这名儿，是让我一生专情于一名女子，安稳度日，还未请教姐姐芳名？"

那女子道："我姓骆，叫骆宝颐。你别叫我姐姐了，兴许咱俩年纪一般呢。"

南一安忙道："是，骆姑娘。"

突听另一名女子道："好了好了，今日差不多便这样吧，时日还早，过几日咱们再来练练。"

众人也都道天气炎热，于是尽皆散去。南一安见骆宝颐临走时朝自己嫣然一笑，宛如春山初卉，登时心神激荡，自己十几年从未有过这等异样之感，既紧张，又欢喜，嘴角挂着笑意，脸颊也涨得通红。他思绪翻飞，直在凉亭呆坐至酉时，方才缓缓回了房去。

第五回　斜阳断崖

　　自那日后山凉亭初见骆宝颐后，倏忽已有数日。南一安这几日也都去了纹枰轩中翻阅棋谱，可无论如何也无法沉下心来，脑中所思尽是骆宝颐当日容颜，举手投足，一颦一笑，无不令他思绪万千，飘然云外，哪里还有什么心思静心钻研棋艺？想是少年情窦初开，也属情理之中。不过南一安自小在父母身边，几未与同龄女伴相处过，这时也不知自己是中了什么邪，只觉心中时而甜蜜，时而惆怅。

　　转眼间又过了一月，已是七月初二，明日便是陆象杉六十岁生辰，但见庄内喜气洋洋，众弟子、门人、仆役、伙夫都忙里忙外地张罗，处处张灯结彩，人人笑靥如花。南一安料想今日骆宝颐必定会去后山凉亭练舞，一时心中激动，更莫名张皇，于是放下手中《呕血谱》，径直去往后山。

　　尚未走近凉亭，便听得前面似有争吵声。南一安听得清楚，争吵之人中必有骆宝颐，心下大是困惑，临近这大喜日子，庄内人人好似过年一般，不知她们几人又为何事大动肝火？

　　他矮身隐于草丛中，待要听得明白。但听一女朗声道："骆宝颐，先前咱们说好了，你只管唱词，我来领舞，如今你既唱且跳，出尽风头，也不问姐妹们愿是不愿？"后排四女听她说完，鄙夷的目光便唰唰射向骆宝颐，唯有一人不知何故，兀自低头默不作声。

　　骆宝颐愤愤道："沈师姐，咱们既是要为夫子祝寿，献上的舞曲自当尽善尽美，让夫子瞧了喜欢，我既唱且跳，也是竭力哄得他老人家开心，却被你说是出风头，未免也太小肚鸡肠了吧！"

那沈姓女子又道："哟，瞧你这气急败坏的模样，你自负有几分姿色，不少师兄弟被你迷得神魂颠倒，莫非鬼迷了心窍，还想勾引夫子他老人家不成！"

骆宝颐气得粉拳紧攥，浑身发抖，道："沈汀，你好不知廉耻，竟说出这等话！"

沈汀说完已觉失言，此刻骑虎难下，说什么也不能落了下风，道："便不是如此，那你也是为了勾引其他师兄弟，你是不是又瞧上我家陈宵生，要在众人面前卖弄风骚，迷惑别人？"

南一安听到此处，早已怒不可遏，恨不得立马上前狠狠扇那沈汀几记耳光，但一听她刚才所言，已知她与陈宵生是一对儿。那陈宵生便是当日为南一安送饭，却被南一安暴打一顿之人。南一安那日之后冷静下来，心中颇感愧疚，无奈两人再未碰过面，不想此刻与骆宝颐争吵不休的沈汀，正是陈宵生的青梅竹马，自己若是再与沈汀为难，心中必定过意不去，当下犹豫不决，左右权衡，终于还是忍住了这口气。

只听沈汀右首边一名女子道："骆宝颐，你可真不检点，是个男人你便不放过，上月来凉亭那姓南的小子，你瞧他生得俊俏，也不知当时自己那千娇百媚、眉目传情的样儿，真是让人看罢作呕。如今却又要来迷惑其他同门师兄弟，果然是个狐狸精！"

骆宝颐急得眼泪夺眶而出，呜咽道："沈汀，李杏儿，我视你二人为姐妹，却不想你们这样侮我！"说罢，她双手捂着脸颊便往断崖斋跑去。

南一安听闻那女子一番话，心中既为骆宝颐抱不平，却又莫名欣喜。虽不知此话是真是假，可大凡世人，总愿相信自己愿意相信之事，此乃人之常情，南一安又何尝不是？

他见骆宝颐悲伤离去，便悄悄紧随其后。骆宝颐一路上得断崖斋，独自坐在悬崖边放声大哭，南一安健步走去，待离骆宝颐一丈远处，又即止步不前，不知说什么安慰的话方才得体。

二人这般一前一后，竟过了一个时辰。这时骆宝颐想是哭得精疲力竭了，猛然发觉背后似有动静，当即回头，一瞧是南一安，又将头转了回去，低声

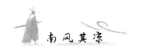

道："是你，你来做什么?"

南一安被这一问，不禁手忙脚乱，脸颊涨得通红，一颗心直要跳了出来，结结巴巴地道："骆姑娘，你……你没事吧?"

骆宝颐道："刚才的事你全都看到了?"

南一安更是张皇，道："不不，我没……呃……看到了……"随即又道："骆姑娘，你心地善良，望你别再伤心，别跟她们一般见识了。"

骆宝颐朝南一安瞥了一眼，嘟囔着嘴，更添几分娇媚，道："你怎知我心地善良? 我就是个狐狸精，你方才没听她们说吗?"

南一安急忙摆手，道："不，不是的，我自然是知道的，她们那是嫉妒你。"

骆宝颐又道："那你且说说，她们嫉妒我什么?"

南一安道："这个……自然是……自然是嫉妒你人长得好看，歌儿唱得好听，舞又跳得美，世上的男人见了你，都是欢喜得不得了。"

骆宝颐俏脸一红，假嗔道："哼，花言巧语，以后还不知要祸害多少姑娘。"

南一安原只想安慰她，所说也俱是真情实感，不料被她训斥一番，心想好没来由，不禁失落不已，当下低头不再出声。

骆宝颐又道："喂，你怎的不说话了? 连你也厌恶我了，是不是?"

南一安赶忙道："不是的，我说的都是真心话。"

骆宝颐扑哧一笑，立时转怒为喜，见眼前这少年眉清目秀，又是一副呆呆的模样，不禁生出几分喜欢。只听骆宝颐道："你过来，陪我坐坐吧。"

南一安大喜，跨步上前，坐在骆宝颐身旁，二人双腿在千丈高崖边荡来荡去，骆宝颐竟全无惧意，显得悠然自得。南一安却不由得战战兢兢，但又想："她一个女孩子都不怕，我一个男子汉倘若怕了，未免让她瞧我不起。"他虽强自镇定，双眼却也丝毫不敢向崖下瞧去。

骆宝颐道："对了，你是端阳那天来的吧，你从哪里来?"

南一安本想实话对她说了，可转念又想，自己一路走来，江湖中人对八部会，对阿修罗、乾达婆和迦楼罗深恶痛绝，三圣庄的人也道自己爹妈是大魔头，自己是小魔头。从前在父母身边倒未曾觉得，可这一路上历尽艰辛，刚来三圣庄时又受人欺凌，只对自己的身世既自卑又无奈。倘若她知道自己的身世来历，从此不予理睬，岂不追悔莫及？便道："我从西域来。"

虽是如此，南一安实不愿欺瞒于她，八部会本就坐落在南疆大漠，因此他只说来自西域，对八部会便全然不提。

骆宝颐道："啊，是了，听说八部会的确在西域，那里好玩吗？你爹妈为什么走了？"

南一安心头一凛，原来骆宝颐竟早已知晓自己的来历，还知道自己爹妈的事。起初不免生疑，后来心下揣测，料是有人对骆宝颐说了自己脚踢陈宵生之事，她知道这些也就不足为奇了。

转念又想，他初次在凉亭与骆宝颐相见之时，陈宵生的青梅竹马沈汀也在此，自己当时通名报姓，沈汀却也无甚异样，想来是陈宵生心地善良，就连在沈汀面前也未提及此事，心中便对陈宵生既感激又内疚。

骆宝颐见南一安怔怔出神，便用手肘轻击他肩膀，道："喂，我问你话呢。"

南一安便如元神归体，忙道："那里很美，我家附近有一片绿洲，小时候在湖里游水，累了便趴在木筏上，任它漂啊漂啊，看月亮东升，太阳西落，夜里伸手便能摘下星星……"

骆宝颐听得入神，一双眸子如天池般清澈明亮，显出无限向往，柔声道："日后你可得带我去瞧瞧。"

南一安道："只要你愿意，我一定带你去。"

骆宝颐笑道："那可说定了，咱们击掌为誓，谁要是反悔，谁就讨不到老婆！"

南一安笑道："你是女孩，怎会讨老婆？分明是消遣我。"

骆宝颐佯扮厉色，道："哼，那你是不乐意了？"

南一安忙道："乐意，我乐意！"

骆宝颐道："讨不到老婆你还乐意，真傻！"

南一安被她戏谑，登时语塞。骆宝颐道："好啦，不逗你了，咱们击掌！"

当下两人击掌三声。骆宝颐又道："那你爹妈呢？他们去了哪里？"

端阳一别，已逾两月，他本年少，前些时日沉迷棋艺，倒也少有忆起双

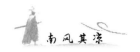

亲，此刻听骆宝颐说起，不禁九曲回肠，无限忧愁，道："我也不知道，他们大概去寻我二叔了吧，办完事兴许会回来接我。"

骆宝颐道："你二叔又是谁？去寻他干吗？"

南一安道："我二叔和爹妈都是八部会八大尊者，他们的事我也不太明白，只知道二叔携有八部会的无上秘籍《六通要旨》，这门心法自古以来传男不传女，且只传童子之身……"

骆宝颐一听"童子之身"四字，登时面红耳赤，道："啊哟，羞死了！"

南一安却大是不解，不知这有何羞耻，徐徐道："料是那些坏人，想学这门心法，便要追杀我们，好将它夺去。"

他见骆宝颐已没了兴致，话锋一转，便道："那你呢？你爹妈呢？"

骆宝颐道："我没爹妈，从小便在三圣庄长大。"

南一安听后，心下怜惜，见骆宝颐神情并无失落之色，便又问道："你难过吗？你想他们吗？"

骆宝颐道："倒也没什么感觉，连面都没见过又如何去想？何况庄里许多人都是孤儿，你可知道陈宵生为何叫这名儿？"

南一安道："我不知道，是为什么？"

骆宝颐道："陈师兄也是孤儿，夫子当年在太湖游玩，见湖边有一个弃婴，当时正是元宵节，夫子便将他带了回来，起名宵生。"

南一安这才知道三圣庄里原来也有许多无父无母之人，念及自己此刻虽无父母在身边，却已被疼爱了十四年，顿觉比他们要幸运许多了。

二人聊得起兴，不觉已是夕阳西下。彼时清风拂面，柳叶摇摆，阵阵花香扑面袭来，霞光照在面颊之上，红彤彤的，也不知是夕阳的颜色，还是二人脸上甜蜜的醉容。

南一安猛然想到适才骆宝颐与众人闹僵，眼下若不妥善处理，明日寿宴的表演却又如何是好？便道："宝颐，我瞧咱们还是去跟沈师姐她们说说吧，你们都消消气，明日也好登台表演。"

骆宝颐默不作声，显是勉强应下。二人下得断崖斋，行至凉亭处，见沈汀六人正欲离去，南一安道："沈师姐，各位姐姐，刚才大家伙儿都说了些气话，同门一场，便过去了吧，明日夫子寿宴要紧。"

沈汀见是南一安和骆宝颐，心中大感奇怪，心想："他们几时走得这般亲近了？"道："南师弟，你为何在此？"

南一安将方才之事从头到尾说了一遍，只是二人去了断崖斋后，彼此心生好感、互诉衷肠之类却只一笔带过。

沈汀道："既是如此，咱们姐妹一场，只要骆师妹同意明日只唱词，按照原先的安排，咱便当什么也没发生过。"

南一安见沈汀爽快答应，心中大喜，道："好极，好极。"

骆宝颐只默默点了点头，却不说话。当下七人又练了一阵子，南一安只觉这几日心不在焉，未免荒废了棋艺，便径直往纹枰轩去了。

到了第二日清晨，三圣庄门人皆是鸡鸣而起，四处张罗。山庄处处张红结彩，花团锦簇，屏开鸾凤，褥设芙蓉，笙箫鼓乐之音，响彻山间，嬉笑往来之人，络绎不绝。

但见陆象杉今日喜笑颜开，肩披丝绸花红，身着赤色长袍，端坐在无名厅中，身后左右分挂一副对联，上联曰"香象渡河截流过"，下联曰"银杉长碧任雪吹"，上下联中分嵌陆象杉名字中的"象"字和"杉"字。背后厅墙顶部高悬横批"克明俊德"四个大字，乃是道济所题，下方又有一幅斗大的"寿"字图案。

时至晌午时分，无名厅里里外外已坐满了三圣庄门人，彼时下山接引的弟子也已归来，且带回了几名新入门的弟子，庄内人声鼎沸，热闹非凡。

陆象杉朝南坐在无名厅北面上首，道济站在一旁充当寿礼司仪，待门人、弟子穿堂、行寿礼、用寿宴等一切规毕后，骆宝颐、沈汀等七人便自侧首徐徐走入大厅中央。

但见七人皆似弱柳扶风，楚楚动人，唇不点而红，眉不画而翠，身姿曼妙，宛如天仙。其中有三名女弟子坐在一旁，各自操琴、鼓瑟、吹笙，悦耳曲声缓缓传来，沈汀等另外三名女弟子听闻乐声，翩跹而舞，舞姿形舒意广，婀娜曼妙。

骆宝颐则立于右首，柔声唱着姜夔那《霓裳中序第一》，歌声婉转悠扬，好似黄莺出谷，几令沉鱼出听。

七人各展技艺，直看得众人飘然如醉。恰如白居易诗云："小垂手后柳无

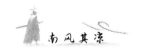

力，斜曳裾时云欲生。烟蛾敛略不胜态，风袖低昂如有情。"

陆象杉见七人缓歌曼舞，兀自轻捋银须，满脸笑意，心想自己晚年无后，却有一干门人、弟子代尽孝道，怎不欣慰？

便在此时，沈汀舞姿戛然而止，呆呆伫立，一旁六人尽皆错愕，一时间鸦雀无声。又见沈汀蓦地发出哈哈呜呜之声，那声音似啼似笑，时高时低，时断时续，直听得众人毛骨悚然，接着面部肌肉霎时扭曲，形状甚是可怖，众弟子不禁哗然大噪，更有人掩面而泣。

陈宵生见状，立时上前将沈汀揽在怀中，双手颤抖不已，喊道："汀妹，汀妹！你怎么了！"

陆象杉一瞧，立觉反常，一时也不知是何缘故。只见道济跨步上前，分从头、胸、足自上而下点了沈汀"风池""膻中""足三里"三处穴位，这三处乃是人身上控制情绪的要穴，又称"撒气穴"。三穴一经拍完，沈汀立时便昏了过去。

陆象杉和道济赶忙让陈宵生将沈汀抱回房中，众弟子适才目睹一切，谁也不知发生何事，各人交头接耳，忧心忡忡，好端端一场寿宴，经此折腾，只索无奈收场。

众人一齐跟到了沈汀居处，房内房外摩肩接踵，尽在询问沈汀情况。道济坐在床沿，搭了搭沈汀脉搏，长吁一口气，道："还好，还好。"

陆象杉一脸愁容，焦急问道："济公，你快说说这到底是怎么回事。"

道济道："汀儿这是中了毒，不过现下不碍事了。"

众人无不愕然，陆象杉又问道："好端端的怎会中毒？"

道济道："此毒名唤'失心草'，无色无嗅，服食后一炷香时辰便发作，一个时辰后自然消退，中毒者只是情绪不受控制，时而哭时而笑，倒也无性命之忧。只是汀儿为何会中此毒，现下却不得而知。"

陆象杉及众人听道济说罢，都松了口气，但对沈汀中毒缘由却百思不得其解。众人正窃窃私语之际，沈汀忽然醒转，卧在床上四下张望，哇的一声便哭了出来，口中连连称歉，道是坏了陆象杉大喜日子。

待哭了一阵，猛然间她似是忆起什么要紧事，神情愤恨，怒目圆睁，起身扫向人群，跟着便径直冲了出去。她出得房门，见骆宝颐站在门外，大喊道："你……好你个骆宝颐，你下毒害我当众出丑不说，还坏了夫子大寿的好日子，我……我跟你没完！"当下大哭起来。

众人一片哗然，更加不明所以。

陈宵生心中害怕，眼角抽搐，问道："汀妹，骆师妹怎么会……"

骆宝颐一脸茫然，看看陈宵生，又看向沈汀，道："沈师姐，你这话是何用意？你方才中毒我也甚感担忧，为何却说是我下毒害你？"

便在此时，一名女弟子站了出来，正是那日凉亭七人对峙时，与沈汀一齐刁难骆宝颐的李杏儿。她手指骆宝颐，目光却看向一旁众人，怒道："是了，定是这小妖精捣的鬼，昨日她与沈师姐发生口角，心生怨恨，便要伺机报复。"她又瞪向骆宝颐，道："你真是良心喂了狗吃，夫子待咱们恩重如山，你不替他老人家开心也就罢了，他老人家六十大寿，你却为了一己之私，将这寿宴搞砸，当真可恨！"

众人一听之下，无不骇然，纷纷对骆宝颐指指点点，睥睨而向。

陈宵生愤愤道："骆宝颐，咱们平日相处不错，没料到你居然这等卑鄙！"转而朝陆象杉和道济跪下，道："夫子，济公，请为汀妹主持公道！"

骆宝颐登时不知所措，眼泪连珠价倾泻而出，道："我……我没有！你们……你们为什么污蔑我？"

道济问道："宝颐，你说实话，当真是你做的？"

骆宝颐听道济一问，哭得更是厉害，啜泣了半晌才道："济公，我没有，你平日教我医术，让我识草药，我深知是为救死扶伤，怎会用此害人？济公，你也不信我吗？"

她怔怔地望着道济。道济将她从小抚养至今，自幼传其医术，知她本性不坏，但性子却冲动刚烈。念及自己对爱徒关怀不周，不由得心生惭愧，但要说她会行此恶事，却也断然不愿相信。可沈汀的确中毒，适才沈、李二人所言也不似杜撰，一时间心下迟疑不决，不知说什么才好。

骆宝颐见道济神情犹豫，半信半疑，一时心灰意冷，掩面而去。

陆象杉见她不加辩驳，只道是沈汀所言不虚，怒道："我三圣庄门下竟有这等逆徒，老夫真是枉为人师！"吩咐左右道："去，把这逆徒给我带回来！"

南一安自始至终未发一言，心中五味杂陈。回忆昨日凉亭争执，骆宝颐

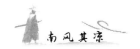
确与沈汀发生口角，若要说是她报复沈汀，下毒令她当众出丑，自是无从争辩，况她又懂得医术，下毒更是轻而易举，证据处处指向她，自己绞尽脑汁也想不出如何为她开脱。

说也奇怪，即便证据确凿，他却打心底里信任骆宝颐，不禁喃喃自语道："南一安啊南一安，你真是鬼迷了心窍，莫非她真是狐狸精变的不成？"正自踌躇，突听得陆象杉差人要带回骆宝颐，登时急出一身冷汗，他知陆象杉脾气刚烈，说一不二，不知要用什么办法惩罚她。当下他也不管谁是谁非，径直往骆宝颐离开的方向奔去。

南一安一路追到断崖斋，见骆宝颐坐在悬崖边上哇哇大哭，这次可比上次还教他担心，生恐骆宝颐寻短见，立时便冲上前去，道："宝颐！你快回来！"

骆宝颐一边哭一边喊道："你刚才为何不替我说话？我不想看见你，你走开！"

南一安被骆宝颐这一问，心中顿觉惭愧，低声道："我……我刚才不知道……但我相信你，一定不是你做的。"

骆宝颐仍是不依不饶，又道："别人不信也就罢了，连你也怀疑我，我不想活了，让那些贱人得意去吧！"

说着便要往悬崖下跳。南一安吓得魂飞魄散，赶忙上前将骆宝颐拉住。便在此时，几个追赶骆宝颐的人也已赶来，见此情状，只道二人要跳下悬崖，都吓得面色惨白。

人群中突然窜出一名少女，大叫道："宝颐姐姐不要！"话音未落便也跟着冲了过去，要将二人拽回。谁知骆宝颐本是说的气话，并未真想一死了之，但被追赶的众人一惊，脚底一打滑，竟真的失足摔落。

南一安拉着骆宝颐的手，那少女又攥着南一安的衣襟，只听三人接连"啊"的一声，便一同跌了下去。

众人急忙赶到悬崖边，却哪里来得及？但见这悬崖高千丈有余，崖下一丈便是滚滚云海。众人吓得冷汗涔涔，只听一人道："快回去禀报夫子和济公！"众人这才回过神来，极速往回奔去。

三人从断崖摔下，但觉耳边风声飒飒，双目刺痛。生死一线之际，骆宝颐一面追悔莫及，一面对沈汀恨得咬牙切齿，打定主意死后定要化作厉鬼向她索命。

南一安此时眼前尽是南天和柳青青的容貌，想到今日一命呜呼，与父母天人永隔，一时万念俱灰。

正当这濒死一刻，三人忽觉腰间受阻，接着咔嚓、扑通几声，竟一齐掉进了一处池水中。

但见这小池约一丈见方，深约五尺，本是这半山腰上一处天然平台，只因久经风霜，日晒雨淋，居然滴水穿石，将一处实心平面浸成了凹陷的池子。

原来三人跌落之后，先是被树枝接住，但力量太大，树枝难以承受，当即为之折断，三人经此缓冲，下落速度立时慢了不少，跟着就掉进了这处池中。

不多时，三人哗的一下将头探出水面，互相你瞧瞧我我瞧瞧你，再打量四周，先前那少女忽道："这便是黄泉了吗？"

南一安细查双臂，见有多处擦伤，大喜道："我瞧咱们还活着，我爹妈说，死了便没知觉了，可我身上痛得厉害。"

三人怔了片刻，蓦地里哈哈大笑起来，跌落悬崖之前的种种不快，转瞬便被这死里逃生的莫大喜悦所掩盖。

南一安道："是了，还不知这位姑娘叫什么？"他看向刚才和自己一同跌落的少女，那少女年纪十四岁上下，双眸璨璨，淡月修眉，肌胜瑞雪容光，脸夺奇花艳丽，山泉浸润之下，更显楚楚动人。

那女子道："我叫林知寒。"

南一安细细端详，猛然忆起这林知寒便是昨日凉亭争执时，那兀自垂头一言不发之人。起初只道她两不相帮，料想是个胆小怕事的姑娘，却不承想今日这生死关头，她竟不顾安危愕是同自己与骆宝颐一同跌了下来，心中大是感动。

便在此时，南一安忽见身旁有一处三尺见宽的洞口，道："你们快看，这有处入口，咱们快些进去瞧瞧。"

骆宝颐与林知寒看了一眼，果是如此，三人便依次钻了进去。

进得洞里，但见这洞内甚是狭窄，似是一条长长的过道。往前行了几步，

忽见前方有一处石门，右首边又有一条小道。

南一安道："不知这石门里面是个什么所在，咱们不妨进去瞧瞧？"

他本正值少年，到了这奇怪的山洞自是大为好奇，却将先前骆宝颐受了委屈亟待澄清这事忘得干干净净了。

骆宝颐道："哼，你要去自己去，我可不去，知寒，咱们走。"

这时南一安才知此举不妥，兀自跟着骆、林二女往小道行去，不敢再多说半句。三人行了一炷香时辰，又到一处洞口，这洞口藤萝蔓延，遮掩得甚是隐蔽，但日光仍稀稀疏疏透了进来。三人拨开藤萝，走到洞外，竟是一处树林。这树林乃是聚寿后山腰的一处山谷，四面闭环，三人行了好一阵子，方才走出去。

出得山谷，往前眺望，但见前方山上有多处屋宇，骆宝颐与林知寒对聚寿山再熟悉不过，当即认出那是三圣庄的建筑。南一安死里逃生，心中大为舒畅，却见骆宝颐双眉紧蹙，兀自垂头不语。

南一安道："宝颐，别怕，咱们大难不死必有后福，这便回庄去跟大家说个明白。"

骆宝颐喃喃道："唉，一定是沈汀那贱人自己去丹房偷制了'失心草'，想陷害于我，我到今日才明白她竟如此工于心计，可她先入为主，我却又如何说得明白？"

林知寒突然间"啊"了一声，登时双眼放光，道："是了！昨晚我练完琴后，便从伯牙亭回房，那时已经很晚了，远远瞧见沈汀从丹房走出来，还道她兴许是害了病，怕耽搁了今日寿宴，便去拿些草药服食，当时也没在意，难不成……"

南一安大怒，道："果然是那姓沈的干的好事，我非扒了她皮不可！"

骆宝颐早已是气得咬牙切齿，双拳紧攥。林知寒道："可即便如此，如今咱们回去，又有谁相信呢？"

南一安沉吟半晌，笑道："我有一计！"当下拾起一块尖石，往双臂擦伤之处狠狠划去。

骆、林二女大吃一惊，忙让南一安住手。他却哪里理会，此刻伤口更是流血不止，他一面哈哈大笑，一面将手臂上的鲜血抹在骆宝颐双颊之上，道：

"宝颐,你让知寒瞧瞧,你像不像一个索命的厉鬼?"

二女登时明白南一安的用意,便是要骆宝颐假扮厉鬼,向沈汀索命。如此一来,沈汀自忖做了亏心事,必然就范,彼时便能真相大白。

骆宝颐从身上撕下一块衣襟,将南一安伤处小心包扎,柔声道:"一安,以后不许你这样伤害自己,别人……别人更不能伤害你。"

南一安见她眼中泪光莹莹,伤处虽痛,心中却说不出的甜蜜,笑道:"我知道了!为你吃点痛算得什么?便是要我死,我也绝无二话。"

谁知骆宝颐听罢,却将那衣襟使劲打了个结,南一安痛得"啊哟"大叫一声。骆宝颐道:"谁要你为我死了?你又不是我什么人。"

南一安道:"我……我现在不是你什么人……将来我……你是我什么人……我是你……"

骆宝颐听他这般语无伦次,登时破涕为笑,脸上彤云飞过,一阵娇羞,道:"你……胡言乱语……再说不理你了!"

南一安急道:"好,好,我不说了。"

林知寒笑道:"好啦,宝颐姐姐的事尚未说明,咱们赶紧回去吧。"

骆宝颐便似一直在等她这话一般,当下便不顾两人,疾步往三圣庄而去。

过了半晌,三人回到庄里,已过了酉时。天色昏暗,庄内四下无人,人都会聚在无名厅外。

原来适才追赶骆宝颐的一干弟子见几人跌落悬崖之后便回去禀报,众人闻讯又惊又悲,道济更是泣不成声。陆象杉虽不说话,却面色沉重,黯然神伤,好端端的喜事眨眼成了丧事,白发人送黑发人,叫他与道济二人怎不伤心?

道济料想摔下断崖必是尸骨无存,便召集众人来到无名厅,自己作法为三人超度亡魂。

便在此时,三人回到了三圣庄,见此情形心中也不禁失落,好似自己真的死了一般。

南一安与林知寒依计躲在一旁,骆宝颐则朗声喊道:"沈汀!还我命来!"

她堪堪说罢,忽见夜空中紫电骤闪,接着咔嚓一声惊雷乍响,大雨滂沱而下。

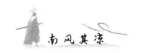

众人循声望去，见她满脸是血，尽皆吓得魂不附体，四处逃窜，嘴里还不时大喊："有鬼！有鬼！"

沈汀吓得瘫软在地，骆宝颐径直冲将过去，双手扼住她脖颈，连连叫她偿命。沈汀不明缘由，以为真是骆宝颐死后化作厉鬼，问她索命来了，一面大哭一面哀求，道："宝颐妹妹，是我鬼迷心窍，对不住你，求你饶我性命！"

骆宝颐非但不松手，反而越掐越紧，道："你为什么诬陷我？我要你偿命！"

陈宵生吓得面色惨白，壮着胆子跪在骆宝颐身前，磕头道："骆师妹，你虽对汀妹下毒，但也罪不至死，你今日惨死我们都很难过，还请你放过汀妹，快快投胎去吧！"

南一安在一旁听得痛快无比，暗想自己略施小计便让这沈汀原形毕露，心中甚是得意。

道济与陆象杉也吃惊不小，但见道济双手合十，念道："若胎生，若卵生，若湿生，若化生，若有想，若无想，若非有想，若非无想，我今皆令入无余涅槃而灭度之，南无阿弥陀佛，南无本师释迦牟尼佛，南无大慈大悲观世音菩萨，南无大愿地藏王菩萨……"

骆宝颐见道济已然相信，更加肆无忌惮，喝道："快说！是不是你陷害我？"

沈汀被扼住咽喉，只得艰难应道："是……是……我对不起你……"

陆象杉人称儒圣，自是坚定"子不语怪力乱神"之说，任骆宝颐戏做得如何逼真，也决计不信她当真是索命冤魂，喝道："好了！当真胡闹！"

骆宝颐一听，便知陆象杉已识破，但寻思沈汀既已就范，方才之言说得清楚明白，定能还自己清白，当即罢手下跪，道："夫子，宝颐不肖，在这大喜日子生出这些麻烦，但这一切都是沈汀一手策划，还请夫子、济公明察！"

南一安与林知寒也一齐现身，道："请夫子、济公明察！"

陆象杉情知自己料中，骆宝颐三人尚且活在人世，心中既喜且悲，喜的是三个徒儿安然无恙，悲的是见了方才一幕，对沈汀一事已猜出六七分，于她这般行径实是大为震怒。

道济起初得知三人身死，悲痛万分，想到自己当初将南一安留在三圣庄，此刻他却无辜惨死，怎不愧疚？眼下得知他们尚在人世，心下大为宽慰，道："菩萨保佑，你们三人是如何活下来的？"

三人便将跌落悬崖后发生的一切原原本本说了出来，众人皆觉匪夷所思，但如今还有要事亟待处理，便也无暇多问。

　　沈汀情知败露，顿时张皇不已，当即朝陆象杉跪下，哀声道：“徒儿知错了，徒儿知错了，请夫子饶恕！”

　　陆象杉也不答话，只对左右道：“来啊，拿下！”一旁几个胆大的弟子方才见了骆宝颐也未曾躲远，互相推搡上前，将沈汀左右一架，带进了无名厅。

　　这时其余弟子口口相传，得知那不是鬼魂，骆宝颐还活着，便都匆匆回到无名厅来。

　　但见沈汀一人跪在地上，心知自己闯下大祸，不知要受什么惩罚，却不敢哭出声来。

　　道济问道：“汀儿，这是怎么一回事？”

　　沈汀只觉颜面无存，半晌也吐不出几个字。

　　骆宝颐抢前道：“容弟子禀明济公。昨日弟子与沈汀在后山凉亭起了争执不假，但当日弟子便已释怀，万没料到她竟如此记恨我，居然偷偷制成‘失心草’服下，使这苦肉计陷害于我。只因人人都已知晓昨日之事，我又懂得医术，真是百口莫辩。”

　　她狠狠瞪向适才替沈汀帮腔的李杏儿，道：“哼，再加上李师姐，在一旁扇阴风点鬼火，今日要不是老天垂怜，让弟子洗脱冤屈，弟子便真成冤死鬼了！”

　　道济道：“宝颐，这些事你是怎么知道的？”

　　骆宝颐道：“济公，常言道人在做天在看，举头三尺有神明，昨日沈汀她半夜鬼鬼祟祟去了丹房，可她怎么也想不到竟被林师妹给撞上了！”

　　沈汀原也不知她如何就被识破，这才明白原来是被林知寒发现，心中只恨自己当时托大，却对设计陷害骆宝颐全无悔意。

　　道济望向林知寒，道：“知寒，当真如此？”

　　林知寒便将昨晚之事一五一十道了出来，道济眼含泪水，看向沈汀，道：“唉，只怪为师平日疏于管教，教你闯出大祸。”

　　沈汀见已真相大白，当下不由得不认，只恨刚才沉不住气，见骆宝颐那般模样便被吓得什么都招了。

　　在场众人七嘴八舌，都对沈汀如此处心积虑陷害旁人的作为大感可耻。

陆象杉沉吟了片刻，道："沈汀，从此你便不是我三圣庄门人，今后也不得向旁人提起曾是我陆象杉的徒弟，我与你再无师徒情分，你即刻下山去吧。"

沈汀本以为照陆象杉的脾气，真不知会想出什么法子惩罚自己，便是不死也得脱层皮，但自己只要认错悔改，终不致被逐出师门。她自幼在三圣庄长大，今日离去却又能去到哪里？于是苦苦哀求道："弟子鬼迷了心窍，今后定当痛改前非，还请夫子收回成命，让弟子留下！"

陈宵生见沈汀即将被撵出三圣庄，忙道："夫子，汀妹年少无知，求夫子给她一次改过的机会，徒儿愿以性命担保，倘若再犯，再请夫子发落！"

道济也道："唉，陆夫子，她犯下大错，理应受罚，但你将她赶走，实在也太过了！"

南一安与林知寒听了半晌，虽说先前确是愤愤不平，但此刻又不禁可怜起沈汀，皆有求情之意，正待开口，只听骆宝颐朝沈汀愤然喊道："哼，姓沈的，你害人不浅，咱们三人今日差点送了性命，夫子不打断你的腿已是莫大的恩情，你这种人，留在三圣庄真是玷污三圣清誉！"

南、林二人闻言，心下都感错愕，两人面面相觑，万没料到骆宝颐不求情也就罢了，居然还落井下石，心中顿觉不悦。但转念又想，毕竟亲历这次冤屈的不是自己，骆宝颐心中怨恨也说得过去，当下便不再多言。

哪知骆宝颐最为气恼的并非自己蒙受冤屈，乃是南一安为了此事不惜将他自己割伤，伤在他的身上，痛却在自己心里，心想此事归根结底是因沈汀而起，这才怒气难平。

沈汀不住啜泣，对骆宝颐已恨入骨髓，道："夫子，求你老收回成命！"

陆象杉勃然大怒，啪的一掌拍向身旁木几，那木几顷刻间便被掌力震得粉碎，斥道："再不走，便如这张木几一般！"

沈汀吓得面如白纸，狠狠瞪了骆宝颐一眼，转身仓皇离去。众人见她身影渐行渐远，不时传来呜咽之声，心中都是五味杂陈。

陈宵生见沈汀离去，心想自己断然不能将她抛下，令她独自一人，当下朝陆象杉和道济二人磕了三个响头，便跟着沈汀去了。

陆象杉与道济深知陈宵生秉性纯良，如今师徒离别，怎不伤心？但人各有志，他对沈汀一往情深，终不能强人所难，只得眼睁睁看着他离庄而去。

第六回　指玄洞中

自那日沈汀、陈宵生下山之后，转眼又过了十日。酷暑日渐消退，天气渐转凉爽。

这时南一安已将纹枰轩中三本围棋古籍逐一参阅完毕，兀自一人坐在棋盘边打谱。

忽听得纹枰轩外不远处传来阵阵咯咯娇笑之声，南一安一听便知这笑声出自骆宝颐，心中大喜，寻思这几日成天待在纹枰轩内，还未与骆宝颐会过面，一颗心登时咚咚直跳，随即便放下手中棋子，径直奔向门外。

南一安循声望去，但见骆宝颐与几名男弟子正嬉笑打闹着，举止甚是亲密，顿觉自己像是吃了一颗未熟的酸李子，霎时间转喜为忧，兴致全无。

他自初见骆宝颐至今，虽时日不长，但经断崖相知之后，便已对其痴迷得难以自拔。为何如此却又说不上来，只是那魂牵梦萦之感则是实实在在的，凭他十四岁的年纪，自然不明白情是何物。

他见骆宝颐与众弟子嬉笑打闹，忽觉自己在她心中并不是特别的一个，却与其他师兄弟几无二致，念及此处，心情转瞬便跌落谷底，垂头丧气便往山庄外去了。

南一安心中烦闷，竟觉耳边骆宝颐的笑声无论如何也挥之不去，越强迫自己不去想，越是止不住地想。猛然间忆起那日三人坠崖后所到过的山洞，便喃喃自语道："眼下也无要紧事，不如去那山洞瞧瞧吧，兴许有什么好玩的物事。"他一面回想一面寻路，寻了半个时辰，终于来到了山洞外那处野林。

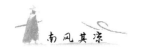

　　南一安仔细一瞧，却浑然不见洞口所在，不禁煞是疑惑，四下寻了半晌，仍是不见，心想："这青天白日的当真是活见鬼，那洞口分明是在此处，怎的平白无故消失了？"

　　正自奇怪，猛然间忆起两年前在八部会，柳青青曾传授他奇门遁甲之术，料想此处定有机关，心中一喜，喃喃道："便试试也无妨。"

　　当下回忆"开、休、生、伤、杜、景、死、惊"八门的方位，分按干支年、月、时一算，便知此时属"惊"门，八卦方位为西方"兑"位。

　　于是径直奔向野林西边，四下披荆除草，寻了半晌，却哪里有什么机关暗道？寻思："莫非娘教我的奇门遁甲是奇门遁假不成？"转念又想："娘怎么会骗我？定是我自己学得不用功，临到用时便露了馅。"垂头丧气地四下闲逛，突然间尿急，眼见周围无人，便要脱下裤子小解。正宽腰带之时，忽见远处丛林中有两个人，那两人与南一安相距甚远，加之林中蝉声大噪，只能隐隐听见说话之声，一人道："……恩重如山，这……"南一安拨开树叶，暗自奇怪："陈宵生不是已经和沈汀下山了吗？怎的又出现在山上？"说话的正是陈宵生，他身旁的自然是沈汀了。沈汀脸有怒色，冷冷道："……下山，我定要……"南一安心想："他们被赶下山后，也不知靠什么过活？是了，沈汀懂得医术，兴许能替人治病。"又想："他们活不活的，关我屁事？想那么多干什么？"突然间脚面似有什么活物扭动，低头一瞧，却是一条花蛇，南一安吃了一惊，不禁"啊"地大叫了一声。叫声传到沈、陈二人耳中，两人急忙矮下身子，转眼不见了踪影。南一安被那花蛇吓了一跳，登时疾步往后退开，只觉脚下踩住了一块圆秃秃的物事，未及细瞧，落脚之处突然间打开了一道暗门，他霎时便跌入一条狭长的甬道之中，南一安便在这甬道中一路滑落，衣角直被磨得破烂不堪，只觉这甬道七拐八弯，半晌方才从尽头跌了出来。

　　南一安趴在地上，浑身肌肤被擦得火辣，待了片刻，缓缓起身看向四周。但见好一处洞天福地，那甬道出口的左首有一张石几，一旁各有四张石凳，几上除一把玉壶外别无他物。右首边是一处三丈来高的平台，侧方有一道青苔满布的石梯，平台上更有一处屋舍，屋舍门楣上一块青石牌匾甚是显眼，上镌"指玄精舍"四个大字。心想："真是踏破铁鞋无觅处，存心要找找不到，莫名其妙地自己跌进来了。"随即又想："既是有人在此设下机关，想必不愿为外人打扰，我这般贸然进去，倒也不大妥当。"但他终究童心未泯，按捺不住好奇心："来也来了，又不是我自己要来，只怪那条蛇将我逼了下来。"转念又喃喃道："那陆夫子功夫恁地厉害，没准这里面便是藏了什么稀奇古怪的武功秘籍，今日被我撞上，索性去将它们通通瞧上一遍，也用不着苦苦求他传授了。"

这时一阵清风从上方扑面而来，却丝毫不觉阴寒，反倒令人心旷神怡。

南一安抬眼一瞧，上方十余丈处竟是一个八尺见方的圆形出口，外面只见碧天白云，自己像是身处一口下阔上窄的深井之中。正对井口的下方平地处，一棵粗壮的大树巍然而立，万节修枝上长满针叶、鲜果，随风摇摆，好似神仙翩然而舞，却不知这树是何品类。

南一安见这景色，心中好生喜欢，四下里游玩一阵，便径直往那屋舍走去。待要靠近房门时，却不由自主放缓了脚步，起初还甚是大大咧咧，这时内心却忽起波澜，既好奇又有些害怕，心道："不知这屋舍里是住了凡人还是神仙，此番成了不速之客，还不知主人家会不会恼怒……"

南一安踌躇少顷，仍不敌心中好奇心，小心翼翼地走了过去，缓缓推开房门，只听长长的吱呀声立时打破了四下的静谧，只觉脊背凉了半截，一颗心已提到了嗓子眼儿。

待房门打开后，南一安悄悄将脑袋探了进去，这时仿佛只听见自己的呼吸声。四下一张望，但见目之所及空无一物，于是抬脚跨过门槛走了进去，往左首边一望，但见一张石床映入眼底，四周又有薄纱帷帘遮住，里面隐约似有一人盘腿而坐，一动不动。

南一安登时被吓得往后退了几步，颤颤巍巍道："你……你是谁?"

话音甫落，但见石床周围的帘子霎时间飘摇鼓动，似是有一股极强的真气充斥于帘内，原本些微寒冷的屋舍内转瞬变得热气腾腾，但听得石床上那人徐徐道："你擅闯我指玄洞府，却要问我是何人?"

南一安被问得一时语塞，半晌答不出话。

那人又道："老夫于指玄洞外布下奇门遁甲迷阵，少年，你是如何进得来的?"

南一安心想："看来此人便是主人家了，他在外面布下机关，莫非在此干

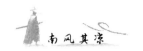

什么见不得人的勾当？如今我擅闯此处被他撞见，倘若将我杀了灭口那可大大不妙。"便道："我在后山游玩，无意间碰到机关，便跌了进来。"

那人噫了一声，道："真个奇哉怪也，老夫于此闭关数次，从未有旁人进来，你叫什么名字？是谁的弟子？"

南一安这一听才恍然大悟，料知那人多半便是闭关了半年多的道圣陈抟，自己在三圣庄这些时日常有听闻，却一直未曾见过，心下又惊又喜，道："啊！原来是道圣老前辈，弟子南一安给你老磕头了！"当下连连磕头。

那人又徐徐道："南一安？你果是三圣庄门人？"掀开帷帘，起身向南一安走来。

南一安听那人未曾否认，情知自己料中，此人果真是陈抟老祖。

抬眼一瞧，不禁心中一凛，原以为陈抟与陆象杉、道济并称三圣，年龄当与二人相仿，却不料陈抟除两鬓略带银丝，其余发色俱是乌黑透亮，容貌看来也不过四十来岁，哪里是先前想象中的陈抟"老祖"？

原来陈抟修道二十余年，他本天资过人，根骨奇佳，二十余年来按道家辟谷养生秘术修习，每日只吃些蔬果，饮一壶酒，容貌非但未曾变老，甚至比修道之前还更显年轻了些。

不过古往今来修道之人何止千万，能臻此佳境者亦不过寥寥数人。南一安年少无知，哪里知道佛、道修禅打坐之法博大精深，且确有实效。但自禅宗六祖慧能大师开顿悟先河以降，今人见打坐便道"磨砖作镜""自了小乘"，殊不知顿悟当以渐修为本，乃是循序渐进之过程。然此风修禅如是，修道亦如是，沉心实修者当世已寥寥无几，是以南一安也从未听父母说起过这等奇事。

他见陈抟走来，不免心中有些张皇，便道："弟子南一安冒昧打扰老祖清修，这便回去！"说着拔腿便往外跑。

谁知陈抟也未做理会，只是缓步跟着南一安走出房门。

南一安奔下石梯，四下一张望，只见除了方才那甬道和头顶上的天洞外再无出口，料想这甬道几与地面垂直，天洞离地足有十余丈，自己却又哪里出得去？不禁叹了口气，心想："当真是糟天下之大糕，我擅自到了他的地盘上，他若是恼羞成怒，把我一个人留在这鬼地方，我却如何才能出得去？"

陈抟道："小朋友，老夫尚有三个月出关，此处有鲜果充饥，佳酿解渴，你便留下与我做伴吧！"

南一安心中懊悔不迭，心想自己万不该一时冲动，如今要在此困上三个月之久，且不说与陆象杉对弈之期已不足一月，便是无事在身，单单想到自己要在此困上三个月便已是苦不堪言了。

当下心念电转："倘若错过对弈之机，恐怕再难学到陆夫子的一身上乘功夫，这可如何是好？"念及此处，猛然想起父母双全，爹爹南天已然武功尽失，自己渐渐长大，该当由自己保护爹爹妈妈。随即又想："刚才在外面瞧见沈汀，不知她是否又在打着什么算盘，今后难保不会与宝颐为难，我若是有一身本事，谁还敢欺负宝颐？"

越想越是黯然神伤，不禁急得眼泪直流，兀自呜咽不止，转身望向陈抟，恳切说道："弟子尚且有要事在身，求老祖放过弟子，放我出去吧！"

陈抟闻言道："小小年纪能有甚要紧事，你且说说，倘若当真要紧，放你出去也无妨，但若有半句虚言被我察觉，三个月后我便独自出去，留你一人在此种花养草。"

南一安大喜，情知此事尚有转机，便道："不瞒老祖，我与陆夫子有约，要与他手谈一局，眼下离约定日子不足一月，我若在此待上三个月，不免错过了，大丈夫一言既出，五马六马也难追，还请老祖体谅！"

陈抟深知陆象杉喜爱下棋，此话倒无破绽，但听南一安所言，分明不是陆象杉授课，而是指名道姓地约战。他素知陆象杉棋艺精湛，对弈自然是要棋逢对手，哪里肯与一个乳臭未干的少年定下约会。当即冷笑一声，道："你小小年纪，哪里是他的对手，他岂会与你约战？小娃娃满嘴胡言！"

南一安已知陈抟心思缜密，所说实是在理，便解释道："老祖有所不知，我原本是请陆夫子传我功夫，可夫子却说给我三个月时日，我若能在棋盘上赢了他，便教给我，我虽学棋不过两个月，但无论如何也得试试。"

陈抟见南一安言辞恳切，不似作伪，心下倒也释疑不少，道："倘若你此话不假，倒也有些种性，同我年轻时很是相像。不过他那这书呆子虽于方寸黑白之道颇有些造诣，但武功修为嘛，在我看来也还差些火候。"

南一安心想："这陈抟老祖牛皮真是吹上了天，我分明亲眼见陆夫子一人

击退六大派掌门，如何在他眼里却差些火候了？"

转念又想，陈抟在小辈面前既说出此话，功夫就算不在陆象杉之上，至少也是并驾齐驱，心中登时大喜，心想若能得陈抟相授，与拜陆象杉为师想来也无二致。可又觉此时开口，未免显得过于轻浮，灵机一动，便道："老祖骗人！我亲眼见过陆夫子施展天下无敌的绝学，这世上绝无敌手。"

陈抟哈哈大笑，道："你这小娃娃当真是人小鬼大，机灵得紧哩！你以为使这激将法，老夫便会收你为徒？"又是一阵大笑。

但听这笑声有如惊雷，一旁石几上的玉壶竟啪的一下被震得粉碎，南一安急忙捂住双耳，难受得啊啊大叫。

陈抟笑声未歇，只听风声骤紧，眨眼间人已从指玄精舍的房门处欺至南一安身前，身法迅捷无伦，宛如鬼魅。

这一下直把南一安惊得目瞪口呆，怔怔地望着弹指间便来到自己身前的陈抟。二人站在天洞下方，光线甚是明亮，那陈抟正细细打量南一安，猛然间见南一安脖子上挂着一条项链，登时倒吸一口凉气，问道："小子，陈希夷是你什么人？"

南一安被这一问，不明所以，道："弟子不认识什么陈希夷。"

陈抟又问道："那你颈上挂的项链，又是如何得来？"

南一安听陈抟竟问起自己母亲留下的项链，心中更惊，道："这项链是我妈妈留给我的。"

陈抟又道："你妈妈？你妈妈叫什么名字？"

南一安道："我妈妈叫柳青青。"

陈抟心中一凛，道："哪个柳青青？"

南一安道："柳树的柳，青山绿水的青。"

陈抟心中霎时波涛翻涌，又对南一安一阵端详，喃喃道："像，真像。算算辰光，也该是如此了。"

南一安见陈抟低声自语，心中大为不解，问道："老祖，你识得我妈妈？"

陈抟仿佛并未听见南一安的问话，只是轻柔地抚摸着南一安的脸颊，道："孩子，想来这便是济公常说的缘吧。"随即牵着南一安的手，徐徐来到石几旁。

二人坐定，陈抟不时端详着南一安的脸，神情甚是慈祥，不住点头道："你爹爹叫南天，你叔叔叫南玄，是也不是？"

南一安蓦地站起身，又是激动又是惊奇，道："老祖，你……你怎会认识他们？"

陈抟仍是置之不答，道："你爹妈，还有你二叔现在何处？你又怎会到三圣庄来了？"

南一安经这一问，终是忍耐不住，放声大哭起来。陈抟惊道："莫非他们已不在人世？"

南一安一面啜泣，一面道："我……我不知道……我和爹爹妈妈两个月前在山下，被江湖六大门派的人围攻，幸得陆夫子和济公出手相救，可是……爹爹妈妈已经下山……兴许回去找二叔了……"

陈抟大怒，单掌拍向石几，桌面立时龟裂，道："我若猜得不错，他们是为了《六通要旨》。"

南一安拭去面上泪渍，道："是。一个月前，二叔在四川灵岩寺破关，夜叉尊者、紧那罗尊者和摩呼罗迦尊者合力助他打通奇经八脉。爹妈只怕那些恶人趁机夺走《六通要旨》，便放出风，说二叔在八部会，要将他们引开，我便同他们一道回了大漠。"

陈抟道："你爹妈当真糊涂，怎能将你带在身边？"

南一安道："他们起初不愿带上我，可我死活要跟着他们。"

陈抟道："为什么？"

南一安道："我知道爹妈此去危险重重，他们若是死了，我活着还有什么意思？要死就一家人一起死。"

陈抟笑道："你这孩子，好啊，是个男子汉！那后来呢？"

南一安道："咱们回到八部会后，那些恶人果然来了。爹妈带着我，将他们一路引到中原地带，本想着他们为夺得《六通要旨》，定会一路跟着咱们，直至找到二叔，可到得聚寿山时，那青城派姓刘的掌门却等不及向咱们发难，爹爹和他们交战，险些送了性命，好在夫子和济公救了咱们。"

陈抟怒道："哼，中原武林历来对咱们八部会《六通要旨》虎视眈眈，个个包藏祸心，旁人且不说，这青城一派原是东汉正一道人张天师道陵所创，

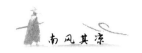

本应修身养性，力图脱却凡胎，却不思进取，处心积虑要夺咱们八部会至宝，我若非二十多年前退隐江湖，立誓再不与人动手，定要将他们碎尸万段！"

南一安越听越是好奇，道："老祖，你怎的什么都晓得，你到底是什么人？"

陈抟道："一安，你可知八部会的由来？"

南一安道："爹爹曾跟我说过，说八部会是东晋时西域龟兹国的鸠摩罗什大师所创，'八部'二字出自《法华经》：'天龙八部、人与非人，皆遥见彼龙女成佛……'八部便是经中所指的非人，即天、龙、夜叉、乾达婆、阿修罗、迦楼罗、紧那罗、摩呼罗迦八种神道精怪。"

陈抟道："不错，鸠摩罗什晚年于西域悟道，开创八部会教化西域众生，祖师爷以八部会为名，其意便是要断除分别心，倡导众生平等。这本是弘扬佛法之举，八部会也从不惹是生非。可好事之徒屡屡进犯，祖师爷涅槃前便留下秘籍《六通要旨》，传与其弟子竺道生，以求护法卫教。后来八部会逐渐枝繁叶茂，门人也以俗家弟子为多，后人为秉承二位祖师遗法，虽不能只传僧侣，却定下了一脉单传处子的规矩。习《六通要旨》者需立下重誓，终身不得娶妻，不得行男女之事。"

说着站起身来，续道："我曾是第二十代统领八部会的大天尊者，你母亲的养父神龙尊者他……他便是我的同胞弟弟……陈希夷。"待"陈希夷"二字说出，陈抟竟已双眼泛红，老泪纵横。

南一安听柳青青说过，这条项链乃是其养父神龙尊者所赐，这时才知道神龙尊者名叫陈希夷，而原以为早已故去的大天尊者不仅尚在人世，居然还是三圣庄的道圣。南一安一时间心中疑窦丛生，方寸大乱。

陈抟徐徐说道："二十多年前我练功走火入魔，伤及心脉，料大去之日不远，你父亲南天在其余六人中资质最佳，我本欲将《六通要旨》传与他，怎奈他与你母亲日久生情，定了终身，无论如何也不愿接受。我那弟弟陈希夷心术不正，年少时曾往终南山拜在丘处机门下，过了一年便回到了八部会，他嘴上不承认，可我是他亲哥哥，知道定然是丘道长识出他的秉性，不肯再行授艺。况他生性贪恋美色，虽在我面前发誓永葆处子身，不久后却被我发现与一名女弟子私通，我一怒之下，失手将那女弟子杀了。希夷知晓后要杀我报仇，谁知动手间我心魔发作，将他也误杀于掌下……后来我才知那名女弟子竟已怀有身孕……"（按：丘处机于 1227 年逝世，小说中此时是 1299 年，时间上有不符，但小说不求与正史相吻合，方家学者不必深究）

南一安听到此处不禁"啊"了一声，心想："难怪我向旁人问起大天尊者和神龙尊者的事，他们总是含糊其词，原来还有这等往事，可神龙尊者既是爹爹妈妈的养父，想必该是个大好人，怎会心术不正？"道："老祖，神龙尊者他……他是个坏人吗？"

陈抟脸一沉，道："当时蒙古大军席卷天下，问鼎中原之日只在朝夕，希夷曾找我商议，要咱们八部会投靠蒙古人。咱们虽偏居南疆大漠，但门人大多也是汉人子弟，我岂能答应他？"

南一安大惊，道："还有……还有这样的事……爹妈可从未跟我说过。"

陈抟道："这些事，除了我没人知道，你爹妈自然无从说起。"

南一安道："那后来呢？"

陈抟道："他见我断然不允，便也未再提及。我兄弟二人自幼严慈见背，相依为命，也是我这做兄长的疏于管教，不能全然怪在他身上。"

南一安点点头。只见陈抟叹了口气，道："我杀了自己的弟弟和他身怀六甲的女人，自知罪孽深重，又阳寿殆尽，便将《六通要旨》传与你二叔南玄后独自离开了八部会。后来我游历名山大川，在峨眉山时遇见一个麻衣道人，那道人当真料事如神，他不能言语，却在纸上写下我的身世来历，说我身负血债，劝我归隐僻居，今生不得动武，方能消除冤孽，此后我便遁迹江湖。在泽州时已是行将就木，彼时却遇上道济禅师，济公慈悲为怀，医术通神，见我性命垂危，竟治好了我的内伤。再后来又结识了归隐的陆象杉，我三人俱是无妻无子，又志趣相投，大有相见恨晚之感，便一同来此聚寿山，从此收养幼孩，传道授业。"

南一安道："原来老祖的命还是济公救的，济公可真是华佗再世。"

陈抟道："不错，济公虽对武学招式一窍不通，但内功造诣出神入化，医术更是当世无双。"

南一安问道："那麻衣道人长什么样？是什么人？为什么会知道老祖的过去？"

陈抟道："那道人一身麻衣，头戴粗布面罩，瞧不清模样，不过我想他既是世外高人，不愿露出形迹倒也寻常。《大戴礼记》有云：'昔尧取人以状，舜取人以色，禹取人以言……'这相人之术自古以来便是有的，不论你信不信天命，有些事自有定数。倘有人自以为可逆天改命，却不知正中老天爷的下怀，自以为惊天地泣鬼神，却不知宿命早已如此铺排。"

南一安听陈抟说起这等奇事，不禁怔怔出神。陈抟转过身来，道："一安，你既是我八部会门人，又是柳青青的儿子，便来了也无妨。今日机缘巧合，令你我二人相会，想是上天必有用意。如今你二叔南玄生死未卜，事关八部会存亡，我欲将这《六通要旨》传给你，你意下如何？"

按说南一安有此奇遇，又得陈抟亲口应允，当是欢喜无限才是，不过他立时想到修习这《六通要旨》的规矩。自己现下虽是处子身，但若未遇见骆宝颐也就罢了，偏偏遇见后情意萌动，要让自己终身不娶，眼下却万万做不到。

南一安道："多谢老祖……呃，多谢大天尊者美意，不过……"

陈抟见南一安犹豫不决，略有不快，道："不过什么？一安，难道你认为咱们的《六通要旨》及不卜那书呆子的九渊掌法？"

南一安赶忙摆手，道："不是，《六通要旨》自然是天下武学之最，可现下弟子……弟子……"

陈抟又急又怒，道："那是为什么？"

南一安叹了口气，道："唉，只因弟子恋上了一名女子……是以……"

陈抟"噫"了一声，道："你可真是南天的儿子，有其父必有其子啊！"沉吟片刻，又道："也罢，既然你不愿学，我也不勉强。"

南一安见陈抟并未恼怒，心下松了口气，转身便走。陈抟道："你做什么去？"

南一安笑道："弟子给老祖摘些鲜果解解馋。"

陈抟微微一笑，道："你倒是个孝顺孩子。"又道："你不愿学《六通要旨》，可愿学一门不逊于它的功夫？"

南一安大喜，转念又想："咱们的功夫尽是些稀奇古怪的，那《六通要旨》不让人娶老婆，这门不逊于它的功夫可别不让人吃饭，不让人拉屎撒尿

······"

陈抟佯扮厉色，道："怎么，你瞧不上？"

南一安心想："可别惹恼了他，还是先应下，日后学与不学，还不是我自己说了算？"急忙转身折回，道："弟子愿学，弟子愿学！"

陈抟道："好，你且看仔细了！"

话音未落，只见黑影闪动，陈抟身形猛然间飘如御风。若说快，放眼望去却分明瞧见人影左移右晃，若说慢，定睛一瞧却又始终捉摸不到，好似鬼魅一般，虚虚实实，若隐若现。

陆象杉当日在聚寿山下曾施展出奥妙无比的轻身功夫，但他的轻功却只一个"快"字，而陈抟此刻所现身法，却是似慢实快，飘忽不定，更多了几分仙气，便似舞蹈一般优美绝伦。

南一安正自拍手称奇，又见陈抟身法越发诡异，一会儿如蟒蛇般游来窜去，一会儿如壁虎般爬墙攀岩，实是高低莫测，极尽变化之能事。

只听这山洞中风声呼呼作响，树叶在风力席卷下纷纷飘落。

南一安见此神妙功夫，立时为之倾倒，道："老祖老祖，你这是什么绝活？"

陈抟见南一安这般神情，心中甚是得意，嘴角微一上扬，道："我近年来自创《六通指玄经》，这便是其中的轻身功夫。前些年我闭关时曾参阅道家《指玄篇》，与《六通要旨》相互融摄，创出一套无上法门，起名为《六通指玄经》。"他见南一安双眼闪闪发光，又道："你可知这《六通要旨》为何是六通，而不是五通、七通？"

南一安摇道："弟子不知。"

陈抟道："六通乃是佛教术语，原指'神足通''天眼通''天耳通''他心通''宿命通''漏尽通'。祖师爷鸠摩罗什当年传此神功与二祖竺道生后便即坐化，二祖后来以此神功平定西域匪患，力挫天下豪杰，使得西域武林人士尽皆望而却步。然因年代久远，中间不免有所遗失，到如今只剩'神足''天眼''天耳'三神通，而后三者俱已失传。方才所展现的轻功，便是吸取了'神足通'功夫的精华。"

南一安问道："那另外的两大神通又有何威力？"

陈抟道："你既已不愿练这《六通要旨》，我便不能坏了规矩说与你听。"

南一安闻言只"哦"了一声，甚显失望。

陈抟又道："我先将这《六通指玄经》的总诀说与你听，你且听仔细了。"他吐纳了几番，缓缓道："'夫玄经者，独与天地精神往来，而不傲睨万物，大道玄机之至，在乎须臾不离也。曰：玄篇说阴阳，二字万法王，任督藏世界，丹田包万象，此法先天生，寂寥万古常。'一安，可记清楚了？"

南一安听陈抟将这心法总诀念完，登时晕头转向，道："老祖，你这口诀当真晦涩难懂，弟子不明白。"

陈抟道："你明白才奇怪呢。只因你是我八部会门人，眼下八部会危如累卵，我才将此心法传授与你。老夫几十年修为，方才有所体悟，你小小年纪，乍看不明，也属寻常。"

他一边捋着胡须，一边来回踱步，道："你且记着，这《六通指玄经》乃是融汇佛家禅修神通与道家内丹筑基的一门内家功夫。一阶段炼精化气，是要打通任、督脉，运行小周天，这一过程天资卜佳者需百日左右，余者需一年到十年不等。第二阶段炼气化神，便是要内气沿十二正经和奇经八脉而运行大周天，这一阶段寻常人却难以诀成，便似你这等聪明，少说也得一年修炼产大药，三年温养，三年胎息还丹，方可有所小成。"

南一安只盼着能一两个月内便练成一门绝世武功，可照陈抟的说法，自己要成为江湖上一等一的好手，少说也得一二十年，不禁大为失落，寻思："这门功夫练来也忒麻烦，不练也罢。"

陈抟瞧见他脸上神情，正色道："但凡习武，绝无速成之理，你若想着明日便大功告成，老夫奉劝你一句，还是别痴心妄想了！"

南一安听陈抟说罢，心中惭愧，道："弟子知道了。"他嘴上虽认错，心中却仍不以为意，不过眼下却不敢惹恼陈抟，只索恭敬应承。

陈抟又道："我再将这门心法的内容要义演说三次，你须得一字不差记下，容后循法修习。"

南一安道："是。"

陈抟道："九夏高山生白雪，三冬奋火种金莲。前弦之后后弦前，圆缺中间气象全。急捉龙虎场上战，忙将水火腹中含。依时便见黄金佛，过后难逢碧玉仙……膻中为橐籥，气海若深谷，动而能生风，虚能无生有，以空之御虚，天翻四海倾……心之精为目，目之精非眼，在乎周身百脉。八邪则为门，泽前是为廊，独阴假为牖，气达则奇经八脉通，商阳接百会，少冲连华盖，关元转风府，列缺续耳门，手太阴贯足少阳，手少阳贯足太阴，则任督无滞，而成神人之体。"接着又将经中所述之意向南一安细细宣讲开来。

南一安盘腿而坐，运气一阵后，忽觉任脉"膻中""气海"和督脉"中枢""命门"四处穴位疼痛难当，周身内息滞塞，炽热无比，当即作罢，不禁大为疑惑，道："老祖，弟子愚钝，还请老祖再指点一二。"

陈抟转过身，道："一安，你父母可曾传你功夫？"

南一安应道："爹妈教过我'玉门关精要'。"

陈抟沉吟片刻，道："原来如此。这'玉门关精要'本是八部会的练气法门，虽不及少林《洗髓经》博大精深，却也是扎根基的上乘内功，你若勤加修炼，当也能成为一号人物。但你若要练这《六通指玄经》，须得将这'玉门关精要'全数忘记才好。"

南一安心中不解，问道："老祖，这却是为什么？"

陈抟道："武学一道，于修道修禅而言虽是末学，但其中却往往体现了佛道思想，讲求'对外扫相''对内破执'。我这《六通指玄经》以佛法为心，以道法为骨，个中要诀自是要遵循'万法皆空''无我、人、众生、寿者相'的道理，修此法门，当抛却杂念，物我两空。"

南一安本就天资聪颖，适才运功顿感不适，只因他曾修习'玉门关精要'这门功夫，此精要乃是关于吐纳练气、武学原理的基础法门。他在理解《六通指玄经》口诀时便先入为主，似懂非懂处便自行解释，这才对口诀所述有所曲解，以致运用时险些走火入魔。一经陈抟点拨，便即豁然开朗，如"急捉龙虎场上战，忙将水火腹中含"一句，乃是说要在出招前不聚真气，出招后方才将真气注于丹田，这与他往日所知的路数恰恰相反。殊不知武学之道永无止境，好比古人识火之前，俱是生啖禽肉，不知以火烹烤方才肉鲜味美。

想通了这一节，南一安当下便将"玉门关精要"所述之法抛诸脑后，口诀中不明之处便即一一明了，原来"急捉龙虎"这句口诀所说的道理，乃是为加快出招速度，因汇聚真气需要耗费辰光，而"物我两空"后出招，在击

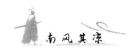

敌一瞬之际再行聚气，出手便更加迅捷，且更能以寸劲发力，威力大为提高。

南一安当下在陈抟的指导下将口诀默记了几遍，一边记忆一边练习，心中颇有体悟。

如此过了两个时辰，陈抟见南一安已然将口诀记熟，其资质远胜南、柳二人，即便自己当年，也未见得有此悟性，心中暗喜，道："一安，你天资过人，来日只要将这《六通指玄经》勤加修炼，融会贯通，天下任一武学你便能看之即会，用之即佳。明年你再来此处，这头上洞口于你不过如平地，不出二十年便能独步武林。"

南一安道："多谢老祖！"

陈抟点点头，又道："但这《六通指玄经》虽是无上心法，中间却无一招半式，今日你也累了，且先歇息一宿，明日我再传你一套龙图拳法，如何？"

南一安道："是，老祖授业之恩，弟子没齿难忘。"当即便在地上磕了三个响头。陈抟左手负在身后，右手轻捋须髯，徐徐说道："不过，你须答应我两件事。"

南一安道："老祖请吩咐，一安自当遵命。"

陈抟道："一者，出去之后，你不得向任何人诱露我传你武功之事，更不能向别人说起我的身份，包括你的亲人。二者，不到生死关头，不得在三圣庄内施展我传你的功夫。"

南一安不知陈抟为何要让自己答应这两件事，但觉他这么做必有缘由，便道："老祖放心，弟子遵命便是。"

晚间陈抟居于指玄精舍内，兀自房门深掩。南一安则独自徘徊在天洞下方，静静望着夜空中的银河，喃喃自语道："爹，娘，待孩儿学成，便来寻你们，你们可千万要平平安安的。"一面说，泪水便成串滴将下来。也不知过了多少时间，他才恍恍惚惚睡着了。

到了第二日清晨，阳光透过洞口照在南一安脸上，南一安缓缓睁开双眼，但见陈抟站在一旁呆呆出神，便径自走到他身边。

陈抟见南一安醒来，道："老夫曾于十年前著有《易龙图序》一书，我要传你的龙图拳法便是此书的衍生之物。此拳法以奇门遁甲为纲，奇门遁甲初创时有四千零九十六局，而后西周姜子牙因行军排兵布阵之需，遂缩短为七十二局，汉代张良得黄石公传授之后又改为一十八局。你能进来，想必是你母亲曾教过你奇门秘术，我便不再赘言，只是老夫将其与武学之道相融摄后，便共只有八式。"他却不知南一安学艺不精，这次是误打误撞进来的。

陈抟当下缓抬双手，将这八式龙图拳法一一展现，但见他左手掌力舒展，右手拳劲雄浑，身形翻飞之际，山洞中亦是风声大作。这拳法刚柔并济，时而虎虎生威，时而绵里藏针，南一安见这套拳法使到精妙处时，不禁欢喜得跳了起来，不住拍手称赞。

待八式一一耍完，南一安早已看得呆了。

彼时南一安是初学《六通指玄经》，但他实是天赋异禀，虽说还未能如陈抟所说对天下武学"看之即会，用之即佳"，但眼下却也已有了些体悟，心想："爹爹曾说他使的修罗七煞拳，虽然刚猛无比，但却难以为继，今日瞧见老祖这套拳法，泊泊然，绵绵然，无止无歇，无穷无尽，却又比爹爹的拳法要胜上一筹了。"

陈抟道："这龙图拳法虽只有八式，但招招变化无穷，且讲究形随意动，形意合一，不拘一格，不落窠臼，辅以《六通指玄经》使将出来更是威力无穷。"脚下一撑，施展轻功到了指玄精舍门外，道："你看了半晌，现下便耍给我瞧瞧吧。"

南一安道："是！"当下右足着地，左足虚点，双臂内弯外推，使的是第一式"摇光揽月"，接着第二式"玉带环腰"，换左足着地，右足虚点，两手自前而后抡一个圆圈，可这一式却无论如何也接不上，若要强行将这招式使将出来，只怕到时咔啦一响，两肩关节非得折断不可。陈抟见南一安试了三遍，仍是无计可施，心想："这龙图拳原是一门上乘功夫，须得辅以上乘内力方能施展，这小子内力太差……"

便在此时，忽见南一安身形圆转，有如名家挥毫泼墨，行云流水，心下大骇，道："一安，你是如何做到的？"

南一安笑嘻嘻地道："老祖，刚才这两招连起来大为滞碍，不过弟子心想，这拳法要旨乃是形随意动，形意合一，不拘一格，不落窠臼，弟子倘若按部就班，囿于招式的桎梏，便不能将这拳法的精髓施展出来，于是想了个法子，让这两招能连贯起来，不知对不对？"南一安天资聪慧，加之略懂奇门

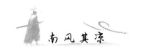
遁甲的变化之道，学这门龙图拳法是再合适不过。

陈抟大喜，道："妙极，妙极！真没想到你有如此悟性，天儿有后，天儿有后啊！"又道："这龙图拳的拳招共只八式，若遇上强敌，那是远远不够的。但这八式的拳意却永无止境，你只需记得，每一式只作总诀，临敌之际，当懂得应变之道。再者，这龙图拳若非身具上乘内功，便难以施展全部威力，你适才虽能将招式圆融贯通，但若遇上真正的高手，性命相搏之时，那是间不容发，哪里能让你耍些小聪明？"

南一安道："老祖教训的是，孩儿纸上谈兵了。"

陈抟道："纸上谈兵也未尝不可，这纸上的功夫也大有深浅，学得好了，境界自然不同旁人。骐骥一跃，不能十步，驽马十驾，功在不舍。你天资极高，能领会这套拳法的精义所在，那自然是极好的，但若要成为一流高手，尚须踏踏实实练这《六通指玄经》，过得十几二十年，待你内功臻于上境之时，这些招式自然能挥洒自如，了无滞碍。"

南一安道："弟子知道了，多谢老祖指点。"

当下陈抟又将这龙图拳的八式总诀一一示演了一遍，再把内劲外铄之法、发招收式之道，细细讲解了几通。

辰光弹指而过，南一安在陈抟的指点下修习《六通指玄经》和龙图拳法已有五日。这日晚间，二人以鲜果充饥后，南一安忽道："老祖，弟子今日便想试试脚力。"

陈抟笑道："好啊，你且试试能否上得这洞口？"

南一安脚下猛一撑地，施展《六通指玄经》中的轻功法门向洞口跃去，堪堪跃至一丈，登觉内气不继，"啊"的一声跌落下来。好在陈抟立时出手，将袖袍往南一安身上一带，他这才安稳落地。

南一安心中沮丧，兀自叹气，只听陈抟道："孩子，冰冻三尺非一日之寒，武学之道贵在持之以恒。我将这一门内功和一套拳法传于你，便不会再传给旁人，我自己更不会使出来，日后江湖上只你一人身兼这两大神功。况且你年纪尚轻，只消照我传你的正宗练气之法勤加修炼，将来必是开宗创派的大高手，万不可急于求成，引火烧身啊！"

南一安跪在地上，道："老祖的教诲，一安记下了。"

陈抟笑道："一安，我助你上去，你且回吧，这几日难为你陪我这老不死的了。"

南一安当即跪倒在地，道："老祖授业之恩，弟子不敢有忘，只是我与陆夫子有约在先，须得将这盘棋先下了，之后弟子立时便来拜见老祖。"

陈抟道："傻孩子，老夫又不是不出去，说得跟生离死别一样，不过你可得记住答应我的事，待我出去之后也得装作不认识我，明白吗？"

南一安道："弟子明白。"

但见陈抟大袖一扬，立时将南一安裹入怀中，脚下一点，毫不费力便上到洞口处，将南一安送了出去。

第七回　方圆之道

南一安出得洞口，当下便催动《六通指玄经》内力，顿觉脚上与卸下了几块沙袋相似，嗖嗖嗖奔了起来。

在山间行了一阵，不料忽然间脚下一个趔趄，险些扑跌在地。盖这《六通指玄经》虽精妙绝伦，但亦如陈抟所说，此神功绝非旦夕可成，须经年累月修习方可，而施展这门神功也极是耗损真力，南一安年仅十四岁，内功修为也只初入法门，尚难以与此神功相匹配，因此发力时间稍长便力不从心了。

南一安当下调理内息，再不敢强行催动真气，一路走回三圣庄。他这五日来不在庄内，换作其余弟子，早已被发觉，只因其余弟子每日都有功课，便都需与陆象杉、道济见面，但他奉了陆象杉的命，这三个月来只消学棋，并无其余学业，倒也无人留意。

此时天色已晚，南一安堪堪进庄，心中便不禁开始挂念骆宝颐，竟是毫无睡意。他刚才对陈抟说不敢耽误与陆象杉的棋局，此话实在也不假，不过想早日见到骆宝颐也定是一个情由，只是他当时也许不愿承认，又或许自己也没有察觉。他年纪尚轻，其实并不明白情爱为何物，可那种日日牵肠挂肚，神不守舍，就连骆宝颐一个不经意的神情也会让他浮想联翩，为之喜怒哀乐的感受，却又是那么真切，沉醉其中难以自拔。

南一安一路想，一路在三圣庄里转悠，猛然间一抬眼，前方便是伯牙亭了。突听得铮铮琴声传来，心中大感奇怪："这半夜三更的，谁在那里操琴？"他屏息凝听，但闻音韵靡靡，好似雨打芭蕉，婉转低沉，连绵不绝，像是奏者心存哀怨。过得片刻，琴韵陡变，时高时低，时断时续，极尽繁复变幻，或如金戈铁马大兴杀伐，或如秦淮流水温柔静谧。这时暮霭沉沉，遮云蔽月，南一安朝伯牙亭望去，依稀瞧见一名女子的身影，不禁怦然心动，心想："倘若是宝颐在奏琴，我此刻去打扰她，未免令她生气，且听听罢了。"

过了一会儿，蓦地琴韵忽转空灵，恰如绝代佳人，幽居深谷，孑然独诉，大有无可奈何、凄清悲愁之意。南一安虽不通音律，但心中却莫名其妙感到一阵酸楚惆怅，便在此时，琴声戛然而止，唯见冷月当空，更增寂寥。

当下穿过一条深廊，来到伯牙亭中，只见那女子并非骆宝颐，却是林知寒，不禁有些失望。

但见林知寒素唇深抿，蛾眉紧蹙，似有什么心事。南一安见状道："林师姐，我方才路经伯牙亭，听你琴声似有无限哀愁，不知是有什么事吗？"

林知寒这时听南一安问话，才知道有人来了，见是南一安，脸上现出一阵喜色，随即缓缓道："一安，这大半夜还不歇息吗？"

南一安见林知寒徐徐抬头，怔怔地望着自己，一双杏眼已被泪水浸湿，而适才的询问，她却不答，也不知何故。便道："我心中挂念宝颐，睡不着。"

林知寒道："你喜欢宝颐姐姐吗？"

南一安被林知寒这直截了当的一问，登觉赧然，道："我不知道。只是见不到她我就很想她，那日见她与几个师兄弟玩耍，我心中难过得不得了。"

林知寒莞尔一笑，道："那便是了，你既喜欢她，便要包容她，万不能将她束缚了。"

南一安不知此话何意，道："我没有将她绑住，只是我抑制不住心中所思，我一旦想着她，便不能看她和别人这般亲密。"

林知寒叹了口气，兀自摇摇头，不再言语。南一安又道："那你说，她喜欢我吗？"

林知寒道："这我如何晓得，倘若你真心喜欢她，便自己喜欢就是了，干吗一定要她喜欢你呢？"

南一安道："我喜欢她，她不喜欢我，那我岂不是太苦恼了？"

林知寒不答，起身朝外缓缓走去，南一安便径自跟在后面。

二人一前一后行了半晌，直走到后山凉亭，林知寒停下脚步，轻轻叹了

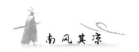

口气，道："你说，人真的了解自己吗？"

南一安笑道："这是自然，自己都不了解自己，却又有谁了解？"

林知寒道："倘若有些事一定要做，你又知道做不来，你还会去做吗？"

南一安沉吟片刻，道："倘若一定要做，便做不来，我也要试试。"

只见林知寒转过身来，月光分明昏暗，她那双清澈似水的眸子却粲然生辉，二人四目相对，霎时间俱觉尴尬，忙将目光移开。

林知寒走向凉亭内的美人靠，斜倚栏杆，凝望夜空中一轮白玉，说道："假如你现下已经知道，今后宝颐姐姐会另嫁旁人，你此刻心中还会对这喜爱之情全然不加抑制吗？"

南一安心中一凛，却不知林知寒何出此言，喃喃半晌也答不出来。

林知寒道："算了，我也不知道自己干吗跟你说这些，你别放在心上。"

南一安见林知寒不再说话，寻思眼前这少女与自己年纪相仿，却似有无数念头萦绕心间，对她顿生怜惜之情。

二人并肩回到居处，一路上知沉默不语，忽听得身后一女子柔声道："知寒，你们还没睡哪？"

南一安与林知寒一齐转过身，只见说话的正是骆宝颐。南一安看看她，又瞧瞧林知寒，只见林知寒神色忸怩，道："宝颐姐姐，晚间无事我便去伯牙亭练了会儿琴，正巧碰见南师弟，这便回去歇息了。"

南一安不知林知寒为何走得这般匆忙，但见骆宝颐出现，心中登时既惊又喜，径直上前道："宝颐，你怎的这半夜还不歇息？"

谁知骆宝颐白了他一眼，心想："几日来不见你踪迹，也不知去和谁相会了。"

冷冷道："你不也玩得正开心吗？"

南一安虽然粗枝大叶，但依稀也能察觉她话里有话，心下也不知何故。只是刚才与林知寒交谈之后，心中对骆宝颐更是挂念，一时按捺不住冲动，便即脱口问道："宝颐，你……你喜欢我吗？"

骆宝颐先是一怔，随即冷笑一声，道："谁喜欢你？自作多情。"

南一安虽说之前也不确信骆宝颐是否中意自己，但此刻听她亲口说出，直如晴天霹雳，身躯为之一震，心中又是焦急又是难过，道："咱们在断崖相识之后，我便打心里喜欢你，咱们不是说好要一道去西域吗？"

骆宝颐嘟囔着嘴，嗔道："谁要跟你一起去？便是我不去，你也定然寻得旁人陪你去。"

南一安听骆宝颐说了一阵不着边际的话，心下真如哑巴吃黄连，有苦说不出，不禁感慨世间女子竟是这般反复无常。

正自苦恼，猛然抬头，却见骆宝颐已没了人影，这时方才有些倦意，便兀自回房歇息了。

到得第二日，南一安直睡到晌午方才起身，洗漱规整后，匆匆用过午饭便往纹枰轩去。正走在后山廊子中，远远瞧见骆宝颐与一名男弟子并肩迎面行来，相距约莫二十丈。与骆宝颐两人相互对视一眼，南一安正欲上前打个招呼，骆宝颐却假装没瞧见，忙将头转向那名男弟子，笑意盈盈道："李师哥，你昨日说要带我去泽州城里玩，咱们现下便去吧！"说着竟挽住了那名男弟子的胳膊。

那男弟子听骆宝颐说罢，又是欢喜又是诧异，两眼登时发光，怔怔地盯着骆宝颐，心想："今日是撞了哪门子邪？我几时说过这话？"可嘴里却道："妙极妙极！骆师妹，咱们这便下山去！"

南一安怒不可遏，直气得脸颊通红，脊背发汗。他本极是在意骆宝颐，那日见他与众师兄弟嬉戏玩耍，心中至今未能释怀，眼下又见骆宝颐对那男弟子这般献媚，情急之下便催动《六通指玄经》真气，一路狂奔至二人身前，跟着砰的一拳击向那李师哥胸口"膻中穴"。

他一拳将气撒出，立时便又后悔，且不说他将先前答应陈抟之事抛诸云外，这"膻中穴"乃是人身大穴，倘若力道过猛，当即便能取人性命，幸在他此时功力尚浅，却也直将那李师哥震退了五六步。

骆宝颐"啊"地大叫，怒道："南一安！你疯了吗！"

南一安本已颇感懊悔，又见骆宝颐如此气恼，更是无地自容，当下奔上前去，欲向那李师哥赔罪。

那李师哥姓李名博渊，较众弟子年龄稍长，已年满十九岁，在陆象杉座下习武已有十年。他身为大师兄，平日对其余同门颇为照顾，但眼下正是血气方刚的年纪，无端吃了南一安一拳，只觉颜面扫地，登时怒气上冲。待南

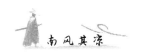

一安走近，当即一掌携风拍到，这一掌凌厉非凡，正是陆象杉所授的九渊掌法，火候虽较陆象杉差之甚远，却也是非同小可，直将南一安击出数丈，若非那李博渊未下重手，南一安又有《六通指玄经》真气护体，南一安当场便会被打成重伤。李博渊随即冲上前去，单掌劈下，直取南一安头顶"百会穴"。

骆宝颐见状，花容失色，险些哭了出来，道："李师哥使不得！"

这李博渊其实早已对骆宝颐心生情愫，无奈骆宝颐却始终与他保持距离，不料她今日居然主动开口让自己同去泽州城，正自大喜，南一安却让自己大出洋相，无论如何也得给他点教训，哪里肯听骆宝颐的劝？

但见李博渊单掌高举，正欲劈下，忽觉手腕一紧，已然被人擒住，回头一瞧，却是陆象杉。

李博渊道："夫子，你老来得正好，这小魔头魔性不改，适才无端出手伤人，弟子正要给他长点记性。"

南一安一听"小魔头"三字，又是气恼又是委屈，可自己刚才率先动手，已不占理，此刻陆象杉出现，心想："老祖有过交代，今日暂且忍忍，可千万不能再动手伤人。"便强行将怒气咽了下去。

陆象杉正色道："你且退下，此事为师自会处理。"

李博渊见他面色铁青，又素知他言出必行，当下也不敢多言，兀自退到一旁。陆象杉转头看向骆宝颐，道："说吧。"

骆宝颐见他不问当事人却来问自己，看看李博渊，又看看倒在地上一身脏兮兮的南一安，半晌答不出话。

李博渊道："夫子，适才我与骆师妹正打算去泽州城添置些日用，却不料南师弟无端发怒，打了弟子一拳，弟子反应不及，竟着了他的道儿……"

陆象杉何等人物，自己调教的高徒竟被全然不会武功的少年打中，不禁陡然生疑，便道："你虽不成器，却也不至被人偷袭暗算，到底是怎么回事？"

南一安见李博渊正欲详说，情知不妙，当即抢先道："夫子，只因适才李师哥正与骆师姐说笑，全无防备，弟子这才得手。"他这般解释虽显牵强，但陆象杉当务之急是要平息二人之间的纠葛，当下也未作深究。

只见陆象杉沉吟片刻，道："南一安，你在庄里待了这么些时日，本以为多少该有些长进。沈汀之事，我也知是你破了她的苦肉计，还道你已幡然悔悟，改邪归正，却不料仍是如此顽劣，本性难移！"

南一安不知他如何得知沈汀之事的细节，但料想多半便是骆宝颐在陆象杉面前说了好话。此刻见陆象杉如此着恼，心中大感悔恨，不禁暗骂："南一安啊南一安，你可真是见了心上人连自己姓什么都忘了，这当儿又闯出祸来，今后不知宝颐还是否会搭理你。"

心中一面想着，一面又道："弟子知错了，请夫子责罚。"

李博渊和骆宝颐都觉奇怪，此事错在南一安，当不由辩说，但大凡旁人遇上，总要设法将自己撇清，怎料他居然只字未提，尽数揽在自己身上，李博渊当即气也消了不少，但为其开脱的话却是如何也说不出口。

陆象杉才情过人，亦是从年轻时走过来的，痴男怨女这等事他岂会不明白？这等情形一生不知见过多少回，一看便知是怎的。当下也不再多问，只道："你既知错，便罚你将后山庭院的落叶清扫干净，直到与我对弈之日为止。"大袖一拂，转身离去。南一安怔怔地瞧着骆、李二人，眼中满是怨怼之意，一言不发便往后山庭院去了。

李博渊见南一安走远，便道："师妹，咱们这便下山吧。"

骆宝颐却目不转睛地瞧着南一安远去的背影，浑然未听见李博渊说了什么。李博渊又道："师妹？"一面说一面用手肘轻轻碰了碰骆宝颐肩头。

骆宝颐这才回过神来，道："我累了，改日再去吧。"说话时却仍是望着南一安走的方向。

李博渊醋意大盛，好生着恼，心想自己好容易觅得良机，却被南一安那臭小子坏了好事，直恨得咬牙切齿，但见陆象杉刚才对此事已做决断，却又不便再去寻南一安的晦气，免得惹怒陆象杉，自己也讨不了好去，于是只"哦"了一声，便悻悻走开。

未等李博渊走远，骆宝颐便径直往后山庭院奔去。来到这偌大的院落，但见地上铺满了金黄的落叶，一隅还未扫净，空中飘下的叶子便又将空地填满。

她见南一安手持扫帚，独自一人打扫庭院，心中忽觉酸楚，心想："我便是故意要你吃醋，看你刚才的表现，姑娘我还算满意。"念及此处，颇感得

意，嘴角不觉扬起一丝微笑，走到南一安身旁，柔声问道："你刚才怎地动手打人？"

南一安见是骆宝颐，又见她深情款款望着自己，心中便似吃了蜜糖一般，先前的不快转瞬间没了踪迹，道："我……我见不得你和旁人好。"

骆宝颐咯咯一笑，道："旁人是什么人？"

南一安低声道："自然是那些师兄弟们。"

骆宝颐又道："为什么？"

南一安此时自脸颊到脖颈已红得发紫，道："我……我昨晚说过了……"

骆宝颐道："昨晚是昨晚，今日是今日，你昨晚说的我忘了，我要你再说一遍。"

南一安道："说……说什么？"

骆宝颐脸带娇羞，不敢再看他的眼睛，低声道："想说什么……便说什么……"

南一安道："我想说……我……"

骆宝颐急道："你到底说是不说？你不说我可走了。"说着便作势转身。南一安唯恐她当真走了，急忙握住她那双柔荑素手，道："我喜欢……"

"你"字还未说出口，骆宝颐已上前将南一安紧紧抱住，她虽比南一安年长一岁，可毕竟是女子，南一安身上又有一半西域血统，此时身材便与十六七岁的中原男子无异。但见骆宝颐好似弱柳般依偎在自己胸前，南一安顿觉心神激荡，脚下也绵软无力，几欲晕过去。半晌才缓缓抬手将她抱住，只觉骆宝颐娇躯柔软，秀发散发着一股淡淡芬芳，时而轻吐丁香，时而呼气如兰，在这微凉的秋日，自己竟出了一身汗。

骆宝颐柔声道："你须得答应我，一生只和我一人好。"

南一安道："我答应，我答应！"又抱得紧了些。

骆宝颐假嗔道："你答应得这么快，是不是敷衍我？"

南一安道："我若有半点敷衍，但教我不得好……"

"死"字尚未说出，骆宝颐忙伸玉指抵在南一安嘴唇。南一安只觉她手指又温暖又娇嫩，突感人生十几年，只这一刻最是难得。

骆宝颐道："好啦，我相信你。"

南一安道："我在南疆大漠里长大，咱们那里的人憨纯得很，不会说假话。"

骆宝颐"噗"地一笑，心中甜蜜无限，徐徐问道："那今后，你有什么打算？"

南一安沉吟片刻，道："我须得练就一身本领，然后去寻我爹妈，还有二叔，我要保护他们，谁要伤害他们，我就杀了那人。"堪堪说完，又觉此刻说这些未免大煞风景，便道："只要有你在身旁，做什么都乐意。"

骆宝颐脸一红，道："油嘴滑舌的小贼，还说什么憨纯得紧，最不正经的就是你了。"

南一安将她纤腰紧紧一搂，道："我说的可是实话。"

骆宝颐道："你知道去哪里寻他们吗？"

南一安道："他们现下兴许在四川灵岩寺，我二叔在那里破关。"

骆宝颐道："破关？破关是什么意思？"

南一安道："我也不太清楚，大概是练那《六通要旨》到了紧要关头吧。"

骆宝颐忽地正色道："我不管你去哪，反正你去哪儿我便去哪儿。"

南一安突然间想到自己今后免不了身处险境，骆宝颐只懂医术不会武功，他倒不是担心给自己添乱，实是对骆宝颐跟着他犯险既担心又不忍，便道："宝颐，你知道我的身世，日后下山少不了艰难险阻，你不怕吗？"

骆宝颐与他十指紧扣，但觉那双掌又宽大又厚实，也不知自己哪里来的笃定，道："我自小没爹没妈，几年后三圣庄便也不是我栖身之所，与其一个人孤单寂寞，还不如两个人浪迹天涯来得好。"

南一安心中大是感动，道："好，宝颐，你放心，但教我有一口气在，便不会让你受苦。"

骆宝颐道："我不怕吃苦，我只要你一心一意待我，你要是始乱终弃，我定不饶你！"说完她便狠狠在南一安肩上咬了一口，登时鲜血渗出，南一安却也忍痛不作声。

这段时日南一安便每日在后山庭院打扫落叶，骆宝颐却也机灵，将那纹枰轩中的三本围棋古籍拿了出来，一得闲暇便让他温习。

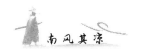

转眼间便到了陆象杉与南一安对弈的日子。这日晚间，南一安与骆宝颐一道往那纹枰轩去，尚距纹枰轩二十余丈，但见三名男弟子在一旁窃窃私语。两人仔细一瞧，那三名男弟子正是李博渊和当日暴打南一安的雷震川、曲万里。

见南一安和骆宝颐走近，那曲万里立时转过身装作没瞧见，却提高嗓门道："李师哥，不是做弟弟的多嘴，师弟我当真替你不平，论武功，论人品，论才学，南一安那臭小子哪里及得上你？居然癞蛤蟆想吃天鹅肉，自己也不照照镜子。"

那雷震川也阴阳怪气地道："可不是？我还听说那臭小子妄想学夫子的九渊神掌，那九渊神掌是何等厉害的功夫，岂能让那魔崽子学了去？"

李博渊道："不过夫子果然高明，让那小子与他老人家对弈，说是赢了才传给他，凭小魔头那点能耐，岂不痴心妄想？"说罢俱是哈哈大笑。

原来雷、曲二人自那日暴打南一安被陆象杉责罚后，便一直怀恨在心。前些时日听说李博渊受了南一安的气，当即便找上李博渊，三人一拍即合，便是要趁南一安与陆象杉对弈前故意激怒他，最好让他主动动手，如此冥顽不灵的逆徒，料是陆象杉肚能撑船，也决计饶他不讨，便是南一安不动手，此番也定能乱他心神。

南、骆二人在一旁听得清楚，骆宝颐当即气往上冲，上前指着三人便道："喂，你们三个在这胡说八道些什么？"

三人转身见他二人到来，皆是佯装诧异。李博渊道："啊，骆师妹，你也来了。"

骆宝颐冷冷道："你少在那装模作样，我平日敬你是兄长，却不料你这般黑白颠倒，是非不分。"

李博渊被骆宝颐这劈头盖脸一骂，登时语塞。他平日在众同门弟子中威望甚高，且文武双全，在庄内深得三圣赏识，却不料今日被师妹指着鼻子教训，而这师妹还是自己朝思暮想的骆宝颐，心中对南一安的怒气更甚。

雷震川正色道："骆师妹，咱们也是替你担心，那小魔头总有一天要给庄里惹出祸事，累着你也受他牵连。"

南一安听他几人一口一个小魔头，眼中似已要喷出火来，不过他情知三人此举必是为激怒自己，心想："今日无论如何也不能着了他们的道儿，误了与夫子对弈的要紧事。"便对骆宝颐道："宝颐，咱们走吧。"

三人见南一安未中圈套，心中有些诧异，随即更加气急败坏。只听那曲万里道："不过换作是我，也得向夫子学身本事，那小子的魔头爹妈作恶多端，如今惨死街头，他定是要为他们报仇的。"

南一安听曲万里如此咒骂自己双亲，再也忍无可忍，冲上前去正欲将他教训一番，谁知还未出手，那曲万里便"啊哟"大叫一声，倒在地上翻来滚去，连声大喊："小魔头又动手伤人啦！"

随着叫唤声愈来愈大，远处的门人、弟子尽皆循声前来，中间有人道："这小魔头屡教不改，咱们将他赶出三圣庄！"还有人道："这事须得问问清楚，可别冤枉了南师弟。"

南一安气得咬牙切齿，只听骆宝颐道："姓曲的，你装什么装？一安他几时伤你了？"

这时陆象杉与道济听见动静，也从纹枰轩出来。陆象杉不知是曲万里使诈，还道是先前的一幕重演，登时大怒，喝道："南一安，老夫对你再三宽恕，却不知你如此不识好歹，你即刻下山去，就当从未来过三圣庄！"

南一安赶忙辩解道："夫子，弟子并未伤他！他这是装的！"

陆象杉狠狠瞪着南一安，怒道："还敢狡辩！"

道济忙道："一安，赶紧认个错吧！"随即看向陆象杉，道："陆老头，你说的什么话？可别忘了咱们的本意！"

陆象杉面色铁青，并未答话，只"哼"了一声，便将头转向一旁。

南一安又是委屈又是心灰意冷。他来三圣庄已有三个月，起初父母离自己而去，心中悲痛万分，对三圣庄之人也颇存戒心。但自先后受到道济的关怀，遇上骆宝颐，又知陈抟是八部会大天尊者后，便对三圣庄生出一种莫名的情感。他本已得陈抟真传，于九渊神掌学与不学都无关紧要，但他决心与陆象杉对弈，一是自己本已对围棋产生浓厚兴趣，二也是为讨得陆象杉欢心，让其从此对自己刮目相看。可未料到的是，陆象杉暂且不说，就连道济也是尽信曲万里之言，对自己仍然毫无信任，不禁大感失望、沮丧，便道："夫子要赶弟子走，弟子无话可说，但弟子也绝不能承认未做之事！"

便在此时，突听得纹枰轩内传来一阵哈哈大笑之声，那发笑之人道："多谢贵庄照料，一安孩儿，二叔来接你了!"众人循声进得纹枰轩内，但见一个四十岁上下的紫袍怪客兀自坐在棋盘边，此人面色发黑，双眸深陷，正是迦楼罗南玄!

南一安见到二叔南玄，登时喜不自胜，冲过去便与他紧紧相拥。他终究是个十几岁的娃娃，适才心中愤愤不平，转瞬便乐道："二叔! 你没事真是太好了! 爹爹妈妈呢?"

南玄道："你爹妈受了些轻伤，眼下并无大碍，正在山下等咱们呢。"

陆象杉兀自狐疑不定，心想："我离纹枰轩不过二十丈，此人竟能在我眼皮子底下进得房门，我却没半点察觉，当真是匪夷所思。"突然间心中一凛，随即想到那日南一安竟能偷袭李博渊，又在李博渊掌击之下浑若无事，短短几个月功夫大进，心中已然生疑，此时又见南玄呼吸吐纳之法、内功路数与南一安极为相似，而他二人的路数却又与南、天夫妇大相径庭，全然不系同门所出，便料知南一安在三圣庄这几个月定是有眼前这高人暗中指点。此刻见南一安只字未提，断定其中必有蹊跷，不过却想不出个所以然。他怎知南玄现下《六通要旨》破关初成，功力大进，而南一安所修习的《六通指玄经》，其心法本就融摄了《六通要旨》，是以二人所展现的内功路数自是暗合。只因陆象杉修为极高，能从别人的呼吸吐纳之法窥出所练内功路数，换作旁人却是定然无法办到。

陆象杉道："不知阁下深夜造访，有何指教?"

南玄道："不敢，在下八部会迦楼罗南玄，冒昧造访，特来接小侄一安下山团聚。"他瞧向道济，凤眼微虚，意味深长，道："这位便是道济禅师了吧，多谢你救我兄长性命。"

道济合十道："这是医者本分，南居士切莫言谢，阿弥陀佛。"

南玄正欲动身，只听陆象杉道："尊驾初到敝庄便径直前来纹枰轩，想必对方圆之道造诣颇深，老夫视棋如命，便想讨教一二。"

南玄道："儒圣有所不知，我八部会现下尚有要事亟待处理，万万不可耽搁，贵庄盛情在下心领了，来日再请赐教。"

陆象杉又道："此言差矣，只因老夫三个月前允诺小徒，约定今日对弈，老夫既为师长，便断然不能自食前言。阁下既是小徒家中长辈，那自是要尊卑有序，我三圣庄亦不可失了礼数，便请阁下与老夫手谈一局，再行自便罢。"

南一安听陆象杉这番话，分明承认了自己是他的弟子，不禁心中欢喜，道："二叔，孩儿确与夫子有约在先，便让孩儿下上一局再走罢。"

南玄道："你自小未涉棋道，怎是陆先生的对手？休要胡闹。"

南一安道："二叔有所不知，这数月间孩儿精研棋艺，想已入了门道，这方圆战场有趣得紧，孩儿正要请夫子点拨点拨呢。"

陆象杉道："一安，你且少安毋躁，你我之约稍后再说不迟，今日既是你二叔来此，长幼有序，你不可僭越。"复对南玄道："阁下也属江湖上响当当的人物，当知客随主便的道理，请！"

南玄情知今日若不遂了陆象杉的愿，恐怕难以脱身，便道："既是如此，在下今日便班门弄斧一回了。儒圣请。"左臂向上一扬，一股劲力登时将棋罐中的白子尽数带出，悬在空中，置于陆象杉眼前。

古人对弈与今时大不相同，一是分为敌手棋和饶子棋，棋艺相当者由位尊者执白先下，即是敌手棋，若有高低之分，则由高手执白，低手执黑先下。二是围棋古法遵循座子制，即是双方对局之前先各在对角星位布上黑白各两子，因古法不贴目，是以要最大限度限制先手优势。另外尚有还棋头的规矩，此是题外话，按下不赘。

南玄此举一是自谦，以陆象杉为尊，是以让他执白先行，二是自负棋力不输于他，便要分先下敌手棋，三是要在三圣庄卖弄一下自己的深湛功力。

陆象杉理会其意，却也不甘示弱，右手大袖疾挥，先是卸去了南玄的劲力，接着五指内屈，又将正欲落下的白子凝在空中。继而缓抬左手，将内力灌入食指"商阳穴"和中指"中冲穴"，手腕一抖，两枚白子立时落于棋盘上位和去位的对角星处。

一旁众人见陆象杉施展九渊神功，俱是连连喝彩。

南一安心想："从前只道夫子掌力天下无敌，万没料到其指功也如此玄妙。"他怎知陆象杉这九渊神功乃是一套包罗拳、掌、指、腿、刀、剑、鞭、枪、棍九种技法的高深武学，只因陆象杉曾任保康军宣承使，后来更官居枢

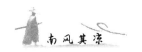

密副使，统率千军，抗击鞑靼，实是文韬武略，拳脚功夫和兵器都使得极佳。

南玄早知陆象杉武艺精湛，如今一见仍不免暗自骇然。但他刻意要卖弄自己的《六通要旨》神功，这《六通要旨》中的"天眼通"更是一门极厉害的功夫，练到精处能明察秋毫，洞悉世间万类武学，但凡敌人将看家本事使出，便能从招式和内息运转中窥得这门功夫的奥秘，是以之前陈抟才对南一安道了"看之即会，用之即佳"这八个字。眼下为南玄破关之初，加之九渊神功精微深湛，奥义无穷，他虽不能立时学会，却能在招式上模仿陆象杉九渊神功的指法，在常人眼中，足以以假乱真。

南玄当下依葫芦画瓢，将两枚黑子置于平位和去位的对角星处。

陆象杉心下大骇，南玄刚才的九渊指乃是虚有其表，他岂会瞧不出？只是不明白南玄何以瞧上一眼便即使出自己苦练多年的绝技。只听陆象杉道："阁下眼力通神，老朽佩服，却不知棋力如何。"这话显是要让南玄知道自己已然看出他使的并非货真价实的九渊指，只是善于洞察，模仿自己而已，同时也暗暗告诫南玄模仿武功尚可，若要下模仿棋却是大失身份。

随即化指为掌，将内力聚于左掌掌心"劳宫穴"，一枚白子立时被吸了过来，但见陆象杉力灌掌心，凝而不发，沉思了片刻后，手掌跟着一震，便将那枚白子拍于上位三六路小飞挂角。

谁知南玄又是以相同的方式将一枚黑子拍落，却不是模仿棋，而是下在了上位三八路，一间低夹。

古代棋手虽好战，但往往中盘发力，布局时却颇为含蓄，大体不会逼得太紧，适才陆象杉小飞挂角，寻常应手当是在上位三九路或上位四九路二间夹，南玄一出手便穷追不舍，煞气立显。陆象杉素来善以棋识人，以棋见性，他先前之所以要让南一安与自己对弈一局，并非真是要南一安赢了自己方才传授其武艺，而是他知南一安自幼在八部会长大，性情乖戾，难以捉摸，倘若不在棋盘上窥破他的心思，便断不敢贸然传他功夫，否则非但不是帮他，反倒会害了他。

此时他见南玄第一着便杀气腾腾，当下便知此人戾气深重，绝非善类。但陆象杉何等人物，便是知道，自然也不会显露出来。

二人你一着我一着，针锋相对，处处激战。陆象杉未料到南玄竟能与自己战个旗鼓相当，到得中盘后半段仍是难解难分。不料南玄竟在这时忽敛内息，空中飘浮的棋子啪啪啪尽数落在棋盘上，以此示意认输。

陆象杉大感奇怪，先前南玄不论在武功招式还是在围棋技法上都要与自己争个高低，现下胜负未分，却投子认负，不禁疑窦丛生。

南玄适才先后以《六通要旨》中的"神足通"和"天眼通"震慑三圣庄，便是要让陆象杉心存忌惮，不敢贸然与自己动手，眼下目的似已达到，便急忙鸣金收兵，一心要带走南一安。只听南玄道："儒圣棋艺精湛，在下不是对手，就此告辞了。"

陆象杉沉吟片刻，却未见阻拦，只道："承让，阁下请便。"

南玄微一欠身，拉住南一安便往外走，却见南一安兀自跪倒在地，道："多谢夫子、济公照料，请多保重。"砰砰砰连磕了三个响头，起身又道："夫子，济公，弟子想带宝颐一同下山。"此言一出，除陆象杉和李、雷、曲四人以外，一旁道济和其余门人、弟子俱是哗然变色。

骆宝颐一听，不禁乐开了花，一双大眼睛怔怔地望向陆象杉，心中满是期待。却听陆象杉道："不行！"

南、骆二人俱是一惊，齐道："为什么？"

但见陆象杉神色森然，道："你医术尚未学成，出不得这门，出去给我和济公丢人吗？"

骆宝颐道："夫子，弟子已遇上真心喜欢的人，请夫子成全，下山之后，弟子绝不说出是三圣庄的门人，绝不辱没师父名声……"

陆象杉大袖一摆，负手转身，道："说了不行，便是不行。"

骆宝颐急得泪水夺眶而出，道："这里又不是监狱大牢，我也不是犯人囚徒，我愿意走，你为什么拦我？"

陆象杉大怒，右掌向棋盘上啪地一拍，但见那楸木棋盘立时碎成数块，暴喝道："反了你！"左手拇指"少商穴"当即催出两股真气，啪啪两下点了骆宝颐"中府""哑门"两处穴位。骆宝颐被点中穴位后，既不能动弹，也作不得声，兀自泪眼汪汪看着南一安。

道济道："唉，陆夫子，你这是何必？他二人既然两情相悦，你又棒打鸳鸯做甚？"

　　南一安见陆象杉仍闭目不语，心中实是痛恨万分，他不知为何从自己一进到三圣庄，陆象杉便一直刁难自己，其余事忍忍也便罢了，先前非但要把自己赶走，此刻还要强行将自己与骆宝颐分开。他性子本就乖戾无常，旁人对他好，他恨不能十倍相报，倘若察觉敌意，那更是百倍相还，眼下当真想跟陆象杉拼个你死我活。可他明白，倘若陆象杉说了不允，便是说破天也无济于事，便走到骆宝颐身旁，伸手替她拭去泪痕，道："宝颐，你放心，待我见了爹爹妈妈，定然回来接你。"一面说一面看向陆象杉，言下之意自是说，见了父母和八部会众人后，便是掀翻三圣庄也要带走骆宝颐。

　　陆象杉虽未瞧见南一安神情，可他一听此话便知何意，却也未做理会，只哼了一声，便兀自走出纹枰轩。

　　旁人见这一幕，更是一个个抓耳挠腮，不明所以。一不知南一安与骆宝颐几时这般要好，二又不知陆象杉为何死活不让骆宝颐下山，都在一旁窃窃私语。

　　李博渊见状，深恐陆象杉一时心软，改了主意，便向雷震川和曲万里使了个眼色，二人心领神会，急忙将骆宝颐扶出纹枰轩。

　　骆宝颐在他二人搀扶下，想要奋力回头看看南一安，无奈要穴被点，无法动弹，转身时眼神中既不舍又愤恨，门牙不觉已将嘴皮咬破，鲜血和泪水混在一起，不住往下滴落。

　　南一安呆呆望着她离去，道："宝颐，你等我，我找到爹爹妈妈便立刻回来接你！"他心中虽然不舍，但一想到三个月不见的双亲此刻便在山下，却又恨不得立时飞奔下山。南玄也不待他再作耽搁，当下拉住他手腕，施展轻功疾奔下山去了。

第八回　九渊神掌

　　南玄携着南一安沿山路疾驰而下，他轻功了得，好似足不点地般一口气飞奔了十数里山路，仍是大气不喘，内息平和。起初南一安在他的携带之下尚能勉力跟上，愈到后面便愈觉体力不支，兀自呼呼喘着粗气，南玄只得将他负在自己身上前行。

　　便是如此，南玄仍是不敢相信南一安竟能随自己并肩行了二三里，他只道是南一安在三圣庄随陆象杉学了一阵，不禁感叹陆象杉功力精湛，短时间内竟让南一安修为大大提升，道："一安，我瞧你脚力不弱，这些日子长进不少啊！"

　　南一安心中一阵是骆宝颐，一阵是久别的爹妈，心绪起伏，竟未听见。南玄又重复了一遍，南一安正要说出指玄洞中的奇遇，突然想到陈抟嘱托，便是亲人也不得提起他授业之事，便道："是啊，二叔，这几个月孩儿在三圣庄也并未蹉跎，用功得紧！"随即又道："二叔，你刚才这般急着将我带下山，爹爹妈妈真的没事吗？"

　　南玄道："不碍事，二叔加快脚力，咱一家马上便能团聚了！"

　　过了不到一盏茶工夫，二人便来到聚寿山下的范谷坨村，此时已至深夜，村里四下寂静，空无一人。

　　南玄道："二叔将你爹妈安置在前面观音庙里，走吧。"说着便拉住南一安手臂向前疾驰一阵。

　　堪堪走到那观音庙门口，突听得院子里有人说话，南一安还道是双亲召

唤，正待大呼，南玄忙将他嘴捂住，做了个噤声的手势。

二人悄悄隐蔽在围墙之外，待要听得明白。

只听一人道："丫头，如何？事情可有进展？"说话之人乃是一名妇人，年龄约莫四十来岁。

她一语问罢，半晌也不见人答复，那妇人又道："丫头，你这条命可是师父救的，须得知恩图报，助师父杀了那老贼报仇，别教为师寒了心！"

南玄闯荡江湖多年，行事素来狠辣，这妇人所说虽然可怖，不过在他眼里却也不算新鲜。

南一安却大吃了一惊，立时身躯一震，心想："爹妈在这庙里养伤，难不成是仇家又寻上门来？"当即便要冲将进去，忽觉周身一阵酸麻，已被南玄拿住要穴，既不能动弹又无法言语。

便在此时，却听另一人道："师父，弟子在那里待了四年，那里的人都很好，弟子实在不愿伤害他们……师父，都这么些年了，算了吧！"

南一安听这声音，心下为之一震，思绪乱成一团，他听得清楚，说话之人必是林知寒！却不知林知寒对面那妇人是谁，又要问什么人寻仇？

正沉思间，但听"啪"的一声响，那妇人当即一记耳光朝林知寒脸上扇将过去，只见林知寒左脸霎时间肿起一大块，却仍是垂头不语。

南一安听那巴掌声打得响亮，料来力道不轻，心想林知寒那娇弱的身躯，如何受得了这一卜重击，登时血脉偾张，气往上冲。

他那晚与林知寒长谈之后，已知林知寒必有苦衷，心中已生怜香惜玉之感，今日见林知寒忽然出现在这破庙之中，又与那神秘妇人说些莫名其妙的话，更是大为好奇。

那妇人怒道："哪里好？倘若真如你所说，怎会连身怀六甲的女人都不放过？为师再多给你些时日，若是还没有进展，便先杀了你祭我孩儿，再去杀那老贼为我亡夫报仇！"

南一安听得窸窣声响，知是林知寒啜泣流泪，心想："这女人是林师姐的师父，怎的没听她提起过？是了，想必她是那女人暗中派去三圣庄的，却要杀什么人报仇。"

林知寒哭道："弟子的命是师父给的，师父要拿走，弟子原也无话可说……这样的日子，倒还不如死了来得好……"

那妇人见林知寒伤心流泪，便柔声道："知寒，你也知道，若不是师父当年在大火中将你救了出来，你哪里有今日。将心比心，望你也能明白师父的苦。"她声音嘶哑，竟是有些哽咽。

林知寒见那妇人落泪，霎时心中不忍，道："师父，弟子知道你不容易，可是……弟子也很为难，人非草木，要弟子做对不住他们的事，弟子真的办不到……"

那妇人叹了一声，摇了摇头，道："好，好，他们对你好，我便对你不好了？你年纪尚小，哪里分得出什么人是真对你好，什么人是装的。那狗贼本就心狠手辣，岂会独对你有恻隐之心？"

正当此时，突听得庙殿里似有动静，那妇人喝道："谁？"当下冲进庙殿，堪堪跨过门槛，南玄已携着南一安飞奔到她二人身前，啪啪两下，已拿住二人要穴。

那妇人与林知寒都是一怔，却不知来人如何转瞬间便来到自己跟前。

林知寒见到南一安，当下惊疑不定，道："一安……你……你怎么在这？"

南一安被拍了哑穴，焉能开口答话，只是巴巴望着林知寒，神色又惊又奇，心想："到底出了什么事？二叔干吗不让我说话？"

那妇人朗声道："你是什么人？暗中偷袭，算什么好汉？"

南玄不答，黑暗中向那妇人瞧去，忽然"啊"地大叫一声，颤声道："你……你是……不……不会……"

那妇人道："我不过山中老妪，与你素不相识，阁下想必认错人了！"

南玄垂头细思，喃喃道："定是我认错人了。"复又瞧向南一安，道："你认识这小姑娘？"

南一安迟迟不答，南玄笑道："二叔忘了，你被我点了哑穴。"

当下也不再理会，携南一安径直来到观音像左首的立柱旁。但见那立柱甚粗，须两名成年男子环抱方能围上一圈。那圆柱直径两端各有一男一女，皆被铁链绑住，南一安仔细一瞧，那两人不是别人，正是南天与柳青青！他大惊之下，更不知发生了什么事。

他心中百思不解，却又说不出话，眼中又惊又疑。南、柳二人显然也被

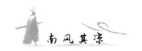

点了要穴，二人见南一安来到，直吓得面色惨白，头上青筋凸起，泪水连珠价涌出。

只听南玄冷笑一声道："大哥，弟弟将一安孩儿带来了，这样吧，让一安先去下面等着，再送嫂子也下去，最后才是你，很快，很快我便让你们一家团聚。"他不住磔磔怪笑，忽又暴喝道："我定要让你亲尝夺爱之恨！"

南、柳二人既说不出话，又无法动弹，只是奋力摇头，喉头深处发出阵阵嘶号，悲音四散，如乌鹊哀鸣。

南一安只觉做了一场噩梦，从小疼爱自己的二叔此刻却像着魔一般要取自己性命，心中惊恐、疑惑、恍惚、绝望，种种情绪交织，实是不可名状。

但见南玄掌风骤起，正欲拍向南一安天灵盖，忽觉手掌一阵刺痛，喊道："什么人？"

只听庙外一人朗声道："畜生好歹毒！"说"畜"字时那人尚在庙外，"毒"字一出口，便已闪身至南玄眼前，正是儒圣陆象杉，他身后还有一人，便是道济禅师。

南玄见状，蓦地狂性大发，道："天堂有路你不走，地狱无门你闯进来！"右掌倏地翻出，拍向陆象杉左肩"缺盆穴"，陆象杉见这一掌来得极是猛恶，丝毫不敢大意，急忙侧身让过，那掌力余势未衰，直将陆象杉身后墙砖震裂，他侧目瞧去，只见裂痕深陷盈寸，这等内功实是当世罕见，不禁暗自骇然。

陆象杉避开这一掌，顺势转身，欺至南玄身后，跟着一拳往他背心打来，这一拳本是虚招，待南玄让过，便又连发三道九渊指，每一道都朝南玄要害处点去，谁知南玄身法忽变，好似鬼魅一般，身躯急扭三下，那三道九渊指力竟一一落空，击中地面后霎时间飞沙走石。南玄心中一凛，冷冷道："好厉害的功夫，大哥，你可真是走了大运。"

道济见二人酣斗，便趁隙解开了林知寒和南氏一家的穴道，却对那妇人仍存戒心，问道："知寒，这位女施主是你什么人？"

林知寒脸带忧容，却不答话，道济正欲追问，只见南一安箭步冲到南、柳身旁，将爹妈身上绳索解开，一面哭一面道："爹，妈，二叔他这是怎么了？"

南天摇头道："唉，冤孽啊，我到今日才知你二叔心思，竟不知他这般恼恨我。"

道济闻言道："南居士，恐怕你还不知道，刚才在三圣庄，我已瞧出令弟'阳白''四白''本神'三穴及周围多处穴位甚有异样，想是练功走火入魔所致，神智已近癫狂。"

南氏一家大惊，南天急忙道："禅师，眼下舍弟与陆前辈交上手，该如何是好？"

道济道："他二人此番恶斗，咱们也帮不上什么忙，只得仰仗陆夫子，倘若能将令弟暂且制伏，老衲才可施法救治。"

南天道："想必此事在他心中困扰了多年，又强练《六通要旨》，这才走火入魔，唉，都是我这做哥哥的不是。"

道济道："南居士，你所说的《六通要旨》，可是当年鸠摩罗什大师所创？"

南天心中一凛，道："正是，不知济公从何知晓我派历史渊源？"

道济道："那便是了，这神功虽然精妙，但修习之人必当摒弃情欲，心外无物，否则定会出些岔子。"

南一安问道："妈，二叔到底怎么了？爹说的事是什么事？"

柳青青不答，只叹了口气。南天神色黯然，道："一安，这事说来话长了，日后爹自会告诉你，眼下最要紧的是救你二叔。"

南玄尖声道："假仁假义，你夺走我的一切，如今又来扮什么好人？"他与陆象杉此时已拆了近百招，此时招法愈发变化多端，忽拳忽掌，或劈或削，又连进了五六招。南天认得这是八部会历代迦楼罗尊者代相传授的金翅伏魔功，但南玄《六通要旨》初成后，较之前却不可同日而语，威力大大增强，不由得心惊。

南玄跟着使出一招"凤鸣岐山"，霎时间内劲激荡，四下飞尘扬土，逼得众人往后趋退。

陆象杉与南玄斗到此时，已知南玄功力非同小可。他见这招力道虽然沉猛，却隐隐透着一股阴诡之气，刚才听道济在一旁说南玄是练《六通要旨》走火入魔，但他不知这《六通要旨》有何威力，眼下也不敢硬接，当即双手

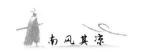

大袖疾挥，便要将那势道卸去，不料南玄跟着又是一招"抟风运海"逼来，两招就如后浪推前浪般滚滚而至，道济等人都"啊"的一声大叫出来。

陆象杉修为当真是出神入化，倘若南玄不发第二招，他也须狠命招架一番，偏偏南玄第二招"抟风运海"一经使出，他左掌就势一带，竟将那"抟风运海"的劲力带了过来，与第一招"凤鸣岐山"的劲力碰撞相消，使的恰是九渊神掌中的上乘功夫，叫作"请君入瓮"。

南玄一凛，待要再连进两招，岂料陆象杉突然间一声清啸，不见他身子晃动，人却已欺到南玄背后，当即拍出一掌，那掌力恍恍惚惚，隐隐约约，若有若无，看似柔和实则蕴含极深厚的内力，乃是九渊神掌的一招"斜阳残照"。南玄不论左避还是右闪，身躯都如被一张巨网罩住，却又哪里躲得开？

只听啪的一声闷响，南玄背心剧痛难当，登时胸口一热，喷出一口鲜血，人也被掌力震出三丈，兀自一动不动委顿在地。

南天等深恐他被陆象杉一掌打死，立时上前待要详察。这时林知寒离南玄不过一丈，已然有所察觉，情知有诈，大叫一声："不好！"随即卜前将南一安拉住，却为时已晚。南玄果然是佯装重伤倒地，见他三人靠近，登时翻转身来，右掌猛地拍出，啪的一下正中南一安前胸，那掌力宛如尖锥一般，穿透力极强，竟将南一安身后的林知寒一并击中，二人顿觉伤处有如长剑贯穿，剧痛难当，皆是鲜血狂喷。

南、柳二人见爱子受伤，登时卜得魂飞魄外，急忙将他揽在怀中。

陆象杉勃然大怒，喝道："好卑鄙！"正欲上前将南玄擒住，忽觉眼前一阵眩晕，几欲倒地，当即调理内息，稳住心脉。

他武功修为在二十年前便已臻绝顶之境，但这二十多年来，除了几个月前在聚寿山下，其余时候从未与人当真动过手，何况今日所遇之敌乃是南玄这样一等一的高手，那金翅伏魔功在《六通要旨》心法的驱动下已然威力大增，陆象杉久疏战阵，刚才虽勉力卸去两手杀招，却仍有一部分劲力侵入体内，加之跟着又使出一招极损内力的"斜阳残照"，一时间便有些吃不消了。

南玄见陆象杉略有迟疑，当下也不敢恋战，便趁这一瞬之际施展轻功径自遁去。那妇人见林知寒受伤，霎时间惊怒不已，奋力冲开穴道，将林知寒负在身后，转身便越墙而出。

众人见南一安重伤，哪里还有工夫追赶他三人。南天将儿子抱在怀里，不住大喊他的名字，但南一安却始终昏迷不醒。柳青青焦急万分，泪涌不止，双膝一屈，跪倒在地，道："禅师，你医术通神，求求你救救我的孩子！"

道济忙搭南一安脉搏，但觉脉相紊乱，呼吸微弱，立时点了他头顶"百会穴"和胸口"膻中穴"，固本培元，接着又以双掌抵住南一安背心"灵台穴"，将真气源源不断输入南一安体内，设法以自身内力为其接续性命。

过了一个时辰，南一安才缓缓睁开双眼，"哇"的一下喷出一口黑血。他虽醒转，但身子仍极度虚弱，只听道济道："一念之差，即堕魔道。"

南天焦急地问道："大师，一安怎么样了？"

道济摇摇头，道："这《六通要旨》本是极厉害的法门，可如若修习者心怀情欲，不能做到澄澈无碍，但教这神功练成，当即便会反噬其周身百脉，甚至摄人心神。令弟想必为情所困，又强练此功，功力虽然大进，却迷失了自我，长此以往，有如饮鸩止渴，非但无益，还会反受其害。一安受他这一掌，已损及心脉，他此刻还有命在已是莫大福报。"

原来南一安此刻尚能活命，全仗体内《六通指玄经》真气抵御重击，若非如此，焉能不命丧黄泉？

柳青青听罢，登时急火攻心，当即便晕了过去，南天赶忙将爱妻扶住，心中又是自责又是悲痛，问道："大师，莫非我儿已没了救？"

道济道："他体内真气混乱，只有扬清去浊，方能挽回性命。"

南天道："请大师指点明路！"

道济道："须得上一趟少室山，少林派《洗髓经》乃天下内功之源，兴许可以一试。"

南天知道南一安尚且有救，稍稍松了口气，转念心想："中原武林与咱们势不两立，我眼下武功尽失，这紧要关口上却如何是好？"他看着南一安憔悴的神情，又想："管不了那么多了，此番便是拼了性命，也要把儿子救活。"于是将爱妻爱子一个负在身后，一个横抱怀中，便要拜别陆象杉和道济往少室山去。

道济忙将其拦下，道："且慢，若老衲没记错，贤伉俪与少林派尚有过节，出家人虽慈悲为怀，但你二人此番贸然前去，难保诸事顺遂。老衲修了

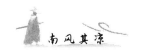

几十年镜花佛事，他们兴许会给我几分薄面，让我同你们一道去吧。"

南天听罢，心下感激不尽，道："大师，你的大恩大德，我这辈子是报不完了。只要少林派能救我孩儿，要我给他们磕头也好，要我出家做和尚也罢，便是要我替法慧偿命，我也绝无二话。"

道济笑道："不至如此，不至如此。"

便在此时，只听南一安"咳咳"两声，低声说道："济公，林师姐……怎么样了？她……她怎么会在……这里？"

南天突然间想起刚才那两个陌生人，只因适才先后发生诸多事情，无暇顾及其他，此刻蓦地忆起那妇人容貌，登时一凛，心想："这……这绝无可能啊……可……可实在是太像了……"

道济见南一安身负重伤，危在旦夕，却仍记挂着旁人，心中又是难过又是怜惜，道："一安，那一掌十之八九的劲力都施加在你身上了，知寒虽也受伤不浅，但绝无性命之忧，你且放心。"

南一安缓缓点头，突然又道："我……我不能走……我要回三圣庄，宝颐她……她在等我！"

南天道："一安，乖乖听话，你要找你的朋友，先得把伤治好了才是。"

南一安道："不，爹爹，她……她不是孩儿的朋友。"

南天见爱子受伤，心下本已焦急如焚，哪里还有工夫听他说些没头没脑的话，当下便道："好了！什么人也没你的命要紧！"

堪堪说完，却未见南一安反驳，只将双眼一闭，又兀自昏睡了过去。

这时陆象杉已将内息在周天搬运了数转，已然没了大碍，便招呼道济来到了庙外院落中，低声道："济公，咱们刚才在外面听她二人所言，似与三圣庄有天大仇怨，你我与那妇人素不相识，莫非此事与陈老祖有关？"

道济道："想必有什么苦衷吧，此事日后再议不迟，眼下最要紧的是一安的伤势。"

陆象杉道："我今日累了，暂且在此歇息。"其实以他功力之深，当不致连三圣庄都回不了，道济心中明白，他是怕南玄尚未走远，杀个回马枪，自己若是走了，眼前这几人必死无疑，可他心性使然，便是这般想，嘴里也不会说出来。

道济见南一安眼下急需休息，便让南天在观音庙露宿一宿，明日再行赶路。自己又连夜回到三圣庄，取了几粒护心丹药给南一安服下，暂可舒缓痛楚。

南天一夜未眠，天刚发白便去村里购置了一辆马车和一些干粮。天亮后，将南一安、柳青青和道济安顿在车棚内，自己驾车一路顺东南而下往少室山去。

三圣庄地处泽州，与河南比邻，距河南北部的少室山也相去不远。

行了大半日，便已到了河南境内。匆匆又行了两日，已至河南博浪沙，在渡口乘船渡过黄河后不到半日辰光便能到少室山。

众人上得渡船，已能遥遥瞧见嵩山巍峨崌嶙，南、柳二人此刻既喜且忧：倘若少林派当真能不计前嫌，而那《洗髓经》也确有妙手回春的功效自然最好不过，可但凡二者缺一，南一安便性命难保，念及此处又不禁黯然神伤。

南一安已睡了一天一夜，这时忽地醒转，双眉紧蹙，不住呻吟，显得痛苦异常。南、柳二人见状，恨不能代子受罪，又终是无能为力，犹似万箭攒心，痛不欲生。

道济赶忙将一粒护心丹给他服下，却几无疗效，只得运功替他护住心脉，过了好一阵子才有些微好转。

南一安堪堪醒转，便低声问道："爹……妈……二叔是怎么了？他……他为什么要杀我们？"

南、柳二人被这一问，霎时心中百感交集。南天叹了口气，道："一安，这也非你二叔一人之过，我这做兄长的未能及早知他心意，却也是……"他话未说完，顿觉自己失言，瞥眼瞧向柳青青，却见柳青青只泪眼汪汪盯着南一安，似乎对自己刚才的话不以为意，便又向南一安徐徐道明缘由。

原来那日南天夫妇将南一安留在三圣庄后，便一路往四川灵岩寺去寻南玄，谁知一进得寺门，却见尸横遍地，阖寺僧侣尽皆惨遭屠杀。二人大惊之下，只道南玄和其余尊者也已遭人毒手，待进得灵岩寺地道，但见摩呼罗迦尊者陈尸就地，腐臭难当，已然气绝多日。四下却如何也寻不到南玄与夜叉尊者、紧那罗尊者三人，一时间万念俱灰。正当这时，突然间背后风声骤紧，回过神时已被拿住了要穴，无法动弹。

不料偷袭他们的正是迦楼罗南玄，二人又惊又疑，南玄却不住碟碟怪笑，那笑声似癫似狂，叫人听了毛骨悚然。南玄将二人打晕，再对二人施了迷药，待二人醒转之时，已然身处范谷坨村的观音庙中。不待他二人发问，南玄便又似发狂般将情由一一道了出来。

南天和南玄是孪生兄弟，但他们和柳青青一样俱是神龙尊者陈希夷的养子，三人自幼一块长大，感情甚笃。约莫二十年前，随着南玄日渐成长，竟对柳青青暗生情愫，无奈他自知柳青青心中只有他大哥南天一人，伤心之下黯然接受了大天尊者陈图南传下的《六通要旨》，本以为一生再不会遇上让自己倾心的女子，可造化弄人，几年后却生出了一件事。

那时大天尊者陈图南已归隐三圣庄，成了道圣陈抟，神龙尊者陈希夷又被他误杀于掌下，八部会群龙无首，而彼时南天、柳青青和南玄又尚未接掌八部会尊者教印。当时的阿修罗尊者、乾达婆尊者和迦楼罗尊者另有其人，便是三人的授业恩师，那三人意图分裂八部会，到了云南自立门户，号称天龙会，欲与八部会分庭抗礼。

便在这时，八部会实际掌门人紧那罗尊者单正音便令南天、南玄率领一干部下在天龙会立足未稳、羽翼未丰之时到云南去清理门户。兄弟二人心中也曾犹豫，但八部会门规严明，上命难违，二人便率八部会中半数好手，耗时整整一年才除掉天龙会。其间，还发现了当时被天龙会阿修罗尊者囚禁的云南点苍派弟子何阮溪。那阿修罗尊者生性好色，看上了风华正茂的何阮溪，便将她关押在天龙会中，但何阮溪宁死不从，他终是未能得逞。后来天龙会被剿灭，何阮溪也被南家兄弟解救了出来，之后二人又一路护送何阮溪回到点苍派。岂料这一年间，南玄竟对何阮溪日久生情，可那时他已接过了《六通要旨》衣钵，并发下重誓终生不得婚娶，加之南天一不知当时南玄承业实非本愿，二来他也不愿见南玄自毁前程，便将此事告知了何阮溪。可造化弄人，南天无论如何也想不到，何阮溪其实对自己一见钟情，早已心生爱慕。

几人到得点苍派时，正好临近点苍派掌门曹睿六十大寿，他性情直爽，喜交朋友，爱徒死里逃生，更是喜上加喜，便广邀天下英雄前来赴宴。

何阮溪趁着大喜日子，向曹睿吐露了对南天的爱慕之意，要师父为她做主，促成这段姻缘。于是宴会当晚曹睿便当着天下英雄的面，替何阮溪向南天提亲，却被南天断然回绝。只因八部会远在西域，而南天等人极少在江湖上走动，是以群雄并不知晓南天已然婚娶，且彼时南、柳二人新婚宴尔，伉俪情深，他却如何能寡恩少义、另娶旁人？

曹睿将何阮溪视如己出，他贵为一派掌门，厚着脸皮在群雄面前替女儿家提亲，却被当众拒绝，于他而言不啻吃了一记响亮的耳光。点苍派上下尽皆震怒，大骂南天不识好歹，寿宴氛围登时僵化。南玄更如遭遇晴天霹雳一般，他本就性子冲动，又极顽劣，一怒之下竟将曹睿毙于掌底。这样一来，原本三喜临门之事顷刻间化为泡影，南玄只得在点苍派门人和赴宴群豪的追杀下，与南天一路逃回西域。

中原武林本就对八部会《六通要旨》垂涎三尺，只是遵从江湖规矩，未能明目张胆进犯。自此之后，连同中原、巴蜀、云贵、江南等地的各路武林豪杰皆视八部会为异端，八部会索性一不做二不休，公然与正道武林决裂，大小厮杀不计其数，中原武林也就师出有名了。

南玄那时虽未走火入魔，但他先被南天抢走柳青青，之后朝思暮想的何阮溪竟也对南天痴情不已，内心对南天焉能不妒？自此便隐隐埋下了仇恨的种子。

南玄心灰意冷之后便开始修炼《六通要旨》，这要旨乃是一门循序渐进的法门，基础功夫耗时漫长，且无甚实效，最紧要的地方在于破关，需至少三名一流高手同时以内力协助周天运转，一旦破关告成，之前漫长的修炼便能展现惊人威力。但只要破关时心存情欲，便可致走火入魔。历代大天尊者为练此功，终生不近女色，陈抟当年严守戒律，但陈希夷却不知怎的，总对其诉以云雨之事，男子之间互交心得，原也寻常，可陈抟偏偏在破关的紧要处浮想联翩，终致功亏一篑。无独有偶，南玄亦遭压抑心底多年的感情反噬其身，心智大受影响，便成了今日这副模样。

南一安和道济此前俱不知情，此刻听南天将事情原委明明白白道了出来，不禁感慨万千。道济合十道：“原来还有这等事，只愿南施主早日解开心结，改邪归正，倘若有什么地方用得着，老衲自当竭力而为。阿弥陀佛。”

南天道：“大师好意，在下先替舍弟谢过了。不过解铃还须系铃人，倘若点苍派的何掌门能感念他一片痴心，也许这症结便解了。”

正说话间，船已渡过黄河天堑靠上了岸，岸上便有一处客店，可供落脚

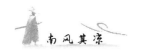
充饥。南一安本欲自己下船，但柳青青爱子心切，定要南天将儿子背负在身上，父子只

得依从。四人进得客店，分坐在桌子四方。南天当下问店家切了一斤牛肉，斟上一壶高粱酒，道济却不似平日般大鱼大肉，只要了一碗素面条。

便在此时，突听得邻桌一人道："贺贤弟，你可知少林派本次广撒英雄帖，又是打的什么主意？"那人身材高瘦，阔脸大耳，容貌看来约莫六十来岁。

四人心中一凛，柳青青打了个手势，示意噤声。只见那姓贺的满脸刀疤，甚是狰狞可怖，道："杜三哥，你是当真不知道？"

那杜三哥道："我说贺鬼头，不知道就是不知道，那还能有假？"

那贺鬼头四下瞥了几眼，悄声道："我听说，是和灵岩寺血案有关。江湖上纷纷传言，是八部会的魔头在灵岩寺大开杀戒，阖寺僧侣悉数惨遭屠杀，八部会一名头目在这场大战中也死了。少林派与灵岩寺同气连枝，此番定是要召集天下英雄问八部会要个说法。"

杜三哥道："哼，这八部会果然心狠手辣，灵岩寺素来与世无争，又碍着他什么事了？不过话说回来，他灵岩寺死了群秃驴又干我们什么事？我们何必要犯险去替他们报仇？"

贺鬼头冷笑一声道："杜三哥，咱二人几十年交情，你老哥又何必在我面前揣着明白装糊涂？"

南、柳二人听了都是暗暗叫苦："灵岩寺的和尚们定然是被玄弟所杀，少林派将此事赖在八部会头上，咱们也无话可说，借经一事是难上加难了。"

只听哐啷啷几声响，却是那杜三哥将一只大酒碗摔在了桌上，道："贺鬼头，你这话什么意思？"

贺鬼头眯缝着眼，道："天下英雄谁不对八部会《六通要旨》垂涎三尺，你老哥若不是也打着那秘籍的主意，却又跑来做甚？"

柳青青悄声道："咱们还是尽快动身上山吧，否则各大门派到齐了，少林派便真是通情达理，不计前嫌，碍着众人的面子也定不能施以援手。"

几人当下便悄声往外走去，深恐被人察觉，却不料门外迎面走来一个四十来岁的道人，身后紧随十余人，一色的青衫黑冠，个个相貌俊朗，那道人正是昆仑派掌门徐存青。

南天等人此时与徐存青撞个满怀，都是一愣，徐存青陡然见到南天一家，也怔了片刻，忽然哈哈一笑，道："真是冤家路窄，几位莫非也收到了少林寺的英雄帖？"

柳青青情知丈夫眼下重伤在身，无法施展功力，凭自己一人或可勉力与徐存青缠斗片刻，可要全身而退却是难上加难，倘若迟迟无法脱身，将事情闹大，到时各派群起而攻，非但耽搁南一安治病，甚至一家人都有灭顶之灾。

但她见道济在此，突然间计上心头，冷笑道："徐掌门的伤倒也好得利索。我一家三口多蒙道济禅师照料，眼下不仅痊愈，我夫君还蒙受三圣庄几位前辈指点，功力大进，今日倒要上少林瞧瞧，天下英雄能拿我八部会怎样？"

道济明知柳青青是在借三圣庄的名头哄骗徐存青，但他向来不在意虚名，也不担心旁人说三道四，何况他若拆穿柳青青，南一安岂不更加危险，当下也不多言，反而默默点头。

徐存青曾吃过南天的苦头，深知南天功夫了得，本以为他身受重伤，眼下正是将他擒住的良机，不料柳青青这番话说得有恃无恐，心中虽然半信半疑，但见道济确是在此，且非但不加反驳，更点头称是，蓦地里心生忌惮，不敢贸然动手。

但他贵为一派之尊，单凭邪魔外道几句话便逃之夭夭，这却成何体统？随即作势道："好啊，待会上得少林，倒要领教领教阁下的高招。"

南天明白妻子用意，当下朗声道："再好不过！"

堪堪走开，只听嗖的一声，一只酒碗携风飞向南天后脑，南天虽已察觉，但眼下无法催动真力，如何招架得住？柳青青见情势危急，倘若砸中必然脑浆迸裂，赶忙纤手一扬，将那飞碗格开。明眸一瞥，便知是那贺鬼头突施杀手。

徐存青向内望去，当即拱手道："原来是'柳絮凭风'贺大侠到了。"

那贺鬼头暗器功夫出神入化，虽然相貌丑陋，却得了雅号叫作"柳絮凭风"。他为人奸猾诡诈，刚才众人所说他已听得清清楚楚，料想若真如柳青青所说，以八部会的一贯作风，他二人眼下大可将徐存青杀之而后快，情知柳青青多半是虚张声势，便使了一手"飞玉破石"来试探南天，这一下果不出其所料，南天无力闪躲，已然说明他此时毫无还手之力。

柳青青这一下救了南天，自己刚才的谎话便不攻自破，立时便往外疾奔。

徐存青急忙追出去，喝道："妖女哪里走！"

但见寒光闪动，长剑出鞘，直逼柳青青身前。柳青青正欲招架，不料徐存青乃是声东击西，待要靠近时，突然间手腕一抖，便向南天刺去。他知柳青青功夫虽不如自己，但未必便能轻易取她性命，而南天此刻功力全失，直与常人无异，因此明攻柳青青实则暗刺南天。

柳青青大呼不好，眼见情势危急，忽听"当"的一声，一枚石子击中剑身，剑锋偏转，这一剑便没能刺中。徐存青吃了一惊，大喝道："是哪个缩头乌龟？"环顾四周看了半晌，却不见人影。

柳青青忙道："济公，快带一安走！"

道济情知时机转瞬即逝，为保南一安性命，哪敢耽搁，当下背负南一安匆匆往山上奔去，他不懂武功招数，内力却极为浑厚，轻功也甚是了得，背上南一安后便如猎豹脱缰，眨眼间已奔出数十丈。

南一安见父母身处险境，不忍独自离去，便在道济背上不断挣扎，大喊道："爹！妈！我不走！济公快放我下来！"

道济哪里能依他，道："你将我杀了我也不能让你去！"他知道只要上得小林，凭自己杨岐六祖的威望，少林寺定不敢迁怒于南一安，饶是心中不忍，也只得带着南一安死命逃去。

南、柳二人见南一安已走远，心中更是了无牵挂，柳青青看着南天，淡淡一笑，眼中却泛着泪光，道："师哥，咱们今日就要死了，来生我还愿做你的妻子。"

南天抚摸着柳青青苍白憔悴的脸颊，道："这也未必，我虽功力全失，但双目尚明，一会我给你支招，你且与他斗上一斗。"

徐存青道："死到临头，还在这你侬我侬，今日便教你二人去黄泉路上做鸳鸯！"手腕疾转，但见手中长剑也跟着迅速回旋，剑身越旋越快，最后只见剑柄而不见剑身，周围风声呼呼作响，立时罩住柳青青面门和前胸各处要穴，正是扶摇剑法中的"响遏行云"。

南天见这招来得凌厉至极，道："不可正面招架，快绕到他身后！"

柳青青当下一个转身，到了徐存青侧后方，手中鸳鸯刀横劈竖砍，徐存青更不闪避，反手挺剑疾刺。他此时已知南天从旁指点柳青青，本应擒贼先擒王，先将南天杀了，可他自觉身为昆仑派掌门，平日以名门正派自居，刚才偷袭南天已然大失身份，此刻若故技重施，未免丢了颜面，只得与柳青青先做了断。

柳青青双刀圈转，倏地上挑，削向徐存青面门，徐存青挥剑格开，向后退了两步，道："阿修罗果然了得，手上没了功夫，嘴上功夫倒是未减。"

柳青青知他这话是既讽刺南天又激自己，可她本是女流，又早已习惯被江湖中人视为异端，对此话倒不以为意，冷冷道："徐掌门刚才那招'声东击西'却也教人看得眼花缭乱。"

徐存青见自己反倒被柳青青嘲讽，一时颜面无存。纵然南、柳二人是"过街老鼠"，但以他身份原本也不该当着众人偷袭，怒道："对付邪门歪道，何须讲究江湖规矩！"

话音甫毕，又是斜刺里瞄着柳青青小腹刺出一剑，这一剑来势甚快，正是"北冥有鱼"。这招南、柳二人当日在聚寿山下便已见徐存青使过，因为知道这招的厉害之处，二人后来专就这一招拆解了一番，此时不必南天指点，柳青青也知道如何抵御。

柳青青当即向后跃出三步，待剑势一经用老，左手刀疾向徐存青面门攻去，右手刀横拖胸前守御。徐存青一时大意，未料到柳青青在此之前已破了这招，又见她左手刀来势凶猛，当即运足内力灌于手中长剑，欲将她手中弯刀震落。不料柳青青这一招才是真正的"声东击西"，正是"胡笳十八刀"中的"汉使断肠"。

但见柳青青左右刀突然间互换攻守，霎时间左手刀收回守御，右手刀倏地窜出，朝徐存青腰间猛砍。徐存青一击落空，但剑势已发，焉能回转，霎时间处境极为不利，当即向后纵跃，在地上连滚三圈才让过柳青青来刀，站起身仍是立足不稳，又向后退了几步，忙使个"千斤坠"，这才站定。

只见一身青色道袍上沾满泥渍，头上的莲花冠歪歪斜斜，仪态狼狈不堪。一旁众昆仑派弟子见师父吃了亏，尽皆拔剑冲将过来，这却更让徐存青面上无光，心想自己单打独斗竟治不了一介女流，倘若还要让弟子替自己出气，此事传将出去，今后如何在江湖上立足？于是忙将一群弟子呵斥退下，对柳青青说道："哼，刚才一时大意，竟着了你的道儿，留神了！"

第九回　法戒方丈

霎时间徐存青青袍鼓动，大袖生风，身姿挺立，飘然而起，左手捏个剑诀，右手长剑朝天一指，那剑身竟被震得嗡嗡作响。昆仑剑法自古便讲求意境高远，这招"鸢飞戾天"更是奥妙绝伦。

南、柳二人从未见过这招，当下暗暗心惊。柳青青见南天双眉紧锁，正自细思拆解之法，情知徐存青此招一出，自己十之八九已躲不过，本已抱了必死决心，可一想到南一安今后不知要面临多少艰难险阻，而她夫妻二人又不在身边，便觉死不瞑目。

那杜三哥和贺鬼头自始至终便在一旁作壁上观，此刻见柳青青顷刻间便会命丧剑底，贺鬼头道："杜三哥，咱可不能让那姓徐的把功劳都抢了去。"当即使个眼色，只见二人一左一右分别拿住南天双臂，径直将其摁倒在地上。贺鬼头心想："倘若少林派集结群雄灭了八部会，那这《六通要旨》该归属于谁？这徐存青今日独斩两大魔头，恐怕到时没人敢跟他抢那头功。"于是便道："徐掌门，咱们今儿见者有份，你杀了那妖女，我二人便擒这魔头！"

徐存青斜眼看向二人，冷笑一声，却不搭话。他此时气聚丹田，待要蓄势一击，但见他脚下尘土飞扬，周身携带劲风，整个人似被一股极强内力笼罩，与其说是被笼罩，不如说这内力本就是他丹田所吐，当下剑尖朝前一指，寒光到处，人随剑至，已欺至柳青青身前。

南天被杜、贺二人擒住，无论如何也挣脱不了，突然间灵光乍现，忙道："西来龙象手！"

"西来龙象手"为八部会神龙尊者陈希夷的绝艺，乃是一门脱身反击、快速擒拿的功夫，只因他二人俱是陈希夷养子，是以得到陈希夷关门传授。他见徐存青这招"鸢飞戾天"实在非同小可，即便自己武功尚在，也不敢说十拿九稳抵御得了，正情急间却被杜、贺二人使擒拿手法困住，又见徐存青这剑招虽飘逸至极，但下盘根基不稳，若使出西来龙象手中的"游鳞式"先行摸他下盘脱身，再使出"缚首式"擒拿，兴许能克敌制胜。

柳青青当即醒悟，立时矮身往地上一窜，双手向徐存青身上一扒，原以为定能拆掉这招，不料她功夫始终不及南天，而那徐存青也是武林中一等一的好手，若是南天出手，尚能勉力将徐存青擒获，可她身法不够迅捷，手上力道又不足，于是被徐存青反制。

徐存青腾空一个翻身，转瞬又占据主动，长剑斜刺，直取柳青青后颈。

眼见剑尖离柳青青已不过三寸，蓦地一人飞身闪出，左足在徐存青剑身一点，剑尖立时偏离，右足内曲，便像枷锁一般锁住了徐存青脖颈，徐存青刚才精力全在柳青青身上，却不料突然遭人偷袭，当即便被擒住，兀自卧倒在地。

这招一经使出，南、柳二人猛吃了一惊，正是"西来龙象手"中的"断角式"，二人一瞧，但见那擒住徐存青之人乃是个四十来岁的妇人，两鬓披霜，颧骨高耸，赫然便是几日前观音庙中那个神秘人。二人均想："怎的这世上竟还有'西来龙象手'的其他传人？"

那妇人将徐存青制伏后，眨眼间便欺至杜、贺二人身旁，左脚往贺鬼头小腹一踢，右掌同时往杜三哥胸口拍去。那贺鬼头精于暗器，杜三哥是长白山五雄中的人物，排行老三，善使判官笔，二人拳脚功夫都是稀松平常，那妇人外功了得，二人招架不住，登时便如软泥一般瘫倒在地。

昆仑派弟子见师父被人偷袭，尽皆骇然，当即一拥而上，将徐存青扶了起来，接着拔剑一阵狂劈乱砍向那妇人攻来。那妇人也不慌乱，左手一带，右手一拉，左手带完又是一引，右手拉完跟着一绕，几招下来便将昆仑众弟子一一放倒在地，使的全是"西来龙象手"中的擒拿摔跤功夫，当真诡异至极。

徐存青见眼前这妇人功夫古怪，虽与刚才柳青青所使招式路数相同，但

其精纯狠辣，却远非柳青青可比，不由得暗暗心惊，道："阁下身手了得，在下昆仑派掌门徐存青，不敢请教尊姓大名？"

那妇人冷笑一声，道："老婆子名不见经传，不说也罢。"

徐存青心想："此人手段厉害，脾气也古怪，倘若成了对头，那可大大不妙，须得跟她讲明白了。"道："在下见识短浅，不知阁下系出何门何派？可知这二人俱是八部会头领，这等左道之士，人人得而诛之，阁下却何故阻拦？"

那妇人又道："八部会固然可恨该杀，但这二人你今日却伤不得。我劝你速速离去，别在此自讨苦吃。"

徐存青本就对她有些忌惮，不愿与她为敌，但此时听她口出狂言，心中不禁大为恼怒，心想："你刚才是偷袭我，我才吃了亏，咱们正经打一架，倒也未必会输给你。"便道："既是如此，那在下便斗胆请阁下赐教了！"

那妇人道："你且看你右臂之上的血痕，是否觉得右手酸麻异常？"

徐存青一瞧，右臂上果然有一道三寸来长的血痕，却不知那妇人是在何时伤了自己，他微一动念，顿觉手臂一阵酸麻，心下大惊："糟糕！恐怕是中了毒！"

那妇人又道："你要打也未必不可，只是我死了，便将解药也一并销毁。"

徐存青大怒，却不知这妇人到底是何方神圣，料想自己与她素未谋面，她何故要将自己逼上绝路？寻思："眼下性命要紧，余下的事来日方长，下次教老子撞上，非扒了你的皮不可。"道："徐某平日里行走江湖，倘若有得罪阁下的地方，在这里赔个不是。阁下既执意要救这二人，那在下只好他日另行计较。"

那妇人道："徐掌门，我今日并非有意与你为难，只要你放他二人走路，解药自当奉上。"

徐存青听她所说，倒也不似专程来跟自己过不去，心下松了口气，道："既然如此，那在下就给你这个面子。不过还请尊驾留下名讳，日后再当登门讨教。"

那妇人知他此话是寻仇之意，她本不愿节外生枝，但此时又急于将他打发，若不说个来头，恐怕他不肯善罢甘休，便道："西起秦陇，东至蓝田，太行而外，莫如终南，麻衣仙府，仰天池畔。"左手一扬，一个木瓶从袖口倏地飞出，徐存青深恐毒质上行，右臂不敢动弹，当即伸左手接住。

便在这一瞬之机，那妇人左手提南天，右手携了柳青青，眨眼间便已悄声遁去。她带着南天夫妇一路奔了十数里，但见前方有一处渡口，便即带上二人登船，顺黄河往西而去。待小船行至河道中央，那老妇一脚便将船夫踢落河里，那船夫在湍急的黄河中连声呼号，过了片刻便被冲到下游，想是绝无生还可能了。

南、柳二人倒也不甚惊奇，料知那妇人自出现之初便行事诡秘，眼下将那船夫杀了，想必是不愿暴露自己的行踪。

南天寻思："她刚才所使的功夫正是'西来龙象手'，那是神龙尊者的绝技，除尊者本人外，便只有我和青青会，还有玄弟略通一二。神龙尊者早已故去，世间再无第四人会使，她却如何学来？"一想到南玄，心下又是一凉，回思那晚在观音庙中初见那妇人之时，隐隐觉得她容貌、身形颇似一个已故之人，顿时大为困惑，问道："阁下适才两次出手相救，敢问可是我八部会故人？不知这是要将我夫妇二人带去哪里？"

那妇人道："我救你只因刚才与老和尚定下协议，他带我徒弟上少林疗伤，我替你二人料理那道人，两不相欠。"

柳青青寻思："这人倒是很在意她的徒弟，现下她徒弟又和济公、一安在一起，想是几人已安全上得少林寺，她才敢放心前来。"心下顿时松了口气，沉吟片刻，道："阁下可是姓唐？"

那妇人听到这话，神色间颇有异样，兀自看着河中滚滚波涛，心中也似这黄河般九曲回肠，却道："不是！"

柳青青道："这就奇了，阁下如何会使这'西来龙象手'？"

那妇人道："天下武学纷繁庞杂，博大精深，却又殊途同归。我刚才所使擒拿手法，亦并非什么'西来龙象手'。"

柳青青道："说得也是，料想堂堂神龙尊者，又岂会将独门秘技传授给一个相貌平平的老太婆？"

那妇人大怒，道："狗屁！他怎……"话犹未尽，便知中了柳青青的激将法，当下默然无语。

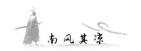

柳青青知已得手，道："阁下可认识陈希夷？"

南柳二人见那妇人沉吟不答，神情凝重，眼角更似有泪光，心中便已确定，只听南天道："真的是你吗？"

那妇人突然间发作，喝道："我不是！"

柳青青道："咱们又没说是谁，你怎知不是？"

那妇人情知败露，但慌乱之色一闪即过，随即淡淡道："哼，你们既然知道了，那也没什么可说。"

南、柳二人听她承认，都是欢喜无限，南天道："唐师姐，果真是你！你当年被大天尊者误杀，啊不，你既没有死，那也不能说是误杀……总之咱们当时是悲痛不已，我和青青亲手替你下葬，你是如何……如何……"他既知道唐凤没有死，那也不能说是"死而复生"了，中间情由更是难以揣测，当下也不知如何问话。

唐凤道："当真悲痛不已？"

她这么一问，显然是承认了。南天道："不只是我们，那时八部会上上下下都是替你不平的。"

唐凤道："南天，柳青青，你二人倘若当真替我不平，替你们养父不平，替我……替我那死在腹中的可怜孩子不平……便助我杀了陈图南那老贼报仇雪恨！"

南、柳二人大惊失色，"啊"的一声叫了出来，南大颤声道："大大……大天尊者尚在人世？"

唐凤冷冷道："哼，陈图南那狗贼化名陈抟，归隐三圣庄，摇身一变成了今日的道圣！"

南天夫妇此时心中已乱成一团，又是惊疑又是欢喜。唐凤又道："当年我以为受了他一掌再难活命，不料却在终南山仰天池畔醒来，醒来时我的伤竟已被治好，想是上天垂怜，要我报仇雪恨！"

柳青青道："你是说治好？那是什么人治好了你？"

唐凤续道："在我身边坐着一个麻衣道人，便是他治好了我。可我醒后不久，那麻衣道人便消失得无影无踪，从此再未谋面。"

南天道："有这等奇事？那麻衣道人究竟是何方神圣？"

唐凤道："那麻衣道人戴着一张面具，瞧不见容貌，又是个哑巴，不过我料想他既然救了我，自是绝无歹意，便也未曾追问。"

南天道："那之后怎样？这些年你都是如何过来的？"

唐凤道："后来我暗中查探，得知陈图南已不在八部会，几年间我遍访天下，始终难觅他踪迹。于是我回到终南山，本欲就此了却一生，幸得老天有眼，一日我睡醒之后，却见桌上有一张字条，上面写着'八部大天，道圣图南'八个字。"

南天道："这是何意？"

唐凤道："我起初不甚明白，但料定与陈图南有关，后来又多方打听了两年，才知他竟化名陈抟，躲到了聚寿山，自诩道圣。"说着情绪愈发激动，咬牙切齿道："这狗贼真是恬不知耻，做下无数罪孽还敢以圣自居，我今生不报此仇，有何颜面见我亡夫亡子！"

南天道："那这字条又是什么人留给你的？"

唐凤道："哼，想必那麻衣道人也是陈图南的仇敌，他先救了我，再告知我仇人下落，助我报仇雪恨！"

柳青青心想："没料到三圣庄的道圣居然是大天尊者，也不知他与一安相认了没有。"转念又想："不对，我真是糊涂，大天尊者离开八部会时，一安还未出生，他二人怎会互相认得？唉，一安此刻也该到少林寺了吧，不知少林寺肯不肯借出《洗髓经》救我的孩子……"她心中挂念南一安，越想越是焦急，道："唐师姐，你这是要带我们去哪里？我的儿子南一安……"

她话未说完，唐凤登时大发雷霆，怒道："世上便只你有儿子，我就没有吗？我的儿子被人杀了，你们既然已经知道真相，那便助我报仇！"

南天道："唐师姐，大天尊者当年一时情急将你杀……将你重伤，又失手杀了神龙尊者，他自己本已万分懊悔，后来得知你已有身孕，更是无限自责，情知对不住你们，便引咎离开了八部会。时隔多年，眼下八部会又危如累卵，还望你以大局为重，放下仇恨，倘若你肯回到八部会，这大天尊者之位非你莫属。"

唐凤冷笑一声道："好哇，希夷与你二人情若父子，他遭奸人毒手，你非但不替他报仇，还要让我放下仇恨，替你们卖命，早知如此，刚才我便让那

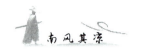

牛鼻子将你二人杀了，反倒眼不见为净！"

南天见唐凤报仇心切，自己适才所言反而激怒了她，心想以她的武功，柳青青想必不是敌手，眼下人为刀俎我为鱼肉，她此刻要想取我夫妇二人性命，那自然是易如反掌了。但一来他二人自小便敬重陈图南，二来三圣庄又对他一家有天大恩情，要他二人向陈图南寻仇，那更是万万做不到的。

南天当下紧握住柳青青的手，二人四目相交，已知对方心意，只听柳青青道："大天尊者当年杀了神龙尊者不假，可却是神龙尊者率先发难，彼时大天尊者已受《六通要旨》反噬，心魔大盛，才误杀了我养父，本也不能全怪在他身上。何况三圣庄于我一家三口有救命之恩，几次三番出手相助，我夫妇俩虽算不得英雄好汉，却也恩怨分明，断不能去三圣庄向大天尊者寻仇。"

唐凤怒道："你们既对陈图南心生畏惧，不敢去找他报仇，我便不勉强。我瞧南玄倒是个适合的人选，在观音庙那晚，我便已知道你们现下是兄弟阋墙，你死我活，倘若将你们交给他，他必定助我报仇，咱们各取所需。"霎时精神大振，哈哈大笑。话说道济带着南一安一路疾奔，径直往少林寺而去，行到半路却被一个身背少女的妇人拦下，正是唐凤和林知寒。

原来林知寒那日在观音庙受伤，唐凤将她带走安顿妥当后，便急忙替她运功疗伤，林知寒虽性命无碍，但也伤得着实不轻。她早知道济医术了得，料想南一安受伤，道济必定有医治之法，于是悄悄回到观音庙外，听道济说少林《洗髓经》能治疗这内伤，当下便携了林知寒往嵩山少林本院去。

唐凤早年丧夫丧子，性子极是刚强，不愿低声下气求助旁人，可见林知寒身受重伤，却又不得不治。她将林知寒抚养长大，素日里对她甚为严苛，内心实在是将她视为至亲，即便自己在乎颜面，却无论如何也做不到见死不救。

这日恰巧见南天夫妇受人围困，登时心生一计，便将林知寒托付于道济，自己救下南、柳二人以作报答，便能两不相欠。实则道济本就慈悲为怀，林知寒又是三圣庄门人，即便唐凤不救南天夫妇，他也会带着林知寒一同上少林，这一点唐凤岂会不知，只是她太过要强，更不愿欠下三圣庄这份人情，因此一定要救南天夫妇。

那晚在观音庙中，唐凤便已认出南天夫妇和南玄，她后来又想，倘若从徐存青手中救下南天夫妇，两人心生感激，必会助自己报仇，岂料南天夫妇断然回绝，只索将他们交给南玄，以此作为南玄助自己报仇的条件。

道济允诺此事后，便与唐凤分别，当下疾往少林寺奔去。

少室山山势挺拔陡峭，石阶绵延数里，远处瀑布珠玑四溅，有如巨龙吐沫。

行了约莫一炷香时辰，只见黄墙碧瓦，庄严肃穆，一座偌大寺院赫然映入眼中。山门口站着两名青年知客僧，见道济背上负着一个少年，怀中又抱着一个少女，不禁甚感奇怪，一名知客僧合十道："阿弥陀佛，不知大德前来有何贵干？"

道济急道："老衲法名道济，与贵寺住持法戒大师有要事相商，烦请禀报。"

那知客僧年纪太轻，未曾听过道济的法号，不知眼前这衣衫褴褛的和尚乃是杨岐六祖，心想："这邋遢和尚好大的口气，张口便要见法戒师伯祖，师伯祖交代咱们除手持英雄帖的客人，其余一律不得进寺，还是将他打发了吧。"复又合十道："阿弥陀佛，实在不凑巧，近来敝寺俗务缠身，恐怕不太方便，大师还是请回吧。"

道济一听，已急得冒汗，道："小和尚，你去告诉你们住持，说道济前来拜会，他定会让我进去的。"道济按班序当比少林方丈法戒还高上一辈，不过眼下有求于人，倘若在平时，这"拜会"二字实在也太过自谦。

那知客僧又道："实不相瞒，方丈几日前便明令小僧等在此把守，唯有手持英雄帖的客人才能进得寺门，冒犯之处，还请大德多多担待。"

道济心想："眼下这两个孩子伤情多耽搁一日，便多一分危险，还是救人要紧。"

当下便不再搭话，提一口气，径往方丈院奔去。

那两名知客僧一见大惊，急忙转身追去，却哪里追得上道济？一僧喊道："有人擅闯寺门！"另一僧又朝四面八方连喊数声："往方丈院去了！"

少林寺这几日召开英雄大会，唯恐八部会上门寻衅滋事，本就戒备森严，这时突听守卫告警，霎时间兵刃之声大作，但见罗汉堂、达摩堂、戒律院等处各冲出三十六名手持戒刀、齐眉棍、韦陀杵的武僧，直奔方丈院而去。

片刻后又听得寺内十余处钟鼓齐鸣，震耳欲聋，一些早早来到少林寺的武林中人也都闻声寻来。

南一安哪知事情这般曲折，心想道济带着自己一口气奔了数十里，饶是他内力深湛，但毕竟上了年纪，如此折腾一阵，额上已渗出不少汗水，现下又擅闯寺门，未免得罪了少林派的和尚，心中过意不去，道："济公，咱们回去吧，我不疼了。"

道济道："傻孩子，有济公在，一定要将你医治好。"

南一安心中一酸，他前胸贴着道济后背，已觉湿热难耐，再瞧向他怀中憔悴的林知寒，顿觉愧疚不已。他心情低落，不知父母现下是否已经脱险，又不知骆宝颐此刻怎么样，猛然间竟觉生无可恋，这伤势救不救都无关紧要了。

道济径直奔向方丈院，却见房门深掩，情急之下正欲破门而入，少林弟子却已追了过来，将三人团团围在垓心。

群僧手持兵刃，见他无处可逃，便要上前擒住，忽听得一声"住手"远远传来，说话之人声如洪钟，真力沛然，距离虽远却犹如环绕耳畔，显是内力深厚无比。

但见千佛殿内匆匆走来两名老僧，一僧已年过半百，明眸大耳，方脸阔口，身披赤色九条袈裟，另一僧年纪稍轻，一身褐黄衲衣，下颚黑须盈尺，二人正是少林方丈法戒和达摩堂首座法定，刚才说话的便是法戒方丈。

法戒一声令下，众僧立时排成两列，让出中间一条通道，兀自合十待命。

法戒、法定急忙奔到道济身旁，合十道："阿弥陀佛，弟子法戒、法定不知杨岐六祖法驾少林，未能迎迓，请上师恕愆。"

群僧听得方丈法戒和达摩堂首座法定在道济面前以"弟子"自居，俱是骇然耸动。年纪稍长的听闻"杨岐六祖"四字，便知道济来历，却也免不了心中诧异，年纪轻一些的更是奇怪，心想法戒、法定在当今禅门中德高望重，却对这邋遢僧异常恭敬，无不对道济的来头大为好奇。

但见道济还了一揖，道："二位大德不必多礼，老衲此番前来却是有事相求。"

法戒道："六祖但说无妨，尚请移步屋内叙话。"随后对周遭群僧道："你们在外面把守，不得进来打扰。"群僧齐道："谨遵方丈法旨！"

几人进屋后，法戒瞧了瞧道济背后、怀中的少年少女，道："敢问六祖，可是与这两位小施主有关？"

道济点点头，道："不错。他们身负重伤，老衲冒昧，想请方丈借出贵寺《洗髓经》，救他二人性命。"

法戒面上微微变色，心想："这两位施主年纪轻轻，料来也非江湖中人，怎会重伤至此？佛门慈悲，原不能见死不救，只是《洗髓经》不得外传乃是本寺近千年来的规矩，这可叫人为难了。"

法定仔细一瞧，便即认出了南一安，道："六祖，这少年可是八部会南天和柳青青的儿子？"

法戒心中一凛，那日法定等人在聚寿山下遇上道济和陆象杉，二圣出手相救之事法定已如实向他回禀。他原本认为道济只是解一时之围，想来不会与其再有牵连，未料到眼下居然携了南一安同上少林，不由得暗自疑惑。

道济点头承认，只见法戒、法定面面相觑，脸上俱有为难之色，便道："这孩子父母确是八部会尊者，八部会虽与中原武林不睦，但这少年如今心脉受损，命在旦夕，万望贵寺能施予援手，老衲感激不尽，阿弥陀佛。"

法定叹了口气，走到道济身旁，道："六祖，你老把我少林寺瞧得忒也小了，这孩子父母虽身负本寺血债，但终究与他无关，我等自当竭力救治，可眼下英雄大会在即，天下英雄齐聚少室山，却不知他们会否与这少年为难，须得想个法子掩人耳目。"

便在此时，突听屋外一人喊道："既然八部会的孽障在里面，便请方丈出来说话！"

道济等人闻声大惊，法定道："师兄，这可如何是好？"

法戒道："是福不是祸，是祸躲不过，咱们出去会会他们便是。"对道济道："济公，这少年……"

道济瞥了眼背上昏昏沉沉的南一安，叹道："既然他们知道了，咱们遮遮掩掩也不是办法，倘若这些人尚有一丝天良，看着一安这般模样，兴许也不会跟他为难了。"

法戒道："是，就依济公所言。"

几人出得房门，只见除了少林弟子外，院内已聚集了数百人，尽是怒目圆睁，一双双眼睛犹如冷电一般霍地射向南一安。

这时一名武僧抢上前道："方丈师伯，适才不知什么人四处宣扬，说咱们少林寺窝藏匪类……"

法戒不待他说完，道："你且退下。"而后朝方丈院外各门各派的武林人士道："各位英雄光降敝寺，少林派蓬荜生辉，阖寺上下深感大德。不过大会原定于明日召开，各位远道而来，可先在寺中游览一番，敝寺今晚略备斋饭以相款待，怠慢之处还请多多包涵。"

这时忽听得人群中一人阴阳怪气地道："法戒方丈，这在下可就不明白了，你老把咱们召集上山，却要包庇这个八部会的小魔头，难道是叫咱们来赏玩风景、吃斋念佛的吗？"众人尽皆附和。循声望去，说话之人正是华山派掌门公良止宇。此人气度极是狭小，他自那日聚寿山下不敌南天，便一直耿耿于怀，此刻不见南天，便将满腔怒火迁于南一安身上，眼下深恐少林派为庇护南一安，将众人打发了事，巴不得南天的独生爱子落在他的手上。

法戒朗声道："阿弥陀佛，八部会多行不义，为非作歹，近来更饕餮放横，致使灵岩寺上下惨遭屠戮，实乃人神共愤。怎奈妖薮偏居西域，壁垒森严，且派中高手众多，非我中原武林一派可力战。遂此番广邀群雄，正是为了兴那问罪之师。承蒙各位英雄鼎力相助，敝寺上下不胜感激。但这少年虽系出八部会，却尚未成人，诸位便有深仇大恨，也当与他无关，因果有报，贫僧在此恳请各位高抬贵手。"他这话便是为堵众人之口，声明在先，少林派立场鲜明，与八部会势不两立，又暗示少林寺绝不会独占讨伐八部会之功，乃是邀请武林同道共诛之。只是江湖中人讲究一个"义"字，祸不及妻孥，要报仇雪恨也当找对了人。

便在这时，突听得大雄宝殿旁传来一声冷笑，正是堪堪来到少林寺的昆仑派掌门徐存青，他快步走向人群中央，道："法戒大师，在下今日在博浪沙渡口本已生擒八部会阿修罗和乾达婆，却不料又被八部会另一神秘高手暗中偷袭，致使两人逃脱。八部会阴狠毒辣，诡计多端，倘若不使些非常手段，恐怕绝难令他们就范！"实则他哪里知道唐凤是八部会中的人物，只是这话一来是要显示自己能耐，凭他一人之力能生擒南、柳二人，二是借机危言耸听，向少林派施压，好以南一安为人质要挟八部会。

在场众人中，除与他一道赶来的贺鬼头和杜三哥外，其余人听闻他力战八部会两大尊者，无不暗暗心惊。

贺鬼头心想："要不是老子眼疾手快，拆穿了柳青青，哪里轮得着你显威风？"

当下轻蔑一笑，道："怕是你徐掌门技不如人，让那神秘高手打得毫无还手之力，这才让他二人逃了，眼下却又说什么偷袭？"

群雄听贺鬼头之言，霎时间交头接耳，面上颇有不屑之色，有的说徐存青吃了败仗还在这里装模作样，有的又不禁对那打败昆仑掌门的八部会神秘高手暗暗生畏。

南一安、林知寒和道济听罢，情知南、柳二人已逃离险境，心下松了口气。南一安本想问问林知寒她师父的来头，无奈身子疲软，维持清醒已属不易，要想说话更是难上加难。

徐存青被贺鬼头出言羞辱，心下着恼，怒道："贺鬼头，当时若不是你和杜老三扰我心神，我焉能着那老妇的道儿？你还有脸在此说些风凉话，我看你是早被八部会收买，不然怎会暗中助她？"

贺鬼头哈哈一笑，道："徐掌门，你也是一派之尊，怎的说话这般不要脸？若不是我拆穿柳青青诡计，你怕是动手也不敢。"

徐存青大怒，喝道："一派胡言！"

只听呛啷一声，徐存青长剑出鞘，向贺鬼头疾刺过去。那贺鬼头本是江湖上成名已久的人物，但他只精于暗器，短兵相接非其所长，却哪里是徐存青的对手。二人只拆得数十招，贺鬼头便已落了下风，唯有勉力守御。徐存青一声清啸，使出一招"金仙夹龙"，剑身左右连闪，顷刻间便要斩断贺鬼头双手。突听"噌"的一声，他手中长剑蓦地里被荡了开去，正是少林方丈法戒的拈花指力。

法戒道："徐掌门，佛门圣地，请手下留情。"

众人刚才未见法戒身子晃动，且二人相距三丈之遥，却能举重若轻般使出这招威力无俦的拈花指，不禁"噫"的一声，心中莫不叹服。

徐存青剑尖指向贺鬼头，冷冷道："今日瞧在法戒大师的面上，姑且饶你

一次。"

长剑送入剑鞘，复又说道："法戒大师慈悲为怀，心系众生，徐某佩服之至。这少年虽然无辜，但他既是八部会魔头之后，咱们以他为诱饵，逼得八部会就范，这样也不须伤他性命，有何不可？况成大事者不拘小节，在大关节上，我等向来唯少林派马首是瞻，还望大师拿定主意，否则亲者痛仇者快，那可大大不妙。"他这话语气平和，措辞却极是针锋相对，言下之意自是少林派若不交出南一安，那便是与整个武林为敌。

法戒道："我等与八部会为敌，乃是匡扶武林正义之举，倘若依徐掌门所言，行这等卑鄙伎俩，却又与邪魔外道有何异哉？"

当此之际，突听得西首一人道："法戒方丈既如此回护这八部会的少年，为何又要广邀天下英雄齐聚少林？我等为灵岩寺一案深感痛惜，在场各位又与八部会有不共戴天之仇，一得请帖便星夜兼程赶来，眼下阿修罗武功尽失，摩呼罗迦殒命四川，正是我等扫除祸患的千载良机，如若少林派一意孤行，将来这八部会少年功力大成，武林中必然又是腥风血雨，生灵涂炭，这便是法戒大师所愿吗？今日倘若不给天下英雄一个交代，恐怕难以服众。"群雄循声望去，但见一个身着碧绿太极道袍，约莫四十岁的清瘦中年男子，正是青城派掌门刘云。

法戒正待回驳，却听法定抢道："方丈师兄敬诸位是客，这才好言相劝，刘掌门这般咄咄逼人，未免也太不把少林派放在眼里了！"

道济听得此番争论，心下好生懊悔，寻思万不该带南一安上少林，本想替他疗伤，却不料撞上今日之事，眼下要走已是万万不能，只得仰仗少林派尽力保全南一安。

南一安伏在道济身后，精神昏沉困顿，但众人说的话却无一不听在耳里。他原本以为中原武林人士尽是些豺狼之辈，不料今日却见少林派义无反顾地回护自己，实感意外，蓦地生出感激之情，心想："少林派的大和尚深明大义，行事光明磊落，何故却与爹爹妈妈为敌？难道八部会当真如他们所说的恶贯满盈吗？"

这时又听一人粗声粗气道："他妈的，啰唆什么，少林寺家大业大，但武林之事当由大伙公断，岂能任凭你想怎的就怎的？今日就是踏平少室山也非将那魔崽子擒了不可，大不了弄个鱼死网破！"说话之人矮矮胖胖，满脸胡楂，面色黝黑，正是关帝帮帮主陈大学，他这话虽然无礼，但却正是在场众人心中所想，只是忌惮少林派的威望，谁也不愿做这出头鸟，把话挑明了。

他只道是此言一出，必当人人附和，仗群雄之力，少林派便有天大的本事，也终究寡不敌众。岂料却无一人应答，才知自己刚才沉不住气，已然把自己推上了风口浪尖。但狠话已然放出，众目睽睽之下，焉能退缩？当下狠巴巴地道："陈某本不愿得罪少林，但既为武林除害，也顾不得其他了，贵派倘若一意孤行，咱们也只好拳脚上说话。"他这话俨然把自己说得是大义凛然，为匡扶正道不惜开罪少林派，反将少林派说得好似不识大体了。

法定出家前原在南海甘泉岛一带为寇，曾娶过一个妻子，后来经历变故，再由恩师妙觉方丈点化，遁入沙门。纵是如此，一副暴脾气却始终没能改掉，听陈大学言辞无礼，登时气往上冲，道："既是如此，那贫僧便来领教领教陈帮主的手段！"掌风倏起，便如排山倒海般向陈大学面门扑将过去，正是少林七十二绝技"推山掌"中的"断岳式"。

陈大学见来势凶猛，当即使开大刀一阵疾舞。法定手无兵刃，若是双掌与他大刀相接，势必血溅当场，但七八个回合下来，陈大学却始终没能展开一招攻势，只因推山掌太过刚猛，他守御犹恐不及，哪里还能腾出空来进招？关帝帮帮众见陈大学渐落下风，便即一拥而上，摆出合围之势。

群雄见法定与关帝帮斗上，心中窃喜，少林派领袖中原武林近千年，向来一言九鼎，俨然便是实实在在的武林盟主，各派心中均有不甘。但华山、昆仑、青城等素来自居正统，不愿公然与少林为敌，只得忍气吞声，可今日少林派极力维护南一安，倒是大出众人意料。如若此番以匡扶武林正义为由，一来可挟南一安以令八部会，二来还可重创少林派，各人心中无不对这一石二鸟之计欣喜若狂。

刘云当下向徐存青和公良止宇使了个眼色，二人心领神会，徐存青朗声道："法戒大师，今日我等只为斩妖除魔，无意冒犯贵派，得罪了！"

一声清啸，二人剑出腿至，分左右向法戒夹击，法戒口诵佛号，举掌还架。

南一安见法戒为保护自己力战两大派掌门，心头为之一震："看来中原武

林所谓的名门正派也确有正邪善恶之分，这大和尚与我素不相识，竟肯心甘情愿为我挺身而出，那咱们八部会就只正不邪、从未犯下恶事吗？"

徐存青与公良止宇并肩攻向法戒，各自均打着以逸待劳的算盘。二人深知少林方丈功力深不可测，即便二人联手也未必能占上风，倘若自己留一半力，让对方猛攻法戒，最好两败俱伤，自己便能坐收渔利。

拆了数十招，二人都是七分守三分攻，徐存青长剑一到法戒身前两寸，便即转攻为守，公良止宇连施追云腿，但也只用了不到五成力道，二人都不愿与法戒真刀真枪地比拼，唯恐大事未遂，自己却先伤了。

法戒自是游刃有余，道："本寺今日说什么也要保这少年周全，二位施主不必客气！"手上加劲，拈花指力如长虹贯日般划破虚空，三人直从方丈院外的空地斗到了大雄宝殿的梁顶上，只见青砖碎裂，瓦砾横飞，下面群豪竟只顾看他三人酣斗，倒对法定和陈大学置之不理了。

徐存青道："公良兄，你这样迟早被他指力贯穿而死，还是拿出点真本事好！"

公良止宇鼻中冷哼一声，道："徐兄还是顾好自己吧！"

法戒拈花指功夫非同小可，二人几次险些重伤，当下不敢再行托大，终于各施绝技。但见徐存青气贯剑身，剑尖登时狂颤不止，便如有无数个剑头向法戒身前递去，正是一招"鸢飞戾天"。不过他适才在博浪沙连斗柳青青和唐凤，真气已损耗泰半，这招"鸢飞戾天"全然没了刚才的干云之气，但法戒知道徐存青精于剑术，当下也不敢有丝毫怠慢，左手拇指"少商穴"和食指"商阳穴"霎时间真力涌动，乃是拈花指中的一招"飞珠溅玉"，待徐存青剑尖一到，立时被他夹在左手拇指与食指之间。徐存青大吃一惊，奋力将剑抽回，可无论他如何用力，剑身都像是粘在法戒手指之间，丝毫不见动弹。

群雄见法戒使出这世间至柔的指功，愣是将徐存青手中利刃钳制住，霎时间彩声如雷。

这拈花指的渊源，可追溯至西天禅宗初祖摩诃迦叶。相传释迦牟尼在灵山大会上拈花一笑，众僧不解其意，唯迦叶心领神会，破颜微笑。于是佛祖对迦叶道："吾有正法眼藏，涅槃妙心，实相无相，微妙法门，不立文字，教外别传，付嘱摩诃迦叶。"由此而开禅宗之先河。其后菩提达摩东来，在少室后山面壁时从中悟出一套惊世骇俗的武学，便是这拈花指了。拈花指是禅门功夫，少林派于此更是别有精研，体悟颇深。

公良止宇当下疾旋右足，一招"横捣玉泉"径直向法戒右侧肋骨扫去。法戒在中原武林地位尊崇，他也不敢真下杀手，料想只消踢断法戒肋骨，让他不能再阻挠自己抢夺南一安便可。

岂知他右腿堪堪递到，法戒右掌倏地翻出，啪的一声拍在公良止宇右足胫骨上，却是少林七十二绝技中的"竹叶手"。好在法戒慈悲为怀，不忍重手伤人，加之左手拈花指聚集了大量真力，这一掌便未全力拍出，否则公良止宇的右腿非得立时折断不可，饶是如此，他腿上也被震得一阵酸麻。

法戒这边一分出劲力，左手真气便有所涣散，徐存青眼光锐利，趁这瞬息之机将剑拔了出来。

公良止宇笑道："徐兄，不必客气！"他语气颇含轻蔑之意，适才分明是他想要坐收渔利，不料法戒左右开弓令他未能得逞，言下之意倒是他有意帮了徐存青一把。少林僧众见法戒、法定同时受人围攻，这在少林本院千百年来也是未曾有过的，尽皆怒不可遏，只是苦于泰半弟子已赴灵岩寺荼毗罹难众僧，倘若自己上前相助，虽有全胜把握，但敌人又可趁隙掳走南一安，当下只得护在道济三人身旁，不敢须臾离开。

徐存青从法戒手中拔出剑来，提一口真气，刷刷刷连刺三剑，这三剑既快且狠，俱是朝着法戒要害处刺去，想是刚才被法戒用拈花指功夫制住，自觉在群雄面前丢了颜面。只因这拈花指一招一式实在太过文雅，旁人看来好似不费吹灰之力，但却是一门以柔克刚的上乘功夫，要练成这门绝技非几十年苦修不可，而法戒使的"飞珠溅玉"又是这门功夫的精髓所在，他此时内里消耗过半，被拿住也实属寻常。可徐存青自负一派之尊，被人一招制伏确也太失颜面，当下频出杀招，力求扳回一城。

另一边公良止宇双掌轮番扫来，瞬息间已使出"空穴来风""踏云十八盘""玉女揽月""苍松迎客"，群雄平日只道他腿法了得，今日见他大展华山掌法绝艺，不禁彩声大作。

法戒本就年迈，几百招之后体力已稍显不继，此刻他左手拈花指，右手竹叶手，两门俱是少林派享誉千年的神功，威力虽强，但也极损内力，左挡

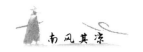

右架拆了一百来招，头上已不住冒出丝丝白烟。

徐存青本想借今日群雄齐向少林派发难之机，将其重挫一番，不料法戒功力如此深湛，迟迟拿他不下，这般斗下去再有一百回合也难分胜负，说不定自己反倒还会伤在他的手上，索性说道："法戒大师，咱们在此自相残杀，到时两败俱伤岂不正中八部会下怀？大师还是别再一意孤行，就此罢斗才好！"

公良止宇与徐存青素日里不乏钩心斗角之事，可二人同属两大正派领袖，表面上也向来同气连枝，加之当下都为得到《六通要旨》，在此关口上不便再相互掣肘，便道："咱们同属武林正道，须当齐心协力共抗邪魔，大师今日怎的如此是非不分，黑白颠倒？"

法戒森然道："贫僧已经说过，八部会虽然作恶多端，但这少年却从未染指，正道武林倘若伤及无辜，又与邪魔外道有何两样？两位施主尽管进招，老衲如若不敌，不过有死而已，何足道哉？"他一边朗声说话，手上动作却不见丝毫迟缓。其实斗到此时，众人心中作何打算他岂有不知之理，只是他胸怀慈悲，不愿将其点破。现下众人仍是打着为武林除害的名义，倘若彻底撕破脸面，各派被逼上绝路，到时不免血流成河，砌骨如山。

眼下昆仑派、华山派、关帝帮均已陷入缠斗，几个大派中唯有青城派掌门刘云和点苍派掌门何阮溪仍是按兵不动。

刘云走到何阮溪身旁，道："何女侠，你我若不趁此机会将那魔崽子擒住，恐怕日后再难有机会。"

何阮溪将头转向一旁，道："既然南天武功尽失，你们还怕他做甚？不真刀真枪较量一番，却要做些下三烂的勾当。"

刘云冷笑道："看来陈帮主说得一点没错，你果然还是放不下你那旧情人，但你可瞧清楚，这少年是南天和柳青青的儿子，却是跟你半点干系都没有。"

何阮溪气得身子发颤，从背上抽出长剑，直指刘云咽喉，厉声道："刘掌门，你若再出言侮我，休怪我不客气！"只听呛啷呛啷几声，青城、点苍两派门人登时剑拔弩张，怒目而视。

南一安精神混沌，但他体内《六通指玄经》自然而然催动，竟能清楚听见二人的谈话，心道："这位何姑姑便是当年对我爹痴情不已的点苍派女侠了，她不愿对我下手，想必是顾念旧情，心中对爹仍是放不下吧。"

刘云道："没想到堂堂点苍派掌门，竟为了八部会的孽种公然与武林同道为敌，也罢，你既然碍于情面不愿出手，那便由我代劳。"

话音甫落，当下使开青城派的独门轻功"天罗步"欺至道济身旁，伸手便向南一安衣领抓去，南一安啊地大叫一声，周遭僧众和道济这才回过神来，可刘云已将南一安带出了圈外。

道济大惊，道："这位侠士，他与你并无仇怨，你放过他吧！"

刘云道："道济禅师，武林恩怨与你无关，大师既已归隐山林，那还是别再插手的好。"

道济道："本来的确无关，但一安已拜入三圣庄门下，便是我的徒儿，我岂能袖手旁观？"

刘云略加思索，便知道济此话之意，乃在告诫自己南一安如今是三圣庄门人，自然便是陆象杉的弟子。道济知道刘云吃过陆象杉的苦头，以此吓唬敌手，只盼他心中有所顾虑，不敢造次。

刘云道："儒圣若知实情，定会与我们站在一边，岂会助纣为虐？"

道济默默摇头，绝望至极。只听一僧大声喊道："罗汉阵！"众僧听得招呼，几十名武僧当即使开齐眉棍向刘云围将过来，这罗汉阵乃少林派威力无俦的阵法，行走时如流水，静止时如山岳，首尾相应，变化精奇。罗汉阵一经布就，群僧左右翼卫，前呼后应，胸中哼哼哈哈沉吟不止，好似野兽咆哮一般，山谷为之轰鸣。

刘云见众僧来势汹汹，不敢大意，忙将南一安抛给派中弟子，使开手中长剑招架。回过头来，正面已有三僧举棍竖挑，刘云应变奇特，纵身上跃相避，随即一招"蜀中八仙"挥剑斜砍，堪堪跃至半空，头上又有三僧仗棍劈下，罩住他去路。当下急忙一个翻身腾挪闪过，又使一招"诸峰环峙"一阵疾舞，这七十二式青城剑法被誉为"天下第一快剑"，招式轻灵飘忽，难以捉摸。青城派与昆仑派在剑术造诣上素来并驾齐驱，各擅胜场，但昆仑派剑法注重意境高远，变化繁复，而青城派剑法更讲究快速凌厉，以攻止攻。罗汉阵虽环环相扣，杀招迭起，但刘云的青城剑法也是快得让人眼花缭乱，他在

人群中腾挪辗转，左挑右刺，竟丝毫未落下风。

南一安被青城派门人擒住，当即惊醒，奋力大喊："何姑姑！"

何阮溪听到呼声，心中一凛，思潮涌动。只觉这眼前少年眉宇间似极了南天，心想南天当时倘若和自己在一起，二人的孩子也该像他恁般大了。她虽恼恨南天不领盛情，更痛恨南玄杀害恩师曹睿，但也深知南天拒绝自己是因为有柳青青在前，不能始乱终弃，说到底也是自己一厢情愿，实在也怪不到南天头上。眼下见所爱人之子身处险境，陡然间被激起了母性，也不知是爱屋及乌还是路见不平，此刻心中只有一个念头，便是不能让南一安受到一丝一毫的损伤。

念及此处，大声道："孩子莫怕，何姑姑来救你！"挺剑直捣青城派众人。

点苍剑派驰名武林百年，当年祖师爷月苍先生以一套惊龙剑法享誉江湖，威名盛极一时，晚年隐居云南大理苍山，开创了点苍剑派。这惊龙剑法本是极高明的剑术，只因云南处地偏远，与中原武林少有往来，极少参与江湖争端，门人逐渐安于现状，这套剑法的传承便代代不如，许多厉害的招式都已失传。传至曹睿时，已难以与少林、昆仑、华山、青城等派的剑法相提并论。不过曹睿为人慷慨，喜爱交友，常在江湖上走动，与武林中人相处和睦，因之曹睿为南玄所杀，立时在武林中掀起轩然大波，八部会也就此彻底沦为异端。经此变故，江湖上但凡有什么大事，十之八九与八部会有关，而一提起八部会又必然牵扯点苍派。自曹睿身死，何阮溪接掌门户以来，点苍派始终身陷江湖纷争，只可惜这套当年极负盛名的惊龙剑法，到何阮溪这一代已成了强弩之末。

但何阮溪毕竟是一派掌门，自是普通习武之人所不能及，她所使的惊龙剑法，青城派众弟子也甚是忌惮，见她挺剑杀到，当即举剑招架。

突听得那边陈大学叫骂道："直娘贼，你们青城派怎么和点苍派干上了？"

原来陈大学心中一直暗恋着何阮溪，那日在聚寿山他出言讥讽何阮溪见到南天下不了手，实则是他心中妒意大作，并非当真与她为难。他知何阮溪武功修为较浅，与十余名青城弟子恶斗恐怕会吃亏，不由得又急又怒。

他心念微动，法定已双掌拍到，啪的一声正中其左肩"缺盆穴"，登时锁骨断裂，鲜血狂喷。

法定只身一人独斗关帝帮帮众，正杀得不可开交，刚才这一掌原是虚招，本想陈大学避开之后再发三式连环掌，那才是真正的杀手。哪里料到陈大学在这当口却关心起了一旁的何阮溪，竟连这一掌虚招也未能躲过，好在他未尽全力，否则陈大学焉能还有命在？

陈大学吃了一掌，登时立足不稳，摔倒在地，法定道："阿弥陀佛，陈帮主，承让了。"

陈大学也不理会法定，喝来帮众道："你们快去帮何掌门对付青城派那群牛鼻子。"帮众领命，挥舞大刀杀入何阮溪与青城派阵中。

法定见此间事了，不敢稍事休息，忙展开轻功来到大雄宝殿梁顶，道："师兄，我来助你！"

法戒适才在两大高手夹击下尚能斗个不相上下，这时法定腾出手来助阵，转眼间高下立见。

但见法定双掌大开大合，这三十二路推山掌每一掌都是石破天惊，公良止宇见掌势凶猛，急忙出腿抵御，只一瞬间，顿觉气息凝滞，当即被震开数丈。法定不等他回过神来，跟着单掌斜劈，这一掌从手臂到掌面，伸得笔直，劲道凌厉非凡，公良止宇忙向后跃开丈许，左足着地，踩实了梁顶，跟着右足从上至下猛踢五脚，乃是一招"五星出东方"，这五脚腿速奇快，眨眼间已罩住法定"廉泉""华盖""膻中""巨阙""关元"五处穴道。法定更不闪避，反手以一招"愚公移山"招架，招式质朴，内力刚猛，双掌腾挪闪转，一引一带，公良止宇身躯不听使唤，立时给带到屋檐边，这一下脚底打滑，竟要失足摔落。法定毕竟是佛门高僧，伸手向他腰间拦去，不料公良止宇实在是阴险狡诈，他轻功卓绝，岂会立足不稳，这一下是故意卖出破绽。他见法定此时中府大开，当即一拳猛向他胸口"中庭穴"击去，法定情知中计，却已然无从招架。当此危急时刻，突听公良止宇"啊"的一声大叫，手掌霎时间鲜血淋漓，正是法戒的拈花指破空击出。

一瞥眼间，却见徐存青长剑断为数截，已然受伤倒地。原来法戒少了公良止宇这个劲敌，只用对付内力耗半的徐存青，数招之内便已大占上风，徐存青神完气足时尚且敌不过法戒，何况此时以半力与他相斗，自然落败。

徐存青缓缓站起身，向大雄宝殿下方瞧去，只见刀剑挥舞，叫骂声不绝

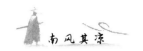

于耳，少林寺千年古刹此刻便如闹市般乱作一团，又见何阮溪与青城派弟子斗上，心中大感奇怪："这姓何的婆娘怎的又跟青城派打起来了？"他知何阮溪与南天的渊源，便料到点苍派决计不会对南一安图谋不轨，转念又想："今日诸事不顺，恐怕算盘又要落空，倘若与少林派结下梁子，日后只怕难敌八部会，还是来日再图计较的好。"道："公良兄，你我败在少林两大神僧手下，算不得丢人，只当是八部会气数未尽。"

刘云不喜张扬，这次本就只带了十几名弟子上山，何阮溪与他们斗得不相上下，但关帝帮帮众前来助阵后，情势立时扭转，眼下只剩得三五人尚能应战，余下弟子尽数受伤倒地。

一旁刘云仍在罗汉阵中与几十名少林弟子酣战，浑然不知这边情状。只听一名青城弟子惊慌道："师父！"刘云侧目瞧去，登时大怒，喝道："陈帮主，你可真是了不得！"

陈大学哪里听不出他是讥讽自己临阵反水，眼下兀自瘫坐在地，只觉力竭，仍是大声道："你青城派仗势欺人，我自然要英雄救美。"

何阮溪正欲挥剑疾刺，听到陈大学此言，蓦地一怔，思绪翻涌。法戒见状，纵身跃下，快步走到罗汉阵外，朗声道，"收阵吧！"

一令甫歇，几十名武僧立时收棍跃开，何阮溪与青城派、关帝帮众人闻言也各自罢斗。

法戒双手合十，道："此番敝寺广邀武林同道上山，原是为诸位英雄能够勠力同心，摒除嫌隙，惩恶扬善，唉……"这一声叹息既悲愤又无奈，"少林派枉称天下第一大派，值此危急存亡之秋，不能外御其侮，反而兄弟阋墙，罪甚！罪甚！"

说着缓步走到南一安身旁，青城派余下的三名弟子一见法戒走来，都惊出了一身冷汗，不禁往后退了几步，一人忙将怀中的南一安交还给法戒，不敢多言。

法戒将南一安横托胸前，递与道济，走到群雄中央，徐徐道："沙门第一要务，在破除执念，老衲境界低微，差之甚矣。今日甘犯众怒，一意孤行，倘若日后这少年重走他父辈之路，滥兴杀伐，在场诸位到时大可来少林寺取我性命，老衲绝无怨言。"

南一安心想："这大和尚古怪得紧，爹爹妈妈既招惹了他们，何故又对我百般维护，中原武林的人真是千奇百怪。"

法戒此言一出，群雄登时耸动，面面相觑。刘云道："法戒大师，今日既然把话都说到这个份儿上，我青城派倘若再行纠缠，倒好似别有他图了，唯愿这少年今后改邪归正才是。"顿了一顿，又道："再有一言，不知当不当讲？"说着瞧向徐存青和公良止宇。

徐存青一怔，随即朗声道："刘师兄有什么话，说出来便是。"

刘云道："今日之事，纯系一场误会，伐无道，扬正气，方法诚异，却是殊途同归，大家不过都是为了弘扬武林正义，造福天下苍生。我刘某对着佛祖发誓，倘若打着半点《六通要旨》的主意，但教我死无葬身之地，永世不得超生！法戒大师，你心中有疑虑，还请释怀。"

法戒道："善哉，善哉！"

公良止宇心想："这刘云又在搞什么名堂？他一发誓，咱们不得跟着发誓吗？倘若咱们不发誓，那少林寺岂不认为咱们背地里捣鬼？"他心中迟疑，喃喃道："这个……这个……"

法戒见他支支吾吾，也不强逼，话锋一转，道："刀剑无眼，老衲今日虽未伤一人性命，但在场死伤者却间接由少林派造成，老衲实在难辞其咎。"当下双掌互击，只听咯咯咯几声，竟已自断十根手指！

此举是对今日在少林寺内发生的流血事件深感歉疚，他素来以拈花指绝技驰名天下，如今自断十指，无异于自废武功。

群雄哗然变色，对他此举是既恨且佩又惊，恨他把事做得太绝，眼下谁要是再与南一安为难，受后世唾骂且不说，更是与少林从此决裂，因此人人也不敢再打南一安的主意，又佩服他仁义过人，甘为素不相识的八部会少年自废几十年修为，个中情绪五味杂陈，难以详述。

法定与少林僧众惊悲交加，法定眼眶一红，泪水盈溢，颤声道："师兄……你这……这是为何啊！"群僧心中悲恸，哀诵佛号，诵声凄怆苍凉，响彻云霄。

道济忙将怀中的林知寒交给法定，随即捂住法戒双手，催动内力为其缓解疼痛，道："少林方丈慈悲过人，贫僧既感且佩。"

南、林二人皆骇然，南一安心想："他……他居然为了我……这样的人，会是爹爹妈妈口中的坏人吗？"

徐存青沉吟半晌，道："唯天所相，不可与争！罢了，今日这小子命大，他日道上碰见，绝不手软！"转身便即下山。

群雄见徐存青离开，料想今日这番情形，英雄大会怕是开不成了，便各自抬起同门伤员，也陆续下了山去。

但听何阮溪忽道："陈帮主且慢！"原来陈大学正被几个帮众搀扶着往山门外走去，一听是何阮溪喊话，登时精神一振，好似身上的伤也不疼了，转过身怔怔望着何阮溪，呆呆傻笑，他本来面容粗犷，此刻带上几分忸怩，倒显憨厚。

何阮溪缓缓走近，道："多谢陈帮主出手相助。"

陈大学挠挠后脑，呵呵憨笑两声，道："好……好说，好说，咱们都是一家人……哦不……不，咱们都是同道中人，不分……不分彼此。"

何阮溪嗤地一笑，不再搭理。

陈大学不知何阮溪这是怎的，突然间对自己这般温柔，心中又是疑惑又是惶恐，更是说不出的喜欢，何阮溪明明已经走远，却仍觉额上冒汗，嗓子发干，好似再向她的背影瞧上一眼，自己便要被火烧死了一般，当下不敢停留，急急忙忙便往山下去了，嘴里呜呜喃喃不知在说些什么。好在他肌肤黝黑，此刻脸颊涨得通红却也不甚明显。

何阮溪见群雄都已走远，便即走到南一安身旁，柔声道："你叫一安，是不是？"

南一安"嗯"了一声，怔怔望着何阮溪。何阮溪道："你为什么叫我何姑姑？"

南一安低头垂目，不知说些什么，却被何阮溪抢先道："算了，日后见到你爹妈，代我向他们问好。你也多保重。"蓦然间彤云飞上面颊，却不带半分妖娆，反而和蔼可亲。

第十回　洗髓妙用

　　过了半晌，群雄都已下了少室山，道济道："方丈，贫僧适才用真气替你接续了筋骨，一会儿让小沙弥去取一些少林活络膏来，每日敷上三个时辰，对你的伤有好处。"

　　法戒淡淡一笑，道："多谢济公，倘能救人一命，弟子这点伤实在也算不得什么。"

　　道济怆然道："阿弥陀佛，善哉，善哉！"

　　当下一道走进方丈院，法定差人把守寺门，又吩咐左右沏上茶来，众人一一落座。法戒道："从善如登，从恶如崩，少年，你可明白？"

　　南一安叹了口气，缓缓道："我爹妈究竟做了什么错事，为什么你们都不喜欢他们？"

　　法戒不答，只摇了摇头。

　　法定道："师兄不愿说，那便由我来说。"

　　法戒忙道："师弟，算了，你便是说了，于事又有何补？"

　　道济道："二位但说无妨，一安不知道实情，也不敢领受这《洗髓经》。"

　　法定道："济公有所不知，此事皆由那《六通要旨》而起，我师弟法慧……"

　　南一安听到《六通要旨》，心中一凛，寻思："难不成这两个大和尚救我也是为了《六通要旨》？"他心念微动，立觉内息滞塞，周身胀痛难当。

　　法定正欲细说，却被法戒打断道："还是先将《洗髓经》拿来，治伤要紧。"

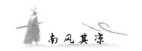

道济道："很是，很是，法定师侄，烦你走一趟了。"

南一安道："且慢，倘若真有冤仇，我万万不能领受你们的恩情，不过请大师发发慈悲，救救我的朋友。"

林知寒道："一安，你……你不接受，我也是不能接受的。"

南一安正色道："倘若我爹爹妈妈当真十恶不赦，那便用我的命替他们把债还了，我死而无憾。"

法戒凝神端详南一安，见他孝心赤诚，着实感人，心想："这少年秉性纯良，倘若能善加诱导，未尝不是一件功德。"沉吟片刻道："我师弟法慧虽死于令尊令堂之手，但也是他起了歹念在先，怨不得旁人。"

他斜眼瞧向法定，暗暗使了个眼色，法定心直口快，他料想自己如此说，师弟必然又推他故，当下暗示他不得再提。

法定堪堪张口，一见法戒神情，便知用意，心中虽仍愤愤，只索憋在肚里。

其实那罗汉堂首座法慧，二十年前便已止步武学之道，潜心礼佛，他只知八部会《六通要旨》乃是由鸠摩罗什大师所创，其中必含禅门至理，为借来参阅，专程从嵩山少林寺前往西城八部会。岂料彼时八部会已成惊弓之鸟，断定法慧别有用心，竟将他杀了。法戒心想，若将实情告知南一安，他决计不肯领情，如此白白送了性命，也是自己不愿见到的。为了将他的伤势治好，编个谎话哄他相信，那也是没有办法的办法。

南一安道："既然如此，你干吗不当着众人的面还他们清白？"

法戒道："八部会原与少林派并无仇怨，可难保与其他门派没有嫌隙啊。不过你说得对，就我法慧师弟一事，老衲未能替你父母洗清冤屈，实在是罪过，好在我们可以救你，以此稍加补偿吧，阿弥陀佛。"

道济见南一安还欲争辩，担心他伤情不能耽搁，忙道："一安，既然方丈已经承认法慧师侄过错在先，你也不必再有顾虑，眼下还是赶紧治伤要紧，你若不肯，知寒又怎肯？她可是因为你才受伤的。"

南一安心头一震："我虽不愿白白受人恩惠，可知寒毕竟为救我才受伤，她要是有个三长两短，我岂不是悔恨终生？"当下也不再多说。

林知寒若有所思，道："济公，我……"

道济微微一笑，道："伤好了再说也无妨。"

林知寒瞧瞧众人，又望向南一安，轻轻叹了口气。她所想的自然是师父唐凤之事，如今显然事情败露，道济却迟迟不提，心中既感惭愧，又没着落。

过了片刻，法定从藏经阁中取来了《洗髓经》，双手呈给法戒，法戒接过之后，对南一安和林知寒道："这《洗髓经》本是达摩祖师于少室山面壁时所创，历来非少林弟子不传。不过人命关天，两位又是杨岐六祖的弟子，老衲也不该再有此分别之心。"

道济见法戒开始传授《洗髓经》心法，为了避嫌，便同法定一道出了房门。

这时屋内只剩下法戒、南一安和林知寒。南、林二人分坐法戒左右，法戒徐徐道："《洗髓经》乃少林内功中专练丹田混元真气的无上法门，共有六大篇目，是为'无始钟气篇''四大假合篇''凡圣同归篇''物我一致篇''行住坐卧篇''洗髓还原篇'，六大篇目不足千字，但却包罗万象，博大精深……"

接着又将《洗髓经》心法第一篇"无始钟气篇"中的呼吸吐纳、炼气养元等种种法门一一传授给了南一安和林知寒。

待念到第三遍时，南一安已然熟记，念到第五遍时，林知寒也开始闭目照心法中的口诀调理周天内息。

二人脸上时而红润时而白皙。过了两个时辰，只觉双眉渐展，吐纳渐匀，神情看上去轻松了许多，又过了一个时辰，周身真气便如一股暖流般到处流窜，当真是说不出的舒服。

此时已过戌牌时分，二人缓睁双眼，但见法戒仍是坐在两人中间，见二人面色红润，呼吸均匀，便道："《洗髓经》于内伤见效虽快，但要根除沉疴却非旦夕可成，二位这段时日大可在敝寺暂居，待痊愈之后再做打算。"

南、林二人恭恭敬敬地谢过法戒，出了门去。两人并肩走在院中，仰望夜空，明镜高悬，山风夹着桂花香气冷冷袭来，已是深秋时节。夜晚的少林寺静谧安详，竟丝毫不觉白日间已经历一番恶斗。

南一安忽地停下脚步，道："知寒，我有好多好多事想问你。"

林知寒道："你怎的不叫我'林师姐'了？"

南一安"噫"了一声，道："我也不知道，顺口便叫了出来，你不会介意吧？"

林知寒莞尔一笑，道："怎么会呢？你问吧，我知道的全告诉你。"

南一安道："你知道我爹妈现在在哪里吗？我要去寻他们，两次我都不愿离开他们，他们又两次离我而去，我不求自己能活多久，只愿每天都能和他们在一起，你明白吗？"

林知寒道："我师父救了他们，已将他们带回了终南山，你爹爹妈妈受了伤，终南山灵气充沛，当是养伤的极好所在。"

南一安本来没指望林知寒能知道，不禁大喜过望，道："好，那我明日便去终南山。"

林知寒一怔，她担心南一安被徐存青等人擒获，眼下他又伤势未愈，心想绝不能让他这么快就离开少林寺，而她自己也好不容易离开了三圣庄，终于不用每日按照唐凤的意愿去接近陈拐，打探《六通要旨》的秘密，背叛三圣。此刻正好能借养伤之机远离是非，真希望永远不再回到那个地方。随即说道："我师父跟我说了，让我们三年后再去终南山，她要替你爹妈治伤，不愿意别人打扰，咱们便在此待上三年，我再同你一道去。"

南一安焦急万分，道："为什么要等三年？你师父又是谁？那日你在观音庙里，她和你都在说些什么？"

他这一连串质问直将林知寒问得呆了，只觉无限忧愁，眉间心头竟无处回避。林知寒道："师父有她的规矩，咱们且按照她的意思办便是。她脾气很古怪，倘若忤逆了她，恐怕她会不高兴的，到时候……到时候……"话锋一转，又道："你且在这儿养好伤，日后还指望你能保护你爹爹妈妈，倘若你自己都保护不了自己，还教他们担心，反倒拖累了他们。"

南一安心想："知寒这话也不无道理，她师父既然有这么大本事，又愿意救爹爹妈妈，想来也无甚要紧。好，我便在此苦练《洗髓经》和老祖传我的功夫，待到学有所成，谁也欺不了咱们一家。"当下点点头，道："知寒，那你师父究竟是谁，竟有这么大能耐？可是那日在观音庙，你们又在说什么报仇，报什么仇？"

林知寒叹了口气，道："上天已然待你不薄了，你尚且有爹爹妈妈，我很小的时候，爹妈就被大火烧死了，是师父救了我，而且她……她也曾是八部会中的人。"

南一安心头一震，道："你……你师父也是八部会中的人？怎的我爹妈却又不认识她？"

林知寒便将唐凤如何如何为陈拓所伤，胎死腹中，又如何如何为麻衣道人所救，得知陈拓消息，让自己假扮孤儿来投奔三圣庄，打探《六通要旨》秘密，然后助唐凤报仇的计划都细细道来。

南一安直听得目瞪口呆，道："这么说，你来三圣庄是为了助你师父报仇？"

林知寒道："起初是这样，可自我十岁来到三圣庄，在这里生活了五年，深知三圣为人光明磊落，胸怀坦荡，我不愿做对不起他们的事，可师父待我恩重如山，我又不能不帮助她，那些日子我活得很苦，很累，很多时候都想一死了之。"

南一安这才明白当日在伯牙亭与林知寒初次长谈时她为何显得心事重重，到今日才知原来她活得恁地辛苦，心中怜惜不已，若换作是他，遇上这样的事也不知如何是好。

他细细思索林知寒刚才的一番话，陡然间竟觉似曾相识，不禁"啊"的一声大叫，道："你说你师父被一个麻衣道人所救？"

林知寒应道："不错。那又怎样？"

南一安听到此处，头上渗出涔涔冷汗，不禁打了个哆嗦，他自然是回忆起了那日在指玄洞中，陈拓对他诉说往事，忏悔前非，说他曾在峨眉山遇见一个麻衣道人，道出了他的前缘，可那麻衣道人又何故对陈拓隐瞒他搭救唐凤之事？一时想不出这人究竟是谁，又有什么目的。正欲开言，猛然间想起自己答应过陈拓不得在任何人面前提及他，只索将心中疑窦隐纳，转念又想："兴许根本便是两个人，只不过都是身披麻衣的道人也说不准。"道："咱们是朋友，我一定竭尽全力说服你师父，让她别再逼你做你不愿做的事。"

林知寒摇摇头，苦笑道："倘若真这么容易，我也不至于日日像活在无间地狱般受尽折磨，做梦都怕说漏了嘴，没睡过一晚好觉。唉，可是……可是我也能理解师父，她丧夫丧子，心中该有多难受，这大仇不报，恐怕她是不

会善罢甘休的。"

这时忽见一人从房顶上飘然落下，正是道济，原来二人刚才的谈话道济已全数听见。林知寒一见大惊，登时杏眸波澜，神情羞愧难当。

道济叹道："知寒，这些年真是苦了你了，小小年纪，唉……"

林知寒本想着道济能责骂自己一番，心中倒还好受些，不料他反而心疼自己，这便令她更加羞愧，当下情难自已，哇的一声大哭出来。

道济道："不瞒你们说，当初我搭救陈老祖的时候，诊了他的脉象，那日在纹枰轩又看见南玄的模样，已经猜出个八九分了，原来老祖果然便是八部会的大天尊者。"他走到林知寒身旁，将手轻轻搭在她肩上，柔声说道："知寒啊，你来庄里有五年了吧？"

林知寒道："有五年三个月了，师父。"

道济道："长成大姑娘啦！我们三个老头子心里不知有多喜欢，别看陆夫子整日一板一眼，陈老祖又时常坐关，但他俩却是比我更为关心爱护你们。老和尚年纪大了，只顾自己吃吃喝喝，扪心自问，'师父'二字，当真受不起。"

林知寒听了更觉惭愧，忙道："济公，你别这么说。"

道济道："不过今日济公既已知道了，你也无须再隐瞒，你若愿意，三圣庄便永远是你的家。至于你师父和陈老祖的恩恩怨怨，当由他们自己化解，济公不会让你再受这份煎熬了。"

林知寒杏眼含波，道："师父，你不怨我吗？"

道济道："师父没能早早明白你的难处，让你苦了这么多年，你不怨师父，师父怎会反过来怨你？"

林知寒双手攥住道济破破烂烂的衣衫，哭得叫人肝肠寸断。

可是南一安明白，林知寒的哭声是多年苦闷的宣泄，好似终于做回了她自己，心中不禁为她欢喜。后半夜山风渐缓，花香尤浓，却不曾感到一丝的寒意。

第二日清晨，南、林二人各从客房里出来，却四下寻不见道济，问了一名小沙弥，才知道济已动身赶回三圣庄去了。

南一安与林知寒用过斋饭，便往方丈院去找法戒。行到一半，却见法戒朝自己走来，二人向他深深行了一揖，法戒道："两位小施主，昨晚可睡得好？"

南一安道："咱们睡得可好了，多谢老方丈！"

法戒"嗯"了一声，欲言又止。

林知寒心思细腻，瞧出异样，道："方丈大师，若有什么吩咐，我们自当遵从。"

法戒道："少林派自古以来不收女弟子，林小施主虽无弟子之名，然习得《洗髓经》后却已有弟子之实，老衲将《洗髓经》传于你，无异于破了门规，只得请二位暂居后山，彼处少林弟子罕至，也可尽量减少不便，简亵之处，尚请包涵。"

林知寒道："大师哪里话，晚辈们得少林派收留已是莫大福缘，倘若因此平添滋扰，咱们就更无地自容了。"

法戒笑道："如此甚好，如此甚好。"

二人依言来到后山，穿过一片树林，拐了两个弯，但见前方开阔地处，果是有一间双层屋舍，上下两层各有一间客房，楼道在房门之外，两人各住一间，倒也互不干涉。

南一安道："没想到后山竟有这么大一间屋舍！"

林知寒道："你仔细瞧瞧门楣，上面写着什么？"

南一安定睛瞧去，念道："初祖庵，初祖庵是什么地方？"

林知寒道："看来方丈为了咱们，真是煞费苦心了。"

南一安道："这不就是间客房，有什么特别之处吗？"

林知寒道："这是供奉达摩祖师之地，可不是客房。"

南一安"噫"了一声，道："我曾听爹爹说起过，咱们八部会祖师爷鸠摩罗什与达摩祖师颇有些交情。"

林知寒道："这两位祖师爷交情再好，也管不了徒子徒孙们兵刃相见，岂不可笑。"

南一安道："既然此处是供奉少林派祖师爷的地方，咱们住在这里可太不恭敬。"

林知寒道："兴许方丈是特意如此安排，好让达摩祖师保佑咱们早日康

复呢。"

南一安进到屋内，道："说的也是，既来之则安之，天大的恩情都已经欠下了，

还在乎……"话未说完，突然间"啊"了一声，神情陡变，脸色惨白，倒在地上滚来滚去，连连呻吟。

林知寒大惊，道："一安，怎么了？你稍待片刻，我去叫法戒方丈！"正欲转身，却被南一安喊住："不用！"他艰难盘起双腿，直立而坐，照《洗髓经》心法将内息在周天搬运数转，约莫过了半炷香时辰，眉间才舒展开来。

他擦擦额上汗水，长吁了一口气，道："不要紧了。"

林知寒见他好转，松了口气，道："吓死我了，你为什么不让我去找方丈，万一你死了怎么办？"

南一安笑道："方丈帮了咱们大忙，你再去寺里打扰他，倘若生出事端，我是过意不去的。"

林知寒厉色道："只是因为过意不去，你便连命都不要了吗？"

南一安道："我自然是知道这《洗髓经》的妙用，才敢这样的。"

林知寒道："我怎么觉得，你和陆夫子越来越像了？"

南一安笑道："胡说，我可没像夫子一般，总是拉长老脸。"

林知寒假嗔道："好哇，你敢在背后数落夫子，日后回了三圣庄，我定要参你一本！"

南一安忽地叹了口气，神色惆怅，半晌也不说话。林知寒道："你是想宝颐姐姐了吧？"

南一安坐在地上，伸手拾起一片树叶，撕成了两半，道："也不知她现下怎么样了，我答应过她，上哪里都带着她的。"

林知寒道："但你可曾想过，你若此时回去，让各门各派的人知道了，去三圣庄寻衅滋事，你又能护得了她吗？"

南一安心中一凛，怔怔望向屋外。

林知寒又道："眼下你在少林寺内，别人不敢把你怎样，宝颐姐姐在三圣庄也自有夫子他们庇护。待有朝一日你能独当一面了，再去寻她，便是走到哪里也无所畏惧了。"

南一安点点头，觉得不无道理，又听林知寒道："是了，我还忘了问你，那日你怎的也在观音庙？你管他叫二叔的人，为什么又要杀你和你爹爹妈妈？"

南一安道："唉，说来话长，我也是来少林寺的路上才听我爹爹说明缘由的。"

当下便将南玄与南天、柳青青、何阮溪四人的恩怨纠葛全道了出来。

林知寒听得眼含泪光，道："原来点苍派的何掌门，竟与八部会还有这段爱恨情仇，那你恨你二叔吗？"

南一安道："我不恨他，可是我也决计不能让他伤害爹爹妈妈。"

林知寒低声道："两边都是亲人，真叫人为难。"

南一安道："济公已知道你师父的事，知寒，日后你也不必为难了！"

林知寒道："可是，可是我终是没能帮到她，她其实很可怜，有时候我设身处地想想，总会感到心疼。"

南一安道："事情已经发生，那也没办法改变了，咱们只消知道自己最在意的是什么，然后拼了性命也要将它守护好。"

林知寒道："最在意的，最在意的……是什么呢？"

南一安欲言又止，顿了片刻，又道："是了，知寒，日后你有什么打算吗？"

林知寒摇摇头，道："济公虽未降责于我，可你也知道，三圣庄门人成年后都必须离庄，我又做了错事，哪里还有脸回去？反正师父去哪儿，我便去哪儿吧。"

南一安道："你师父这样对你，你还愿意跟着她吗？那晚在观音庙我还见她……见她打了你……"

林知寒道："师父虽然有时很凶，但我知道她很关心我，在乎我，要不然她也不会一见我受伤便来少林寺求大和尚们救我，她对我的好我是知道的。"

南一安心中怜惜，轻轻叹了一声，道："知寒，你这么善良，唯愿她老人家也能体谅你的苦衷。"

二人交谈间，忽听得门外一人道："南施主，林施主，小僧来给二位送饭了。"

南一安笑道："少林派不愧为武林第一大派，对咱们小辈都如此周到。"

起身便去开门，来者是一个二十来岁的僧人，圆脸大耳，身形魁梧，手中捧着一个箪盒，笑眯眯道："小僧法智，受法戒师兄所托给二位施主送来些斋饭，小僧平日住在后山菩提斋，有什么事请尽管吩咐。"

南一安心下大奇，道："这位师父，我瞧你大不了我许多，怎会是少林法字辈的高僧？"

法智憨憨一笑，道："只因小僧是菩提斋妙语大师座下弟子，是以仍是法字辈，让施主见笑了。"

南一安寻思："少林寺都是出家人，于这辈分之说恐怕也不甚在意吧。"当下还了一揖，道："多谢法智大师了，小子南一安这些时日多有叨扰，大师见谅。"

法智道："南施主不必客气，二位只管安心调养便是，小僧先行告退了，阿弥陀佛。"

南一安拜别法智，回到屋里，道："原来少林寺现今仍有比法戒方丈辈分还要高的大和尚，昨日怎的没见他现身？"

林知寒笑道："既然比法戒方丈辈分还高，不知得多少岁了，想必已经走不动路了吧，可不是人人都像济公一般。"

南一安点点头，道："这倒也是。"

二人用过斋饭，跟着便照《洗髓经》心法运功疗伤。林知寒虽较南一安伤势轻了许多，但她毕竟未曾练过《六通指玄经》，二人恢复的速度却也相差无几。二人照此心法练了三个月，内伤便已偶尔才发作一次，发作时也只感觉轻微疼痛。

转眼已至立冬时节，这日清晨，少室山大雪初霁，漫山裹素，晨钟吹寒。两人出得房门，冽风袭来，都是一阵寒噤。

只听得窸窣声响，远处一人背驮布袋，手托一件宽约一尺、长约三尺的物事踏雪而来，却是法智。

两人迎上前去，南一安道："法智大师，今日是有什么事吗？"

法智一脸笑吟吟道："天气渐凉，小僧奉命给两位施主送来些御寒的衣物。"说着将背上的两只布袋呈上前来，二人双手接过，道："多谢了，有劳大师。"

余光瞥处，原来法智横托的那件长长的物事，乃是一把瑶琴。林知寒素有此好，问道："法智师父，你也喜欢弹琴吗？"

法智道："姑娘说笑了，小僧哪里懂得？方丈师兄知道贵庄前辈乃是雅人韵士，林施主也必深谙乐理。后山荒凉，无甚雅趣，便特地送给姑娘一把瑶琴，以消永昼。"

弹琴之道，驰心逸性，大为禅宗所忌，少林寺僧众向来不屑耽溺，这把瑶琴自然也非寺中原有之物，却是法戒差人下山购置而来，南、林二人哪里想得到这一节。林知寒一见之下，便知这瑶琴面板乃是由杉木制成，底板由梓木制成，上漆鹿角霜，琴弦也是上等蚕丝所造，虽算不上极品，但也属上乘工艺，双目登时一亮，不由得心下大喜，道："贵寺盛情，小女子却之不恭，方丈大师日务繁忙，便请法智大师代为谢过了。"

法智道："招待不周，二位不必客气。"又道："这几个月二位伤势可见好转？"

南一安道："承蒙贵寺滔天恩德，咱们身子已大有起色。"

法智见他神情有异，道："南施主不必多心，小僧绝无催促之意，二位尽管留下便是。"

南一安脸上一红，心道："我怎的这般疑神疑鬼？未免心胸太过狭窄。况且我早跟知寒说定，要在这里住上三年，再去找爹爹妈妈和她师父的。"道："多谢法智大师了。"

法智淡淡一笑，转身离开。

林知寒手持瑶琴，走到一处积雪稀疏的所在，盘腿而坐，将琴平放两膝之间。南一安跟着走近，他知林知寒琴技非凡，只盼能再一饱耳福。

林知寒调弦转轸，"仙翁，仙翁"响了几声，跟着玉臂微屈，纤指攒动，铮铮声起。那琴韵起初甚是低沉，有如悲怆哀呼，夹杂着寒风凛冽，大雪纷飞，又有雨声潇潇，一片肃杀，仿若山河破碎，身世浮沉。继而回旋婉转，清丽缥缈，有如流亡之人终于安定，间关鸟语，鸡犬相闻。但琴韵忽高忽低，时轻时重，不知奏者心中彷徨之事为何。

琴声停顿良久，南一安才如梦初醒。只觉这曲子与当日在伯牙亭初闻之

时无异，但不知是林知寒指法神乎其技，还是此刻心境已大为不同，总之在他听来，却已不似当时那般肝肠寸断，如泣如诉。

南一安道："知寒，这首曲儿便是那晚在伯牙亭所奏之曲吗？叫什么名字？"

林知寒将琴搁在一旁，道："这曲名叫《南风其凉》，《诗经》中有一篇叫作《北风》，'北风其凉，雨雪其雱。惠而好我，携手同行。其虚其邪，既亟只且'，说的是人们在大雪天仓皇奔逃的景象。"

南一安道："北风凛冽刺骨，南风舒缓柔和，你管这曲子叫《南风其凉》，倒是更添伤感的意味了。只是今日听来，好像与那晚不大一样。"

林知寒蓦地站立，转身向后走了几步，低声道："哪里……哪里不一样了？"

南一安道："我不通乐理，这个，可说不出来，总之是没那么伤感了。"

林知寒不知怎的，脸颊一红，道："我……我以前总是一张苦瓜脸吗？"

南一安笑道："你若是苦瓜脸，那苦瓜便是这世上最美味的食物啦！"

林知寒噗地一笑，随即正色道："你就会说好听的，难怪宝颐姐姐这般舍不得你。"

南一安想到骆宝颐，心中一阵酸楚，道："总是我对她不起。"

冬阳柔和，铺满雪地，林知寒伸手往地上一指，道："你瞧地上的雪花，太阳一出来就融化了，可是心里的雪，又到哪一天才会融化呢？"

南一安一怔，山风扑面，蓦地里打了个激灵。林知寒道："一安，我教你操琴怎么样？"

南一安道："我这么笨，可哪里学得会。"

林知寒道："左右无事，你便慢慢学，我慢慢教。"

南一安想到骆宝颐，心情低落，全没理会。林知寒站起身，笑盈盈向他走来，伸手拉他胳膊，南一安回过神，只见阳光淡淡洒在林知寒面颊上，她鼻梁微耸，杏眸粲然，当真明艳不可方物。有那么一瞬，仿佛眼前这女子便是自己日思夜想的骆宝颐了，他看得出神。林知寒忙将手缩回，垂头不敢相视，神情羞涩，更添娇媚。

南一安笑道："好，你若不嫌我愚钝，那便最好不过。"

林知寒从怀里掏出一本小册，只见上面写着"南风其凉"四个字，翻开一页，道："第一件要紧事，你须得学会识得这减字谱。"

南一安顺着她手指之处瞧去，只见满篇尽是些似字非字的符号，道："这叫作减字谱？"

林知寒道："不错，古人将汉字拆解，以作指法。你瞧这'木'字，便是'抹'的意思，指法便是右手食指由外向内抹弦。"

南一安道："可是一把琴有七根弦，却抹哪一根？"

林知寒道："你再看'木'字一旁的'五'字，那便是抹五弦。"

南一安点点头，道："原来如此，倘若是'三'，那便是抹三弦了。"

林知寒笑道："你还说你愚钝呢，学得这般快。"

南一安道："那这'大七'又是何意？我猜与左手有关，对不对？"

林知寒道："半点没错。你瞧琴上的圆点，一共有多少个？"

南一安挨个数了一遍，道："共有十三个。"

林知寒道："这圆点叫作'徽位'，'大七'之意即为左手大指按住自右往左的第七徽上对应的琴弦。"她一面说着，一面演示，南一安道："如此说来，这几个符号组合在一起，告诉左右手分别应当如何，这便成了一个乐音。"

林知寒道："这段时日你先熟悉指法，慢慢我再教你弹曲子。"

南一安道："这弹琴可比练武费神多了，知寒，是谁教你的？"

林知寒道："自然是夫子啦，你别以为夫子只是功夫好，琴棋书画可无所不通。"

南一安垂头丧气道："可是夫子却厌我恨我。"

林知寒道："夫子口是心非，其实他很喜欢你。"

南一安道："你别哄我了，夫子若喜欢我，怎会将我赶下山。"

林知寒道："你说，夫子的名号叫作什么？"

南一安道："明知故问，自然是儒圣了。"

林知寒道："很是，夫子是大儒，把名节瞧得比命还重要。"

南一安道："我出身八部会，他定是瞧不起了。"

林知寒道："恰恰相反，他若真瞧不起你，你便连三圣庄的大门也进不

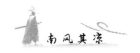

了，还谈什么收你为徒？"

南一安心想："兴许夫子只是为感化我，以免我日后为非作歹，但内心深处也不会将我放在眼里。"

林知寒忽道："好啦，没什么好苦恼的。你在三圣庄不还有我……"

南一安一怔，林知寒忙道："不还有我的宝颐姐姐吗，她可是真心待你。"

南一安道："你怎知道？"

林知寒道："那天夜里在伯牙亭外，她见我与你单独在一起，我听她说话的语气便已知道了。"

南一安道："这可奇了，她说话的语气怎么了？"

林知寒默然不答，过了好半晌才道："不过感情是两个人的事，一个人想得再美再好，那也没半点用处。"

南一安道："可是你那天夜里不是言道，我喜欢她便自己喜欢，何必定要她喜欢我吗？"

林知寒卞颊绯红，喃喃道："我是在说我自己。"

南一安道："你在自言自语些什么？"

林知寒淡淡一笑，道："没什么，我再给你弹奏一曲吧。"

南一安道："好，这次我可要好好学学。"他坐在一旁，闭目聆听，只觉林知寒的琴声仿佛有一股魔力，不论自己心绪如何起伏，只要听她弹奏，立时便归于静谧。

冬去春来，弹指间便已过了一年光景。这一年间二人练功丝毫未曾懈怠，后来法智又送来了些许佛门典籍供两人翻阅，消磨辰光。他们有时弹琴看书，有时练功打坐，有时又到后山走走，只是怕打扰了妙语老和尚清修，便始终未敢冒昧进入菩提斋内，日子倒也过得清闲。

之后的一段日子，南一安便着手每日练习那《六通指玄经》中的心法，但凡得闲，便打一套陈抟传授的龙图拳。起初他总想着将这两门功夫也教给林知寒，说那都是八部会的上乘武学，可林知寒只说自己对武学一道实在了无兴致，于是后来南一安便也未再提起。

这《六通指玄经》初练时不觉，越练到上乘越觉经中文字佶屈聱牙。当日在指玄洞中只顾将心法背下，虽对前面的粗浅功夫大是信手拈来，但于精微处却未曾步步加以验证，而当时的条件却哪里容他逐字逐句细思实修，是以到了此时才觉这门心法当真是诡谲难懂。

这日午后，南一安越练越觉胸中烦闷，内息滞涩，似是未得经中真谛，便索性拉着林知寒一道去了后山散心。

二人漫步山间，但见悬崖峭壁有如旌旗环围，剑戟罗列，颇为壮观。正自欣赏名胜，忽见一只毛茸茸、全身暗褐的物事从一处峭壁洞口中窜了出来，乃是一只獐子。南一安一见大喜，道："这一年来吃的都是清汤寡味，知寒，今日咱们可得开开荤!"那"荤"字一出，南一安立时施展轻功到了树枝上，借力一点，两三个起落便已欺至那獐子身前，道："好乖乖，今日教你尝尝南爷爷的手段!"当下一把将那獐子擒住，手腕劲力微吐，小獐子随即一声轻嚎，已然送了性命。

南一安将那獐子提至林知寒身前，却见林知寒面露不忍之色，道："一安，你……"

南一安道："咱们吃了一年素斋，今日好容易撞上，一会儿我去拾些干柴生火，保管美味。"

林知寒一听，不禁舔唇咂嘴，馋涎欲滴，腹中咕咕直叫，南一安哈哈大笑，道："走吧!"拉住林知寒袖口一阵疾奔。

林知寒道："一安，小声些，可别让寺里的师父们知道了，那可不好。"

南一安这才想起自己仍在少林寺地界，这般猖狂屠戮，确是有些不妥，四下一瞧，见尚无人发觉，当即也不敢再说话。

二人回到屋舍外，便即忙不迭地拾柴生火。南一安也不顾什么外焦里嫩，一见烤得差不多，立时撕下一条獐腿递给林知寒。她和南一安同样吃了一年素斋，这时闻着肉香，哪里管得了其他，接过后兀自大口大口地啃嚼。不到半个时辰，一只肥獐便只剩下了骨头。

南一安舔舔嘴边残油，笑道："我从前还觉这黑麂肉太腥，今日一尝，当真是世间第一美味!"

林知寒道："你管它叫黑麂吗?"

南一安奇道："这不是黑麂却又是什么?"

林知寒笑道："黑麂是它，獐子也是它，不过我们中原人管它叫獐子。"

南一安心头忽地一凛，一把抓起林知寒的手，道："知寒，你刚才说什么？你再说一次。"

林知寒手被他紧紧攥住，又羞又急，脸颊也跟着泛红，道："我……我说我们叫它獐子……"

南一安见她神情忸怩，情知自己失态，赶忙将手松开，道："你是说，这东西既是黑麝，也是獐子，叫法不同，但都是指的一个物事，对吧？"

林知寒"对"字还未出口，却见南一安兴奋地大叫道："我知道了，我知道了！"

林知寒见他这般模样，心中大是奇怪；道："一安，你知道什么？"

南一安不答，兀自站起身仰天大笑，过了半晌，又坐到林知寒身旁，道："你适才点醒了我，一样东西可以有不同的说法。"

林知寒更是奇怪，道："这有什么？一物多名的东西这世上可不在少数。"

南一安使劲拍了拍脑袋，道："是啊，我真是笨，到今日才想到。"

林知寒急道："你快别卖关子了，你到底想到了什么？"

南一安道："今年元宵节时，法智师父送来一部《金刚经》，书中有云：'一切贤圣皆以无为法而有差别。'"

林知寒道："不错，意思是说所有大智大贤之人，都是殊途同归，只因身处的环境有异，才让教化的方式有所不同。可这跟獐子有什么干系？"

南一安道："我所练的《六通指玄经》和少林寺的《洗髓经》俱是世所罕见的内功心法，这段时日我愈来愈觉得《六通指玄经》中的内容艰深莫测，难以理解，可天下武学途迹诚异，理会则同，似这两门极上乘的功夫，所述原理当是一般的，只是描述的方法有所差别，我便可参照《洗髓经》中所述，来解释《六通指玄经》中不明白的地方。"

林知寒道："你是说这两门功夫都是相通的？只是创造它们的人不同，所以说法不一样，对吧？"

南一安点点头，回到屋舍中，当下便开始打坐练气，照《洗髓经》心法所述对《六通指玄经》中艰涩之处逐一理解，果是豁然开朗。

南一安极是聪明，他从獐子的两种叫法联系到了最上乘武学的不同表述方式。若把最上乘的武学奥义比作獐子本体，那么《六通指玄经》便是"獐子"这种叫法，而《洗髓经》便是"黑麝"这种叫法。况且《六通指玄经》的一半来源于《六通要旨》，而《六通要旨》与《洗髓经》又俱是从佛法中演变而来，是以他更加坚信《六通指玄经》中的不明之处能够在《洗髓经》心法中寻到答案。而他当日在指玄洞中借"玉门关精要"来理解《六通指玄经》，就好似以三岁小孩的阅历来认知世上最高深的学问，那自然是不成的。

陈抟当日曾对南一安说，修炼这《六通指玄经》少说要一年产大药，三年温养，三年胎息还丹，可南一安本就天资不错，机缘巧合下习得了少林至宝《洗髓经》，自他悟出"武学格义"之后，两种无上法门相互参详印证，由此修炼这《六通指玄经》两年，便胜旁人苦练十数年之功。

转眼间已到第三年，这日正逢中秋，夜里法智送来些月饼，三人在院中一面品尝，一面赏月闲谈。南一安望着夜色，这时乌啼声歇，唯见明月如盘，心中思潮起伏，道："知寒，你说你师父有规矩，不许旁人打扰，如今已过了三年，想必爹爹妈妈伤势也该好了，咱们尽早下山去吧。"

林知寒沉吟片刻，点了点头，道："我听你的。"

法智道："南居士，可否让小僧搭一搭脉？"

南一安道："法智师父，难道我的内伤尚未痊愈？"

法智微笑道："一看便知。"

南一安伸出右手，心下突然间有些不安，便又缩了回去，寻思："倘若我的伤势未愈，知寒定然不会让我下山，可我此刻恨不得立时见到爹爹妈妈，这一搭脉搏，恐怕平添些麻烦事。"便道："大师，我看……"

话犹未了，突然间手腕一紧，却见法智右手猛地探出，南一安手臂被他扣住，体内六通指玄真气自然而然反弹出来，法智便似摸到一团火焰，手掌一震，当即松开。

法智虽只二十来岁，但他师从妙语大师已有六年，自来便是练的佛门正宗内功，加之妙语亲传的"龙爪手"绝艺，武学修为已有相当火候，刚才这一下他虽然吃惊，倒不慌乱，道："南居士，小心了！"跟着又使一招"双龙戏珠"，右手食指中指向南一安双目挖来，这招本极是毒辣，少林僧人绝少用到，但他此刻有意试探南一安，不经意间便使了出来。

南一安不知法智何故突然动手，但若不加以应对，自己非得重伤不可，

当下不容多想，向后一个纵跃，避开法智双指，左足足尖堪堪落地，立时便如离弦之箭，倏地往前跨出，左掌虚劈，右掌拍向法智左肋，只待他侧身避让，左手立时便化掌为拳，往他右胸击去，正是龙图拳法的第一式"摇光揽月"。南一安这三年间，泰半时日用于调理内伤，伤势痊愈后便着手修习《六通指玄经》，钻研龙图拳法的时候少之又少，但那《六通指玄经》包罗万象，非同小可，但凡理会经中奥义，再练世间万类武学，皆是事半功倍，因之即便练拳时日仓促，修为却已颇有进境。

这一招使将出来，哪知法智却不闪避，双掌同时窜出，端的是快速无伦，南一安见他双爪劲道凌厉，惊出一身冷汗，心下暗叫不好，急忙将手缩回，只听刺啦一声，两臂衣袖均被撕下一道尺许的口子，暗想："好在他未使全力，否则我这手臂可难保了。"他之所以作此想，只因其阅历太过短浅，法智功夫虽属一流，但却哪里敌得过他体内六通指玄真气？最初他未曾防备，被法智捉住手臂，体内真力当即反震而出，这是修炼上乘内功后产生的本能，但适才二人拆招，南一安心有杂念，真气反倒难以凝聚，加之"龙爪手"驰名天下，凌厉狠辣自非等闲招数可比，这才着了道儿，实则是他经验尚浅之故，倘若他毫不躲闪，只管拆解，法智却奈何他不得。当即拱手道："法智师父，我不想和你打架。"

法智见状，赶忙打了一躬，道："南居士，伤势已无大碍，适才多有得罪，阿弥陀佛。"

南一安心想："原来你是用这法子看我是否痊愈，早知道费这么多功夫，倒不如让你把把脉了。"当下拱手道："多谢大师指点。"

法智道："南居士所练的内功心法，除敝寺《洗髓经》外，似是另具一路，可否指教？"

南一安听他这话便知，法智显然已瞧出《六通指玄经》端倪，心中大是惊骇，须知高手过招，能窥破对方所练内功路数者当不在少数，但眼前这和尚毕竟年仅二十来岁，能有如此修为，实属罕见，寻思："老祖是我派中耆宿，我不能说是三圣庄道圣所传，只推家中长辈传授，既没骗他，也算信守承诺。"道："这门内功心法是咱们八部会前辈所传，叫作《六通指玄经》，在下学艺不精，让大师见笑了。"

法智颔首道："南居士年纪轻轻，内力却如此雄浑深厚，小僧佩服。"

南一安心中得意，却不露形色，只道："法智师父，咱们很快便要下山了，这三年来承蒙你照料，今日就此作别，下山时便不专程去菩提斋了，以免叨扰妙语大师清修。"

法智道："也好，也好，二位多加保重，阿弥陀佛。"

到了第二日，南一安早早起身，心中已盘算着启程前往终南山与父母相见，心想："我此时功力已大为提升，当能保护爹妈不再受人欺侮，想必他们的伤也早该养好了，眼下还是越早见到他们越好。还有宝颐，三年不见，不知她眼下如何。"念及此处，不禁心神激荡。

当下便去叫醒了林知寒，道："知寒，咱们今日便去向方丈辞行，然后去终南山吧！"

林知寒半睡半醒，依稀听见这句话，心中霎时间竟有些踌躇。她这三年间内心矛盾交织，既挂念师父唐凤，却又时时担心唐凤真的出现在眼前，到时再逼迫自己去三圣庄，而自己的目的已然败露，倘若回去可真不知如何是好。听南一安催促，躺在床上翻了个身，却不说话。

南一安轻轻推了她一把，道："知寒？"

林知寒仍是躺在床上，背对着南一安，喃喃道："一安，我们……这便要走了吗？"

南一安道："咱们伤势既已痊愈，难不成要在这里待一辈子？你不想念你师父吗？"

林知寒缓缓坐起身，叹了口气，道："我知道了，有些事是逃避不了的，我们终究要回到属于我们的地方。"

南一安见她神色颇为惆怅，却又不知为何，道："知寒，你怎么了？"

林知寒怔怔瞧着南一安，嫣然一笑中带着些微苦涩，道："我没事，咱们这便走吧。"

二人出得房门，行了数十步，南一安猛地回头望向那间住了三年的屋舍，心中突然间有些不舍，但这不舍只一瞬之际便已烟消云散。

二人顺小路回到少林寺内。没想到再次走入少林本院，千佛殿外那株孱弱的小树已虬枝错落，亭亭如盖。路经立雪亭时，十余名少林弟子原本在练

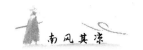

拳，望见二人走近，立时停了下来。时隔三年，南一安和林知寒相貌已大有变化，众僧起初未能认得，但仔细一瞧便已断定，先是大吃了一惊，随即对二人怒目相视，眼神中满是仇恨和鄙夷。

南、林二人暗自纳罕，自己在后山住了三年，未曾进得寺院一步，怎的这些少林弟子见了自己便似见了仇人一般？他二人哪里知道，三年前法戒说少林寺不收女弟子，让二人去后山暂居，虽属实言，却是托词。只因八部会与少林派有血海深仇，阖寺僧众对其恨之入骨，当日在其余各派手中救下南一安已是仁至义尽，倘若让仇家修习本派至宝《洗髓经》，再在少林寺住上个一年半载，说什么也不会愿意。法戒为避免冲突，出于无奈，才特意将二人安置在了后山人迹罕至的所在。

便在此时，一名黑脸僧喘着粗气走上前来，怒道："八部会的小子，你怎的从后山过来？咱们少林寺是你们想来便来的吗？"

南一安刚才见众人的模样心中已有些不快，又听这黑脸僧说话极为无礼，换作以前当即便要发作，但此刻他已成熟不少，又觉欠下少林派莫大恩情，便强行抑制怒火，道："这位师父，我俩在后山已住了三年，诸位不知道吗？"他语气虽然平和，但言下之意却是我能在后山住这么久，自然是得到了方丈的许可，无须你等过问。

群僧登时耸动，怒火更甚，只听那黑脸僧又道："后山可是禁地所在，岂是你能去的？快说，你此番上少林又是安了什么歹心？"他们不知道法戒会将二人安置在后山，只道南一安这话是存心戏谑，霎时间气往上冲。

南一安既不知法戒将他二人安置在后山是瞒着少林众弟子，更不知后山还是禁地所在，道："此间恐怕有些误会，便请法戒方丈来说几句，咱们本也是要去辞行的。"

那黑脸僧闻言大怒，脸颊紫涨，喝道："魔崽子，我师伯是你想见便见的？"抡起一拳便击向他胸口。南一安见拳势虽然霸道，却好似放慢了一般，微一侧身，便让那黑脸僧扑了个空。那黑脸僧因用力过猛，无处着力，登时摔将出去。

原来他自修炼神功以来，尚未真正与高手过招，昨晚与法智切磋之后，夜里苦思冥想，竟对《六通指玄经》和龙图拳法有了更深的领悟，这黑脸僧功力本已差了法智许多，南一安便更加游刃有余了。

南一安这一避让举重若轻，众僧看来却如鬼魅般飘忽，登时傻眼，一名矮胖僧道："你这使的是什么妖法？"说话间双掌倏地拍出，南一安极力克制，只一味闪避，却不出手伤人，但他年轻气盛，又想刻意卖弄身手，当即便催动《六通指玄经》内力，这一次身法比刚才还要精妙，待那矮胖僧双掌拍至，南一安早已绕到了他身后。

众僧越看越奇，越奇心中越恨，立时一拥而上，发狂价掌劈拳打，竟被他一阵纵高跃低轻易化解。林知寒在一旁看得心急，不住大喊："快住手！别打了！"众僧正在气头上，哪里能依她？又是一阵拳脚交加，却始终近不了身，一个个弄得晕头转向。只见这边动静愈来愈大，许多弟子不明缘由，都聚了过来，问是什么事，却没人答话。

第十一回　因果业报

　　但听那黑脸僧喝道："小魔头妖法厉害得紧，今日可不能让他走出寺门，大伙儿一齐上，替师父报仇！"

　　南一安纵身跃至立雪亭顶上，道："我不认得你，你替什么师父报什么仇？"

　　黑脸僧道："你装什么？我师父法慧禅师之死不是你八部会下的毒手？接招！"

　　那黑脸僧法名宗宏，乃是罗汉堂法慧座下首徒，生平疾恶如仇，性子火暴至极，登时高高跃起，双拳狂舞，看似笨拙却刚猛无俦，乃是罗汉拳法的一招"金刚降魔"。正待向南一安击将过去，猛觉后颈"大椎穴"一阵剧痛，原来已被南一安擒住，周身立时酸麻，无法动弹。这一下竟无一人看清南一安的身法。

　　只听南一安道："你师父法慧想要偷学咱们的《六通要旨》，被我爹妈识破，却又有何话说？"

　　宗宏冷笑一声道："放屁！我师父乃是大德高僧，只为求得佛经一览，竟被你们八部会残忍杀害。今日被你擒住，怪我技不如人，要杀要剐随你，但你今日休想出得寺门。"他这一番话将生死置之度外，说得振振有词，让人不由得不信。

　　此言一出，周遭僧众群情激奋。当日南一安初上少林，身负重伤，群僧又领方丈法旨，不得不为他力战各派，实则不情愿者大有人在，如今强敌早已退去，可他却功力大进，甚至擅入后山禁地，新仇旧恨霎时间涌上心头，各人都是极为窝火，当即纷纷响应："擒魔头，报血仇！""杀了这妖孽，还少林公道！"

南一安见此情状，回想起三年前法戒的所作所为，陡然间似是明白了他的良苦用心，心中又是愧疚又是自责，鼻子一酸，便要流下泪来。

他心绪不定，手上劲力自然松弛，宗宏立时察觉，当即转身一拳击向他胸口，未料到南一安居然没能躲过，从两丈来高的亭檐滚落而下。南一安被他击中，不免有些慌乱，他胸口虽然吃痛，真力却不见丝毫紊乱，兀自吐纳一番，便与浑没受伤相似。

群僧见宗宏得手，无不又喜又奇，适才分明见南一安身法神出鬼没，不知何故突然间便被轻易击倒。但听那矮胖僧宗愿道："大家留神，小魔头说不定又在使什么诈。"众僧一听都不敢轻举妄动。

林知寒见南一安摔倒在地，赶忙上前相扶，道："你怎么样？"又对众僧厉色道："他一直不曾还手，你们可别欺人太甚！"

这时法戒、法定双双赶来，群僧向两旁散开，留出一条过道。二人走到南一安跟前，法戒道："怎么回事？"

宗宏从亭顶跃下，合十道："禀方丈师伯，这小子鬼鬼祟祟上少室山来，不知又打的什么鬼主意，被弟子们发现，适才……"

话犹未了，法戒便打断道："不得无礼，南居士是我请来的。"

众僧听到这话，都是一愣，那矮胖僧宗愿又道："方丈师伯，这小子可是……"

法戒又道："住口！"法戒深吸一口气，缓缓说道："我少林派绵亘近千年，未曾有过如此待客之道，通通退下。"

群僧见法戒面有怒色，便都不敢说话，只恶狠狠瞪着南一安。

南、林二人与法戒、法定一并来到方丈院内，南一安突然向法戒跪了下去，哽咽道："法戒方丈，我……"

法戒见南一安行此大礼，忙伸手相扶，南一安却不从，只道："大恩不敢言谢，唯请方丈大师告知晚辈，当年法慧大师之死的真相。"

法戒听南一安这般说话，谅他已然猜到，因此心中愧疚，徐徐道："南施

主，你可记得三年前在这里，老衲对你说的那八个字？"

南一安道："方丈说的是'从善如登，从恶如崩'，小子未敢丝毫忘怀，一直铭记在心。"

法戒又道："不错。万法皆为因缘和合，我那师弟法慧弃武学佛，虽属禅门正道，但凡事皆有度，倘若太过，便成魔障。法慧师弟沉迷佛经不能自已，却不知一切佛法皆是方便法门，真意是在'不住'，是在'破执'，因此学佛半生，却弄得本末倒置，终致横死。只怪贫僧未能善加引导，怨不得旁人。望你从今而后，勿再挂怀。只要铭记那八个字，贫僧的师弟便死得其所，阿弥陀佛。"

南一安听了法戒这番话，深感他不计前嫌，以德报怨，喉咙一阵酸哑，心想："南一安啊南一安，你总认为八部会没有错，可事实哪里是这样？爹爹妈妈待我自然是好，可他们杀害旁人的师父、朋友，还有父母亲人，别人又怎能饶过他们？"转念又想："爹，妈，待孩儿找到你们，咱们一家便回大漠，今后再也别踏足中原，也别再和中原武林中人打什么交道，兴许日子久了，大家也都忘却了，彼此相安无事，那不是很好吗？"

法戒道："二位此番是打算下山了吗？"

林知寒道："承大师赐经，咱们内伤痊愈，不敢再多打扰了。"

法戒道："这里尚有半瓶'桑枝续筋散'，是三年前六祖所赐，老衲十指已健如常人，便请二位回到三圣庄后，物归原主，并替贫僧多谢六祖禅师，阿弥陀佛。"

林知寒道："大师，晚辈略通药理，大师十指虽已接续，但阴雨天仍不免疼痛，这'桑枝续筋散'于缓解此疾大有裨益，请大师务必收下，否则我和一安心中定然过意不去。"

法戒推辞不过，只索收下，道："既是如此，那便请二位代为将这本《楞伽经》赠予六祖，聊表谢意。"他从怀中掏出一本泛黄的经书，续道："此书不算贵重，只是老衲随身携带多年的物事，请两位施主务必转赠六祖。"

这《楞伽经》乃是中土禅宗初祖达摩祖师传灯印心的无上宝典，历来为佛门修习"如来禅""明心见性"最主要的依据之一。时当元朝大德六年（1302年），距东汉明帝时佛教传入中土已逾千年之久，其时佛法流传广泛，佛经翻译不可胜计，世祖忽必烈甚而拜密宗喇嘛为国师。《楞伽经》作为重要经典，译本当不在少数，但少林寺这一本乃是刘宋时期天竺高僧求那跋陀罗亲译，亦是最早的译本，至今已有八百多年历史，世上仅此一部。

二人不知此经的贵重之处，只是收下，便即辞别法戒、法定，兀自下山去了。过了黄河，便到晋宁路境内，林知寒用随身的首饰在左近城镇置换了一些至元钞，买了两匹骏马。

一路上南一安默然无语，林知寒道："一安，你在想什么？"

南一安回过神来，叹了口气，道："我在想，我曾经就像是活在自己的梦里，把一切都想象的太过美好了。"

林知寒道："是关于八部会吗？"

南一安点点头，道："我始终认为中原武林人士道貌岸然，居心叵测，而咱们八部会都是大英雄真豪杰。直到今日，我才知道少林罗汉堂的法慧禅师，确是被我爹妈和二叔误会后杀害的。"

林知寒沉吟片刻，道："人都是复杂的，怎能单用好坏来评判呢？譬如我师父，她很爱惜我，在我心中她便如我的亲生母亲一般，可是她要杀老祖，三圣庄的门人自然会认为她是个恶人，可他们却又无法体会她丧夫丧子的伤痛。"

南一安道："那我们呢？我们也终究会变成一个复杂的人吗？"

林知寒骑在马上，两手不拉缰绳，任由那黑马信步而行。回头望向黄河以南的嵩山少林，笑道："法戒大师也很复杂，可是他却处处为别人考虑。一安，江湖险恶，咱们只要不为一己之私而伤害别人，这便再好不过了。"

林知寒见南一安沉吟不答，显是对八部会的作为难以释怀，便道："咱们现在已在晋宁路，此去终南山必经泽州，不如先去三圣庄将这本《楞伽经》交给济公，你也可早日见到宝颐姐姐。"她犹豫了片刻，又道："这里有一封宝颐姐姐两年前的来信，那时我担心你会不顾伤势去寻她，便没拿出来，你不会怪我吧？"

南一安精神大振，道："你快给我瞧瞧！"

林知寒将信拿出，递给南一安。南一安接过信来，心中默念："南郎如晤：山有扶苏，隰有荷华，不见子都，乃见狂且。相识三月，一别经年。断

崖相诉，乃知胸意。仆尝自诘，彼数有不逮，曷以相逢？神有不通，曷以相知？人有不恒，曷以相守？四海之内，六合之外，天地蜉蝣之相期，沧海一粟之偶然，何其幸也。愿寄相思于鸿雁，只恨嵩山千万重。言有尽而情不可终，嵩山渐凉，务希珍重。盼君来信。宝颐。"

南一安道："宝颐怎的不上少室山寻我？"

林知寒道："我猜是来过的，只是少林派戒律森严，想必不允她前往后山禁地。"

南一安心绪起伏，寻思："宝颐对我一往情深，可扪心自问，这三年间除最初那段时日，我对她的挂念却也没几天，当真有愧。"

他心中自责，想到骆宝颐因不得自己音信，整日愁苦，便恨不能立时赶到三圣庄，道："知寒，咱们快马加鞭，五日内当能赶到，走吧！"马鞭在空中啪的一响，虚击声落，两匹骏马昂首长嘶，折北一阵疾驰而去。

行了几日，山道上的行人已愈来愈多，过了一个山坳，便已到得泽州城外。

进得城来，已是申牌时分，城中车水马龙，川流不息，熙来攘往，商铺林立，甚是繁华。二人连续赶路，南一安内力深厚，尚不觉倦怠，林知寒却已疲态尽显。

便在此时，南一安瞧见远处竟有两名青城派弟子，那两名弟子偷偷瞄了二人一眼，一名弟子道："师父让咱们去天香楼会合，这便走吧。"说罢，二人匆匆走进城内。南一安见他二人行为古怪，心想："不知青城派在泽州城干什么勾当，那姓刘的掌门阴险狡诈，倘若对三圣庄不利，我也好事先告知夫子。"便道："知寒，咱们赶了几天路，都没好好吃上一顿，今日也不早了，便找间客栈暂住一宿，明日再上山吧。"

林知寒道："你不是想尽快见到宝颐姐姐吗？"

南一安笑道："也不差这一时片刻，走吧。"当下悄悄跟在两名青城派弟子身后。过了一个拐角，便闻到一股浓浓的肉汁味，夹杂着炭火烧烤后的焦嫩香气扑鼻而来。两人闻到肉香，立觉腹中饥饿难耐。再往前行了数十步，见那两名青城弟子进了一座酒楼，两人随即跟上前去。

只见一座偌大的酒楼当街而立，金字招牌上拓着"天香楼"三个楷体大字，牌匾经年累月已被烟熏得有些发黑，但三个金色大字仍是熠熠生辉。这天香楼乃是泽州城远近闻名的大酒楼，享誉百年，经久不衰，楼内跑堂吆喝声响成一片，进进出出者络绎不绝。

二人尚未进去，一名跑堂立时过来招呼，那跑堂道："二位客官，真不巧，楼上已被几位道爷包了，要不二位在楼下凑合凑合？"

南一安抬眼往楼上一瞧，登时大惊，却见楼上之人俱是青城、昆仑、华山三派弟子，当下和林知寒在楼下寻了一处角落坐定，叫了几色酒菜。

酒楼里虽然嘈杂，但南一安催动《六通指玄经》后，屏息凝听，楼上的说话便听得一清二楚。

只听一人道："徐兄，你此番让咱们来泽州一会，究竟所为何事？"南一安当即听出说话之人乃是华山派掌门公良止宇。

他心头一凛，却见林知寒仍是自顾自地吃着，才知自己能听清乃是身具《六通指玄经》内力的缘故，林知寒却哪里能听到楼上的说话。

他当下也不出声，接着往下听。另一人道："说来话长，当日我与那八部会恶妇交手，本已胜券在握，岂料被她下毒暗算，让她逃了，临走时对我说了'西起秦陇，东至蓝田，太行而外，莫如终南，麻衣仙府，仰天池畔'二十四个字，我细细琢磨，已知那恶妇老巢定然是在终南山仰天池。"说话之人正是徐存青。

公良止宇道："既然如此，你怎的近日才去找那恶妇了断？"

徐存青脸一沉，道："哼，那恶妇下毒手段厉害，我用了三年才将体内毒质彻底清除，若非如此，那臭婆娘早去见阎王了。"实则唐凤当日原本是用假毒药吓唬他，只因他对唐凤有所忌惮，三年来苦练本门功夫，自忖功力大进，这才敢上门挑战，只是碍于情面，不愿将实情于众人面前说出口。

公良止宇道："那后来怎样？"

徐存青道："我到了终南山后，见那恶妇果是在此，但他身边不仅有南玄和南天夫妇，尚有八部会数十名高手！"

公良止宇道："你是怕打不过，叫咱们帮忙来了？"

徐存青道："这是什么话！公良兄，你听我说完，好戏还在后头。"续道："南天夫妇被南玄拴在一根铁链上，你们是没瞧见，堂堂阿修罗尊者和乾达婆

尊者便似两条狗一般模样。"众人听了都是一惊，齐声哈哈大笑。

南一安气得浑身发颤，直将手中筷子也捏断了，心想："看来知寒的师父也并非善类，她救了爹爹妈妈，却将他们交给二叔，真是可恶至极。"林知寒见他满面怒容，正欲问话，却见南一安食指贴在嘴上，做了一个噤声的手势。

徐存青接着说道："我见了奇怪，便接着往下听。南玄和那恶妇商量着要去往三圣庄，说什么陈图南强迫他练《六通要旨》，致他错过心爱之人，又说什么定要助那恶妇报仇，还说他这三年《六通要旨》已经大成，二人联手必能杀了陈图南。我是越听越不明白，他们口中的陈图南想必是当年八部会的大天尊者，可那大天尊者二十余年前便已销声匿迹，何况以他八部会首领的身份怎会出现在三圣庄？可我随即又想，八部会眼下兄弟阋墙，无异于自断一臂，正是将其扫除的大好机会。在下以为武林大事当由大家共同做主，徐某不敢擅作主张，这便邀请诸位一道，此番定要杀他个措手不及，一举将他二人擒获。"

刘云道："原来如此。不过南玄既说他《六通要旨》已成，而那老妇手段厉害，咱们三人联手也未必是他二人对手，须得想个万全的法子。"

公良止宇笑道："刘兄向来足智多谋，想必已有良策，愿闻其详。"

刘云大声说道："咱们可在三圣庄外埋伏，让他二人先与三圣庄杀个两败俱伤，到时咱们再出面收拾残局，既可将他二人一网打尽，又能卖三圣庄一个人情，岂不是两全其美？"

公良止宇喜道："妙计，妙计！"

南一安心想："这几人机关算尽，想要坐山观虎斗，当真可恨。可我若此时上去把他几人料理了，将来天下人必然又将此事赖在八部会身上。眼下已至泽州，我只需将他们的狼子野心告诉夫子，便立时去终南山救出爹爹妈妈。"

随即向林知寒使了个眼色，拉住她径直往外奔去。林知寒道："一安，你一口都没吃，这又急急忙忙去做什么？"

南一安道："先上马，事态紧急，容后再跟你详说。"二人纵马一阵疾驰便向聚寿山去，来到三圣庄时已是戌牌时分。

二人见纹枰轩内灯火通明，便知陆象杉定然在内，来到屋外，果是见他独自下棋。他一见南一安和林知寒，便知两人伤势痊愈，心中不禁感到欢喜，却不露形色，道："深更半夜的，不能早到一点吗？"

南一安道："夫子，我二叔和知寒的师父杀过来了！青城、昆仑和华山派也在山下设了埋伏，要教咱们斗得两败俱伤！"

林知寒和陆象杉都觉惊奇，这时林知寒才知南一安这般慌张上山来的缘故，却不知他是如何晓得的。

陆象杉道："你怎知道？"

南一安道："夫子相信我，事不宜迟，快去告诉……"

话未说完，陆象杉突然间察觉门外动静，喝道："什么人？"

只见两个黑影嗖的一下从门外闪过，陆象杉与南、林二人当下追了过去。那两个黑影停下脚步，转过身来，却是两个蒙面黑衣人，漆黑的夜晚只露出两双眸子，看来甚是可怖。

那二人一见南一安，心头登时一凛，也不说话，只相互对望一眼，转瞬便欺至陆象杉身前。

陆象杉正待招架，却不料那两个黑衣人并不出招，距他尚有一尺便又闪开。陆象杉道："缩头乌龟，既不敢向老夫出手，又鬼鬼祟祟来我三圣庄做甚？"

一语方歇，身法陡然变快，眨眼间抢到一名黑衣人身前，劲风过处，那黑衣人发带也跟着向后扬起。他见陆象杉欺至，左掌顺势虚劈，尚未与陆象杉躯体相接，便又闪开。如此斗了几个回合，两个黑衣人总是忽近忽远，四处闪躲，无论如何就是不与陆象杉正面过招。若不招架，只怕二人虚招立变实招，若是招架，二人一见又只管退让自保。陆象杉武功修为虽已达入神坐照之境，但无奈那二人轻功也甚是了得，这般纠缠在一起，始终无可奈何。

南一安道："二叔！你快醒醒吧，别再作恶了！"

那二人也不理会，只专注与陆象杉缠斗。陆象杉道："这两人都不是你二叔。"

突然间倒吸一口凉气，呼道："不好！是调虎离山！"

南一安回想适才徐存青所言，当即醒悟，他见来者是两个人，便断定是南玄和唐凤，这才想起南、唐二人此番目的乃是要杀陈抟报仇，怎会在此和

陆象杉纠缠？这两个黑衣人必是二人的帮手，但是谁却又不得而知。当此之际也无暇他顾，立时展开轻功往陈抟居处奔去。

陆象杉不知南一安功夫已今非昔比，担心他去了枉送性命，当下朝两个黑衣人猛发一掌，二人虽然躲过，但雄浑的掌力也直将他们逼退了几步，自己便趁这一瞬之机追了过去。

那两名黑衣人显是奉命拖住陆象杉，此刻见他一走，立时便跟上去堵截。

南一安到得陈抟居处，但见房门敞开，灯火透亮，只有两个人影映在窗户上。他急忙进屋一瞧，不禁"啊哟"大叫一声，那两个人影正是南玄和唐凤，而陈抟已然委顿在地，不知是生是死。南一安心想："糟糕，还是来迟了一步！"

原来唐凤自那日救走南天夫妇之后，便将二人关押在终南山仰天池畔的居所中，之后又差人找到南玄。南玄本就对陈抟当年强迫自己接受《六通要旨》，致使他错过何阮溪一事大为记恨，是以二人一拍即合，南玄助唐凤报仇，唐凤助南玄去少林寺拿南一安，如此各取所需。后来南玄在终南山参习《六通要旨》，他自觉神功已能运用自如后，便随唐凤一道去往聚寿山三圣庄。

此刻二人见南一安出现，都是一惊，随即大喜。只见南玄一袭暗褐长袍，面目狰狞可怖，干笑两声道："好侄儿，二叔正待去少林寺寻你，你倒自己送上门来了！"说话间向前疾跨两步，右手倏地伸出，屈指成爪，向南一安肩头抓去。南一安几日前在少林后山领教过法智的"龙爪手"，已觉狠辣至极，今日见南玄这不知名的招法更是犹有过之，当下不敢硬接，肩头微沉卸开来势。南玄左掌接着拍出，击向他胸口"膻中穴"，南一安情知已然避无可避，本能地伸出右掌与南玄掌力对撞，只听轰的一声闷响，两股掌力相接竟掀起巨大内力，直将房内门窗震裂，内劲扫到，烛火立熄。二人往后退了两步，仍是站立不稳，接着一个腾空翻滚，落地之后又退了两步，这才站定。

南一安适才击出的那一掌乃是倾注了《洗髓经》和《六通指玄经》两大神功的内力，威力当世无俦，但他现下尚未将这两大神功完全融会贯通，内力自然不够精纯，若非如此，南玄大意之下接他一掌必受重伤。

南、唐二人又惊又疑，南一安在少林寺修习《洗髓经》这一节二人原也知晓，可《洗髓经》再厉害，也是内功心法，毫无招式，南玄向来自负，便未放在眼里，道："兔崽子，长本事了，比你那不中用的爹可强不少！"

南一安听南玄言语辱及父亲，登时大怒，道："你还有脸提我爹爹，从今往后我再没你这二叔！"

陆象杉和那两名黑衣人在屋外斗了半晌，那两名黑衣人始终不敌，也不再卖力，陆象杉猛发一掌，逼退二人，趁隙进入屋内，透过月光依稀瞧见陈抟委顿在地上，只道他已遭了不测，霎时间热血上涌，怒发冲冠。

当日道济从少室山回到三圣庄后，便将林知寒与唐凤、陈抟之事的来龙去脉全数告知了陆象杉，道："老祖昔年虽为八部会首领，但据我所知，他统领八部会之时也率门人数次抵御蒙古人入侵，大关节上是把持得住的。况且他晚年悔悟，同咱们朝夕相处二十余年，他的为人想必你也明白。"

陆象杉面色凝重，却不答话。道济又道："你到底是表个态，待老祖出关，我心里也好有数。"

陆象杉道："咱们去一趟指玄洞。"

道济道："老祖闭关，这，恐怕不妥吧。"

陆象杉大袖一拂，正色道："你去不去？你不去我自己去。"

道济当下也没奈何，只得跟在后面。两人从洞口处跃下，堪堪落地，一道人影便从指玄精舍中飞闪而出，正是陈抟。他在精舍内打坐，听到外面动静，没料到是陆象杉与道济两人，一见之下，心感诧异，道："出什么事了？"

道济正待开口，陆象杉却没二话，左掌翻起，向陈抟右肩斜劈下去。这一下变故兔起鹘落，陈抟和道济都是一惊。

陈抟微一侧身，骂道："书呆子，你要跟我过招，也不用这般着急！"他二人俱是当世宗师，平素钻研武学，相互探讨也是常有之事，他哪里知道今日陆象杉得知自己昔年往事，心中大为恼怒，这才要出手大打一架。

但见陆象杉招式忽变，掌影飘飘，出手快捷无伦，眨眼间便已使了七八招厉害招式，每一招都是攻其不得不防，其中暗含内力，陈抟只要稍不留神，定然被他重创。他二人平日里切磋武艺，自然是只比画招式，点到为止，岂料陆象杉今日动了真格，陈抟心念一动，隐约已猜到了几分，向后跃出数丈，道："你要撒气，我也不还手了！"

陆象杉道："留神了！"说着大步向前跨出，跟着右掌横扫，岂知陈抟双

眼一闭，既不避让也不拆解，陆象杉这一掌雄浑沉猛，只怕他真受重伤，当即勉力收势，但拳招余劲不衰，陈抟登觉呼吸急促，有如一座大山压下身来，饶是他数十年修为，仍被那九渊掌力震得向后转了七八个旋圈，方才将身子定住。

陆象杉道："你就没话说？"

陈抟调理内息，缓缓道："此心光明，亦复何言？"

陆象杉道："当真光明，何故隐瞒？"

陈抟道："陆夫子，你为官半生，人人敬佩你刚正不阿，当年蒙古人南下，你力战死守，浴血抗敌，宋室丧国，你拒侍二主，辞官隐退，天下莫不称颂，但你可知这是何故？"

陆象杉昂然道："屈子曾言：'吾宁悃悃款款，朴以忠乎？将送往劳来，斯无穷乎……宁昂昂若千里之驹乎？将泛泛若水中之凫，与波上下，偷以全吾躯乎？'陆某虽然不才，但闻圣贤之言，唯恐效之不及，岂肯反其道而行？"

陈抟道："很是，很是。不过你只说对了一半。"

陆象杉冷哼了一声，将头转向一旁，却不说话，心想："对就是对，错就是错，你说这许多，于事何补？"

陈抟道："你适才念的，是屈原的《卜居》，想必另一首《渔父》，你也定然读过。所谓沧浪之水清兮，可以濯吾缨，沧浪之水濁兮，可以濯吾足。"

陆象杉才情过人，当即领悟，道："你是想说，你虽身为八部会首领，但也率领门人外御鞑靼，你我处境虽异，却是殊途同归，倘若如此，你又为何羞于启齿？"

陈抟轻叹一声，道："你自来引以为傲的，便是祖述先贤，宪章孔孟，这只因你出身名门，你先祖陆公鸿磐，官居唐昭宗宰相，你父亲道卿公累世义居，治家严整，乐善好施，远近闻名。家学渊源，一切自然顺理成章。可天底下有许多人，或出身寒门，或报国无路，更有甚者，打娘胎出世便受人唾弃，被视作异端。"他越说越是激动，声音不禁有些发颤，续道："八部会成众矢之的，虽始于我隐退之后，但在此之前，中原武林早已茹恨于怀，对咱们冠以匪类、妖人之名，欲加之罪，何患无辞？"

八部会与中原武林公然决裂，自是始于点苍派掌门曹睿当年的寿宴，但溯其源头，百年前便已现了端倪。只因八部会门规繁杂，中原人诟病其为番邦蛮俗，且门人行事诡谲，与中原人格格不入，加之《六通要旨》驰名天下，许多武林中人皆欲据为己有，是以散布谣言、恶意毁谤、添油加醋之事亦时有发生。虽未结下什么深仇大怨，但久而久之，三人成虎，八部会自然成了中原武林的眼中钉。陆象杉本未涉足江湖恩怨，可从旁人口中也有所耳闻，听陈抟说到此处，心中也有动容，只不过他历来疾恶如仇，却道："那又如何？身正不怕影子斜，倘若你没做过伤天害理之事，旁人怎会说三道四？连身怀六甲的女人都不放过，还有什么事你做不出？"

陈抟大惊，脑中便似响了个霹雳，颤声道："你……你怎会知道？"

陆象杉道："若要人不知，除非己莫为。"他顿了顿，又道："幸得苍天有眼，那孕妇并未就此殒命，却另被高人所救。"

陈抟听说唐凤尚在人世，先是一惊，又想："她当年受我一掌，当场气绝，怎能死而复生？"随即又感安慰，寻思："我当年命在旦夕，为济公所救，天下之大无奇不有，这世上当真有如此高明的医术，也未可知。她能有命在，那自然再好不过。"

陆象杉大声道："哼，你可知林知寒的来历？"

陈抟心中一凛，道："她是……是什么人？"

陆象杉道："她便是那孕妇的徒弟，来到三圣庄，正是要助自己的师父报仇。"

陈抟原以为林知寒便是唐凤当年腹中的孩子，还道是母子平安，自己心下也感宽慰，哪知事实并非如此，暗自估算辰光，那孩子倘若在世，也当是二十来岁了，绝不会是林知寒。念及此处，心中又是失望又是悔恨。他沉吟片刻，道："你说的不错，我确是做过许多错事，你若怕侮了儒圣的清誉，待大事一了，我便离庄。"

道济抢道："老祖，事情过了这么多年，即便做过什么错事，你也都补偿了。陆夫子向来口不对心，你可千万别当真，咱们三人走到一块，那是天大的缘分，切莫伤了和气。"又对陆象杉道："陆夫子，你是读书人，人孰无过，过而改之，善莫大焉的道理，你怎会不明白？"

陆象杉并不理会，只对陈抟冷冷道："哼，你且说说是什么大事？"

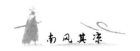

陈抟道："过不多时，你自然晓得，只是如今我不能对你说，也不能离开三圣庄。"

陆象杉干笑一声，道："谅你也不敢再为非作歹。"他与陈抟相识二十余年，陈抟的为人，他再清楚不过，只是要让他放下架子，轻易让此事过去，那也是万万做不到的。当下不再多言，脚下微一使力，施展轻功出了洞口。

之后的一年，陈、陆二人也少有说话，三圣所擅各不相同，传道授业也不在一块儿，庄里门人便未曾发觉二人之间的隔阂。到了第二年中秋，道济软硬兼施，好容易才让他二人同饮了一杯酒，算是往事一笔勾销。

陆象杉只道陈抟所说的大事，多半便是修炼一门上乘功夫到了紧要关口，指玄洞人迹罕至，当是练功的绝佳所在，又见陈抟始终不提此事，自己也不愿多问。时至今日，见南玄与唐凤找上门来，才知陈抟所说的大事不是别的，正是等待唐凤前来寻仇。他一心求死，以挽回当年过失，倘若三年前对陆象杉道出自己的打算，陆象杉表面上兴许不露声色，暗地里定然替自己料理了唐凤，这样一来，自己便要抱憾终生了。他料想唐凤利用林知寒打探《六通要旨》秘密之事已然败露，但她决不肯善罢甘休，定要前来做个了断，这一天便足足等了三年。

此刻陆象杉见陈抟生死不明，岂能轻饶南、唐二人？想到当初南玄与自己交手，自己已知道他目的，未能及早下手将他除掉，心中不禁悔恨自责，喝道："老夫一时手软，留下大患，今日饶你不得！"当即一掌向南玄拍去，南一安趁势转攻唐凤。

陆象杉与南玄拆得数招，直从屋内斗到屋外，两个黑衣人见状，立时前去助阵，三道黑影霎时间将一袭白衣的陆象杉裹在核心。

这时那两个黑衣人也不再躲闪，都使出真实功夫，陆象杉瞧他二人招式路数，便知是八部会中的人物，且武功修为当不在南天之下。

只听陆象杉道："藏头露尾，算什么英雄好汉？"左掌连挥，拨开两名黑衣人来拳，两人未及反应，已被陆象杉分别撕下面罩。黑夜中瞧不清面容，只知二人都约莫五十来岁。

南玄暗中观察，见唐凤已连使"西来龙象手"的擒拿招式，却被南一安悉数拆解，每每到紧要关头，总是化险为夷，数次让他逃脱，不知南一安何以能仅凭《洗髓经》的内力，在短短三年内功力进境如斯。任他何等聪明，也绝想不到陈拸自创了《六通指玄经》，又传授给了南一安。

他越看越奇，暗想恐怕再斗上几十招，唐凤非得落败不可，便向两个黑衣人道："先拖住这老东西，我去擒我那侄儿！"

两个黑衣人应了一声，使出方才的法子，既不攻，也不退，只让陆象杉脱不开身。

南玄抽身前来相助唐凤。南一安听那两名黑衣人发出的应答声，顿觉耳熟，斜眼一瞧，这两人正是夜叉尊者和紧那罗尊者，他此时心中已然明白，那日南天夫妇在灵岩寺只见摩呼罗迦尊者尸骸，却未见他二人，想必是南玄威逼利诱，二人归降了他，而摩呼罗迦尊者性格刚烈，宁死不屈，便命丧南玄之手。

南一安原本念着旧情，知道南玄是为情所困，加上练功走火入魔，才致迷失本性。此刻见他如此心狠手辣，先杀了摩呼罗迦尊者，还联手唐凤杀害陈拸，刚才在天香楼又听徐存青说了他对父母的百般凌辱，曾经和蔼可亲的二叔，早已成了十恶不赦的魔头，胸中霎时间悲愤交加，热血上涌，当下大呼一声，双掌一错，以十成劲力击将出去。

南一安内力虽然深厚，当世已属罕见，但他毕竟年轻，尚未融会贯通，挥洒自如，威力自然大打折扣。

南玄见他掌势如洪，招法却显生硬，当下身子一晃，双手突然间伸出，扣住了他的手腕，顺势往前一带，南一安这一掌便如击在虚空之中，立时消于无形。

南玄见他一掌击空，正要当先反制，猛觉虎口一阵剧痛，却是被南一安掌力余势震裂，不禁愕然变色，心想："这小子不知有什么奇遇，看来绝非一部《洗髓经》这般简单。以我此时功力，今日倘若取他性命，虽然费些周折，却也不难办到，只不过我那天杀的大哥便不能亲眼见到他宝贝儿子死在我手上。"他定了定神，右掌斜劈，掌力化成一道弧线，将南一安任脉督脉全都罩了进去，南一安一掌落空，反应不及，被他一击之下，立觉周身内气乱窜，人也向后摔了出去。

这时林知寒匆匆赶来，见唐凤果是在此，又见南一安倒在地上鲜血狂喷，

一时间脑中乱作一团，吓得瘫软在地。唐凤见她出现，冷哼一声，道："臭丫头，只顾跟这小子厮混，没派上半点用场！"当下大步上前往林知寒腋下一提，转身便要遁去。

南一安正待起身阻拦，却没半分气力，只稍一用劲，周身便剧痛难当。

便在此时，道济和三圣庄门人听得动静赶来，道济见状已猜了个八九不离十，苦于自己没得丝毫拳脚功夫，半点忙也帮不上。他见南一安受了伤，待要将他扶起，猛觉背后掌力袭来，正中后背"灵台穴"，大口鲜血倏地喷出，却是南玄突施暗算。

南玄道："臭秃驴，多管闲事！"

道济本是得道高僧，早已了脱生死，何况自己已经一百零三岁，自忖时日无多，却万不能让年纪轻轻的南一安就此送了性命，当下便奋力伸出右手摁住南一安头顶"百会穴"，将自己毕生所修真力注入他体内，替他接续性命。

南一安受伤不轻，险些真气溃散，但他内力深厚，源源不竭，倒也性命无虞。此刻但觉一股绵亘雄浑的真气涌入周身经脉，说不出的舒服受用，痛楚之感渐渐消于无形，但他在重击之下神志不清，也不知眼下究竟发生了什么。

南玄见状，立时上前单掌向道济头上劈去，道济神色泰然，面无丝毫惧色，心中一片澄明。

陆象杉见道济命在顷刻，自己被紧那罗和夜叉缠住，无法抽身相救，心急如火，大喝道："济公快走！"

此时南玄已逼至道济身前一尺，一道人影倏地闪出，挡在道济身前接了南玄一掌，正是陈抟！

唐凤堪堪携林知寒遁去，见陈抟仍是未死，心中又惊又怒，面部青筋暴起，尖声喝道："老贼，还有命在！"

陈抟受了南玄一掌，依然站立不动，他缓缓抬头，只见面色惨白如纸，长眉微微颤动，憔悴不堪，哪里有半分南一安初见时的仙风道骨？道："弟妹，玄儿，我……我对不起你们……"

唐凤怒道："一句对不起能还得了这血债？"

陈抟眼含泪光，长叹一声，道："今日老夫为你亡夫亡子偿命，望你二人从此再别作恶。"一声清啸，霎时间青袍生风，内力好似大河决堤般滚滚涌出，周遭树叶簌簌作响，惊起了七八只鸟儿。一旁林知寒和三圣庄众门人尽被这股内力震得站立不定，几欲晕倒，便是夜叉和紧那罗也捂住双耳，神情痛苦，只有陆象杉和南玄功力深厚，施展定神安魄法门，尚能勉力撑持，反倒是南一安本已昏迷，却被这内力震得惊醒过来。

陆象杉大呼"不好"，他知陈抟想要在散尽毕生功力后自断经脉，以死偿命，喝道："道兄，万万不可！"可陈抟内力实在太过雄浑，此刻悉数散出，饶是陆象杉功力之强，也被这股内力逼得难以靠近。

约莫过了半炷香时辰，众人方稍觉缓解，只一瞬间又变得风平浪静。只见陈抟兀自双眸紧闭，面带笑容，一动不动地伫立中央。

众人不知所措，突听得"呜啊"一声，一只老鸦哀鸣破空，仿佛大梦初醒。

唐凤被那声鸦鸣惊醒，见陈抟与自己仅隔两丈，且门户大开，当即抢上前去一掌拍在他天灵盖上，陈抟却不避让，身躯向后摔了出去，已然气绝身亡。

这一下变起仓促，三圣庄门人不明缘由，已是吓得魂飞天外，此刻见陈抟倒地，众人立时抢上前去，一人伸手探陈抟鼻息，大声哀号道："老祖，老祖羽化登仙了！"

三圣庄门人中大多以从文为主，习武之人实是少数，李博渊虽得陆象杉真传，但去岁年满二十后便已下山，其余人本就年龄尚小，若论武功修为更是不值一提。即便如此，眼下见陈抟身亡，人人都怒不可遏，叫喊着要替陈抟报仇。

南一安经道济内力接续，已然好了大半，见陈抟自尽身亡，念起陈抟是八部会故人，于己又有授业之恩，如今死于非命，这笔账只得算在唐凤和南玄头上。他怒目瞪向唐凤，见她正欲转身遁去，林知寒在她身旁吓得面如死灰，浑身发颤，唐凤将她一把拉住，道："咱们走。"

陆象杉低沉嗓门，道："三圣庄是什么地方，容得你在此行凶？"

唐凤道："你待怎样？这老贼欠我两条人命，难道不该杀吗？"

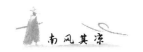

陆象杉胸中发出阵阵闷响，直与猛兽低吟相似，道："该……杀！"

"杀"字一出，顷刻间掌风压到。南玄道："唐师姐，我已助你报仇雪恨，后事你自己料理，我可要带这小子先走一步了！"当下大步朝南一安奔来，堪堪跨出两步，但觉背心一紧，已然被人拿住，他回头一望，正是陆象杉，心下大骇："他分明距我五丈开外，又与唐凤缠斗在一起，怎的眨眼间便腾出手来？"

陆象杉道："今日但教你走出三圣庄，陆某还有何颜面立于世间？"

这一来南玄别无他法，要带走南一安便须与陆象杉分个高低，他深知陆象杉功力精湛，绝非易与之辈，即便自己练成了《六通要旨》，又有唐凤这等好手帮忙，仍不敢说十拿九稳，当下招呼夜叉与紧那罗道："还愣着做什么？"

夜叉和紧那罗听到召唤，互相望了一眼，竟不上前相助。

南玄喝道："你们盼着我今日死在这老东西手上，恐怕也没这么容易，要是有胆量，现下尽管走便是！"

夜叉忙道："不是，不是，咱们上！"两人只怕南玄今日得胜逃脱，日后间自己算账，到时候两人联手也定然敌他不过，当下只索上前助阵。这一来陆象杉便被南玄、唐凤、紧那罗和夜叉四大高手来攻，想取胜谈何容易。

夜叉和紧那罗同为八部会尊者，武功修为实与南天不相伯仲，何况陆象杉以一敌四，纵是武功盖世，也难抵四大高手夹攻，时间一久定会气血衰竭。南一安当即上前相助，先替陆象杉料理两个，好教他能专心对付南玄和唐凤。

陈抟此前已对陆象杉说起过传授南一安功夫之事，但陆象杉如何也料不到短短三年内南一安便能进境如斯，实是大悖常理。

陆象杉本来自重其儒圣身份，出手雅致有余而杀气不足。当此之时，丧友心伤，化悲为怒，所使招式全是致命杀手，较之前已狠辣百倍。

当日在观音庙中，只因对《六通要旨》未加了解，不曾防备，勉力胜得南玄，自己也受了轻伤。后来陈抟得知此事，心中愧疚，便将《六通要旨》的关窍之处一一说与陆象杉听了，此时南玄的《六通要旨》神功虽然厉害，但在陆象杉这等大宗师面前却已毫无秘密可言，而唐凤武功修为较陆象杉差之甚远，因此他以一敌二，仍能稍占上风。

三圣庄门人借着月光，方才稍稍看清场上一人乃是南一安，骆宝颐心中大喜，转瞬便对他三年前撇下自己不顾，三年来又杳无音信大是嗔恨，但此刻见他身处险境，又不由得担心起来，两颗雪白的门牙紧扣嘴唇，愁眉深锁。

余下弟子伤心陈抟身亡，痛恨南玄、唐凤等人暗下杀手，都憋着劲想要抢上去帮忙，可自忖武功低微，非但帮不上忙，还教陆象杉分神，心中又焦急又无奈。

但见南一安功力大进，无不心感诧异。庄里习武的弟子瞧得入神，均叹南一安招式匪夷所思，一个怪招使出，还未来得及细想，他又已使了五六招意想不到的招式。

南一安与夜叉、紧那罗拆得三四十招，二尊从未见过龙图拳法这等古怪招式，未敢贸然进攻，何况两人只是应付南玄的差遣，一时竟斗得不相上下。

南一安心道："难怪中原武林说咱们八部会是邪魔外道，这样的人在八部会身居要职，怎会做出什么好事？"愈想愈是愤恨，一面催动《六通指玄经》真气，一面展开龙图拳，拉开架势，要与二尊力战死拼。

南一安适才将龙图拳法的第一式到第八式反复使了六遍，二尊从未见过此拳法，只觉这门功夫的拳中之意高妙无穷，但南一安使出来却不免有些凝滞，只因生死相搏不比平日演练，于精微处难免多有生涩。好在几日前与法智切磋了一番，于这拳法在实战中的运用又有了更深的见地，若非如此，早已败在二尊之手了。

夜叉与紧那罗当日慑于南玄淫威，为求自保归降于他，心中虽曾愧疚，但如今骑虎难下，倘若此番再次变卦，便连个恶人也做得畏畏缩缩，岂不更教人笑话？又见南一安招式愈发凌厉，倘若自己不用全力，反倒被他重伤。两人使了个眼色，心中一横，索性一不做二不休，今日杀了南一安，踏平三圣庄，天下还有谁知道自己背信弃义？念及此处，发招更狠。

八部会尊者何等人物，一生所经大小战役不下数百，自是比南一安老辣许多，二人瞄准他招式间的间隙，频出险招怪手，南一安临战经验匮乏，五十余招后便愈斗愈显不支。

这时听陆象杉道："一安，老祖传你的这套拳法极是厉害，但你未练纯熟，不妨只使一招！"

南一安听这话便知，显然陆象杉已知道了陈抟传授自己武功之事，一时

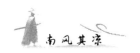

也想不出其中缘由，但听陆象杉道破迷津，登时醒悟，猛然忆起陈抟当日传授自己拳法时所说，这门功夫由奇门遁甲化出，精髓在"形形不不"四个字，即"形随意动""形意合一""不拘一格""不落窠臼"，虽只八式，但每一式中的变化却无穷无尽，突然间茅塞顿开，当即使开练得最为熟稔的第一式"摇光揽月"，左右双足一虚一实，双掌推出，左掌还未拍到，招式又有变化，右掌已抢在前面递出。

夜叉和紧那罗甫欲招架，南一安跟着右臂画圈，左手化掌为拳，端的是始料未及，难以捉摸。

这套龙图拳法乃是陈抟归隐后在指玄洞中所创，他武功修为集佛、道两家之大成，当在陆象杉之上，这套拳法也是当世无双。南一安身兼两大无上内功，又得陈抟真传，本已非同小可，虽未能将此拳法发挥得淋漓尽致，但经陆象杉指点之后，威力果然大增。

三人拆了近一百招，夜叉和紧那罗原本已占上风，但经陆象杉指点，双方又战成了平手。

南一安的龙图拳法越使越顺，一招"摇光揽月"打得行云流水，变招层出不穷，二尊均想："这小子功夫邪门儿得紧，一会儿姓陆的要是腾出手来，只怕今日是走不出三圣庄了。"

只听紧那罗道："大侄子，咱俩受南玄胁迫，一时糊涂，你放咱们走路，咱们日后退隐江湖，绝不出现在你跟前！"

南一安正悲愤无已，岂能轻饶，喝道："我敬你们是长辈，没想到你们这等卑鄙无耻，今日不杀你们，如何对得起我爹妈和摩呼罗迦尊者？"

夜叉心下更是害怕，忙道："一安孩儿，咱家平日待你爹妈不薄，你要怪就怪南玄那畜生，是他给我们下了毒，我们不得不从啊！"

其实南玄从未给他二人下过毒，分明是两人惧怕南玄，为苟全性命而为虎作伥。南一安究竟年轻，夜叉为自己开脱说的这番话竟令他心头一震，霎时间又对二人生出同情，不知如何是好。

高手过招自当全神贯注，容不得半点差池，二尊见他此刻心神不定，蓦地双双发掌，砰的一声，正中南一安小腹，待他回过神来，只觉半身剧痛，已然摔了出去。

二尊见已得手，立时展开轻功遁去，几个起落便已消失无踪。

南玄瞧见这边变化，道："唐师姐，我已助你报仇，你须得助我擒住那小子。"

唐凤心想："我大仇已报，何必再自找麻烦，眼下还是尽快脱身为好。"道："好，我去擒他！"说着撤回双掌，向后跃开，佯装去擒南一安，却径自奔到林知寒身旁，一把将她提起，道："丫头，走！"林知寒自刚才眼见陈抟身死，一直神情恍惚，脑中尽是三圣几年来与自己朝夕相处的情形，此刻被唐凤带走竟浑然不知。

南玄见唐凤使诈，过河拆桥，心中怒不可抑。适才与陆象杉一番交手，已知单凭他一人之力只能勉力自保，绝难胜出，可现下实是半点马虎不得，稍有不慎，一招之内便会死在陆象杉手上，当下逃也逃不掉，打也打不过。他哪里能料到，当初四个人前来，如今只剩下他一人。

这时已是鼓交三更，只见夜色忽变，一片乌云压过头顶，直将月亮罩得严严实实，众人视线霎时间变得模糊不清。

南玄心下大喜，寻思此刻旁人看不清，正能大展"天眼通"神威。这"天眼通"乃是《六通要旨》传至彼时仅剩的三大神通之一，分为"小天眼"和"大天眼"。"小天眼"以内力打通"丝竹空""承泣""四白""睛明"四处眼周要穴，从而开眼明目，眼力自比旁人要好上许多。"大天眼"实则与眼力无关，却是归纳内气运转路数的法门，高深武学无不以内力辅之催动，而内力运转之法则无不为"大天眼"法门所包，因之修成者一见敌人所使功夫，便能在"大天眼"所归纳的运气法门中一一对应，敌人的罩门、杀招在何处便会尽数暴露无遗，从而"看之即会，用之即佳"。

三年前南玄初到三圣庄，与陆象杉棋盘上比拼招数时，之所以能模仿陆象杉的九渊掌，便是因了此道。但南玄练功心切，走火入魔，加之"大天眼"心法古奥晦涩，他也并未全然领会，只能在形式上模仿对方的招数，威力自不可相提并论。

南玄堪堪使出"小天眼"，忽觉腰间"京门穴"一阵剧痛，他未及防备，当下站立不定，跪倒在地，侧首一瞧，却是南一安发掌攻来。原来旁人瞧不清楚，南一安却身具《六通指玄经》神功，眼力比南玄犹有过之。这一掌力

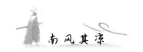

道实在刚猛无俦，他微一运气，便觉肋骨断裂了数根。南玄此刻心中好生懊恼，倘若当初携南一安离开三圣庄时便将他杀了，然后将他尸身置于南、柳二人眼前，二人也必定伤心欲绝，只怪他一心要让南天亲眼见爱子被杀，才能消他心头之恨，如今想来，未免太过托大。

他知此刻后悔也无用，眼下受了重伤，料想今日也难以活命，只闭目待死。

陆象杉见南玄已无反抗之力，抢上前发掌便往他天灵盖拍去，却听南一安喊道："夫子且慢！"

陆象杉一听，内劲立消，单掌悬空，道："怎么？"

南一安道："我爹妈此刻下落不明，倘若他死了，弟子便不知道上哪里才能找到他们，求夫子先将他关押起来吧。"实则南天、柳青青在终南山一事他哪里不知道，刚才虽恨极了南玄，当真有杀之后快的念头，可见南玄重伤倒地，顷刻间便要被陆象杉取了性命，毕竟血浓于水，终是于心不忍。

陆象杉长呼一口气，道："既然如此，便让他再多活几日。"催动九渊指的打穴功夫先点了他"膻中""腰阳关"两处穴道，又连点了他周身十八处要穴，让他丝毫动弹不得，这才放心。

陆象杉回过头对几名弟子道："把他扔进老祖……"一说到陈抟，不禁有些哽咽，徐徐说道："扔进老祖生前闭关的指玄洞中，用铁链绑牢，明日去泽州城购置一个铁笼，将他锁进去，再把洞口封上。"

八名陈抟生前的弟子依言将南玄带去指玄洞。陆象杉快步走到陈抟身旁，向道济望了一眼，似是仍不相信好友已撒手人寰。只见道济摇了摇头，陆象杉长叹一声，闭目不语。

道济缓缓说道："扶老祖进屋。"

众弟子遵命将陈抟小心翼翼抬进卧房，安置在床榻之上，点上蜡烛。道济和陆象杉分坐陈抟左右，南一安站在二人跟前，其后是骆宝颐、雷震川、曲万里、李杏儿等人，直将陈抟卧房里里外外围了个水泄不通。

陆象杉道："跪下。"众弟子纷纷跪倒在地，人人悲痛欲泣，却凝泪不滴。

第十二回　痴男怨女

　　众人凝视陈抟遗骸，见他面容慈和安详，眉目间隐有笑意。想来陈抟自知罪孽深重，今日一死，倒好似解脱了。众弟子将陈抟遗骨抬入房内，小心安放在床上。

　　道济缓缓道："没什么好哭的，这是好事。"

　　各人泪水本已在眼眶滴溜溜打转，听道济忽地开口，突然间"呜呜"之声大作，一发不可收。

　　道济淡淡一笑，道："一安。"南一安听道济唤自己名字，应道："徒儿在。"

　　道济道："这世上许多事，不是你放不下，便能抓得住的。可'放下'倘若真这么容易，又怎能立地成佛？"

　　南一安不明白道济这话和陈抟之死有什么关系，只默默点头。

　　道济又道："一安，你瞧这是什么？"说着右手食指伸出，缓缓指向窗外。

　　南一安猛然忆起自己初到三圣庄时，道济也是如此用手一指，问自己那是什么，自己当时说是手指，他却说是窗外的月亮。如今见道济故伎重施，便道："济公，是月亮。"

　　陆象杉和余人都看得糊里糊涂，不知二人在说些什么。道济站起身，轻轻敲了敲南一安的脑袋，道："错！"

　　南一安更不明白了，第一次说是手指不对，第二次说是月亮仍不对，不知道济玩的什么把戏，觉得好没来由。

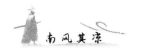

道济道："日后你便知道。"

陆象杉仿佛理会其意，道："你们可知道老祖为何而死？"

曲万里大声道："是被那奸贼害死的，咱们要替老祖报仇！"

陆象杉摇摇头，道："一安，你说呢？"

南一安道："老祖是为求得心安。"

陆象杉道："不全对。"他站起身，望向窗外，道："一个人犯的过错越大，他要偿还的东西便越多。可但凡为人，岂能无过？"他顿了顿，又道："为师要你们记住，三圣庄的门人今后不论犯下什么样的过错，为师都不会责怪。"

他一语甫出，众弟子尽皆面面相觑，年纪偏小的几个甚而忍不住高兴。

陆象杉接着道："但若怯于为此承担后果，那便不配做我陆象杉的学生。"

众人不知陆象杉何出此言，只觉颇有道理，纷纷点头。南一安四下一望，不见林知寒身影，惊觉她已随唐凤下了山去，而山下却是徐存青、刘云等人设下的埋伏，心中暗叫"不好"，只怕徐、刘等人为捉唐凤，将林知寒一并害了。虽说陈抟亡故，后事尚待料理，但他眼下心系林知寒安危，心想："须得尽快下山才好，晚一步知寒恐怕便会遭了毒手。"又想："夫子刚经历一场恶战，不能再教他跟着犯险，我一个人兴许打他们不过，但要将知寒救走，也不是什么难事。"道："夫子，济公，徒儿便要去找寻爹爹妈妈了，你二老多保重，就此别过。"

陆象杉道："你适才说有人设下埋伏，是怎么回事？"

南一安心想："我若说了实话，夫子定然会随我一道下山。"道："是徒儿弄错了原委，教夫子担心了。"

陆象杉冷冷道："便是真有人胆敢犯我三圣庄，也让他有来无回。"

南一安拜了一拜，正待转身，却听一人娇声喝道："南一安，你又要去哪里？"

他听见喊话声，吃了一惊，说话之人正是骆宝颐，自己竟将她给忘了。

当下回过头来，与骆宝颐四目相对，烛火映照之下，她俏脸生光，却又褪去了几分稚气，俨然一个楚楚动人的美貌女郎。凝望之下，只见她眼角边泪迹分明，颇显憔悴，霎时间竟有恍如隔世之感。

他怔怔地盯着骆宝颐，一颗心扑通扑通直跳，恨不得立时冲上前去，将她揽在怀里，可又担心林知寒的安危；既不能当众说出，令三圣庄再次卷进祸事，又不能带上骆宝颐一道下山，让她跟着犯险。一时间心中悲苦交织，不知如何是好。

骆宝颐本对南一安既挂念又恼恨，三年中曾无数次设想过相见的情景，万没料到是今日这般情状。但一见意中人近在咫尺，一切的怨怼便都抛诸脑后，只剩下和眼前人长相厮守的愿望，道："你上哪儿，我便跟你一道上哪儿。"她嘴角瞧不出笑意，眼中泪光点点，却是柔情无限。

南一安本想着骆宝颐责骂自己一番，倒可假装负气独自出走，可没想到骆宝颐非但毫无怨言，反倒更加温柔可人，更令他心如刀绞，痛苦万分。此刻，他似乎明白了当初父母忍痛离自己而去时的心情，纵有千般不舍，也不能为了一己之私让对方跟着受苦。眼下林知寒情况危急，容不得半点耽搁，他只得心一横，道："你别去了，日后我会来找你的。"

骆宝颐一听，便与吃下一只虫子相似，立时转喜为怒，没料到南一安如此不守诺言，寡恩少义。她本自负貌美，三圣庄的众多男弟子对她唯命是从，自己今日当着众人拉下脸面让南一安带她走已是极为难得，却被南一安一口拒绝，当真是从未受过的屈辱，不禁气得身子发颤，玉颊通红，道："好，你走了就再别回来见我！"大叫一声，掩面离去。

道济和陆象杉虽为师长，但对儿女情长之事，也不便干涉，道济道："一安，寻到你爹妈后，写信也罢，回来也好，总得给咱们通个气儿，老祖的丧事，你就别管啦！"

南一安喉头一阵酸楚，忍不住又要哭了出来。自己与陈抟既有同门之义，又有师徒之情，如今不能为他送终，实属不肖。道济是出家人，豁达开明，对此倒也不提，陆象杉却最重礼法，当下一言不发，面色凝重，森然望向自己，刺得他浑身阵阵发麻。

可不知怎的，好似天大的事也比不过林知寒的安危，南一安当即跪倒在地，向陈抟磕了三个响头，转身下山去了。

骆宝颐回到自己房中，已是五更时候，万籁俱寂，只听得窗外的风偶尔卷过树梢，发出窸窸窣窣的响声。她趴在床上，紧紧攥着枕头，过了一会，

终是忍不住哇哇大哭，一边哭一边喊道："死南一安，混蛋南一安！"一会儿又是摔被褥，又是砸花瓶，呛啷呼砰声便似静夜里的惊雷般阵阵传来。

过得一阵，忽见一名女子走了进来，却是李杏儿。李杏儿斜倚在门边，神情甚是得意，尖声道："哟，我说宝颐妹妹，大晚上不睡觉，是哪个不识好歹的小子又惹得你梨花带雨啦？"

骆宝颐愤愤地站起身，往门外一指，怒道："关你什么事？你给我出去！"

李杏儿噗地一笑，道："是为了那姓南的小子吧。"

骆宝颐被她说中心事，不禁又羞又怒，喝道："你少胡说，我……我是伤心老祖……"

李杏儿听她说到陈抟，脸上立显怒容，道："哼，若不是林知寒那贱人，老祖怎么会被人害死！"

骆宝颐不明白李杏儿此话用意，问道："跟林知寒有什么相干？"

李杏儿道："你不知道？我可听说林知寒是她师父派来的奸细，在庄里待了这么些年便是为了加害老祖！"

骆宝颐道："你这话什么意思？"

李杏儿朝她上下打量一番，沉吟片刻道："看来你是真不知道，今日杀害老祖那恶妇，便是林知寒的师父！我听说她师父和老祖以前都是八部会的人，不过有什么深仇大恨我便不知道了。"

李杏儿这番话非同小可，骆宝颐随即想到适才唐凤对林知寒丫头长丫头短地唤着，还带她一道下山，暗想李杏儿此言不虚。她这般想着，更觉林知寒平日里神神秘秘，原来处心积虑想要害死陈抟，一张俏脸霎时间变得紫涨。

李杏儿又道："别怪姐姐多嘴，我瞧南一安那小子，铁定是被林知寒迷得神魂颠倒了，他说去寻他爹妈是假，舍不得离开那小妖精才是真吧！"

骆宝颐听后心头一震，喝道："你胡说什么？"

李杏儿见她神色紧张，更是得意，仰天打了个哈哈，右手轻轻掠过鬓发，夹在耳后，笑道："你也不想想，三年前南一安去了少林寺，自此咱们再未见过林知寒。前些日子我无意听见济公和老祖在谈论他俩的事，说出来你可别急，这两个人可是在少林后山同住了三年呢，要没半点瓜葛，我可不信。"

骆宝颐这时已急得额上冒汗，大喘粗气，她明知李杏儿此番是故意来取笑自己，但又觉她说的话无不在理。论起姿色，林知寒也实不逊于她骆宝颐，倘若当真如李杏儿所说，自己这三年日思夜想之人已成了他人的如意郎君，白白给林知寒做了嫁衣，这天大的亏可如何吃得？心道："好你个南一安，难怪撇下我走了，原来是去会林知寒那小妖精！我饶不了你俩！"当即便要冲将出去。

李杏儿双手一横，将骆宝颐拦住，道："人都走了，你上哪里去找？老祖七日后下葬，你要做这不肖弟子吗？"

骆宝颐被她问住，半晌说不出话，心想："骆宝颐，你可不能教别人看了笑话，她来取笑你，你偏不能让她得逞。"深吸一口气，脸上怒色全无，回嗔作喜道："谁说我要去找他？那小子哪里配得上我？又哪里及得上李师哥？哼，待老祖丧礼过后，我便下山去寻李师哥。"

李杏儿听得气血翻涌，原来她一直对李博渊爱慕有加，那李博渊玉树临风，除武功修为得陆象杉真传外，各门功课俱是出类拔萃，她一个花季少女，如何抵挡得住这般才貌双全的少年郎？可李博渊眼里心里却只有一个骆宝颐，她心里妒忌得不得了，今日好容易逮到机会，便要嘲讽骆宝颐一番，不料倒被骆宝颐反唇相讥，揭了自己的伤疤，不禁大是恼怒，道："骆宝颐，你个狐狸精！南一安定是瞧出了你的真面目，这才和林知寒好上了！"

骆宝颐气急败坏，翻手就是一记耳光，啪的一下打在李杏儿脸上，霎时间五道鲜红的指印凸起。这一巴掌下去两人都是一愣，那李杏儿也非善类，如何能受这般屈辱？怒道："你这贱人，竟敢打我？"一脚踢在骆宝颐小腹上，直将骆宝颐踹倒在地，接着又骑在骆宝颐身上，双手掐住她脖子，喝道："我今日非杀了你不可！"

骆宝颐被制住要害，立觉呼吸受阻，脸涨得通红，无论如何用劲也挣脱不开。情急之下，伸手取下头上发簪，狠狠扎进了李杏儿"太阳穴"中，登时鲜血狂喷。李杏儿被这一扎，已没了半点知觉，但手上劲力却未松散，仍将骆宝颐脖子紧紧扼住，却是倒也倒不下去。

骆宝颐这时还未缓过劲儿来，又用尽浑身解数才将李杏儿的手松开，坐起身大口喘气，咳嗽不止。一见李杏儿瘫倒在血泊之中，吓得面色惨白，左手颤颤巍巍地伸到李杏儿人中处，探了探鼻息，却哪里还有命在？她急忙将

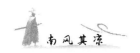

手缩回，险些"啊"的一声大叫出来，当下紧捂双唇，深恐被人发觉。她知自己今日铸成大错，倘若留在三圣庄，以陆象杉的脾气非将自己杀了偿命不可，当下也不敢久留，跟跟跄跄往山下跑去。

一路奔到半山腰，黑夜里瞧不清道路，心里害怕极了，只顾往前跑，却又不知道去哪里。猛然间脚下似是被什么软绵绵的物事绊到，扑通一下摔出丈许。她趴在地上，满脸是泥，侧眼一瞧，竟见左首边两尺处有一张满是鲜血的脸，直勾勾盯着自己，狰狞可怖至极，霎时吓得魂飞天外。那人本也是趴在地上，此刻蓦地伸出右手，紧紧抓住骆宝颐小臂，说道："知寒，别回终南山！"就这么一句反复说了不知多少遍，骆宝颐直惧得面无人色，连呼救命，一时急火攻心，进而晕了过去。

也不知过了多久，她迷迷糊糊将要醒来，登时惊惶不已，大喊道："鬼，鬼，你饶了我！我不是故意的！"

这时却觉有人轻轻摇着她的肩膀，还不住喊着她的名字："宝颐，别怕，快醒醒！"

骆宝颐被那人摇醒，依稀瞧见一旁坐着一个清瘦男子，急忙将那名男子紧紧抱住，一边哭泣一边大喊："一安，一安，你别丢下我了！"

那男子一怔，用手轻拍骆宝颐背脊，柔声道："宝颐，我不会丢下你的。"

骆宝颐听那男子说完，立时止哭不语，赶忙松开双手，往后挪了一些，仔细一瞧，才知这男子哪里是南一安，分明是李博渊。

他见骆宝颐又警惕又害怕，不禁好生失落，心下却又担忧，道："宝颐，你这是怎么了？你别吓我。"

骆宝颐怔怔地盯着李博渊，缩在床榻角落里哆嗦不止。李博渊急道："宝颐，你瞧仔细，我是李师哥呀！你怎么了？"

过了半晌，骆宝颐才稍稍平静下来，她上下打量着眼前这男子，面容清瘦，下巴尖削，确是李博渊不假。环顾屋内，但见自己身处一间再寻常不过的农舍，屋里除一张破旧的床榻，一张四四方方的木桌，两把竹椅和一个水缸外，别无他物。

李博渊道："宝颐，你怎么不在庄里，却躺在一堆死人中间，这到底是怎么一回事？"

骆宝颐起初还道是自己误杀了李杏儿，李杏儿化作厉鬼来向自己索命，听李博渊这一说，才稍稍安心。随即又感奇怪：聚寿山的山腰上怎有一堆死人？那满脸是血的人瞧不清容貌，却说什么"知寒必回终南山"，又是什么意思？其实是她自己惊惶之下听岔了，那人说的是"知寒，别回终南山"，她却听作"知寒必回终南山"。她心里反复琢磨，忽地一凛，心想："是了，想必那说话之人是林知寒的师父，难不成她们逃走后又遇到什么事？不过林知寒若是没死，也应当是照她师父的话去了终南山，那一安……一安也去了终南山吗？"

这时骆宝颐神情平和了许多，道："李师哥，你说我在死人堆里？你瞧见知寒了吗？"

李博渊道："没瞧见，地上横七竖八十余具尸首，我瞧那模样，都是些江湖门派中人，不知他们怎会死在聚寿山上。"又道："啊，是了，我只顾照看你，还没把这事告诉师父们，事有蹊跷，须得让他们晓得。"

骆宝颐心中暗凛："可千万不能让李师哥离开，要是师父们知道我在这里，定会将我捉回去。"她知李博渊平日对她唯命是从，当下只要诓他几句便好，道："李师哥，我身子不舒服，怕得要命，你且留下来陪我吧。"

李博渊大喜，当即便应了下来。骆宝颐又道："是了，你怎的又回庄里来了？"

李博渊脸颊霎时通红，他本就生得白净，这一下像是吃醉酒一般，道："我……

我想着离庄也一年了，回来看望看望师父们，也……也看看你……"他情知自己此刻神情忸怩，很是难看，便即岔开话题道："你还没告诉我你怎么会睡在半山腰上？那些死人又是怎么回事？"

骆宝颐心念电转，随即哄他道："夫子知道知寒在终南山，让我去寻她回来，谁知在半山腰遇见一堆尸首，我也不知道是怎么回事，当时便把我吓晕了，好在你来了。"她自然不能说明实情，倘若将昨晚陈抟已故之事告诉李博渊，李博渊向来尊师重道，知道实情后立时抛下自己回三圣庄也说不定。未等李博渊开口，又道："我睡了多久？这又是在哪儿？"

李博渊道："咱们还在聚寿山上，这是王大哥家，他现下出去打猎了。我

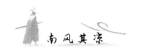

把你背到这里后，你已睡了一个时辰，我本想将你带回庄里，可你也知道规矩，离庄后的弟子未事先通报，是不能擅自回庄的，我便想让你先睡一会儿，待你醒来咱们再一道回去。"其实哪里如他所说，他这般做不过是想同骆宝颐单独相处一会儿罢了，可他性格腼腆，这种话无论如何也说不出口。当下起身在水缸里取了一瓢清水，坐回骆宝颐身旁服侍她喝下。

骆宝颐暗暗心惊，还好李博渊没将自己带回三圣庄，要不然可得吃不了兜着走。她心中默默估算，自己离庄时约莫是卯时，李博渊见到自己时定是大白天了，自己一会儿千万不能说漏嘴，让他知道自己大半夜离庄，定然又会起疑。便道："我早上离庄，想必现在已经午后了吧？"

李博渊点点头，道："不错。你说夫子让你去终南山寻林师妹，这又是怎么回事？说来也奇，那日南一安被他二叔带走之后，咱们便再也没瞧见林师妹了，他们是一道走的吗？"

骆宝颐听李博渊这么一说，想到南一安为了林知寒抛下自己，心中气恼不休，道："不错，那丫头招呼也不打便跟南一安走了，你也知道南一安身世不干净，师父们担心出事，几番打探才知林师妹在终南山，便让我去劝她回来。"

李博渊知道骆、林二人平日关系要好，陆象杉等人让她去也是情理之中，可骆宝颐不会武功，这么远的路程，陆夫子怎会让她一个人去？便又问道："宝颐，你是一个人出来的吗？"

骆宝颐一听，已明其意，心卜寻思片刻，道："是了，大子让曲师哥和雷师哥陪我一道下山，但先前我们瞧见那一堆尸首都吓坏了，你没见着他们吗？那堆尸首中没咱们认识的人吗？"

李博渊道："起初我只道是庄里出了变故，便仔细查察，确无咱们认识的人，你且放心，不过曲师弟和雷师弟也未曾瞧见。"

骆宝颐刚才这么问，一来是为打消李博渊的疑虑，二来也是担心那堆尸首中有一具是南一安，听李博渊这般说才放下心来。

这时她突然想起用发簪误杀了李杏儿，走得惊慌竟忘了将那凶器带走，三圣庄很快便会知道自己杀了李杏儿逃跑，眼下一刻也不敢耽搁，道："兴许是江湖门派斗殴，跟咱们也没什么关系吧。曲师哥和雷师哥说不定回庄里去了，你来了岂不更好，咱们还是赶快去终南山寻林师妹要紧。"

李博渊听骆宝颐说"咱们"，意思是让自己同她一道去终南山，心中不由得欢喜，他巴不得能和骆宝颐独处一阵子，便连那句"还是回庄跟师父们报个信"也硬生生吞进了肚里。

这李博渊之父乃是杭州路豪绅，早年便与陆象杉有交情，他自幼崇尚武艺，加之父母溺爱，便依了他的性子，将他送到三圣庄。李博渊道："泽州城天香楼的老板是我爹爹的好朋友，咱们且去那里借两匹良驹，五日内当能赶到终南山。"二人言定，便径直往泽州城去。

到得天香楼，李博渊道："咱们还是先填饱肚子再走也不迟。"当下问跑堂要了四色酒菜。

这时忽听得上首桌上一人说道："徐兄，没料到三圣庄以'圣'自居，竟自甘与八部会勾结，行事恁般狠毒，这次你我险些丢了性命，只可惜公良掌门……唉……"

说着拿起酒杯，将杯中酒缓缓送进嘴里。

一旁那人听后，右掌啪的一下拍在桌上，怒道："此次咱们三派联手，那恶妇虽然死了，却让南玄那厮逃走，还折了这么多弟兄，那陈抟自恃武功了得，欺人太甚。此仇不报，有何面目行走江湖？"这二人虽已换过衣服，但隐隐能瞧见身上的伤痕血迹，正是徐存青和刘云。

骆宝颐与李博渊都不认识二人，都是一怔。李博渊听二人出言辱及师门，正欲上前理论，骆宝颐忙将他拉住，使了个眼色，示意他不可轻举妄动。

刘云沉吟片刻道："单凭咱们两派敌不过那大天尊者，还得将此事告知少林派，公良掌门死于三圣庄之手，想必华山派也不会善罢甘休。"

徐存青端起酒壶一饮而尽，道："可公良止宇既然死了，他们华山派还有谁堪大任？"

刘云一捻胡须，双眼眯成一条线，道："徐兄想必忘了，公良止宇这掌门之位本就是华山双侠让给他的，倘若华山派知道他们掌门人死得这般冤屈，华山双侠怎会不出山主持公道？"

徐存青大喜，道："不错，不错。华山双侠当年何等威风，咱们青城、昆仑、少林三派加上那两位高人，当能和他三圣庄斗上一斗。"

刘云道："事不宜迟，咱们分头行事，徐兄去华山通知华山二老，我去通

知少林派的大和尚们。"

二人说着便已动身，李博渊正待上前质问，却被骆宝颐拦住，道："李师哥！别去，咱们还是快些吃了去寻林师妹吧！"

李博渊见骆宝颐眼中泪光流转，神情似是在哀求自己，心下起疑，道："宝颐，你跟我说实话，你是不是早就知道是怎么回事了？"

骆宝颐低头不语，李博渊作状要冲将出去，骆宝颐一见之下，猛地拿起一根筷子，将细端抵住自己咽喉，道："你不听我的，我就死给你看。"

李博渊大惊失色，深恐骆宝颐当真以死相要挟，便也不敢再为难她，道："好了，好了，那咱们现下先回去将此事禀报师父们。"

骆宝颐摇摇头，苦笑道："你若想我死，那便去吧。"

李博渊情知此事必有蹊跷，便即带骆宝颐上了二楼客房，关上房门，道："宝颐，你得告诉我到底出了什么事。你若有什么难处，就是要我李博渊为你去死，我也绝无二话。"

骆宝颐见李博渊说得恳切，不禁心中一阵酸楚，心想："要是一安有你待我一半的用心，那该多好。"

李博渊见她半晌不语，心急如焚，道："宝颐！你赶紧说啊！"

骆宝颐见他一直逼问自己，想到昨晚至今陆续发生了这么多事，先是陈拵被杀，南一安撇下自己离开，自己又误杀了李杏儿，一时间情难自已，大哭了出来，一边啜泣一边道："那一堆死人里有一个是林知寒的师父，她师父和一安的二叔昨晚来庄里，竟要杀老祖他们，我……我害怕极了……"

李博渊听得心惊胆战。他自幼习武，那是兴致使然，绝非为了行走江湖，以他这般殷实的家底，下辈子也不愁吃穿，他从小养尊处优，却哪里遇过这等骇人听闻之事。蓦地站立不稳，竟坐倒在地，冷汗涔涔而下。

二人呆了半晌，李博渊才缓缓道："宝颐，你是逃命出来的吗？"

骆宝颐听他这么一说，正巧给自己圆了谎话，"嗯"了一声，将昨晚唐凤、南玄等人与陆象杉、南一安恶斗之事添油加醋说了一番，唯独对昨晚林知寒的出现和她自己误杀李杏儿这两件事绝口不提。

李博渊长叹一声，道："这么说，那些人都是老祖所杀了？"

其实骆宝颐根本不认识那些江湖门派中人，也不知道徐存青为什么说是陈抟杀了华山派掌门，但她此刻只想着如何尽快逃离三圣庄，便也未再深究，道："兴许是吧，你要回去便回去吧，我不拦你，我即刻就走。"说着便往门外走去。

李博渊虽然担心徐存青等人寻衅滋事，但对他而言，天大的事也比不上骆宝颐的一颦一笑，眼见骆宝颐生气要离开，只道是骆宝颐胆小怕事，心想她是女孩子，这也实属寻常，却不知道骆宝颐慌着要走的真正原因是怕陆象杉追究自己误杀李杏儿之事，忙道："宝颐，你一个人走我怎么放心，让我陪着你吧。"

骆宝颐心中暗喜，道："真的吗？你不回去了？"

李博渊点点头，道："夫子和老祖神通广大，定能化险为夷。"他见骆宝颐脸带笑意，登时握住她双手，道："宝颐，这么些年你明白我对你的心意吗？我……"

话未说完，骆宝颐已将手挣脱，转过身背对着他，道："李师哥，我明白，只是眼下发生那么多事，我实在……"

只听啪的一声响，李博渊竟狠狠给了自己一记耳光，道："是啊是啊，是我不好，这种时候怎么能跟你说这些。"骆宝颐大惊，回过头来，道："李师哥，你别这样，你良心好，又有本事，世上的好姑娘都会喜欢你的。"

李博渊道："可我……可我心里始终只装得下一个你……"他见骆宝颐不答，情知自己太过唐突，唯恐吓坏了她，沉吟了片刻，续道："那你说夫子让你去寻林师妹，是确有此事吗？"

骆宝颐道："这怎会有假？你不信我吗？"

李博渊又觉失言，急道："不不，我怎么会不信你，那咱们赶紧出发吧！"

他下得楼去，问天香楼老板借来两匹骏马，仆役将二马牵来，但见那两匹骏马果然身高膘肥，鬃毛闪闪发亮，双眸炯炯有神，显得神气非凡，当真是万里选一的良驹。

二人谢过那仆役，向天香楼老板辞了行，便即纵马一路向终南山驰去。

两匹骏马奔行如飞，路旁景物从眼前一闪即逝，行了五日，便到得终南山。

终南山地处秦岭山脉中段，横跨蓝田、周至，雄踞长安，地形险阻，道路崎岖。二人上山这日，正逢天降大雨，山路更是泥泞，所乘之马虽是一日千里的神驹，但往昔多在平原奔驰，上这山路还是头一遭。

　　骆宝颐所骑马匹奔到一弯泥浆飞走的山道拐角处时，竟失了前蹄，但听忽律律一声嘶鸣，险些连人带马滚落山崖，好在李博渊反应及时，一把将骆宝颐拉了过来，才捡回一条性命。

　　李博渊见她没了脚力，本想让她与自己同乘一匹，可二人乘一马举止又太过亲密，难避瓜田李下之嫌，只怕骆宝颐不自在，索性便也放走了自己的马，二人一道徒步上山。

　　说来也巧，二人若是乘马飞奔，当是灭景追风，自然瞧不见道旁景色，偏生此番徒步上山，脚力慢了许多，过了一个山坳，恰见一处偌大的洼地，正是仰天池的所在。

　　那仰天池南北最远端相距约莫二十来丈，东西最远端相距约莫四十来丈，池陂蜿蜒曲折，池面烟水蒙蒙，北首陆地上有一大一小两处屋舍，二人隔着霏霏雾雨，竟瞧见那屋舍外横七竖八躺着不知多少具尸首。

　　骆宝颐登时心头一紧："莫不是那些江湖中人追杀一安他们到了这里？一安还好吗？"当下也不顾李博渊，兀自顺着斜坡下去，一路奔到那两处屋舍外，李博渊紧随其后。

　　二人仔细查探屋舍外的尸骸，见确无一具是南一安，骆宝颐才稍稍安心。这数十具男尸身上并无刀剑创伤，但周身多有灼伤痕迹，却又不似被活活烧死，总之伤处之奇，当真匪夷所思。

　　二人再加细看，只见这些人都身着一色的黑袍，前胸都有一块人面鸟身的异兽图案，那异兽面目凶恶，嘴如鹰喙，周身金光熠熠，赤色双翅朝两旁展开，凛凛有威。

　　李博渊道："我瞧这怪鸟的模样，倒像是济公曾说的古天竺传说中的巨型神鸟，名唤迦楼罗。"

　　骆宝颐惊道："这迦楼罗可是佛教'天龙八部'中的一尊？"

　　李博渊点点头，道："不错，你也知道？"

　　骆宝颐道："这么说这些人都是一安二叔的部下了，我曾听一安言道，他二叔在八部会中便是迦楼罗尊者。"

　　李博渊叹了口气，喃喃道："宝颐，你不肯告诉我我也知道，你这次下山定是找南师弟来的。"

骆宝颐低头不语，这时忽听得吱呀一声，那间稍大的屋舍的门突然被推开，里面缓缓走出一人，眼中隐含泪光，面容憔悴不堪，神情失落无已。

骆宝颐一见那人，又惊又喜，正是南一安，但她心中恼怒南一安两次抛下自己，此刻心中欢喜无限，却仍是不露形色。

南一安双眉紧锁，缓步走出，似是心中思绪繁杂，竟没察觉骆宝颐和李博渊此刻就在离自己不到两丈远处。

李博渊斜眼道："南一安，你好。"

南一安却好似对李博渊的话听而不闻，对二人视而不见，既无表情，也不说话，只是呆呆出神。

骆宝颐本想着让南一安来安慰自己一番，自己也好就坡下驴，岂料南一安见着自己竟毫无表示，不禁又气又伤心。

李博渊见骆宝颐神情，知她心中不快，登时大怒，喝道："南一安，宝颐这么远来寻你，你连招呼都不打，你以为你是谁？"说着跨步上前，一脚狠狠踢在南一安小腹之上，这一下与其说是替骆宝颐出气，倒不如说是他自己心中妒忌南一安。

谁知南一安此时体内《洗髓经》和《六通指玄经》两大内力已有了相当火候，以李博渊修为，这一脚非但没能伤到他，反而被他内力反扑，李博渊立时被弹了出去，摔在地上。

南一安这时才回过神，见到骆宝颐和李博渊也是一惊，道："宝颐，你怎么会在这儿？"

骆宝颐正欲斥骂南一安一番，却见李博渊一个"鲤鱼打挺"站了起来，脸颊紫涨，大气呼喘，拔剑便要向南一安刺去，骆宝颐忙道："李师哥，你做什么？"

李博渊适才一脚不知怎的被弹了回来，他哪知南一安此刻功夫已远胜于他。他二十出头的年纪，本就血气方刚，不论在家中或是在三圣庄都是受尽赞许，当下气往上冲，怎能饶得了南一安？

只见寒光闪动，李博渊挺剑往他左肩疾刺。南一安不明缘由，但见李博渊这招来得既快且狠，只得招架，当即向右一闪，跟着发掌如风，拍向李博渊右手手腕，李博渊右臂微沉，长剑横削南一安腰间。

　　他内力虽不及南一安雄浑，但这路九渊剑法已苦练数年，单论剑术上的造诣，已实属不凡。待南一安纵身跃起，避开剑锋，跟着刷刷刷刷连刺四剑，每一剑都直攻南一安要害。

　　骆宝颐不懂武功，不知高手过招有无兵刃差距已是微乎其微，她只见李博渊有剑在手，担心刀剑无眼伤了南一安，登时吓得心胆俱裂，忙道："快住手！别打了！"

　　李博渊见南一安接连躲过自己攻势，只觉面上无光，恼羞成怒，攻得更是凌厉。南一安怒道："李博渊，你这疯狗怎的到处咬人？"他一边说话，手上攻势却丝毫未见放缓，十招之后，已瞧出这九渊剑法的破绽所在。待李博渊一招"荡寇鏖兵"使将出来，南一安左掌斜劈向他右手小臂，李博渊只觉右半身一阵酸麻，长剑已被南一安夺取。

　　这九渊剑法本是陆象杉一门极厉害的功夫，可但凡有招式，便有破解之法。李博渊修为尚浅，放大了剑招中的破绽，才被南一安轻巧反制。若是陆象杉亲自使出，威力自然大不相同，南一安尚未瞧清楚便已被制伏了。

　　南一安手握剑柄，剑尖朝地，倏地一掷，但见三尺长的剑身已没入土中，只有巴掌长的剑柄还留在外面。

　　李博渊三年不见南一安，未料到他此时功夫如此了得，心中又是妒忌又是愤慨，道："好小子，长进了，三圣庄待你不薄，没想到你是个忘恩负义之人！"

　　南一安道："我敬重你叫你一声师哥，你可别不识好歹。"

　　李博渊冷笑道："我不识好歹？你问问宝颐，是谁不识好歹？"

　　骆宝颐心知肚明，她起初对李博渊有所隐瞒，如今这二人对峙，自己必定露馅，登时无地自容，低头不语。

　　李博渊道："宝颐，你别怕，今日有我在，这魔头伤不得你。"

　　南一安不知骆宝颐对李博渊隐瞒了实情，忽地心念电转，以为李博渊知道了陈抟死讯，又知道自己未能替陈抟送终，这才埋怨自己，心中霎时间甚感惭愧，道："李师哥，我未能送老祖最后一程，是我的不是，但我有我的苦衷，老祖是得道之人，他老人家九泉之下当能明白我的难处。"

　　他这话乃是发自真心，说得极为诚恳，但骆宝颐此前只对李博渊说八部会找上门来，与三圣庄展开一场恶斗，却对陈抟之死只字未提，李博渊却又哪里知道实情。南一安这番恳切的言辞在他耳中却尽成了对陈抟的诅咒和讥刺，他一时间火冒三丈，怒道："混账东西，满口胡言！"

当下不由分说，已发掌向南一安攻来。他此时怒气勃发，掌力更显猛恶，但却更是笨拙，一招一式怎能逃得出南一安的"天眼通"？

南一安自忖即便有苦衷，可身为弟子未能尽孝却也是不争的事实。他见李博渊这般无礼，又破绽百出，却始终未对他下重手，只求化解攻势自保。

骆宝颐在一旁越看越是焦急，她此时只要道出实情，便能令双发罢斗，可她不知道自己说出真相后，南一安是否会认为自己是个心肠狠毒的女人。一时间，挣扎、矛盾、痛苦、胆怯便似一块块生铁放进熔炉般，化成滚烫的铁水，交织融汇在一起，不断灼烧她的内心。

半晌后她终于下定决心，与其让南一安心中留下一个不完美的自己，倒不如将最完美的自己留在他心里，然后永远离开他。还未开口，她已觉鼻中酸楚，喉头哽咽，道："李师哥，咱们走吧，我再也不要看见他，你带我有多远走多远！"说着上前便要拉住李博渊袖袍。

李博渊听骆宝颐这么一说，心中蓦地转怒为喜，向后跃开几步，来到骆宝颐身旁，道："宝颐，你……你说……"

骆宝颐道："咱们走吧，我不想再看见这个人。"

李博渊忙道："好，好！你随我一道回杭州路吧！"

南一安抢上前道："宝颐，知寒……她师父死了，你有瞧见她吗？"

骆宝颐听南一安此刻对自己适才的话非但没有伤心，见自己要走也未阻拦，张口却问及林知寒之事，霎时间万念俱灰，苦笑道："南一安，咱们都错了，也许我喜爱的还是那个断崖斋下的你，那个为了让我洗清冤屈不惜用碎石划伤自己手臂的你，那个说要带我去西域的你，可是……可是三年可以改变一个人，那个你，早已经不在了……"

南一安此刻不明白骆宝颐言下之意，只道她也是恼怒自己未能留在三圣庄尽孝，心中大感自责。但念及漂泊无依、生死未卜的林知寒，和找遍整个终南山也未见到的父母，再看看手中那半瓶当日欲送给少林方丈法戒的桑枝续筋散，一时心中千思万绪。终南山烟雨朦胧，云雾缭绕，再一抬头，却见骆宝颐与李博渊已走得远了。

第十三回　旧恨新怨

南一安手握那半瓶桑枝续筋散细细端详，这是道济禅师的独门接骨秘方，除道济本人外，世上再无第二人能够配制，而手中剩下的半瓶多半便是当日道济离开少林寺时赠予法戒方丈的。法戒当时又让南一安将一本《楞伽经》回赠给道济，只因他回三圣庄后突发诸多变故，转交经书这事竟忘得一干二净，直到刚才在那间屋舍内发现这半瓶桑枝续筋散才回想起来。

他那日匆匆离开三圣庄去寻林知寒，到得半山腰却见唐凤和其余门派众人已死伤殆尽，显然自己错过了一场厮杀，但尸首中却未瞧见林知寒，于是便来到终南山，可林知寒仍未出现。

他之前在天香楼听徐存青说，南天夫妇被唐凤带到了终南山，但这里除南玄部下的尸首外别无他人，却意外拾到了这瓶桑枝续筋散，霎时间心中千头万绪，心想："莫非是少林派的人来过这里，杀光了二叔的部下，又带走了爹妈吗？眼下只能这般解释了，否则这里怎会有这半瓶桑枝续筋散？看来唯有再上少林一趟。"

南一安瞧着地上这些尸首，大半都是他年幼时便认识的人。南玄虽然作恶多端，但这些为他卖命的人却并非都是大奸大恶，如今暴毙异乡，他心中顿生不忍，便打算就地挖一个大坑，将这些人全都埋了，直忙到亥末子初，方才将最后一抔黄土掩上。

他自修习《洗髓经》和《六通指玄经》以来，内力愈发浑厚，接连忙了两三个时辰，竟未觉疲累。只是现下天色已晚，要想赶路尚需等到天明。当下躺在地上，和衣偃卧。山中夏夜格外凉爽，唯见繁星满布。他凝望着夜空出神，心中思念父母，少室山一别已逾三年，不知二人现下如何，喃喃道："爹，妈，你们在哪？孩儿好想你们。"想着他一家三口的坎坷遭遇，心中更是波澜起伏，不禁流下泪来，忽地心念一动："二叔变成如今的模样，是因为他喜欢我妈妈，我妈妈却喜欢我爹，后来他又喜欢何姑姑，可何姑姑同样也喜欢我爹，喜欢一个人，真的会让自己性情大变吗？"

十七岁的他哪里明白爱情到底是什么，是后山凉亭的一见倾心？还是断崖斋下的斜阳掩映？抑或是那些义无反顾，那些离愁别情？想着想着，便已和着晚风蝉鸣，鼾声大作。

正是："风不定，人初静，明日落红应满径。"

翌日清晨，一道刺眼的阳光穿透云层，映照在南一安脸颊上，他缓缓睁开双眼，诧异自己竟在这仰天池边睡了整整一宿。雨过天晴的终南山，不禁让人心旷神怡，洼地四周树林苍翠，枝头啼鸟鸣唱不绝，本是个十分清幽的所在，但他此刻却无暇赏玩风景，去到仰天池畔匆匆洗了把脸，便要往河南少室山去了。

他施展轻功一路往山下狂奔。下山后往东行了大半日，便来到一处村落，村口有一块八尺见方的石碑，上面拓着"莫家村"三个篆体字。

此刻已是未时，南一安腹中饥饿，进得村后四下张望，不知怎的，不到黄昏，道上便已无人影，遥见村东有一面泛黄的酒幌子随风摆动，依稀瞧见上面歪歪扭扭写着"张家老店"四个大字。进得店后，管伙计要了两个腊汁肉夹馍，一碗羊肉汤，兀自大口嚼咽。

正吃着，忽听那伙计道："客官，瞧你不似本地人呐？"

南一安抹抹嘴边油渍，道："那又怎的？"

那伙计将一块黑漆漆的抹布往肩上一搭，搓手赔笑道："小的没别的意思，只是村里近些日子不太平，客官走路可得留些神儿。"

南一安奇道："你且说说，怎么个不太平法？"

那伙计听南一安这一问，神情登时紧张起来，四下瞧了一遍，凑到南一安耳边低声道："村里最近邪乎，闹鬼呢！"

南一安更是好奇，道："哦？是个什么鬼？"

那伙计又向左右张望了一番，道："我可跟你说，这鬼啊……"

话未说完，只听外面忽地嘈杂起来，一人喊道："熊子！熊子找到啦！快去叫莫二哥！"

那伙计闻声大惊，"啊哟"一声叫了出来，转身便往外跑去，南一安也跟着出去。但见一个大汉将一人抱在怀中，一边大喘粗气，一边往村西疾奔。

南一安问那伙计道："小哥，出什么事了？"

那伙计一拍大腿，叹道："唉，正说着，又死一个，这是第三个了。"

南一安追问道："你快说说，到底是怎么一回事？"

那伙计摇摇头，道："与你说说也无妨，知道了便早些离开，我也得关门了。"

他一面扳着手指，低声道："我算算，是五天前吧，村里张大哥和李铁匠家的儿子，没来由地失踪了，后来一个在村北祖坟边的灌木丛里找到了尸首，便似被吸干了血一般，皮包骨头，浑身蜡黄，眼圈发黑，一个又在莫家村东去四里的山洞外找到了，周身腐烂不堪，流着淡黄色的脓水，还发出阵阵恶臭，死状真是可怕，你说吓人不吓人？"

南一安急道："有这等奇事？"正欲拔腿往西奔去，却被那伙计一把拉住，道："你一个外乡人，吃了东西赶紧上路吧，别去凑热闹，钱我也不收你的，明早我也得走了，这地方邪性，我是待不下去了。"

南一安心想："眼下还得去少林寺探寻爹妈的下落，多一事不如少一事，还是尽快走吧。"当下谢过那伙计，一边走一边想着少林寺，便忆起法戒的大慈大悲，以德报怨，寻思："若是法戒方丈遇上这事，他会管吗？是了，他是大德高僧，当然会管的，可我就是个小魔头，自家的事都管不好，又去管这闲事做甚？"

又行了几步，忽听村西头传来阵阵哭嚎之声，那哭嚎声出自一个女人，声音凄凉悲怆，南一安听在耳里，只觉傍晚的熏风已变得刺人肌骨，昏黄的天空愈发低沉，心中顿觉不忍，又想："我若是不管，那便真是他们口中的小魔头了。"当即折回，向那哭嚎声传来处奔去。

到得那声音出处，只见四下已围满了人，俱是这莫家村的村民，个个面上既惧且悲，被围在中间的是一对中年夫妇和一个十岁上下、不知是死是活的孩子。说是十岁上下，只是瞧他的身板，因他面容似一块骷髅，皮肤皱皱，沟壑满布，已分辨不清年龄。

那农妇将他抱在怀中，瘫坐在地上号啕大哭，伤心欲绝，一旁的汉子直直盯着那孩子，嘴中喃喃道："儿啊……儿啊……"已然哭不出声。

适才那大汉怀抱之人便是这孩子，眼前这名汉子便是他爹莫二哥，那妇人便是他娘亲莫二嫂。

南一安走上前去，仔细一瞧，见那孩子性命垂危，但仍有些微呼吸，只是脉象微弱，以致人人均以为他死了。

南一安的"天眼通"不知不觉间已起了效用，当下察觉迹象，道："两位，他还没有死，让我设法救救他吧。"

莫二嫂听了半信半疑，眼巴巴望着南一安，道："你说……你说我家熊子没死？"

南一安点点头，道："不过我也不知道能不能让他醒过来，只能试试看。"

莫氏夫妇当即跪倒在地，连连磕头道："小兄弟，求你救救我儿子，求你救救我儿子！"

南一安赶忙相扶，道："快把他抬进屋里，你们全都在外面候着，我不出来你们谁也别进来。"

众人忙道："快，快抬进去！"依言将熊子小心翼翼地放在床上，跟着关上门去了屋外。

莫二嫂仍在房门外喊道："恩人，求你一定救救我家熊子！"紧接着便听见屋外砰砰砰的响声，想是夫妻俩又磕了几个响头。

南一安盘腿坐在熊子身旁，右掌放在熊子胸口"膻中穴"上，将真气源源不断输入熊子体内。过了一盏茶时辰，但见熊子惨白的脸颊上已渐渐有了血色，他心下大喜，寻思："再过得一会儿，这小兄弟当能醒过来了。"

于是又提一口真气，依照刚才的法子为熊子接续，不料眼看着熊子渐转红润的脸，不知怎的又变为惨白。南一安大为不解，如此试了三次，不论他灌注多少真气，进到熊子体内便似石沉大海般没了半点踪迹。心想："按理应该醒了，怎的会有这等怪事？难不成当真有鬼？"正琢磨着，忽见熊子眉间"印堂穴"竟有一处针眼大小的伤口，他凑近仔细一瞧，那伤口周围还散发着

淡淡的淤青，只因这处伤口实在太不起眼，旁人自然瞧不见，但他身怀"天眼通"，要瞧见却是不难。又想："莫非是中了剧毒的暗器吗？须得瞧瞧其余受害者。"

当下便出了房门，莫氏夫妇立时上前来，莫二哥拉住南一安胳膊，急道："小兄弟，我儿子怎么样了？"

南一安摇摇头，道："对不住，我再想想别的法子。"

莫二嫂一听便晕了过去，莫二哥忙将她扶住，朝着南一安大声喊道："你……你到底是谁？你这不存心捣乱吗？我儿子……我儿子死了，你非说他没死，你……你到底要干什么？你这不瞎折腾吗……"他语无伦次，眉宇间怒气大甚。

南一安见他责怪自己，心中又是委屈又是气恼，心想："我好心帮你，你反倒怪我？真是岂有此理。"但随即想到父母，寻思："可怜天下父母心，换作是我爹妈，唉……"想到此处，这反驳的话却如何也说不出口了，柔声道："大哥莫急，其余受害者的尸首还在吗？带我去瞧瞧，说不定还有别的法子。"

莫二哥仍是不依不饶，道："你还想怎的？唉，我也不怨你，你帮不了咱们，快走吧，走得越远越好。"

身后的村民也跟着附和，一时间嘈杂声大作，七嘴八舌道："是啊，小兄弟，村里闹鬼，你又不是道士，帮不了咱们的。""趁天还没全黑，早早上路吧。""唉，咱们还是赶紧回家把孩子看好。"

南一安道："大家听我一言，我瞧并没有什么鬼，倒像是中了毒。"

众人纷纷询问："中毒？中什么毒？"突听一个小女孩道："妈妈，大哥哥说没有鬼，真的吗？"身旁一个少妇忙将她抱在身上，厉色道："别说话，小孩子知道啥！"

南一安道："烦请各位带我去瞧瞧其余的受害者，自能见分晓。"

众人半信半疑，不过听了南一安这番话，心中多少松了口气。好在丧事未完，那张大哥和李铁匠家中的小孩这时还未下葬。众人将南一安领到他二人家中，分别仔细查看。果不出南一安所料，那两具尸骸的"印堂穴"上都有一处针孔大小的外伤，心想："不知是什么人用这等狠毒的暗器伤害这些无辜村民？是了，刚才我将真气输入熊子体内，那毒性却将我的内力吞噬，想必这毒药是用来对付习武之人，专吸人的内力，这些村民手无缚鸡之力，中了这毒自然没命。"

南一安道："受害者确是中了一种毒，各位近些时日可曾招惹过什么人吗？"

一人道："这可说不准，方圆三十里只这一处落脚地，来来往往的人多了，保不齐谁招惹了什么人。"

又一人道："王老汉，你说的是什么话？咱们村里人向来安分守己，啥时候惹过谁了？"

王老汉道："咱们安分守己也就罢了，你莫大河那也叫安分守己？你是巴不得守别人的婆娘吧？"

莫大河怒道："你，你这是什么话？你给我说清楚！"

王老汉道："十天前，村里路过一对小两口，你那晚喝得醉醺醺的，对那小娘子动手动脚，那也不算招惹人？你以为没人瞧见，却正巧被我撞上了，那小娘子长得也算标致，不过一看便不是好惹的。"

莫大河脸涨得紫红，一时哑口无言。众人纷纷指指点点，张大哥、李铁匠和莫二哥立时上前将他围住，莫二哥拎住他衣领，恶狠狠道："莫大河，你说，是不是你惹的祸事？"

正要动手，南一安忙将莫二哥拦下，道："大哥，别冲动，先将事情问清楚。"

又对那王老汉道："王大叔，你怎的说那女子不好惹了？"

王老汉道："那小两口，腰上都悬着一口利剑，寻常老百姓出门带什么兵刃？那晚若不是她男人将她劝住，这莫大河哪里活得到今天？"

南一安道："莫大叔，你可记得那两人的相貌？"

莫大河道："唉，我哪里记得，那晚我喝大了，做了啥也忘干净了。"

忽听适才说话那小女孩道："我知道，不是鬼，是大哥哥和大姐姐。"她母亲啪的一巴掌打在那小女孩背上，喝道："叫你别乱说话！当心鬼吃了你。"小女孩吃了痛，哇哇大哭起来。

南一安瞧向那小女孩，笑道："小妹妹，你怎的知道？"

她母亲抢道："小孩子乱说话，当不得真的。"

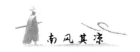

南一安道："你们若不实言相告，我可帮不了你们了。"

莫二哥急道："陈嫂，你要是知道什么便说出来，俺家熊子接生时，你娘也帮了忙，你可不能瞒着咱们，害了熊子性命。"

陈嫂低着头，支支吾吾半晌，欲言又止。

南一安道："陈嫂，你瞧瞧这些受害的人，你自己也有孩子，真的忍心吗？"

那莫二哥哗的一下跪在地上，哀求道："陈嫂，俺求你，你说出来吧，你瞧瞧俺家熊子，他可才十岁啊！"

王老汉也道："是啊，陈嫂，你要知道啥便说出来，咱这么多人，有什么好怕的？"

陈嫂喃喃道："可是……可是……"

南一安道："可是什么？是那人威胁你了吗？"

王老汉道："你别担心，这位小哥刚才既说能救人，定是有本事的。"

过了片刻，陈嫂终是经不住众人逼问，缓缓道："那女人……那女人……会使妖法杀人……你，你也就二十岁上下，真能对付她吗？"

南一安道："那毒药虽厉害，却也伤不了我。"当下往前走了几步，来到一棵粗壮的银杏树下，当即朝树干发拳一击，便将那树干击断，树叶纷纷飞落。

众人惊呼，俱是啧啧称奇，南一安颇为得意，寻思："我南一安今日也为人所需，这滋味真是妙不可言。"

莫二哥道："小兄弟，你好大的本事啊！"又对陈嫂道："陈嫂，咱可遇上贵人了，你赶紧说说！"

陈嫂见南一安竟有如此能耐，心中踏实不少，道："好，那我实话说了。几日前的一天夜里，我陪着我家小桃在村东田里捉萤火虫，远远瞧见前面山洞里有三个人，这大半夜的，我还道是他们迷了路。我走近一瞧，谁知其中一个女人手这么轻轻一挥……"她一面说，一面比画，续道："身前一个人便倒在地上，嘴里哇哇大叫了一会儿，便没了动静。我当时怕急了，吓得大叫，赶紧抱着小桃往回跑，也不知道他们有没有追过来，我头也不敢回，一直跑回了家里。第二天才知道，被他们害死的那个人，是张大哥家的儿子。"

南一安道："那你为什么之前不说出来？"

陈嫂叹了口气，道："我……我这不是怕嘛……谁知道，谁知道那女人会不会来害我……"

李铁匠眼含泪水，怒道："你要是早些说出来，咱们也好有所防范，俺……俺儿子也不会……"

南一安道："我这便去那山洞瞧瞧，定要将那恶人捉回来，还大伙儿一个公道。"

莫二哥道："小兄弟，那山洞在莫家村东去四里的麦田后面，你要是需要人手，咱们可以同你一道去。"

南一安道："不必了，我去了那儿，免不了一场恶斗，你们若跟着我，反倒教我分心。放心吧，我一定连人带解药一起拿回来。"

莫二哥热泪盈眶，握住南一安的手，道："小兄弟，俺是个粗人，先前冒犯你了，你别介意，你的大恩大德，姓莫的一辈子忘不了。"

南一安笑道："大哥，我理会的，你们快些回去等着吧。"

莫二哥道："好，好。对了，小兄弟，你叫什么名儿？"

南一安道："我姓南，叫南一安，一生平安的一安。"

莫二哥道："一安兄弟，你保重，可千万当心呐！"

南一安朝众人一抱拳，便转身朝村东的山洞去了。这时已是日入时分，夜色好似浸了油，朦朦胧胧的，夕阳的残辉被那黑压压的云层裹住，泛着酡红色。

不到一炷香时辰，便到了麦田边。这时麦子正待收割，已长得深了，足足盖过了南一安小腹，但他不知对手深浅，未敢丝毫托大，便矮着身子在麦田中穿梭，缓缓向那洞口行去。夜间晚风徐徐，掠过麦田时发出窸窸窣窣的响声，倒也掩盖了他行走的动静。

莫家村地处渭河谷地，那山洞便是在一座丘陵之下，这时忽听得那丘陵侧后方传来阵阵脚步声，南一安施展"天耳通"，屏息凝神，断定这脚步声出自两个人，那两人步伐平稳，显然轻功了得。

二人愈走愈近，但听一人道："你别再跟着我了，我……我是不会答应你的。"

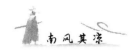

说话之人乃是一名女子，南一安听这声音，只觉好生耳熟，却一时又记不起是谁。

又听一名汉子说道："我又没让你答应我，这路是你家的？"

那女子道："陈帮主，你也是江湖上响当当的人物，还请你自重。"

南一安听这"陈帮主"三字，登时倒吸一口凉气，那陈帮主正是关帝帮帮主陈大学，难怪刚才听那女子声音觉得熟悉，却是点苍派掌门何阮溪。

他一时找不到头绪，寻思："何姑姑和这陈帮主怎会在此？难道是他们对那些村民下的毒手？可这是为什么？"

陈大学道："何姑娘，我姓陈的喜欢你不假，但你要说我跟着你，便是打你的主意，这可大大冤枉我了。"他人长得粗犷，此刻说话的语气却很是委屈，南一安隔着麦穗瞧不见他模样，脑中一经联想，便忍不住要发笑。

何阮溪道："那你说说，你从四川一直跟着我到了陕西究竟是为什么？"

陈大学道："我知道你听说了华山派的事，又知道了各大门派要去三圣庄兴师问罪，你是放心不下南天的儿子吧？"

南一安心中一凛，他那日虽在聚寿山半山腰上见到了唐凤等人的尸首，却不知刘云和徐存青已商定要联合各大门派，问三圣庄讨要说法之事，寻思："那些人不知又打的什么主意？这陈帮主说何姑姑也要去，她是担心我吗？我和她非亲非故，她怎会这般在意我，千里迢迢赶去聚寿山？"

何阮溪默然半晌，却不答话。

陈大学道："你不说话，那便是了。"

何阮溪道："随你怎么想，我只求你别再跟着我了。"

陈大学道："我知道你忘不了那姓南的，他对你这般无情无义，他儿子又不是你生的，你这又是何苦？"

何阮溪忽显怒气，道："那又怎样？跟你有什么干系？"

南一安听他二人所说，显是何阮溪难忘旧情，此事虽不怨南天，但何阮溪如此一往情深，实在令南一安又是歉疚，又是怜悯。

陈大学道："我姓陈的相貌丑陋，武功又比不上南天，自知配不上你，原也没指望你能正眼瞧我。可那刘云是什么人？你武功及不上他，阴谋诡计更是算他不过，何况这次他们还请出了华山双侠，你执意要去维护南天的儿子，不是去送死吗？"

何阮溪道："我若能赶在他们前面，也好通风报信，你再纠缠不休，那便是成了他们的帮凶，我绝饶不了你。"

南一安心想："这陈帮主说的华山双侠又是什么人？既然我已经知道了，便不须何姑姑再去一趟三圣庄。可如此说来，他们此番目的是通风报信，那施毒伤害那些村民的便不是他们了，可又会是什么人呢？"

陈大学笑道："你饶得了也好，饶不了也罢，反正我得跟着你，保护你。"

何阮溪道："你……你这又何必？"

陈大学朗声道："你自己为了别人便能不顾性命，我为了你，这条命又算得了什么？"

何阮溪突然心软，长叹一声，道："唉，陈帮主，我知道你待我很好，可是……可是我的心，已经给了南天，今生再难移情他人了。"

陈大学傻笑一声，道："我明白，你若是三心二意的女子，我姓陈的也瞧不上你，嘿嘿。"

何阮溪道："陈……"

那"帮主"二字还未出口，突听陈大学喝道："什么人鬼鬼祟祟？"

南一安大惊，心想自己刚才收息敛气，竟还是让陈大学发觉。他自觉在一旁偷听别人说话大是无礼，可一来所说内容确与自己密切相关，二来此番目的本也是为了追查那施毒的元凶，先前未曾弄清他二人是否便是下毒之人，自然不敢露面。

此刻听陈大学呵斥，正待探出脑袋，却听山洞里一人忙道："二位不必惊慌，我们是路经此处，打扰了二位，实在对不住。"

南一安这才知道原来陈大学说的不是自己，而是山洞里的人。他轻轻探出头去一瞧，见一男一女缓缓走出洞口，不由得吃了一惊，这二人正是沈汀和陈宵生！

南一安心念电转："他们怎会在此？那女孩口中的大哥哥和大姐姐莫非便是他们？是了，沈汀当年被夫子赶下山去，正是因为她使苦肉计陷害宝颐，将那失心草用在了自己身上，她惯擅使毒，想必暗害莫家村村民的人便是她了，可她为什么要这么做？"

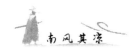

陈大学道："放屁，刚才怎没见你们从我眼前走过，鬼鬼祟祟在这山洞里偷听，说，是谁派你们来的？"

陈宵生被这一问，立时神情张皇，手足无措，道："没……没人派我们来……我们……我们……"

陈大学喝道："不让你吃点苦头，你是不会说了。"倏地仗刀斜劈，刀刃带着劲风嗖嗖袭来，陈宵生吓得魂飞天外，啊地大叫一声，双手抱头，却不知如何抵挡。

待那刀刃离陈宵生左肩不到一寸时，突听"当"的一声，刀面已被一枚石子弹开，这一劈进而落空，正是南一安打出这枚石子，救下了陈宵生。

他这一下来势如电，石子落地，人已到了陈大学眼前，却没一个人瞧清他是如何神不知鬼不觉出现的。

众人时隔三年再次见到南一安，一时都未将他认出，陈大学道："你是什么人？"

南一安不理会陈大学，只对何阮溪恭恭敬敬一揖，道："何姑姑，我是一安啊。"

何阮溪仔细一瞧，果然是南一安，当即轩眉笑道："谢天谢地，果然是你，一安。"

南一安见何阮溪嫣然一笑，当真是说不出的亲切，道："何姑姑，我路经此地，适才无意听到你和陈帮主的说话，多谢你啦。"

何阮溪道："听见了那也无妨，你既然不在三圣庄，自然最好不过。是了，你……"她正欲往下说，忽又觉得所言不妥，兀自低头不语。

南一安道："何姑姑，你是要问我爹爹吗？"

陈大学抢道："谁要问你老子，你快闪开，这两个人神神秘秘，不是什么好东西，我一刀劈了他们。"

陈宵生道："南师弟，你快跟这位大侠说说，咱们可是同门师兄弟啊，实在是误会一场。"

沈汀冷笑道："哼，没出息的，你求他做什么？他把咱们害得还不够惨吗？"

南一安道："沈汀，那莫家村的村民，可是你下毒所害？"

沈汀道："什么莫家村？我不知道你在说些什么。"

南一安道："下毒可是你的惯用伎俩，莫家村的村民与你无冤无仇，你却如此伤害他们？你的良心被狗吃了吗？"

沈汀仰天尖笑，那笑声凄厉异常，黑夜中便似鬼魅一般，直听得人毛骨悚然，道："良心？要不是骆宝颐那小贱人，我会有今日吗？她又有什么良心？"

南一安怒道："你自己先使苦肉计陷害宝颐，非但不思悔改，反倒怪起她来了，真是厚颜无耻。"

沈汀道："随你怎么说，我虽不是什么好人，但那小贱人也好不到哪里去，你不过是不知道罢了。"

南一安听沈汀称骆宝颐一口一个"小贱人"，心中怒不可遏，当真想一记耳光扇将过去，但一见陈宵生那既可怜又软弱的模样，又不忍动手，道："罢了，这些旧事今日暂且不提，你须得先将解药交出来。"

沈汀道："什么解药？"

南一安怒道："你还在装糊涂，看来今日非得教你吃些苦头不可。"

陈宵生急道："汀妹，你还是将解药拿出来吧，咱们何必多造杀孽？你也别再……"

沈汀喝道："住口！你到底是哪一边的？"

南一安道："哼，你可真是歹毒，快快将解药交出，否则今日休想离开。"

沈汀道："一瓶解药而已，送你便是。"她从怀里掏出一个木瓶，抛给了南一安，对陈宵生道："咱们走。"

堪堪转身，却听陈大学喝道："站住！"又瞧向南一安，道："你这便放他们走路，日后又去害人，怎生是好？倒不如一刀杀了干净。"

沈、陈二人听了都是一凛，心中暗叫不好。南一安道："算了，他们毕竟与我有同门之谊，今后若再让我碰见他们害人，我再替师父清理门户。"对二人道："你们走吧，好自为之。"

陈大学道："你说不杀就不杀？我姓陈的岂能听你这臭小子摆布？"突然一刀向南一安腰间横砍过去，何阮溪见状大惊，她不知南一安如今功夫已远胜陈大学，深恐陈大学这一刀便将他劈成了两截，大喊道："住手！"

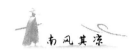

陈大学嫉妒南天深得何阮溪青睐，便迁怒于南一安，这一冲动，竟下了狠手，此时听何阮溪喝住，又担心真伤了南一安，何阮溪定不会与自己善罢甘休，但这一刀用了十成劲力，电光火石间已然收不住。

只见南一安向上一个纵跃，瞬息间已将陈大学手中的大刀踩在了脚底。众人大吃一惊，哪能料到，短短三年南一安功夫已如此了得。陈大学手握刀柄，全力往后抽拉，但那刀刃被南一安踩在脚下，便似有千斤之重，竟纹丝不动。

南一安道："陈帮主，得罪了。"脚底一抬，那刀刃登时没了着力，陈大学反应不及，使劲往后一抽，竟向后连退了七八步，险些摔倒在地，狼狈至极。

陈大学当年在聚寿山下围攻南一安一家三口，南一安本对他极是厌恶，不过他初到少林寺时，受刘云、徐存青和公良止宇等人刁难，那时陈大学却助何阮溪保护了自己，这一恩一怨相互抵消，南一安倒也不愿与他为敌。只是刚才听他言语中对南天颇为不敬，这才想趁此机会捉弄他一番。

陈大学起初本是担心伤了南一安惹恼何阮溪，却不料反倒在何阮溪面前被他制住，顿觉颜面扫地。

他不知南一安如今已是当世一等一的高手，只道是自己一时犹豫，才被乘虚而入。他自忖：堂堂关帝帮帮主，岂能败在一个十七八岁的少年手上？喝道："好小子，咱们再来比过！"又是三刀呼呼劈来，南一安也不反击，只是左闪右避，那三刀便尽数落空。陈大学久久拿不下南一安，心中既惊讶又惭愧，但要他立时收手，不是自承不如？

二人又拆了十数招，何阮溪已猜出陈大学心思，道："陈帮主，一安年纪尚小，不是你的对手，再过得一会儿怕要伤在你手上，快请住手吧！"

陈大学岂会不知何阮溪是在给自己找台阶下，但他好胜心大盛，竟对何阮溪的一番话充耳不闻。

南一安这时也理会何阮溪用意，心想："我若不还手，这般跟他耗下去不知要打到何年何月。这陈帮主虽然讨厌，毕竟对我有恩，倘若出手将他伤了也大大不妥。"

道："陈帮主，晚辈尚有要事在身，那莫家村的村民急等着这解药救命，咱们他日再行比过如何？"

陈大学早有罢斗之意，只是碍于颜面不肯先行示弱，他刚才听南一安向沈汀索要解药，知他此言不虚，这时是南一安向他请求罢手，自然不会伤及面子，心中大喜，道："好吧，你小子功夫不错，来日我再讨教。"武林中人说这"讨教"二字，虽含有挑战之意，但仍属谦辞，他彼时已是江湖上成名已久的人物，南一安不过是个十七岁的少年，若论名望自然比不了他，"讨教"二字原也不妥，但他自知武功远远不及南一安，今日侥幸未伤在他手上，那也是因了南一安有事在身，又顾及了自己颜面，心中颇存感激，这才甘心自降身份。

二人都向后退了几步，南一安抱拳道："多谢陈帮主体谅。"

陈大学面红耳赤，不知说什么好。何阮溪本想问南一安功夫进展神速的缘故，又怕陈大学多心，便即岔开话题，道："一安，你说这莫家村村民中了毒，是怎么回事？刚才那两人又是什么人？"

南一安回头一瞧，沈汀和陈宵生却早已走远，不知所踪，道："他们都是三圣庄的门人，此事说来话长，眼下救人要紧，容事情妥当之后，一安再禀明何姑姑。"

何阮溪道："也好，那咱们这便去莫家村。"

正欲动身，突听那山洞中又有动静，却是一块鹅蛋大小的石头从里向外滚了出来，三人面面相觑。南一安道："我且进去瞧瞧。"

何阮溪点点头，道："小心些。"

南一安只怕洞中有人埋伏，因此双手护住要害，使开"天眼通"缓步走了进去。行了几步，脚下却似踢到一个软绵绵的物事，当下吃了一惊，只见一人躺在地上，身上被一根麻绳捆了十数圈，南一安仔细一瞧，登时又惊又喜，地上的不是别人，正是林知寒。

南一安道："知寒，你怎么会在这里？"

林知寒嘴里被塞了一块手帕，哪里说得出话来，南一安拍拍脑袋，道："啊，我先带你出去。"

他将林知寒背出洞外，解开她身上绳索，拿掉嘴里的手帕，林知寒口干舌燥，"咳咳"两声，怔怔地望着南一安，忽地扑到他怀中，放声大哭。

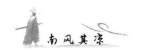

南一安急忙安慰，可林知寒却哭得更是凄惨了。何阮溪道："一安，这姑娘是你什么人？"

南一安道："何姑姑你忘了吗，那日你在少林寺舍命救我，我身旁的小女孩便是她呀！"

何阮悉细细回忆，上下打量了林知寒一番，道："啊，是了，我想起来了，她是你的朋友吗？"

南一安点点头，道："不错，那日之后又发生了许多事情，今后我再同你讲，眼下爹爹妈妈也不知所踪，我此番正是要寻他们。"

何阮溪正欲追问，却听林知寒哭道："一安……师父……师父怎么样了？你有见到她吗？"

南一安见林知寒如此伤心，原以为她是伤心唐凤被杀，可听她这番话，显然并不知道唐凤已经死了，心想："她此刻身体虚弱，我若将唐凤死讯告诉她，恐怕她难以承受。"道："我……我没见到你师父，你怎会被绑到这里？是沈汀干的吗？"

林知寒道："沈汀……沈汀已拜在了青城派门下。那日我和师父下山后便遭青城派、昆仑派和华山派围攻，师父与他们周旋，我却被沈汀带到了这里，她说……她说要拿我试毒，要让夫子为当年的偏心付出代价。"

南一安道："没想到沈汀居然改换门庭，还想要欺师灭祖。"

林知寒道："我亲耳听她管青城派掌门人叫师父。她说她炼的那种毒，需以'白焰菖蒲'为药引，这草药只有秦岭一带才有，便将我带到这里。若非如此，我只怕早就死在她手上了。她用那些炼制的毒药，杀害无辜的村民，真是太可怕、太狠毒了……"

南一安道："眼下尚且有一个幸存者，我已拿到解药，咱们这便回去救他。"

林知寒道："刚才我在里面已经听到了，可是……可是沈汀如此狠毒，怎会轻易将解药给你？"

南一安被这一问，登时骇然，只觉林知寒所言在理，自己起初一时大意，竟未想到这层，此时沈汀早已走远，却上哪里寻她？心中拿不定主意，不禁焦急万分。

陈大学道："这有何难？你先将这解药喂牲口吃了，若是没事，自然是真解药。"

林知寒道："可……可那些牲口也是众生，倘若这是毒药，它便白白送了性命……"

陈大学道："你这姑娘怎的如此迂腐？牲口的命值几个钱？当然是人命要紧。"

南一安道："陈帮主说得不错，这些牲口本也是要被宰杀的，死前若能救人性命，那也很好。"

林知寒道："你把药给我，让我来试吃。"

几人一听，无不错愕，陈大学心想："这天底下竟然有如此蠢人。"

南一安道："这怎么行？你是人，人命关天，倘若这是毒药，非但救不了人，还搭进了你的性命，那才大大不妙。"

第十四回　辗转反侧

林知寒道："济公常说众生平等，'胎生''卵生''湿生''化生'无不有灵……"正自滔滔不绝，南一安蓦地出手如风，眨眼间已点了她胸口的"紫宫穴"，她当即便晕了过去。

南一安道："知寒，你说的虽然有道理，可是现下情势危急，只有先委屈你了。"

陈大学道："你这拿穴的手法我可从未见过，是什么功夫？"

南一安道："这是陆夫子的九渊指法，我不过学了一些皮毛罢了。"他倒也不是谦虚，陆象杉并未真正教过他九渊神功，不过他曾多次见陆象杉使出这门功夫，闲暇时便常常琢磨，加之《六通指玄经》的效用，因之能就此揣摩一二。

陈大学瞧得眼馋，却拉不下脸面向南一安求教，兀自低头思索他适才的手法。南一安道："何姑姑，陈帮主，有劳二位替我照顾知寒，我得快些赶回去，咱们在莫家村莫二哥家会合。"

何阮溪那"好"字堪堪出口，南一安便已奔出了数十步，片刻后连人影也瞧不见了。

他一路施展轻功，须臾便回到了莫家村。此时已至三更，莫二哥家中仍是灯火透亮，原来他夫妻二人自始至终未曾合眼。这也难怪，自己儿子命在旦夕，做父母的又怎能睡得安稳？

南一安轻叩两声房门，道："大哥，我把解药拿回来了。"

只听得屋内莫二哥说道："是南兄弟，快，快去开门。"

二人急忙打开房门，莫二哥道："南兄弟，大恩人，你可算回来了!"

莫二嫂忙问道："南兄弟，熊子可有救吗?"

南一安掏出那木瓶，一阵细细端详，道："中间有些曲折，不知这解药是真是假，我且取出一粒，捣碎了喂牲口先吃，若是不见毒发，再让熊子服下。"

莫二哥道："这……这解药还有假?"

南一安道："救人要紧，先试试吧。"

莫二哥依言取出一粒将它捣碎，和进粮食里，喂了门口一只大黄狗吃下。

那大黄狗被莫二哥养了十余年，熊子出生前便已为他看家护院，感情甚笃，但听南一安所言，倘若这是毒药，总不能让自己儿子去犯险，凄然道："虎头，要是这真是毒药，你便好好去，来生投个好人家，我这做主人的对不住你……"

南一安心中也觉酸楚，林知寒所言确乎在理，万物皆有灵，难道生而为人，便能恃强凌弱吗? 那黄狗哈着嘴，摇着尾巴，虎狼价将碗中食物尽数吃下，过了片刻，突然四肢僵直，嗷嗷哀叫两声，便即倒地，再也没了呼吸。它双眼仍是望着莫二哥，神情依依不舍，哪里知道害死它的正是这位主人。

南一安与莫氏夫妇都惊疑不定，这时何阮溪等人也已赶到。何阮溪道："一安，这解药果然是假的吗?"

南一安点点头。他之前心中原已有所准备，可当真如此时，仍是悔恨自责，道："都怪我，不该这般轻易放走他们的。"

莫二嫂猛然转头看向南一安，问道： "什么? 你，你把下毒的恶人放走了?"

南一安见她极为愤慨，叹了口气，低低地道："下毒之人与我师出同门，我刚才轻信她所说，酿成大祸，对不住你。"

莫二嫂杀猪价哭道："你! 你怎么放她走了? 你还我儿子命来! 你还我!"她一面哭嚎，一面拉扯南一安衣襟，直如癫狂。

何阮溪道："你这人怎的不识好歹? 他与你非亲非故，既愿出手相助，已是莫大恩情，你岂能因事未办成而怪罪于他?"

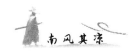

南一安听她为自己辩护，心中一阵暖意，又觉自己既然事先承诺，到头来却铩羽而归，不禁深感歉疚，道："何姑姑，这事错本就在我。"他顿了一顿，忽地计上心头，对莫二嫂道："我师父是一位得道高僧，他医术精湛，妙手回春，你若愿意，我便带熊子去拜见我师父，请我师父替他治伤，你瞧怎样？"

莫二嫂道："你要带熊子去哪里？"

南一安道："去泽州聚寿山，那里有一位医术高明的老禅师。"

莫二嫂道："你不是骗我吧？那……那禅师真能救我孩儿性命？"

南一安道："我骗你做什么，不信你问问他们。"他将目光投向何阮溪和陈大学。何、陈二人曾在聚寿山上见过道济替南天运功疗伤，情知南一安所言不虚，立时点头附和。

何阮溪道："你放心吧，那位神僧医术高明得紧，一生不知从阎王殿里救出过多少人。"

莫二哥道："媳妇，你怎么忘了，熊子出生时，身旁便有个老和尚，想来熊子是与和尚有缘。"

莫二嫂道："我呸，跟和尚有缘有什么好？出了家不生娃怎么办？"她半信半疑，心中仍惴惴不安，但见熊子性命垂危，只好死马当活马医，总算有些盼头。

只听莫二哥道："这样吧，南兄弟，咱夫妻俩明日同你一道去那里。"

南一安心头一震，寻思："不知刘云那些人什么时候会去三圣庄，倘使莫二哥他们去了正好碰上，岂不平添祸事？"他心念电转，已有筹算，道："我师父隐居多年，二位要跟着一道去，只怕多有不便，不如让熊子拜他老人家为师，日后便与我是同门师兄弟，待他学有所成再行返乡，二位意下如何？"

莫二嫂道："这怎么成？俺就这么一个儿子，俺舍不得他走。俺虽大字不识，却也听过'父母在，不远游'这话。"

南一安道："不对，不对。'父母在，不远游'下面还有半句，那是'游必有方'，熊子这是去拜师学艺，见大世面，他若一辈子待在这小山村，将来又有什么出息？"

莫二嫂还欲往下说，却见莫二哥轻轻撞了一下她手肘，道："媳妇儿，南兄弟说的没错，咱们做父母的不能耽误了孩子的前程，老天开眼让熊子有机会去学本事，那不是很好吗？"

莫二嫂两眼含泪，斜月映照在脸颊上，更添几分愁容，哀声道："我……我这不是舍不得吗……"

莫二哥道："这有啥？咱家世世代代守着村子，难道让熊子也在这待上一辈子？你别忘了，他本就……"

莫二嫂怒道："你乱说什么？闭上你的臭嘴，熊子就是我的宝贝儿子。"

陈大学道："这离了爹妈，孩子才能有出息呢，你瞧我……"他原本要劝说莫二嫂，欲拿自身举例，可转念想到自己从小孤苦伶仃，心中忽转怅然伤悲，竟难以往下叙说。

南一安道："不错，这位好汉乃是关帝帮的帮主，江湖上人人景仰。"

陈大学听南一安夸赞自己，不禁心中欢喜，道："你们二位放心，那聚寿山的高人大有本事，这孩子能拜他们为师，那是福分！"

莫二嫂不再说话，兀自低头踌躇，莫二哥道："行啦，快去睡吧，陪熊子再睡一宿。"

当下安顿何阮溪与林知寒睡在客房，南一安与陈大学只得凑合同睡一间杂物屋。睡前，南一安小心翼翼地将林知寒安置在床上，对何阮溪道："何姑姑，知寒就有劳你今晚照看了，她若是醒来后生我的气，你可要替我向她解释。"

何阮溪笑道："我知道了，一安，她是你的心上人吧？"

南一安听了，心下张皇，便想到骆宝颐，霎时间百感交集，目光瞧向安睡在床榻上的林知寒，只见她眉目如画，肤光胜雪，不禁怦然心动，对何阮溪适才的问话既不愿承认又不愿否认，一时不知如何作答。

何阮溪"噗"地一笑，道："你放心吧，何姑姑一定会照顾好她的。"

南一安脸上又是一红，当下也不愿多说，转身便回到杂物屋中。

当天夜里，南、陈二人躺在柴薪堆中各有心事，辗转反侧，久久未能入眠。

南一安心想："为什么何姑姑说知寒是我的心上人时，我竟然不愿意否认呢？我的心上人明明是宝颐才对啊！到底什么才是心上人？怎么样才算喜欢

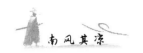

一个人呢?"他细察陈大学动静,只觉他呼吸时而急促时而平缓,显然也并未入睡,道:"陈帮主,你是喜欢何姑姑吗?"

长夜寂静,这突如其来的一问便似石子投湖,陈大学心中霎时间涟漪荡开,低声道:"那又如何,她心里只有你爹。"

南一安道:"我爹,是啊,为什么中原武林中的人就那么憎恨咱们八部会,一定要赶尽杀绝呢?"

陈大学道:"我便是说了,你也未必相信,又说它做什么?"

南一安翻了个身,面对着陈大学,长叹一口气,道:"我小的时候总认为爹爹妈妈是大英雄、大好人,不,如今也这般想。"他顿了一顿,续道:"可是,可是好人也有犯错的时候,你说对吧,陈帮主?"

陈大学语气忽转严厉,道:"你爹妈在你跟前那自然是好人,可在旁人心里,哼,那可是大大的恶人。"

南一安脸上立时变色,倏地坐起身,道:"为什么?"

陈大学道:"你真想知道?"

南一安怔怔地盯着陈大学,过了一会才道:"还是别说了。"

陈大学笑道:"不过你爹妈与我倒是没什么梁子。"

南一安道:"那你为什么也跟我们过不去?"

陈大学默不作声,南一安仔细一想,便知陈大学自是争风吃醋,嫉妒南天。

他见陈大学不答,显然心中有愧,难以启齿,道:"陈帮主,你是前辈,又在少林寺救过我,我很感激你,我知道你不是坏人。"

陈大学这时也坐起身,望向窗外幽幽月光,叹道:"你那时还小,不知道大人的世界,自然认为你爹妈什么都好。"

南一安道:"依你所言,便是他们不好了?"

陈大学道:"你可知昆仑派掌门徐存青的师兄门剑,便是给你爹害死的?湖北金镖门、泰山三侠、江南剑派,江湖上不知多少英雄豪杰与你爹有血海深仇。"

南一安道:"咱们行走江湖,过的是刀口舔血的日子,哪里有不死人的?我爹爹杀了他们的人,他们便没杀过咱们八部会的人吗?"

陈大学道："你说得不错，不过你爹动辄将人一家灭门，男女老少通不放过，未免也太过心狠手辣。"

南一安大惊，"啊"的一声叫了出来，道："你胡说！我爹不是这样的人！"

陈大学道："你自己问我，我说了你却不信，我也没法子。"

南一安呆呆坐立，对陈大学所说将信将疑，寻思："爹爹妈妈重情重义，为了二叔甘冒杀身之险，断不会如他所说的这般狠毒。"转念又想："可是少林寺法慧大师的确是死于他们的猜忌。我自小在爹妈身边长大，难道至今不能明白他们究竟是什么样的人吗？"突然间内心深处的一丝幻想，便似一个精美的花瓶落地般"啪"的一下碎裂散落，登时心潮涌动，如坠深渊。

陈大学见他若有所思，伸手在他眼前晃了一晃，道："你爹是太过恩怨分明，对有恩之人只怕报之不及，对仇家那也是唯恐杀之不尽的。"

南一安道："你是怎么知道的？"

陈大学道："你长在西域，自然不晓得，可你爹妈时有在中原走动，他们的事江湖上人人皆知，我岂会不知道？"

南一安从怀中掏出那半瓶桑枝续筋散，心想倘若真如陈大学所说，那么南天和柳青青二人一旦落入敌手，性命顷刻不保，但若是少林派率先找到他们，以法戒方丈的为人，必不致伤了二人性命。转念又觉自己爹妈性子刚烈，可杀不可辱，只怕到时也免不了一场祸事，想到此处，心急如焚，道："陈帮主，刚才那位姑娘你是见过的，她是三圣庄道济禅师的弟子，这段时日烦请你同何姑姑替我照看，我即刻便要启程了。"

陈大学"咦"了一声，问道："这深更半夜的你要去哪里？"

南一安道："我须得先将熊子带到三圣庄，然后即刻赶往少林寺探寻父母下落。"

陈大学道："南天怎会在少林寺？"

南一安愈想愈是急躁，大声道："陈帮主，你的恩情我来日必当报答，只是眼下刻不容缓，就此别过了。"说罢起身推门而出。陈大学跟出门来，道："你既不愿说，我也不勉强，瞧在你何姑姑的面上，我答应你。"他顿了顿，低声道："华山派、昆仑派还有青城派的人兴许已经在去往三圣庄的路上了，

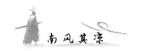

你，你自己多加小心吧。"

南一安抱拳为礼，转身便去了莫二哥屋内，只对他二人言道，熊子病情危急，不容耽搁，是以要即刻启程。

莫氏夫妇起初犹豫不决，南一安只得夸大其词，危言耸听，夫妻二人这才将熊子托付于他。南一安别过莫氏夫妇和陈大学后，便即上马一路折东而去。

次日清晨，何阮溪起身后却未见林知寒，当即出了房门，一瞧之下才见林知寒呆呆站在那大黄狗的尸首旁。何阮溪道："姑娘，咱们也是没有办法，人命关天，若非如此，那么死的便是那个孩子了。"

林知寒点点头，道："我知道，可是……可是我还是很难过。"

何阮溪深爱南天，今生虽与他做不成鸳鸯，但见到南天的儿子便如见到自己的儿子一般。她昨日打趣称林知寒是南一安的心上人，见南一安并未置否，便已将林知寒视为自己的儿媳妇一般，又觉林知寒心地善良，温柔雅致，如何不喜欢？何阮溪拍拍她的肩，柔声道："你是菩萨心肠，难怪一安这般喜欢你。"

林知寒登时丽色娇羞，绯颊似火，道："何女侠，你……你别取笑我了，我和一安只是好朋友。"

何阮溪笑道："好啦，去叫一安他们吧，咱们尽快上路。"

她话音甫落，猛听吱呀一声，却是陈大学推门而入。只见陈大学脸色铁青，一见何阮溪便急忙将头低下，好似一个犯了错的稚童见了母亲一般。

原来他昨晚眼睁睁看着南一安离开，而后思来想去，愈发觉得不妥，只因三圣庄大难临头，何阮溪起初不顾自身安危也要去通风报信，如今本已寻到南一安，只是未来得及与他细说，自己却背着何阮溪让南一安孤身上路，倘若何阮溪责备起来，自己如何吃得消？

何阮溪道："陈帮主，一安醒来了吗？"

陈大学身子一颤，低声道："他……他已经走了……"

何阮溪与林知寒都是一惊，齐问道："去哪了？"到屋内一瞧，果是不见南一安。这时莫氏夫妇也从屋里出来，见众人齐聚院内，神色各异，莫二哥道："几位，请用过便饭再走吧。"

何阮溪冲进莫二哥房中，见熊子也未在榻上，已知南一安是带着熊子提早去了三圣庄，登时娇颜盛怒，大呼粗气，直吹得鬓前垂发飞扬，狠狠瞪着陈大学，道："姓陈的，你好狠毒，你是放任他去死吗！"说罢青光一闪，长剑疾挺。何阮溪武功虽不及陈大学，但她此时胸中恼怒，剑法招式凌厉非凡，加之三招连发，出招极快，陈大学又不愿伤她，一时不知如何抵御，只得满地翻来滚去，高低纵跃，连连大喊道："何姑娘，你，你听我解释啊！"

何阮溪道："你不喜欢南天，迁怒于他的儿子，你自知打不过他，便让他自投罗网，借刀杀人，你还有什么可说！"

陈大学昨晚已想到何阮溪闻讯大怒这一节，却没料到她竟恨不得将自己杀了，心中又妒忌又委屈，暗想："你什么时候为了我与别人这般大动干戈，我死也知足了。"却道："你真是冤枉我了，他武功那么高，怎会是去送死？昨晚他说有急事要办，我料想定是与他爹妈有关。"

何阮溪仍是不信，仗剑横劈竖砍，飒飒生风，莫氏夫妇不明情由，见何阮溪突然发难，一时没处抓寻。

林知寒昨日被沈汀困在山洞之中，外面所说的话却是听得一清二楚，一加揣测，便知何阮溪所怒为何，急道："二位快别打了，咱们赶紧去三圣庄才是！"

陈大学道："是啊是啊，你把我杀了也无济于事，何况……何况你若真想杀我，我让你杀了便是。"双眼一闭，站立不动，何阮溪举剑架在陈大学左肩之上，剑刃已陷入他脖颈两分，数滴鲜血顺着剑身直流向剑柄，陈大学仍是岿然不动。他虽形貌丑陋，但此时笔直而立，身姿挺拔，也颇有一番威严。

何阮溪冷冷道："此事先跟你记上一笔，倘若一安有个三长两短，我再将你杀了。"

林知寒道："何女侠，你别怪陈帮主了，我了解一安，他要做的事谁也拿他没法子，咱们还是跟上去瞧瞧吧。"

陈大学道："小姑娘，那小子临走时嘱咐我要照顾你，三圣庄不知又要生出什么事端，你还是别去了，就在这里等着吧。"

林知寒摇摇头，神情落寞，道："数日前我和师父在聚寿山走散，如今她老人家不知所踪，我打算再回三圣庄瞧瞧。"

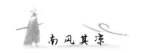

何阮溪道："你师父？啊，是了，昨晚你说，你和你师父下山时遭到了各派围攻，你师父不就是三圣庄的前辈吗？"

林知寒默然不语，她本不愿将自己的真实身份说出来，却又忧心唐凤安危，寻思："按他们昨晚所说，似乎知道那天夜里发生之事，兴许也知道师父的下落。"道："何女侠，我师父姓唐名凤，曾是八部会中的人，那晚同我一道下了聚寿山，遭到各派埋伏，师父让我先逃走，可后来咱们便再未见过面，你可知道她在哪里吗？"

何阮溪和陈大学听得"八部会"三字，身躯一震，不禁倒吸一口凉气，何阮溪道："我听说那晚华山派掌门公良止宇被三圣庄的道圣陈抟杀了，还死了……还死了一个八部会的女人……难道……难道……"

林知寒花容失色，如坠深渊，脑中只回响着何阮溪刚才的话，半晌作不得声。唐凤抚养她十年，素日里虽然严苛，内心却将她视如己出。后来她奉师命潜入三圣庄打探《六通要旨》奥秘，心中纵不情愿，甚至时存怨怼，但唐凤养育之恩也未敢毫末相忘。在她心中，师父唐凤便与亲生母亲并无二致。此时突闻噩耗，她小小年纪哪里经受得住，加之几日来未曾安稳休息，当下便晕了过去。

何阮溪将林知寒搀扶至卧榻上，到得午时，林知寒方始醒转，随即大叫："师父！师父！"连喊了数声，只见她秀眉紧蹙，香汗淋漓，双手在虚空中乱抓乱撕，何阮溪忙将她唤醒，道："林姑娘，你快醒醒，快醒醒！"

林知寒缓睁双眼，面色灰白，有气无力道："何掌门，请你……请你告诉我……是真的吗……"

何阮溪低声道："我也不知道，我明白你很伤心，我曾经也和你一样。"

林知寒颤声道："你……你也失去过至亲之人吗？"

何阮溪听这一问，竟突然间不知自己失去的那位至亲之人，到底是师父曹睿，还是心上人南天。她沉吟片刻，眼底隐有泪痕，寻思这二十几年来，没有师父的关怀照料，没有情郎的分担呵护，自己不得不以娇弱的身躯扛起点苍一派，竟也这般走过来了，这中间的辛苦，恐怕除了她自己以外，再没第二个人明白，不是不愿诉说，只是无人诉说，心念一动，杏眸已湿，道："咱们身为女人，不能让男人瞧不起，没了谁也要好好活着。"她一语甫毕，便知是牛头不对马嘴，林知寒明明是失去师父，又跟男人女人有什么关系？只是她心中念念不忘的永远是南天，这话也就脱口而出了。

陈大学先前因男女有别，便一直在外面候着，听见何阮溪语音哽咽，心中说不出的惆怅："落花有意，流水无情，我心中的相思之苦，你又岂会明白？"

林知寒一面啜泣，一面道："我没有妈妈，师父……就像我妈妈一样，可是……老祖，老祖是绝不会伤害她的，一定是别人，一定是别人！"她愈说愈显激动，从床上一跃而下，推门而出。

陈大学见林知寒发狂价往外奔去，急忙上前将她拦住，道："喂，你要去哪里？"

林知寒道："请你让开，我要去寻我师父。"

陈大学道："你师父已经死了，你上哪里去寻她？"

林知寒道："她没有死，老祖是绝不会杀她的。"

陈大学厉色道："道圣不杀她，那些别有用心之人就不会杀了她嫁祸给道圣吗？"

林知寒被问得哑口无言，只听何阮溪道："陈大学，你这话什么意思？谁嫁祸给道圣？"

陈大学道："我也就是这么一说，反正我是不信道圣会大开杀戒，杀这么多人。"

何阮溪道："你说明白了，你是不是知道些什么？"

陈大学道："我哪里知道，不过我瞧那青城派的刘云，整日价鬼鬼祟祟，一脸阴沉，准是一肚子坏水，说不定就是他从中作梗。"

他见何阮溪与林知寒不作声，续道："你想，这些年咱们中原武林每次与八部会的争斗，全是刘云调度指使。我听帮中探子回报，此次青城、昆仑、华山三派联手，在三圣庄设下埋伏，也是刘云出的主意，他这般积极筹划，难道当真是大义所趋，替天行道吗？我看也未必。"

何阮溪道："照此说来，他是别有用心，唯恐天下不乱了？"

陈大学道："是与不是，咱们上三圣庄瞧瞧，再大的阴谋也有大白于天下之日。"

林知寒喃喃道："一安……一安会有危险吗？"

何阮溪道："事不宜迟，咱们这便去三圣庄。"

当下辞别莫氏夫妇，牵来坐骑，便一路往聚寿山去。

顺黄河一路东行，俱是中原开阔腹地，南一安这一路策马疾奔，心想自己内力深厚，不眠不休倒也无妨，只是熊子身体虚弱，舟车困乏，只怕难以支持。

到得第二日向晚，便投了一家客栈暂歇一宿。他将熊子小心安放在卧榻上，接着摁住他胸口"膻中穴"。原本打算催动真气替熊子勉力接续，只是关心则乱，他脑中时而萦绕着骆、林二女的深情款款，时而牵挂着双亲的性命安危，终是无法集中精力。好在沈汀这味毒药旨在化去人的内力，于筋脉肺腑却无重大损伤，只是熊子不会武功，中了这毒便昏迷不醒了。

南一安拿出莫氏夫妇赠予的盘缠，问跑堂要了些饭菜，当下将饭菜嚼碎，催动内力在熊子胸口推拿，服侍他吃下，自己匆匆将剩菜吃光，这才躺下入睡。

他一合上眼，脑中便思绪翻涌，寻思："不知道宝颐此刻在做什么……那日在终南山她对我说那些话，是什么意思呢？她喜欢以前的我，不喜欢现在的我吗？她是气我失信于她，没有带她一起走，还是怨我没能送老祖最后一程？兴许都有吧，可是她和李博渊走的时候，为什么，为什么那个时候我的心里，竟没想象中的那般难过？我是真心喜欢她吗？满满算来，我和她相处的时日不过三个月，却分开了三年，这三年与我朝夕相处的却是知寒……"他奋力摇了摇头，右手猛掐左臂，心想："熊子此刻半死不活，爹妈又生死未卜，我却还想着儿女情长之事，真是不应该！"

可他越强迫自己不去想，便越是止不住地想，一会儿是骆宝颐的芳兰竟体，一会儿是林知寒的雅人深致，翻来覆去，此起彼伏，直至鼓敲四更，方才迷糊入眠。

翌日清晨，南一安堪堪醒转，只听楼下呛啷声响，似有数柄兵刃出鞘，他立时移步门前，贴窗细察，只听楼下一人道："各位师兄弟，八部会魔头杀害本寺法戒方丈，这两个魔头今日被咱们撞上，须得让他们血债血还！"

南一安听闻法戒被人杀害，端的是难以置信，只道是自己听岔。

一人又道："法戒方丈当年为感化八部会，甘心自断十指，没想到八部会以怨报德，竟然痛下杀手，今日不取这二人狗命，天理难容！"

这次听得清楚，楼下之人的确说的是少林寺方丈法戒大师，他不禁冷汗涔涔。想到法戒当初为他自废武功，力排众怒，将自己安置在少林后山禁地修习《洗髓经》，此等大恩大德，实是永生难报，听闻他无辜身死，不禁悲愤交加，寻思："法戒神僧慈悲为怀，对我又恩重如山，到底是什么人这般狠毒？我决计放他不过。"回想刚才那人所说，法戒是被八部会中的人杀害，他心头一凛："倘若爹爹妈妈被少林派捉了去，杀害了法戒大师，我该如何是好？"

他将头稍稍探出一瞧，楼下正有两人被围在垓心，却非南天和柳青青，而是紧那罗和夜叉。当日聚寿山一战，他一时大意，放走了二人，心想倘若因此害了法戒性命，那可当真是百死莫赎了，可转念又想："那人只说是八部会中的人杀害了法戒神僧，却不知是哪一个，若是他们两人，法戒大师便是因我而死，若是我爹爹妈妈……"念及此处，心头一震，便不敢再往下去想。

紧那罗道："喂，你胡说些什么？老子几时去过少林寺，几时杀了你们方丈？"

夜叉道："师弟，跟他们费什么口舌？咱们如今里外不是人，他硬说是咱们杀的，那咱们便认了，杀了少林方丈，那是何等威名？"

紧那罗道："师兄说的是。"接着又提高嗓门，喊道："哼，凭你们这群乌合之众，能拿咱们怎样？"

先前那人道："法戒方丈十指残疾，你们仍不敢与他正面交锋，却下毒将他害死，当真是卑鄙无耻，胆小如鼠！"

夜叉怒道："放屁！放他妈的屁！臭不可当！咱们便真要杀那秃驴，用得着下毒吗？"

紧那罗道："师兄，我瞧这事不对劲，咱们可别把人家的梁子往自己身上结。"

先前那人道："大丈夫敢作敢当，你既有本事杀了法戒方丈，如何却又不敢承认？咱们上，杀了他们为方丈报仇！"

只见七八个少林俗家弟子立时挺剑向紧那罗和夜叉合围过去。这些俗家弟子，年纪大的四十来岁，年纪小的三十来岁，平日都不在少林寺本院，大多年幼时在少林学艺，现早已各奔东西，只是五日前接到法戒方丈被八部会杀害的噩耗，天南地北的少林弟子便纷纷赶往少室山吊唁，这些人便是陕晋

一带的俗家弟子，刚才说话之人年纪最长，认得紧那罗和夜叉，可巧今日撞上，便突起争端。

紧那罗和夜叉乃是南天的长辈，与陈抟兄弟二人班序相当，二人身居八部会尊者之位，江湖上鲜有敌手。少林派纵然桃李天下，弟子功夫却良莠不齐，几招下来七八个人便已受伤倒地了大半，不过那年龄最长之人却颇有些真材实学，但见他一脸虬髯，目光炯炯，凛然有威，招式更是变幻繁复，不住不着，深谙佛门武学真谛。

这时，少林俗家弟子还剩三人应战，除那年长之人外还剩两名三十来岁的汉子，一人身材矮小，四肢粗壮，膂力不凡，他不使兵刃，但拳掌功夫却属上乘，一人瘦削如柴，但身法迅极，使一柄软剑，那软剑薄如蝉翼，一经他内力催动，便似一条游蛇般四面窜动，剑光到处，嗖嗖有声。

二尊不敢怠慢，只见紧那罗从腰间取出一把铁鼓，那铁鼓上宽下窄，似极了一柄铁锤，鼓面直径足有半尺，下方一根长约尺许的把手，仍是铁铸而成。众人见他拿出这奇怪兵刃，俱是一惊，随即回过神来，暗忖江湖中人使的兵刃大到棋盘，小至绣花针，千奇百怪，层出不穷，有人用铁鼓作为兵刃，倒也不算稀奇。

那矮壮弟子喝道："老妖怪故弄玄虚，看招！"掌随声起，右手翻出，猛拍向紧那罗腰肋，这掌力凌厉至极，紧那罗急忙向后跃开一步，避过他掌面，顺手将鼓面挡在身前，那掌力余劲不衰，只听嗡的一响，击声震天。

紧那罗道："少林派大圆觉掌果然厉害！"

那矮壮弟子甚是得意，道："老妖怪有些见识，知道你少林爷爷的手段！"

紧那罗冷笑一声，但见他左手执鼓，右掌倏地翻出，向鼓面猛然一拍，霎时间鸣声大作，那拍击声自携一股雄浑内力，好似滔天巨浪般连山而至，直将三名俗家弟子裹在那声浪之中，三人只觉头皮阵阵发麻，耳中嗡声不绝，待要再提真气，却是手足酸软，没了半点气力。

夜叉身法极快，见三人难以动弹，立时闪身而出，手中短剑已对准了那年长弟子，待要一剑刺穿他胸口，忽觉手腕一紧，立时半身酸麻，已然被人拿住要穴，定睛一瞧，正是南一安。

夜叉与紧那罗见他突然出现，都吃了一惊，暗想那日在三圣庄，二人联手与他战平，只能使诈才得以逃脱，心中不免有些忌惮。但两人终究自负老成，心想："那日他能与咱们战个平手，那是有三圣庄高人指点，眼下他只身一人，倒也不用怕他。"

又想："他那拳法虽然古怪厉害，不过尚未纯熟，咱们只管进攻，打他个措手不及。"

二人目光相接，心领神会。

紧那罗一个纵跃，逼至那瘦削弟子身前，发掌欲击向他天灵盖。南一安大惊，松开夜叉手腕，一个箭步冲到紧那罗身后，右臂一抡，荡开他来掌。实则紧那罗乃是用的"围魏救赵"之计，他见南一安擒住夜叉，不敢贸然动手，灵机一动，便佯装要杀那瘦削弟子，料定南一安必然出手相救，彼时夜叉方可逃脱。

南一安果然上套，二尊大喜，当下也不说话，只想着速战速决，不给他丝毫喘息之机。紧那罗使出刚才的招式，右掌拍向鼓面，岂料南一安真气往丹田一沉，那鼓声激荡出的内力便如石沉大海，但见他出手快如闪电，左拳横劈，扫向紧那罗面门，仍是龙图拳法中的第一式"摇光揽月"，紧那罗矮身避开，不等招式用老，右掌已携风带到夜叉"肩贞穴"，却是第五式"凤凰折翅"，夜叉侧身让过。

二尊本欲先发制人，不料计策落空，当下暗暗心惊。南一安道："看你们今天往哪里跑！"

其实二尊若真与南一安拼死相斗，凭南一安现在的修为，那是输面大于赢面。只不过这两人不知道龙图拳法究竟是何等威力，又觉南一安内力实在深不可测，不敢与他缠斗太久，谅必会是两败俱伤。

夜叉道："一安，咱们一家人何必自相残杀，你父母之事非我本愿，少林方丈更不是咱们所杀，中间可有着天大的误会！"

南一安怒道："哼，你们欺我年纪小，以为我这么好骗吗？看招！"

这时，那三名被紧那罗铁鼓震倒的俗家弟子也已回过神来。紧那罗见状，突然间计上心头，道："掌门，属下奉命杀了法戒那贼秃，你非但不奖赏，为何还要置咱们于死地，你若想杀人灭口，今日少林弟子在场，怕是难以瞒天过海了！"

第十五回　恩断义绝

南一安当下便知夜叉乃是要嫁祸于他，让少林弟子误认为是自己指使他二人杀害法戒大师，骂道："枉你是前辈，竟然血口喷人，好不要脸!"

夜叉道："诸位，此人便是南天与柳青青之子，杀害法戒方丈便是他们一家的主意，你们若要报仇，便去找他吧!"对紧那罗道："咱们走!"

南一安喝道："哪里走!"正待追去，却被那三名少林弟子截住，只见白光点点，却是那清瘦汉子使软剑刺来，南一安衣襟不晃，人已闪过，跟着一掌拍去，他掌力甫吐，掌面尚未及那清瘦汉子身躯，那人顿觉浑身一震，兀自往后退了几步，惊呼道："好强的内力!"

南一安本没伤他之意，掌力即吐即收，回头一瞧，却哪里还有夜叉和紧那罗的影子。

他心下又气又恼，道："你怎的是非不分？他分明是信口胡言，我要真是杀害法戒方丈的凶手，刚才干什么又要救你们?"

三人恍然大悟，只因事发突然，未及多想，反倒让夜叉和紧那罗逃之夭夭。两人轻功了得，眨眼间便没了踪迹。那年长弟子一拍脑门，端的是追悔莫及，向南一安一拱手，道："兄弟们鲁莽了，多谢少侠相救。"

南一安心想："他们都是少林弟子，报仇心切，这才坏了事情，也怪不得他们。"

又想："眼下最要紧的当是尽快将熊子带到三圣庄，让他们暂去也好，以免耽搁熊子病情。"当下抱拳还礼道："适才多有得罪。"他正欲报上姓名，又担心这些人此前对自己有所耳闻，到时不免惹些麻烦。

要知他初到少林寺时，少林弟子便已知道他的名字和身世，南天、柳青青误杀罗汉堂首座法慧一事，少林弟子始终耿耿于怀，当下便决定隐瞒真实名讳，不过刚才与夜叉交手时，夜叉已唤出了"一安"，他便随口说出一个谐音的名字，道："晚辈易欢，还未请教几位前辈姓名。"

那年长弟子姓谭名燕，乃是法戒座下高足，曾得法戒"拈花指功"真传，那"拈花指"出自西天禅宗初祖迦叶尊者，又因他面上虬髯茂密，便得了个外号叫作"美髯迦叶"。那矮壮汉子姓陈名不二，清瘦男子姓樊名峻，都是戒律院首座法寂的弟子。三人一一报上了名讳，南一安躬身还礼。

谭燕道："易少侠年轻有为，不知师从何门？"他听南一安适才一言，只道是夜叉信口开河，不知他的确系出八部会。

南一安心想自己倘若照实说了，恐怕又有一场误会，便道："不敢，晚辈在三圣庄学艺，儒释道三圣便是家师了。"

其实三圣庄极少参与江湖之事，在中原武林并无多大名头，三年前儒圣在聚寿山大显神威之后，这才声名鹊起。

三人均想："难怪这少年小小年纪，武功深不可测，原来是三圣的高足。"

那清瘦汉子樊峻生性机敏，见适才发生之事，隐约觉得南一安与夜叉、紧那罗二人关系非比寻常，随即问道："不知易少侠与刚才那二人有什么过节吗？"

南一安心想："糟糕！他是发现破绽了吗？"一时不知如何作答，只道："这……这……"

谭燕道："樊师弟，易少侠既救了咱们，便不是对头，倘若有什么难言之隐，咱们也不便过问。"

那谭燕在这些俗家弟子中好似颇有威望，樊峻虽心中存疑，但他一言既出，便也未再多问。

南一安道："是了，刚才听几位说到法戒方丈被害之事，此话当真？"

那三人立时恨得咬牙切齿，谭燕气呼呼道："千真万确，我师父五日前为八部会所害，咱们接到消息便立时赶回少室山。哼，八部会恶贯满盈，罗汉堂首座法慧师叔也是被他们害死，少林派既往不咎，没去问他们寻仇，他们

倒变本加厉，此仇不报，誓不为人！"

南一安道："前辈说是八部会的人杀害了方丈，可有什么凭证吗？"

陈不二抢道："小兄弟，你可听说过'七彩蛛毒'？"

南一安倒吸一口凉气，这"七彩蛛毒"他怎会不知，那是以西域天山之上的七彩蜘蛛炼制而成，毒性天下之最，中者无药可救，正是八部会派中的毒药。南一安"啊"了一声，道："法戒方丈便是中了此毒而死吗？"

陈不二道："不错。那七彩蜘蛛昼生夜死，极难活捉，一旦死去便毒性全无，反倒成了一味强健体魄的良药，倘若要在一日之内炼制完成，非是熟手不可，那炼制方法更是八部会的不传之秘……"

南一安虽未下毒害死法戒，但那毒药毕竟是八部会之物，心中又是悲痛又是愧疚，想到法戒于自己的恩德，霎时间垂泪欲滴，呆呆不语。

几人见南一安不是少林门人，但听闻法戒死讯后脸上显出悲伤之色，只道他侠义心肠，悲己之所悲，心中都对他生出好感。

谭燕道："易兄弟，你救命的恩情咱们记下了，他日若有什么差遣，你尽管吩咐便是。"他顿了一顿，又道："只如今咱们师兄弟须赶往少室山奔丧，就此别过了。"

当下拱手作别。

三人一道将受伤倒地的同门师兄弟一一搀扶起身。几人受伤着实不轻，有一人已被夜叉打断手臂，卧在地上低声哀叫。南一安心想："如今法戒方丈已经圆寂，那半瓶'桑枝续筋散'为何会出现在终南山一事便也无法向他求证，留在身上却没多大用处，不如送给他们治伤吧，况且他们是被八部会中的人所伤，我更是责无旁贷了。"

从怀中掏出药瓶，道："谭大侠，我这里有些治疗外伤的良药，乃是家师道济禅师亲手调制，不妨送予诸位朋友。"

谭燕忙摆手道："这……无功不受禄，咱们师兄弟已欠了你莫大恩情，怎敢再索他物？易兄弟，你的好意咱们心领了，此物既是令师亲自调制，想来也非凡品，还是请你拿回去吧。"

南一安道："家师行医一生，数十年来救死扶伤，他老人家倘若知道我见死不救，该责备我了。这'桑枝续筋散'于接续筋骨创伤甚有疗效，想当初……"他险些将法戒十指折断后以此药治愈之事说出来，若是一时口快，这中间的缘由却不知如何蒙混过去，还好反应及时，当即改口道："想当初法戒方丈与家师道济禅师也是交情匪浅，还请你务必收下。晚辈现下尚有要事在身，待此间事了，便赴少林祭拜方丈，聊表寸心。"

谭燕心想救命之恩已属大德，自己来日有机会，定要报答一番，这点小惠也无关紧要了，若再推辞，恐怕却之不恭，道："既然如此，那便多谢兄弟了，请代我等问道济禅师好，咱们后会有期！"

南一安别过众人，当下不敢耽搁，携熊子径往聚寿山去。

不一日便抵达三圣庄。他将熊子负在身后，一进山门，却与一个清瘦蓝衫少年撞了个满怀，正是曲万里。两人都是一愣，曲万里随即大叫一声："一安，你可回来了！"

南一安见他神情颇有异样，不禁生疑，道："曲师哥，发生什么事了吗？"

曲万里长叹一声，道："骆……骆宝颐，她杀了李杏儿，逃走啦！"

南一安一惊之下非同小可，一把抓起曲万里衣领，道："你说什么？"

曲万里被抓住衣领，想要奋力挣脱，却哪里使得出半点力气？急道："她没去找你吗？"

南一安道："那是什么时候的事？"

曲万里大声道："你……你先放开我啊！"

南一安松开手，曲万里续道："就是你上次离庄那晚，她用一把发簪插进了李杏儿'太阳穴'，我们第二日清晨才发现，血都已经流干了……"

南一安心神大乱，骆宝颐与李杏儿向来不合，这他是知道的，可也绝不至你死我活的地步，便是绞尽脑汁也想不出个所以然来。

曲万里道："夫子差了大半师兄弟下山寻找，十多天来却没半点音信……"

此时半边月亮透出云外，曲万里这才瞧见南一安背上尚有一人，只见熊子双眼深陷，颧骨高耸，脸上透着层层黑气，夜里看来甚为恐怖，不禁打了个寒战，道："他……他是什么人？"

南一安道："这小兄弟中了沈汀的毒，我此番回来正是要求济公大发慈悲，救他一救的。"

曲万里道："什么？沈汀？你怎的碰上她了？"

南一安道："容后再说吧，救人要紧。"

曲万里道："对，对。济公此时尚在夫子房中，你快去吧。"

南一安来到陆象杉屋外，轻轻叩了两下房门，道："夫子，济公，一安回来了。"

道济道："是一安吗？快进来吧。"

南一安进得屋内，只见二人坐在桌边，道济神情沮丧，陆象杉面色铁青，显然是为骆宝颐的事而大动肝火。

南一安明白眼下救人要紧，无暇问及骆宝颐之事，道："济公，这小兄弟中了毒，徒儿实在没办法，只好求你老人家发发慈悲了。"

陆象杉冷冷道："你可见了骆宝颐？"

南一安心想："不知宝颐是否还在终南山，她虽犯了大错，但中间定有曲折，我若照实说了，夫子命人将她捉回，恐怕是凶多吉少。"沉吟片刻，道："我……没瞧见她，弟子离庄后去了终南山，本以为爹爹妈妈会在那里，可是也没找到他们。"

道济抢道："陆兄，还是让我先瞧瞧那孩子吧。"

陆象杉哼了一声，道："自从你三年前进得山门，三圣庄当真是好事不断，如今又添了什么彩头？"

南一安哪想到陆象杉竟这般着恼自己，暗忖自他拜入三圣庄后，确也是是非频生，心中霎时有些愧疚，又有些委屈，埋头道："我……我……"

陆象杉道："你走吧，咱们从此再莫相见。"

南一安心头一震，万没料到陆象杉竟要将自己逐出师门，当即跪在地上，道："夫子，你……你要赶我走吗？"他想道济心慈善良，便将目光朝他投去，好似在求道济为自己说些好话，谁知道济却什么也不说，只哀叹一声，又将身子转到另一侧。

南一安如堕冰窟，他在三圣庄虽只待了短短数月，但这数月间既有师徒之情，又有朋友之义，更有他情窦初开的韶华，如今陆象杉一句话便要斩断情分，他如何不伤心？

陆象杉道："你未行过拜师之礼，我不曾授业于你，你也未曾北面聆教，既无师徒之名，亦无师徒之实，就当咱们从没见过。"

南一安呆呆跪在地上，再也忍耐不住，泪珠夺眶而出。他怔怔地望着陆象杉和道济，恍恍惚惚，也不知是因眼中湿润，还是这突如其来的变故让他已分不清现实与梦境，二人的样貌竟有些模糊了。

陆象杉啪的一掌拍在桌上，大声道："你怎的还不走？要我将你打出去吗？"

南一安猛地忆起，此番来三圣庄还有一个目的，便是要告知陆象杉各派寻仇之事，道："夫子，弟子现下不能走，我听说青城派、华山派和昆仑派打算来兴师问罪，他们说老祖……说老祖杀了华山派的掌门人。老祖分明已经仙游，他们定是有什么阴谋诡计，弟子要留下来与三圣庄共患难。"

陆象杉淡淡道："此事我早已知晓，几日前我已修书一封，差人送到华山，华山双侠与我是旧识，真相也已澄清，不必你多此一举，即刻便下山去吧。"

南一安见陆象杉语意坚决，竟是毫无转圜余地，跟着砰砰砰连磕了三个响头，将熊子平放在卧榻上，兀自出了房门。

他心中难过，只得安慰自己："熊子既已有救，三圣庄又免了大祸，那已是极好的了。"转念又想："只是爹爹妈妈又在哪里？宝颐又去了什么地方？我又该去哪里呢？"

其时明月悬天，晚风拂叶，道旁蟾蜍咕咕而鸣，南一安只觉天地苍茫，世界之大，竟已无他容身之所，不禁怅然若失。

道济快步来到卧榻边，当下细细端详，伸手搭熊子脉搏，过了片刻，眉间倏紧，道："奇怪，奇怪。"

陆象杉不通医术，但他知道道济妙手回春的功夫古今罕有，自己更从未见他遇过什么疑难杂症，道："哦？连你也没办法？"

道济摇摇头，道："倒不是症状奇怪，只是不明白这种毒为何会用在一个半点功夫也不会的小娃娃身上。"

陆象杉更奇，问道："是什么毒？"

道济道："此毒名唤'三焰化功丹'，乃是专吸人内力的毒药，只是这少年没半分内功修为，施毒者何以多此一举？"又道："他是一安带来的，咱们

应该问问清楚，你却把他赶走了。"

陆象杉将头转向窗外，似是在循着南一安刚才离开的道路望去，沧桑俊朗的面庞此刻好似壁垒般冷峻，唯独那双眸子散发出唯一的光。

道济也不再说话，伸手在熊子任督二脉上分点了八处穴道，催真力于熊子体内搬运三周，接着推拿、针灸，再催真力，半个时辰后，开了一副方子，令童儿取方煎药。

沈汀于医术药理之学尽数受他所传，毒术虽是左道，却非方外，因之道济救治起来也无甚棘手之处。

他见熊子气息转匀，面色渐红，料知已无大碍，服药几个疗程，不出四五日便能痊愈，但想他小小年纪，遭此大罪，心中大感悲悯，便道："也不知是哪家的孩子，这般可怜，不如咱们留下他吧。"

陆象杉喟然叹息，双手负在身后，仍是望着窗外暮色，缓缓道："济公，我为什么将他赶走，你不是不知道吧？"

道济道："我自然是知道的，那晚聚寿山尸横遍野，你料定有人存心嫁祸三圣庄，你是不愿一安蹚这趟浑水，我没说错吧？"

陆象杉沉吟道："那日一安回庄时对我说，各大派在山下设伏，要看咱们与南玄斗个两败俱伤，而后坐收渔利，如今那些人却死在了聚寿山上。"他顿了顿，又道："欲加之罪，何患无辞。"

道济站起身，走到陆象杉身旁，与他并肩而立，道："有人盘算着将祸水引向三圣庄，借此向咱们发难，只怕是项庄舞剑意在沛公。"

陆象杉颔首道："倘若有人如此处心积虑，恐怕志不在短，你是不是也认为八部会那本武功秘籍并非关口所在？"

道济点点头，忽然眼圈一红，道："几日前我收到少林派飞鸽传书，少林方丈法戒被人下毒而死，而他正是中了八部会的'七彩蛛毒'。"

陆象杉惊道："有这样的事？这就蹊跷了。"

道济道："正是如此。法慧之死，少林派本不欲追究，但少林掌门如今被害，对头再三挑衅，任佛门如何大度，也绝不能善罢甘休，势必将矛头直指八部会。如今咱们又卷入聚寿山血案，其余各派定然前来讨要说法，免不了一场恶斗，那时可真是江湖大乱了。"

陆象杉恨恨地道："我倒要瞧瞧是什么人机关算尽，搞出这么多事。"

道济道："陆兄有什么良策？"

陆象杉肃然道："兵来将挡，水来土掩！"

道济道："老祖既已仙游，我又帮不上什么忙，可难为你啦！"他突然似是想到了什么，却欲言又止。

原来陆象杉曾有过一名弟子，名叫南加台，此人家世显赫，是个蒙古贵胄。其叔父也速答儿，官拜四川行省平章政事，乃是元廷从一品大员。这也速答儿藏书万卷，喜好儒学，由此与陆象杉相识，便将南加台送至三圣庄，托陆象杉教授其经史子集。那南加台家族节制川滇军政，手握重兵，权势极大，倘若陆象杉请他助阵，他绝无推辞之理。但陆象杉是亡国之臣，向来最重名节，纵然欣赏也速答儿为人，与他也只是泛泛之交，民族大义、国家政治从未谈及，更不愿相求于他。道济正是想到了这一节，便也未再续说。

陆象杉瞧出道济神情，道："济公，你知我为人，宁为玉碎不为瓦全，你不说出来，也是体谅我了。"

道济见陆象杉看破自己心思，心中很是惭愧，道："我原本想也不该这般想的，你我一把年纪，又有多少辰光？只不过我实在不愿见到大家斗得你死我活的。"

陆象杉早年为官，向来品行高洁、刚正不阿，如今年至耄耋，归隐多年，仍不改他疾恶如仇的性子。想到暗中不知什么人苦心经营这一盘大棋，草菅人命，滥杀无辜，掀起阵阵腥风血雨，登时气往上冲，大袖一摆，朗声道："当年我与蒙古铁骑交战，不知历经多少生死，什么风浪不曾见过？料今时之敌如何狡狯，也无非江湖走卒，不值一哂。"

道济知陆象杉生性要强，眼下情势已然糟糕到了极点，但他仍然不甘示弱，也不愿求助旁人，此刻也便没再多说。待陆象杉走后，便将煎好的药服侍熊子喝下，他见熊子面色已比刚来时红润了许多，料想明日当能醒转，这才交睫入睡。

陆象杉出了道济房门后，却未回到自己屋里，而是径自来到后山陈抟墓前。但见那墓碑上写着"故友陈公图南之墓"，一笔一画深陷厘许，表面平整光滑，字迹端正庄严，乃是陆象杉运用九渊指力，以手指拓上。他之所以写

的"陈图南"而非"陈抟",因他知道陈抟为误杀胞弟和亲侄之事而愧疚半生,临死前了却旧恨,解开心结,死后自当以真实姓名流传后世,于是他手刻墓志,也算对亡友的一片心意了。

这时皓月当空,将半边天浸得亮如白昼,月华银泻山头,透过几株柳树,斑驳映在墓碑之上,陆象杉银丝如霜、白衣胜雪,本是神仙般的风骨,却见他眼眶微红,面若死灰,呆呆伫立山头,神情潦倒至极。

他左手负在身后,右手食指与拇指轻捻胸前鬓发,徐徐吟道:"夜来携手梦同游,晨起盈巾泪莫收。漳浦老身三度病,咸阳宿草八回秋。君埋泉下泥销骨,我寄人间雪满头。阿卫韩郎相次去,夜台茫昧得知不?"

这首《梦微之》是唐代诗人白居易在元稹辞世九年后作的一首七律。元、白二人同被贬谪后互诉衷肠,可谓同是天涯沦落人,与陆象杉亡国告老、陈抟丧亲归隐后相交莫逆是何其相似。诗中阿卫是元稹的儿子,韩郎是元稹的女婿,他们都已相继去世,但陈抟却亲手误杀自己的弟弟和侄儿,这等三分伤痛、七分自责,却又非前人可比,人间大悲,莫过于斯。

陆、陈二人感情甚笃,肝胆相照,故人之悲恸,他岂非感同身受?陈抟当年走火入魔,铸下大错,已知命不长久,心想倒可以死偿命。后来道济将他治好,他只觉是亡人有灵,不许他一死了之,要让他在无限愧疚中度完余生,活着原本就比死去所承受的痛苦更剧,他也坦然接受这样的惩罚。直到唐凤再度出现,他才知冥冥中自有天意,兴许是自己业报已尽,终可撒手人寰。气绝之时眼含笑意,陆象杉当时瞧出他神情,心中有如明镜,痛惜挚友亡故,更欣慰他终能含笑九泉。

陆象杉心想:"道兄,一安虽非你血亲,却是你家中故人,我本应悉心照料,但如今大敌环伺,三圣庄将遭前所未有之变故,我事出无奈,唯有将他遣下山去,倘若咱们平安过了这一关,兄弟自当接他回来,你泉下有知,当明白我一番苦心。"一声叹息,在这寂寂空山中黯然神伤。

翌日清晨,一缕阳光透过窗户,斜斜洒入道济房中。道济缓缓睁开双眼,登时一惊,只见一人坐在床边,一脸笑盈盈,怔怔地望着自己,正是熊子。

他见道济醒来,笑呵呵道:"大和尚,你可睡饱了?"

道济心下大奇:"这小娃娃昨晚还受剧毒折磨,怎的一醒来便这般高兴?"

当下起身，道："小朋友，你叫什么名儿啊？"

熊子笑呵呵地道："我叫熊子，我爹说我小时候身子骨弱，希望我长得像熊一样壮实。"

道济点头道："嗯，那你……"

不等道济说完，熊子便抢道："可我妈说是要我不做英雄做狗熊，遇到危险便逃命，活着才是最要紧的。"

道济噗地一笑，心想这小娃娃真是天真可爱，道："很是，很是，那你的大名叫作什么？"

熊子道："好像叫莫同非，不过很少有人这般叫我，大家都叫我熊子。"

道济心头一震，道："你叫莫同非？可是'莫须有'的'莫'，'相同'的'同'，'非常'的'非'？"

莫同非嘻嘻笑道："这我可不知道，是羊肉泡馍的馍也说不准。"

道济道："你可是莫家村人氏？"

莫同非道："是啊，是大哥哥告诉你的？"

道济霎时间百感交集，没料到时隔十年，竟然再一次见到了当年同霏的骨肉，心想："真是缘分呐，这孩子最终也上了三圣庄，只可惜是在今日这情形。"道："谁是大哥哥？"

莫同非道："自然是先前救我的人呀。"

道济一惊，问道："你一直昏迷不醒，怎知道是个大哥哥救了你？"

莫同非大眼向上一翻，嘟囔着嘴，道："我睡得迷迷糊糊的，有时候好似醒了，想说话却说不出来，但却能听见他说话。"

道济拉住他的手，望着眼前这纯真烂漫的孩子，仿佛又看见了三年前初到三圣庄的南一安，想到南一安三年来历经磨难，不禁心中一阵酸楚，道："大哥哥都说了些什么？你是如何中毒的？快说说。"

莫同非将左手小指咬在嘴边，一双大眼滴溜溜转了几圈，道："我好像又不记得了……"他沉吟一会儿，又道："啊，是了，他说下毒害我的那个恶婆娘，与他是同门，同门就是住在一起的吗？大哥哥人这么好，跟他住在一起那个恶婆娘可就坏得很了。"

道济暗忖片刻，当下便猜出了八九分，道："下毒害你的人，是个很漂亮

的小姑娘，只有十八九岁，她身边还有一个年龄相仿的少年，对不对？"

莫同非两眼闪闪发光，直盯着道济，道："大和尚，你怎的什么都知道？你是神仙吗？我妈说和尚会算命，看来是真的。"

道济得知下毒之人是沈汀，心中便自责不已，只怪自己教导无方，致使昔日爱徒走上歧路，却全无怪罪恼怒沈汀之意。

他见莫同非那又可爱又滑稽的模样，忍不住想笑，转念忆起清月和同霏。如今故人已逝多年，向来乐观豁达的他，不知怎的，今日竟有种大限将至之感，呆了半晌才道："大哥哥还说了什么？"

莫同非道："那他便是在梦里说的胡话了，什么爹爹妈妈，宝颐，还有什么知寒，知寒是个什么东西？大哥哥在梦里念叨了几百遍，是他婆娘吗？"

道济笑道："你小小年纪，知道什么？咦，你不想念你爹爹妈妈吗？像你这样的小娃娃，离家这么远，怎的一点也不害怕？"

莫同非咯咯咯笑了几声，转身跑到桌边，双手一撑，坐在了桌上，两只脚悬空荡来荡去，道："那有什么好害怕的？我可不要一辈子待在村里，外面的世界那才好玩呢！"

道济走到他身旁，伸手轻轻抚摸他脸颊，神情慈和，道："我瞧你倒是好得利索，身上不痛啦？"

莫同非食指挠了挠耳朵，低声道："痛是有些痛的，不过要是有好玩的，痛也没什么。"

道济道："外面的世界可没什么好玩的，是你爹妈待你不好吗？"

莫同非道："爹妈怎会待我不好？可我总觉得外面的世界才好玩。最近我还常常做梦……"他声音有意放低，还不时朝四下张望，道："我梦见有一个人告诉我，我爹娘不是我爹娘，而且还有好多好多事等我去做呢……"

道济大吃了一惊，道："什么事需要你去做？"

莫同非道："我要做一个行侠仗义的大侠，村里张先生跟我讲过好多好多大侠的故事，我也想像他们一样，行侠仗义，除暴安良！"

道济两手搭在他肩上摇了几下，以示鼓励，道："好！孩子，你要想成为大侠，就要乖乖听我的话，这几日便待在屋里，不论听到什么声音，不论看到什么，都不要出来，知道吗？"

莫同非道："这是为什么？"

道济道："你听我的话，我便教你本事，你说你大哥哥本事大吗？"

莫同非想了一会，道："大哥哥能收拾恶婆娘，恶婆娘虽然坏，可也厉害得紧，那么大哥哥本事自然也很大啦！"

道济微微一笑，道："你真聪明，可你知道吗，大哥哥的本事也是我教给他的。"

莫同非又惊又喜，忙从桌上下来，跪在地上砰砰砰磕了三个响头，道："老和尚，你本事这么大，都教给我，教给我！"

道济将他扶了起来，佯扮厉色，道："你只要听我的话，我便教给你，要不然我就把你送回去。"

莫同非高兴得连连拍手，道："好，好，我什么都听你的！"

这时忽听得有人敲门，门外那人道："济公，山下来了好多人，是咱们的客人吗？"

道济心中暗凛，随即镇定，低声道："是福不是祸，是祸躲不过。"又对莫同非道："孩子，记住我刚才跟你说过的话，待在里面，哪儿也别去。"

莫同非连连点头。道济当下出了房门，对那弟子道："庄里还剩多少门人？"

那弟子默默一算，道："曲师哥昨晚走后，连我还剩一十二人，大都是不满十五岁的师弟师妹们。"

道济点点头，道："吩咐他们全都到我屋里待着，谁也不能出来，安排妥当后你再到无名厅。"

那弟子道："济公……是不是出事了？我瞧那些都是江湖中人，咱们三圣庄从没与他们打过交道，无缘无故的……"

道济道："没什么事，按我说的做，去吧。"

那弟子领命，便去四下找寻其余同门。道济回头对莫同非温和一笑，掩上房门，径自往无名厅去。

来到厅内，只见陆象杉已端坐在上首，兀自品茗，道济道："陆兄，来者不善，咱们可得小心应付。"

过了半晌，突听山门外脚步声嘈杂异常，少说也有上百来人，道济与陆

象杉并肩迎去。只见来人中昆仑派、青城派、华山派各有数十人，为首的是一对耄耋夫妇，男的一袭灰袍，丰姿隽爽，剑眉入鬓，英气逼人，女的身着紫衫，身材高挑，发披寒霜，皓齿如雪。二人身后便是青城派掌门刘云和昆仑派掌门徐存青，再后便是各派好手。几大派虽人数众多，但除脚步窸窣作响外并无一人说话，只是面上神情各异，甚而有人目露凶光，仪态狠恶。

陆象杉心想："华山双侠当年也是义士，并非宵小之辈，此番受奸人挑唆，我且动之以情，晓之以理，万不可与之大动干戈。"抢前一步，道："不知诸位朋友莅临敝庄，有失远迎。"向为首的那对夫妇一揖，道："刑大侠，刑夫人，多年不见，别来无恙。"

刑氏夫妇乃是退隐多年的华山派耆宿，华山派掌门公良止宇的师伯，男的姓刑，单名一个舒字，女的姓罗，名红秋。

刑舒见陆象杉气定神闲，却无丝毫做贼心虚之状，心中大感疑惑："陆象杉乃是故国名臣，一代忠良，怎会结交大天尊者那等人物？"转念又想："画龙画虎难画骨，知人知面不知心。况且八部会妖人诡计多端，难保他不受人蒙骗。"双手抱拳，道："陆先生好，崖山一别，你我已二十三年不见，今番故人重逢，却不知是喜是忧。"

陆象杉道："故人重逢，若是朋友，原也可喜，倘若是敌，那也不足为忧。"

刑舒道："陆先生，道济禅师，今日前来拜会的诸多朋友，大多是后生晚辈，二位归隐多年，想必不甚熟识，待在下替二位引荐。"

实则三年前徐存青、刘云等人追杀南天一家至聚寿山时，陆象杉出手相救，与各人早已见过，但刑舒却并不知情，道："这位道长，便是青城派刘掌门。刘掌门智勇双全，这些年为对付八部会妖孽之事出了不少力。"

刘云抱拳为礼，道："晚辈刘云，三年前倒与陆先生有过一面之缘。"

刑舒道："哦？那看来是老夫多此一举了，既是故交，那便好说。"

陆象杉昂首道："陆某年事已高，大抵只记得些老朋友了，竟不知青城派已是后起之秀执掌门户，只道仍是丹阳子。"

刘云自然知道陆象杉是有意怠慢，嘿嘿一笑，道："家师仙逝多年，劳烦陆先生记挂，敝派上下感激不尽。至于在下贱名，又何敢辱没了先生清听？"

刑舒道："陆兄，咱们都老啦，老了原也没什么，就怕有些人不服老，非要生出事端，那可糟糕至极。"

陆象杉知他话里有话，换作旁人哪里有不发作的道理？只不过他敬重刑舒为人，当下平平道："诸位远来是客，尚请移驾屋内一叙。"

群雄此番前来，乃是认定聚寿山血案为陈抟所作，但来者俱是江湖中鼎鼎有名的人物，陆象杉与道济亦是前辈高人，总要一尽宾客之礼。

当下众人依言进了无名厅，陆象杉与道济坐在上首，华山双侠及各派来人分坐左右，陆象杉命适才那名弟子一一奉上茶来。

第十六回　青衫磊落

陆象杉道："区区山野匹夫，何劳诸位如此兴师动众？不知众位朋友光降敝庄，有何见谕？"

刑舒坐在右侧上首，当下拱手一揖，道："陆先生客气，咱们不请自来，原非客礼，不过事出有因，还请足下和道济大师多多包涵。"向道济微一欠身，道济合十道："好说，好说。"

陆象杉寻思，"他不直陈其事，想必是信得过我的为人，只不过奸人挑唆，暗箭难防。我若不坦言相对，反倒显得心虚。"道："据我所知，刑大侠贤伉俪，及诸位朋友此番上山，乃是为了半月前聚寿山血案，是也不是？"

忽听得一老妇喊道："陆先生既知道，那便快请陈图南出来说话，咱们人都来了，他避而不见算什么好汉？我师侄堂堂华山掌门，岂能不明不白死了？"那老妇正是刑舒之妻罗红秋，一声呵斥有如惊雷乍响，众人无不为之一震。

刑舒道："夫人，不得无理，陆先生是有德之士，深明大义，岂会包藏匪类？当年抗击蒙古人，陆先生案前马上，鞠躬尽瘁，我向来敬重他的为人。常言道：'君子周而不比，小人比而不周。'"转过头来对陆象杉微微一笑，道："陆先生饱读诗书，在下一介武夫，原不该在此布鼓雷门，见笑，见笑。"他这话说得轻描淡写，却字字针锋相对，言下之意自是陆象杉若执意维护陈拵，那便是相互勾结，有违圣贤之道。

陆象杉岂会听不出他弦外之音，但听罗红秋语气笃定，口口声声说是陈拎杀害了公良止宇，却又不知何故，道："刑大侠不必过谦，倘若令师侄和其余各派朋友的死当真与三圣庄有关，在下自当还各位一个公道，绝不徇私舞弊。"

刑舒大喜，道："如此甚好，那便请贵庄另一位庄主出来说话吧。"他说的这另一位庄主，自然指的是陈抟，只是他认定陈抟是杀害公良止宇的凶手，心中大有怒气，要叫他陈先生或是道圣，定然是不情愿的，但他又自重身份，不欲出言轻薄。

此言一出，余下华山、昆仑、青城派众人纷纷响应："让陈图南出来！""血债血偿，还咱们一个公道！""手刃仇人，替天行道！"这些人中有的是为公良止宇喊冤的华山派门人，有的是其余门派中的弟子，须知那晚聚寿山上死的不仅是公良止宇，尚有昆仑派和青城派的众多门人，他们眼下也都认定是陈抟杀害了自己的同门手足。

陆象杉道："敝庄陈老先生已于聚寿山血案发生当晚过世，在下与济公亲眼所见，不知刑夫人此话作何解？"

众人都感疑惑，面面相觑，刑舒心想："这陆象杉葫芦里卖的什么药？他不会真想包庇那大天尊者吧？"却听罗红秋抢道："好你个陆象杉，二十多年不见，当年的一身正气到哪里去了？那大天尊者究竟给了你什么好处，你竟甘心替他卖命？今日若不将他交出来，我姓罗的便要踏平这聚寿山！"左掌往几上啪地一拍，那木几登时碎裂成块。身后华山弟子见状，立时朝前踏上几步，眨眼间便要动起手来。

陆象杉道："刑夫人息怒，在下不知是何人搬弄是非，妄言陈兄行凶杀人，当真是居心叵测。但陈兄确已仙游，坟茔便在后山，诸位如若不信，大可前去瞧瞧。"他缓缓起身，走到无名厅中央，又道："陈先生当年是八部会首领不假，可人孰无过，知过能改，善莫大焉。先生二十余年前便已与八部会恩断义绝，改邪归正，多年来我儒释道三友偏居聚寿山一隅，与诸位素无瓜葛，他却为何要无是生非，滥杀无辜？还请诸位明鉴，勿要受奸人挑唆，令亲者痛，仇者快。"

刑舒心想："陆象杉为人素来正直，绝不至公然与武林正道为敌，但刘云与徐存青等人亲眼所见，即便他二人所言不实，咱们华山派弟子总不会在我

面前信口雌黄、挑拨是非吧？"跟着便走到刘云与徐存青身旁，道："二位贤侄，便将事发当晚的详细经过原本道来吧。"

徐、刘二人忙站起身，向刑舒恭恭敬敬一揖，刘云道："刑师伯，便由晚辈来说吧。"

刑舒道："务必原原本本道来，莫要冤枉了好人。"

刘云道："是。这还须从徐师兄与八部会唐凤的梁子说起。"当下将徐存青与唐凤三年前在少室山下如何结下梁子，而后徐存青又如何得知陈拊便是八部会大天尊者陈图南，如何探听到南玄与唐凤欲往三圣庄寻陈拊报仇，众人又如何商议要将八部会余孽一网打尽的事备细道出，只是他与徐存青、公良止宇设计埋伏在聚寿山下，坐山观虎斗这些不光彩之事，碍于情面，便只略微带过。他每说一句，徐存青便跟着点头。

刘云又道："陆先生与道济禅师是当世高人，晚辈们本不欲叨扰二位清修，只是得知八部会妖孽齐聚贵庄，情知机不可失，这才未经通报便上了聚寿山来。咱们本打算清除八部会余孽，整肃武林风气，谁知还未到三圣庄，便遇上大天尊者与那恶妇交战，那时咱们才知那恶妇原也是八部会中的人物，她武功与大天尊者相去甚远，顷刻间便已毙命。咱们一拥而上，却仍不敌那魔头，以至公良掌门……唉……此事虽是那大天尊者所为，但若非我和徐兄执意要上聚寿山，公良掌门也不会遭此大厄，刑师伯，罗师伯，晚辈当真是愧莫能当。"

罗红秋气往上冲，道："刘掌门，你为武林除害，那是份所当为，怪只怪陈图南那魔头忒也可恨！陆象杉，你还有何话说？"

陆象杉听罗红秋出言辱及陈拊，心中怒气渐盛，他极力克制，心想自己此刻若率先动起手来，那三圣庄一世英名便真就付诸流水了，当务之急是要澄清事实真相，还陈拊清白，便道："刘掌门，你口口声声说杀害公良掌门的人便是陈图南，可有凭证？"

刘云欠身抱拳，道："陆先生有所不知，大天尊者那时虽身披麻衣，又戴了一副面具，瞧不清容貌，但他与那恶妇动手之时曾道：'离开八部会这么多年，功夫却也没耽搁。'那恶妇本不知这麻衣客便是大天尊者，但想来他一开口，那恶妇便认出了声音，惊道：'你是陈……'她'图南'二字尚未出口，已被大天尊者毙于掌下。后来咱们与大天尊者交手时，他又道：'凭你们这群乌合之众，也敢跟我陈图南动手？'这便是他自报名讳了。当时在场人数众多，刘某若有半句虚言，但教我死无葬身之地。"

陆象杉听刘云如此言之凿凿，自己若非亲眼见到陈抟气绝，险些便要尽信他之所言，寻思："看来确是有人蓄意嫁祸给咱们，那人究竟是谁？又有什么目的？"道："诸位既没能瞧清那麻衣客真容，单凭他三言两语，便断定是道祖本尊，未免太过武断。倘若有人冒名顶替，存心嫁祸陈先生，挑拨三圣庄和各位武林同道之间的关系，咱们岂非正中他下怀？"

刑舒心想："徐存青当日来华山见我，倒也没说得这般详尽，原来他们并未瞧见凶手真面目，这事倒不好办了。"

这时忽见适才奉茶那名弟子匆匆进得无名厅内，走到道济身旁，低声道："济公，少林寺妙语大师携少林僧众前来，现下就在门外。"

他虽压低了声音，但在场众人俱是江湖上的好手，焉有听不见之理？有的心想："道济和尚是禅门宗师，与少林派系出同源，他们少林派妙字辈高僧在这当口出现，难道是来替三圣庄撑腰的？"又有人寻思："那大天尊者也得罪了少林派不成？是了，少林罗汉堂首座法慧大师便是遭了八部会的毒手，少林派定是赶上今日群豪齐聚三圣庄之机，也要来算算旧账。"还有人想："少林寺妙字辈仅剩这位妙语大师尚在人世，素闻这位老和尚武功出神入化，但闭关几十年从未离寺半步，今日正好开开眼界。"

道济站起身，道："快快请进。"说着便往外走去。众人一一降阶相迎。

但见一名老和尚身着浅灰色僧袍，瘦骨嶙峋，长眉垂肩，面如金纸，神气郁郁，正是妙语。他身形瘦削，颇显病容，一眼瞧去便连常人体魄也不如，但在场众人颇多武学名家，见他步伐平稳，气息悠长，白眉虽已及肩，在他行进中却丝毫不为风所动，大有渊渟岳峙之象，气度巍然无俦，心下无不暗暗惊佩。在他右侧便是达摩堂首座法定，左侧是一名身高马大、年纪却只有二十来岁的和尚，却是南一安于少林后山修习《洗髓经》时相识的法智，其后便是少林派僧俗弟子二十余人，两日前与南一安打过交道的谭燕、陈不二、樊峻也在其中。

法戒当初为保南一安，当着天下群雄自废武功后，便与江湖中人少有往

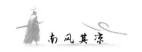

来。今日在场众人，大多不知他已圆寂，见他今日未曾前来，只道是他潜心礼佛，不再过问江湖俗事。

道济见妙语徐徐走来，登时破颜大笑，迎上前道："老弟好啊！"

众人均想道济是一代大德高僧，怎的便似孩童般兴高采烈，无不错愕。哪知道济本就生性豁达，胸无城府，开悟之后已然明心见性，圆觉通透，于繁文缛节更是不萦于怀了。他与妙语几十年前便已相识，如今法戒恩师妙觉老和尚早已圆寂，今日得见故友，当即喜不自胜，便连各派向三圣庄发难之事也抛诸脑后了。

妙语合十道："阿弥陀佛，师兄，久违了。"他话音甫落，其余少林门人一齐口诵佛号："阿弥陀佛，参见杨岐六祖。"

众人适才还想着少林派此番来到三圣庄是助自己一臂之力，哪知一见面就这般亲热，倘若多了少林派这个劲敌，今日成败可就难知了，心中又是失望又是惶恐。

陆象杉欠身道："妙语大师，暌违多年，久疏问候了。"

妙语还礼道："阿弥陀佛，陆居士，你好。"

刑舒夫妇不知妙语此行到府是友是敌，但他二人是一代宗师，妙语又是少林寺高僧，却不可失了礼数，当下抱拳齐道："大师，这厢有礼了。"

刘云、徐存青在妙语面前更属晚辈，便即行礼问讯，妙语一一回礼。他这一来，刚才无名厅内紧张的气氛看似缓和了不少，实则人人心中各有算盘，趁相互寒暄之际，也在暗自筹谋下一步打算。

众人进得厅内，道济道："妙语师弟，这些年你闭关清修，我三年前上少林没能见到你，这次你来，可得在庄上多盘桓几日。"

妙语道："阿弥陀佛，贫僧此番叨扰，是有两件事要请师兄解惑。"

道济道："哦？是哪两件事？你说说看。"

妙语道："贵庄可是有一名弟子姓南，名叫一安？"

陆象杉听妙语说起南一安的名字，脸上微微一沉，预感大事不妙。道济道："不错，南一安是咱们三年前收的徒弟，那又如何？"

妙语微一皱眉，道："那便请这位小居士出来一见吧。"

陆象杉抢道："小徒一安已离庄多日，不知去向，敢问大师所为何事？"

妙语"哦"了一声，转过头朝向身后谭燕，谭燕俯首向他耳语了几句，不知说了些什么。

陆象杉又道："大师但说无妨，不知小徒有何能耐，敢劳大师玉趾？"

只听谭燕朗声道："古人言：'明察秋毫，不见舆薪。'陆先生是名士，克明峻德，千万别为小人蒙骗，一失足成千古恨。"

众人听谭燕说罢，无不暗自庆幸今日少林派是友非敌。各派于南一安自是早已熟知，三年前法戒舍命维护南一安，还道是八部会与少林派已化干戈为玉帛，却不知南一安怎的又跟少林派结下了梁子，但不论他们之间究竟有什么恩怨，今日少林派总不会站在三圣庄这边了。

谭燕这话虽说得委婉，但在陆象杉听来已是极不客气，分明便是指责自己被小人蒙骗，晚节不保。陆象杉并不识得谭燕，谅他也只是少林派中的晚辈，如何敢这般跟自己说话？当即厉色道："此言差矣，子曰：'小人闲居，为不善无所不至，见君子而后厌然，掩其不善而著其善。'小徒虽然顽劣，但秉性纯善，绝非虚伪矫揉之辈。据老夫所知，三年前小徒身受重伤，贵派法戒大师慈悲为怀，欲将《洗髓经》借出相救，他那时因其父母身负贵派法慧大师的血债，心中惭愧，宁死不受，倘若他是蒙骗我的小人，只需在我面前佯扮君子即可，何须不顾性命，在少林派天下英雄面前装腔作势？试问在座诸位，当此生死关头，谁能有如此气节？此乃大丈夫所为之事，'小人'二字，原封奉还！"

法智冷冷道："陆先生学识渊博，巧言善辩，咱们自愧不如，便请阁下高足现身，咱们来个当面对质如何？"

陆象杉道："老夫适才已说过，小徒不在庄内，去向不明。诸位如此恶言相向，老夫倒要问问是何意？"

道济听得一头雾水，不知南一安到底跟少林寺有什么过节，竟然惊动了闭关几十年的妙语，心中大感蹊跷，道："妙语师弟，你要问的事，还是由你亲自说出来吧。"

妙语道："阿弥陀佛，善哉，善哉！"当下站起身，道："敝派掌门法戒方丈，几日前死于八部会'七彩蛛毒'一事，师兄可已知悉？"

他此言一出，群雄耸动，只因法戒圆寂之事在不久前发生，少林派并未

大肆宣扬，众人便无从得知。有的敬佩法戒为人，痛惜他惨遭奸人所害，有的暗自窃喜少林派群龙无首，还有的深知少林派此仇不报，绝不会善罢甘休，如此一来今日倒大有胜算。

道济道："唉，我已经知道了，可法戒师侄对一安有救命之恩，你们总不会认为是他下的毒手吧？这可万万不能。"

谭燕见师伯祖妙语站出来说话，自是不便插口，但那陈不二性子激烈，口无遮拦，便即抢出道："单这一事自然不能说明，可他两日前却又用那'七彩蛛毒'害死了咱们几名俗家弟子，我与谭师兄、樊师弟亲眼所见，若非撞了大运，咱们仨现下也去西天见佛祖了，这又做何解释？"

陆象杉与道济大惊，无论如何也不相信南一安真会下毒杀人，陆象杉道："当真是你亲眼所见？"

陈不二便将两日前众俗家弟子如何与紧那罗和夜叉斗上，南一安出手相救，将那半瓶"桑枝续筋散"赠予众人治伤之事原原本本道了出来，陆象杉听他所说不似杜撰，心中惴惴不安，不由得不信。

陈不二续道："他假意出手相救咱们，为的是放走紧那罗和夜叉那两个魔头，两个魔头曾恭恭敬敬地叫他'掌门'，显然他们是一伙的，那小贼反倒说是两个魔头有意栽赃嫁祸于他。他当日不敢以真名示人，杜撰了'易欢'的假名，还谎称那'七彩蛛毒'是治伤良药，害得咱们师兄弟中毒惨死，手段当真狠毒！"

陆象杉听得面色铁青，他明知这几件事之间必有关联，陈抟和南一安都是遭人诬陷，但证据确凿，不由分说，心中又急又怒。

道济道："不对，不对。"

陈不二本以为自己此言一出，陆象杉与道济定然无话可说，谁知道济居然立时驳了回去，心中不禁有气，但碍于道济杨岐六祖的身份，不敢过于放肆，道："济公，我这话哪里不对了？"

道济道："南一安此时武功修为在江湖上已屈指可数，他若真想杀人，哪里用得着如此大费周章？"

陈不二冷笑一声，道："这正是那小魔头的歹毒之处，他一掌将别人杀了不过瘾，定要下毒将人折磨致死，邪魔外道的想法，那自然是不同于咱们了。"

他见妙语对这番说辞并未加以阻拦，大有纵容之意，便接着说道："济公，事实胜于雄辩，做了便是做了，你老再怎么替他辩护，那也改变不了咱们师兄弟惨死他手的事实。大丈夫敢作敢为，这小魔头迟迟不现身相见，岂不让天下英雄耻笑?"

这时突听刘云朗声道："陆先生，济公，众位朋友，可否听在下一言?"

陆象杉和道济默然不语，刑舒道："刘掌门，但说无妨。"

刘云躬身一揖，道："是。今日咱们齐聚三圣庄，并非有意滋事，都是为了将事情原委弄明白，可大家这般各执一词，终是没完没了。"

陆象杉正色道："你待怎样?"

刘云清了清嗓，道："倘若大天尊者当真已不在人世，那么想必其中另有隐情，众位朋友今日错怪了道圣，冒犯了三圣庄，晚辈刘云无名小卒，忝列青城派掌门，今日也当自刎谢罪，化解三圣庄与众位武林同道之间的嫌隙。"

群雄登时耸动，有的心想："刘云既把话说到这个份儿上，那自然是有恃无恐了，料来他手上还有铁证。"又有人想："想不到这刘掌门今日为了大义竟这般奋不顾身，平素只道他机智善辩，却没想到在这大关节上还有如此气魄。"

刘云又道："倘若大天尊者至今仍逍遥法外，想必那南一安也定然是受他指使杀害了法戒方丈和少林派的弟子，此事蓄谋已久，陆先生和道济禅师受了他们的蒙骗，那也情有可原，冤有头债有主，咱们只管寻八部会讨要说法，绝不与三圣庄过不去。"

刑舒道："不错，咱们绝非有意与三圣庄为难，只是八部会灭我中原武林之心不死，为了千百万正道朋友的身家性命，这才出此下策。陆先生，济公，望二位念在天下苍生的份上，助咱们肃清武林风气。"又向刘云道："刘贤侄一片赤心，可敬可佩。倘若大家当真冤枉了道圣和南一安，那也非你一人过错，咱们在座的都难辞其咎。若诸位不嫌弃，刑某便邀各位于中秋佳节上华山玉女峰来，我华山派略备薄酒，稍尽地主之谊。这一来算是咱们聊表歉意，二来众家兄弟一同赏月畅饮，岂不快哉?"

罗红秋冷冷道："要喝酒你自己喝去，宇儿尸骨未寒，你倒有这闲情赏起月来了。"

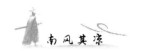

刑舒被夫人当众斥责，不禁面上无光，朝她斜眼一望，当下不再多说。陆象杉道："那照刘掌门的意思，如何证明道圣和南一安并非真凶？"

刘云沉吟片刻，道："晚辈心中确有一计，只是……"

他此时话音拉长，眼神却望向刑舒，便是在请他示意可否续说。

刑舒道："刘掌门，陆先生是明事理之人，你不用顾忌，有话直说。"

刘云低声道："晚辈只怕当真错怪了道圣，此举恐怕有辱他老人家英灵。"

刑舒道："倘若咱们迟迟找不出真相，陈先生便终究无法彻底洗清冤屈，那岂非更糟？"

刘云点点头，拱手道："刑大侠说的极是。晚辈斗胆，想请陆先生开棺验尸。"

群雄听他说罢，登时哗然大噪。但转念又想，只需证明陈图南确已不在人世，那陆象杉刚才所言自然便是事实，凶手也定是另有旁人，即便陈图南是行凶之后才死的，但他既然已经死了，也算是大仇得报。此举虽然冒犯亡者，但也是现今唯一的法子，无论如何也得开棺瞧瞧。

陆象杉勃然大怒，右手劲力一催，只听"啪"的一声响，已将手中茶杯捏了个粉碎，道："你放肆！即刻给我滚下山去，否则别怪老夫不留情面！"

刑舒事先也未料到刘云的计策竟这般大胆，但也觉除此之外别无他法，忙站起身道："陆先生息怒，此举虽然大悖伦常，但为今之计，首在澄清事实真相，古人云：'丧与其易也，宁戚。'你们情同手足，把这丧事办得风光，倒不如还他一个清白，还望三思。"

道济是出家人，佛家讲六道轮回，万物无常，人死后各按因果业报，转世投胎，因之他倒不觉此举有甚为难之处，道："陆兄，我瞧……"

话未说完，便被陆象杉打断："济公，说什么我也不会同意，老祖是咱们二人亲手下葬，旁人若是不信，要动手便动手吧。"

便在此时，突听得外面一人朗声道："谁要开老祖的棺，我南一安定不饶他！"

众人循声望去，来者不是别人，正是南一安。

他疾奔入厅，到得陆象杉与道济身前，双膝一屈，跪倒在地，道："夫子，济公，弟子来得迟了。"

便在此时，何阮溪三人也进得厅内，各派见关帝帮帮主和点苍派掌门一齐现身，心下大喜，徐存青道："陈帮主，何掌门，二位来得正好！"

陈大学心想："好什么好，我又不是来帮你的。"当下打个哈哈，道："赶巧，赶巧。"

何阮溪默不作声，只林知寒径直奔到陆象杉与道济身前，立时下拜，道："夫子，济公，弟子……"她堪堪说出弟子，心中一酸，却不知自己还是否算得上三圣庄的弟子。三年前在少林寺时，道济已知晓她身世，那时虽然当场释怀，但时过境迁，如今又发生了这许多事情，两位师父当下作何想法，她却一概不知。

道济赶忙相扶，陆象杉道："你这臭小子，又回来做甚？"

南一安胸口一热，眼泪险些夺眶而出，道："夫子，弟子愚钝，始知你老人家是为了保护我才赶我下山，但弟子怎能不顾尊师安危，苟全性命？今日誓与三圣庄共存亡！"

原来昨晚南一安离开三圣庄后，心情沮丧至极，一路下了聚寿山，正巧遇上林知寒三人。三人那日自莫家村赶来，陈大学与何阮溪深恐遇上熟面孔，届时邀自己一道去三圣庄问罪，却又如何推辞？几人便晓宿夜行，避开官道，绕路前往三圣庄，此刻方才赶到聚寿山下。

南一安神志恍惚，竟没瞧见三人，何阮溪远远望见他，便招呼道："一安！"

南一安回过神，道："啊，是你们。"他原本心中烦恼，眼见林知寒到来，竟是说不出的欢喜，但喜悦之情一闪即过，随即又陷入无限迷茫之中。

陈大学一路上始终担心南一安有个三长两短，到时何阮溪便会一辈子不搭理自己，此刻见他安然无恙，终于松了口气。

何阮溪道："你要去哪里？"

南一安低声道："我不知道，夫子将我赶走了。"

林知寒道："为什么？那熊子呢？"

南一安道："济公答应设法救熊子，可是……夫子已不认我这个徒儿。"

林知寒道："夫子没告诉你缘由？"

南一安道："我早已跟你说过，夫子是瞧不上我这八部会小子的。"

林知寒道："那济公怎么说？"

南一安摇摇头，道："什么也没说。"

何阮溪道："你可告知了儒圣，各大派近日会上山挑事？"

南一安"嗯"了一声，道："夫子说他已向华山派修了一封书信，如今事情已经澄清。"

林知寒道："夫子向来口是心非，我瞧这事并不简单。"

南一安奇道："什么意思？"

林知寒道："济公心肠柔软，他见你被夫子赶走，却连一句求情的话也没有，这不更奇怪吗？"

南一安道："那……那为什么……"

林知寒道："倘若夫子和济公是为了保护你，不让你受牵连，才故意让你走的呢？"

南一安半信半疑，道："可是夫子说了，华山双侠与他是好朋友，误会也已经澄清了。"

何阮溪道："林姑娘说得对，陆先生归隐多年，与华山前辈能有多少交情？他这么说自然是为了哄你相信，要不然你怎会乖乖听他的话？"

南一安倒吸一口凉气，霎时间心中又喜又忧，喜的是陆象杉也许并非当真与自己断绝师徒关系，忧的是三圣庄危机也尚未解除，道："那咱们赶紧回去吧！"

何阮溪道："慢着，陆先生让你下山，自然有他的道理，万不可意气用事，咱们须得瞧瞧清楚。"

南一安道："既然已经知道了，那还瞧什么？"

何阮溪道："倘若对头当真是为你而来，他们寻你不见，兴许自己便下山去了，可你这番贸然出现，指不定又会出什么事。咱们暂且找个隐蔽的所在暗中观察，必要时再现身不迟。"

几人商定，便顺山道一路往三圣庄去。南一安有意放慢脚步，与林知寒并肩同行，可这时林知寒却一言不发，神色愁苦。

南一安心中奇怪，寻思："刚才还好好的，怎的突然间像换了个人？"道："知寒，你怎么啦？"

林知寒默不作声，南一安又道："你脸色不好看，是赶路太累了吗？"

林知寒忽地停下脚步，道："师父已经死了，你干吗要骗我？"

南一安被这一问，登时有些失措，道："我……我不是有意骗你，当时你身子虚弱，我怕你……"

话未说完，便被林知寒打断："罢了，我不怪你。只是……只是今后……我便只有一个人了。"

南一安瞧着林知寒那娇弱可怜的模样，一颗心怦怦乱跳，何阮溪在身后拉了拉陈大学衣袖，示意他走慢些，似是有意避开二人说话。

南一安不知怎的，心下紧张异常，伸舌头润了润干涩的嘴唇，道："你放心吧，咱们是好朋友，今后……今后我会照看你的。"

他刚说完，脸上登时红涨，手心不觉渗出汗来。

林知寒缓缓道："你……你先前在庄里，见到宝颐姐姐了吗？"

南一安听她这般问起，想到骆宝颐居然下手杀了李杏儿，又在终南山负气离开，心中五味杂陈，不知如何开口。

林知寒见南一安神情有异，悠悠地道："宝颐姐姐对你一往情深，你可别辜负了她才好。"

南一安心头一凛，脑中不断萦绕着她刚才的话，只觉这话似是而非，宝颐对于他而言，有时好像很近，有时又似很远，三年间这个形象总是模模糊糊，却如何也挥之不去。他顿了片刻，低声道："我理会得。"沉吟半晌，又道："今后……今后我和她一道照顾你……"

林知寒笑道："不用啦！我一个人也没什么不好的。"

南一安不再说话，抬眼望望天空，已是黎明时分，天色朦朦胧胧，好似隔了一层薄纱，只待清晨的一缕阳光穿破这灰色的云层。

突听得何阮溪轻声说道："林姑娘，这里你再熟悉不过，咱们尽快找个地方隐蔽起来吧。"

林知寒应了一声，当即便领众人来到三圣庄附近一座山坳处，此处荆棘密布，灌木丛生，确是个极好的藏身之所，且地势较高，视野开阔，能将三圣庄的情形瞧得一清二楚。

过了一盏茶工夫，天色渐明，南一安朝山下眺望，只见一队人马好似游蛇般蜿蜒而上，过了片刻，已将来人形貌瞧得明白，那些人中有些是他相识

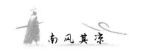

的，有些却从未见过，正是各派群雄。

南一安知道果是如何阮溪所言，此刻眼见众人前来，不禁暗暗担忧，心想："好险！倘若我当真独自下山去，岂不是做了缩头乌龟？让夫子和济公为我涉险，便是保住性命，也必定悔恨终生。"

只听陈大学道："华山双侠果然来了，这要是打起来，可当真棘手。"

南一安道："这两位前辈是什么来路？"

陈大学武功不如南一安，见识却比他高了许多，心想："你这小子毕竟年轻，遇上事还得问我，嘿嘿。"他这般想着，嘴角便已流露笑意，心下甚是得意，道："你小小年纪，华山双侠的名头自然不曾听过。"他顿了一顿，又道："想当初元宪宗蒙哥率军攻打合州，久攻不克，于是只留三千精锐继续攻城，余下尽数遣去攻打重庆路，华山双侠刑舒刑大侠和夫人罗红秋罗女侠，便趁蒙哥重兵外遣之机，率领江湖义士夜袭合州钓鱼山大营，以华山暗器'飞蝗石'将蒙哥刺杀。"

南一安听到此处，不禁"啊"了一声，心想："这两位前辈竟立有这等战功，想来也必是英雄好汉。"

陈大学续道："他二老当时可说是所向披靡，武功那是高得很呐！"

一瞥眼间，各派群雄已到了三圣庄门外。待群雄进得三圣庄后，半晌也没动静，南一安心中窃喜，只道陆象杉已澄清真相。又过了片刻，却见少林派也赶到，不禁起疑，寻思："法戒大师堪堪过世，少林派的大和尚们不料理本寺内务，怎的也来凑这热闹？"

当下施展轻功，悄悄跟了进去，他知来人中高手如林，深恐动静太大，被人察觉，便即屏息凝神，暗中查探。直至听陈不二等人说他用"七彩蛛毒"杀害少林弟子，又听刘云说到要开棺验尸，心下怒不可遏，这才现身。

群雄一见是南一安，登时耸动，只听陈不二喝道："好家伙，你倒真敢来！"

话音未落，右手已向南一安胸口"膻中穴"抓去，南一安略微侧身，便即让过，陈不二见一爪抓空，顺势左掌翻出，拍向南一安小腹，不料这一掌非但没能击中，反倒被南一安扣住手腕"列缺穴"，立觉半身酸麻，竟使不出半点气力。

南一安道："前辈，你先住手，我绝没杀害少林派的师兄！"

陈不二视南一安为大仇人，他先前断定南一安与夜叉、紧那罗乃是同伙，那日他独斗二人能占得上风，想必是三人早就商量好了，故意做戏给自己看。但见南一安一招一式颇有大家风范，确是不同凡响，料知南一安武功定也不弱，适才见他出现，第一招便使出"大圆觉掌"中最厉害的"奢摩他爪"，本想趁其不备，一招致命，心想自己只消一掌将他杀了，大仇得报，哪里管旁人作何说？岂料南一安所练的《六通指玄经》实是凌驾于一切武学之上，有如人之于禽兽，后者虽孔武有力，却不知人之所想，而人却能自禽兽的一举一动间判断其意图所在。

谭燕与樊峻两人见陈不二须臾间便被擒住，心下大骇，立时上前帮忙。那徐存青本也欲上前助力，却见南一安功夫进境如斯，实是有如神助，当下猛吃一惊，心想："这小子当真邪性，短短三年，功夫便如此厉害，还是暂且按兵不动为好。"他却哪里知道南一安将《六通指玄经》与少林《洗髓经》相互参详，自创"武学格义法"的奇遇。

谭燕见他武功深湛，不敢大意，双手催开拈花指法，分向他双肩"缺盆穴"点去。南一安身子微晃，单掌横带，那两股指力受他拳劲牵引，尽数落在樊峻的软剑之上，剑身登时嗡嗡作响。

这一下来得好快，他左掌扣住了陈不二手腕，右掌翻出有如电闪，携了谭燕的内力并上自己的内力一同击向樊峻，那樊峻的剑法本是以柔克刚，但受了这股阴阳并济、兼蓄刚柔的力道，一时间难以承受，当即向后飘开了几丈。

谭燕拈花指力被南一安一掌带去，立时中腹大开，南一安只消再发一招，眨眼间便能将其置于死地，但他不愿杀人，便将手松开，往后退了几步，示意罢战。

岂知陈不二仍不甘心，喝道："八部会手段果然了得，我姓陈的也非贪生怕死之辈！"

待要再发掌攻来，突听得妙语道："阿弥陀佛！"

这一声佛号听似轻柔绵软，众人听来却只觉浑身内息窒塞，好似被一张蛛网裹住，飘飘忽忽，却疏而不漏。

第十七回　世事难料

三人被妙语喝住，不敢再行动手，只得退在一旁。

只听妙语缓缓道：“这位小施主已是手下留情，你们不是他的对手。小施主，你这套拳法可俊得紧呐！”

南一安抱拳道：“大师谬赞，多有得罪。”又道：“谭大哥，小弟绝无歹意，那日送你们的‘桑枝续筋散’，我确不知已被调了包，这‘桑枝续筋散’是三年前谢济禅师赠予法戒方丈，用以治疗方丈十指关节的损伤。可不知为何，十天前我却在终南山仰天池畔找到了这药瓶，正待去向法戒方丈询问缘由，不料他老人家……”

少林僧众听到此处，心感法戒被害，齐声悲诵佛号。却听法智大声道：“哼，这便是了，咱们整理方丈师兄遗物，并未见到这药瓶，你若是不曾去过少林寺，这药瓶难道是长翅膀飞了不成？说，你为什么要加害咱们方丈？”

南一安见说话之人乃是法智，他与林知寒住在少林后山期间，法智时常来探他二人，相处也甚融洽，万没料到法智居然会站出来诘问自己，不免吃了一惊，却对谭燕道：“请问谭师兄，两日前你曾对我说过，法戒方丈是五日前被害，距今已有七日，是也不是？”

谭燕道：“是又怎样？”

南一安道：“七日前我人在终南山上，三圣庄有两名弟子可为我作证，我又岂能分身前往少林寺加害法戒大师？”

谭燕道：“那两名弟子是谁？现在何处？”

南一安所说的两名弟子自然是骆宝颐和李博渊，可终南山一别，二人已不知去向，如今却要到哪里去寻他二人？只道："这……这……"

法智冷冷道："便是真能替你作证，谁又知道他们与你是不是同伙？"

一人抢出道："没想到堂堂少林派也这般不分是非，单单一个药瓶便妄下定论，当真是荒唐！"说话之人正是何阮溪。

法智道："阁下又是哪一路的？"

何阮溪道："云南点苍派何阮溪。"

法智合十道："原来是何掌门，失敬，失敬。"

何阮溪道："南一安此言千真万确。几日前我与陈帮主在终南山下的莫家村与他相遇，终南山距少林寺千里之遥，试问他如何能在一日之内从少林寺来到莫家村？"

只听刘云哈哈大笑，道："何掌门，三年前在少林寺，你与陈帮主当着天下英雄的面，执意维护南一安，你们早就串通一气，你的话若能作数，咱们岂不是比三岁小孩都不如？"

何阮溪道："莫家村的村民皆可作证，诸位若是不信，去问问他们便可真相大白。"

刘云道："今日这姓南的小子自己送上门来，咱们倘若再去莫家村，中了你的缓兵之计不说，待八部会援兵赶到，岂非竹篮打水一场空？你这算盘打得倒是精。"

何阮溪道："照你这般说，那是不由旁人辩解了？"

徐存青道："何掌门，你到底是站在哪边的？"

何阮溪道："哪边在理，自然便站在哪一边。"

徐存青深吸一口气，森然道："姓何的，你果然和南天藕断丝连，曹老前辈的仇，你是不打算报了？"

何阮溪被他当众奚落，登时脸颊涨红，却听陈大学怒道："牛鼻子，别人家的事关你屁事！"

岂知徐存青非但不怒，反而笑嘻嘻道："陈帮主，自古英雄难过美人关，不过何掌门心有所属，你又何必在一棵树上吊死？"

陈大学被他言中心思，立觉颜面扫地，心想自己好歹是一帮之主，如今

当着天下英雄的面，为了一个女人如此失态，岂不教人笑话？他一瞥眼间，却见何阮溪面如飞霞，仪态忸怩，寻思："事已至此，老子今日便豁出去了，只要你能正眼瞧我，便是与天下为敌，又有何惧哉？"道："老子在哪棵树上吊死，要你来管？反正今日你们谁也别想动南一安这小子。"

徐存青道："好哇，陈大学，我看你是鬼迷了心窍，今日便教你去见关帝爷吧！"

陈大学使开大刀，喊道："要见也拉你一道去见！"

两人剑拔弩张，正欲动手，只听一人喝道："住手！咱们今日上三圣庄，是为将事情弄明白，你们也是江湖上成名已久的人物，怎的不识大体？"说话的正是刑舒。

徐存青道："刑师伯，我瞧今日之事没什么可说了，三圣庄与八部会摆明是串通一气，这何掌门和陈帮主，恐怕也误入歧途了！"

刑舒叹了口气，道："陆先生，济公，二位既不同意刘掌门的说法，那便请划个道儿吧！"

陆象杉道："大丈夫有死而已，诸位要上便上，陆象杉奉陪便是！"

刑舒道："当真没别的法子？"

陆象杉身姿挺拔，负手而立，朗声道："翻手作云覆手雨，纷纷轻薄何须数。君不见管鲍贫时交，此道今人弃如土！"

这是杜甫的一首《贫交行》，陆象杉将自己与陈抟之间的交情比作管仲与鲍叔牙，乃是借此诗以明志，暗讽众人的酒肉之交，自己对此是不屑一顾。

刑舒道："好啊，好一个管鲍之交，咱们倒成了翻云覆雨的小人了！不过咱们今日以多欺少，算不得英雄好汉，我瞧陆先生高徒手段也厉害得紧，不如便来一场单打独斗的比试，倘若咱们胜了，尚请陆先生行个方便，若是输了，我华山派即刻下山，今后不再过问此事，诸位意下如何？"

各派众人均想："华山双侠与妙语大师武功都是出神入化，便是单打独斗，一阵车轮战下来，这陆象杉与南一安未必便能撑得住，就算他二人侥幸胜了，咱们到时再出一人挑战，定能一举拿下。"

念及此处，群雄纷纷叫好，只听陆象杉道："陆某若是输了，诸位便将我项上人头拿去，再请自便！"

南一安此前听陈大学说了华山双侠的厉害，心中不免担忧，道："夫子，小心！"

陆象杉朝他淡淡一笑，神情柔和，二人自三年前相识以来，南一安似乎从未见陆象杉对自己笑过，如今大敌环伺，却见他处之泰然，敬佩之情油然而生，心想："这许多事原是因八部会而起，我既然回到三圣庄，岂能让师父犯险，自己却在一旁作壁上观？"便道："夫子，还是让弟子先上吧！"

陆象杉道："为师还没老到这般地步，刑大侠武功超凡卓绝，你瞧仔细了，学得了一招半式，也够你受用终身。"说罢跨步上前，道："刑大侠，你的兵刃呢？"

刑舒道："此番原非挑事，况且是拜会陆先生和道济禅师，怎敢携带兵刃？"

陆象杉道："好，刑兄，不论今日胜负，陆某认你这个朋友！"

话音未落，右掌已倏地翻出，击向刑舒面门。刑舒见掌势凶猛，真力充沛，非同小可，当下跃后避开，堪堪站定，陆象杉左手食指已向他胸口"中庭穴"点来。这"中庭穴"在"膻中穴"下一寸六分，"膻中穴"乃是人身大穴，为足少阴、太阴，足少阳、太阳与任脉的交汇之处，习武之人藏气之所，若与旁人交手，陆象杉自是一点必中，只是今日对手乃是刑舒，他只怕刑舒身法奥妙，一击之下未必便能点中，反倒受制于人，是以退而求其次，点那"膻中穴"之下的"中庭穴"。

罗红秋见丈夫处境危急，喊道："师兄当心，是九渊指！"九渊指与九渊神掌乃是一路功夫，三年前在三圣庄纹枰轩内，陆象杉与南玄交手之时，南一安便见他使过。彼时他《六通指玄经》尚未练成，难以将指法路数瞧得清楚，如今陆象杉再次施展绝技，立时明白他刚才让自己瞧仔细的用意，不单是要自己学那刑舒的功夫，更是要在实战中将这套九渊神功传给自己。

南一安理解陆象杉的用意，更觉今日凶险无比，此刻不暇多想，只将陆象杉一招一式仔细琢磨。《六通指玄经》中的"大天眼"心法，乃是总揽天下武学的最大纲要，任一武功的招式路数和运气法门都包含在内。他一面瞧着，一面在心中默默比照"大天眼"心法要诀，手上不禁随陆象杉的招式微微晃动，只觉内息圆润无阻，通畅顺达，这无比高深的绝技此刻在他看来，

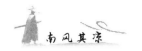

竟好似早已熟知一般。

那刑舒见陆象杉伸指点来，也不慌张，料想陆象杉这一指既未朝自己"膻中穴"点来，必定是虚招，强手尚在后面，便不全力招架，只使出四成劲力抵御。果不其然，陆象杉左手这一指本已来得极快，可他右掌倏地翻出，却是后发先至，向刑舒左肩拍来，刑舒早有防备，二人两掌对接，只听砰的一声闷响，齐向后退了三步。

这一下是纯以内力相交的比拼，容不得半点虚假。群雄见二人刚才互拆的三招实是迅捷无伦，虽只三招，但每一招能练到这等地步，都非得几十年不可，三招相加，少说也要逾百年修为方能臻此境界，心下无不大为骇然。

眨眼间，一个回合斗了下来，众人均瞧得目瞪口呆，只是见刑舒并不主动发招，却一味退让自保，心中怏然。碍于刑舒江湖地位颇高，妙语大师尚未开口，其余人更不便指责了。

刑舒道："陆先生的九渊神掌精妙绝伦，在下佩服。"

陆象杉道："刑兄这玉虚神功，比之当年也更加炉火纯青了。"

这玉虚神功乃是华山派一门驰名天下的功夫，共有十层，但从古至今却无一人能功行圆满，便是刑舒，此时也只练到第六层。

陆象杉当年北抗鞑靼，战功卓著，后来南宋灭亡，他睥睨帝乡，粪土富贵，刑舒向来对他敬佩有加，原本只欲同他耗上一耗，待他精疲力竭，再由罗红秋上场将他击败，如此也不用以命相搏。须知高手过招，双方都不敢有丝毫怠慢，稍有差池，便可能身受重伤。可经刚才一番较量，刑舒已知陆象杉今日绝不会手下留情，自己倘若一味退让，不仅大有风险，也难以堵住群雄之口，心想："看来今日若不与他拼上一拼，是难以对天下英雄有所交代了。"

当下左手前伸，做了一个"请"手势，道："陆先生，请。"

陆象杉道："有僭了！"

但见身形晃动，陆象杉运掌如风，奋力进攻，刑舒一招一式却慢慢悠悠，比之刚才眼花缭乱的几招，倒更显笨拙了，让人瞧来好不心急。

各派群雄心中不禁有气，均想："这刑大侠是有意让着那姓陆的吗？怎的没半招杀手？""是了，这两人交情匪浅，倘若刑舒临阵倒戈，咱们今日岂不功亏一篑？"

南一安见他二人过招，心下却为之一震，刑舒招式看似笨拙无比，与陆象杉那大开大合、妙用无穷的九渊掌相较之下，实是不可相提并论。但不论陆象杉招式如何凌厉，却始终无法欺近刑舒身周一尺，每每到险要之处，总被刑舒以不可思议的身法化解，跟着一招轻飘绵软的攻势发出，陆象杉又不得不奋力招架。

只听妙语道："大盈若冲，大巧若拙，刑居士这玉虚神功，想是又有进境了。"

众人恍然大悟，原来不是刑舒刻意容让，实是那玉虚神功本就是以静制动，他全身含蓄劲势，蕴力不吐，但对方只要一加攻击，立时便有同等劲力反弹出去，敌手愈强，他反击的威力便愈大。南一安虽熟知"大天眼"心法，却只能稍稍瞧出些端倪，未能全然领会。

眨眼间，陆象杉九渊掌已化为了九渊指，拿抓点戳，勾挖拂挑，连进了八招，端的是快速无伦。南一安瞧得忘形，忍不住喝了一声彩，但八招的劲力却似打在了弹簧之上，均被刑舒一一反弹了回去，二人斗了百余招，仍是不分胜负。

华山派门人见刑舒未落下风，不禁叫起好来："师伯祖武功盖世！""华山派天下无敌！"

罗红秋喝道："住嘴！功夫练不到家，倒学会阿谀奉承了，真是丢人现眼！"

她一番训斥过后，众人便不敢再多言，其余各派均觉好笑，却听南一安道："哼，这门功夫也没什么了不起。"

罗红秋听南一安竟敢嘲讽丈夫，登时怒气上冲，冷冷道："小朋友好大的口气，华山派雕虫小技不足挂齿，老身倒想见识见识你的手段。"

南一安这是有意让刑舒分心，他知陆象杉与刑舒二人这般打法，便是打到饿死也未必能分出胜负，因此要激一激刑舒，让他使些别的功夫，又道："我师父使的都是实实在在的功夫，似刑前辈这般一味地借力打力，打来打去也是九渊掌自己打自己，却要斗到什么时候？何不将华山派的高招使将出来，让晚辈也开开眼。"

罗红秋心想："得寸进尺，谅你这毛头小子三脚猫的把式也不配跟我动手，今日咱们只消制伏了陆象杉，不愁找不到陈图南那老贼。"道："师兄，不必理会那小子，他是要激你，万不可上他的当，他一个乳臭未干的小子哪里懂得咱们华山派虚怀若谷、洞如明镜的上乘武学？"

刑舒老成持重，自然不会为南一安三言两语所激，加之他全力以赴，南一安所说的话更如耳旁风一般听而不闻。

陆象杉心想："没想到这玉虚神功练至这等境界，竟有如此威力，当真是匪夷所思。"

南一安听这"虚怀若谷、洞如明镜"八个字，登时心头一凛："这门功夫厉害之处便是能反弹对手的劲力，想必这八个字便是关口所在。"他心念电转，好似已明白了什么，可一到紧要关头，却就是想不出个所以然，心下焦急如焚，额上不觉已渗出了汗水。

林知寒道："一安，你在想什么？"

南一安被林知寒一语所惊，见她怔怔地望着自己，霎时间想到二人在少林后山避居三年，又想到三年间自己修习《洗髓经》之事，蓦地豁然开朗。原来他是回忆起了《洗髓经》中的经文，文中道，"惟虚能容纳，饱食无所宜……心空身自化，随意任所之，一切无挂碍，圆通观自在……"想到此处，心中大喜，果然是天下武学出少林，这玉虚神功的精妙所在，《洗髓经》中也早有叙述。这门功夫的厉害之处在于能反弹敌人的劲力，假使对方佯装猛攻，真力相交之际立时收势，那这玉虚神功本身所积蓄的劲力便会自然而然倾泻出来，好似充气的布袋漏了口子，哪里还能反弹外力？只是要做到真力即吐即收，却非寻常人可以办到。念及此处，兀自回忆《六通指玄经》所述，有了《洗髓经》的比照，再于《六通指玄经》中寻找要诀，便省了不少功夫，过得片刻，心下已有计较，朗声道："夫子！膻中为橐籥，气海若深谷，动而能生风，虚能无生有，以空之御虚，天翻四海倾。"

群雄本在凝神观看这当世两大高手之间的较量，正看得入神，突然间听南一安念起了这几句晦涩难懂的话，均不知作何解，即便能懂得其中妙谛，凭自己的修为也断然无法做到将真力收放自如，于是都将目光投了过来。

便在此时，坐在一旁的妙语大师忽然双眉一蹙，深吸了一气，心想："这少年确有些道行，他虽练过《洗髓经》，但适才所说分明又是另一门极高明的心法，倘能令他幡然悔悟，改邪归正，那便再好不过。"缓缓道："果然是英雄出少年，南施主，老衲也想领教领教你的高招。"

南一安道："大师，我……"

却听陆象杉道："我若依你所言胜了刑大侠，却又与那些无耻之徒有何分别？"

陆象杉今日为陈拚不惜开罪中原武林，倘若因此战胜，纵使群雄罢手下山，心中也必定不服，自己也将落下骂名。他骨子里却极重名节，要胜便要胜得光明磊落，岂肯受人指点？他听南一安说完，已明白刑舒的罩门所在，只是仍不愿照此方法破这门玉虚神功。

刑舒知道陆象杉此刻要破这玉虚神功实是易如反掌，心想："我若再用这玉虚神功，这张老脸却又往哪里搁？便是胜了，恐怕他也不服。"当下变换招式，道："陆兄好气魄，刑某也绝不占你便宜！"

陆象杉目露精光，朗声道："好，好，痛快！"向后跃开几步，转身对道济身旁的弟子道："去，将我房中两口剑取来。"那弟子依言，快步朝后堂走去。过不多时，取来了两口利剑，一口呈给陆象杉，一口呈给刑舒。

陆象杉双手将长剑恭恭敬敬地横托胸前，双眼自剑首至剑尖细细端详了一番，温言道："这两把剑，是当年理宗皇帝御赐之物，伴随老夫征战多年，历来杀的是来犯之贼，斩的是夷狄禽兽，只可惜世事变迁，今日却要用它来对付陆某向来敬重之人，真是可悲可叹！"他缓缓将剑拔出，那剑几十年未曾出鞘，剑身却仍是白光璨璨，只见剑格之下三寸处刻有四个小字，陆象杉怔怔地盯着那四个字，轻声念道："天地正气。"

刑舒将手中长剑拔出，见剑身上同样刻有四字，乃是"国士无双"。南宋理宗赵昀虽曾联蒙灭金，一雪靖康之耻，但晚年沉迷美色，荒淫无度，令当时有志之士大为不满，刑舒便是其一。此刻见陆象杉仍对理宗忠心耿耿，心想："这陆象杉当真迂腐至极，理宗皇帝昏庸无能，浸淫逸乐，他却如此愚忠，想来对朋友也必如此，那大天尊者与他交好，他自然要极力回护。"

只听得陆象杉又道："刑兄，咱们拳脚上难分高低，这剑术上的造诣，陆某尚待向你讨教一二。"

刑舒左手上扬，右手握住剑柄，抵在左手掌心，做了个"请"手势，道："九渊剑法名冠天下，刑某正要请陆先生赐教。"一语甫毕，长剑已圈转罩来。在场众人不乏使剑高手，刘云和徐存青见了这招，登时惊呼道："萧史弄玉！"

罗红秋听见二人说话，心下颇为得意，含笑道："不错，正是我华山派'出云五峰十八式'中的剑法。"跟着转向南一安，神色轻蔑地道："小娃娃，你适才让咱们使出别的功夫，那么这路剑法你可要瞧仔细了。"南一安瞧得入迷，这番话却浑没听在耳里。

这"出云五峰十八式"中的五峰，指的自然是华山东西南北中五峰，五峰各有三式剑法，每一式极尽繁复变幻，都是刑舒的太师伯玄同子所创，另有三式却是刑舒当年在北峰上读李太白《西岳云台歌送丹丘子》一诗时，见诗中写道"白帝金精运元气，石作莲花云作台"而自行悟出，是以到如今共有一十八式。

华山奇险素著，尤以五峰中的南峰为最，因此南峰三式招招奇特狠辣。刑舒敬重陆象杉是名臣大儒，故不愿以如此招数对待。中峰林木葱茏，环境清幽，化出的剑法也雅致俊美，刚才这第一招"萧史弄玉"便是中峰三式中的第一式。

众人只觉他剑势扫到之处，隐有花香徐徐而来，原来这花香并非当真有花，只因华山派内功与玄门正宗心法修炼丹田之气不同，五脏六腑、周身百脉乃至四肢五官皆为修炼之源，刑舒内力修为已练到至高境界，浑身内息自然而然随剑招散发出来，群雄便有如置身花园一般。

陆象杉道："好剑法！"使开九渊神功，举剑还架。未及招式用老，刑舒已变换身法，长剑分向陆象杉四面斜刺而出，只见白光点点，端的是眼花缭乱。陆象杉招法更奇，剑尖一阵蹿高伏低，招招成圆，余意不尽，顷刻间便将对方攻势化解，他一面拆招，中间又不乏进攻的路数。二人几招下来，竟不知孰攻孰守，众人瞧得目瞪口呆，不禁轰然喝彩，当真是山谷雷鸣。

罗红秋见刑舒招式被化解，心中不禁着恼，又见陆象杉剑法圆转如意，一招一式绝少有斧凿之痕，确是精妙无比，道："师兄，九渊剑法以雄浑绵密见长，不可大意！"

刑舒心知陆象杉武功深湛，自己千招之内绝难言胜，当下打起精神，一声清啸，剑随声转，朝陆象杉腰肋疾砍而去。二人相距甚近，这一下剑身移动不过一尺，无名厅内却嗡嗡之声大作，好在陆象杉身法高妙，避开了这一击，仍不免大惊，心想这一剑倘若砍得实了，自己非得当场丧命不可，赞道："好深厚的内力！"刑舒跟着剑尖上挑，陆象杉急刺他小腹，攻中带守，守中有攻，乃是一招攻守兼备的凌厉招式。刑舒横剑一封，瞄向他右肩，跟着"老君挂犁""孤云出岫""枯松倒挂""退之投书"

接连使出，尽是南峰三式中的变招，招招奇险，凌厉非凡。

二人你来我往，拆了将近八百招，仍是不分高下。两人都是古今罕有的大宗师，今日一决雌雄的盛况实属鲜有，群雄都已瞧得如痴如醉，心想倘若能学到一招半式，自己的功夫也必大有长进。

二人起初拆解了近千招难分高下，只因彼时两人都内力充沛，须知高手过招，实则是真力的比拼，两人修为相当，千招下来不分伯仲也属寻常。但二人终究年迈，斗到此时真力都已殆尽，头上冒起了丝丝白烟。愈是这种时候，便愈能发挥剑招本身的优势，只见陆象杉展动长剑，白影跟着一晃，连进了五六招，都是指向要害之处。刑舒心下大骇："这路剑法与九渊剑系出同源，此处绝无可疑，我与他相识几十年，九渊剑法的路数怎会另有我不知道的？"

陆象杉那九渊剑法，实在是一门非同寻常的功夫。武林中使剑的高手，研习的招式大多用于单打独斗，但陆象杉当年征战沙场，常常是以一敌众，且蒙古士兵虽不精剑招，却孔武有力，于是那九渊剑法中便专有一路剑招用于战场上的搏杀。这些剑法路数虽然难称俊雅，但一招一式却异常狠辣实用，他向弟子传授功夫时曾说："这路剑法毕其功于一击，一击必取人要害之处。"他被尊为儒圣，出手向来优雅，这剑法中的狠辣招式平日里也绝少用到，只是今日非斗个高低胜败不可，便也只得使将出来。

南一安看到此时，只觉陆、刑二人剑法各擅胜场，"出云五峰十八式"招数古朴，内藏奇变，苍然悠远，意蕴高邈，九渊剑法雄浑凌厉，却不拘一格，看似狠辣又不掩浩然之气。

再拆得四五十招，只见刑舒已有些力不从心，陆象杉稍稍占了上风。

南一安心想："这两路剑法都是当世绝学，夫子能力战至此，已属不易，

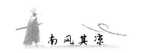

倘若要再战妙语大师，恐怕是凶多吉少了，不知咱们能否安然渡过这关？"他想到妙语，自然而然便想到法智，适才法智信口开河，竟说自己是杀害法戒方丈的凶手，他自忖三年间同法智相处和睦，且对方绝非莽撞之辈，何故在短时间内性情大变？他心里想着，便不觉朝法智望去，突然见他似与罗红秋身旁的刘云会心一笑，二人笑容说不出的诡异，只因那笑容转瞬即逝，群雄又都专注于陆、刑二人比剑，因此竟没人发觉。

南一安心中大奇，寻思："那姓刘的阴险狡诈，诡计多端，法智是少林僧人，平日里也绝少出寺，二人怎的好似相识已久？"

他心里正琢磨，突听哇的一声，只道刑舒已然败下阵来，抬头一瞧，却见陆象杉右胸已被刺了一剑，雪白衣衫被鲜血浸红了大半，兀自委顿在地上。

南一安急忙抢上前去，将陆象杉扶了起来，当下顾不得缘由，正待催动内力替陆象杉稳住心脉，却见道济飞奔上前，抢在南一安之前将手摁在了陆象杉背脊。南一安理会用意，道济知道陆象杉败阵，只得依靠南一安，此刻便不能让他耗损真气。

只听得一人破口大骂，道："你奶奶的，姓刘的好不要脸！"南一安循声望去，见陈大学使开大刀，疾风骤雨般向刘云砍去。

原来刑舒刚才愈斗愈显不支，眼看陆象杉一剑斜刺里递出，他左支右绌，已是避无可避，于是索性露出要害，挺剑直上，这是两败俱伤的打法。

便在此时，刘云突施暗器朝陆象杉发来，陆象杉余光扫到，急忙绕剑格开，仍是被割破右手掌背，渗出几滴血来，当下刑舒手中长剑已势无回转余地，当即便将陆象杉右胸贯穿。这一剑虽然厉害，但好在未倾注内力，加之陆象杉习武多年，修为精深，换作旁人势必命丧当场。

刘云一面举剑还架，一面大声道："我不欲两位前辈拼个你死我活，这才出手阻拦，陈大学，你可别是非不分。"

刑舒自忖已然输了阵，又失手重伤了陆象杉，心中难掩愧疚之情，径直来到他身旁，颤声道："陆先生，这一局刑某甘拜下风，你且安心调养。"他见陆象杉面色憔悴，形容萎靡，身后便是道济在替他疗伤，左侧是南一安，右侧是林知寒和一名三圣庄弟子，再后是何阮溪，人人神情焦虑不安，绝对不似装模作样。寻思："倘使刘云和徐存青所言不虚，我今日胜之不武，又有何颜面再向三圣庄讨要说法？但若是这两人出于什么不可告人的秘密合谋欺瞒于我，那么宇儿的死定然与他们脱不了干系，只是眼下找不到证据，还是暂且回去再做计较。"

他徐徐起身，朝四周群雄一拱手，道："陆先生技高一筹，刑某愿赌服输，这便携华山派下山去，诸位后会有期了。"侧目一瞧，只见陈大学正好被刘云一脚踢中小腹，向后几个跟跄，险些要摔倒在地，何阮溪箭步上前，将他扶在怀中。

陈大学原本骂骂咧咧，回头一见是何阮溪，心头登时甜如蜜饯，便连伤处也丝毫不觉疼痛了。

刑舒背对着刘云，脸一沉，冷冷地道："青城派的暗器功夫可比剑法高明得多了。"

他这番话自然是讥讽刘云，便是三岁小孩也听得出，可刘云仍然面色平和，淡淡地道："晚辈心中只念着刑师伯安危，无暇顾及其他，适才不自量力出手相助，让师伯见笑了。"

刘云虽然是晚辈，但毕竟是一派之尊，刑舒心中纵然不悦，也不会当场发作，可那罗红秋脾气火爆，忍不住便叫骂道："哼，多此一举，这等场面几时轮到你这小子动手了？"

青城派弟子听闻罗红秋当众折辱本派掌门，无不面红耳赤，只不过忌惮罗红秋江湖地位颇高，武功更是卓绝，便都不敢率先发作，只盼着刘云一声令下，自己拼死也不能在天下英雄跟前输了颜面。岂知刘云非但不怒不恼，却拱手笑道："罗师伯教训得极是，是晚辈鲁莽了。"

刑舒道："算了师妹，宇儿的事大有蹊跷，咱们须得下来详商。"

两人说着便往门外走去，南一安心下气恼，喊道："伤了我师父，说走便要走吗？"跟着便要发作，突觉腰间一麻，却是陆象杉忽然伸手将他抓住，只见陆象杉双眼紧闭，盘腿而坐，轻轻摇了摇头。

南一安心中一酸，热血翻涌，道："夫子，他们合起伙来害咱们，弟子咽不下这口气！"

罗红秋被他这一激，自忖行走江湖几十年，谁不敬华山双侠三分？眼前这乳臭未干的少年几次三番出言不逊，登时气往上冲，道："八部会的小魔

头，你既想死，老身便成全你！"

刑舒喊道："师妹！"

罗红秋道："师兄不必多言，适才一局是刘云使诈，咱们认输也无妨，待我料理了这小子，咱们便打个平手，仍是不分胜负。"

南一安道："谁输谁赢还未可知，你是前辈，请吧！"

罗红秋衣袖一震，只见一条赤色软鞭霎时抖落，跟着右臂一扬，那软鞭倏地飞起，疾向南一安身上卷来。南一安身子一沉，从软鞭下蹿了下来，未及发招，突觉腰间一凉，已被那软鞭打了一下。这一下当真是电光火石，在场群豪愣了半晌，随即爆发出雷鸣般喝彩声。

陈大学道："小子，罗前辈鞭法出神入化，你可得当心了！"

岂知南一安这两下是故意卖的破绽，意在从罗红秋的发招收势、打穴方位、运劲蓄力中窥破她的招式路数。罗红秋一鞭拍去，原想南一安即便不死，至少也得肋骨寸断，不料这一下非但没能将他重创，自己却遭他内力反扑，直将虎口震得隐隐生疼，心下不由得大骇："这小魔头的功夫是什么来路？他小小年纪便有如此修为，今日若不将他铲除，将来势必后患无穷。"念及此处，手上又加了几分劲力，那软鞭突然间灵动威猛，直与一条赤龙相似，蓦地向南一安下盘虚空一击，南一安向后跃开，这一下力道着实不凡，居然将南一安脚下一块石砖拍得粉碎。

罗红秋一击未中，软鞭疾抖，转成两个圆圈，从半空中朝南一安头顶盖下。南一安身如飞箭，轻巧让过。无论她使出如何让旁人看来避无可避的招式，南一安总是在那舞动的软鞭中穿来插去，趋退如电，竟无半分败象。她眼见自己连使"出云五峰十八式"中的鞭法，南一安却始终举重若轻，游刃有余，她一个江湖耆宿，迟迟拿不下一个毛头小子，自觉面目无光，不禁有些心浮气躁。

高手过招哪里容得片刻分神？只这一瞬之际，招式便露破绽，南一安一味避让，却不反击，等的便是这一刻，当即右手猛地窜出，手臂一挥之际，快如电闪，眨眼间便将那软鞭捏在手中。罗红秋奋力往回抽取，力道之强实是难以招架。南一安急中生智，顺势欺到她身前，左掌疾向她胸口拍去。罗红秋未料到南一安这一下居然借力打力，仓促之下急忙还掌相迎，只听"砰"

的一声，两掌相接，势大无比，罗红秋只觉内气好似搅成一团乱麻，哇的一声喷出一口鲜血。

在场众人都被惊得目瞪口呆。虽说南一安之前左避右闪，罗红秋也无可奈何，但终归是一方处攻势，一方处守势，孰优孰劣，一目了然，岂料弹指间便高下颠倒，胜负既分，各人无不暗暗心惊。

罗红秋武功虽不及刑舒这般出神入化，但他二人并称华山双侠，其修为自然也是卓荦不凡。她言语上虽不屑南一安，可一经拆招便知对方绝非易与之辈，因此一出手便使出"出云五峰十八式"中的鞭法，力求教对方毫无还架之力。

但南一安自学成《六通指玄经》以来，历经数次大战，心法口诀已愈发熟稔，他先前见刑舒使出"出云五峰十八式"，心下便默默记忆，此刻见罗红秋故技重施，这才能在短短两招内便将对方的招式路数全然洞悉。他却不知华山派除了玉虚神功和"出云五峰十八式"外，尚有许多高深的上乘功夫，这些功夫虽不及"出云五峰十八式"厉害，但经罗红秋之手使出也必定非同小可，倘若罗红秋使出来对付他，他就应接不暇了，因此这次取胜一来是南一安瞎猫撞上死耗子，二来便是罗红秋求胜心切，正中了对方下怀。

南一安一拱手，道："承让了。"

刑舒是前辈高人，又是一代宗师，当年急流勇退，提携公良止宇为华山派掌门，江湖上人人知他雅量容才，拔擢后进。他见爱妻不敌眼前这少年，心想倘若南一安并非八部会中的人物，自己倒真对他刮目相看，倾心以待，只可惜正邪不两立，这欣赏和惊讶之情便都通通化为了满腔怒火。不过他适才既已表明罢斗之意，此刻也不便再出手，况且他也不知南一安功力深浅，贸然动手只怕胜负难料。

刑舒急忙问道："师妹，你怎么样？"

罗红秋道："没……"话未说完便呕出一口鲜血。

刑舒朝南一安森然望了一眼，对罗红秋道："伤得不轻，我先替你护住心脉。"

当即伸出双掌，抵在罗红秋背心。

罗红秋摇头道："师兄，你……你内力耗损不少，不必……不必替我疗

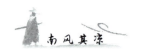

伤，只……只需将八部会余孽杀了，替……替宇儿报仇，那比……比什么都好。"堪堪说完便昏了过去。

刑舒道："济公，事情到这般地步，实非刑某本愿，敝派掌门公良止宇之事，眼下已不敢妄加定论，但是非黑白，总有昭然于天下之日。"说这话时余光却瞥向了刘云。当下顿了一顿，拱手道："诸位，告辞！"转身携华山派下了山去。

余人见华山群雄渐行渐远，突然一个声音说道："既然华山派的朋友走了，那便来说说咱们的事吧。"众人将目光投去，只见说话的正是法智。

南一安道："我正要问你，你刚才说的话，到底是什么意思？还请你说明白则个。"

法智道："我已说得十分清楚，你是如何也不打算认账了吗？"

南一安心想："我与他相识几年，也知他并非冲动莽撞之人，何以今日如此反常？难不成是旁人易容伪装？今日无论如何也须得在少林派和众人面前将事情澄清。"道："法智师父，事情并非如你所想，恐怕……"他正待与法智细说，突然间耳畔风声鼓动，只见法智右掌已朝他面门扫来，正是少林正宗"龙爪手"，南一安微一侧首，当即避开。法智一击落空，喝道："今日不教你吃些苦头，难消我心头之恨！"当即左掌回转，斩他肩头，南一安手腕疾挺，撞他掌心。法智屈指成爪，向南一安胸前猛地抓来，端的是厉害无比。

南一安心想："这易容之术在江湖上原也是有的，但相貌可以改变，这手凌厉的功夫却如何学得？看来此人便是如假包换的法智本尊了，那么一个人的性情怎会在短时间内发生这般大的变化？当初他在少林后山时温文尔雅，对我关怀备至，难不成都是装的？可是我与他无冤无仇，他却为何要处心积虑陷害我？"越想越是糊涂，这一分神，只听"刺啦"一声，右肩衣襟已被抓破三条口子。南一安一瞧，见皮肉并未破裂，但伤处却痛入骨髓，正是一招"蛟龙入海"。

南一安情知自己托大，若不全神贯注绝难应付眼前敌手，当即屏息凝神，严阵以待。

林知寒眼见南一安吃了亏，心想陆象杉今日功力大损，身受重伤，没个一年半载绝难恢复，倘若一安不敌法智，此时少林派人多势众，三圣庄岂非只能任人宰割？愈想愈是心惊，掌心不禁捏了把汗，一颗心也怦怦乱跳。

猛听得"啪"一声响，南一安和法智两人破窗而出，直从无名厅内斗到了屋外。众人一拥而出，只剩下道济和陆象杉留在里面。

陆象杉面色苍白，形容憔悴，低声说道："济公，那少年和尚颇有些古怪，须得小心提防。"

道济道："此人既是法字辈，瞧今日情形，想必是妙语和尚近年收的关门弟子了，年纪是轻了些，但佛家向来不假名相，这倒也没什么稀奇。"

陆象杉缓缓道："'龙爪手'凌厉狠辣远胜其余少林绝技，但终究是禅门功夫，断不会有如此邪气。"

道济"噫"了一声，道："这我可瞧不出个所以然，但倘若如你所说，妙语怎么瞧不出？"

陆象杉道："这一节我也不明白，走，扶我去外面。"

道济忙道："不行，你……"话未说完，只听门外哗然大噪，两人都是一惊，道济不等陆象杉起身便往外奔去，一瞧之下才知是虚惊一场，原来是法智已被南一安击倒在地。

法智起初能占上风，那是南一安心有旁骛，又未能看清他功夫的路数，待南一安聚精会神后，当即催动《六通指玄经》，同时施展开龙图拳法，法智却哪里是他对手。

一干少林僧人急忙将法智搀扶起身。他虽受了伤，好在南一安未下重手，神志尚算清醒，朝妙语低声说道："师父……弟子无能，没能……没能替方丈报仇雪恨……"

妙语长"嗯"了一声，道："我年老力衰，你虽是我的入室弟子，这六年实未真正传你什么功夫，你可曾怨过为师？"

法智道："师父，你何出此言？弟子自幼伶仃孤苦，不知父母是谁，蒙你老人家收养教诲，替弟子调理内伤，此恩此情甚于天高，弟子纵是禽兽，也万不能对师父有丝毫不敬。"

"妙语大师只怕是多虑了，你不曾传他，想必也自有旁人代劳。"众人循声望去，说话的却是陆象杉。

法智一凛，道："陆先生此话何意？小僧乃是少林弟子，怎会另投旁门？"

陆象杉冷笑一声，道："老夫说的旁人，自然也是少林派的高僧大德，何曾说你另投旁门了？你这话又是何意？"

便在此时，四周房梁之上突然间惊起数只飞鸟。妙语双手合十，朗声道："阿弥陀佛，阁下与我神交六年，今日还不肯现身相见吗？"

妙语此言一出，群雄不禁失色，目光纷纷朝四下探去，却哪里也不见人影。

陆象杉更是奇怪，心想："难不成还有不速之客，怎的我竟没半点察觉？"此人能在陆象杉眼皮下隐匿行踪，内力之强实是非同小可。

妙语修禅数十年，功力精深，几能立时入定，蝼蚁翻身尚能察觉，何况是人？群雄见仍无动静，嘈杂之声便渐渐消退，当下一人喝道："是哪个缩头乌龟，藏头收尾，故弄玄虚！"说话之人姓高名九天，四十来岁，身长腿短，形貌滑稽，人称"东海恶蛟"，在山东一带颇有些名头。他生性张扬，今日上山原本便是瞧个热闹，适才高手过招，势均力敌，他只能安心看戏，两不得罪，眼下终于捞到个说话的良机，恨不得一个空翻跳将出来。

高九天正自得意，突觉下颚一阵剧痛，这一下来得实在猝不及防，他不明缘由，强自镇定之下，终是没能忍住，"哇"的一声连牙带血吐了出来，直将前方一人的衣襟染得殷红。

众人目瞪口呆，没料到竟生这等变故。高九天缓过神来，正待大喊，可齿牙脱落，口齿不清，直急得暴跳如雷。

只见他身后一个身披麻衣斗篷、垂头负手之人缓步踱出。这麻衣客虽一言不发，也瞧不见神情，但却着实阴森可怖，令人悚然，身旁众人都不自觉向后退了几步。

陆象杉起初便没能察觉这神秘麻衣客的动静，此人刚才又如何混进了人群之中，又如何神不知鬼不觉地打伤高九天，一时间疑窦丛生，当真细思恐极。

高九天见状，暴喝一声，发掌朝他后脑拍去。那麻衣客也不回头，只将右掌后翻，绕过左肩，与高九天对了一掌。只听轰的一声响，高九天手掌至手臂竟燃起一堆火焰，他生平从未见过这等邪门武功，不禁乱了方寸，一面呼喊，一面跳进水池。

群雄尽皆错愕不已，但听徐存青喊道："这是什么妖法？"话音甫落，又恐自己落得跟高九天一般下场，急忙举剑护在胸前。

陆象杉武功高强，但对江湖异闻却知之甚少，于刚才一幕同样大感奇怪。在场众高手之中，当属妙语见识最为广博，只见妙语倒吸了一口凉气，低声道："莫不是'火狱掌'？"

陆象杉道："妙语大师，你识得这路掌法？"

妙语道："相传唐代天宝十年，杜环随高仙芝在怛逻斯城与大食国交战时被俘，其后曾游历化外之地，于宝应初年回到中土，著有《经行记》一书，书中便载有大食教的秘传绝学'火狱掌'，'掌力到处，寸草不生'，可惜这门功夫早已失传。没想到当今之世竟有高人通晓此掌法。"

那麻衣客听罢，蓦地低声狞笑，道："老朋友见识不凡，记性却是很差，咱们相识可不止六年了。"一面说着，一面将头缓缓抬起。

斜阳映照在他脸庞之上，只见这麻衣客眼眸深陷，眉宇堆霜，脸上褶皱纵横，显然年纪不轻，加之面色苍白，颇显病容，只觉阴诡之气遍布周身，原来这麻衣客正是十年前现身水陆庵，问清月师太借阅《金匮玉函要略方》之人。

妙语定睛看去，突然间双眉一颤，似乎不敢相信自己的眼睛，顿了片刻才道："你是……八部会的神龙尊者，陈希夷？"

第十八回　难求一安

南一安与陆象杉、道济听到"陈希夷"三个字，不由地身躯一震。陈希夷向清月借书一事，因清月忌惮他对同霏和道济痛下杀手，当初便始终未将此事告知道济。但三人如今都已知晓，陈抟当年因练《六通要旨》走火入魔，而后误杀陈希夷与唐凤母子，终致背井离乡，只身远走。虽在死前得知唐凤尚在人世，但亲手杀死胞弟却是他毕生难以弥补之愧。

正因如此，他才甘受南玄一掌，最终自断经脉而亡。南一安见那麻衣客装束，突然间"啊"了一声，先前困扰许久之事仿佛终于有了眉目。他首次听到麻衣道人是在指玄洞中，陈抟说到他离开八部会，游历天下，遍访名山，在峨眉山时曾遇到过一个麻衣道人，那麻衣道人料事如神，竟对陈抟生平之事了如指掌，又道其罪孽深重，须得退隐江湖，今生不可动武，方能消除业障。第二次当是三年前在少林寺时，林知寒曾同他讲述自己与唐凤暗中谋划窃取《六通要旨》，向陈抟复仇之事。唐凤受了陈抟一掌，身负重伤，后来为一个麻衣道人所救，并告知其陈抟下落，引其寻仇。

南一安当时听林知寒说到此处，已对这麻衣道人的神秘行径颇存疑惑，适才又听刘云当着众人的面说了那日各派在三圣庄遇袭之事，且认定那身披麻衣，又杀了公良止宇之人便是陈抟。南一安心想："莫非这麻衣客便是爹妈的养父陈希夷？可他如此处心积虑，大费周章，又是为了达到什么目的？"

他正自思索，突听林知寒低声问道："他是……他是八部会神龙尊者……陈……陈希夷？"

唐凤悲苦一生，究其缘由便是为替陈希夷报仇，正因如此，林知寒才被她安插进三圣庄，无奈成为陈抟身边的奸细。如今唐凤抱憾而终，陈希夷却突然间死而复生，她只觉恍然如梦，不知是该替唐凤欢喜，还是替她不值。

南一安对林知寒知根知底，怎会不明她心思，道："知寒，兴许是妙语大师认错了人……"

话未说完，突听得"啊哟"一声，循声看去，原来是徐存青。徐存青道："你……你是那日在聚寿山……杀了华山派公良掌门和那八部会恶妇之人……那陈图南他……他是真死了？"

陈希夷冷笑道："我那兄长不死，我又岂会现身？"

陆象杉听了这话，登时气往上冲，喝道："禽兽不如的东西，快纳命来！"堪堪说罢，只觉胸口剧痛难当，一口老血便要喷将出来，天幸道济在他身旁照看，急忙点了他"膻中""云门""中府"三处穴位，关切道："陆兄，你伤势不轻，万不可动怒。"

陈希夷道："儒圣啊儒圣，你今日已是必死无疑，我也无须瞒你。"

陆象杉心想："不知他有何阴谋，且将原委弄清，再亲手为老祖报仇。"

陈希夷这几番话，显然已自承其是。林知寒惊呼道："你不是死了吗？怎么会……"

陈希夷瞄向林知寒，讥笑道："唐凤身边的小姑娘，呵呵。可真是委屈你师父了，为了我奔波半生，惭愧啊！"

林知寒双拳紧攥，愤愤道："你……你……"

陈大学听了半晌，已知公良止宇和陈抟之死与眼前这麻衣客必有关联，且正因此人杀害公良止宇，嫁祸陈抟，将祸水引向三圣庄，危及南一安，何阮溪才为保护南一安执意要孤身犯险，一念及此，当即喝道："我早知事情不简单，居然是你这老妖怪暗中使坏。咱们今日人多势众，料你那妖法再邪门，也难掀起风浪。"

陈希夷却不理会，斜眼向人群中瞥去，道："今日之事，你功不可没，为父自会替你在王爷面前请赏。这是今年的药。"左手一扬，将袖中一颗暗褐色药丸向人群中掷去。

众人不知他在与谁说话，目光都朝那药丸看去，只见一名年轻僧人立时

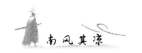

伸手将药丸接住，低声道："多谢爹爹。"此人不是别人，正是法智。

身旁少林僧众若非亲眼所见、亲耳听闻，如何也不会相信妙语大师的入室高足竟然是八部会魔头之子，一时间哗然大噪："小师叔怎会是那麻衣怪客的儿子？""此人是邪魔外道，不知使了何种妖法魅惑小师叔。"更有人斥道："法智，你与这怪客勾结，是何目的？"

陈希夷冷冷道："过来。"

法智听众人议论，不由得面红耳赤，脊背上冷汗涔涔，突听陈希夷召唤，忙不迭奔到他身旁。

南一安心下骇然："原来这法智是他的儿子，难怪要这般诬陷我，可是他的儿子又怎么会在少林寺做和尚？"喝道："你们究竟为何要陷害我，说！"

林知寒更是五分惊异、五分后怕，万没料到相识三年的法智竟是陈希夷之子，心道："师父的孩子未出生便已死在腹中，那法智却是他和什么人的……"

陈希夷凝视南一安，上下仔细端详了一番，道："按理你应叫我一声外公，我念你年少无知，不同你计较，你只需将这陆大人杀了，便仍是我的乖孙。"

南一安怒道："呸！莫说是我与你素未谋面，便是我爹娘在此，见你这般行径，也定当与你一刀两断！"

陆象杉听闻陈希夷唆使一安杀了自己，心下甚感奇怪："我与他素未谋面，何故他要杀我？"转念又想："是了，刚才他说'在王爷面前请赏'，当今之世能招揽如此高手的王爷……莫非是安西王阿难答？"

这安西王阿难答乃是一名信奉大食教的蒙古贵族，元世祖忽必烈之孙，安西王忙哥剌之子，当朝大德皇帝的同族兄弟，统辖西北大片领土，在宫室中地位尊崇，权势极大，便连当今皇上铁穆耳也得礼让三分。当年他迷信大食教，曲解教义，居然为教净身，致使同霏削发为尼，可他却始终不知同霏为自己诞下一子，也不知同霏早已在十年前便死了。

彼时汉人社会地位低下，甚至不如西域色目人，加之废除科举，儒生地位也大不如前，民间常有"九儒十丐"之说，可见一斑。陆象杉身为前朝遗老，又是名臣大儒，当年南宋覆灭，他不屈于威武，淡泊名利，辞官归隐，风骨独存，虽博得美名，却也得罪了元廷，这些他岂会不知？这陈希夷为蒙古人卖命，张口便要取自己性命，料来也是为了在他蒙古主子面前邀一番功。想到此处，对那陈希夷卖国求荣的行径不禁恨得血脉偾张，凛然道："夷狄之有君，不如诸夏之亡也。陆某一生顶天立地，死何足惧？今日便能杀得了我，又岂能断送华夏之血脉？你这贼子不懂，你那禽兽主子也不会懂。"他声若惊雷，响彻深山，在场群雄皆受鼓舞，一个个热血沸腾，连连叫好。

南一安听后，心下敬佩无已，眼中热泪盈眶，道："夫子，这奸贼想要杀你，怕是没那么容易。"当下抢前一步，左掌前伸，右拳紧握，抵在左臂关节之下，做了个"龙图拳法"的起手式，护在陆象杉身前，只待陈希夷攻上，立时便与他拼死相搏。

陈希夷一面狞笑，一面朗声道："陆先生不要误会，我不是要杀你。"他顿了片刻，又道："我是要杀了你们每一个人。"群雄见其如此张狂，有恃无恐，心下既不安又愤怒，只是刚才见识了他的手段，都不愿当出头鸟率先发难。

陆象杉心想："此人武功虽然厉害，可他只身一人如何能杀得了这么多人？便是加上那小和尚，也断然寡不敌众。但其韬略之深实在令人闻之骇然，想必他定然做足了准备，切不可轻举妄动。"

突听妙语口诵佛号，合十道："譬彼病目，见空中花及第二月，空实无花，病者妄执。法智，你可还记得此句？"

法智一怔，低头道："禀师父，这是《圆觉经》中我佛如来答文殊菩萨之语，弟子当年内伤发作，师父不惜耗损真力替弟子疗伤，当时便以此句开示。"

妙语道："善哉，善哉！"凝眸远眺，续道："你入少林，有六个年头了吧？"

法智道："是。"

妙语道："当年送你来的人，想必便是这位陈施主了。"

法智一凛，道："师父……你早就知道？"

妙语道："适才陈施主展露的轻身功夫天下无双，也只有他能避过全寺耳目，将你送到少林后山。"

法智道："那么当初弟子谎称家人被山贼杀害，侥幸脱逃，亡命至此，师父也早已识破了?"

妙语道："你的伤势乃内劲与药力杂糅所致，为师生平见所未见，寻常山贼怎会有如此本领?"

突听道济"噫"了一声，道："若老衲猜得不错，是陈希夷以内力辅之苍术、天花粉、兔脑，将你从你母亲唐凤腹中催产而出，唐凤伤愈醒转，不明真相，以为胎死腹中，却将这麻衣客当作了救命恩人……"他三年前在少林寺时，已从林知寒口中得知唐凤昔年往事，刚才听妙语说法智的内伤乃是由内劲与药力杂糅所致，当下便已猜到八九分。

法智被他言中，默然不语，只觉无地自容。

群雄不通医术，怎知苍术、天花粉和兔脑有催产药力，一听之下无不骇然，但既是从道济口中说出，当可确信无疑。

南、林二人听道济所言，才知法智并非陈希夷与旁人所生，赫然便是他与唐凤的骨肉，均想："倘若照此推断，老祖当年便根本没有杀死兄弟一家三口，那么他愧疚一生之事便也无从说起。"南一安愈想愈是不平，眨眼便要发作。

突听妙语道："法智，当初你不说实话，为师知你自有苦衷。佛家以慈悲为怀，道心众生，大觉有情，见此情状，焉能不施援手。"

法智道："师父不仅替弟子疗伤，还以佛法开示，只可惜弟子根基浅薄，执迷不悟，枉费了师父一番苦心。"

妙语道："事到如今，你可愿实言相告?"

法智皱眉不语，却瞧向陈希夷，神情低微，显得惧怕不已。陈希夷道："他们已活不过今日，死前让他们知道咱们的能耐也无妨。"

法智顿了片刻，突然跪倒在地，哽咽道："法戒方丈……是……是被弟子害死的!"

他此言一出，群雄大为震惊。南一安和少林弟子回过神来，立时便要上前动手，只听妙语喝道："听他说下去!"

法智又道："杀害法戒方丈，是为嫁祸南一安，引得少林派向八部会和三圣庄寻仇。可是弟子……我……我也是被逼无奈。倘若我不照爹的意图行事，便拿不到治伤的药丸，不仅性命不保，还会备受药性摧残，实是生不如死。"

陈大学道："咱们江湖中人，义字当头，你为了保命，竟然杀害同门，我陈大学瞧不起你！"顿了一顿，又道："不过你今日说了实话，南一安这小子也洗刷了冤屈，倒也算立了一功。"他心中只想着南一安能脱离是非，如此何阮溪也可放心，不会受到牵连，却不曾想到众人今日已是大难临头，生死未卜。众人听他这番言论，倒像是已经高枕无忧，不禁又是生气又是好笑。

法定和谭燕、陈不二、樊峻等人此时已知南一安受了冤枉，心下大为愧疚，谭燕拱手道："一安兄弟，在下鲁莽，不识好歹，错认仇家，给你赔不是了！"法定合十道："罪过，罪过。"余下少林弟子也纷纷赔了不是。南一安抱拳还礼。

法定"哼"了一声，道："法智，我真是错看了你。你父子两人盼着咱们自相残杀，自己坐收渔利，可惜今日真相大白，怕是要让你们失望了！"

陈希夷听罢，先是"噗"的一声，随即竟捧腹大笑起来，道："你啊你啊，真是死不足惜。我既准他向你们说出实情，真相自然已无关紧要。如今陈图南已死，陆象杉重伤，华山双侠人头落地……有何惧哉？"

他轻描淡写地说出"华山双侠人头落地"八个字，但群雄听来却犹如晴天霹雳，华山双侠才下山不到一个时辰，怎的便人头落地了？

只听陈大学喊道："放他娘的臭屁！华山双侠武功盖世，谁人杀得了他们？"

陈希夷道："这还真要多谢陆先生和我那乖孙，嘿嘿。华山两个老儿一个被陆先生逼得真力耗尽，一个被我那乖孙打成重伤，我要杀他们岂非易如反掌？"当下拍了拍手，他轻拍缓击，击声却连绵不绝，横贯山谷。

陆象杉曾带兵打仗，见他拍掌手法，便知是下令来人，于是朝庄外望去。只听马蹄声远远传来，过了片刻，但见一个身着暗红色质孙服、外披柳叶甲的军官飞驰而来，到得山庄门外时，呼号般"吁"了一声，胯下黑马随即仰天长嘶。

陆象杉见这蒙古军官腰悬一块金符，便知此人多半是一名千户长，极有可能便是安西王阿难答手下的唐兀卫军。

那蒙古军官下马后，从马鞍两侧分别取下两块方形木盒，疾步朝陈希夷奔来，恭恭敬敬地将木盒呈上。

陈希夷"嗯"了一声，道："四十三年前，我大元宪宗桓肃皇帝蒙哥汗，在合州钓鱼山英勇殉国。安拉保佑，今日国仇得报！"转而对那蒙古军官道："哈丹巴特尔，打开。"

哈丹巴特尔是那蒙古军官的名字，意为刚毅英雄，他便是当年随陈希夷去水陆庵借阅《金匮玉函要略方》的那名刀疤大汉。哈丹巴特尔闻令，便将那两块木盒分别打开，众人定睛看去，无不惊出一身冷汗，盒中赫然便是华山双侠刑舒和罗红秋的项上人头。

原来刑舒自觉事有蹊跷，携罗红秋与华山弟子下了山去。途经半山腰时，刑舒突觉不对劲，照说这聚寿山草木葱茏，当是飞禽遍岭，可下山多时竟未听见一声鸟叫，心想四周必有埋伏，当即下令止步，严阵以待。他目光如炬，扫向周围，朗声道："是哪一路朋友，何不现身相见？"

罗红秋堪堪醒转，低声道："莫不是姓陆的想留咱们，师兄，咱们现在便杀回去。"

刑舒道："不对，陆象杉为人正派，若要拼个你死我活，何需这等手段？师妹，我总觉此事大有古怪，宇儿之死绝非那么简单。"

便在此时，只听西首高地一阵话音传来，道，"好机敏，可惜晚了。"

华山双侠闻声吃了一惊，道："什么人？"

这段山道高低错落，纵深起伏，加之树木掩映，极易藏身，此时只见四周高地突然间冒出数百蒙古士兵，个个身形彪悍，甲胄在身，腰悬弯刀，手持弓箭，只待一声令下，便要万箭齐发。

刑舒道："有种的便下来，让老夫杀个痛快！"

西首高地那人冷笑一声，道："放箭。"

只听嗖嗖声响，霎时间乱箭齐发，暴雨价朝华山群雄飞驰袭来。华山群雄自是江湖好手，倘在平地开阔之处，当能轻易躲过，可这些蒙古士兵皆是万里挑一的精悍猛将，又仗地势之利，居高临下，四面围攻，便是大罗金仙也难以抵挡，第一阵箭雨便已射杀大半弟子。第三阵箭雨后，已只剩下华山双侠，两人左右抵挡，奋力相抗。刑舒先前真力耗损不少，幸于未受内伤，尚可勉力支持，罗红秋本已极是虚弱，此刻便已抵御不住。

这群蒙古士兵当真是训练有素，西首高地那人将手一扬，数百人顿时收箭，竟无一支多发。

刑舒挽扶着罗红秋，他身受多处重创，仍是屹立在血泊中，岿然不动。刑舒喝道："狗贼，有种的与老夫再来比过！"

西首高地那人"哼"了一声，跟着疾纵跃出，只见此人身披麻衣斗篷，正是陈希夷。华山双侠早年便与他相识，但时隔多年，陈希夷相貌大有变化，如今已无法辨认。刑舒道："你是何人？"

陈希夷哈哈大笑，道："你再仔细瞧瞧，倘若猜得出，我便饶你性命，若是猜不出，我便赏你三百记耳光，你肯求饶，就放了你。"

刑舒大怒，道："士可杀不可辱，要我求饶，做梦！"

罗红秋道："师兄，不必多费口舌，咱们死前能多杀几条元狗，那是再好不过！"她本就受了重伤，此刻一阵急火攻心，只觉五脏六腑痛楚更甚，但大敌当前却不甘示弱，当下强忍疼痛，竟一声不吭。

陈希夷道："啧啧啧，可惜啊可惜，威震天下的华山双侠，今日还是死在了八部会手上。"

刑舒一惊，登时醒悟，颤声道："我想起来了，你……你是陈希夷？你不是早已死在你那师兄陈图南手上了吗？"

陈希夷道："既然你已猜出，三百记耳光便免了。你若肯求饶，叫我三声爷爷，发誓今后华山派听我调遣，我便放你走路。"

刑舒心道："大言不惭，便是你兄长陈图南我也不惧，何况是你？即便今日真力大损，这群乌合之众又焉能取我性命？"转念又想："此人心机深重，我且假意示弱，看他有何阴谋。"道："今日为你擒获，我无话可说。不过你这一手瞒天过海，瞒了整个江湖二十几年，究竟意欲何为？"他见陈希夷神色间隐有得意之色，又道："求饶是决计不肯的，我已是将死之人，你说来听听也无妨。"

陈希夷深吸了一口气，道："也罢，瞧在是老朋友的份儿上，就让你做个明白鬼。"

沉吟片刻，道："我那哥哥执拗得紧，当年不听我劝，硬要与蒙古朝廷作对，我又与一名女弟子好上，坏了门规，他不肯将《六通要旨》相授，我便将计就计，索性下他一盘惊天棋局！"

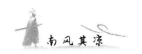

刑舒心道："陈图南虽然作恶多端，但比起你这卖国求荣的东西，可不止好上千万倍。"

陈希夷十分得意，又道："我暗中已向先王莽哥刺表了忠心，先王信奉大食教，手上有一部《经行记》，载有大食教秘传武功，更有龟息丹这等失传药方，我服了龟息丹，又诳那女弟子服下，再故意引得陈图南发怒，在他面前假死，演了一出苦肉计。"

刑舒心想："此人如此歹毒，今日无论如何也要将其除掉。"

陈希夷道："我那傻哥哥果然中计，撒下八部会离乡远走。我便扮作一个麻衣道人，诳他今生不可动武，本以为事已成功，没料到他竟结交了陆象杉，在中原地界又起势力。"

刑舒道："你想把持八部会，投奔蒙古人，跟陆象杉又有什么关系？"

陈希夷道："八部会弹丸之地，非我所欲。"

刑舒道："那你想怎样？"

陈希夷道："我自然是唯王爷马首是瞻，替王爷排忧解难。江湖势力盘根错节，且尽是些不识时务之人，若不能为王爷所用，那便杀个干净。"

刑舒冷冷道："哼，蒙古军战力虽强，但要将江湖门派一网打尽谈何容易。"

陈希夷道："正因如此，我便要借刀杀人。"

刑舒道："八部会多行不义，正道武林必要除之而后快，不用你费这心机。"

堪堪说罢，想到今日各派向三圣庄兴师问罪，如今自己夫妻二人和陆象杉均已身受重伤，少林派又与南一安结下梁子，一场恶仗势必少不了，突然间心中一凛，道："莫非今日群雄齐聚三圣庄，是你暗中使的坏？"

陈希夷将头一昂，得意无比，道："江湖草莽，怎知上兵伐谋？"

刑舒听到此处，手上已暗蓄劲力，道："这么说，假扮陈图南，害死宇儿，挑起我华山派和三圣庄仇怨的，也是你？"

陈希夷道："公良止宇那小子不死，怎能逼得华山双侠出山？除了你刑大侠，又有谁能跟陆象杉斗个两败俱伤？"

刑舒再也按捺不住，大喝一声："畜生，今日要你血债血偿！"

罗红秋同时大喊："还我徒儿命来！"软鞭一抖，风声呼呼，已连进了五六招。华山双侠知道陈希夷是当年八部会的二号人物，自是一等一的高手，但与他二人相较，却又不可相提并论。倘在平时，夫妻联手夹攻，纵是陆象杉这等人物，百招之内也定然束手就擒，此时功力虽不如前，但要取一个陈希夷的性命倒也大可一试。

岂料陈希夷不但攻守之间游刃有余，更似在有意试探两人的功力深浅，刑舒心道："我真力受损不假，但你要如此轻视于我，那可是自绝性命了！"袖袍呼地一挥，一根树枝应声折断，当下以枝代剑，朝陈希夷疾刺而来。

怎知陈希夷身法当真匪夷所思，见刑舒将树枝递来，身子一低，树枝从他腋下钻过。这一下看似窘迫，却着实有效。

刑舒一击不中，枝头回转，朝他腰肋点去。此番更奇，陈希夷索性倒地，连翻了四五个跟头，霎时间已滚出数丈，不论刑舒如何变换杀招，却总是连他衣角也未能带到。

罗红秋心下大骇，寻思："这定是他适才所说的《经行记》功夫。"华山双侠见识极高，见他身法邪魅，与中原武林各家各派均不同且不必说，竟与八部会的西域功夫也大相径庭。

二十多年前，陈希夷暗中归降如今的安西王阿难答之父莽哥刺，自称是丘处机的入室弟子，此事倒也不假，陈抟当年在指玄洞中便与南一安提起过。不过丘处机识穿他秉性，知他心术不正，将他赶下了山，这一节蒙古人却不知道。丘处机和陈抟已经仙逝，知道此事的人便只有他和南一安。蒙古人对丘处机推崇备至，他以丘处机入室弟子的身份，在安西王府颇受恩宠。莽哥刺藏有一本《经行记》，书中的武功大多源自大食教，艰深晦涩，古奥神秘，非一般人所能领悟，陈希夷便将其讨要得来，着手修习，如今已功力大增。且那《经行记》中的大食武功诡谲无伦，华山双侠即便身怀绝技，于这异域神功却是闻所未闻，不禁大感诧异。

刑舒一面横劈他左臂，一面问道："你不进招，只一味闪避，到底是何用意？"

陈希夷双眉一轩，神情甚是傲慢，道："你真力耗尽，如今已伤我不得，临死前让你见识见识大食教的功夫，你应感谢我才是。"

刑舒心道："我虽胜不了你，但要与你拼个同归于尽却非难事。"当下双

臂张开，跟着挺枝前刺，罗红秋与刑舒夫妻多年，早已心意相通，见丈夫使出的这招"轩辕会仙"，门户大开，正是适才对阵陆象杉时的最后一招，意在与对手两败俱伤。当即从怀中取出匕首，双眼一闭，只待刑舒得手，便与他共赴黄泉。

只听一阵窸窣之声传来，紧接着闻到一股柴火味，罗红秋一睁眼，却见刑舒呆立原地，手中树枝竟已燃成灰烬，而陈希夷却不见了踪影。

罗红秋一惊，上前查探，只见刑舒手掌已被火焰灼伤，胸口衣襟更是被烈火烧毁，露出足有碗口大的一块皮肉，且已被烧得发红，颤声道："师兄……"伸手探他鼻息，不料堪堪碰到他人中处，刑舒便轰然倒下，当场气绝。

罗红秋自知如今已不是陈希夷对手，丈夫已然殒命，自己岂能苟活受辱？她轻抚着刑舒鬓发，柔声道："师兄，咱们一世英名，到头来竟着了小人的道儿，非但冤枉了好人，还做了旁人的棋子，宇儿的仇……"右手一扬，将匕首插入胸口，一行清泪顺着脸庞流下，竟与刑舒胸前殷红的鲜血相汇，一并浸入泥中。

陈希夷不知何时已到了一处高地，对身旁一名蒙古军官道："哈丹巴特尔，去将两人首级割下。"哈丹巴特尔依言照办后，回到陈希夷身旁，道："军师，华山派虽然全军覆没，但那三圣庄中尚有陆象杉、妙语等人，军师可有把握？"

陈希夷道："你可知适才我为何迟迟不出手杀他二人，却让那刑舒在我手上走了数十招？"

哈丹巴特尔道："属下不知，请军师明示。"

陈希夷道："山僧不解数甲子，一叶落知天下秋。"他见哈丹巴特尔默然不语，显是并未明白，又道："他起初假意示弱，是想引我说出多年筹算的计划，我岂会不知？我便将计就计，让他知道真相。他得知公良止宇是为我所杀，定然不顾一切要杀我报仇。他与陆象杉两人不分轩轾，我只要试试刑舒眼下的功力，陆象杉还剩几许岂不是了然于胸了吗？"

哈丹巴特尔大喜，道："军师英明，属下佩服！"他眼睛一转，若有所思，道："那少林和尚妙语武功深不可测，属下可派人将他们围住，乘其不备，乱箭射杀。"

陈希夷道："你将大军开上，只怕还未到庄门，他们便早已察觉了。"

哈丹巴特尔道："想必军师已有计策？"

陈希夷道："倘若以一敌一，我倒真无必胜妙语的把握，不过这三圣庄中，倒有故人能助我一臂之力。"沉吟了片刻，又道："那对夫妇给我看好，千万别让他们跑了，有这两人在，不怕他不听话。"

陈希夷独自上得庄来，先是以极高妙的轻身功夫显露实力，再以诡谲异常的"火狱掌"震慑群雄，接着又借法智之口向众人大显韬略，实是出尽风头。在场明理之人自然晓得，他从佯死至今，已历二十五载，中间布局筹谋，暗中实施，时至今日方才现身江湖，第一当然是在他看来，所谋之事已触手可及，第二则是要在天下群雄面前炫耀一番谋略，以慰韬光养晦之苦。

群雄见到华山双侠首级，想到二老当年除暴安良，行侠仗义，尽忠护国，奋勇杀敌，晚年却遭剧变，身首异处，无不是义愤填膺，不知什么人呼喝了一声："杀元狗，报血仇！"众人一听，登时热血上涌，刀枪棍棒、拳掌交加，疾风骤雨般朝陈希夷招呼上来。

陈希夷也不慌乱，双掌下垂，以手腕带动手掌画了个圈，功力稍差之人便已觉掌风压体，端的是寸步难行。陈希夷道："陆先生不出手，这些人可都得死了！"说罢干笑了两声，举掌向两侧打去，掌风所到之处，皆化为熊熊烈火，众人尚未接近便被火焰扫到，身上吃痛，登时大乱。更有几人遭烈火灼身，纷纷跳进池中，余人见此惨状，便都不敢贸然上前，唯恐丢了性命。

陆象杉大喊一声，提一口真气，翻掌向陈希夷罩来。便在此时，突觉浑身乏力，真气堪堪从丹田走过，瞬息间已化为无形，他强运真力，再一试后当即便晕了过去。

林知寒适才知道真相，一时间难以接受，心中百感交集，脑中尽是唐凤当年苦心报仇又无能为力时独自落泪的情形，此刻见陆象杉倒地，这才回过神来，赶忙上前相扶。

妙语等少林僧众见陆象杉倒地，都大吃了一惊，只怕敌人趁机偷袭，忙将陆象杉和道济等人围在圈内，妙语当先护持，但教敌人不敢贸然上前动手，以待道济设法救治。

道济见势不对，伸手搭他脉搏，脸色大变，道："怎会中了'三焰化功

丹'的毒？"几乎在同时，道济与南一安等人便都回过神来，陆象杉适才与刑舒交手，被刘云暗器所伤，想必那暗器上定然涂抹了毒药，几人向人群中探去，刘云却早已趁乱离开，哪里还有踪影？

道济急道："糟糕，糟糕！"

南一安和林知寒深知道济医术精湛，却不料他连说两次"糟糕"，只恐陆象杉没了救，齐问："怎么了？"

道济道："此毒之奇，比之'三焰化功丹'还要凶险，除了吸人内力之外，尚能吸人精血，若不及时医治，恐怕性命难保！"

南、林二人"啊"地大叫一声，直如遭遇晴空霹雳，南一安道："济公，这要如何医治？"

道济道："原本要治也不难，最要紧的一味解药便是连翘，倘若是阳春三月，这聚寿山满山遍野俯拾皆是，只可惜眼下已是六月天，花期已过，而果期未至，却上哪里去找……唉！"

林知寒道："济公，聚寿山现下尚有一处所在，兴许有这连翘花！"

道济奇道："哦？是在何处？"

林知寒道："指玄洞四季如春，或可前去瞧瞧。"

道济道："不错，不错！指玄洞洞顶开阔，直通云天，光照充足，极利这连翘生长。事不宜迟，我这便去采来。"

南一安道："济公，夫子若有异样，你在此处尚可照料，还是我去吧！"

林知寒道："不行，你又不识得连翘的模样，如何找寻？"

陈大学见他几人争论不休，急得连连跺脚，道："哎呀！你们就别争了。小子，这里数你功夫最好，还是留下来保护陆先生才是，你若不放心林姑娘，我陈大学陪她去去便是。"他今日上山，本是要助三圣庄一臂之力，可惜自己武功低微，什么忙也没能帮上，心想眼下若能去寻得连翘花，救了陆象杉的性命，也不枉兴冲冲来这一遭。

何阮溪道："陈帮主说得不错，我也一同前去。一安，有我们两人保护林姑娘，你大可放心。"

这紧要关头，南一安却哪里是心中不放心林知寒，他不过是急盼着速速取回连翘花，好替陆象杉治伤罢了，但不知何故旁人竟会错了意。可细细一想，却更不明白自己究竟是担心陆象杉的性命还是林知寒的安危了，心道："也罢，我且在此保护夫子，以免再遭他人毒手。"

几人说定，林知寒便与何阮溪、陈大学一道出了后门，径往指玄洞奔去。南一安注视着林知寒远去的身影，想到几日前曾听她说沈汀改投了青城派门下，而这"三焰化功丹"便是当时沈汀对熊子所施之毒，心道："定是这妖女使的坏，只怪我一时手软，放走了她，反倒害了夫子，当真是可恶至极！"

南一安越想越是气愤，便要发作，突听得一个苍老的声音悲诵佛号，瞥眼看去，却见妙语合十道："陈施主，你设计杀害本寺方丈，今日又残害华山忠良，老衲虽是出家人，也不能任由你伤天害理，胡作非为，阿弥陀佛！"

陈希夷道："老和尚要动手，在下求之不得！""得"字未出，突然间袖袍一卷，将身旁一名少林弟子带到了身前，紧接着右掌倏翻，扣在他头顶之上，手掌催动真力，那少林僧整个头颅便已被火焰烧焦，起初他尚能挣扎叫喊，不多时便气绝身亡，死状极是可怖。

妙语虽世事看得透彻，但见此惨状仍不免心惊，当下忍无可忍，喝道："休要再伤人命！"话音甫落，只听轰的一声，袈裟登时被一股真力充斥而鼓胀起来，项上的菩提有如鸟兽一般破空飞出，径向陈希夷罩来，陈希夷顺势将身旁那已死的少林僧全力向前一推，那死尸兀自燃烧，与菩提在半空中相撞，只听"砰"的一声巨响，尸体受了菩提真力冲击，火焰瞬间熄灭，又听得"咯咯咯"几声，那已死少林僧的骨骼悉数寸断，这边厢菩提被死尸击中，当即反弹击向妙语，妙语喝了一声，袖袍圈转，罩在胸前，左手向后一引，右手往前一带，方才卸去大部分劲力，将那菩提接住。

适才交锋虽只一招，但双方都是拼尽全力，旁人乍看似是战了一个平手，若细加思索一番，实则是妙语略占上风。只因那死尸与菩提相撞，菩提所携真力已先将尸体上的火焰熄灭，余势再将死尸骨骼击断，这等力道之强劲，旁人瞧不出，陈希夷心中却是雪亮，心想："这老秃驴近百年修为，果然厉害得紧，我虽身具《经行记》武功，凭一人之力也绝难胜出。"他心中作是想，神情却仍镇定自若，道："须弥降魔功不愧为禅门第一神功，在下佩服。便是如此，少林寺也未必胜得了八部会。"

南一安听他将八部会挂在嘴边，心下好生气恼，道："你这狼子野心、恶贯

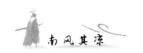
满盈之徒，不配提咱们八部会。我南一安堂堂男儿，耻于与你这等败类为伍！"

群雄起初尚在担心南一安会否顾念私情，助纣为虐，此时听他当众与陈希夷划清界限，心中都松了口气。

法定在适才混战中被陈希夷"火狱掌"所伤，右手已鲜血淋漓，当下艰难举起，合十道："南少侠，贫僧先前未知实情，错怪了你，今日才知你是个是非分明的好汉子，少侠心系正道武林，顾念天下苍生，实乃大幸！"

南一安道："大师言重了，一安虽出身异域，但也知清浊善恶，当年我爹娘因门户之别而多疑猜忌，因固执己见而不分曲直，这才误杀了少林寺法慧大师，犯下大错。一安承蒙三圣庄三位恩师教诲，已渐褪顽劣脾性，当年少林寺法戒大师曾点拨晚辈，'从善如登，从恶如崩'，晚辈时至今日丝毫未敢忘怀，只盼能多行善事，也好消除爹娘业障。"他这番话发自肺腑，说得异常恳切，只是由此想到父母南天、柳青青二人，至今下落不明，生死未卜，鼻腔不禁一酸。

他转头看向道济，只见道济盘腿而坐，两手掌心抵在陆象杉督脉"灵台穴"上，正以内力为其接续。陆象杉所中奇毒，初时并无异样，一旦催动真力，旋即便会发作，但若真力即刻停止，又会蚕食中毒者的精血，若非道济以自己百年修为替他固本培元，恐怕陆象杉此时已然没了性命。

南一安知道道济虽然内力深厚，但也不至源源不绝，倘若照此下去，非但救不了陆象杉，道济自己也会因真力耗尽而亡。他不知何故，自己心中在意的人，总是遭罹祸患，父母生死不明，二叔走火入魔，陈抟自断筋脉，陆象杉身受重伤，骆宝颐负气远走，林知寒痛失唐凤……他不住地想，泪水已不经意涌出，抬眼见到陈希夷狞笑的模样，满心悲伤便化作一腔怒火，颤声道："今日就是死，也不能让你如愿以偿！"

妙语道："阿弥陀佛，善哉，善哉！阁下多行不义，天理难容，只盼你悬崖勒马，及早回头，否则生灵涂炭，老衲实所不忍！"

陈希夷道："妙语大师功力精湛，我确也难讨到便宜。"

妙语只觉今日所造杀孽颇多，于心不忍，道："罪过，罪过。以暴制暴，非我本愿。昔年南泉普愿禅师斩猫戒众，身造杀业，心本不住，老衲佛学不精，未敢自比大德，但今日为警世人，也当知不可为而为之了！"

陈希夷道："大师所言，似已自觉胜定，今日不是比武切磋，我也用不着与你单打独斗，恐怕大师未必便能如愿吧。"

妙语迟疑片刻，道："言下之意，阁下还有帮手尚未现身？"

陈希夷道："我只求办妥王爷的差事，寻个帮手又有何妨？"

南一安厉声喝道："要打便打，叫你的蒙古主子一起上吧！"说着摆开架势，严阵待敌。

陈希夷"哈"了一声，笑道："乖孙忒也心急，也不瞧瞧外公把谁给你带来了。"

当下轻击双掌，击了两下，稍一停顿，再击一下，显然又是在发号施令。

只听庄门外脚步声响，有四五人朝庄内行来，其中又有两人脚步沉重，尚且夹杂着"叮叮叮"的铁链声，众人大奇，均想："怎的这陈希夷的帮手是刚从牢里出来的不成？"

突听法智倒吸了一口凉气，南一安朝他看去，只见他面如死灰，此时也正向自己看来，眼神中夹杂着愧疚和恐慌，更有几分无奈，缓缓道："南施主，我……"

陈希夷打断道："你了却他一桩心愿，岂不是好？"

南一安越听越糊涂，道："故弄玄虚！到底是谁？"

他厉声呼喝之下，声音迅速传向庄外，来人听到他声音，想要加紧步伐，却受制于人。

又行了几步，只见一行四人走进庄门，一人是安西王阿难答治下十五万唐兀卫军中的千户长，适才那蒙古军官哈丹巴特尔，众人刚才乱战，竟没人留意他何时出了庄去。另有一人堪堪走进，群雄都大吃了一惊，任谁也不敢相信自己的眼睛，此人正是青城派掌门刘云！另有两人身披枷锁，头戴面罩，依稀瞧出是一男一女，相貌年龄均不得知，这两人嘴里似塞了棉布，支支吾吾不知在说些什么，且要穴被点，又被哈丹巴特尔和刘云拿住，无法动弹。

众人见了刘云，登时语塞，欲向他询问，但今日之事，实在千头万绪，真不知从何问起。只听徐存青低声道："喂！刘师兄，你……你站在那里做什么？"

法定一声冷哼，怒道："这还用问？他自然是效仿陈希夷，做了蒙古人

的狗。"

徐存青心念电转，道："哦，哦！我明白了，难怪这么些年，每一次煽动向八部会挑事的总是你。是了，前些时日让大伙埋伏在聚寿山、突袭陈图南的也是你，害得公良掌门因此丧命，徐某还道你是为武林除害，却原来是教咱们正道兄弟去枉送性命，你……你可真够歹毒的！"

刘云冷笑道："姓徐的，你可别忘了。当日在泽州城里的天香楼，可是你向咱们透露了南玄与那八部会恶妇要去寻陈图南报仇的消息，若非如此，我怎会安排这一出螳螂捕蝉、黄雀在后的好戏？"

徐存青知他所言不虚，又道："定是你事前派人暗中跟踪我，你料定我在终南山得知南玄和那恶妇要去找陈图南寻仇后，必会召集大家出谋划策，到时你顺势提出这坐山观虎斗之计，害死公良掌门，引出华山派和少林派的鳌宿，好替你主子实现今日这局面。"他一面说，心中一面盘算："昆仑、青城、华山三派向来并驾齐驱，如今华山派已名存实亡，青城派掌门倒向了蒙古人，必为天下英雄不齿，此正是我昆仑派一举成为三大道派之首的良机。且今日局势，那陈希夷武功虽然邪性，但也断然敌不过妙语和南一安那小子联手，剩下的刘云和这蒙古军官更不在话下，眼下我当收揽人心，日后武林盟主之位便大可一试。"转而又向群雄喊道："诸位，徐某不才，忝为昆仑掌门，素来是以匡扶武林正义为己任，当日我在终南山知道此事，便一心想为武林除害，却未曾想到竟着了这姓刘的道儿，咱们今日便在这三圣庄，替天行道！"

群雄听他说得似模似样，不论信与不信，眼下刘云投靠了蒙古人已是不争的事实，因此他的话便自然而然多了些分量。

刘云道："罢了，反正你也活不过今日，随你怎么说都好。"走到陈希夷身后，欠身道："军师，人已带到，如何处置？"

陈希夷道："取下面罩，让诸位都瞧瞧是谁。"

刘云应了一声，依言将那两人面罩取下。南一安定睛看去，又惊又喜，原来这两人正是自己分别三年、苦苦找寻的父母南天和柳青青！两人蓬头垢面，一身囚衣不知穿了多久，尘土和血迹混成一道道暗褐色污渍。南天本来生得方脸阔口，身材健硕，如今脸颊凹陷，神形萧索，那柳青青本也是个绝色美人，此刻脸上竟生生多了一道三寸来长的伤疤。

南一安痛心父母受难，一面大喊爹娘，一面向二人飞奔而来。堪堪跨出几步，却被陈希夷喝住："你若再上前一步，我便立时让他们灰飞烟灭。"

南一安领教过他"火狱掌"的厉害，知他绝非危言耸听，当下止步不前，厉色道："你若敢伤我爹娘，我教你不得好死！"

群雄适才并未认出南天和柳青青，听南一安叫了声爹妈，这才知道二人便是当年叱咤风云的八部会阿修罗尊者和乾达婆尊者。在场众人有的确与南、柳有不共戴天之仇，有的虽是当年假意为武林除害，实则觊觎《六通要旨》，后来在争夺过程中结下梁子，但不论如何，大多都盼着两人不得好死，此时见八部会自相残杀，心中都暗自窃喜。

南、柳二人嘴里被塞棉布，兀自说不出话来，只远远望着南一安，眼神中充斥着复杂的感情，既有喜悦，又显无助。喜的是南一安当年受了南玄一掌，少林寺终究不计前嫌将他救活，时隔三年一家终于团聚；无助的是今日团聚却不知是何结局，不禁流下泪来。

南一安道："爹，妈，你们放心，孩儿长大了，学了本事，绝不容许谁再伤害你们，谁要敢伤害你们，我就是追到天涯海角也要将他碎尸万段，挫骨扬灰！"

南、柳二人听了，突转激动，眼里满是惊惶，兀自竭力想要说话，却只听见支支吾吾的声音，南一安毕竟是两人亲生骨肉，一见之下便已猜到父母是想让自己快逃。

唐凤当初将两人带到终南山，其后欲交予南玄处置，以此同南玄结盟，请他助己报仇。再后来南玄、唐凤两人共赴三圣庄，留下了一众心腹看守南、柳夫妇，却不知刘云跟踪徐存青，早已将南天、柳青青下落禀告了陈希夷。陈希夷找上门来，不仅将南玄手下尽数杀光，带走南天和柳青青，还在法智的帮助下得来了法戒随身携带的半瓶"桑枝续筋散"。他清楚南一安从刘云口中得知父母下落，必会去往终南山，于是将药瓶故意放在终南山仰天池畔，由此栽赃南一安，挑起少林寺和八部会、三圣庄之间的仇恨。

陈希夷是南天和柳青青的养父，二人素日里对他甚为敬重，不知他所图之事，在终南山时知他并没有死，都是惊喜交加。倘若陈希夷要取他们性命，他们也绝无二话。但今日情形，南一安性命有虞，天下父母都是一般的，首

先要护着的便是自己的孩子。二人与南一安分别三年，三年前南一安尚是个只会些粗浅功夫的少年，哪里知道他如今的功夫已远在自己之上。

南一安哽咽道："爹，妈，孩儿已不是昔年任人宰割的弱童，孩儿学了本事，从今往后，谁也不能欺负咱们一家。"

陈希夷道："好外孙，你爹娘亦是我的儿女，我怎忍心伤害他们？你只要答应外公一件事，外公立马放了你爹娘。"

南一安知他没安好心，但情势被动，自己也没别的选择，道："什么事？"

陈希夷道："此事对你来说，实在不费吹灰之力。"

南一安道："究竟何事！"

陈希夷侧目看向陆象杉，道："我要你亲手把姓陆的杀了，再助我除掉妙语，怎么样？"

此言既出，群雄耸动，但稍加细想便知缘由。陆象杉当年守土抗元，战功赫赫，南宋灭亡后不顾忽必烈盛邀，退隐之举令他名重士林，元廷早已视其为大患，只不过江山打下不久，政权尚未稳固，滥杀名士恐在汉人士族中引起轩然大波，难以收场。如今大势已定，再由他自己的门生亲自动手，也免了落下口实。至于妙语，他在禅门德高望重，且在武林中位分尊崇，一呼百应，当初之所以不令法智暗害他，是担心妙语手段厉害，倘若不能一举成功，反倒坏事，只好等到今日方才动手。

南一安毕竟年轻，哪里想得到这些，大惊喊道："你说什么？"

陈希夷道："你不是要救你爹娘吗？只要乖乖听话，外公便让你们一家团聚。"

南一安转头凝视陆象杉，只见他仍盘腿坐在地上，双眸紧闭，气若游丝，思绪突然间回到三年前，他一家人被各派追杀至聚寿山下，若非陆象杉仗义出手，自己焉能活命？若非他严加管束，凭自己的顽劣脾性，恐怕早已误入歧途；南玄在范谷坨村的观音庙中发难，一家三口危在顷刻，陆象杉又一次出手相救；此番上山，陆象杉为保他周全，假意与他断绝关系，赶他下山，实是用心良苦……南一安深知，陆象杉虽外表冷漠，却是古道热肠的真君子，顶天立地的大英雄，凡此种种，但凡有良知之人，又岂能恩将仇报，害他性命？道："你休想！夫子对我恩重如山，我是决计不会伤害他老人家的！"

陈希夷道："南一安，你会为了一个外人不顾自己爹娘性命吗?"当下向哈丹巴特尔使了个眼色，哈丹巴特尔从腰上取下一把匕首，只听"呼"的一声，手起刀落，南天左手食指、右手拇指已被削下。他青筋鼓胀，强忍疼痛，竟一声不吭。

这一下兔起鹘落，众人都"噫"了一声，柳青青见丈夫受难，当真痛彻心扉。南一安大喊"不要"，却哪里来得及? 他疾步向前跨出，又被陈希夷喝住："再上前一步，断的可不是手指了。"

南一安道："为什么，为什么? 你既是我爹娘养父，怎忍心如此对待他们!"

法定虽与南一安冰释前嫌，但南天和柳青青害死自己的师弟法慧，他却难以容忍，倘若有朝一日撞上，自己定当为师弟报仇雪恨。可他毕竟是佛门弟子，心地纯良，见陈希夷如此残忍，教南一安做两难之选，心中既愤慨陈希夷的行径，又同情南一安的遭遇，喝道："这两人虽然有过，但你如此折磨他们的后人，算什么英雄? 你既要杀我师伯，便速速将这二人放走，少林派今日与你决一死战!"

陈希夷道："一安，中原武林尽是些道貌岸然之辈，从来便视咱们为异端，将他们杀干净，咱们才能真正抬起头来!"

南一安道："那是因为咱们本就做了错事，受人鄙夷那也无话可说。"

陈希夷冷冷道："你是这么认为的?"蓦地伸手指向刘云，道："你瞧瞧这位刘掌门，八部会树敌甚众，以他为最，素日里叫嚣着匡扶正义、替天行道之人，却原来是安西王府军师的左膀右臂。还有这位法智师父，少林寺妙语大师座下高足，居然是我陈希夷的儿子，还替我杀了少林寺的掌门方丈。"他顿了片刻，又道："这位昆仑派的徐存青徐掌门，适才一番说辞，真是大义凛然呐! 难道不是因为华山、青城两派各生变故，此时他正好可以收揽人心，以博本派侠名? 哈哈!"他干笑了数声，话音突转严厉，目光如冷电般射向徐存青，道："我说得对吗，徐掌门?"

徐存青被他说中心事，又羞又恼，脸颊涨得通红，转瞬又变铁青，道："你……一……一派胡言! 徐某行事向来光明磊落，除恶扬善之心日月可鉴，休得……休得血口喷人!"

陈希夷却不理会，兀自对南一安道："你说，中原武林是不是尽出些表里

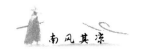

不一的伪君子啊?"

南一安在西域长大,自小便与母亲柳青青最为亲近,柳青青是西域色目人,向来不喜中原汉人,偏生性格又古怪多疑,南一安在母亲身边耳濡目染,多多少少受其影响,也是在所难免的。但他踏足中原以来,先后受三圣和法戒的教诲,心性已成熟许多,他默默望向陆象杉,心想:"他说的这些人固然可恨,但他们岂能跟夫子相提并论?"

陈希夷突然提高嗓门,尖声道:"你以为这陆象杉是真对你好?你可真傻!不错,他是救过你,但他不过是想以此令咱们八部会对中原武林感恩戴德,对他陆象杉唯命是从罢了!倘若他信得过你,何故在三圣庄时不传你武功,还不是怕你将来有异心!"

南一安明知他是挑拨离间,可这些话听来却扎人,似乎正戳中自己的内心。其实自始至终,南一安内心都很矛盾。他出身八部会,自小被人叫"小魔头",有时候他拼命想要证明自己,也许就是在他相助骆宝颐、拆穿沈汀那一次;有时候他又想彻彻底底犯浑,对一切都置之不理,也许就是在他被南玄打伤后去少林寺寻求医治时,听见法定指责自己父母后不愿接受帮助的那一刻……他希望做一个有侠义心肠之人,所以他拯救熊子,但有时过犹不及,因此他责备自己放走沈汀反倒害了陆象杉;他本想做一个感情专一之人,在凉亭初见骆宝颐的一见倾心,在夕阳下断崖斋边的懵懂约定,在打伤李博渊后被陆象杉罚扫落叶时的青涩话语,在被南玄带走时的痛苦分离……可他偏生又是个多情之人,林知寒的若即若离、忽冷忽热反倒让他不知不觉间神魂颠倒……

他拼命回想陆象杉与自己相处的日子,歇斯底里地喊道:"你胡说!你以为人人都与你一样机关算尽、阴险狡诈?"

陈希夷知道,此刻南一安喊得越是大声,说明他的内心就越是不安,越是动摇,道:"你是魔头的种,你本就是个魔鬼,为什么要让自己假装成另一个人?动手吧,杀了他!"说罢右手一挥,一股力道猛然间将地上短剑卷起,重重插进南一安身旁立柱,短剑余势不衰,兀自颤动。

南一安呆立原地,心乱如麻。突听一个低沉的声音叫了声"一安",他循声往右看去,却是道济。

道济以内力替陆象杉接续，纵然他内力深厚，却也抵不住那毒性猛烈，真气一旦催入陆象杉体内，弹指间便烟消云散，加之此前南玄、唐凤大闹三圣庄时他已被南玄打伤，重伤之际还将内力倾囊授予南一安，如今精力已大不如前，即便林知寒此刻将连翘采来，制成解药也需耗费辰光。他这般强行撑持，只能落得个油尽灯枯的下场。

　　道济面色苍白，冷汗直流，缓缓伸出食指，指向西首落日，道："一安，你看……那是什么？"

　　南一安一怔，想到他初来三圣庄时，道济曾手指明月，问他那是什么，他只说那是手指。后来他从少林寺回到三圣庄，却遭遇陈抟亡故，道济再一次指着明月，问了同样的问题，他说那是月亮。两次回答却都不对。如今道济第三次问他，他已不知如何作答，只低垂双眼，兀自摇头。

　　道济微微一笑，道："总有一天你会明白的。"

　　南一安道："济公，我……我该怎么办？"

　　问罢良久，道济只闭目不语，南一安又道："济公？"道济仍不理会。

　　南一安察觉古怪，心头一凛，上前轻摇道济手臂，他手臂搭在陆象杉肩上，堪堪触及，两人便轰然倒下，已然气绝。

　　南一安倒吸一口凉气，却如何也呼之不出，竟似一口气卡在咽喉，过了半晌才放声大哭。这一变故太过突然，群雄都愣了半晌，直到见南一安大哭起来，才知陆象杉和道济已携手仙游。

　　妙语是得道高僧，早已出离生死，但见道济亡故，想到两人早年一同钻研佛学、探讨公案，今日好友往生极乐，心中是既喜且悲，道："阿弥陀佛，六祖一生修持，终证圆满，善哉，善哉！"

　　众少林门人不论在家出家，尽皆屈膝跪地，齐声口诵佛号，山谷轰鸣。

　　便在此时，斜阳西边缘突生暗影，像是被天狗啃去一角，继而自西向东扩展，暗影愈来愈大，渐渐将阳光尽数遮盖，整个中原大地暗如黑夜。

　　（按：时当 1302 年，元大德六年，据《新元史》载："六月，癸亥朔，日有食之"）

第十九回　翻云覆雨

　　林知寒与何阮溪、陈大学三人为采那连翘花，一同出了后门，抄小径往指玄洞奔去。

　　陈大学道："林姑娘，那洞府设在何处，你快领咱们去。"

　　林知寒当年奉唐凤之命，暗中打探《六通要旨》的秘密，早已熟知指玄洞的所在，加之陈希夷传授过唐凤奇门遁甲之术，唐凤也倾囊教给她，每逢陈挎出关，她便悄悄进洞察查。只是此时情势紧迫，倘若从机关外进洞，未免太耗辰光。林知寒道："前方山顶有一处天洞，下面便是指玄洞的所在。"

　　林知寒脚力太慢，陈大学索性将她负在身后，展开轻功一路狂奔。穿过一片丛林，又行了一阵，林知寒道："前面便是了。"

　　过不多时，几人终于到得山顶。陈大学道："道圣他老人家也真不嫌麻烦，硬要将洞口设在这般偏僻的地方。"

　　林知寒道："老祖闭关时不喜外人打扰……"她想到陈挎，心中既酸楚又惭愧，难以续说。

　　何阮溪走在前面，四下瞧了半晌，道："林姑娘，你可是记错了方位，这里可没你说的天洞。"

　　林知寒道："绝无可能，天洞就在此处。"她走上前去一瞧，不由得大吃一惊，先前洞口分明便在脚下，怎的如今却成了一片草丛？

　　陈大学急道："这可坏了！没了洞口，咱们却如何进去？多耽搁片刻，陆先生便少一线生机，这，这……"

何阮溪道："奇怪，四下都是泥石，为何这一丈见方的地上偏生长了草？"她矮下身子，用手抔开泥土，只见草丛掩盖之下，竟露出一块石板，又道："你们快看，洞口仍在此处，只是被这石板封住了。"

几人当下一齐动手，过不多时，已将脚下草丛尽数拨开，眼前赫然便是块一丈见方的石板，石板四角都拴有铁链，四根铁链又都被铁锥钉在地里，饶是洞口下方之人武功超群，在半空中没了着力，也半点奈何不得。

陈抟仙逝那晚，南一安与陆象杉合力擒下南玄，陆象杉本欲一掌将他杀了，南一安却心慈手软，求陆象杉留下南玄一命，以便问出父母下落，陆象杉便命人将他关押于此。唐凤当时已先携了林知寒离庄，这些事她便一概不知了。

林知寒道："兴许是夫子和济公伤心老祖仙游，将这洞府作为老祖遗物封存了。他们一番好意，咱们今日却如何进去？"

陈大学道："找到了洞口，那便万事大吉。我这口关帝刀，虽算不上神兵利器，但要斩断这区区铁链，倒也不在话下。"

林知寒大喜，道："陈帮主，有劳你了！"

陈大学笑道："好说，好说。"说着抡起大刀，只听"铛铛铛铛"几声，四条铁链已被他分别斩断。那石板厚达三寸，陈大学一人之力虽能勉力搬动，但定然颇费些气力，何阮溪欲上前相帮，陈大学阻道："你先退开，我……"

话未说完，何阮溪便打断道："陈帮主，我知道你武功高强，但眼下救人要紧，不容耽搁，咱们二人合力势必快上许多。"

陈大学心道："我只是不愿你受累，你说我武功高强，那是心中认定我在故意卖弄了。没料到我姓陈的在你心中，竟连这些事孰重孰轻也拎不明白。"当下不再多言，与何阮溪一道将那石板挪开。那石板果然沉得厉害，二人费了好大力气，才移出一条入口。

何阮溪道："林姑娘，你在上面稍待片刻，我与陈帮主下去，你只需指明那连翘花在哪里便好。"

林知寒道："二位当心。"

两人展开轻功，纵深跃下，陈大学拿出一根火折子，轻吹了一口气，火折子应声点燃。

林知寒在上面喊道："四周墙面都挂有火炬，二位先将火炬点燃，我再告诉你们方位。"

陈大学依言将四周火炬点燃，洞中霎时间灯火通明。陈大学道："林姑娘，你快瞧瞧连翘花在哪里。"

不待林知寒开口，突听一阵低沉的声音说道："今日怎的没人给老子送饭？你们三圣庄人都死光了吗？"

他一语甫毕，三人都大吃了一惊，陈大学急忙横刀架在身前，循声望去，只见前方暗角处有一个大铁笼子，里面坐着一人，披头散发，瞧不清容貌。

陈大学不知那人便是南玄，问道："你是谁？在这洞里做什么？"

南玄拨开额前散发，向前瞧去，认出说话的是陈大学，再一看，只见何阮溪也在此处，心中又惊又喜，道："是阮溪吗？"

何阮溪听他唤自己名字，心头一凛，上前问道："你是什么人？"

南玄道："我……我是南玄啊！你不认得我了？"

何阮溪仔细一瞧，果然是南玄，当即便想到南玄当年一掌杀了恩师曹睿，至今仍对其恨之入骨，冷冷道："哼，杀我恩师之人，就是化成灰我也认得！"

南玄自练《六通要旨》走火入魔后，心智便愈发偏激。不过说来也奇，他受了南一安一掌，《六通指玄经》内力与《六通要旨》内力相互碰撞，恰好将胸中郁积滞塞的内气冲散，之后他在关押期间奋力冲开被陆象杉封住的穴道，又将那些被冲散后杂乱无章的内气疏解开来，神志已大有好转，不过仍时好时坏。清醒之时，便常常回想这些年所为之事，又想儿时大哥南天待自己不薄，南天与柳青青两情相悦，何阮溪对南天一往情深，那都是无法勉强的事情，并非南天有意与自己争抢，毕竟血浓于水，自己因此妒忌大哥，铸成大错，实在也太不应该。但神情恍惚之时，又如从前一般由爱生恨，由妒生怨，内心矛盾纠葛，大受折磨。

陈大学也认了出来，道："我想起来了，上次咱们和南一安忙着熊子的事，便没问及聚寿山血案那晚的具体情形，想必是南玄敌不过陆前辈和南一安，被扣下了。"

南玄道："一安，我侄子一安，他，他怎么样？"

何阮溪道："你大哥大嫂当年为了保你，被正道武林一路追杀，你大哥身受重伤，差点丢了性命……"她愈说愈是激动，不由得连呼大气，道："如今你还有脸问一安怎么样？你还会盼着他好吗？"

南玄低声道："我……我对不起我大哥大嫂，对不起一安……"

陈大学道："你少在那里假惺惺了，似你这般六亲不认之人，与禽兽何异？要不是因为你夜袭三圣庄，招惹来几大派围攻，公良止宇就不会死。如今群雄找上门来，南一安身处险境，陆先生命在旦夕，大奸大恶之人，你便是叫我爹爹，我也不会应一声。"

南玄心头一凛，道："一安怎么了？"

突听林知寒喊道："何姑姑，陈帮主，你们在和谁说话？"

何阮溪道："没什么，林姑娘，你快瞧瞧连翘花在什么地方。"

林知寒道："你向左行五步，小树上黄色的花便是了。"

何阮溪依言快步向左奔去，往树枝上仔细查看，道："林姑娘，这洞口不知封闭了几日，阳光无法照射，许多花都已枯萎了，还有效吗？"

林知寒道："枯萎的药力已失，不能再用了。"

何阮溪道："好，我再找找看。"

南玄忽道："你们要这花做什么？什么药力已失，是谁受伤了？"

陈大学喝道："关你屁事，不是你大哥大嫂，你是不是很失望？"

南玄冷冷道："我对不起我兄嫂，却没对不住你，你若惹恼了我，南某动动手指头便能置你于死地。"

陈大学仰天打个哈哈，道："你小子关在笼子里还这么大口气，来来来，你倒是出来置我于死地啊！"

南玄道："哼，我看堂堂关帝帮帮主倒似浪得虚名，南某便是关进了笼子，也照样胜你。"

陈大学道："怎么？你还想比试比试？"

南玄冷笑一声，神色傲慢至极，道："你不敢？"

陈大学道："你想骗我放你出来，拿我当三岁小孩吗？我可不会上当。"

南玄道："我就在笼子里不出来，你也未必赢得了我。"

陈大学寻思："他困在笼里，施展不开，我若一刀将他砍杀，那也太不光彩。"

转念又想："这魔头罪不容诛，杀了他又有谁会在乎？"喝道："你是自寻死路！"

挺刀朝南玄砍去，栅栏间隙不过四寸，他要想伤到南玄，只能竖砍，无法横劈，如此一来招式便大受其限，难以施展全部威力。

何阮溪在一旁寻找连翘花，见二人突然间剑拔弩张，道："陈帮主，眼下不是斗气的时候，你快来帮我一起找吧。"

陈大学道："这厮杀了你师父，我是帮你报仇。"猛提一口气，大刀"呼"的一声破空砍下。南玄受制于铁笼，进攻乏术，但陈大学每一刀却尽数扑空，连南玄的衣角也没能带到。两人一方处攻势，一方处守势，拆了二三十招，陈大学愈斗愈急，渐失章法，大刀穿过栅栏在铁笼里横七竖八一阵乱砍，只听得"噌噌""砰砰"之声不绝于耳，刀刃与栅栏相互撞击摩擦，霎时间火花星溅。

南玄讥道："你这点粗浅功夫，我便是将《六通要旨》送予你，你也琢磨不透。"

陈大学怒气更盛，道："你以为我跟徐存青他们是一路货色？我才不稀罕你那狗屁玩意儿。"他正自发作，突听何阮溪喊道，"陈帮主，花我已经找到了，咱们快走吧！"

陈大学心想："反正姓南的也跑不了，且多留他几日性命也无妨。"道："爷爷今日有要紧事，不奉陪了！"正待将大刀撤回，南玄突然伸出右手，一把将刀刃扣住，接着朝后猛拉，陈大学手握刀柄，受他力道牵引，身躯不由得向前扑跌出去。南玄瞄准时机，左手窜出，顷刻间已扼住了陈大学脖颈。

这一下端的是兔起鹘落，陈大学回过神来，惊道："你做什么？"

何阮溪喊道："你快放开他！"

南玄道："阮溪，铁笼的钥匙被他们扔在了那酒壶中。"他伸手朝前指去，只见一张石几之上果然放有一个青玉酒壶。又道："你放我出来，我绝不伤他性命。"

陈大学道："何姑娘，千万别上他的当，姓陈的岂是贪生怕死之辈？你若放他出来，咱们都得死，你快回去救陆先生要紧！"

何阮溪道："南玄，你快放了他，还嫌你作恶不够吗？"

南玄道："我说了，要我放他，就先放我。"

陈大学道："何姑娘，你能在乎我的性命，我也死得瞑目了。姓陈的窝囊一辈子，江湖上没人真正瞧得上我，今日能抬头挺胸死一回，大快我……"

南玄手腕使力，陈大学一口气提不上来，那"心"字便没说出口。南玄又道："少废话，你我无冤无仇，我干吗杀你？阮溪，一安如今有难，我不能不管，你要替你师父报仇，待事情一了，我这颗项上人头任你取走。"

何阮溪心想："他此刻双手无暇，我要杀他易如反掌，师父的大仇便能报了，可是……可是陈帮主便要因此殒命……"

陈大学被南玄扼住咽喉，脸已涨得紫红，道："何……何姑娘，你……你不用管我……快……快走……"

何阮溪道："好，我答应你！"

陈大学见何阮溪并未弃他不顾，心下欢喜，但喜悦之情稍纵即逝，只怕何阮溪相救不成，反倒搭上性命，忙道："不行，你不要管我！"

何阮溪竟不理会，脚下一撑，纵身腾到树干上，借力一点，出了洞口，道："林姑娘，劳你先将这连翘带回去，我们须得耽搁片刻。"

林知寒已将洞中之事瞧得清楚，她知再劝也是无用，生死只能听天由命，道："何姑姑，你们多加小心！"

何阮溪点点头，又纵身跳落，道："南玄，你先发誓，我放你出来，你不得伤了陈帮主。"

南玄道："好，我南玄对天发誓，你放我出来，我若伤了姓陈的，不得好死。"

陈大学道："你可千万不能信他，他作恶多端，原也不会讨个好死法，今日就算违背誓言，那也不过是死得更惨罢了。"

南玄冷笑道："要不是我急于相救一安，你早已死过七八次了，明白吗？"

陈大学兀自喃喃自语，何阮溪已将钥匙从酒壶中取出，走到铁笼前，朝陈大学关切地望了一眼，目光转向南玄，霎时间变得冷漠森然。她缓缓将钥匙递出，突然间手掌一抖，钥匙倏地往下掉落，南玄不由得伸手接住，转眼之际，何阮溪已拔剑朝他胸口刺去。

何阮溪本想一剑将其刺死，但南玄何等人物，岂会轻易束手就擒？不过

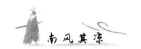

剑势迅猛，饶是南玄身法如电，避过了要害，这一剑也生生刺进他左肩三寸，登时鲜血直流。

陈大学趁他受伤之际，不敢丝毫托大，奋力向后挣脱，道："快走！"

何阮溪见南玄右手捂住剑创，左手拿着钥匙，面若死灰，眼神中既凄凉又苦涩，却无半点恨意，心中不禁五味杂陈。倘若南玄有意提防自己，这一剑如何也伤不了他，反倒为他所擒，一时竟感惭愧，但想到今日未能手刃仇人，又觉懊恼。这时听陈大学呼喊，方才回过神来，只听陈大学又道："待他出来咱们便走不了了！"

何阮溪望了南玄一眼，轻叹一声，一个纵跃腾上树枝，借力一点，出了洞口。

南玄被她刺这一剑，虽说未及要害，但也着实伤得不轻，当下点了自己"云门""中府"两处穴道，暂行止血，眼下也顾不得包扎，打开铁笼，径往洞外奔去。

南玄不知捷径，绕了颇长一段路程，所幸他脚力不凡，运起"神足通"心法，居然赶在了何、陈、林三人之前。他自后门来到庄内，便藏身于耳房一侧，只见无名厅外站着百十来人，南一安也在此列，心下松了口气。但瞧眼前情势尚不明朗，寻思："我若贸然现身，恐不免大动干戈，还是先静观其变。"只听一人喊道："杀了他！"

他循声望去，登时大惊，说话之人分明是已故的神龙尊者陈希夷，他只觉自己神志尚未清醒，恐是眼睛花了，再仔细一瞧，才知并未看错。还未及细想，突见陈希夷身后两人便是兄长南天和嫂子柳青青，两人遍体鳞伤，铁链加身，不知遭遇了何种变故。心想："神龙尊者尚在人世，那自然最好不过，可他为何却抓了大哥大嫂，又要一安杀什么人？他身后那些蒙古官兵似乎都听他调遣，莫非他已投靠了蒙古人？"

便在此时，突听南一安放声大哭起来，他只道兄嫂遭了不测，立时向前瞧去，见南、柳二人尚且好端端站在人群中，又见南一安巴巴望着道济和陆象杉，两人原本盘膝坐在地上，突然间瘫软倒下，才知遭了不测的乃是三圣庄的二位庄主。心想："姓陆的两次要取我性命，未能死在我的手上，倒是一大憾事。不过他功夫如此厉害，却是什么人有这等手段？"

正无头绪，只见地上突生暗影，抬眼一瞧，斜阳竟被吞去一角，过不多时，庄内庄外便已伸手不见五指。众人目睹异象，霎时间哗然大噪。南玄心道："老天也算待咱们南氏一家不薄，眼下正可将大哥大嫂救回。"他将"天眼通"施展开来，四下便已瞧得分明，当下朝南、柳二人飞奔而去，直如离弦之箭，眨眼间已至二人身前，道："大哥，大嫂，南玄来救你们了！"两手分往二人肩上抓去，南天和柳青青怎知他神志已然恢复，黑暗中听知来人是南玄，先是吃了一惊，转瞬便回过神来，他走火入魔后，二人吃了他不少苦头，眼下不知南玄用意，岂能任凭他摆布？柳青青道："师兄当心！"当即作势招架，南玄道："大哥大嫂，快跟我走。"

南天道："玄弟，你要杀要剐冲我来便是，切莫伤你大嫂！"

南玄道："大哥，你怎的不信我？再不走就来不及了！"

几人你一言我一语，便是四下黑暗嘈杂，却仍被身旁的刘云和哈丹巴特尔察觉。哈丹巴特尔喊道："什么人？胆敢劫持朝廷要犯？"刘云道："是八部会的迦楼罗，看剑！"两人听声辨位，朝南玄猛攻上去。

南玄功夫本就高出二人许多，加之目下瞧得分明，左手递到，已夺过刘云手中利剑，右掌翻出，重重击在哈丹巴特尔胸口。

刘云兵刃被夺，忙从身后一名弟子手中取来一把长剑，护在前胸要害处，大喊道："军师，南玄要劫走南天！"

陈希夷听见刘云喊声，急忙回头阻止。他在聚寿山血案当晚，便已知晓南玄被陆象杉擒获，关在了指玄洞中，却不知此刻他如何逃脱。但眼下最要紧的，便是不能让他带走南天和柳青青，否则手中没了要挟南一安的筹码，将来南一安成了气候，恐怕会是心头大患。一念及此，哪容片刻耽搁。听南玄发掌风声，辨明方位，立时出手擒拿，正是"西来龙象手"中的"捆仙式"，这一招最擅贴身肉搏，讲究应变奇快，纵然目不能见，但手指、手肘、手掌任何一处碰到敌人身上，立时抓拿撕戳、勾挖拂挑。"西来龙象手"乃是他成名绝技，自是练得炉火纯青，几招拆下，南玄也未占到便宜。

正当此时，暗影渐渐消退，一道刺眼的阳光霍地射出，大地重见天日。又过片刻，众人视线渐转清晰，南、陈两人各自后退几步。南玄赶忙去寻兄

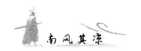

嫂，环顾四周却不见人影，朝地上一瞥，不禁"啊"地大叫一声，南、柳二人不知何时被人割了喉，此刻已横尸就地，气绝当场。

陈希夷既愤怒又痛心，两眼霎时泛红，几乎流下泪来，狠狠瞪向刘云和哈丹巴特尔，道："谁让你们下的杀手？"

哈丹巴特尔也一脸茫然，道："军师，属下不曾动手啊！"

刘云道："是南玄，他们兄弟两人向来不睦，他刚才夺走了我的剑，将这两人杀了。"

南玄看着兄嫂尸首，嘴里念念有词，神色既张皇又悲伤，几近疯癫。突然间似是想到什么，转身看向南一安。只见南一安面色惨白，呆立原地，忽觉胸口一热，鲜血霎时间狂喷不止，"扑通"一声晕厥在地。

陈希夷虽然心狠手辣，对南天一家百般利用，但南、柳二人毕竟是他抚养成人，终不致人性泯灭，眼见南玄痛下杀手，心中悲痛不已，道："你……你……"

南玄双手紧紧揞住"太阳穴"，只觉头痛欲裂，一面大喊"不是"，一面遁出庄外，几个起落便不见人影。

便在此时，庄外一名蒙古百夫长大步奔来，到得陈希夷身后，单膝跪地道："军师！"

陈希夷喝道："什么事！"

那百夫长道："王爷急召你往怀霏寺觐见！"

陈希夷听得"王爷"二字，沉下语气，平缓缓道："王爷怎么突然召我？"

那百夫长上前，在陈希夷身旁低声耳语道："王爷旧疾复发，恐怕时日无多了。"

陈希夷沉吟片刻，向妙语拱手道："妙语大师，在下尚有公务在身，只能来日再行讨教，告辞。"

法定怒道："杀了这么多人，说走便要走？"

妙语道："住手，今日已造诸多杀孽，就此罢手吧！快将南少侠抬进屋内救治。"

陈希夷朝南天和柳青青尸身默默瞧了一眼，轻叹道："'臣无祖母，无以至今日，祖母无臣，无以终余年……乌鸟私情，愿乞终养'……你们今日身死，也算报了为父的养育之恩。"当下同哈丹巴特尔等一干蒙古军士下了聚寿山，在山脚下上得一辆马车，二人坐在车内，久久不语。

哈丹巴特尔道："军师，这当口王爷召你觐见，是有何要紧事？此次聚歼各派，华山二老和陆象杉虽然死了，却没能杀掉少林派的妙语和尚，咱们如何向王爷交代？"

陈希夷道："你可知王爷为何要我清除这些个江湖门派？"

哈丹巴特尔道："本朝早已明令禁止汉人和南人持有兵刃，这些江湖中人藐视律法，王爷自然是要替皇上分忧的。"他一语甫毕，顿觉失言，忙道："不过军师自非那些下等汉人可比。"

陈希夷道："我效力王爷近三十年，北方豪强已陆续南迁，他们只求安稳自保，成不了气候。最令王爷忧心的，便是中原一带的江湖门派，这些人身怀绝技，梼杌暴横。咱们的铁骑在山中难以施展，步兵又非他们敌手，你说如何是好？"

哈丹巴特尔道："军师自来便知此节，于是早早筹算，一面整肃豪强，迫其南迁，一面瓦解帮派，令其内斗。"

陈希夷道："如今华山派名存实亡，昆仑派徐存青是个明哲保身之人，陆象杉今日身死，他威望再高，一具白骨也不能号令前朝遗民。此举足以震慑中原、西域武林，泰山派、天山派、点苍派、关帝帮、双煞门这些不大不小的帮会，自知殷鉴不远，倘若再我行我素，不服管教，那也需掂量掂量。至于那少林派，出家人本就不屑争斗，如今目的达成，那妙语是死是活也非最要紧之事。"

哈丹巴特尔点点头，道："军师英明，但不知王爷此番不在开成路府邸，却急召你往长安县怀霏寺觐见，这是为何？"

陈希夷道："王爷是木速蛮，他不远千里，从六盘山跋涉至怀霏寺，想必是自知沉疴加剧，大去之日不远了。"

哈丹巴特尔猛吃了一惊，半晌才道："咱们这么多年为王爷鞍前马后，眼看皇上日薄西山，太子又病逝不久，王爷倘若挺不住，岂非将皇位拱手送给了海山那厮？"

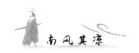

这海山全名叫作孛儿只斤·海山，当朝成宗铁穆耳之侄，比安西王阿难答还要晚上一辈。三年前他受命出镇漠北，战功卓著，被当朝皇上加封为怀宁王，赐金印，治瑞州路。

陈希夷掀开帷帘，朝南指去，道："瞧见黄河了吗？"

哈丹巴特尔被这一问，登时摸不着头脑，道："军师，恕属下愚钝，这与黄河有甚干系？"

陈希夷脸上忽现诡笑，低沉着嗓音道："长江水清，黄河水浊，长江之水灌溉两岸数省田地，黄河之水也灌溉数省两岸田地。"

哈丹巴特尔若有所思，道："属下还是不明白。"

陈希夷道："安西王是王，怀宁王也是王，谁继承皇位都好，关口是咱们的用处。"

哈丹巴特尔道："可咱们效劳王爷这些年，没少与那怀宁王作对，倘若他即位大宝，岂非要将咱们杀之而后快？"

陈希夷道："当年在莫家村，留下王爷与同霏之子的性命，如今终于派上用场。"

哈丹巴特尔问道："军师已有良策？"

陈希夷笑道："见了王爷便知。"

晚间休整一夜，翌日巳时便抵奉元路长安县怀霏寺，只见青砖碧瓦，宏丽雅致，好大一座院落。陈希夷令手下官兵各回原部，独与哈丹巴特尔入寺觐见。堪堪入得寺门，便有一名老阿訇上前拜见，那老阿訇道："陈先生你回来了，王爷正在里屋等候。真主的祝福在你身上！"

陈希夷回礼道："真主的祝福也在你身上。"穿过三进院落，皆是朱门金钉，砖雕银饰，到得第四进便是全寺主体，西首合基之上有一座偌大的礼拜殿堂，东首有三间厢房，安西王阿难答但凡来此，都是住在最里面一间。

陈希夷在门外喊道："老朽陈希夷参见王爷。"

话音刚落，门便打开，屋内走出一名侍女，道："军师，王爷请你屋内叙话。"

陈希夷快步走进，跪倒在地，道："听闻王爷贵体抱恙，老朽特来拜望。"

阿难答卧在床上，低声说道："陈先生，你来了。"

陈希夷道："王爷，老朽来了。"

阿难答干咳了两声，道："整肃中原武林之事，近日办得如何？"

陈希夷道："除少林派之外，其余皆在掌控之中，但请王爷放心。"

阿难答道："这几年间，本王身子每况愈下，今年更甚，想是真主在惩罚我，这双血淋淋的手，是如何也洗不净了。"

陈希夷道："王爷正当壮年，这点小病不碍事，切莫忧心。便是真主当真要罚，也应罚我陈希夷才是。"他顿了顿，又道："方今天下太平，全赖王爷高瞻远瞩，整肃各路豪强，治乱之功赫赫无量。说句大不敬的话，眼下太子病逝不久，皇上又日薄西山，一旦驾崩，王爷你便是登上大宝的不二人选呐！"

阿难答道："本王当年为教净身，实是半个废人，此事旁人虽然不知，可本王年近半百，仍无一子承欢膝下，倘若让别有用心之人瞧出端倪，上达天听，皇上又岂会将帝位传给我？"

陈希夷微微一笑，道："在下今日前来，也为王爷带来了一个天大的好消息。"

阿难答"噢"了一声，问道："是不是海山在漠北吃了败仗？"

陈希夷道："非也，怀宁王吃败仗，王爷不过痛快一时，老朽要说的好事，那可是关乎整个安西王府，乃至江山社稷啊！"

阿难答急道："说……咳咳……"

陈希夷道："这十几年来，王爷始终为当年霏儿姑娘之事愧疚。据在下查明，霏儿姑娘离开王府后，在终南山削发为尼，法名同霏。"

阿难答倒吸一口凉气，艰难坐立，道："那……那她是否还在世？"

陈希夷道："十年前便因一场大病香消玉殒。"

阿难答怒道："这算什么关乎社稷的好消息？你竟敢戏弄本王！"

陈希夷拱手道："王爷容禀。老夫近年来多方追查，才知霏儿姑娘虽然病故，但生前却已怀上了世子，如今世子已是十岁的少年郎了。"

阿难答道："胡说，本王怎知你说的少年便是我的亲生骨肉？"

陈希夷道："王爷是否记得，当年曾送给霏儿姑娘一把世间独一无二的和田玉钥？"

阿难答道："不错，确有此事。"

陈希夷佯扮不悦，道："此物如今便挂在那少年项上。王爷倘若仍不相信，大可将那少年唤来府上，滴血验亲即可。"

阿难答道："军师莫怪，本王对你自是言无不信。"

陈希夷忙道："老夫岂敢。"

阿难答道："倘若真是如此，世子眼下身在何处？"

陈希夷叹了口气，道："世子母亲去世后，便被终南山下莫家村的一户农人收养，小小年纪，吃了不少苦头，千金之躯该享之福可丝毫未曾受过。"

阿难答听到此处，已是深信不疑，两眼泛着泪光，道："你亲自去，速速将世子接来府上，本王要好好补偿他。"

陈希夷道："王爷，老夫有一言，不知当讲不当讲？"

阿难答道："但说无妨。"

陈希夷道："倘若王爷真想补偿世子，当有一个万全之策。"

阿难答道："倘若本王即位，他便是未来的储君，若本王薨逝，那他也可承袭安西王之爵位，荣华富贵享之不尽。"

陈希夷道："世子自幼受汉人抚养长大，在朝中并无人脉，假若王爷不幸早逝，世子又能依靠何人？那怀宁王海山觊觎皇位已久，与咱们安西王府又向来不睦，到时世子只怕会成了他砧板上的鱼肉啊！"

阿难答只觉他所言颇是在理，道："先生有何良策？"

陈希夷道："法子倒是有一个，只不过……"

阿难答道："吞吞吐吐，说！"

陈希夷道："是。王爷可去一封书信给海山，告诉他王爷会在皇上面前力荐他继位，不过有一个条件，便是要他继位之前，与王爷联名奏请皇上，册封世子为皇太孙，只是王爷恐怕就……"

阿难答摇头，道："即便那海山为了皇位，暂且答允此事，可若他将来君临天下，要杀世子岂不易如反掌？"

陈希夷道："不入虎穴，焉得虎子？王爷若要世子成就一番伟业，便需兵行险着。此事老夫思虑已久，已有万全之策。"

阿难答道："说来听听。"

陈希夷道："一者，下月初三便是王爷五十岁寿辰，王爷去信海山前，便请群臣过府相贺，借此将王爷百年之后，由世子承袭安西王爵一事通告朝野。如此一来，海山日后便不能不承认世子的身份。"

阿难答道："这是自然，本王当然要世子承袭王爵。"

陈希夷道："二者，为防海山斩草除根，便需将世子交与一个信得过的人安置在隐蔽之所，好生供养，直至海山殒命，世子即位大宝。将来世子以安西王的身份登上皇位，二十万唐兀卫军听凭调遣，何人胆敢不服？"

阿难答沉吟片刻，道："兹事体大，容本王再想想。"

陈希夷见他仍在犹豫，又道："父母之爱子，则为之计深远。倘若王爷真为世子将来打算，这已是上上之策！"

阿难答道："军师，还是先将世子接回王府，本王再酌量酌量。"

陈希夷瞧阿难答神情，知他心中已有所动，当下拜别阿难答，与哈丹巴特尔出了怀霏寺。哈丹巴特尔道："军师，这招实在是高啊！"

陈希夷笑道："哦？你知道什么？"

哈丹巴特尔道："属下揣测，军师是想万一王爷挺不过去，海山继位，只有咱们知道那小子的下落，那小子一旦现身，海山死后皇位便非他莫属，只要这小子掌握在军师手中，海山不就得对军师唯命是从了吗？"

陈希夷大笑道："好，好，好！哈丹巴特尔，你变机灵了。"

哈丹巴特尔道："那是军师调教有方，属下不过学了些皮毛。"

陈希夷道："废话少说，放出去的探子来信了吗？"

哈丹巴特尔道："遮莫已回了，军师不妨先到寒舍休整几日。"

陈希夷道："也好，先去你宅里。"

两人从城北驱车到得城东，进了哈丹巴特尔宅邸。几名汉人婢女看上茶来，陈希夷浅浅抿了一口，道："你堂堂一个千户长，怎的府中所用竟是去年的陈茶？"

哈丹巴特尔道："军师，你老是知道的，这些年属下跟着军师，连家也不曾回得几次，下面的人要送也不知往哪里送了。"

陈希夷点点头，道："也是，你放心，控制了世子，将来这天下都是咱们的。"

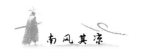

哈丹巴特尔赶忙下拜，道："属下不敢与军师同享天下，但望军师能记得属下苦劳，属下便万死不辞了。"

陈希夷道："起来吧，你我不必拘礼。"

便在此时，门外探子匆匆来报，道："将军！军……军师也在……"

哈丹巴特尔道："慌慌张张，慢慢说。"

那探子道："大事不好，莫家村那小子……不……不见了……"

陈希夷嘴里一口热茶"噗"地喷出，喝道："你说什么！"

那探子道："莫……莫家村……那小子不见了……"

陈希夷大怒，骂道："他不见了，你的脑袋为什么还在脖子上？"

第二十回　萧关贺寿

"爹，妈……爹！妈！""夫子！济公！"南一安从卧榻上猛然惊醒，脸色惨白，冷汗淋漓。

卧榻一旁的林知寒正自昏昏欲睡，突然被南一安喊叫声吵醒，叫道："何姑姑，一安醒了！"转头对南一安道："一安，感觉怎么样？"一面问，一面将手轻放在他额上，道："烧已退得差不多了，我让何姑姑煎好了药，你赶紧服下。"

南一安身子极是虚弱，昏昏沉沉地道："我爹爹妈妈呢？"

林知寒眼噙泪水，默默低头，半晌不语。突听房门"吱呀"一声打开，一个美貌少妇手持汤碗，快步走进，道："是一安醒了吗？"说话人正是何阮溪。

何阮溪径直坐在床沿，柔声说道："你昏睡了七日，前些天妙语大师替你号了脉，说你是急火攻心，没有大碍，林姑娘便拟了药方，你快吃下，来。"说着将手中汤碗递上前去。

岂料南一安突然间发作，右手猛地挥出，直将那汤碗摔落在地，冷森森地道："拿走。"

林知寒呆在一旁，她从未见南一安如此冷酷，只觉他由内而外全是冰凉的。

何阮溪一愣，陈大学不知何时已站在房内，见此情形，心中不禁有气，厉色道："你这小子发什么牛脾气？这几日你何姑姑整日操心，连饭也吃不下

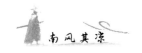

……"

话未说完，便被何阮溪打断："陈帮主，别说了。"

陈大学怎会不知南一安痛失至亲，情绪不好也无可厚非，转而温言道："嗯……兴许是他肚子饿了，我去弄些吃的吧。"

南一安只默然无语，双眸紧闭，两行清泪早已凝了半晌，便在此时缓缓滴落。何阮溪道："林姑娘，你好好照看他，三圣庄的弟子们今日该下山了。"

南一安听何阮溪所言，仿佛回到了自己初上聚寿山时，那几日庄内的弟子们也忙活着下山接引孤儿，却不知如今三圣皆已故去，下山又是为何？然而他心如死灰，此刻既不愿多想，也不愿多问，满脑子挥之不去的，都是那日陆象杉、道济和父母双亲暴毙的情形，想要大肆发泄，只觉浑身乏力。

林知寒道："何姑姑，那南加台真的是夫子的学生吗？他是个蒙古贵胄，也不知是否靠得住。"

何阮溪道："这你大可放心，南加台是蒙古人不假，他叔父也速答儿官居四川行省平章政事，为人清正，远近闻名，颇受川滇百姓爱戴。我早听闻也速答儿喜好藏书，对儒学别有精研，他与陆先生交好，将侄子送往三圣庄学艺倒也是情理之中的事。"

林知寒道："瞧那日情形，夫子和济公应该早已知晓各派会上门滋事。夫子在元廷中既有如此厉害的朋友，四川又离此不甚遥远，何故不请他们前来相助呢？"

何阮溪道："你在陆先生身边这么多年，怎不知他为人？宁为玉碎，不为瓦全，朋友归朋友，生死关头，他又岂会向蒙古人求助？"

林知寒只觉鼻中酸楚，忙深吸了一口气，不愿在南一安面前流下泪来。

陈大学道："这南加台自称是三圣庄早年门生，如今闻尊师仙去，便将师弟师妹接回家中安置，那也是尽了兄长之义。"

林知寒道："好吧，那我在此照看一安，烦劳二位送他们一程了。"南一安似乎察觉到林知寒正关切地望着自己，便将身子侧向里面。

陆象杉当日派庄里泰半弟子下山去寻找骆宝颐，实则是他知晓三圣庄即将罹难，不愿弟子们遭受牵连。如今这些弟子已陆续回到了庄内，陆象杉和道济却已不在人世。众弟子将两人遗骨安葬在陈抟墓旁，不知今后何去何从。

南加台得知噩耗，星夜兼程赶赴三圣庄，向何阮溪等人问明缘由后，只怕阿难答和陈希夷再要赶尽杀绝，便决意将一干门人都带回家中安置。他父亲也速答儿乃是从一品大员，又是一方封疆大吏，阿难答即便贵为皇亲国戚，也不能丝毫不顾情面。

当下何阮溪与陈大学一道出了房门，将南加台和众弟子送下了山。

林知寒纤手搭在南一安肩上，轻轻摇了两下，道："一安，你不想吃药便不吃了吧，可是总得把肚子填饱才好。"

南一安道："你出去吧，我想一个人。"

林知寒道："你这个样子，我怎么放心你一个人呢？"她顿了片刻，脸颊似是有些泛红，道："那时我师父刚刚过世，我也不想活了，都是你陪在我身旁，我才慢慢振作起来，如今你也失去了至亲之人，这次该由我来陪你了。"

南一安突然胸口一热，一阵"咳咳咳咳"，道："当年要不是你师父将我爹妈捉去，也不致……也不致……"他心绪激动，难以续说。

林知寒道："你说得不错，你若心中有气，打我骂我便好，就是要杀了我，我也绝无二话。"

话音甫落，南一安倏地翻身坐立，右掌高举，瞬息便要拍下，道："你以为我不会吗？"

林知寒杏眸一闭，娇躯直挺，只待引颈受戮。

南一安见她这般模样，怔了半晌。林知寒在他心中向来是个柔弱的女子，从未见过她如此坚定，道："我不该冲你发火的，对不起。"

林知寒缓缓睁开眼，握着南一安的手，道："你我不必说对不起。"

南一安道："这一切都是拜南玄那狗贼所赐，只怪我……只怪我那日没能亲手将他杀了，杀了他……便不会有这些事……对，杀了他……我要杀了他！"他不知哪里来的气力，"嗖"地下床便往外奔去。还未出得房门，只觉脚下一软，径自昏倒在地。林知寒大喊："一安！"眼下何阮溪与陈大学正在返庄途中，她只身一人，费了好大力气才将南一安抱回卧榻上。当下坐在南一安身旁，将汤药一滴一滴服侍他喝下。侧目一瞧，只见地上尚有一部泛黄的旧书，林知寒将那旧书拾起，原来是两人离开少林寺时，方丈法戒请他们转赠给道济的《楞伽经》。南一安此番回到三圣庄，竟无片刻余暇将此物交给

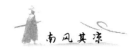

道济，直至方才摔倒在地，那经书才从他怀里跌落出来。

她将经书随意翻阅，念道："佛告大慧。我说不生不灭。不同外道不生不灭。所以者何。彼诸外道有性自性。得不生不变相。我不如是堕有无品。大慧。我者离有无品。离生、灭、非性、非无性。如种种幻梦现故……"沉吟片刻，喃喃道："不堕有无，便能离于生灭，可咱们终究是凡夫俗子，倘若真能不灭，又何必生？倘若真能无恨，那爱又能值几何呢？"

林知寒放下经书，走到屏风后侧，只见眼前摆有一桌一椅，桌上平躺着一把瑶琴，这是一把"仲尼式"，由陆象杉亲手斫造。她端坐椅杌，袖口轻轻擦拭琴弦，当下调弦转轸，又奏起了那首《南风其凉》。

也不知过了多少时辰，突听得屋外有人"哇哇"大哭起来，林知寒原已趴在桌上睡着，这时被哭喊声惊醒，忙打开房门瞧去。

只见一名十岁上下的少年站在院中，不知何故兀自哭闹。林知寒定了定神，仔细一瞧，却原来是莫同非。他身旁便是何阮溪和陈大学，两人见他哇哇大哭，都在好言宽慰。

林知寒上前道："熊子，你为什么没有跟师兄弟们一同下山呢？"

何阮溪道："昨日下山的弟子太多，我们也没留神熊子是否在内，今早尚才发现他竟仍在庄里。"

林知寒蹲下身，问道："熊子，你怎么啦？"

莫同非擦了擦鼻涕，抽泣道："我……我不要在这里……我要回家……我……我要爹爹妈妈……呜呜……"

林知寒心想："熊子此番随咱们上山，原本也是为了治病，如今他体内毒质已被济公清除干净，他不似那些没爹没娘的师兄弟们，既然有家，当然还是回家的好。"

道："好，姐姐送你回家，好不好？"

莫同非道："我要大哥哥送我回家！"

林知寒道："大哥哥生病了，不能走远路，姐姐送你好不好？"

莫同非一把将林知寒推开，道："不要！我就要大哥哥送我！爹……妈……呜呜……"

何阮溪道："林姑娘，还是让我送他回去吧，你也好陪着一安，他身子虚弱，尚需劳你费神。"

林知寒道："这……"

陈大学道："别这那了，就这么说定了，有老陈保护你何姑姑，你还不放心？"

林知寒道："只是一安把你当作娘亲一般，醒来若瞧不见你，该难过了。"

何阮溪莞尔一笑，道："他最离不开的还是你，倘若想要见我，便来云南苍山吧。"又对莫同非道："熊子，你要乖一点，大哥哥身体不舒服，等他养好了身子，一定会来莫家村找你玩的。"

莫同非道："真的吗？你不骗我？"

何阮溪扮了个鬼脸，道："骗你是小狗！"

莫同非道："那我要进去跟大哥哥道个别。"

何阮溪道："好孩子，去吧。"

几人在外面说的话南一安全都听在耳里，只觉这冰冷的世道尚存些许温热，正因如此，他更希望熊子能过着安安稳稳的日子，对像他这般去到哪里都不走运的人，应该避而远之。

莫同非走到他身旁，道："大哥哥，我走了，你会来看我吧？"

南一安侧过了身，假装浑没听见。莫同非呆了半晌，见南一安似乎睡得昏沉，便悄悄出了房门。

何阮溪道："林姑娘，一安就托付给你了，他病好之后，你们倘若愿意，便到洱海来住。"

林知寒行了一礼，道："多谢何姑姑美意，二位路上当心。"

何阮溪远眺后山，南天和柳青青的遗骨便是由她安葬在那里。不知怎的，南天死后，她虽然难过，却没料想的那般痛彻心扉，反倒像卸下了一副沉沉的担子。此刻天人永隔，临别之际，心中竟似泛起了洱海边的浪花。她面朝后山柔情无限地笑了笑，淡淡说道："走啦。"

何、陈两人携莫同非，径自往终南山莫家村而去。来时为掩人耳目，便多耽搁了些时日，此番只想着尽早将莫同非送回家中，便从官道上一路飞驰，不到三日，便抵蓝田县。

何阮溪道："蓝田自古盛产美玉，来日若得闲暇，定要在此好好逛上

一逛。"

陈大学道："你要是喜欢玉石，老陈这便给你买来。"

何阮溪道："我随口一说，咱们还是赶路吧。"

莫同非道："你喜欢玉，我也有一块，嘻嘻。"一面说，一面将项上一块钥匙形的玉石取下。

陈大学一把将那玉钥取来，捧在手中细细把玩，道："我瞧此物绝非凡品，你从哪里得来？"

莫同非嚷道："你还给我！"说着便伸手去抓。陈大学童心顿起，便要寻他开心，将那玉钥高举过顶，道："不给，就不给！"

莫同非"哇哇"大哭，何阮溪道："你干吗欺负小孩子，快还给他。"

陈大学一瘪嘴，道："普普通通，有什么好稀奇的。"

何阮溪道："我倒是略懂一些，这一块从色泽上看，仿佛是产自西域的和田玉，可比这蓝田的玉石要名贵许多。"心想："陈大学说得不错，这块玉钥形态精美，绝非等闲之物，熊子是农家子弟，怎会有这等物事？想来他父母也不知此物的贵重，否则也不会由他随意挂在身上。"

便在此时，一队官兵迎面行来，为首的是一名百夫长。陈大学逗玩莫同非之时，恰好被他认出那和田玉钥，他先是默不作声，待何阮溪等人走远，便对身旁一名官兵道："速去客店回禀军师，就说要找之人正在蓝田县往莫家村途中。"那官兵领命，旋即策马扬鞭，径往南驰去。

何、陈三人向西行了四十里，当日未时便抵莫家村。到了莫同非家门口，院中却不见莫二哥和莫二嫂。莫同非心情霎时跌落谷底，屋内屋外四下找寻半晌，仍是不见爹娘踪影。

何阮溪道："别急，兴许是下地干活了，咱们在此等上片刻。"

莫同非道："那我去地里寻他们。"

堪堪走到院外，只见一名三十来岁的汉子从旁经过，正是当初被沈汀试毒害死了儿子的李铁匠。他分明瞧见莫同非，却扮作视而不见，急忙将头扭开，匆匆向西奔去。

莫同非道："李大叔，你瞧见我爹娘了吗？"

李铁匠似是被这十岁稚子惊得不轻，慌慌张张地道："没瞧见，没瞧见，别问我。"他加快步伐，竟连头也不回。

莫同非挂念爹娘，只道二人正在田里劳作，便急匆匆往外奔去。

何、陈二人察觉蹊跷，不待何阮溪出手，陈大学已箭步奔出，拦在那李铁匠身前，恶狠狠地道："你慌什么？说，把你知道的都说出来！"

李铁匠连连告饶，道："好汉饶命，好汉饶命，俺真的什么也不知道，你们去问问别人，问问别人！"

陈大学卷起袖袍，便要发作，道："你不说是吧？我……"

话未说完，但听耳旁一人悄声说道："你要找的人在哪里，他的确不知道。"

陈大学猛吃了一惊，喝道："直娘贼，谁啊？"正待朝前跃开，却哪里能动弹，转瞬之际已被那人封住三处要穴。

那人又道："休要啰唣，否则莫同非性命不保。"

陈大学怒道："莫同非是谁？你又是谁？"他只觉这人说话声音好生耳熟，似是在哪里听到过，猛然间忆起，原来此人便是陈希夷。当即大喊："何姑娘，快……"

那"跑"字尚未说出口，已被陈希夷一掌震晕。

何阮溪听得动静，便从院中出来，一见之下，情知不妙，登时拔剑上前。她展开"惊龙剑法"，"刷刷刷"连刺了三剑，悉数被陈希夷避过。

陈希夷道："倘若这三剑是月苍先生刺出，那老夫也只索勉力招架，可惜啊可惜，点苍派传到你这一代，当真是门衰祚薄了。"

何阮溪一面横挑他左肋，一面道："凭你也配提我点苍派祖师爷的名号？看剑！"

陈希夷却不闪避，直将剑身夹在腋下，何阮溪奋力抽拉，竟纹丝不动。陈希夷顺势翻掌，扣向她右肩"缺盆穴"，何阮溪只觉半身酸麻，右臂已不听使唤，长剑"铛"的一声落在地上。不待她左手招架，陈希夷早已封住她"膻中""中庭""华盖"三处穴位，拿穴手法快如电闪。

陈希夷狞笑道："本想带回莫同非，没料到还搭上了你们两人，那也好得很！你与南一安交情匪浅，倘若他知道你在我手中，你说，他会不会乖乖听我的话？"

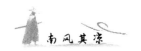

何阮溪冷冷道："做梦，你已害死他爹娘，还想怎样？"

陈希夷喝道："他爹娘不是我害死的！"长舒了一口气，又道："我是他外公，他若能为我所用，荣华富贵享之不尽，有什么不好？我大哥当年便不听我的劝，后来怎样？"

何阮溪哂笑道："你身边连一个相伴的亲人朋友都没有，身居高位又怎样？无非是一具行尸走肉。"

陈希夷哈哈大笑，道："我何须与你说这些，你已被我擒获，今日要你死，你便活不过天明。"

何阮溪道："要杀便杀，我何阮溪虽是一介女流，总好过你这唯利是图的元狗！"

陈希夷道："待你没了用处，我自然会送你上路。"说罢朝远处招了招手，一名蒙古军官拍马赶到，正是哈丹巴特尔。

陈希夷道："将这两人送往杭州栖霞馆，好生伺候着，稍有差池，你提头来见。"

哈丹巴特尔道："属下领命，军师放心。那世子怎么办？"

陈希夷道："我要亲自送他去王府与王爷团聚。"

哈丹巴特尔招呼随行官兵，将何阮溪与陈大学绑上了马车，当下拜别陈希夷，率众径往杭州驶去。

陈希夷独自去往农田，只见莫同非在一旁呆呆伫立，寻不见爹娘，好似丢了魂一般。

陈希夷走上前去，拍了拍他肩膀，道："我知道你爹娘在哪里。"

莫同非上下打量着他，道："我怎么没见过你？你认识我爹娘？"

陈希夷道："那是自然，我可是看着你出世的。"

莫同非半信半疑，道："我爹娘在哪里？"

陈希夷道："你爹娘去了我家中做客，让我来接你过去。"

莫同非道："我爹娘又不认识你，怎会去你家中做客？"

陈希夷道："不过是你不认识我罢了，你怎知他们不认识我？我们可是老朋友了，你叫莫同非，你爹叫莫二，是不是？"

莫同非道："那我爹娘为什么不自己来接我？"

陈希夷道："他们在我家中玩得尽兴，暂且不愿离开，便托我来接你，要不然我怎么知道你在哪里呢？"

莫同非想了想，道："你可不要骗我，我大哥哥很厉害。"

陈希夷道："你大哥哥是谁？怎么个厉害法？"

莫同非道："这可不能告诉你，总之很厉害就是了。"

陈希夷道："很好，等你到了我家里，我便写信给他，请他一道来做客，怎么样？"

莫同非拍手道："好，好！你的家在哪里？"

陈希夷道："咱们乘马车，明日便能到。"

莫同非转身便走，陈希夷道："你上哪里去？"

莫同非笑道："我去同何姑姑道别。"

陈希夷道："你何姑姑还有要紧事，已经走啦。还有陈大叔，我已替你向他们道了别。"

莫同非"哦"了一声，道："好吧，那你快带我去找我爹娘！"当下拉着陈希夷的手便上了马车。

行至半夜子时，已达开成路境内，六盘山相去不远，山的北麓便是安西王府所在。

陈希夷道："咱们今晚便在马车中歇息一宿，明早再行赶路。"

莫同非嚷道："不要，我要赶快见到爹娘！"

陈希夷道："老夫累了，明早再走。"

莫同非又哭又闹，就是不依不饶。陈希夷没奈何，道："好好好，就依你，咱们连夜赶路。"不知怎的，他素日里说一不二，偏生对莫同非格外宽厚。

陈希夷一路策马，整夜未眠，翌日辰时终于到了安西王府。莫同非正自酣睡，陈希夷将他叫醒，道："下车吧，你爹娘便在里面。"

莫同非想到多日不见的爹娘，转瞬便没了睡意，当即从车内跃出。但见四周都是黄土高原，飞沙走石，寸草不生，阡陌间散布着些许农户，与中原相比，可谓天壤之别。再往前瞧去，便是一座规模宏大的府邸，与其说是府邸，倒不如说是一座富丽堂皇的宫殿，绿釉琉璃砌砖，黄釉龙纹添瓦，好不

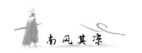

气派。两人走上前去，府邸门楣上高悬着一块金灿灿的牌匾，上书"安西王府"四字。

陈希夷领着莫同非，径直来到府中，府内亲兵、仆役、侍从见了他无不行礼问安。穿过一座花园，管家远远瞧见二人，赶忙上前相迎，道："军师，王爷这几日气色稍有好转，正在前面喂鱼呢。"

陈希夷道："有劳你了，忙去吧。"又对莫同非道："我带你去见一个人，见到他，你要叫他爹爹，知道吗？"

莫同非道："我有爹，干吗还认别人作老子？"

陈希夷佯扮厉色，道："你不叫，就见不着你爹娘，叫了我重重有赏。"

莫同非眼珠子一转，道："我是给你一个薄面，可不是为了赏。"

陈希夷哈哈大笑，道："你这小家伙，不知从哪里学来这些话。"

突听池塘边一人遥问："是军师回来了吗？咳咳……"正是阿难答。陈希夷快步上前，拜道："启禀王爷，老朽将世子带回来了。"

阿难答听得此话，两手一颤，掌中鱼食尽数散落水中，却迟迟不敢回过身来相见。

只听莫同非叫道："爹爹。"

第二个"爹"字未及出口，阿难答已转过了身，怔怔地瞧着莫同非，只觉他眉宇间似极了当年的自己，项上的和田玉钥散发着月华般的光辉。阿难答仿佛瞬息间回到了多年以前，过了好半晌才道："你……你就是……我……咳咳……咳咳……"

莫同非抢道："我叫了，我爹娘呢？赏呢？"

陈希夷赶忙拜倒在地，道："世子爷真是折杀老夫了，应是你赏给老夫才是。"

莫同非吃了一惊，道："你干吗给我磕头？世子爷是什么？快带我去找爹娘。"

陈希夷看向阿难答，请他示下。阿难答道："带他去吧。你上次提议之事，就照你说的办吧。过几日朝中重臣前来祝寿，你费点心思，切莫出了乱子。"

陈希夷心下大喜，脸上却不动声色，道："谨领王爷钧旨。"当下领着莫同非往偏厅去，道："世子就是王爷的儿子，你就是世子，是王爷的儿子，将来也是王爷，明白吗？"

莫同非摇头道："不明白。"进了偏厅，莫二哥和莫二嫂早已等候多时。

两人几日前被带进王府，阿难答只询问二人莫同非当年出生的情形，还有他亲生母亲的容貌、年纪，二人都照实说了，俱不知所犯何事，整日提心吊胆。眼见莫同非来此，便知他大病已愈，性命无忧，可欢喜之情稍纵即逝，在此处见到他，岂非才脱虎穴，又入狼窝？

莫二嫂道："熊子，是熊子！"

莫二哥也道："真是儿子，快，让爹瞧瞧，可瘦了不少。"

莫同非见了爹娘，立时拥入两人怀中，道："爹，娘，你们和他是朋友吗？"说着回头瞧向陈希夷。

莫二哥不知此话从何说起，只道："这……这……"

陈希夷道："不错，你爹娘是王爷的贵客，自然是我的朋友。"

莫二哥连忙下跪，道："小人不敢，小人不敢，求老爷开恩，放咱们回家吧！"

陈希夷道："你随我出来，有几句话我要单独与你说。"

莫二哥随陈希夷一道出了房门，道："不知老爷有何吩咐？"

陈希夷微一沉吟，道："你可知莫同非的身世？"

莫二哥道："熊子……我只知他娘亲是当年终南山水陆庵的一名女尼，那女尼当年来到村里，恰逢临盆，是俺媳妇替她接的生，俺早把他当自己的娃了。"

陈希夷道："我现下告诉你，那女尼出家前乃是安西王阿难答的妃子，莫同非是她为王爷诞下的骨肉，你可愿将莫同非留在王府？"他顿了顿，又道："放心，只要你愿意，我保你后半生衣食无忧。"

莫二哥这一惊非同小可，险些站立不定，颤声道："老爷……你这……俺家熊子哪里会是小王爷……他，他就是熊子嘛……"

陈希夷道："再过五日，朝中大臣都会到府上为王爷祝寿，到时王爷便会将他的身份公诸朝野。世子年幼，为免寿宴上惹出乱子，你们夫妻两人需陪伴在世子左右，什么话也不用说，看好世子即可。"

莫二哥道："那……寿宴之后，咱们便能回家，是不是？"

陈希夷道："你既不愿他留下来享福，王爷也不会勉强，事成之后自会有人护送你们回到莫家村。"

莫二哥连连下拜，道："多谢大老爷，多谢大老爷！"

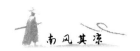
五日里，莫家三口便在王府住着，阿难答每日都会去看看莫同非，府中下人不知其身份，只道是王府的贵客，便好吃好喝伺候着。莫二哥与莫二嫂想着寿宴之后便能回到家里，倒也安心受用，莫同非便更加认定陈希夷是爹娘的朋友。他一个农户家的孩子，哪里见识过王府的新鲜玩意儿，既然来了，自然是要痛痛快快玩上一阵子才好。

转眼便是七月初三，安西王阿难答五十岁的寿辰。此番来的或是朝中重臣，或是封疆大吏，阿难答自是不能怠慢，府中仆役、伙夫几日前便已里外张罗，忙得不可开交。这日巳时，已陆续来了不少贵客，御史大夫、枢密副使、平章政事、中政院使皆在其列，阿难答正在前厅与众人寒暄，陈希夷陪侍左右，只见管家急匆匆呈上一张名帖，陈希夷接过，念道："臣阿忽台恭祝安西王寿比南山。"

阿难答笑道："左丞相到了，咱们快去迎接贵客。"阿忽台官拜左丞相，实已位极人臣，今日亲来祝寿，乃是天大的情面。

阿忽台年仅四十来岁，身形彪悍挺拔，颇有一番威严，见阿难答来迎，当即拱手道贺，阿难答连忙回礼，道："左丞相操持国事本已受累，此番远赴萧关，本王当真是既惭且愧，不敢当，不敢当哟。"众臣也都降阶相迎。

各人一一见礼后，阿忽台笑道："王爷乃我大元之柱石，你老人家之事便是国事嘛。"又道："大都之中尚在传言王爷病重，臣今日一见，分明是风采尤胜往昔，谣言不攻自破，可喜，可贺！"当下使了个眼色，招呼随从将寿礼抬进来。

管家打开礼单，朗声念道："黄金二百两、白银两千两、钞十万贯、帛两万端、乳马六十匹……"

阿忽台凑到阿难答耳边，低声道："倒是皇上沉疴难愈，倘若一朝宾天，诸位同僚还仰赖王爷你主持大局啊。"

阿难答向东一拱手，道："圣上洪福齐天，必无大碍。"又道："咱们屋内说话，请。"

正待转身进屋，突听门外一人道："王叔，侄儿来给您老拜寿了！"

阿难答心道："哼，就怕你不来。"

一名三十来岁的将军大步迈进，只见他一身戎装，满面虬髯，身后跟了一列侍卫，正是怀宁王海山。海山道："侄儿刚在漠北大破海都叛军，即闻王叔大寿，甲胄在身，不能全礼，王叔莫怪！"

阿难答笑道："怀宁王哪里话，你镇守边防，为国尽忠，王叔很是欣慰。"

海山又向阿忽台见了礼，道："左丞相也在，各位大人，本王有礼了！"众臣鞠躬还礼。

海山道："王叔，此次侄儿从沙场赶来，未及备上厚礼，不过有一样物事，你老见了一定喜欢。"

阿难答道："你有心来看看王叔，王叔便知足了，哪里还用得着备礼啊！"

海山道："此物非比寻常，乃是侄儿豁出性命得来，王叔可一定要笑纳。来人，呈请安西王过目。"

一名侍卫闻令出列，将手中一只方盒呈上。海山道："王叔，请打开瞧瞧。"

阿难答心想："不知他葫芦里卖的什么药，还是小心为好。"朝陈希夷使了个眼色，示意他将这方盒打开。陈希夷理会用意，将那方盒接过，放在一旁的石几上，他只恐内藏暗器，于是左手揭盖，右手含蓄真力，一旦暗器射出，可立时运劲化解。

堪堪将盖揭开，登时"啊"的一声，原来这盒中并无暗器，却是一颗血淋淋的人头。众人一见，无不惊出一身冷汗，霎时间哗然大噪。阿难答大怒，道："海山，你这是何意？"

阿忽台连忙附和，直斥他不成体统。海山道："王叔有所不知，这便是那叛军首领海都的项上人头。几年来侄儿九死一生，为的正是此物。近日我大破叛军，将海都斩于马下，上解天子之忧，下慰黎民之苦，恰逢王叔寿诞，于是将此物呈上，正可谓双喜临门呐！"

阿难答面色铁青，心想那海都为祸漠北已久，前有宁远王阔阔出铩羽而归，后有驸马阔里吉思战败被俘，漠北叛军早已成朝廷心腹大患，如今匪首被海山处决，实是举国同庆之大喜事，他此举虽然无礼，却着实难以反驳。阿难答有气无处撒，有苦不能言，登觉如鲠在喉，头晕目眩。陈希夷瞧出异样，急忙上前搀扶，道："请各位大人稍待，在下先送王爷进屋歇息片刻。"

阿难答平躺于卧榻上，直气得脸色时红时白。陈希夷道："王爷，世子将来成败与否，今日至关重要……"

阿难答恨恨地道："杀千刀的海山，本王……本王绝不容他入继大统！"他话虽如此说，但也清楚如今情势，倘若自己先皇上而去，那海山便势必继位，莫同非终其一生都与帝位无缘不说，他"西北王"一脉也将从此衰落。为今之计，只有照陈希夷的法子，将帝位让与海山，迫使他答应立莫同非为将来的皇太子，到时在朝有阿忽台相助，在野有二十万唐兀卫军坐镇，加之军师陈希夷辅佐，当可保莫同非不受海山加害，顺利继承皇位。不过，他视陈希夷为心腹，陈希夷却哪里如他所想那般忠心耿耿？

便在此时，突听一声"爹爹"，两人朝门外瞧去，原来是莫同非。莫二哥在一旁朝他努了努嘴，莫同非走到阿难答身旁，又喊了一声"爹爹"。

阿难答凝视半响，只觉莫同非不仅相貌似极了自己，便是连神态都如一个模子刻出，又见他双眸清澈如水，便如同霏当年一般，心中霎时间交织着怜爱、愧疚、怀念、不舍，不由得流下泪来。

莫同非道："爹爹，你身子不舒服吗？"

陈希夷道："你爹爹只要瞧见了你，那比什么都要快活。"

阿难答道："希夷，扶本王起身。那海山盼着我死，当真要死，也半点不能便宜了他，咳咳，咳咳……"

陈希夷依言将他挽扶起身，阿难答道："走，让他们瞧瞧安西王府的世子。"当下手牵莫同非，径往前厅去。

这时，海山与阿忽台等王侯重臣正坐在殿中等候，从二品以下的官吏都聚集在殿外。

阿难答佯装无碍，尚未进门，便哈哈大笑起来，道："诸位大人久等了。"

海山心想："这老东西越是装作没事，那便越是自知病入膏肓了。"心下十分得意。道："王叔，你老人家身子不适，还是回屋里好生将养的好，侄儿替你打点料理，难道你还不放心？"

阿难答道："怀宁王办事，王叔自然放一百个心。眼下正有一件要事，尚需劳你的大驾。"

海山心想："老不死的，这十多年来从未大张旗鼓摆下寿宴，今年如此异乎寻常，看来他确是另有盘算。"道："王叔只管吩咐，但有所命，侄儿莫不遵从。"

阿难答轻轻将莫同非推上前去，道："来，快叫王兄。"

先前莫二哥早已向莫同非交代，今日只消对主人家言听计从，明日便可回家。莫同非哪里知道"王兄"是何意，听了阿难答招呼，随即上前道："王兄。"

众人听他所言，都大吃了一惊，谁不知他尚无子嗣，今日怎的平白无故冒出一个？海山道："王叔，这小娃娃是？"

阿难答笑道："他叫你王兄，自然是你的兄弟，安西王府的世子，帖赤。"

海山哪里料到阿难答竟多出一个儿子，寻思："原本他死后无人承袭王爵，那二十万唐兀卫军便群龙无首，如今横空出了个世子，这可大大不妙。"道："王叔莫要说笑，他少说也有八九岁，倘若是世子，这些年却去到了哪里？为何大家从未见过，从未听过？"群臣心中也感疑惑，只是碍于安西王的情面，谁都不敢说出来。

阿难答早料到他有此一问，道："世子出生时身患怪疾，本来活不过一岁，幸在有这位陈希夷老先生。先生当年是长春子丘处机道长的高足，本领高超，神通广大，这十年来，他将世子安置于终南山医治，近日方才根除顽疾，返回家中。只因终南山高道有言在先，救治世子一事绝不能向任何人透露，否则世子性命不保，是以这十年来本王从未向旁人提起过。"他说世子性命不保时，故意看向海山，好像在告诉众人，想要暗害世子的便是怀宁王。

群臣均想，阿难答这番话听来好似胡编乱造，但他木速蛮的身份天下皆知，身为大食教徒岂会编造一个受恩于外道的谎话？这般想来，倒也多信了几分。何况以他"西北王"的权势，立谁为世子，都不用看旁人的脸色，他又何须欺瞒众人？

群臣当即连声道贺："恭喜，恭喜王爷！""今日真是双喜临门，喜上加喜啊！""王爷好福气，世子好福气啊！"

阿难答道："此番邀诸位大人过府一聚，一来是……"

话未说完，突听殿外群臣之中，有一人厉声问道："陈希夷，你就是陈希夷？"

第二十一回　平地波澜

众人循声望去，只见说话之人约莫二十五六岁，身着一袭白衫，手持一柄折扇，鬓发及肩，面似堆琼，形貌虽然瘦削，气度却颇为儒雅，俨然有古圣之风。

今日来的都是元廷显贵，不是封疆大吏便是朝中重臣，陈希夷虽然备受安西王赏识，但毕竟尚无品秩，倒也不敢怠慢，道："正是区区，不知这位舍人是？"

突听殿内一人喝道："南加台，今日是王爷寿宴，你休得造次。"正是四川行省平章政事也速答儿，而先前那说话的儒雅公子便是他的侄子南加台。

也速答儿将南加台训斥了一番，转而又对阿难答道："王爷，下官疏于管教，失礼了。"

阿难答："无妨，世侄竟也识得陈先生？"

原来当日在三圣庄，陈希夷曾多次提及"王爷"，在场之人多半都已料到那位"王爷"便是安西王阿难答。南加台到了三圣庄后，向何阮溪与陈大学表明身份、来意，二人便将事情原委全数告知了他。他刚将三圣庄门人接回家里，便从也速答儿口中得知安西王设宴相邀之事，那也速答儿与陆象杉颇有些交情，得知陆象杉遇害，当即便将请柬撕了个粉碎。但他身为人臣，自忖难以与天家帝胄为敌，本想告病推辞，又恐安西王怪罪，只得北上赴宴。

南加台血气方刚，适才听见仇人的名字，险些便要向陈希夷当众问罪，好在也速答儿及时制止。他寻思："倘若当众责难于他，非但报不了仇，尚恐连累了叔父。"

便道："听闻陈先生是长春子的高足，晚辈仰慕久矣，今日得见尊容，果然仙风道骨。"

陈希夷道："原来是平章府的侄少爷，老夫不过学了先师些许皮毛，自忖才疏学浅，可当不起这'仰慕'二字，侄少爷还是莫要取笑了。"

南加台心道："听何掌门之意，这老怪功力深不可测，但我未曾亲眼瞧见，终难知晓他是何路数，今日倒可试他一试。"道："先生既是丘道长门生，自是玄门正宗，晚辈恰巧学过一些粗浅功夫，不知先生可否指点一二？"

也速答儿厉色道："放肆！越来越不懂规矩。陈先生身份何等尊崇，岂能与你这毛头小子胡闹？"他明里斥责南加台，暗中却是在添油加醋，只因陈希夷是汉人，在安西王府地位再高，于朝中却无一官半职，倘若不下场应战，在群臣眼中便会成了自恃安西王宠幸，不屑下场与蒙古人切磋武艺，那便有僭越之嫌。

陈希夷岂会听不出他弦外之音，道："并非在下妄自尊大，正所谓兵者凶也，今日是王爷寿宴，恐怕不宜动武，侄少爷可否来日再行赐教？"

南加台道："咱们蒙古人马上安天下，骑射定乾坤，太祖爷、世祖爷哪一个不是弯弓射雕、英勇无俦的大豪杰？怎么，这在先生眼里，倒成了上不了台的把戏了？"

陈希夷心道："好一个伶牙俐齿的小子，莫非他与那海山是一伙，今日成心来捣乱的不成？"转头看向阿难答，请他示下。

阿难答寻思："这小子如此咄咄逼人，实在太不将我放在眼里了，若不是看在你叔父面上，岂能容你如此放肆。"当下点了点头，道："拳脚无眼，可别伤了人。"

陈希夷道："王爷放心。"

南加台道："谁伤谁还未可知呢！"不待陈希夷下场，他手中折扇已递上前去。这一下当真是快如电闪，场下蒙古武将不禁大声喝彩，饶是陈希夷这等修为，也不禁暗暗惊叹："好快！"江湖上以折扇为兵刃者原也不在少数，不过兵刃讲究一分短、一分险，折扇应以灵巧为主，多是四两拨千斤，后发而先至，却鲜有南加台这般先声夺人的打法。

这一刺来势虽然迅猛，但陈希夷避让间仍是举重若轻，不见丝毫狼狈之态。南加台手腕疾转，跟着刺挑压拌、拂砍点戳，直瞧得周遭武将眼花缭乱，却被陈希夷悉数化解。拆了二十来招，陈希夷已猜出他身份，心道："这小子原来是陆象杉的徒弟，不过他将九渊指法运用于折扇之中，招法尚不纯熟，内力较南一安更有天壤之别，若想替他师父报仇，恐怕非得再练个几十年不可。"

南加台击之不中，转瞬攻守互易，只见陈希夷施展"西来龙象手"，右手虎口大开，扣向南加台左肩，左臂作抱圆之势，朝南加台横腰拦去，正是一招"伏虎式"。

他不愿与南加台过多纠缠，只想着速战速决，将其尽快打发，但又不能出手太重，因此这一招势道虽然刚猛，而真力即吐即收，南加台只觉浑身一震，好似被千丝万缕包裹束缚，竟无一处能发力反击。

南加台七分惊诧之余，尚有三分疑惑，心道："这擒拿招法似属西域流派，招式虽然诡谲阴狠，却绝难取得了华山双侠的性命，倒是何掌门所说的'火狱掌'，定要逼他使将出来。"又想："凭我的功力，只怕再练二十年也不是他的对手，何况瞧他岁数也活不了二十年，不过凭大师兄的本事，兴许能与他斗上一斗。眼下最要紧的，便是瞧清那'火狱掌'的关口所在，也好让大师兄有所防范。"他从何阮溪口中得知那"火狱掌"的厉害之处，寻思世间武学千变万化，但绝无这等近似妖法的功夫，料想其中定有蹊跷。适才这一来一去，他已知自己与陈希夷相差甚远，若要陈希夷使出撒手锏，那就非得设法将他逼上绝境不可。

南加台心念一动，已有计较，当下双眉紧锁，大喘粗气，佯作痛苦之状，陈希夷误以为他功力太浅，经受不住，急忙含蓄劲力，南加台乘势逃脱，向后跃开两步，也不再行攻上，只将折扇充作利刃，径向阿难答咽喉刺去。

这一下突转攻势，众人哗然变色，都是始料未及。阿难答避无可避，眼见稍缓片刻，扇骨便要贯穿阿难答脖颈，电光火石之间，陈希夷更无暇想他所图为何，只怕阿难答性命顷刻不保，当下催动真力，双掌猛地向前推出，南加台听得真切，他发掌之前隐有一阵"呲呲呲"的响声，紧接着便是一团烈火喷涌而出。只因在三圣庄时人多嘈杂，加之那响声转瞬即逝，竟无一人留意。

南加台突袭阿难答，赌的便是陈希夷千钧一发之际会下此杀手，陈希夷果然中计，在南加台身后使出了"火狱掌"。南加台更不闪避，居然回身站定，表面上引颈受戮，实则是细查他掌法秘窍，此举赌的又是陈希夷不敢当众杀伤他性命。

只听也速答儿大喊道："手下留情！"

陈希夷见他束手待毙，倘若不旋即收势，这一掌拍出，那南加台焉有命在？好在两人相距一丈有余，掌力甫吐，尚有转圜余地。陈希夷当即大喝一声，双臂疾挥，呼呼生风，只见袖袍裹挟着一团火焰，直与两条火龙交战相似，费了好大气力，那烈火才最终消于无形。饶是如此，余焰仍将南加台前胸衣襟烧毁，破开两个碗口大小的窟窿。陈希夷适才将这等掌力即吐即收，当真是化境手段，虽则如此，也觉丹田内真气紊乱不堪，霎时头晕目眩。南加台瞅准时机，立时将折扇递出，抵在他咽喉处。

也速答儿刚才吓得魂不附体，眼见南加台留全性命，这才稍稍松了口气。不过南加台在众目睽睽下袭击阿难答，本已是罪无可恕，又使这等不光彩的伎俩逆转颓势，无论如何也难逃责罚，当下心念电转，骂道："畜生王八蛋，你是不知死活！"大步上前，"啪"的一记耳光扇将过去，南加台左脸霎时间现出五道鲜红的指印。也速答儿仍不罢休，又道："来人啊，将这孽畜拖出王府砍了！"他招呼的是此次随行的府兵，这些府兵远远听见，却都不敢上前。

南加台衣衫虽已破损，但其昂然站立，不见丝毫慌乱，仍是风度翩翩，泰然自若。

也速答儿见无人响应，又喊道："还愣着做甚！"

过了半晌，突听阿难答哈哈大笑起来，道："不过是小孩子不服输，耍的小小伎俩罢了，本王又未受伤，平章也不必责难于他。"

也速答儿忙跪倒在地，道："臣罪丘山，无可辩驳，请王爷责罚。"他掌掴南加台，又下令府兵将其杀头谢罪，在场众人皆知他是惺惺作态，实则是为保护南加台，这一层阿难答岂有瞧不出的道理。不过一来今日是阿难答大寿的日子，不宜见血，二则南加台虽然冒犯天家，罪大恶极，但阿难答想着日后若莫同非顺利继承皇位，尚须倚重也速答儿这些个地方大员，今日若就

此将南加台杀了，势必树立大敌。反之，此事既往不咎，倒显气度，也速答儿感恩戴德，将来也必投桃报李。

阿难答道："罢了罢了，今日是大喜的日子，杀伤人命，有干天和，快起身吧。"

他这话也顺带暗斥海山，寿宴献首级，大悖人伦。海山听了也不多言，只低声冷笑。他见也速答儿仍不敢起身，又道："希夷，这是你的不对了，明知是后进向你讨教，何必这般不留情面。"

陈希夷心道："这小子刚才耍的花招，看似是要扭转颓势，可我怎么始终觉得没这么简单？"又想："不过如此也好，权当卖了也速答儿一个天大的人情。"道："王爷教训的是，侄少爷年纪虽轻，功夫却很是厉害，老夫若不使出全力，恐怕倒要败下阵来了。是了，却不知侄少爷师从何门？"

南加台道："陈先生客气。在下曾拜在屠狗帮门下，先师虽不是什么鼎鼎有名的人物，生前却时常告诫帮中弟子，生而为人，顶天立地，堂堂正正，冰壶玉尺。师父还说，本帮武功虽然不济，但也要养浩然之正气，切不能做唯利是图的宵小之徒，断不能为有奶便是娘的走狗之事。"

陈希夷听出他话里话外都是在讥讽自己，却也丝毫不见怒色，反而微微一笑，道："好一个洛阳亲友如相问，一片冰心在玉壶。"

南加台心想："他脸上倒也不见丝毫怒色，愈是奸恶歹毒之人，便愈有城府，看来这老贼当真是不好对付。"

突听海山拍手道："好，好，说得好！我海山杀光漠北叛军，你屠狗帮屠尽天下走狗，妙，妙！"

阿难答干咳了一声，道："行了行了，嘉宾既齐，咱们去花厅用膳。"

一行人随阿难答往花厅去，途经几处华丽殿宇，殿外廊边不是鱼池水榭，便是园林花卉，端的是既俊雅，又气派。到得花厅中，仆役早备好了两桌酒席，只见桌上各有一坛佳酿，均盛在两只青花瓷大缸中。阿忽台凑上前去一闻，赞道："濉水清怜红鲤肥，相扶醉踏落花归。老臣若没猜错，此酒应是濉溪口子酒。"

阿难答笑道："左相好见识，名驰冀北三千里，味占江南第一家，正是口子酒。"

阿忽台道："老臣多年前曾饮过此酒，一杯下肚，炽的是烈如火灼。不承想王爷竟能吃下这等烈酒，可知王爷这身子骨是康健得很啊！"

群臣听了都连声附和，唯恐效之不及。海山心想："难怪这老东西常年在此荒凉之地，却原来有这么一处人间仙境，想我这些年浴血沙场，九死一生，皇上竟似全然不知，还要让这坐享其成之人继承皇位。"他愈想心中愈是有气，拾起一只酒杯，咕嘟嘟一饮而尽。

阿难答哈哈大笑，道："左相言过其实了，皇上命本王节制西北，那是天大的担子，本王既是身体抱恙，也不敢丝毫托大，唯有鞠躬尽瘁死而后已罢了。"

说话间各人已纷纷落座。三巡过后，群臣便要一一向阿难答敬酒，但他今日已属勉力撑持，倘若人人敬他一杯，身子绝对经受不住。也速答儿悄声对南加台道："来也来了，你也去敬上一杯吧。"南加台颇不情愿，道："叔父，他害死了陆夫子和济公，我此刻不杀他报仇，已是为了不牵连于你，这酒无论如何也不能喝下。"也速答儿知道他性子，心中但有执念，便是说破天也无济于事，这一点当真似极了陆象杉。念及老友，心下霎时感慨万千。元世祖忽必烈曾派玄教大宗师张留孙遍寻山川，访问遗逸，得知陆象杉在泽州隐居，便托自己向他带话，说是要在皇上面前举荐其担任中书右丞，陆象杉才华横溢，学贯古今，自是不二人选，换作旁人，为官至此，便是位极人臣，岂有拒之之理？偏偏陆象杉却回信说，陆氏一门世代忠良，绝不能为五斗米折腰，倘若要他入仕元廷，那便是出卖祖宗，认贼作父，便是聚九州之铁也不能铸此大错。

也速答儿摇摇头，心想："陆象杉啊陆象杉，你的弟子跟你是一模一样，倘若他是个汉人，今日只怕是谁也保不了他。"

当下端起酒杯，走到阿难答身旁，道："王爷，这杯酒是为刚才之事向你赔罪的，都是臣管教不严，将这孩子宠坏了。"

陈希夷见阿难答已不能再饮，便要替他挡下这杯，道："大人，王爷绝非量小之人，还请大人不用自愆。在下先敬大人一杯，请。"

也速答儿见他一饮而尽，心想："哼，你是个什么东西，也配与我喝酒？"他因忌惮阿难答，待陈希夷还算客气，但骨子里却终是瞧不起他。

这杯酒喝了心里不痛快，不喝又恐安西王不悦，正自踌躇，只听阿难答答道："今日虽是本王寿宴，亦借此为陈先生庆功，陈先生多年来平乱剿匪，功莫大焉，非此酒水能酬。"

陈希夷忙打了一躬，道："王爷过奖了，这本是老朽分内之事。"

阿难答又道："本王已上启天听，奏封陈先生希夷为集贤院从三品侍讲学士，兼侍世子讲读。"

此言一出，众人都"噫"了一声，无不大为骇然。虽说此前亦有史天泽、张弘范等汉人在朝廷担任要职，但前者统兵伐金，功勋卓著，后者南征襄阳，追击灭宋，皆是功绩斐然。可这陈希夷只仗着安西王宠幸，便得了个从三品官职，饶是与阿难答一党的阿忽台，这时也将脸色沉了下来。

陈希夷更是受宠若惊，他为阿难答鞍前马后近三十年，虽然深得阿难答信任，在安西王府一言九鼎，但始终未能博得一官半职，每每念此，都是怅然无已。他本来城府极深，喜怒不形于色，这时居然也忍不住目露精光，脸上已不自觉浮现笑意。但他毕竟老成持重，得意之色转瞬即逝，旁人便丝毫不曾察觉。陈希夷心想："看来王爷确是命不久矣，因此要让我在朝中有一席之地，日后也好帮衬世子。"

当即跪倒在地，连连谢恩，道："王爷厚爱，过蒙拔擢，老朽定当肝脑涂地，以报国恩！"

海山道："王叔，皇上诏书尚未下达，你便急着宣布，有些欠妥吧？况且这位陈先生到底有何功绩，这等要职，如何敢当？王叔若不说明白，只怕有任人唯亲之嫌，难平公论。"

阿难答道："你说的不错。倘若陈先生碌碌无为，确然难以服众。但诸位有所不知，这二十多年来，北方豪强悉数南迁，江湖势力几近瓦解，全赖他运筹帷幄。就在上个月，当年刺杀宪宗蒙哥汗之人，已被陈先生割下首级。"此言既出，众人都是"嚯"的一声。

阿难答又道："中原武林几大门派元气大损，另有降伏归顺之大小帮派不计其数。陈先生虽无开疆拓土之功，但其安邦定国之策却使我大元江山固如磐石，岂非千古伟业？"

海山冷哼一声，道："本王在漠北荡平叛军数十万也不敢说千古伟业，这算什么功绩？"

阿难答道："非也，非也！所谓明枪易躲，暗箭难防，漠北叛军虽然势大，也只为祸一方，但教朝廷重兵压到，焉有不胜之理？不过肤疾皮癣罢了。而中原武林这些汉人个个身怀绝技不说，最为棘手的便是这些江湖门派遍布路府州县，无山不立寨，遇水建码头，一朝不除，国无宁日，这才是心腹大患。"

海山怒道："王叔这般说，分明是夸大其词，可教人心冷了。"

那左丞相阿忽台向来排挤汉官，原本颇有些不悦，但心想陈希夷既是阿难答幕僚，将来阿难答即位，势必委以重任，与其当众反对，倒不如趁机拉拢，当下站起身，道："这集贤院的官职嘛，本也是掌征求逸隐、玄门道教之属，陈先生既是丘道长的门生，那便再合适不过了。"他顿了顿，转头看向也速答儿，道："你的故交张留孙，还有他徒弟吴权节，是不是都在集贤院任过职？"

也速答儿忙道："回左相的话，确是如此。嗯……照这般说，陈先生的确是合适的人选。"

南加台哼哼唧唧地道："叔父好没骨气，这便妥协了。"

余人见阿忽台作是说，便也跟着称是。那枢密副使道："陈先生治乱的手段，老夫近日也有所耳闻。那些个武林门派仗着群山隐蔽，派中又有诸多高手，朝廷多年来几无良策，陈先生一招鹬蚌相争，看似容易，个中筹谋之缜密艰难，恐非咱们这些身居庙堂之人所能体会。"

那御史大夫也道："陈先生在野之身，这般公忠体国，我等身为人臣，倒是自惭形秽了。"

南加台听这二人一唱一和，不禁好笑，寻思："这两人看似夸赞姓陈的，话里话外却始终未将他当作同僚，不过是个为朝廷卖命的走卒罢了。"又想："哼，姓陈的机关算尽又能怎样，便是赏你一官半职，你也终究是人家的走狗，可笑，可怜！"

陈希夷岂会听不出二人话中讥讽之意，但他心如潭渊，脸上瞧不出波澜，反而拱手说道："希夷多谢诸位大人抬爱，惭愧，惭愧。"

海山脸一沉，心想："阿难答这老东西，还没当上皇帝便已这般任意妄

为，倘若日后遂了愿，岂非一人得道，鸡犬升天？"

阿难答道："世子，还不快给你的老师磕头。"

莫同非坐在他身旁，只顾享用美食，席间的说话浑没听在耳里。阿难答拍了拍他肩膀，又道："快给陈先生磕头。"

莫同非这才听见，事前莫氏夫妇早已向他交代，这几日须对阿难答的吩咐言听计从，当下不暇多想，倒身下拜。

陈希夷忙将他扶起，道："这如何使得？世子莫要折煞老朽，快快起身。"

阿难答道："日后你承袭王爵，定要请陈先生倾力辅佐。"这话原本寻常，但在众人听来却好似在说，将来阿难答登上帝位，世子便成了太子，陈希夷若能教授太子，自然便是将来的帝师了，各人无不心头一震。

莫同非只"哦"了一声，也不明白阿难答说的是何道理，便又兀自吃菜。

海山心道："先前只道他尚无子嗣，即使承袭皇位，他死后又有谁能与我相抗？现如今凭空冒出个世子来，当真是天不相助，人何以争？"

陈希夷又向众人一一敬上几杯。酒酣饭饱之后，各人都回房歇息了。

时近立秋，萧关渐寒。河西走廊地处西北，不比秦淮静谧温婉，但却另具一番飒爽气韵。待到这日晚间，阿难答又大摆家宴，与群臣共饮。王府外方圆数十里皆是苍茫大漠，独此一处歌舞升平，宴会上呈现的舞蹈，亦是蒙古人自来喜爱的鹰舞、熊舞之类，较之大小垂手、云裙水袖，更添男儿气概。

众人酣酒作乐，不觉已至亥时，都已有了八九分醉意。阿难答招呼来陈希夷，两人一道进了书房。陈希夷走在他身后，朝四下细细瞧了一遍，确信周围无人后，这才关上房门。书房屏风后有一道暗门，径通一间密室，密室陈列极简，只有一张拜毯和一个盥洗盆。

阿难答也不知是酒醉还是身乏，瘫坐于拜毯上，似欲昏睡。陈希夷道："王爷，莫怪老朽多嘴，你大病初愈，今日本不该如此强行撑持。"

阿难答道："本王这病是好不了啦，你也不用替我忧心。只是世子日后倒要托付于你了。"原来阿难答今日全凭一口气维持，所为便是将莫同非的身份公之于众，将来也好名正言顺承袭安西王爵。

陈希夷慌忙下拜，道："王爷切莫作是说，这偌大的唐兀之地若没了王爷，还有何人能主持大局？老朽也不怕说句杀头的话，这二十万唐兀卫军，只怕皇上说十句也抵不过王爷说半句啊。"

阿难答道："本王的身子骨，本王自己清楚。好了，此事暂且不提，眼下有件要紧事须你去办。"

陈希夷道："王爷吩咐便是。"

阿难答道："既然海山人也来了，我看也不用再去信给他，你找个机会，将本王的意思告知他即可，他若答应此事，便与我联名奏请皇上，立世子帖赤为皇太孙。"

陈希夷道："请王爷放心，老朽定将此事办妥。不过左丞相阿忽台等人，向来是站在王爷一边，倘若海山继承大宝，他必首当其冲，恐怕这老狐狸不会坐以待毙。"

阿难答道："不错，此事要秘而不宣，万不能走漏了风声，让阿忽台从中作梗。"

陈希夷又道："莫家村那两个村民，王爷打算如何处置?"

阿难答沉吟了片刻，道："他们对世子有养育之恩，当以礼待之。嗯……由你酌定吧。"

陈希夷道："此事还请王爷明示，老朽不敢妄加定夺。"

阿难答轻叹了一声，悠悠地道："去年今日此门中，人面桃花相映红。人面不知何处去，桃花依旧笑春风。"

陈希夷呆了半晌，缓缓道："老朽明白了。"当下朝阿难答恭恭敬敬行了一揖，转身告退。

出了书房，径直来到莫氏夫妇的居处，敲开房门，只见莫同非已安然熟睡，陈希夷神色凝重，半晌不语。

莫二哥道："官爷，有什么吩咐?"

陈希夷道："请两位出来说话。"

莫氏夫妇见他神色有异，心下均感不安。莫二嫂道："老爷，先前你可是答允了咱们，只要酒席上不出乱子，就不会为难咱们的。"

陈希夷道："老夫实话与你二人说了，世子今后是无论如何也回不了莫家村的。不过你们放心，我很喜欢这个小子，将来会帮衬他的。"

莫二哥和莫二嫂都大吃了一惊，莫二嫂叫道："回……回不了……"神情

蹙然有忧。

莫二哥道："你……你怎么说了不算数？"

陈希夷道："跟你们回莫家村有什么好？他既有皇室血统，自然应当成就一番伟业，岂能就此埋没了？你们为人父母的，总也该替他的将来做打算。"

莫氏夫妇此前本也答应将莫同非送往三圣庄学艺，但去日再久，终究尚有归期，倘若心中挂念，便去往聚寿山探望也非难事。但此番却大为不同，一旦莫同非跟随陈希夷而去，恐怕今生再无相见之日。两人想到此处，断然不能接受。

莫二哥道："一辈子住在莫家村，那也没什么不好，总强过咱们骨肉分离。"

陈希夷微微一笑，一手携着莫二哥，一手携着莫二嫂，径直走到一株老槐树下，命杂役搬来桌椅，盛上酒菜，道："既然如此，老夫就不强人所难了。今晚备了些薄酒，权当与你们践行。"

莫氏夫妇见他并未强逼，当下松了口气，又见他备上菜肴款待，更加感激不尽。陈希夷道："这些菜肴是王府里的厨子烹饪，酒是畏兀尔特产的阿刺吉，明日出了王府大门，可就再也吃不上了。"

莫二哥酒瘾上涌，垂涎欲滴，道："多谢官爷，多谢官爷。"

莫二嫂喜道："我去把熊子叫醒，让他也饱饱口福。"

陈希夷道："他在宴会上早已吃饱喝足了，这一顿是专为你们二位备下的，赶紧吃吧。"

莫二哥道："很是，很是，咱们快吃吧。"两人倒是不拘礼节，过不多时，桌上便已杯盘狼藉，满满一坛阿刺吉也被喝得见了底儿。

莫二哥拭去嘴边油渍，道："官爷，俺明白老王爷舍不得熊子，熊子明日便跟咱们回家了，老王爷要是挂念他，来莫家村就是了，俺家里虽然比不上王府阔气，杀头猪来孝敬他老人家总是可以的。"

陈希夷脸上突然变色，道："王爷是大食教徒，从不吃猪肉，你可不要信口胡诌，招惹祸事。"

莫二哥哪知这些规矩，只是点头称是。陈希夷道："吃饱了就回去歇着吧。"

两人辞别陈希夷，堪堪行了几步，只觉头晕目眩，莫二哥道："这酒劲忒厉害，俺还没吃上几碗就……"突然间胸口一麻，呕出一口黑血，重重摔倒在地。莫二嫂又惊又怕，连喊救命，喊声却愈渐低弱，终于也没了知觉。

陈希夷上前查探两人鼻息，确信已然气绝，吩咐左右道："王爷说了，好生安葬这两人，别被人察觉。"

左右领命，当下取出两只大麻袋，将莫氏夫妇尸首塞入其中，径往府外奔去。其时皓月中天，星河璀璨，陈希夷朝前方回廊处望去，只见月影下依稀似有一人，瞧那身形，仿佛便是安西王阿难答，他只装作并未看见，转身去往莫同非寝处。莫同非白日里玩耍得困倦了，眼下正于房中呼呼大睡，哪里知道自今而后，他便再见不到最亲最爱的两人。陈希夷当下吩咐侍卫严守房门，未得阿难答和自己的许可，闲杂人等不能进出。

翌日清晨，群臣用过早膳，便要向阿难答辞行。阿难答只差人说自己要行礼拜，不便相送。

也速答儿与南加台出了王府，随从将两匹黑马牵来，两人并辔而行，径往南驰去。行了一阵，也速答儿见南加台双眉紧蹙，似有心事，问道："你在想什么？"

南加台道："孩儿只是在想，那安西王是个朝野闻名的大食教徒，那二十万唐兀卫军也都被他强迫信教，何故他如此信任一个外道之士？"

也速答儿"吁"了一声，勒紧缰绳，那黑马仰天长嘶，止步不前，道："你说是为什么？"

南加台调转马头，回身说道："安西王说他是长春真人丘处机的门生，倘若真是如此，凭丘道长与咱们成吉思汗的交情，这倒也说得过去。"

也速答儿笑道："你只知其一，不知其二。"

南加台更加疑惑，道："叔父，孩儿确是想不明白。"

也速答儿道："我问你，帝王之家最紧要的一门功课是什么？"

南加台道："管子曰：'凡治国之道，必先富民。'"

也速答儿道："你那是书生之见，治国之道，首在驭人。"沉吟片刻，又道："你的老师陆象杉，难道没教你读《资治通鉴》吗？"

南加台听他提及先师名讳，悲从中来，默然无语。也速答儿道："雍齿尚

封侯，我属无患矣！"汉高祖刘邦当年封赏功臣，一日在城楼上见许多将士窃窃私语，便问张良缘由。张良说这些人只怕不能领受封赏，正在密谋造反。刘邦忙问计将安出？张良说，只需先行封赏大王平时最为憎恶之人，余人见了，自然满怀希望。于是刘邦便封了雍齿一个什邡侯，果真将祸事平息。

南加台豁然有悟，道："原来这安西王是效仿汉高祖，他是人人皆知的大食教徒，偏偏对一个道士委以重任，手下将领便都道他任人唯贤了。哼，真是只老狐狸！"

也速答儿道："这些手段不过是皮毛罢了，他一辈子干的就是这个，若没点真本事，唐兀卫军中的大小将领岂能为他效死命？"

南加台一怔，寻思："夫子光明磊落，从无害人心机，倒是给了这些长袖善舞之辈可乘之机了。"他感念陆象杉，朝泽州方向远远眺望，只见东面山头一人正快马加鞭疾驰而去，他定睛一瞧，竟是陈希夷。心道："若舍我性命能为夫子报仇，那也在所不辞，只可惜我与他功力相差太远，只能白白送命，眼下还是尽早找到大师兄为好。"

他恨不能立时上前手刃仇人，如今却只能眼睁睁看着陈希夷身形隐没山头。

陈希夷策马疾奔，向东行了两日。这日来到一处客店，海山返回漠北，此处是必经之地。傍晚时分，海山一行果然到此投宿。当先的侍卫向店家要了一间包房，供海山夜宿，余人都守卫在客店四周。他身边随从也不知何时买来了几名十五六岁的汉婢，海山左拥右抱地进了包房，堪堪关上房门，登时舌挢不下，只见陈希夷竟然坐在包房左首，兀自紧闭双眼，也不知是养神还是练功。

海山被他扫了兴致，大感恼怒，双眉一扬，喝道："你好大的胆子，这是要做什么？"

陈希夷仍不睁眼，道："老朽在此等候多时，乃是有一件要事须同王爷相商。"

海山见过他的本事，知他武功深不可测，心下颇为忌惮，寻思："莫非是我那王叔派他来行刺不成？"转念又想："哼，老子是天家贵胄，谅他也不敢在太岁头上动土，怕他个鸟。"一面遣退身旁婢女，道："本王庙小，可容不下陈先生这尊大佛，有什么事就赶紧说吧。"一面气定神闲走到上首落座。

陈希夷睁开双目，眼中意蕴深邃，道："素闻王爷爱酒，请先尝尝这个。"伸手朝前指去，只见一只酒坛放在桌上。

海山走上前去，往坛里一瞧，里面除酒水之外，倒似另有一物，只是坛中黑漆漆的瞧不清，便道："这是何物？"

陈希夷道："此物名唤雪山赤龙，乃是一种可作药引之蛇。王爷不妨尝尝看。"

海山起初颇存疑虑，只怕陈希夷在酒里下毒，但想自己堂堂"漠北王"，倘若连口酒也不敢喝，岂不是教人耻笑？何况以陈希夷的身手，大可神不知鬼不觉取走自己性命，何须如此大费周章？当下举起酒坛，咕嘟嘟喝了一口，只觉芳香淑郁，甘醇无比，忍不住竟将一坛酒喝光了。

陈希夷道："王爷若是喜欢，老朽差人给你送上几车便是。"

海山道："不必了，陈先生还是说正事吧。"

突听一阵"嘶嘶嘶"的响声，海山不禁一凛，循声看去，那坛中原本已死的雪山赤龙居然活转过来，兀自将头探出坛口，四下张望，狼顾鸱跱，加之周身红如火焰，真如一条赤龙。

海山这一惊非同小可，大喝一声，拔剑将那蛇头砍下，怒道："你他妈的，作死啊！"

陈希夷道："王爷不必惊慌，适才老朽的话尚未说完，王爷便急着喝下，不明其中原委。此蛇生性怪异，只要泡于酒中，便与死去相同，一远离酒水，当即复活如常。泡制于这阿剌吉中，还有延年益寿的功效。"

海山道："你到底想说什么？"

陈希夷道："这条蛇泡在酒中，原本已经死了，王爷将酒喝光，复令其活转，这叫作置之死地而后生。动物尚能如此，况乎人哉？老朽听闻王爷在漠北平乱之时，与海都叛军交锋数次，起死回生实不在少。王爷，如今牵动天下的头等大事，你就不想置之死地而后生吗？"

海山一凛，道："什么大事？"他自然知道陈希夷说的是继承皇位这一件，但如今大局已定，却不知如何方能起死回生。

陈希夷道："皇上之所以赏识安西王，是因安西王办妥了皇上的心头事，

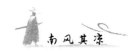

而这些事都是老夫替他料理的,世子也是老夫替他找回的,倘若王爷是这条蛇,老夫便是这酒。"

海山道:"如此说来,先生倒有法子令这条蛇复活了?"

陈希夷道:"不但能使这条蛇复活,还能让他成一条真龙。"

海山听到这话,一时间满怀憧憬,但转念又想:"他是安西王的股肱谋士,怎会替我筹算?其中定然有诈,须得小心提防。"道:"请先生赐教。"

陈希夷道:"安西王自知命不长久,原本打算在皇上面前力荐你继承皇位。"

海山冷然道:"先生莫要说笑,我那王叔岂会如此好心?"

陈希夷道:"自然是有条件的。"

海山问道:"那是什么条件?"

陈希夷道:"须得你答允,百年之后将皇位传与安西王府的世子帖赤。你若允诺,便同安西王联名奏请皇上,册封世子为皇太孙。"

海山原本有个弟弟,名叫爱育黎拔力八达,两人自小感情甚笃,且海山在漠北平乱时,爱育黎拔力八达助他处理军务,帮了不少忙。海山早已向其弟许诺,倘若自己一朝成为天子,必定立他为皇太子。不过后来希望渐渺,此事便未再提及。海山心想:"倘若今日他此言不虚,倒真是能令我起死复生,不过王弟那边却如何交代?"

陈希夷见他神情踌躇,道:"王爷倘若不愿意,那也大可赌上一把。只要安西王死在皇上之前,你便极有成为储君之望,反之嘛,这帝王梦恐怕要来世再圆了。"

海山道:"若不能将那二十万唐兀卫军尽数收编,即使本王入主大都,这皇位也是坐不安稳的。"

陈希夷道:"王爷高瞻远瞩,确实如此。如若王爷答允安西王此事,阿难答和世子这两条命,老朽可随时奉上,到时唐兀卫军群龙无首,则朝廷绥抚可度,全在王爷之掌。"

海山一怔,心中惊疑:"这陈希夷到底是何来路?安西王以国士待之,他竟如此首鼠两端。不过这对我可是大大的好事。"随即哈哈大笑,道:"原来陈先生早已是身在曹营心在汉了。"

陈希夷笑而不答，过了半晌才道："王爷是答应了？"

海山心想："暂且先答应他，倘若他所言皆能兑现，到时再让他将世子杀了，永绝后患，也可信守与王弟之约。"道："陈先生如此大恩，本王真不知如何报答才好了。"

陈希夷道："老夫不过求个虚名罢了，我为安西王卖命近三十年，到头来只混了一个集贤院的闲差，着实教人心寒。"

海山道："陈先生宰相之才，本王若能即位大宝，必当委以重任。"

陈希夷心道："将来世子的下落只我一人知晓，挟世子以令唐兀军，还怕你不听话？"

诸事议定后，陈希夷便悄然遁去，消失在茫茫夜色中。

第二十二回　初下江南

　　自何阮溪与陈大学下山已近一月。最初的几日，南一安总是沉默寡言，白日里独自去墓边守灵，一坐便是一整日，夜晚便回房歇息。林知寒善解人意，知道这时开解也是无用，便只每日照料他三餐。他自经历一家三口被正道各派追杀后，只盼望着练就一身武艺，任谁也不敢欺负，从此家人团聚，平平安安过活。在三圣庄拜师陆象杉、陈抟为此，答允林知寒在少林后山避居三年，也有此缘由。可他如何料到，短短三年内，人世剧变，如今他已练就一身高强的本领，却仍只能眼睁睁看着父母双亡，恩师遇害，自己却束手无策。

　　这日晚间，南一安翻来覆去无法入眠，心想："二叔他为什么要杀爹爹妈妈呢？那晚夫子本来要将他杀死，可是我于心不忍，饶过了他，他非但不心存感激，反而变本加厉，恩将仇报，是不是我害死了爹妈？"又想："我在莫家村放过沈汀，致使她将毒药炼成，害得夫子中毒而亡，济公也为救夫子油尽灯枯，我自以为做了好事，却害更多无辜之人为此遭殃，我是不是那个罪魁祸首呢？"

　　翻身望向窗外，明月宛似玉盘，如今离家三载，不禁乡愁如潮，寻思："我已没了爹娘，今后要去哪里，又要做什么呢？倘若回到八部会，派中人心各异，未必盼我回去。要不要去寻宝颐呢？她随李师兄去时，也不知为何那般恼怒，我去找她，也许她已成了李博渊的妻子，她还是否愿意见我，与我和好如初？"

突听敲门声响，一人柔声道："一安，我煮了面条，你要不要尝尝？"正是林知寒。南一安听见说话，只觉她声似莺啼，语如春风，世道苍茫，已只此一人与自己相伴相依，转念又想："若宝颐回心转意，那就要成为我的妻子了吗？成为我的妻子，就要与我厮守一生，势必不愿知寒伴在身旁。知寒与我同病相怜，这些日子全赖她照料，否则我也不知能否活下去，今后倘教她独自一人，无依无靠，又该如何？"愈想愈是心乱如麻，回过神时，才知林知寒尚在门外，忙道："知寒，你自己吃吧，我已经睡下了。"门外却没人说话，原来林知寒半晌不听他回话，只道他已熟睡，便自行去了。

林知寒这些时日总是不知疲倦地照顾他，其实林知寒先后面对陈抟、唐凤、陆象杉和道济的死，又何尝不是苦楚难当？不宁唯是，她当初被唐凤安插进三圣庄，两边都是至亲，她谁也不愿背弃，个中煎熬，令人五内俱焚。这些南一安自然都明白，只是人总认为旁人的苦难不及自己，他虽非铁石心肠，终究难脱俗识。倘若人情再加练达，当知此时林知寒亦需怜爱。

戍末亥初，南一安本已昏昏欲睡，突然间听见门外一阵急促的脚步声，心道："是什么人夜闯三圣庄？"推门而出，只见一道黑影从西首屋檐跃下，身法奇快，眨眼即逝。南一安大喝道："什么人！"说着展开"神足通"，向那黑影追去。那神秘人脚力颇快，两人你追我赶，纵越疾驰，过了好一阵子，南一安突然喊道："前面已是悬崖，你要跳下去不成？"

那黑衣人听见喊话，当即站定，转过身来，却不说话。南一安慢慢走近，借着月光，想要瞧清他容貌，但他脸上蒙着面纱，却是无法瞧清，便问道："阁下是什么人？"

那黑衣人更不多言，从腰间拔出一柄短剑，只见白光点点，仿佛有数个剑头朝他刺去，南一安疾往后跃，那剑头竟愈来愈密，分向他前胸多处要穴罩来。

南一安心头一凛："是他，他来做什么？"原来这黑衣人便是八部会夜叉尊者，南一安与他有过两次交手，数招之内便将他认出。初时在三圣庄，南一安尚念及两人是家中长辈，留了一丝情面，第二次相遇反遭二人陷害，加之他们与南玄串通，南玄害死自己爹娘，这两人便都是生平仇敌，再不顾及什么情义。

他早知夜叉短剑剑法既快又狠，半点不敢大意，当即运起《六通指玄经》真气，右手拇指点向他"巨阙穴"，这一指恰是从数十个剑头缝隙之中窜出，径直点向夜叉胸口，此时回剑招架已来不及，夜叉左掌翻出，掌心"劳宫穴"直抵南一安拇指"商阳穴"，两人内力相激，各自凝了凝神。夜叉只觉数月不见，南一安招法已愈发熟稔。南一安自己也觉诧异，这一招分明是陆象杉九渊指法中的招式，居然不经意间使了出来。他想到先师，心中不禁一酸，夜叉见他心事重重，不能专心应战，当即横剑下劈，削他手腕，南一安应变疾速，化指为掌，拍他右肩，连拆了二十来招，夜叉渐落下风，喊道："好小子！"南一安突觉背后风声飒然，他听声辨形，右腿"呼"地踢出，向后横扫，一击未中，只见一条黑影窜出，自然便是紧那罗尊者了。

紧那罗避过之后，站在一株柳树下，道："你说要考校这小子功夫，不许我出手，现在看来还是打不过。"

夜叉又急又恼。第一次与南一安在三圣庄交手，那是有陆象杉从旁指点，第二次南一安搭救樊峻、陈不二等人，亦是趁其不备突施袭击，加之自己对他心存忌惮，后来越想越觉气恼，他堂堂八部会尊者，岂能连派中小辈也敌不讨？打定主意，要胜得一回才肯罢休，道："闭上你的臭嘴。"短剑圈转，罩向南一安面门，剑势较先前更加凌厉。

南一安此前细观陆象杉大战刑舒，又与罗红秋这等大宗师交手过招，这是习武之人可遇不可求的机遇，于提高武学修为大有裨益。他将临敌经验与自身功底融会贯通，境界又上一层，如今无须旁人指点，也知如何应对。

历经变故之后，他本来心绪郁悒，今日有对头送上门来，正好拿这两人出口恶气，当下暴喝一声，右拳向夜叉击出，未及拳势用老，左掌已后发先至，夜叉要招架他左掌掌力，不料他右拳劲风又已袭来，浑似连天波涛，滚滚不绝。紧那罗猛吃了一惊，心道："这小子居然会使华山派刑舒的绝学，当真匪夷所思！"又想："不对，不对，刑舒老儿这'出云五峰十八式'都是剑法，怎的还有掌法？"

夜叉眼下已觉泰山压顶，端的喘不过气来，好容易才喊出一声："还不快帮忙！"

紧那罗从腰间取下铁鼓，朝南一安头顶砸去。南一安竟不回身，只使一招"望其项背"，掌风扫到，紧那罗顿觉内劲压体，虎口一阵剧痛，不由得大呼："好俊的掌法！"夜叉也已瞧出，这一掌便是他们第一次交手时，南一安所使龙图拳法中的招式，心道："他将两般绝顶功夫任意切换，少见，少见。"倘若二尊全力应战，南一安如今已是赢面大于输面，怎奈两人蹿高伏低，杀招每每递到，转瞬便即回挡自御，直如那日对付陆象杉一般，凭当初陆象杉的本领，对此亦无可奈何，何况南一安修为尚且不及儒圣，更加无计可施。

这般拆解了一炷香时辰，南一安猛然一惊，心想："他们当初为拖住夫子，便是使的这些伎俩，眼下莫不是也为了拖住我？啊哟！知寒！"

紧那罗道："咱们两个加起来也打不过他，差事既已办妥，走为上也！"堪堪转身要逃，登觉左肩酸麻，南一安道："哪里走！"

夜叉道："我劝你还是快回去瞧瞧那小妞的好，晚一步，怕是只有替她收尸了！"

南一安吓得魂不附体，愣了片刻，脑中都是林知寒香消玉殒的场面，哪里还有工夫与二尊缠斗，道："你们以为逃得掉？她若少根头发丝，就是追到天涯海角，我也将你们碎尸万段！"说罢提一口气，飞也似的往回奔去。

回到三圣庄内，四下瞧了一遍，却哪里有林知寒的身影？当下一面大呼她名字，一面逐个房间寻找，好在并未发现林知寒的尸首，心中尚存一丝希望。这时偌大的三圣庄寂静如死，南一安只觉天地间只独他一人了。正不知去哪里寻她，突听得一阵咯咯娇笑声，直如夜莺一般。南一安回头张望，只见一名少女坐在屋檐边，两脚悬空荡来荡去。就着月光细细一瞧，那少女约莫十五六岁，容貌算不得美丽，但一袭翠绿薄衫宛似江南嫩柳，加之未施粉黛，看来天真无邪，倒是颇为清隽。

南一安呆了半晌，问道："你是什么人？"

那少女却不理会，只自顾自笑着。南一安脚下微一使力，翻上屋檐，立在那少女身旁，又道："你有没有看见一个很漂亮的姑娘？"

那少女脸上登显怒色，嗔道："漂亮的姑娘，那不就是我吗？天底下除我之外，哪里还有什么漂亮姑娘？"

南一安心想："夜叉和紧那罗是有意将我引开，所为便是掳走知寒，这少女古怪得紧，必定与那两人是一伙的。"道："夜叉与紧那罗两个老贼是你什

么人？你们到底将知寒带去了哪里？你若不说，我便将你这脸划得稀巴烂，看你还敢不敢自称漂亮姑娘。"他说得极是严厉，那少女不由得一惊，随即镇定自若，冷冷道："哼，什么夜刀夜叉的，我才不认识，你这凶神恶煞的模样才是夜叉呢，本姑娘就是知道也不告诉你。"

南一安寻思："知寒既被他们掳走，她若是一伙的自然也不会留在此地，我可真是糊涂。"柔声道："在下南一安，适才多有得罪，只因我的朋友被恶人捉走，一时情急，这才冒犯了姑娘，还望你不要放心上。"

那少女站起身，朝他上下打量了一番，道："我问你，你是这里的主人吗？"

南一安一怔，道："是。"

那少女听后大喜，学着男子的模样躬身一揖，道："多谢搭救。"

南一安道："搭救什么？"

那少女呵呵笑道："你不愿承认，那也无所谓，说吧，你想要什么赏赐？"

南一安越听越糊涂，道："我不明白你在说什么，请问你有没有见到一个很……一个身着素衣，十八九岁的姐姐？"

那少女道："瞧在你救我的分上，就告诉你吧。"

南一安大喜，道："多谢！"

那少女顿了顿，神色颇是费解，道："慢着，你到底是不是为了救我？"

南一安听她又这般问起，顿觉有些蹊跷，过了一会儿，猛然想："难道夜叉和紧那罗口中的'小妞'不是知寒，却是眼前这少女？"道："你是说刚才那两个老头原本是来捉你的，结果被我赶走了，是不是？"

那少女笑道："怎么，你终于承认了？虽说中了他们的圈套，但你将他们打跑，也算替我出了口恶气。"

南一安三分惊奇外，更有七分宽慰，心道："这么说我是猜中了，可是这小姑娘怎会惹上那两人？知寒既不是被他们掳走，想来也无性命之忧，可是她去了哪里呢？"

只听那少女接着说道："那几个恶人为了抢走我身上一件重要物事，从山脚下一路撵到这庄里。我在南方时便听说聚寿山有个三圣庄，庄主厉害得紧，没承想竟是个少年英雄。我猜那些恶人一定也害怕你出手相助，便先派了两个人将你引开，你虽然愚钝，倒也算侠义心肠。"

南一安不答，心想："这几年来三圣庄屡生事端，竟让夫子的名号在江湖中大盛，连这小姑娘也知庄主是个厉害人物，可他老人家又怎会在乎这些？"又想："这少女误打误撞到了聚寿山，夜叉却怎知我在这里？是了，听知寒说，这段时日总有各门各派的人前来祭拜夫子和济公，人多口杂，他们知道我在庄里也不足为奇。"他想到林知寒，登觉五内俱焚，忙道："你赶快告诉我，有没有见过那个姐姐？"

那少女道："你不听我说完，我就不告诉你。"

南一安道："你！"

那少女道："哼，惹恼本小姐，你可一辈子别想找到她。"

南一安心道："这么说她是知道了。"

那少女突然间嘴角一扬，显出得意之色，道："那两个人将你引开，余下的人让我交出宝贝，哼，还好我早已备下一份赝品，只将那假的给了他们，他们忌惮我爹，不敢欺负我，拿到东西便打算回去，将东西交还我爹。"

她见南一安一脸木讷，竟无丝毫夸赞，心下不禁失落，顿了片刻，又道："好好好，告诉你，他们拿到东西后，原本便该回去交差，却瞧见你说的那位姐姐，不知怎的，其中一人见了她便恨得咬牙切齿，跟着又哈哈大笑，说什么冤家路窄，你还是落在我的手上，那人本来要将她杀了，可是另一人却说，留她性命尚有大用，于是将她掳走了。"

南一安大惊，心想："糟糕！"怒气冲冲地道："他们是什么人？那些人既然给你爹爹面子，你怎么不帮她解围？怎么不侠义心肠了？"

那少女"哼"了一声，道："我一个弱女子，只会些三脚猫的功夫，要什么侠义心肠？何况我与她非亲非故，干吗犯险帮她？"

南一安哑口无言，过了半晌才道："我刚才替你出了气，你也不消报答我，只需告诉我他们去了哪里，那几个恶人怎生模样，姓甚名谁？"

那少女道："为首的有两人，一个四十来岁的道人，一个十八九岁的女子，叫那道人'师父'，要杀姐姐的便是这女子了。"

南一安心道："将知寒恨之入骨的十八九岁女子，是沈汀吗？她已拜在青城派门下，那道人想必是刘云了。刘云为陈希夷卖命，那么夜叉与紧那罗定

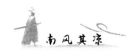

然也是投奔了陈希夷，他们才会联手了。八部会两大尊者加上青城派掌门，三大高手协力捉拿这少女，却又不敢伤了她，这少女究竟是何人？他们又是什么目的？"又想："眼下最要紧的还是尽快追上他们，其余之事也无暇多想了。"道："你说他们拿到东西要回去交差，是回哪里去？"

那少女道："倘若我猜得不错，应是去了杭州。"

南一安道："多谢！"说着跃下屋檐，迈步往外奔去。那少女忙道："且慢！"

南一安回头道："怎么？"

那少女轻功火候太浅，小心翼翼跳了下来，道："杭州可不太平，你武功再高，却也敌不过千军万马，若要硬来，反倒误事。嗯……瞧在你替本小姐出气的份儿上，姑且帮你一次吧。"

南一安心下好奇，道："刚才那几个人都是走江湖的，哪里来的千军万马？何况当真如此，你又能帮上什么忙？"

那少女道："本小姐自有本小姐的法子，反正话我是说到了，你执意要只身前往，这就请便吧。"手持发辫自顾自把玩，也不去看南一安。

南一安心念电转："她刚才说刘云等人忌惮她爹，不敢欺负她，想来这少女身份定不一般，也不知她爹爹是何许人？"道："你说的法子，是请你爹爹相助吧？"

那少女道："这么看来，你倒也不算太笨。"

南一安道："倘若令尊真能慷慨相助，那自然是好，只是我与你同行，你脚力太慢，咱们到了杭州只怕已回天乏术，这却如何是好？"

那少女哂笑道："刚夸你不笨，你怎的又犯傻？"

南一安道："你有办法？"

那少女道："咱们只有两人，他们大队人马，你的心上人又不懂武功，无论如何也不会比咱们快，只要赶在他们之前抵达杭州，那便万事大吉。"

南一安点点头，心道："这话倒也有理。"顿了顿，又道："不是，她……是我的朋友，可不是心上人。"

那少女道："你的脸怎么红得像个猴屁股，哈哈哈！"

南一安忙转过身，道："你……你别笑！咱们快上路吧！"

那少女道："不是心上人，你急什么？"

南一安道："我……我……"

那少女道："好啦，这有什么不好承认的？忸忸怩怩，哪里像个大男人？"她见南一安仍不说话，当下伸了伸懒腰，道："本小姐今晚累了，明早再上路。"

南一安道："可是……"

那少女道："可是什么可是？难道只本小姐睡觉，他们就不睡觉了？还说不是心上人，瞧你慌成什么样了。我劝你还是养足精神，没个一月可到不了杭州。"

南一安若有所思，过了片刻，道："好吧。"

那少女又道："对了，你刚才说你叫南一安，是不是？"

南一安道："正是。"

那少女笑道："我叫梁筱，绿筱媚青涟的筱字。"

南一安一拱手，道："梁姑娘，请吧。"

梁筱咧嘴一笑，径自入了房门。

南一安心想："梁姑娘看来倒似不坏，只是她喜怒无常，委实难以捉摸，倒不知她是何身世？照她所说，刘云等人拿了东西，是要回去向她爹爹复命的，难道她是陈希夷的女儿？不对，她自称姓梁，何况以陈希夷的年纪，做她外公也不为过，怎会是她爹爹？"想到此处，不禁摇了摇头，喃喃道："也罢，既然她答允助我，我也不该再多疑，明日向她问问清楚便是。"又想："明日离庄一去，也不知几时再能回来，可回来又如何呢？这里如今已是一片死寂，只不过徒添悲伤罢了。"又想："原本尚有知寒相伴，眼下连她也被人掳走，我真是个废人，谁也保护不了，学得一身武艺又有何用？"

凝望月色，突然间想起道济，寻思："济公曾手指月亮，问我那是什么，每一次我都没有答对，济公到底是什么意思呢？"愈想愈是思绪如潮，不禁没了睡意，独往后山行去。

绕过断崖斋，有百级石梯径通后山，山阳有一道索桥，穿云过桥，便是一片树林，三圣林冢并排而立。

道济当日坐化后，法体由少林派妙语和尚请回了少室山，于少林本院内茶毗，其颅骨、唇舌、手指均结成舍利。颅骨舍利由少林寺的僧人送回聚寿

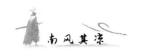
山，与陆、林比邻而葬，唇舌舍利被送往杭州灵隐寺，而指骨舍利则由少林寺供奉。

陆林居中而立，墓碑前贡品堆叠，鸡肉酒果，一应俱全，都是各路朋友前来祭拜之时所缯。右面是道济的颅骨舍利，也都摆满了鲜果。左面道圣墓前所陈，却尽是儒释二圣在世时为他摆设的祭品，江湖上各路英雄知道他是昔日的八部会魁首，都不愿近前祭拜。

南一安向着墓碑一一跪拜，道："弟子此去，归期难料，原想诸事既定之后，回庄继承先师未竟事业，怎奈弟子德薄学浅，倘若袭圣名以传道业，却如何敢当？"

端起酒壶，将三圣酒杯一一斟满，自己也将杯中酒一口饮尽，只觉酒气上涌，两眼辛然，又道："弟子眼下尚有两件要事，一件是要尽快救出知寒，第二件便是替我爹娘和三位恩师报仇雪恨。倘若弟子将这两件事完成后仍能苟全性命，自当回到庄里，与三位恩师和爹娘白首为伴。"说罢拭去泪痕，又重重磕了几个响头，起身往树林深处而去。

朝里行了百八十步，见有一块无字墓碑，南天与柳青青便合葬于此，两人后事都由何阮溪一手料理。虽说死者为大，但这两人生平实是结了许多解不开的梁子，有些对头自居名门，倒能收敛做派，有些本就是三教九流，指不定会在墓前做出什么出格之事，于是何阮溪便索性立了无字碑，只图他们二人泉下安稳。

南一安立于碑前。他父母既亡，原本认定凶手是陈希夷和南玄，可天大地大却不知往何处去寻仇，如今林知寒被刘云等人挟去江南，料想陈希夷也定然在彼处，当下恭恭敬敬磕了三个响头，道："爹，妈，你们二老放心，孩儿一定亲手杀了陈希夷和南玄，替你们报仇。"

月落星隐，东方既白。南一安正在房中酣睡，一阵呼喊声将他扰醒，原以为是林知寒，细听之下却是旁人，这才想起林知寒已被沈汀掳去，再不敢耽搁，急忙起身出门，只见梁筱正逐屋寻他，当下随意吃了些干粮，便匆匆下山。

到了泽州城，梁筱购置来两匹骏马，径往杭州驰去。南一安身无分文，衣食住行都由梁筱料理，加之两人晓行夜宿，舟车劳顿，她也未露怨怼之意。

南一安心想："梁姑娘出手阔绰，想来是大户人家，却没半分娇生惯养的作态，这倒是难得。"

奔行月余，已至豫皖边界。这日到了淮河畔，两人须乘船南下，便舍了马匹，雇一艘小船往对岸划去。船行至河中央，突听得阵阵婴啼，叫声横荡水面，听来让人胆战心惊。两人循声瞧去，见不远处另有一艘小船，船上一男一女，都只二十来岁，那汉子双手高举，细看之下，他手捧之物却是一个刚出生不久的婴儿，那少妇一面哭喊，一面拉扯那汉子手臂。南一安惊道："他要将婴儿摔进河里，好歹毒！"说着提一口气，展开轻功奔向那小船。他足尖点过河面，只微微泛起涟漪，竟未溅丝毫水花，梁筱一见，不禁喝起彩来。

两船相距十来丈，南一安跨步疾奔，须臾便登上船头，眨眼间已将那婴儿夺回，揽入怀中，跟着一脚踢出，那汉子"啊哟"一声，跌入河里。

他将怀中婴儿小心递给那少妇，道："姐姐，孩子还你。"

岂知那少妇非但不言谢，反倒破口大骂，道："靠娘的六椰子，你干哈来？你把我男人弄死了，我跟你拼命！"一面用皖北方言叫骂，一面胡乱捶打南一安。

南一安大感奇怪，道："他要杀你的孩子，我替你救回来，怎的还怨我？"

那少妇不依不饶，道："我自家的事，要你这孬子管？你快……快把他捞上来。"

南一安心道："看来是两口子闹架，原本也没想将这孩子杀了，我一着急险些惹下大祸。"那汉子不识水性，正自连连呼救。南一安将一只木桶扔入河中，木桶中空，并未下沉，只漂浮于河面上。南一安跃向水面，左足悬空，右足朝木桶轻轻一点，伸手往那汉子腋下一提，跟着右足悬空，再换左足借力，两人登时腾空跃起，落在甲板上。

那汉子惊魂未定，兀自大喘粗气，那少妇急忙宽慰道："相公，相公，你没事吧？有没有受伤？"

南一安道："这位大哥，小弟刚才鲁莽，给你赔不是。只不过这孩子总是无辜的，你切莫再伤他。"

那汉子相貌粗犷，没想到这时竟哭了起来，道："他……他又不是我的儿子……"

南一安"咦"了一声，道："那……那你也不能伤他性命。"

那少妇点点头，道："相公，他说得不错，孩子总是无辜的。我知道你心里不痛快，你要打要骂，就冲我来好了。"

那汉子叹了口气，沉吟半晌，道："算了，家家户户都是如此，谁让咱是汉人。"

南一安更奇，道："这是何故？"

只听一个少女的声音说道："你可真是不知人间疾苦。"南一安侧头瞧去，正是梁筱，不知何时她已招呼船家将船驶近。

南一安道："你且说说，这和汉人有什么干系？"

梁筱道："你可知南方的汉人是四等人？蒙古人是第一等，色目人是第二等，北方汉人那是第三等，南方汉人最末。我瞧你模样，想来你爹爹和妈妈中，必定有一人是色目人吧？"

南一安道："不错，我妈妈……"他想到爹娘，霎时有些哽咽。

梁筱俏脸一沉，顿显怒色，道："哼，咱们南方的汉人，可谓受尽了蒙古人的欺压。譬如这件事，良家妇女出嫁前，头三天都得侍奉蒙古保长。"

南一安道："那跟这孩子有什么相干？"

梁筱道："你说有什么相干？"

南一安道："我不知道。"

梁筱白了他一眼，道："就是说，这孩子是替蒙古人生的，将这头胎摔死，叫作'杀首子以荡肠'。"

南一安这才明白其中原委，不禁"啊"了一声。他不论是在西域八部会，还是在三圣庄或少林寺，都从未听闻过这等民间奇事，登时怒不可遏，道："如此玷污良家妇女，欺人太甚！"朝那对夫妇问道："两位可知那蒙古保长现在何处？"

那少妇忙道："别，别！你要是将他打杀了，咱们梧叶岗的人都得给他陪葬！"

那汉子道："咱们非但不敢得罪他，还得把他当爷一般供着，否则他拳打脚踢是轻，即便杀了咱们，官府也只让他赔一头驴的价钱，唉！"

南一安双拳紧攥，道："岂有此理！难道他们就当真无法无天了？"

梁筱道："不是无法无天，是有天无法，这些大老爷当自己是天，自然也就无法了。"

那汉子道："没办法，这么多年，早也习惯了。如今是元朝的天下，谁能管得着？去年淮东倒是出了个反王，当时聚众起事，闹得沸沸扬扬，可不到两个月就被剿灭了，没法斗，没法斗啊！"

那少妇双手怀抱婴儿，见那孩子泪眼汪汪，煞是可怜，心中不忍，道："相公，我看是这娃娃命不该绝，咱们……咱们就留着他吧……"

那汉子不语，只默默点了点头。

那少妇大喜，道："以后我再给你生一窝，好不好？"

那汉子听见这话，本来很是高兴，一见南一安和梁筱在此，心下赧然，道："你这婆娘，有外人呢，说啥来？"

梁筱低声道："这事你还真管不了，咱们还得去救你那朝思暮想的林姑娘，别再耽搁啦。"

南一安心头一凛，寻思："差点忘了正事，还是尽早将知寒救回来的好。"朝两人拱手一揖，就此作别。

又过十日，便抵扬州路境内。正值中秋，北方早已草木凋零，这淮左名都却仍旧绿意尚存。南一安初到江南，这日途经邵伯湖，只见湖边杨柳依依，风姿绰约，临湖远眺，烟波浩渺，更有渔帆点点，沉鳞竞跃，驻望之下，沿途风尘一洗而空。南一安道："知寒曾说，古人赞江南为欲界仙都，果真如此。"

梁筱道："有些东西看起来很美很好，可隐藏在背后的就不那么招人喜欢啦。"

南一安道："这话怎么说？"

梁筱道："你想想那日在淮河边所见之事，这里可还有许多呢。"

一路上，南一安又目睹了许多贫苦百姓被蒙古显贵欺压折辱之事，实在骇人听闻，视之栗栗。他几度路见不平，施以援手，反倒卖力不讨好。也不知这些受欺之人是早已习以为常，变得麻木，抑或敢怒而不敢言。每每念此，南一安心中也自义愤难平。

第二十三回　扬州月夜

　　愈近扬州繁华之地，这类欺压百姓之事反而愈盛。奇怪的是，与梁筱相识的贫苦百姓越来越多，不少人见了她倍感亲切，许多穷人见了她，甚至感恩戴德，如见菩萨一般。更有官兵见了她下马行礼，以"大小姐"相称。南一安见状，心想："看来梁姑娘不是普通人家的女儿，难怪刘云不敢伤她。"又想："只是刘云已投靠了陈希夷，既替他爹爹办事，想必也与她爹爹相交匪浅了。"

　　南一安道："梁姑娘，我想问你一件事。"

　　梁筱道："你问吧。"

　　南一安道："你爹爹，他认识一个叫陈希夷的人吗？"

　　梁筱脸上微一变色，道："怎么了？"

　　南一安道："你只需回答我是与不是。"

　　梁筱顿了半晌，道："找到你的心上人，就回三圣庄去吧，其余事不必多问，就算知道了，也未必讨得了好。"

　　南一安心想："她往日心直口快，问起此事来却遮遮掩掩，莫非她也与陈希夷是一伙人，将我诱至江南，再设下圈套要杀我不成？"又想："即便当真如此，又有何惧哉？正不知去何处寻他。"道："好吧，你知道他们把我的朋友带去哪里了吗？"

　　梁筱道："我只知道他们会去哪里，至于将你的朋友藏在什么地方，那就不知道了。"

南一安道："找到他们也是一样的，快引我去吧。"

两人上马，疾往扬州城驰去。到得城门，已是戌末亥初，按元制，此时宵禁已始，只见城门紧闭，把守的士兵手持军械，神色警惕。南一安问道："咱们从哪里进城？"

梁筱不答，只朝城楼上喊道："我有夜行令牌，速速打开城门！"

几名士兵听到呼喊，齐向她看去，其中一人应道："是哪个衙门？"

另一人道："是个小姑娘，怎么看也不是衙门里的人，存心来寻咱们晦气不成？"

梁筱挥鞭击向马股，那马吃痛，厉声嘶鸣，接着喊道："坏了军务，谁来担待？"

又一名士兵道："我去瞧瞧。"下了城楼，将城门缓缓开了一道缝隙，道："叫门的女娃，出示令牌。"

梁筱也不下马，驰到城门边，从怀中取出一块金虎符，递到那士兵眼前，那士兵定睛一瞧，只见上面篆着"江浙行省参知政事公务急速持此夜行"十六个字，忙正了正衣冠，招呼身旁另一人道："快将门打开，放行。"

两人驱马进城，城内已灯火俱灭，人迹全无。行了一阵，南一安问道："你这是什么令牌？"

不待梁筱答话，突听前方一箭开外传来阵阵叫骂声，循声望去，只见骂声出自十个巡逻的士兵，一队人马正朝一名醉汉拳打脚踢。那醉汉身长八尺有余，但略显瘦削，手提一只酒壶，这时委顿在地上，嘴里念念有词："我没用……我没用……他妈的……"他脸上已沾满血渍，仍不加丝毫抵御，显然醉得不轻。

只见当先的蒙古士兵大喝一声，道："不知死活的东西，你喜欢吃酒，让你尝尝爷爷的尿如何？"解开腰带，竟在众目睽睽之下将尿撒向那醉汉周身，其余士兵见了，一个个捧腹大笑。

南一安南下以来，亲历了汉人妇女"杀首子以荡肠"等诸多元廷所做恶事，加之父母双亡、恩师遭戕、知寒被掳，皆与元廷殊难解分，眼下又见一个手无寸铁的汉人被官兵羞辱殴打，实是怒不可遏。不过转念又想，自己此前仗义出手，反遭怪罪，此番倘又冒冒失失，难免重蹈覆辙。正自踌躇，只

听梁筱道："怎么，这次你不去帮忙了？"

南一安紧了紧缰绳，道："只怕又是费力不讨好，况且咱们有要事在身。"

梁筱道："那汉子瞧来面熟，我去看看。"正待上前，南一安道："还是我去吧！"说完飞身下马，箭步奔至几名蒙古兵身旁。这些蒙古人虽然彪悍勇猛，却哪里是他对手，十名官兵尚未察觉，南一安已运开龙图拳法，不足五招便将众人全部制伏。

南一安向委顿在地的蒙古官兵一一扫视了一遍，确认他们已无反抗之能，便将手伸向那汉子，问道："大哥，你怎么样？"也不知那大汉是酒劲未消，还是生性暴戾，非但没有丝毫感激，反倒破口骂道："直娘贼，谁教你多管闲事！"话音甫落，双掌齐向地面拍去，掌力到处，青砖碎裂，借势跃将起身，跟着发狂价向南一安扑来。他招法看似凌乱，开阖之际却端的是卓荦大方，南一安疾向后跃开，心想："莫不是梁姑娘当真设计害我？她千里迢迢将我引诱至此，就是想让这厉害角色杀了我吗？"又拆数招，只见那汉子左手舒拳成掌，疾从右腋窜过，朝南一安肩头斜斜拍来，右掌手腕前挺，向他下颚撞去。

南一安起初惊喜交集，转瞬又觉落寞。那汉子这一招来势虽然凶猛，南一安却出人意料地应对自如，好似出手前他便知道是何招式。当下沉肩坠肘，推掌还架，两掌相接，巨响如雷，但接掌一瞬，仍觉对方内力雄厚，尤胜自己，那汉子向后退了五步，南一安却向后退了七步。那汉子见他年纪轻轻，功力非同小可，登时吃惊不小，抱拳道："兄弟是哪里人氏，姓甚名谁？在下借酒撒泼，多有得罪了！"

南一安迟迟不语，心下百感交集。过了半晌，那汉子道："兄弟既不愿说，那咱们就此别过了。"转身行了两步，南一安忽道："请留步。"

那汉子也不回身，只侧过左脸，站立不动。南一安道："敢问阁下，是陆公什么人？"

那汉子心头一凛，将左脸侧回，道："天下陆姓何止千万，你说的是哪一个陆公？"

南一安道："天入湖光随广狭，山藏云气互高低。谁怜极目茭荛里，隐隐苍龙卧古堤。"

那汉子"噫"了一声，沉吟道："是夫子的诗。"转过身来，目光似冷电般射向南一安，顿了片刻，道："兄弟莫非识得先师？"

南一安上前一步，欠身道："师兄。"原来这汉子正是陆象杉早年门生，南一安认出他先前使的九渊掌功夫，这才惊喜交加，转念想到那日三圣庄所生变故，又觉凄凉。

那汉子愣了半晌，道："你叫我师兄，莫不是三圣庄近年才收的徒弟？"

南一安正待回话，突听梁筱喊道："向大哥！"

两人循声看去，只见梁筱纵马驰到身前，那汉子定睛一瞧，脸色霎时转阴为晴，回嗔作喜道："啊，是梁筱妹子。"

梁筱听见他唤自己名字，立时满脸笑意，直如二月芳菲。南一安道："原来二位早就认识。"

梁筱道："南一安，这位向大哥与你可是缘分匪浅。"

南一安细细看来，见他三十岁上下，目如荧惑，方脸细眉，两鬓凭风散动，下颚碎须丛生，瞧来七分冷峻，两分邋遢，尚具一分飘然隐逸。但因他嗜酒如命，如今鼻尖已有些泛红。南一安抱拳道："向师兄，你好！"

这姓向的汉子名叫向墨庭，乃是陆象杉得意门生，下山后在四川一户豪绅宅里做过门客，一次与一名蒙古勇士比武，将人重伤致死，那豪绅仗义古风，不仅未将他交予官府，还赠他盘缠，令他连夜出走，只说自己尚能应付，哪知他走后，这豪绅却因此获罪，一门上百口惨遭灭族，弃于东市。他得闻噩耗，痛哭不已，赍即自鄂回川，替那豪绅一家收殓尸身，葬于郊外。当天夜里潜入成都路廉访使府中，将那酷吏头颅割下，悬于城门，之后披星远遁。他如今已是而立之年，在江南武林颇有些名头，道上提起他的名号，都说："一点浩然气，千里快哉风！"

向墨庭见到同门师弟，备感亲切，心下好不欢喜，道："南师弟，你我既是同门，如今师门罹难，他乡相逢，那是难得的缘分。走，咱们寻个僻静的所在痛痛快快喝一场。"突然间"啊"了一声，又道："是了，我听说夫子和济公是被那青城派掌门刘云下毒害死的，咱们三圣庄与中原武林素无瓜葛，你可知实情？"

梁筱道："这里不是说话的地方，你们跟我来。"当下领二人往城西北去。

过不多时，便到一座偌大的宅邸，两只石狮镇守左右，凛然生威，门匾

上镌刻"梁宅"二字，正是梁筱之父梁十八的家宅。

梁筱下马叫门，管家听见少主喊话，忙将大门打开，喜道："菩萨保佑，菩萨保佑，我的姑奶奶你可算是回来啦！"吩咐左右道："快去，赶紧禀报老爷。"

梁筱道："柴叔，我爹爹呢？"

那管家柴叔道："老爷昨日已去了钱塘县城外的虎贲营，想是有紧急军务处理。小姐，这二位是？"

梁筱道："他们都是我的朋友，北方来的，你赶紧让厨房准备酒菜，饿着呢。"

穿过几进院落，向西有一条长廊，尽头处有一方小花园，晚风拂过，梧叶纷飞。

梁筱的闺房便在花园深处，但她尚未出阁，不便引二人入内，却往左进书房里去了。进了书房，梁筱道："二位不必拘束，权当自家就是。"

南一安道："也不知道刘云那伙人现在哪里了。"

梁筱道："你忧心也是无用，明早咱们便去杭州。"

向墨庭"噫"了一声，道，"南兄弟，你也在找那刘云？夫子和济公被害那日情形，到底如何？"

南一安沉吟半晌，面上颇有惭色，心道："夫子遇害，虽然是刘云指示沈汀下的毒手，可终究是我当初放走了沈汀，才致他们有机可乘。爹爹妈妈被二叔害死，原也是我心软留了二叔的性命。我这般不分是非黑白，只想着自己做好人，却食了大大的恶果，将来到了黄泉，也不知如何面对他们。"

梁筱见状，道："你们师兄弟慢慢说话，我去厨房瞧瞧。"

两人会意，只觉梁筱虽只是个十来岁的姑娘，却深谙人情世故，不由得心下感激，当下朝她点了点头。

向墨庭道："夫子武功盖世，江湖上少有敌手，若不是他们使些下三烂的手段，岂能动他老人家一根毫发？"

南一安道："向大哥，实不相瞒，若不是我当初一念之差，夫子和济公也不会遭人毒手。是我……是我害了他们。"

向墨庭一怔，道："南师弟，你这话从何说起？"

南一安道："害死夫子的毒药，比之'三焰化功丹'还要险恶。"

向墨庭暗自一怔，他久历江湖，倒是曾听人说起过"三焰化功丹"，深知这味毒药专吸人真气，任你内力如渊似海，都能被吸得干干净净。正因如此，这毒药向来为武林人士所忌，不论正邪黑白，但凡提起"三焰化功丹"的名字，都是嗤之以鼻。倒不是说江湖上的人大多正义凛然，只是任谁也不愿自己多年修为毁于一旦，但只要这"三焰化功丹"流传开来，难保自己哪一日不中招，因此共同抵斥此药，倒成了江湖上千百年来不成文的规矩，比之满口仁义道德，更加恪守如圭臬。好在这毒药极难炼成，若非沈汀是道济禅师高足，艺业不凡，否则绝无炼成可能。南一安说陆象杉所中之毒尤胜这"三焰化功丹"，向墨庭又惊又奇，道："难道这药不必经人催动真气，便会自行吸食内力？"

南一安摇摇头，道："不是，这毒药不仅吸人内力，更会蚕食人的精血，一经催动真气，便即发作。夫子便是中了这毒，内力精血都被吸干而死，济公为救夫子，也跟着油尽灯枯。"说到后面，忍不住流下两行泪来。

向墨庭又惊又怒，道："竟有这等毒物，研制此药之人，更是可恨！"顿了顿，又道："你说因你一念之差，那又是为什么？"

南一安道："只因我早知那凶手在研制毒药，本有机会将她杀了，却饶了她性命，才致夫子命丧她手。"

向墨庭不解，问道："她是什么人？"

南一安道："她叫沈汀，原也是三圣庄的门人，师从济公，研习医术。"

向墨庭怒气更甚，道："你说什么？果真是三圣庄的门人害死了夫子和济公？"

南一安点点头。向墨庭道："师门败类！我向墨庭定要将这厮千刀万剐！"他猛向桌上拍去，那木桌未碎，桌脚却将地面震裂，直陷寸余。又道："咱们三圣庄怎会出了这等叛徒？"

南一安道："说来话长，向大哥，你既是我的师兄，便已是如今我在世上为数不多的亲人，因此有件事我不可瞒你。"

向墨庭只顿了顿首，却不说话。

南一安道："其实我原本并非三圣庄门人，我的父母皆是八部会首领。"

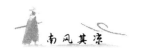

向墨庭听了"八部会"三字，眼角微微一颤，只"嗯"了一声。

南一安道："说起八部会，都说是杀人不眨眼的魔头。"

向墨庭"哼"了一声，道："我看也不尽然，一些人自诩正义，做的却尽是伤天害理的事，心口不一，向某瞧不起。咱们行走江湖，哪有不杀人见血的？有恩报恩，有仇报仇，过的本就是快意恩仇的日子。"

南一安听他这般说，心下宽慰，顿生感激。却道："师兄有心体谅，小弟领情了。"他自知爹娘和八部会众人曾经的确滥杀无辜，这是不争的事实，但无论如何，爹娘就是犯下天大的错，如今也已双双殒命，为人子女的，是非心中评判便是，再与旁人议论，那便是不孝了，因此对向墨庭这番话不置可否，只说领情。接着将他们一家三口当初如何为保护南玄而被刘云等人追杀，如何在聚寿山下先后被道济和陆象杉所救原本道出。

向墨庭道："原来如此，难怪你掌力雄浑，却不是夫子的九渊掌功夫，想必是家学了。"他适才与南一安对了一掌，深知南一安功力深厚，但与自己修习的九渊神掌路数却完全不同。九渊神掌博大精深，一招一式都需打好根基，马步、劈拳、探掌都极为考究，多进一寸、少退一分，招式立时走样。向墨庭师承儒圣，自来便学的是正统内力招法，要瞧出南一安是否同样如此，毕竟不是难事。

南一安想到当初陈抟让他发誓，决不能对旁人说起他传授《六通指玄经》之事，便道："不错，但也不全是，小弟还曾受过少林派已故方丈法戒大师恩惠，蒙他老人家不弃，传了我一门《洗髓经》的功夫。"

向墨庭"哦"了一声，道："怎的又扯上了少林派的高僧？"

只听门"吱呀"一声打开，梁筱站在门外，身后仆役呈上五色菜肴，一坛黄酒。梁筱道："你们边吃边聊，我先去歇息啦，有什么事可以吩咐柴叔。"

向墨庭也不多虚礼，道："那就多谢妹子了。"对南一安道："美酒不可辜负，咱们先喝一碗。"说着已将两只大碗分别斟满，咕嘟嘟一饮而尽。南一安从没喝过酒，但他感佩向墨庭为人豪爽，又是同门师兄，当即也干了一碗，只觉这酒过喉下肚，倒并不如想象中辣人。跟着又将两碗斟满，一口干了。

向墨庭笑道："兄弟小小年纪，酒量不弱，当真英雄出少年。"

南一安苦笑道："向大哥取笑了。"斟满两碗，续道："《洗髓经》之事机缘巧合，不提也罢。我上了三圣庄后，夫子起初并不愿传授我功夫，只是命我学弈，夫子说，三个月后，倘若我下棋赢了他，他便教我武功。"

向墨庭道："夫子精于此道，你怎能学三个月就赢了他？他这么说，想必另有打算。"思索了片刻，又道："是了，夫子常说，下士对弈为吃子，中士对弈为占地，上士对弈为悟道；下士为趋利，中士为避害，上士为明心见性。一个人如何下棋，大抵可以窥其为人。想来夫子只是想知道你本性是否良善，倒也无关输赢。"

南一安恍然大悟，心道："难怪当初二叔来三圣庄时，夫子执意要与他对弈，表面上放了咱们走，自己却暗中跟来，定是从二叔落子间瞧出了端倪。"又想："咱们八部会为中原武林所不容，夫子要以对弈试我，那也是情理之中，他老人家愿意给我机会，已是莫大恩情，这般用心良苦，我却到今日才能体会，只可惜他却已经……"

想到此处，又满饮了一碗。

向墨庭道："后来怎样？那沈汀为什么要背叛师门？"

南一安便将沈汀、骆宝颐当初如何为陆象杉大寿之事结下梁子，沈汀如何设计陷害骆宝颐，他与骆宝颐、林知寒又如何死里逃生，将计就计，迫使沈汀就犯，最终让沈汀被逐出师门都一一说了一遍。他每次提到骆宝颐，心中都有种难以言说的味道，内心深处却总是回避，一提起林知寒，便想到她落入刘云之手，眼下处境危急，也不知依梁筱所说，是否能找到她。

向墨庭听后义愤填膺，道："小贼娘也太狠毒了，夫子当初就该一掌拍死她。"

南一安道："后来我为了找寻失散的爹娘，曾去往终南山，途经山下的莫家村时，见到村中许多小孩都中了这毒，死状惨不忍睹。那沈汀便是以这些无辜孩童的性命试药，我原本已将她擒住，念着同门之谊，竟然放虎归山，终酿成大祸。"

向墨庭道："夫子当初已留她性命，她不知报恩也就罢了，居然还恩将仇报。"

南一安道："这中间关节，远比表面上看来复杂，我也是后来才知晓。"又道："其实这所有的一切，都是八部会神龙尊者陈希夷布的局。他早已是安

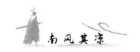

西王阿难答的幕僚，先是设计杀害少林寺法戒方丈，嫁祸于我……"

向墨庭却听得糊涂了，道："八部会的神龙尊者不是早已不在人世了吗？"

南一安道："此事盘根错节，太过复杂，总之陈希夷并没有死，他设计逼死了老祖，又杀了华山派掌门公良止宇嫁祸老祖，让他死无对证，还杀害少林寺法戒方丈嫁祸给我，引得华山二老、少林派等人全数上了聚寿山，要逼夫子交出我和老祖，报仇雪恨。夫子知道我和老祖都是清白的，便与众人周旋，最终还是打了起来，那刘云趁夫子与华山派刑大侠过招之时，用暗器伤了夫子，那毒药便涂在暗器上。实则这也是受了陈希夷指示。刑舒自觉胜之不武，率众下了山，但他已然身受重伤，在半山腰上被陈希夷偷袭而死。"

向墨庭"啊"了一声，道："那陈希夷到底是何企图？"

南一安道："那天他倒是自己说了缘由，总之就是要将中原武林的厉害人物一网打尽。至于为了什么，我却也想不大明白。"

向墨庭毕竟年长许多，见识自非南一安可比，道："你说陈希夷当了安西王的幕僚，这便不难解释了，你知道那安西王阿难答是什么人吗？"

南一安摇摇头，道："只知道是个蒙古王爷，但能让陈希夷这等枭雄投靠，想来其权势当胜过一般的皇亲国戚。"

向墨庭道："正是。阿难答是忽必烈之孙，统辖唐兀之地，手握二十万大军，就连大都的皇帝老儿也得忌惮他三分。皇帝老儿年老体弱，太子又早夭，如今继承皇位的合适人选便只两人，即是这阿难答与他的侄子怀宁王海山。"斟酒干了一碗，续道："海山在漠北平叛，立下战功，阿难答与他相争，自有一番较量。"

南一安道："于是他便要灭几个武林门派？"

向墨庭道："这几个可不是普通的武林门派，咱们三圣庄深居简出，不问世事，在江湖上名头不算响亮，但夫子在咱们汉人士子心中却是举足轻重，济公在禅门更是德高望重；少林派在中原武林一呼百应，华山派、青城派、昆仑派并列三大剑派，四川峨眉派、河南八卦门、山东关帝帮、甘肃崆峒派、福建长乐帮、浙江神剑门这些个武林门派，都唯这三大派马首是瞻。"

南一安听他说起来头头是道，不由得佩服。又听向墨庭道："你想想，倘若一举能令三圣庄、少林派和这三大剑派元气大伤，天下的武林门派、汉人士子便会群龙无首，元廷要收拾他们岂非易如反掌？"

南一安道："可好端端的，为什么要干这些勾当？"

向墨庭道："江湖中人自由散漫惯了，官府难以约束，而这些人大多身怀绝技，来无影去无踪，聚而成军，散则为侠，倘若有朝一日出了个大伙儿公推的首领，他一声令下便要造反，那可是大大的麻烦。"

说到此处，南一安总算是明白了大半，道："因此阿难答此举之功劳，倒不弱于那海什么平定叛乱了？"

向墨庭道："这却要看皇帝老儿是如何盘算了，不过我猜阿难答既然对此孤注一掷，想必是大有把握的。"举起酒碗，道："咱们再喝一碗。"

南一安酒气上涌，脸已涨得通红，摆摆手道："小弟不胜酒力，再喝恐怕要醉倒了。"

向墨庭道："醉倒就醉倒，大丈夫一生不醉他个几百次，岂不枉自为人？"

南一安生平第一次喝酒，若非他身上流着一半色目人的血，此前喝这几大碗便早已烂醉如泥了。换作是别人，南一安也不愿勉强喝下这碗，但不知怎的，向墨庭好似天生有股威严，同时又让人觉得亲近，南一安道："向大哥说得极是，我敬你一碗。"

这一下却比此前喝得更快，只吞了两口，一只大碗便已空空如也。

向墨庭见他如此爽快，心下高兴，起身一饮而尽，只见他昂然挺立，英气逼人，目炬扫来，竟让人不敢直视。他伸手拭去下颚残酒，朗声道："师弟，向某没别的本事，平生最重义气，三位恩师已不在人世了，师兄弟们天南海北，也不知今生还能否相见，你既当我是哥哥，我便视你如手足，咱们今后就是好兄弟。"

南一安长在八部会，自不同于普通人家，儿时本已少了许多乐趣，加之父母在会中身居高位，下面的人也不敢随意亲近他，因此没有朋友的日子，他倒也习以为常。倘若换作旁人这般说，他多半不会放在心上，但一来如今父母双亡，师父们也都不在了，林知寒生死未卜，他不到二十岁的年纪，人世间的悲苦已尝泰半，二来在这江南之地，居然与同门师兄萍水相逢，此人豪爽不羁，令他心生钦佩，向墨庭这般说，正合了他心意。于是起身道："向大哥，蒙你瞧得起小弟，倘若大哥愿意，咱们就一同去找那陈希夷，替师父

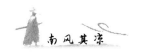

们报仇。不瞒大哥说，小弟这次南下，是为了救我的……我的一个朋友。她正是被刘云那伙人掳走，梁姑娘说他们会去杭州，找到刘云，兴许便能找到陈希夷了。"

向墨庭道："好，好，我便同你一道去会会他们。"顿了片刻，若有所思地道："不过梁筱妹子又怎会知道他们会去杭州？"

南一安喃喃道："当初梁姑娘只提了这么一句，她说刘云这些人很忌惮她爹爹，要将她身上一件物事抢走，交还给她爹爹，拿到了东西，想必就会去杭州向她爹复命。"

向墨庭低声道："这倒奇了，陈希夷既是阿难答的幕僚，怎的又和梁大人有瓜葛？"

两人各自思索，突听房门吱呀一声被推开，却是梁筱站在门外，道："我可跟你们先说了，这件事干系重大，你们两位还是不要多管闲事的好。"

南、向二人吃了一惊，均想："她是几时到门外听咱们说话的？怎会没半点察觉？"

仔细一瞧，只见梁筱手持一只口细身粗的陶罐，那陶罐底部伸出一根细线，延至她的闺房，但这时天色已晚，如不走近细看，那是决然瞧不见的。梁筱见二人吃惊，大感得意，笑盈盈道："你二位见多识广，瞧瞧我这玩意怎么样？"手臂向上一提，只听哗啦一声，房角花架上一只同样形状的陶罐应声落地，摔了个粉碎。

南、向二人循声望去，都感诧异，南一安问道："你这是隔空取物还是变戏法？"走近一瞧，只见陶罐底部有一根丝线，直埋入地里，这才明白原来两只陶罐是以丝线相连的。

梁筱道："我这宝贝叫作'听瓮'，放一只陶罐在房里，百米外也能从另一只陶罐中听见你们说话的声音，厉害吧？"

这"听瓮"在《墨子·备穴》篇中确有记载，且对制作和使用方法叙述详尽，沈括《梦溪笔谈·器用》中也记载过类似的窃听器。

南一安本就在琢磨梁筱的意图，不知她爹爹与陈希夷有什么瓜葛，见到她偷听自己和向墨庭说话，心下不悦，道："梁姑娘，这段时日多承你照顾，南一安铭记在心，但这陈希夷实与我有不共戴天之仇，若你知道他下落，还望实言相告。"

向墨庭点头道:"不错,妹子,这贼卵蛋害死咱们师父,向某是非杀他不可的。"

梁筱若有所思,沉吟片刻道:"不妥,不妥,你们两个武功虽然厉害,但做事鲁莽,反倒惊走我的大鱼。"

南向两人齐声道:"你的大鱼?"

梁筱急道:"哎呀!别问啦,总之我和我爹爹,跟他不是一路的,这你们总放心了吧?"

向墨庭心想:"这妹子向来机灵古怪,她不让咱们掺和,想必真有她的道理。她所说的大鱼,即便不是陈希夷,也定和陈希夷有关,到时我一路跟着,既能暗中护她周全,也瞧瞧这葫芦里卖的什么药。"

南一安正待说话,向墨庭抢道:"妹子,你可不要误会咱们,只是……"

话未说完,又听梁筱道:"你一个大男人怎么婆婆妈妈的?"又对南一安道:"今晚你早些休息,明日一早我同你去杭州栖霞馆。"

南一安道:"杭州栖霞馆?那是什么地方?"

梁筱道:"你要找的人,多半便是在那里了。"

向墨庭道:"好极,好极,师弟,我随你一道去,倒要见识见识他们的手段。"

几人商定,便各自歇了。天下三分明月夜,二分无赖是扬州。扬州之月,本来举世无双,但姮娥绝色,只能顾影自怜。铁蹄到处,多少人流离失所,多少亲人今生永别。长天如水,疏影横斜,南一安想到一路上所见所闻,想到至亲恩师横遭不测,久久未能成寐,过了三更才渐入梦境。梦中烟雾朦胧,远处隐隐有一道背影,上前捉摸,却如水月镜花,也不知是什么人。

翌日清晨,梁筱吩咐柴叔牵来三匹马,几人径往杭州驰去。三匹马都是千里挑一的好马,脚程轻捷,如踏飞燕,一路上风驰电掣,第三日卯时,便抵杭州。

这时钱塘县城内已商贾云集,只听吆喝叫卖之声不绝于耳,往来互市,各从所欲。临街商铺锦缎玉器,珍奇荟萃,四面八方憧憧人影,车马如烟。江南富庶,可见一斑。

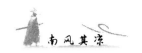

三人一路奔波，早已饥肠辘辘，这便投了家客店，叫上几色酒菜充饥。突听一人说道："东南形胜，三吴都会，钱塘自古繁华，那柳七科甲落第，奉旨填词，倒讨了个风雅美差。"只见对角一桌坐了三人，约莫三四十岁，都是读书人的扮相。

又一人道："非也非也，文章本是千古第一盛事，只可惜对牛弹琴，空怀经纶，壮志难酬啊。杨兄也只能'黄尘意外，青山眼里，归去来兮'。"

那姓杨的听罢，只摇摇头，将杯中酒倒入腹中。另一人道："不错，想当年登科落第，再不济也有道门儿，是成是败怨不得旁人，如今咱们这些读书人可就连门儿也没了，那是比柳永也大大不如的。还是马兄的曲儿作得好，'玩青山，歌高台，想秋风。何必乘鸾凤，游戏太虚中'。"

那姓杨的道："朱老弟所言甚是，马兄的曲儿好是好，不过俗话说，文章写得好，不如女人玩儿得好嘛。马兄，你说是也不是？"

那姓马的问道："你这是哪里的俗话？"

那姓杨的哈哈一笑，道："女人玩儿得好，倒能平步青云，那不是比读书管用得多了？"

那姓马的愣了片刻，会心笑道："很是，很是，我听说江浙行省参政，当初就是巴结上行省平章，讨了他闺女做媳妇，这才飞黄腾达，要不是他媳妇丈人死得早，怕是也能做个一品大员啦。"

那姓杨的狠狠啐了口唾沫，道："哼，那有什么了不起？我杨月亭就是一辈子不做官，也绝不做这种下流事。"

那姓朱的忙打了个噤声的手势，四下环顾一番，低声道："可别教人听见。"

他三人话音响亮，梁筱怎会听不到，那三人所说的参知政事，正是她父亲梁十八，而他那早死的媳妇，便是她生母，听见旁人如此闲言碎语，早已怒不可遏。向墨庭一拍桌，怒道："我去替你教训他们！"

梁筱忙将他拦住，兀自平复片刻，朗声道："向大哥，你说咱们老百姓什么最打紧？"

向墨庭略加思索，道："民以食为天，自然是吃的。"

梁筱点点头，道："对极，可是眼下老百姓没了肉吃，当真苦不堪言。"

向墨庭道："这是为什么？"

梁筱道："如今那些猪啊羊啊马啊，它们竟开口说了话，不但如此，还会吟诗作对，填词作曲，你还敢吃吗？"

向墨庭"噫"了一声，道："这倒真是闻所未闻了。不过畜生若能吟诗作对，岂不成了精？那老百姓还敢吃吗？"

梁筱笑道："不错，不错，畜生都去吟诗作对啦！更有甚者，有些猪啊羊啊马的，非但要吟诗作对，还想着做官，你说说，他们要是去做了官，老百姓不都得饿死了？"她刚才听那三人相互称呼，知道他们分别姓杨、朱、马，当即灵机一动，要挖苦一番。那三人岂会听不出？杨月亭直气得浑身发颤，站起身喊道："你这女娃娃敢骂咱们是畜生？"

第二十四回 余杭奇穴

突听门外一人道："承蒙几位先生抬举，老夫受宠若惊。"说话间已步入堂内。只见此人年近花甲，身修八尺有余，魁梧雄壮，威风凛凛，面如贯玉，仪表不凡。他左手负在身后，右手轻捻须髯，只朝那堂内一站，四下喧哗之声立时消散，众人都不禁向他瞧去。

梁筱喜道："爹爹！"正是梁十八。那杨月亭与他有过一面之缘，当下已将他认出，自知刚才出言不逊，只怕梁十八发难，但他自诩名士，不愿折了气节，只默不作声。

梁十八道："没想到一些陈年往事，倒成了一桩美谈，不过老夫年迈，许多事已记不大清，几位先生倘若记得，不妨说来听听。"

那姓马的名叫马东黎，姓朱的叫朱襄，与杨月亭三人都是江浙一带小有名气的文人雅士，填词作曲也属上乘，历来自认才华过人，但都未得入仕。

三人心中都暗自打鼓：眼下梁十八和颜悦色，并未当场发怒，想必是为顾全他自身体面，可日后是否再来寻晦气，这便说不准了。那马东黎上前拱手道："大人，咱们酒后失言，尚请大人海涵。"说着又打了一躬。杨月亭和朱襄各自低头，不敢与梁十八对视。

梁十八笑道："先生言重了，几位都是江南大儒，梁某素来敬重得很。"他说几人是大儒，实则是讥讽他们背地里说闲话，全无君子仁心。又道："梁某还有公务在身，不便多留，这顿酒就算是赔礼了，改日还请几位赏脸到寒舍一叙。"杨、朱、马三人心中大石总算落地，暗自庆幸逃过一劫。转念又想，梁十八让自己改日去他宅里，自己倒不会真的应邀前去，但若梁十八差人来拿，却该如何？但眼下也没别的法子，只是心中已害怕至极。梁十八吩咐左右结了酒钱，不再理会三人，转而向梁筱走来，厉色道："你跑到哪里去了？事前可是跟爹说好就在江南一带，怎的去了泽州？你一个小姑娘，在外面出了事谁来管你？"

梁筱做了个鬼脸，道："做戏就得做全套，否则怎么瞒得过那老鬼？"

梁十八道："那也得先顾全我的女儿。"

梁筱道："知道啦，爹爹，我来向你引荐两位朋友。"侧过身道："这位是……"

话未说话，梁十八抢道："一点浩然气，千里快哉风。向墨庭的大名，江南谁不知道？"

向墨庭见梁十八礼贤下士，心中感佩，忙道："不敢，晚辈向墨庭，见过梁大人。"

梁十八颔首回礼，转而看向南一安，梁筱又向他引荐了南一安，说是自己前些时日在泽州遇险，全凭南一安出手相救。梁十八自是一番感激。

梁筱道："爹，我先带他们去栖霞馆，随后与你会合。"

梁十八听到"栖霞馆"三个字，脸上微一变色，低声道："去那里做什么？"

梁筱道："这位南少侠的心上人，被刘云捉了去，刘云既然回了杭州，我想多半便被扣在栖霞馆了。"

南一安听到"心上人"，脸上一红，正欲辩解，却听梁十八道："两位有所不知，那栖霞馆本是老夫一处宅邸，前些日子有些江湖上的朋友来访，老夫便将这宅邸腾了出来，以供诸位朋友落脚，不过老夫刚从栖霞馆来此，却并未见到有什么生面孔，想是他们另在别处了。"

南一安心下好生失望，他一路南下，就是为了寻到林知寒，本已到了钱塘县城，以为就快大功告成，梁十八一番话，却如当头棒喝。他心乱如麻，只要多耽搁一刻，林知寒就多一分危险。又听梁十八道："南少侠也不必担心，只要人在杭州，就是掘地三尺，老夫也定然给你找出来。少侠不妨在这客栈暂歇两日，老夫马上安排人手查访。"吩咐左右道："叫几个衙门里的捕

快来，将南少侠朋友的画像张贴在城里，找到人的，赏黄金十两。"左右领命，径往行省衙门而去。

梁筱只觉对南一安住不住，心有愧意，道："要不然咱们还是去栖霞馆瞧瞧，如若真的不在那里，咱们再想别的办法。"

向墨庭道："这倒不必，既然梁大人已确认过，咱们再去也是徒劳，还是照梁大人的法子最好。"

梁十八笑道："不错，老夫还有些要紧事，不能奉陪了，两位侠士便安心在此歇息，住店的开支都算在我头上，简慢勿怪。"携了梁筱，转身离店。南一安脑中一片空白，父女两人出了大门，他还未回过神来。

向墨庭道："师弟，此事有些古怪。"

南一安皱眉道："什么古怪？"

向墨庭摇头道："我也说不上来，趁他们没走远，咱们暗中跟上，说不定就能明白。"

两人不待耽搁，跟了出去。梁十八父女各乘一匹骏马，身后是四名劲装结束的随从，一色的墨绿衣衫，背负弓弩羽箭，颇易辨认。南、向两人一路跟至钱塘县城外，又西行了十余里，穿过一片树林，过一道山谷，七拐八弯地又行了一个时辰后，梁十八手一挥，几人勒马止步。

只见梁十八身前是一大群石窟，多数石窟都是死路，唯有一处石窟外有一道两臂见宽、九尺见长的洞口，洞口外荆棘满布，杂草丛生，极难被发现。南、向两人藏身在一株大树之后，均想："这地方如此隐蔽，不知他们来此做什么。"

这时远处马蹄声起，又有一人从东面驰来，与随行人一般的装束。距梁十八尚有十余丈，那人便纵跃下马，身形矫健非凡，飞奔至梁十八身旁，半跪道："大人，鱼咬钩了。"

梁十八面有喜色，但一闪而过，沉声道："按计划行事。"部署几名手下埋伏在周围，以树叶藤蔓作掩护。南、向两人这时才明白，难怪他们都身着绿衫，正好隐藏在四周环境中，倒是极难被察觉。又想，梁十八在杭州已是说一不二，什么人敢不服从他？但见他们神神秘秘，埋伏四周，倘若是要擒拿什么要犯，何须他亲自出马？想来此事干系重大，又不能宣扬。

梁十八与梁筱寻了一处高地，矮下身子，兀自静待来人。

向墨庭低声道："昨晚梁筱妹子说，怕咱们惊走她的大鱼，刚才那人又说鱼咬钩了，想必是同一件事。"

南一安刚才一心想着林知寒，那人的说话浑没听见，道："他们干的事情，不知和知寒有没有关系。"

向墨庭沉思一阵，道："多半是有的，咱们昨晚提到陈希夷，梁筱妹子便三缄其口，怕咱们坏了她的事，说不定她的大鱼跟陈希夷有什么关系，陈希夷派人捉走了林师妹，若猜得没错，那也和林师妹有关了。"

南一安觉得颇有道理，点了点头。过了半个时辰，果然见到一个人在西首小径上现身，手上拿着一张牛皮纸。那牛皮纸似乎是一张地图，他一面仔细瞧着图上内容，一面环顾四周。南一安定睛看去，这人不是别人，正是陈希夷，不由得又喜又怒，喜的是踏破铁鞋无觅处，跟随梁十八一路前来，居然找到了陈希夷，一可为陆象杉等人报仇，二可探知林知寒下落，怒的是他一见陈希夷，便想到他种种恶行，实与自己有不共戴天之仇。正欲冲将上去，向墨庭伸手一拦，道："不忙，先看看再说。"

只见陈希夷突然间轩眉一笑，似是发现了苦苦找寻的地方。四下仔细查察，未见有何异样。先前那几人显然对此处地形再熟悉不过，藏身地要么杂草丛生，要么枝萝横布，加之周身墨绿，不知什么时候又已用了绿色的颜料涂满面部和头发，就算站在他们身前，那也是极难发觉的。

眼见得陈希夷将入山洞，突然间洞里却走出一个人来，两人相互撞见，都吃了一惊。梁十八眉头一皱，只怕事到临头又横生枝节，但眼下已布置就绪，只能静观其变。

陈希夷面带怒容，手上暗催真力，冷笑道："好家伙，你倒是对我忠心得很呐。"

南一安瞧得真切，那人便是青城派掌门刘云。刘云见到陈希夷，吓出一身冷汗，后背凉气直浸骨髓，显然对他极是惧怕，这般神情南一安从未见他露出过丝毫。刘云毕竟是老江湖，霎时间又镇定自若，道："先生误会了，我只是怕这洞中暗藏什么机关，因此事先来替先生打个前站，我对先生自是绝无二心。"

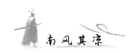

陈希夷生性多疑，心狠手辣，自是对他这番话全然不信，但他并不发怒，只平缓缓地道："那你说说，里面倒是有没有机关暗器？"

刘云见他语气平和，心下松了口气，道："先生放心，我已仔细查探过，并无机关。正要回去禀报先生，哪知先生已先一步到了，惭愧。"

陈希夷道："嗯，你倒是很靠得住，刘千户。"

南一安刚才见刘云出现，本已按捺不住，要上前逼问他林知寒的所在，但被向墨庭单手拦住，想要挣脱，必会闹出动静，不免为人发觉。听见陈希夷称刘云为"刘千户"，心中疑惑，但又想陈希夷既是阿难答的左膀右臂，刘云替他们做事，要封官晋爵那是容易得很了。转念又想，先前见到的杨、朱、马三人，整日价舞文弄墨，半辈子未能踏入仕途固然没什么可憾，但至少不会做伤天害理之事，倘若和刘云这样的人相比，却又冤屈许多了。

刘云欠身道："那是属下分内之事。"

陈希夷道："我吩咐你看押那姓林的小姑娘，还有何阮溪、陈大学，没出什么岔子吧？"

刘云道："先生交代过的事，刘云就是有一百颗脑袋，也不敢出一丝一毫的差错。"

南一安一凛，自然是听到了何阮溪、陈大学的名字，却不知他二人是如何被刘云掳了去。当日何、陈两人护送莫同非回莫家村，倘若二人是在安顿好莫同非之后被掳，那么莫同非此刻当平安无虞，倘若是在回莫家村的半道上便遭了不测，不知莫同非现下如何。随即又想："熊子只是普通农家孩子，他们无端也不会拿他怎样。"

他听陈希夷言下之意，何阮溪与陈大学当是和林知寒被关押在同一处地方，刘云既说没出什么差错，想必几人眼下性命暂且无忧，心中松了口气。

又听陈希夷道："世子可还好？"

这一问，只怕在场的除刘云之外，都不知陈希夷所说世子是谁。梁十八固然无从知晓，南、向两人更加不明白，哪里知道那世子便是熊子莫同非。

刘云听到"世子"二字，神色更加恭谨了几分，道："属下不敢丝毫怠慢，只当是将来的天子供着。"

梁十八听见这话，不免心中疑惑，心想："皇帝尚未立储君，这将来的天子是从何说起？倘若他所言不虚，此事却着实非同小可。"转念又想："反正他就要死了，即便当真已有了将来的天子，那也是将来的事，待日后我振臂一呼，管他什么天子，现在的将来的统统都杀了。"

陈希夷道："那倒也不必，小孩子不能太过溺爱，要让他知道该听谁的话。"

梁十八寻思："死到临头，还在做什么春秋大梦？"

刘云点头称是，又道："属下这就回去看着，以免出什么乱子。"转身刚踏出两步，陈希夷眨眼间已立在他身前。南一安和向墨庭见他步伐迅捷之至，都暗自惊叹不已。

陈希夷道："这也不忙，你既然已安顿好，自然不会出乱子，这就同我一道进去，领我进去瞧瞧。"

刘云心中叫苦不迭，梁十八父女却几乎要高兴地呼喊出来，但都默不作声。刘云知道自己与陈希夷武功相差太远，若是强行要走，只怕逃不出他手掌心，只能应了一声，转身进洞。

待两人进得山洞，南一安便想要尾随而去。突见梁十八高举右手，如长鞭击空般向下划去，先前埋伏的几人见他发号施令，一齐窜出，其中一人立时奔至洞口，双手拨开几条枝蔓，枝蔓掩藏之后，乃是一根生锈的铁链，下拴一把暗红色铁环，他双手握住铁环，奋力向下拉去，显然是一道机关。那人本来身手矫健，武功似也不弱，但拉动之际却颇为费劲。只听轰隆隆几声，铁链拉出，洞口上方猛然落下一堵石门。陈希夷和刘云走进去不远，听见洞口有异样，情知不妙，当即便要向外逃。那石门足有千斤之重，洞口那人便是拉动机关也颇为费力，本来下落得甚是缓慢，以陈希夷和刘云的身手，石门尚未落地，便早已夺门而出，岂料早有六人蹲守洞外，纷纷张弓搭箭，一箭射出，眨眼间又是一箭，显然都是训练有素的弓弩好手。只见一支支利箭雨点价往洞内射去，饶是陈希夷和刘云武功高强，但那洞口极窄，面对数十支利箭齐发，也只能躲避，或是以掌力、长剑荡开，向前一步也是千难万难。

这一下陡然生变，南、向两人都瞧得呆了，千钧一发之际，南一安心念电转：倘若有其余出口，固然难以再找到两人，若是只此一处，待石门落下，梁十八此举必定要将他们困死其中，不论哪一种情况，他都无法亲手报仇雪

恨，亦难再得知林知寒等人的下落。眼下不暇多想，飞也似的奔向洞口，高举双掌，大喝一声，运足劲力将那石门抵住。向墨庭跟随其后，只怕南一安被乱箭射死，使开九渊指法，隔空点了那六名弓箭手的穴道，出手拿穴既快且准，直如陆象杉在世。待要上前助南一安一臂之力，哪料到那石门实在太过沉重，南一安支持不住，手上劲力一松，已然闪身进洞。但听轰的一声闷响，千斤巨石应声落地。向墨庭箭步上前，发掌猛推那石门，自是纹丝不动。他又向后退了几步，拉开架势，双掌以十成劲力拍出，那石门表面却连道裂缝也不曾出现。向墨庭又惊又急，朝那石门发狂价乱劈乱打，那石门只是巍然而立。

梁十八父女见到刚才一幕，都吃了一惊。梁十八心想："原来他们两个竟一直跟随我到了此处，好在中间未出什么差错，否则打草惊蛇，岂不前功尽弃？"父女两人从侧方高地下来，梁筱走到向墨庭身旁，面有愧色，道："向大哥！"向墨庭听见喊声，回过头来，怔怔看着梁筱，见她默然不语，只无奈摇头，眼眶红润。又望向梁十八，却见梁十八脸上时而浮出喜悦之色，时而嘴角抽搐，面露狠态。

梁筱怅然道："这处石山有上千处洞穴，大多数洞穴只向内行得数丈便无路可走，唯独这方腊洞奇大无比，且单此一处洞口，玄石一落，便再也难见天日。"

向墨庭"啊"了一声，面色惨白如纸，过了半晌，道："那一安，一安他……"

梁筱道："我和爹爹本是设计将陈希夷引入洞内，要置他于死地，原本也没想过什么挽救的法子。只怕南一安……唉……"即便南一安冲入洞穴是她始料未及之事，但既被无辜牵连，她仍是深感内疚，又道："我爹爹的原配夫人当初在终南山出家为尼，被人给害死了，多年来爹爹一直暗中追查，终于查出真相，害死我爹原配夫人的，便是陈希夷这恶贼。就在一年前，这恶贼居然送上门来，拿了安西王阿难答的名帖，要拉拢爹爹。"

向墨庭问道："安西王要拉拢梁大人？"

梁筱道："自然并非他所说，只因安西王得知爹爹不久前得到了一样宝物，便是刚才陈希夷手中的地图。那地图中标记了这处方腊洞的位置。"

向墨庭道："安西王这样看重，难道这洞里是有什么奇珍异宝了？"

梁筱道："传说洞中有北宋时方腊起兵留下的大量金银珠宝，谁要获得这些财物，那便富可敌国了。"

向墨庭心下生疑，方腊起兵距今已近两百年，且不论这传说的真实性殊难预料，便是当真如此，洞中的财宝也不知是否早已被人盗去。

梁十八和梁筱起初也未料到陈希夷对此深信不疑，但有一晚陈希夷在梁宅客房中对刘云言道，这地图中的宝物，确是千真万确，要他找到梁筱，将地图夺来。这些话却被梁筱以"听瓮"尽数听在耳里。因此刘云等人才领命找寻梁筱，梁筱本已离开杭州，但她有意让刘云等人追上，便雇了一辆气派非凡的大马车，并对府中下人说了要去泽州，将一样宝贝安放在一座寺庙中。刘云等人探明方向、路径，因此一路跟随她而至。

梁筱又道："这当然也只是传说，我和爹爹早已来这洞里查探过，别说是金银珠宝，就是破铜烂铁也没有一块。"

梁筱当日在聚寿山上，对南一安说起刘云等人逼迫她交出地图，于是她便将早已备好的赝品交给刘云，其实是假话。她本来就是要诱使陈希夷循着地图找到此处，所交出的地图自然是真品，但她不清楚南一安的来头，只怕他为此追上刘云，反将那真地图夺取，自己和爹爹的计划不免落空，因此才编了个谎话。

向墨庭道："咱们需想个法子，怎生将一安救出来才好。"

梁十八道："倘若这石门关上还能再度打开，那老夫也不必设此计策了。"他脸上先是闪过一丝得意之色，随即又正色道："向贤侄，这位南少侠年纪轻轻，是个少年英雄，对小女又有搭救之恩，我本应好好酬谢，但此事着实始料不及，英雄折戟，令人好生叹惋。"他这话倒是肺腑之言，只因石门落下，的确无法再行打开。不过要是真有什么别的法子，恐怕他也不愿尝试，只因一旦救出了南一安，那么陈希夷也必然得救。他一心要将陈希夷置之死地，乃是因为陈希夷所害死的那名女尼，是他发迹前的原配夫人，正是终南山水陆庵清月师太。他当初为求仕途上进，将清月休了，娶了江浙行省平章政事的千金，这一节先前杨、朱、马三人已提起过，确属事实。他心中对此惭愧无已，便想要补偿清月，哪知清月已然削发为尼。八年前得知清月病逝，他

去到水陆庵后，庵中一女尼将当年麻衣客之事告知了他，他便将清月之死算在了这麻衣客头上。后来他多方追查，终于查知仇人便是陈希夷，这才……但陈希夷对此事却并不知晓，否则也不会上此大当。

向墨庭道："石门无法打开，我便用铲子挖一个地道，通向洞内。"

梁筱摇摇头，道："唉，此事爹爹和我实是做了万全的准备，石门下方泥土深埋的，还有更大更多的天然玄石，直通地底，你要挖也是挖不动的。"

向墨庭初时不信，便徒手朝那石门之下挖去，所挖泥土较之周围更为蓬松，显是此前有人已将其挖出，而后又再行填充，自然是梁十八差人查验过的。他直挖了两尺见深，仍有一块巨石深埋其内，不知下方埋入几许，又向下挖了一尺，手指已被乱石割得鲜血直流，终不见一方间隙，当下心灰意冷。

向墨庭又是气愤又是自责。他这些年漂泊江湖，形单影只，得闻恩师被害，更加悲痛不已。好不容易遇见南一安这个一见如故的小师弟，居然因为听了自己的主意跟来而被困死在山洞中，当真是五内俱焚，道："那……一安难道……就这么，就这么不明不白地困死在里面了？若不是我……执意要他一同跟来，他也不致……都是我……是我不好……"一面说，一面自顾自走开。梁筱怕他因自责而寻短见，便一路跟着。

梁十八知道女儿心思，于是未见阻拦。这时一人快马奔来，问梁十八有何差遣，梁十八吩咐那人再调一队弓箭手，在此就地看守十日，他料想如果陈希夷当真神通广大，得以逃出来，这一队弓箭手便立即放箭将他射死，倘若十日后还未出来，谅他武功再高，也是血肉之躯，十日不进饮食，饿也饿死了。安排妥当后，这才回城。

梁筱一路跟随向墨庭，也不知走到了哪里，这时突然天降大雨，顷刻间将两人衣衫湿透。前方不远处有一家小店，两人一前一后走进店内，那店家见向墨庭面无人色，摇摇晃晃，只道是他已喝得大醉，上前笑道："对不住，客官，小店只打尖儿，可没地方住。"

向墨庭却不理会，单手荡开那店家，径自坐下。那店家被他轻轻一掀，居然立足不稳，跌了个跟跄，怒道："你奶奶的，我这店开了几十年，就连山里的绿林也是给钱吃酒，吃完走人，还从没遇见过你这样蛮横的人。"抄起一把菜刀，作势上前。

梁筱忙道："店家息怒，我这位朋友家人遭了难，心情不大好，这里是二十两银票，咱们买些酒喝，绝不生事。"说着从怀中掏出一张银票，递给那店家。

那店家眼见她出手阔绰，当即心宽不少，道："这位姑娘倒很明事理，须得打听打听我这徐家店的名号，可别自寻晦气。"

梁筱微微一笑，陪向墨庭入座。向墨庭大喝道："拿十斤酒来！"

那店家一愣，心想："你要充英雄，可别醉死在我这店里。"将五大坛酒取出，都摆在向墨庭桌上，又放了两只大碗，一碟花生米。向墨庭揭开酒坛，张大了嘴，直往肚里灌去。他酒量甚豪，一口气喝下一斤，仍无半分醉意。梁筱也开了一坛，倒入碗中，一饮而尽，却被呛得眼泪直流。

向墨庭不理会，自顾自豪饮，忽听那店家道："几位爷，里面请。"

梁筱循声看去，只见有四名汉子匆匆进得店内，为首一人是个干瘦中年，余下三个却生得膘肥体壮。其中一名蓝衫莽汉道："他妈的，什么鬼天气，说下雨就下雨。"

那干瘦中年道："这里离钱塘县城已不远，待雨小些了咱们赶紧上路。"

说话间已寻了张桌子坐下。那蓝衫莽汉道："店家，快给哥儿几个拿酒来。"

另一名黑衫莽汉道："江南的酒如同清水，有什么好喝的？"

那蓝衫莽汉道："有总比没有的好，"向那店家大声喝道："你耳朵聋啦？叫你上酒！"

那店家怯怯地道："几位爷，我这是间小店，就只五坛酒，都已被那两位买去了！"说着朝向墨庭和梁筱努了努嘴。

四人朝向、梁瞧去，见两人并不理会，那蓝衫莽汉走将过去，道："你一个人喝得了这五大坛酒吗？分咱们一坛。"

他见向墨庭对自己视而不见，瞥眼又瞧见梁筱，心中顿生歹意，奸笑道："你要是不乐意，让这姑娘来陪我解解闷也好。"一面说，右手已向梁筱肩上伸去。

刚要触及，向墨庭喝道："滚开！"

四人脸上同时变色，那蓝衫莽汉怒道："爷爷偏要她陪。"说着伸双手揽

去。向墨庭怒气上冲，身子不动，左掌已握住那莽汉右手手腕，那蓝衫莽汉只觉手腕剧痛，直入骨髓，左手朝向墨庭胸口抓去，还未碰到向墨庭衣领，猛觉脸颊一阵热辣，却是向墨庭携住他右手，朝他自己脸上扇了一记耳光。那蓝衫大汉被当众作弄，脸颊红涨，霎时暴怒，伸手取腰间弯刀。

忽听那干瘦中年喝道："银二，咱们还有正事。"

那名叫银二的蓝衫莽汉听见他招呼，当即住手，右手却仍是被向墨庭拿住。

那干瘦中年又道："这位朋友，在下的兄弟性子鲁莽，冲撞了阁下，请你勿怪。"

对银二道："还不给这位朋友赔个不是。"

银二虽颇不情愿，但不敢违拗，硬生生道："对不住！"

向墨庭朝那干瘦中年望了一眼，随即松开左手，银二手腕已被握出五道红印。银二"哼"了一声，转身之际，怀中却掉下一纸信封，正好落在梁筱身前，因他体型甚宽，遮住了同伴视线，掉落之时便未被发觉，他自己也不曾留意。梁筱刚才被他占了便宜，心中有气，便要戏弄他一番，只见信封上的字被大雨浸湿，墨迹已有些模糊，上面大致写道："怀宁王海山谨呈陈公希夷座前。"这一看当真非同小可，她不知怀宁王海山是谁，但"陈希夷"三个字却再熟悉不过，姓氏之后加上一个"公"字，那写信之人必与陈希夷交情匪浅，且敬重有加。待要拆开信封，那蓝衫莽汉已回过了神，伸手将信夺回，喊道："你做什么？"单掌高举，正欲劈下，又被那干瘦中年喝止，遂将信放入怀中，压了压衣衫，气冲冲坐回原桌。

那干瘦中年向那店家道："割三斤牛肉来。"又吩咐那黄衫莽汉和另一名黑衫莽汉："铜三，到马上取一些风干的卤味，分与这位朋友尝尝，铁四，再把咱们自己的酒拿来。"两人应声便去。

过不多时，铜三铁四已将酒肉取来，那干瘦中年道："在下金大，这几位都是在下的兄弟，适才多有得罪，未敢请教阁下尊姓大名。"那蓝衫莽汉银二武功本来不弱，金大目睹向墨庭轻易将其制伏，心下暗暗吃惊，又道："咱们兄弟几人初来宝地，山野匹夫，人生路不熟，望阁下不要见怪。"

向墨庭仍是丝毫不加理会，金大讨了个没趣，心中不悦，突然用蒙古语向银二等人说了几句，向墨庭与梁筱听不明白，却隐约觉得不是什么客气话。

向墨庭忽道："好好一个汉人，说什么鸟语。"

银二、铜三、铁四听见这话，唰地站起身，对向墨庭怒目而视。金大冷冷道："原来阁下不是哑巴。我向阁下赔不是，阁下不领情，那么我便请阁下喝酒吃肉，可好？"说着，右手食指向桌上那风干的卤肉划去。那卤肉经过风干，又硬又韧，便是双手撕扯，要将其撕开也属不易，但他只用手指轻轻一划，再向上一挑，便撕下一块指甲盖大小的肉片，将肉片置于食指指尖，跟着右手拇指外拨，那肉片如利箭般朝向墨庭弹射过去。这一下本已来得极快，岂料他左手食指竟在同时往杯中一蘸，这次弹向向墨庭的却是一滴酒。

向墨庭不敢怠慢，侧身避过，那肉片和酒水珠分从他左颊右肩划去，直将身后墙面击出两个小孔。金大扑上前来，两手食指真力催动，径向向墨庭"上腕""神阙"两处要穴点去。向墨庭使开九渊掌，卸去金大指力，两肘向内一夹，撞他左右"太阳穴"，金大向后退开，双掌一错，护在胸前，道："好掌法。"

梁筱道："向大哥，这几人看来与陈希夷是同一伙的，干的绝不是什么好事，咱们须得将那封信看看清楚。"她原本想说陈希夷那老贼已经死定了，这四人多半尚且不知，又怕说出来引得向墨庭想到南一安，心里更加难受，便没说出口。

向墨庭点了点头，金大一惊，道："你们认识陈希夷？"

梁筱道："这老贼恶贯满盈，臭名昭彰，知道他又有什么稀奇？"

金大冷笑道："咱们原本有差事要办，只是路过此地，不想招惹是非，但二位既然看了这封密信，那也没有别的法子，活口是留不得了。"向银二、铜三、铁四三人使了个眼色，三人"嗯"了一声，只见银二拔出腰间弯刀，铜三从怀里掏出一把短剑，铁四早已将手中金刚杵横托胸前，当下齐声大喝，往向墨庭身上招呼过来。

银、铜、铁三人身高体壮，却十分灵敏，几招下来，向墨庭已看出银二是四人中武功最弱的一个，铜三的短剑变幻莫测，铁四的金刚杵亦是虎虎生风，金大的指力更不必说。他先前在那四川豪绅宅里做门客时，曾见过少林派门人试演拈花指、摩诃指和楞严指，自觉天底下除了陆象杉的九渊指外，

当属少林派这三门指法最为厉害，今日见到金大这不知名的指法，心中是三分惊叹、七分好奇，倒想好好见识见识。四人武功路数自成一派，倘若单打独斗，只那金大能与向墨庭较量一番，银、铜、铁三人都不是对手，但若四人联起手来却又浑然一体，相互之间扬长补短，着实难以对付。

再拆三十来招，五人已从店内打到店外。金大屈指成爪，朝向墨庭面门抓去，向墨庭斜身避过，挺拳击他左肋，同时双腿分向两侧横踢铜三和铁四，在空中成了个"一"字形，银二在他身后举刀下砍，向墨庭手肘已向他上臂撞来，他以一敌四，丝毫不落下风。五人越打越快，滂沱大雨之下，远处已看不清谁是谁。梁筱见向墨庭孤军作战，后悔自己刚才多此一举，要看银二落下的密信，为向墨庭惹来了麻烦。想到这里，突然间念头一转，计上心来。她从怀里取出一张至元钞，悄悄扔在地上，喊道："莽大汉，你的宝贝密信落在水中，只怕要被雨水给浸烂啦！"梁筱料定那密信非同小可，自己只是看了眼信封上的字迹，金、银、铜、铁便要杀自己和向墨庭灭口，倘若那密信损毁，几人也必定脱不了干系。

四人听见她说话，果然上当，齐向地上看去，见果是有一张纸落入泥水之中，乍看之下，与那信纸几无分别，当下都吃了一惊，显然那封密信是海山差他们交予陈希夷的，这中间干系何等重大，自是不必说了。他们与向墨庭恶斗近百招，都以为那密信在打斗中掉落，倘若当真被雨水浸烂，抑或字迹模糊不清，未免误了海山的大事，那时候可要吃不了兜着走。那封信原本揣在银二怀中，此刻他最是紧张，心想信纸若有损坏，第一个被问罪的就是自己，一面伸手往怀里摸，一面便上前去拾那封信。一摸之下，已知中计，那信分明好端端在自己身上，心中暗叫不好。只这眨眼间的分神，已被向墨庭看准了要害，四人想要招架，却为时已晚，只觉胸口、小腹一阵剧痛，均在瞬息之际被向墨庭各拍了两掌。九渊掌力侵入肺腑，寻常人等立时便要丧命，四人武功高强，眼下虽不至死，但已无还架之力，纷纷口吐鲜血，难以支持。

第二十五回　碧海青天

　　向墨庭又以九渊指点了四人几处要穴，使之暂且无法动弹。这时大雨渐歇，四人委顿在泥浆中，既惊恐又愤怒。向墨庭取出银二怀中密信，将其拆开，念道："先生所议之事，颇合本王心意，敢劳先生十月初一移驾瑞州路怀宁王府共商之。"

　　他将信递给梁筱，梁筱看了一遍，道："眼下是九月，陈希夷与这怀宁王约定的日子马上就要到了，也不知二人所图为何。"

　　向墨庭道："怀宁王海山是阿难答的侄子，我听说这两人都有望成为储君。陈希夷本是阿难答倚重之人，居然与他的对头眉来眼去，足见此人首鼠两端，唯利是图。"又想："一安与他同葬一穴，真是辱没了侠骨英明。"

　　梁筱向那金大问道："你说，这两个人又想着干什么勾当？"

　　金大竟不理会，只屏息凝神。忽听铜三道："我们只是给王爷送信，王爷要真有什么机密大事，那也不会跟我们说。二位放了我们，我们回禀王爷后，王爷自当好好酬谢。"

　　梁筱道："这密信如此要紧，倘若你们王爷信你们不过，那是决计不会让你们来送的。就算你们不全然知道，也一定知道的不少，你不说实话，哪里也别想去。我劝你……"突然间脑中一阵眩晕，四肢无力，瘫坐在地上。

　　向墨庭惊道："怎么了？"

　　梁筱道："不知道，只是浑身使不出半点气力。"

　　向墨庭心念电转："难道是刚才喝的酒？不对，她只喝了一碗，我喝了两

坛也不见有事。"怒目瞪向金、银、铜、铁，喝道："是你们搞的鬼？不说实话，我一掌劈了你们！"单掌高举，猛觉眼冒金星，四肢无力，当下站立不定，身子一颤，坐倒在地。

铜三冷笑道："那信纸上涂抹了'莲影暗香'，你拆开信封之时便已中了招，饶是你功力深厚，也无计可施。哼哼，咱们本是用它来对付陈希夷，谁知遇上你们两个活得不耐烦的。"

向墨庭道："'莲影暗香'，原来是古鲁孙萨迦派。"瞧向金大，只见他仍是闭目不语，道："难怪这路指法如此厉害，原来是萨迦派的桑耶指力。"

铜三奇道："好家伙，居然认得出我大哥的绝活。"又道："不过可惜，你中了'莲影暗香'的毒，虽然死不了，但没有解药，无法动弹，待会儿我大哥冲开穴道，顷刻间取了你们的小命。"

原来金大始终一言不发，双眸紧闭，却是在专心运力冲开穴道。向墨庭心想："以他的功力，不足半个时辰，定能自行解穴，我死不足惜，只可惜连累了梁筱妹子。"道："你们要杀就杀我好了，放了这小姑娘。"瞥眼望向梁筱，梁筱一双美目正自滴溜溜打转，看来是在思索脱身之法。

只听银二道："老三，这小姑娘生得俊俏，把她留给我。"

向墨庭大怒，想要站起身，却使不出半点气力，喝道："卑鄙无耻！"

银二哈哈一笑，道："死到临头，待会儿先将你的舌头割下来下酒吃。"

铜三道："这女娃差点把咱们都害死，你想让她做我的二嫂，那可不成。"

银二眼睛眯成一条缝，道："你不是还活得好好的？等见了陈希夷，差事办妥之后，我也不要王爷的赏钱，把这小姑娘送给我，总不过分吧？老三，他妈的，你是不是想跟我抢？"

铜三白了他一眼，不加理会。蓦地听梁筱道："你们要办成差事，只怕眼下已没那么容易。"

银二道："小美人儿，我能留你性命已是不易，你就别想着耍花招了。"

梁筱道："你们想想，那密信以怀宁王的火漆印加封，信已拆开，火漆印损坏，那陈希夷又不是傻子，岂不知这信早已被打开来看过，是否调换也未可知。"

银铜铁听见这话，固是为之恍然，就连金大也皱了皱眉。银二怔了怔，道："那也无妨，他只要取出信来，便会嗅到那信纸上的'莲影暗香'，咱们的目的也就达成了大半。"

梁筱摇摇头，道："陈希夷老奸巨猾，但凡有一丝一毫的可疑之处，也别想瞒过他。到时怀宁王交办的差事固然办得大糟特糟，诸位的性命能否保住，只怕也难说得很了。"

金银铜铁只觉颇为有理，陈希夷是何等样人，他们早有耳闻，梁筱的话恐怕也非危言耸听。铜三道："这……这……"

梁筱笑道："实不相瞒，咱们也是那陈希夷的对头，大水冲了龙王庙，刚才这一架是白打了。"心想："要不要告诉他们陈希夷被困在方腊洞中，那是十死也无一生了。但这'莲影暗香'只是让人无力反抗，并非取人性命，看来他们是要活捉陈希夷，倘若我照实说了，他们见不到陈希夷，没法交差，说不定便将咱们绑去那怀宁王府，那时就更难以脱身了。"

银二点头道："不错，不错，是自己人。"

铜三冷哼一声，道："这小女娃诡计多端，她的话作不得数。"

梁筱道："是不是自己人，当然不是凭我三言两语，不过我倒有法子修补这火漆印。"

银铜铁三人登时目露精光，银二、铜三齐问道："怎么个修补法？"

梁筱道："我在钱塘县城里有一个朋友，她有办法。"

铜三道："你想让咱们带你们回到城里，乘乱逃脱，我可不是傻瓜。"

梁筱道："我们都已中了毒，哪里还能逃跑？你们四个要是连我们也看不住，那陈希夷的手段可厉害过十倍，我劝你们还是趁早打道回府吧。"

铜三道："想激我，哼哼，我可不会上当。待我大哥冲开穴道，先将你们杀了，再寻别的办法。你既说钱塘县城有人会修补这火漆印，咱们自己去找他岂不更好？"

梁筱道："官府可是禁止假造火漆印的，我跟那人早就相识，她才肯帮我，倘若是你们自己去，且不论能否找到她，即便找到了，无缘无故她也不敢冒险帮你们。"

突听金大肃然道："那就领咱们去，中了'莲影暗香'，谅你们也掀不起什么风浪。"他缓缓起身，走到银铜铁身旁，解开三人穴道，三人一跃而起，

兀自活络一番筋骨。

铜三抄起短剑，作势上前，道："大哥，我一剑结果了他们。"

金大阻道："慢着，已经耽搁了不少时候，去前面集市上雇一辆马车，让他们领咱们去找那修补匠。"

铜三不敢多言，雇来马车后，将向、梁两人安置在车厢内，自己在前方驱马，几人径往钱塘县城去。

途中，车厢内就只向墨庭和梁筱二人，向墨庭悄声问道："妹子，你说要帮他们修补火漆印的事，是真是假？"

梁筱道："自然是真，我那位朋友，想必你也听说过，姓孙名逸潇。"

向墨庭"噫"了一声，道："'妙手空空'孙逸潇，她是你的朋友？"

梁筱道："正是。"

向墨庭道："我听说此人性情古怪，亦正亦邪，有人说她是一代侠盗，有人说她是梁上君子，我还听说，但凡她要取的东西，没有到不了手的。"

梁筱道："我和孙姐姐一见如故，她取来的大多是不义之财，全都分给了穷苦百姓，是个女中豪杰。"

向墨庭点头道："既是你的朋友，那自非鸡鸣狗盗之辈了。她还会修补火漆印？"

梁筱道："小时候我有一次将爹爹一封信件上的火漆印损坏，又不敢跟爹爹说，她便悄悄帮我修补好了，这些雕虫小技，自是不在话下。"又压低了声音，道："向大哥，一会我让她将解药偷来，咱们见机行事。"又悄悄提醒向墨庭，切不可让他们知道陈希夷已被困在方腊洞中。

向墨庭一惊，心想："梁筱妹子心思缜密，远胜于我，原来她说去找这位'妙手空空'，实已想到了脱身之法。"他怔怔地看着梁筱，只觉这十五六岁的小姑娘当真是机警聪明，非同小可。

不多时已至城内，金大问道："小姑娘，你快指路。"

梁筱道："过了前面的四海归客栈，右转就是了。"铜三依言驱车而至，只见眼前赫然是一座偌大的青楼，叫作"雨花阁"。铜三道："杭州的婊子还有这门手艺？"

梁筱道："一睹便知。"又道："你们先给我解药，我的朋友见我站也站不定，就知道我定是被人挟持了，她是不肯相帮的。"

银铜铁看向金大，金大点了点头，道："谅你也逃不出我的掌心。"吩咐铁四道："老四，把这个男的看住，我们三人和她进去。"铁四连连点头，嘴里发出"啊啊"的响声，却原来是个哑巴。金大从怀中掏出一只拇指大小的木瓶，将盖揭开，取出一粒黑色药丸，让梁筱服下，立时又将木瓶放入怀中。那药丸下肚，果真立竿见影，眨眼间人就恢复如常。

向墨庭道："妹子。"梁筱转过身，笑道："别担心，这几位大哥都是英雄豪杰，不会为难我一个小姑娘的。"说着便同三人进了雨花阁。

进得阁内，便是一汪碧池，月波水榭，紫雾迷蒙，四周各有几处楼台，都是朱栏曲楹，绮窗锦幕，玉带罗衾，笙歌起伏，蓦见巧笑嫣然，直教人心神荡漾，时而风起帘动，又教人如坠云山幻海。

金银铜不禁看得呆了，几人并非首次光顾青楼，但如杭州雨花阁这般，置身片刻便要为之醉生梦死的地方，倒是从未见识过。只见有几名青楼女子迎上前来，欢笑道："几位官人，里面请。"

银二春心荡漾，不由得要随众妓寻欢，铜三推了他一把，道："二哥，今日可不是来找乐子的。"金大食指指向梁筱"腰阳关"，她若是趁机溜走，立时便点将下去，教她束手就擒，又道："小妹妹，别耍滑头，快领咱们去见你的朋友。"

几人随梁筱上了阁楼，只见一个二十七八岁的美少妇从房内走出，那美少妇目如盈月，肌胜白雪，面似朗玉，仙骨亭亭，容貌娇美无匹，却无半分媚态，端的是清雅绝尘，不可方物。莲足缓步之际，已闻到阵阵芳香。

几人哪里见过这等天仙般的女子，但金大不过多瞧了一眼，铜三也不过连眨了四五下眼，那银二却瞧得呆了，只觉自己打娘胎出世，从没见过这等美貌女子，不禁幻想与她风流快活。他嘴唇不住发颤，耳根烧得发烫，眼见就要上前无礼，金大早知他色胆包天，当下干咳一声。银二回过神来，始知险些误事。

梁筱见那美少妇走来，喊道："孙姐姐！"正是"妙手空空"孙逸潇。

孙逸潇闻声看来，嫣然一笑，道："是筱儿，你怎么来了？"说话时已留意到她身边的金银铜三人，心中立生防备。又道："这几位是？"

梁筱道：“是自己人，我不小心将他们信封上的火漆印弄坏了，还请你帮忙修补修补。”

孙逸潇眼望着梁筱，余光却在打量金银铜三人，心下微一迟疑，道：“好啊，你随我进屋，把信封拿给我瞧瞧。”拉住她手，便要转身回房。

梁筱道：“银二哥，请将信拿来吧。”银二色眯眯地瞧着孙逸潇，对梁筱所说听而不闻。金大又招呼了一声，他才伸手入怀。

忽听金大道：“我和二位一同进屋，进去后再拿出来不迟。”

孙逸潇道：“女儿家的屋子，几位大男人进来可不大方便。”

铜三哈哈一笑，道：“笑话，这本就是间妓院，哪有婊子不让人进屋的？”

孙逸潇脸上闪过一丝怒色，仍是美艳万分，冷冷道：“这里虽是妓院，不过我是园主，可不陪客。我当几位是朋友，阁下说话这般难听，那就恕不奉陪了。”转身欲走。

金大笑道：“且慢，我这兄弟失言，请姑娘多包涵。”

孙逸潇冷哼了一声，道：“这还像句人话。”

铜三听她这般口气，便要出言叫骂，金大忙道：“咱们这里有一封密信，其中干系重大，若是出了丝毫纰漏，在下只怕交不了差，因此请姑娘仗义帮忙，若能将这损坏的火漆印修补完善，在下自是感激不尽。”说着摊出手来，铜三从怀中取出一叠至元钞，乍眼看来，少说有一百两，放在金大手中。金大将那叠至元钞递向孙逸潇，又道：“一些茶果钱，不成敬意，姑娘若不嫌轻贱，便请笑纳。”

孙逸潇道：“阁下出手倒是阔绰，那就多谢了。”伸手接过，又道：“跟我来吧。”

几人跟随她行了几步，到得房门口，金大道：“银二铜三，你们在门外守候，我和她们进去。”两人应了一声，银二便将怀中密信取出，交予金大，和铜三在门外把守，兀自春心荡漾。孙逸潇听见“银二铜三”的名字，登时一凛，寻思：“他们莫不是萨迦四杰？领头这人想必是金大了，怎的不见铁四？这四人不是善类，筱儿定是遇上了麻烦。”

进得屋内，孙逸潇道：“眼下可以拿出来了吧？”

金大将信递过，道：“有劳了。”

孙逸潇接过信封，将那撕成两截的火漆印暂且接上，细细端详，随即认出印上的几个篆体小字乃是"怀宁王"，她只知怀宁王是当今天子之侄，其余却一概不知。吩咐梁筱道："筱儿，去将书架上的火漆和铜盘取来。"自己从桌上的一只方盒中取出一块尚未刻字的封门青印石和一把小刀，道："修补是没办法了，我只能依样再刻一块，重新盖上。"

金大道："若是新刻一块章，何须劳姑娘亲自动手?"他这话自是指向梁筱，言下之意是在怀疑梁筱故意兜圈子，此补救之法随意找一个雕刻工匠也能办到。

孙逸潇理会其意，更加断定梁筱此举乃是因为遇上了麻烦，前来寻求自己的帮助，便道："要模仿原印重刻一块，本来也不是难事，不过要事先将这已损坏的火漆除去，且不留丝毫痕迹，恐怕这杭州路却找不出第二个人能办到。"

金大心想："这话倒也不无道理，小娃娃若真要找帮手脱身，也不会找一个妓院的老鸨。"当下默不作声。

孙逸潇命丫鬟奉上茶水，金大担心水中下了毒，一口未喝，兀自坐在下首，不时朝孙逸潇那边看上几眼。

孙逸潇左手持印，右手持刀，就着烛火，细细描刻。烛光映照在她脸颊之上，雪白中泛出阵阵红晕，当真是艳丽绝色。她一抬眼，见金大正痴痴地望着自己，金大见她察觉，竟不敢与她对视，便将目光移开。孙逸潇手起刀落，技艺精湛不凡，梁筱在一旁看着，只见她在印章上刻了几个小字，却非"怀宁王"，而是"如何脱险"。

梁筱大喜，深感这位孙姐姐不仅生得倾国倾城，而且冰雪聪明，自己不便与她说明，她却能自行察觉异样。梁筱伸指往杯中蘸了蘸，余光瞧见金大并未看向自己，迅速在桌上写道："取怀中解药救人。"

孙逸潇吃了一惊，以为梁筱被金大下了毒，因此不得不替他办事。她一惊之际，呼吸便略显急促，金大机敏过人，立时发觉，转头向二人看来。

孙逸潇忙道："这原印定是名家手笔，虽只三字，但似篆非篆，行中有草，想必是有意为之，以防旁人仿造。"摇了摇头，叹道："这一块不行，只能重新再刻。"

将手中印章放入方盒，又取出一块封门青。

岂料金大突然间走近，道："这分朱布白的学问高深得紧，在下虽是个粗人，倒也想学上一学。"说着右手向方盒中探去。

孙、梁二人心中叫苦不迭，倘若被他看见印章上所刻之字，不免凶多吉少。正自想不出办法，眼看着金大便要将刚才那块印章取出，突听门外一阵喧哗，却是铜三在外嚷道："二哥，咱们有要事在身，可不要节外生枝。"

金大听得说话，急忙出了房门，只见一人委顿在地上，酒气熏天，兀自捧腹呻吟。金大问道："什么事？"

铜三道："这嫖客叫喊着要见什么孙姑娘，定要闯进来，我本想将他打发了，二哥却下手太重，差点将人打死。"

金大面露恼色，瞪了银二一眼。银二道："那嫖客也太猖狂，我若不给他点颜色瞧瞧，他是死活不肯走的。"

地上那人被银二踢了一脚，断了几根肋骨，忍痛道："我……我才不是嫖客……孙……孙姑娘又不是……"

金大道："好好在这守着。"说罢转身回屋。走到孙逸潇身旁，孙逸潇道："阁下如有兴致，哪一日得闲，还请赐教则个。"

金大道："不敢。"一面说，已将那印章取出，上面果是刻有"怀宁王"三字，但他不懂这中间的考究，只是觉得和原印上相差无几。

原来那孙逸潇实是刀走方寸，字形流云，只在金大进出的片刻之间，便刻好一块，放入盒内，又将刻有"如何脱身"那块取出，藏入腰带之中。好在金大不谙此道，倘若是行家，一眼便看出这几个字是在仓皇之际草草刻下。金大看后，便放了心，径自坐回原位。

孙、梁两人虚惊一场，都捏了把汗，孙逸潇却向门外望了一眼，面有不忍之色，但立时回过神，心想："要取他怀中解药倒是不难，只不过即便取得，凭我断然不是他的对手，况且今日萨迦四杰来了三个，那是更加打不过的，筱儿却如何脱身？"她不知梁筱是要解向墨庭身上的毒，只道仍是凶险万分。

梁筱见她眼含愁色，已猜出几成，轻揉她肩膀，微微一笑，让她放心，只管照自己说的做。

孙逸潇心想："筱儿自小聪明伶俐，她这么做定然有备无患的，最不济我拼死拖住他们三个，让她脱身也就是了。"但见一双柔荑素手在那方寸之间运刀如风，不到一炷香时辰，已将新印刻完，细看之下，真假难分。用刀片在原信封上缓缓平刮，将损坏的火漆印尽数刮落，信纸居然丝毫无损。又将火漆置于铜盘中，以烛火加热，不多时，火漆遇热自融，化成一摊红泥，她将刻好的封门青盖在火漆上，再往信封封口处运力一压，轻吐丁香，封印霎时凝结。

孙逸潇将信封递还金大，道："请阁下过目。"

金大接过一瞧，不由得暗自惊叹，道："很好，很好。"看向梁筱，又道："咱们走吧。"

孙逸潇笑道："阁下也不用走得太心急，眼下天色已晚，不如我叫上些姐妹，陪各位喝上几杯。"

金大道："姑娘美意，在下心领了，不过咱们还有要事在身，恕难奉陪。"

孙逸潇道："阁下莫不是瞧不起我这小院？雨花阁虽不比秦淮河边的落凡庭，但在江南的秦楼楚馆之中，人人说起来也要竖一个大拇指。阁下刚才豪掷百两，咱们要是不多喝上几杯，那这生意可就做得不怎么厚道了，日后人家说起来，还道我雨花阁店大欺客，这可担待不起。"说着食指靠上身旁一张瑶琴，往弦上当地弹了一声，门外立时走来数名丽人，个个身形婀娜，面容姣好，不住咯咯娇笑。银二直瞧得垂涎三尺，那铜三也不禁看得呆了。

金大道："姑娘已帮了在下一个大忙，莫说一百两，就是五百两也值。只是此次来得仓促，未及备上酬礼，待咱们办完事，自当再行拜会，就此告辞。"说着两手已拉开房门。自古英雄难过美人关，换作旁人，置身温柔乡中，坐拥秦淮腰肢，焉有拒之之理？但这金大却是无动于衷，孙逸潇见了，只觉单是这份定力，已教人不敢小觑。

孙逸潇道："既如此，那也不便强留。不过诸位远来是客，咱们做生意的最喜结交朋友，阁下若不愿多耽，那小女子以茶代酒，敬阁下一杯。"说罢拾起茶壶，将两杯斟了半满，一杯横托胸前，另一杯递向金大。

金大心中迟疑，生怕这茶中有什么古怪，却不伸手接过，一面跨出房门，一面又道："那也不必，姑娘留步了。"他手指微一运劲，梁筱腰间便似受了

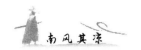

一股颇大的力道，不自觉往门外跌出，撞在铜三背心。

孙逸潇吃了一惊，心道："好厉害的功夫！"更觉梁筱若是跟他们去了，必定凶多吉少。当下无可奈何，只能兵行险着，先将那解药偷到手，再行计较。孙逸潇忙道："阁下不解风情，未免也太居高自傲，岂不知多少人想同我说上一句话，那也是没这福分。"说话间，已将右手探出，手腕轻轻一抖，半杯茶水便洒在金大胸口。

金大猛吃了一惊，孙逸潇道："哎哟，对不住！"伸手替他擦拭，金大不理会，招呼银二铜三道："咱们走。"

几人刚转身，却见楼道旁走过来三个人，其中两人都是六十来岁的老者，一人是个十岁上下的孩童。金银铜见到那孩子，都大吃了一惊，铜三忙从怀中取出一幅画像，照着画中人物细细比对，登时大喜，道："真是世子！"这孩童正是莫同非，身旁的二老便是夜叉和紧那罗。两人当日被少林派误认为是杀害法戒的凶手，又与南玄反目，更得罪了南一安，实无立足之地，于是投奔了陈希夷，上次追逐梁筱到聚寿山，便是奉了陈希夷的指令。莫同非自阿难答寿宴之后，就被陈希夷送往了杭州栖霞馆，陈希夷派刘云和夜叉、紧那罗等人看管，尤其吩咐了夜叉和紧那罗要与莫同非寸步不离，便是睡觉时，也要轮班值守。两人今日到雨花阁寻欢作乐，也只能将莫同非带在身边，紧那罗在房中翻云覆雨，夜叉便在另一间房巴巴守着莫同非。这时正值两人交班，恰巧被金银铜三人撞见。

金银铜铁此次南下，正是海山命他们将世子带回去。陈希夷武功高强，力敌几无胜算，只能智取，于是海山修了一封密信交予陈希夷，在信上涂抹了"莲影暗香"，但教陈希夷闻上一闻，立时束手就擒，再由金银铜铁严加拷问，逼他交出世子莫同非。那日阿难答寿宴之后，陈希夷曾密访海山，告诉他自己的计策，便是由安西王奏启天子，力荐海山为储君，条件是海山当与阿难答联名上奏，立安西王世子为皇太孙，并昭告天下。陈希夷知道，海山倘若登上帝位，他正当壮年，太子之选不是自己的亲生骨肉，就是他的胞弟爱育黎巴力八达，如何也不会甘愿让安西王一脉继承皇位。因此陈希夷便想，自己只要控制了世子，那就等于是控制了安西王和怀宁王。怀宁王起初已为之动心，后来经府中亲信建言，明白此举必定受制于人，这才幡然醒悟。但如若将世子杀了以绝后患，却难堵天下悠悠之口，倒不如遣人暗中将世子接来自己府上，由自己看管，以此要挟阿难答，反客为主，既不留把柄，又能始终占据先机。

金银铜铁要想从陈希夷手上接走莫同非，其中凶险自不必说，尚需颇费一番周折，未曾料到居然在这雨花阁中撞见。金大向来沉稳，但天降大喜，也是不亦乐乎。夜叉和紧那罗听见有人喊出"世子"，都是一怔，夜叉道："你们是什么人？招子放亮些，见了世子和本大爷，怎不行礼？"

银二道："行你妈个屁，咱们奉王爷的命，快把世子送过来。"

夜叉又奇又怒，心想："神龙尊者也是奉王爷的命，让咱们看守世子，怎的先前也不打声招呼，却要另交旁人？"道："呸，王爷吩咐咱们保护世子，你是哪里来的冒牌货？"

金大心想："这老儿看来是不知道，他们的王爷是安西王，咱们的王爷是怀宁王。"道："王爷说想念世子，令咱们将世子接回府上。"

紧那罗寻思："按理说咱们听神龙尊者的，神龙尊者听王爷的，倘若王爷有吩咐，咱们固当遵命，只不过眼下不知他们是否真是王爷府上的人。"他想金大如果的确是安西王所派，自己不将世子交给他们，倒也说不过去，但若这几人是打了安西王的名号，这般贸然将世子交出，只怕要担更大的干系。道："阁下若真是奉了安西王的命，咱们自当遵从，但世子的安危更加马虎不得，要是遇上了歹人，这可担待不起。阁下有没有什么信物，也好教咱们放心。"跟着对夜叉耳语了几句，让他吩咐楼下的随从，即刻去通知陈希夷，请他拿定主意，自己在此拖上一刻是一刻。他却不知，陈希夷此时正被困在方腊洞中。

铜三抢道："直娘贼，老子要见儿子，还需什么凭证？你们两个老东西，识相的快把世子送过来，否则急煞了王爷，你有几颗脑袋够砍？"

夜叉和紧那罗脸上俱显怒色，但不知对方身份，不敢贸然发作。

忽听莫同非一阵坏笑，道："我又不是你们的玩物，抢来抢去，信不信我将来砍你们的头？"众人都是一凛，虽然这话是个十岁孩童所说，但其毕竟是天家贵胄，各人不由得身躯一震。

莫同非又道："我大哥哥南一安，要是知道你们这样欺负我，非将你们的

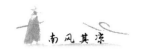

头拧下来给我当球踢不可，嘻嘻。"这才明白莫同非所指，并非自己将来做了皇帝，要杀他们的头，而是仗着南一安，不禁觉得好笑。金银铜不知道南一安是谁，夜叉和紧那罗却再熟悉不过，紧那罗赔笑道："世子爷息怒，息怒。"

梁筱听见"南一安"的名字，"噫"了一声，寻思："这个世子居然认识南一安，还管他叫大哥哥。"一时想不明白。

铜三喝道："还不快将世子送过来，世子的王爷老子可想念得很了。"

梁筱心下暗喜："分明是两个王爷，正好教他们狗咬狗！"朗声道："喂喂喂，铜三，什么老子儿子的？世子是安西王的世子，又不是怀宁王的世子。"

夜叉和紧那罗这才看见梁筱，当此关头，也顾不得想梁十八的千金怎会出现在青楼里，但梁筱一语点破，两人惊怒之余，不禁暗暗后怕，倘若轻信了金大所言，真不知如何向陈希夷交代。夜叉怒道："妈的，想诓老子，找死！"

金银铜眼见被识破，别无他法，只能硬抢，当下拉开架势，齐扑而上，霎时间兵刃之声大作。院内嫖客、妓女听闻这边响动，都围在下面看热闹。铁四察觉异样，下车眺看，一见大惊，只道三个兄弟还是着了道儿，当下不顾向墨庭，抡起金刚杵，疾奔进阵。金银铜铁四人将夜叉和紧那罗围在垓心，金大催开桑耶指，一招"高山雪莲"直点夜叉左眼，实是阴损毒辣之至。夜叉和紧那罗同时认出这路指法，惊道："萨迦派桑耶指！"左足一点，跃上栏杆，右掌凌空虚劈，左手已拔出短剑，削金大头顶。紧那罗今日出来快活，未将那惑人心神的铁鼓带在身上，没料到遇上大敌，心中好不懊恼。但他即便赤手空拳，对付铜三铁四仍占上风。金大矮身避开剑锋，跟着唰唰唰连催三道指力，第一指点向夜叉前胸"鸠尾穴"，第二指点他左肋"京门穴"，第三指竟已绕过夜叉身后，点他后颈"大椎穴"，"大椎穴"是手足三阳、督脉之汇，一击之下，势必丧命。三处穴道都是人身要穴，且相距甚远，金大眨眼间连发三指，分点三处，这等指法当真罕有。夜叉上半身疾扭三下，险些被他第三道指力所伤。金大适才与向墨庭交手，胸口中了九渊掌，这时便无法使出全力，倘在神完气足之时，前两指让夜叉避过，第三指定教他无处遁形。夜叉暗暗吃惊，更加不敢大意，但觉金大第三指力道忽显不济，想是他多半受了内伤，当下手腕圈转，剑锋快速舞动，那剑气笼罩之下，好似连水也泼之不进。金大见夜叉招式愈来愈快，他本来想数招内将其制伏，可拆了几十招仍未得手，自己却渐感后继乏力，猛觉右臂一阵剧痛，已被夜叉短剑划了一道三寸来长的口子。夜叉嘿嘿一笑，道："桑耶指也不过如此。"说话间已荡开银二弯刀，挥剑向银二头顶劈下，银二大叫一声，只道避无可避，突听当的一声，手中短剑被一股极强势道荡开，余势不衰，剑身嗡嗡作响，却是金大眼见兄弟处境危急，猛催一道指力击来。

金大道："你们将世子带走，我拖住他们！"

夜叉冷冷道："兄弟情深，今日教你们一个也走不了。"

铜三道："不行，大哥，你和二哥先走，我和老四跟他们拼了！"只听砰的一声闷响，胸口已被紧那罗拍了一掌，鲜血狂喷，正自头晕目眩，忽地又被一人猛推了一把，正待还击，却见那人乃是铁四，铁四"哼哼呼呼"不知在说些什么，朝他一个劲甩头，铜三与他朝夕相处，自然明白，道："老四，你一个人不是他们对手。"铁四不加理会，将金刚杵横衔口中，左手攥住金大衣领，右手攥住银二背心，他身材魁梧，力大无比，将两人猛地提在半空，向后扔去，回过身来，复将金刚杵托在身前，朝夜叉和紧那罗咆哮一声，直如惊雷乍响。二楼过道本来不算宽敞，铁四横身一站，几如一道城墙，将金银铜、莫同非四人和夜叉、紧那罗二人隔在两侧。

紧那罗一惊，道："不好，这莽汉不要命，世子只怕要被那三人掳走。"

夜叉道："想走，没那么容易！"待要展开轻功，从靠栏外侧飞身绕过铁四，岂料铁四手中金刚杵一阵疾挥，他在空中没个着力，险些被击中，只好往他杵上一点，转身荡了回去。

金大喝道："老四！"

铁四转过头，又是一阵闷哼，回头之际，小腹已被夜叉刺了一剑，血溅四周。

孙逸潇道："筱儿，趁现在赶紧走，这是解药。"说着将解药塞入梁筱手中，梁筱却不知她是把茶水洒在金大胸口时，顺手牵羊，反手偷药。梁筱道："孙姐姐，我可又给你闯祸了！"

孙逸潇笑道："若不是你和你爹爹，姐姐早就没命了，快去吧，我与他们无冤无仇，他们不会跟我过不去。"

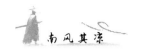

梁筱道："千万小心。"拿着解药，悄悄从另一侧跃下阁楼，回到马车上，将药瓶打开，取出一粒解药，让向墨庭吃下。向墨庭又惊又喜，道："妹子，你没受伤吧？那四个人去了哪里？刚才里面打斗，是发生了什么事？"

梁筱嫣然一笑，道："你一连串问这么多，到底是关心我还是关心那四个人？"

向墨庭道："自然是关心你。"随即一怔，又道："你一个小姑娘只身犯险，我……这……"只见梁筱脸上一阵红晕，端的是娇艳欲滴，直看得向墨庭心神一荡。梁筱将刚才发生之事跟向墨庭说了一遍，道："要不是那世子突然出现，我多半是跑不了啦。"顿了片刻，又道："只是那个安西王府的世子颇有些奇怪。"她沉吟之时，忽听外面几声嘶吼，梁筱道："咱们先进去，我那孙姐姐还在里面，可不要累她犯险。"

向墨庭吃下解药，登时精神百倍，当即应了一声，随梁筱进了雨花阁。来到阁楼上，只见铁四已尸陈就地，金银铜和夜叉、紧那罗、莫同非等人却不知去向。梁筱快步奔向孙逸潇，道："我的好姐姐，你没事吧？"

孙逸潇淡淡一笑，道："傻妹妹，我能有什么事？"看向向墨庭，道："这位是？"

梁筱道："这位是向墨庭向大哥。"又道："向大哥，这便是大名鼎鼎的'妙手空空'孙逸潇，要不是她，我也拿不到解药，更救不了你。"

向墨庭拱手道："在下向墨庭，多谢孙女侠仗义相救。"

孙逸潇咯的一声笑，纤手捂唇，道："原来是'一点浩然气，千里快哉风'，我还道筱儿是自己中了毒，这般心急如焚，却是去救她的好哥哥了。"

梁筱脸上又是一红，急道："姐姐胡说什么，我哪有心急如焚？"

孙逸潇道："好好好，心急如焚是假，好哥哥总是真吧？"

向墨庭见梁筱娇羞的模样，心中说不出的甜蜜，却见孙逸潇摇了摇头，道："这铁四倒是个好汉子，你们是怎的结上了梁子？"

梁筱便将她与向墨庭如何碰上金银铜铁，银二对她出言轻薄，几人如何打了起来，他们看过密信后中毒之事俱细说了一番。

孙逸潇道："原来如此。安西王的家犬勾搭上怀宁王，这倒有趣了。"

向墨庭道："对了，妹子，你刚才说那世子有些奇怪，是什么意思？"

他这一问倒提醒了梁筱，道："是了，那世子说南一安是他的大哥哥，这可不奇怪?"

向墨庭一惊，心想："安西王的世子怎会叫一安大哥哥，这可真是奇了。"霎时又想到南一安被困方腊洞中已过了好几个时辰，也不知他是死是活。自己却半点法子也没有。道："小世子被这两拨人夺来抢去，只怕会有危险，他既是一安的小兄弟，咱们当设法保他周全。"

（按：本回回目"碧海青天"出自李商隐诗："嫦娥应悔偷灵药，碧海青天夜夜心"，将"妙手空空"孙逸潇偷取金大解药比作嫦娥偷取不死仙丹，亦将孙逸潇比作嫦娥仙子落入凡尘）

第二十六回　钱塘狐帆

梁筱沉吟一会儿，道："你说怎么办便怎么办，我听你的。"

孙逸潇道："两位到屋里说吧，我让厨房做点吃的。"

梁筱应了一声，道："那就有劳姐姐了。"突然又看见脚下铁四的尸身，道："姐姐，这个人怎么办？"

孙逸潇道："萨迦四杰虽然劣迹斑斑，但这个铁四为了兄弟舍却性命，倒也很让人敬佩。"说罢唤来几个杂役，吩咐道："将他尸首收殓了，明日去买一口上好的棺材，葬在西湖边上，墓碑上就刻'铁四侠之墓'。"

向墨庭见孙逸潇如此仗义，果真如梁筱所说，是个女中豪杰，心下不禁多了几分敬意。

两人进得屋内，向墨庭道："不论如何，世子是一安的小兄弟。"他说到此处，突然间有些哽咽。

梁筱叹道："向大哥，南一安的事，对不住。"

向墨庭道："要说对不住，也是我对不住他。跟你们一路到那石窟，原也是我的主意。"摇了摇头，又道："我和一安相识不过数日，但咱们既有同门之谊，他又视我为兄长，我本应好好照料他，只可惜……"

梁筱道："这件事也是因我梁家而起，向大哥，小世子是南一安的故人，咱们定要保他周全，南一安……"她本来想说南一安泉下有知，但眼下还不到一日，心想他多半还活着。

向墨庭突然间心头一震，道："我差点忘了件要紧的事！"

梁筱美目凝望着他，向墨庭又道："一安此前原本是要找他的朋友，那也是我的师妹。这小师妹让陈希夷的人掳了去，我想替他将人救出来，也算了却他一桩心愿。"

梁筱点头道："嗯，她叫林知寒，想必是南一安的心上人。"

向墨庭道："既然如此，那更是非救不可了。"

梁筱道："那这小世子怎么办？"

向墨庭一阵迟疑，道："他是安西王的世子，想来这些人也不敢拿他怎样。"顿了顿，又道："我看这样，你如不放心那小世子，我现下就跟去瞧瞧。倘若没性命之忧，咱们也不用插手。"陈希夷为安西王办事，害死了自己的恩师，向墨庭因此对安西王世子多少有些睥而视之，只不过世子尚且年幼，又是南一安的故人，这才有搭救之意，但与南一安的心上人相比，他的死活却没那么要紧了。

梁筱道："那我去栖霞馆，看看林知寒是否在那里。"向墨庭答应了，两人这便分头行动，约定三日后还在雨花阁碰面。

金银铜三人都受了伤，银二铜三伤势尤为不浅，身周多处皮开肉绽。向墨庭顺着血迹，一路向南，追至城外，他轻功了得，不多时已奔出城外十余里。穿过一片树林，前方横跨一条大江，便是钱塘江了。耳听得江水汩汩之声，江心泊有大小船只十余艘，最近的码头却须沿江东行数里才有。待要再往前奔去，突见江边有五人交战，正是金银铜与夜叉、紧那罗。几人带着莫同非，到瑞州路怀宁王府向海山复命。瑞州路在江西，出了钱塘县城，在钱塘江溯游而上，舟行两日，便可抵达，兼且避人耳目。

莫同非被点中穴道，站在河边不能动弹，但显然受惊不小，兀自抽抽噎噎哭个不停。

但听铜三一声暴喝，道："他妈的，老子跟你们拼了。"金银铜三人本已被向墨庭所伤，加之与夜叉、紧那罗两人斗了上百招，伤处不断撕扯，血流不止，如此下去，焉有不败之理？

银二被紧那罗掌力一震，退了几步，心中更加畏惧，道："大哥，这样下去不行，咱们把这小子还给他们，赶紧走吧！"

铜三怒道："二哥，你要是怕死，大可自己逃命，老四可不能白白死了。"

夜叉道:"世子自然要留下,但你们搅了爷爷的好事,却也不能这么走了。"几人一面说话,招式力道却不稍减。

这时忽然风声大作,头顶一层乌云黑压压席卷而来,转瞬便要降下暴雨。只见江心缓缓行来一艘小船,前后各有一条大汉,都是中年男子。那小船靠岸,便停了下来。当先那大汉喝道:"岸上的,到船里来。"

那大汉声音嘹亮,但金大等人恶战正酣,对他的喊话全然充耳不闻。只听船舱中一人低声道:"扶我出来。咳咳!"

那大汉转身一揖,道:"是。"进船舱将那人扶出。那人颤巍巍立在船头,月光斜射脸庞,似是个四十岁上下的男子,但他面色苍白,脸颊凹陷,不时"咳咳"两声,倒像有重病在身。

那病汉道:"阿猫,去把那小孩子接上船来。"那大汉生得虎背熊腰,无论如何也与猫无关。当下领命上岸,径自走到莫同非身旁,弯下腰,单手将莫同非高举,扛在肩上。走了两步,便被银二发觉,喝道:"你干什么?"众人一听,便即停手,齐向阿猫瞧去,阿猫"嘿嘿"一笑,将莫同非掷向船中,后艄另一名大汉早已候在船头,立时伸手接住。

金大等人又惊又怒,齐声喊道:"找死!"五人有的发掌劈拳,有的使开兵刃,先后向那大汉扑将过去。这五人都是一等一的好手,虽然均已受伤,但合力一击之下,任谁也必死无疑。岂知那大汉既不招架,又不闪避,劲风扑面,直将他面部肌肉压得变了形。便在此时,五人都觉后背一阵酸麻,却是被点中了督脉"中枢""腰阳关"两处要穴,各人惊怒之际,已然摔倒在甲板上,无法动弹。这一下变起仓促,谁也没看清如何被点了穴道,五人都应变不及。

金大倒在甲板上,左顾右盼,那大汉分明双手抱住莫同非,且站在自己身前,身后除了岸上的阿猫,便是一旁那痨病鬼了。可那痨病鬼一副弱不禁风的模样,怎能有这等身手,眨眼间便将五人点倒?一时想不明白,只觉自己纵横半生,所遇怪事实无出今日之右者。

突听那病汉又猛咳了几声,从怀中掏出一张锦帕,捂在嘴边,拿开一瞧,竟有一片黑血,他也不当回事,道:"得……得罪了……咳咳……"

这三个字一出,五人便知适才出手偷袭的正是这痨病鬼,心下无不愤愤。

只因几人都意欲将莫同非夺回，一门心思全在那大汉身上，谁也没料到身旁的痨病鬼居然身负高深武功，因此都没半分防备，加上此前各人均已恶战许久，内力自不比神完气足之时。但即便如此，也觉那痨病鬼出手如电，端的是鬼神莫测，亦瞧不出招式路数，均想："这痨病鬼好生邪门，他也要夺世子，只不知是哪一路的。倘若是自己人固然很好，若是王爷的对头，那可不好办了。"

那病汉道："请……请各位到……大船一……一叙……咳咳……"向身旁大汉打了个手势，示意他招呼船夫，划船至江心。

夜叉道："你先将咱们穴道解开，背后偷袭，可不是英雄好汉的行径。"

那病汉只摇摇头，兀自坐回了船舱。阿猫道："英雄好汉也不会将小娃娃欺负得哭鼻子，嘿嘿。"

铜三道："咱们可不敢欺负他，是这两个老儿没安好心。"说着向夜叉和紧那罗努了努嘴。

紧那罗道："胡说八道，分明是你们想要加害世子，我和师兄是奉命保护世子。"

夜叉道："不错，喂，你们知不知道这小娃娃是安西王府的世子？咱们都是替安西王爷办事的。"他语气中颇显得意，神色也甚是傲慢。

阿猫大喜，道："阿狗，你快去跟堡主说，这小子果然是安西王府的世子。"

另一名大汉名叫阿狗，道："妙极。"正要转身进舱，只听那病汉道："我又不是聋子。"

夜叉道："好好一条汉子，叫什么阿猫阿狗，不过你们既已知道，那便快给爷爷解开穴道，奉上茶来，好好赔个不是。"

这时突听一声闷雷，狂风大作，那小船在江中摇曳，蓦地被一层大浪卷高了数尺，阿猫阿狗巍然站立，身子居然不晃。各人一见，都吃了一惊，暗想："这两个人武功不弱，想必那痨病鬼更非易与之辈。"

阿狗道："这场风雨只怕不小，我去给堡主加一件外衣。"说话间已进了船舱。不多时，便已靠近大船，阿狗搀扶那病汉登船，阿猫扛了金大、莫同非等人上船，却只领莫同非进入大船舱，将金大等人关在了船尾一间小屋里。

向墨庭先前隐于暗处，目睹了事情经过，也觉那病汉手段委实厉害，只是此人年纪也不甚老，却重病缠身，倒不知是什么缘故。见几人上了小船向江心划去，随即悄悄登上一艘，看清了众人上的是哪一艘大船后，便跟了来。这时天色已晚，再加上大雨将至，许多船只都向岸边划去，来往众多，因此众人也未发觉他暗中跟随。只见那病汉率先进了船舱，余下各人一一进去。船舱中灯火透亮，人影晃动，似有不少人。向墨庭环顾四周，只见舱尾窗外有一只大木箱，当即钻了进去，箱子盖上大半，只留出一条缝隙，又用手指轻轻往窗户一戳，就着灯火向内张望。舱内有一张圆桌，摆满了各色酒菜，那病汉和另外四人围桌而坐，还有十余人在身后负手站立，阿猫阿狗看守莫同非，搬了椅子落座。

上首一人道："谢堡主，烦劳你走了一趟，请喝一杯。"向墨庭听见说话声，登时一凛，那人正是梁十八。心想："原来他们都是梁大人的客人。"南一安之死虽然与梁十八有莫大干系，但向墨庭明白事理，梁十八事先不知，因此也不能怪他，何况陈希夷是害死自己师父的大仇人之一，被梁十八设计杀死，也是替师父报了仇，加上他在钱塘县城初会梁十八时，很佩服他礼贤下士，何况他又是梁筱的父亲，因此对他颇为敬重。既然梁十八在此宴客，自己在外面偷听，终究不成话。

正待现身相见，突听另一人道："今日既拿到了安西王的独生爱子，咱们不如一刀杀了，将其头颅送给安西王，谅他必定吐血三升，当场暴毙。"那人矮矮胖胖，是个中年男子。

莫同非听见这人要将自己杀了，直吓得两腿哆嗦，面无人色。梁十八吩咐左右，将莫同非带到另一间小舱房严加看守。

向墨庭又惊又怒，心想莫同非不过是一个弱童，即便他父亲作恶多端，又与他何干？寻思："我若此时现身，请梁大人放归世子，刚才说话那人势必阻拦，倒教梁大人为难了。倘若直接将人劫走，凭那几名官兵也抵挡不了，只是又能将他带到哪里？"又想："还是听听梁大人怎么说，倘若他不愿杀伤无辜，又能妥善安顿这孩子，那就再好不过。"于是又将箱子掩上。

梁十八道："独生是独生，爱子那也未必。这小子近日才与安西王以父子身份相认，多年不侍膝下，不聆庭训，料来也不过是安西王的一枚棋子罢了。

他年事已高，若没有子嗣，日后必出大乱，皇上怎会想不到这一节？因此他与怀宁王之争便会先落了下风。"其实安西王听从陈希夷之计，并非是自己要与海山夺嫡，但梁十八不知内情，只能以常理揣测。

那矮胖中年又道："依梁大人之计，该当如何？"

梁十八含笑道："诸位都是江南的名绅显绅，安西王当年让大家从河朔迁至江南，在这富庶之地发财，那也好得很哪。"

那矮胖中年道："话虽如此，但这家产也是咱们辛辛苦苦挣来的，跟那厮可不相干。他当年将咱们撵出中原，原有的地盘都给他建了马场，祖宗百年基业，毁于一旦，这口气如何咽得下？"拾起酒杯，一饮而尽。

左首一名老者道："很是，很是。吴老弟此言，极是在理。"顿了片刻，右手往桌上重重一拍，怒道："王某祖上坟茔，便被蒙古人的马场盖在了地下。咱们有生之年，不将那安西王千刀万剐了，无颜面对列祖列宗。"

下首一个富商打扮的瘦削男子道："听闻令堂便是在当年谢家堡南迁时，船过黄河，不慎……不慎……唉！"他这话却是对那病汉而言。

那姓谢的病汉"咳咳咳"连咳了数声，两行清泪滚落，双拳握得"咤咤"作响，显是又悲又怒。

梁十八笑道："这件事我也略有耳闻，不过诸位如今家财万贯，个个富可敌国，也属因祸得福嘛。"

忽见其余几人神色郁郁，那矮胖中年道："梁大人，你这不是说风凉话吗？朝廷几年前颁布了法令，乡农只给咱们交十分之三的田租，这日子也是一天不如一天了！"

那瘦削中年道："不错，我这千顷良田，去岁收租已不足数年前一半，一家上上下下几百口人，实在是捉襟见肘。"

（按：辛巳，江浙行省臣言："陛下即位之初，诏蠲今岁田租十分之三。然江南与江北异，贫者佃富人之田，岁输其租，今所蠲特及田主，其佃民输租如故，则是恩及富室而不被于贫民也。宜令佃民当输田主者，亦如所蠲之数。"从之。《元史卷十八　本纪第十八》。元成宗于至元三十一年下诏免去江南大半赋税，元史有所记载，但该政策仅在当年维持，小说因情节所需，不免有所夸大。后来元武宗时期，平章乐实对江南地主的猖狂颇为不满——丙

辰，乐实言："江南平垂四十年，其民止输地税、商税，余皆无与。其富室有蔽占王民奴使之者，动辄百千家，有多至万家者，其力可知。乞自今有岁收粮满五万石以上者，令石输二升于官，仍质一子而军之。其所输之粮，移其半入京师以养御士，半留于彼以备凶年。富国安民，无善于此。"《元史卷二十三　本纪第二十三》。乐实主张增加江南赋税，结果第二年就被"变乱旧章，流毒百姓"的罪名处死，其原因在于触怒了以江南地主出生的官员们为主的既得利益者，可见当时地主阶级在朝廷的势力之大）

那老者一拍大腿，叹道："恐怕将来子孙也只能到田里干活了。"

梁十八轻捻须髯，一言不发。那瘦削男子道："梁大人今日把咱们叫到这大船中，不知有什么吩咐？"

梁十八沉吟一阵，道："刚才在岸上那几个人，诸位可知道是谁？"

众人都摇摇头。梁十八道："一边是安西王阿难答的人，一边是怀宁王海山的人。"

众人均想，这两人素来不对付，下面的人打架有什么稀奇？

梁十八又道："皇上龙体抱恙久矣，眼下又无子嗣，两王相争，自然是为了谁来继承大统。他们在岸上打斗，无非是要争夺这世子。安西王有了世子，那便后继有人，怀宁王将其夺去，便能借此要挟。嘿嘿，咱们做臣子的原本不该妄议非分之言，只不过诸位都是好朋友，朋友之间，自当知无不言。"

那矮胖中年道："梁大人说得是，不过他们神仙打架，跟咱们有甚干系？"

梁十八道："吴兄少安毋躁，听我把话说完。诸位都曾苦于安西王的迫害，意欲还以颜色，是不是？"

众人都点了点头。梁十八道："那么咱们只需将世子送给怀宁王，他自会替各位料理。"

几人一听，均觉在理，阿难答的儿子落在海山手上，那阿难答岂不受制于人了吗？自己动手，难免被阿难答查到，那时可就大祸临头了。但转念又想，安西王可没得罪过梁十八，他却何故多此一举？

这时雨越下越大，夹着雷声轰轰，向墨庭在舱外屏息凝神，但船舱太大，他与众人相距甚远，又隔了门窗，听不大清里面的说话，只断断续续听见几个字，终究不知所言何意。倘若他听得清梁十八所说，只怕眼下便要硬闯进去，将莫同非带走了。

梁十八又道："只不过，即便斗垮了安西王，大家出了胸中恶气，但朝廷对江南缙绅的方策却不加变易，诸位要想安稳太平，恐怕也不是易事。"

几人听了面面相觑，过了片刻，那瘦削中年道："正要请梁大人指点。"

梁十八摆摆手，道："此乃国策，我这个地方官也只能照章办事。"他见几人都垂头丧气，过了一会儿，悠悠道："怀宁王是战将出身，几年前在漠北平叛，横征暴敛，民不聊生，龙兴之地尚且如此，何况江南？倘若他如愿以偿，即膺大宝，边境地区势必再起兵戈，这打起仗来，用钱如流水，那时苛捐杂税比之如今尤有过之，诸位……"

话未说完，谢堡主便重重咳了几声，道："祖……祖宗基业……不能……不能让……他们给……给糟蹋了！咳咳……"

那老者道："梁大人，你就别卖关子了，只要替咱们扳倒安西王，又保得咱们家产不败，我张德玉就是肝脑涂地，也在所不辞。"余下几人连连附和，说什么当牛做马、结草衔环云云。

梁十八长"嗯"了一声，屏退左右，谢堡主知他接下来所说，多半是机密大事，当下也让阿猫阿狗退出舱外，舱内便只他们五人。梁十八道："只要能扳倒安西王，又保得安稳富贵，诸位当真什么事都愿意干？"

几人知他这么说，想必已有良策，都欣然称是。梁十八道："好！"深吸了一口气，缓缓吐出，道："依我之见，唯有取而代之，方能永绝后患。"只听"轰"的一声，蓦地里惊雷乍响，各人无不变色。原来梁十八所说的计策，便是大家揭竿而起，改天换地。虽说造反的事听得多了，古往今来实不在少，但今日自己置身其中，那又不可相提并论。均觉若依梁十八之言，一旦功成，不但后患永绝，封侯拜相亦是不在话下，只是此事实在太过重大，稍有不慎，那便万劫不复，一时都拿不定主意。

梁十八早料到众人这般反应，道："《陈涉世家》言，今亡亦死，举大计亦死，死国可乎？诸位眼下虽不致亡命天涯，但苟延残喘，将来也必定为朝廷攫取殆尽，人为刀俎，我为鱼肉，只不过时候未到罢了。"

那老者张德玉道："唉，这是杀头的买卖，没个十拿九稳，无异于自寻死路啊。就凭咱们几个人，济得甚事？佃户们交租愈来愈少，他们的日子可是

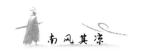

过得安安稳稳，为什么要跟着起事？那蒙古人的铁骑，可不是好玩的。"

梁十八道："当年大举南迁，因此失地者甚众，岂有不盼归乡之理？且佃户大多憨纯易愚，诸位各回乡里，煽动他们北归故地，到时耕者有其田，必然应者云集。只要江南起事成功，咱们便高举义旗，恢复汉家河山，天下英豪定当云集响应，咱们汉人有百万之众，纵他铁骑锋锐，又有何惧哉？此乃大丈夫事，一旦功成，名垂千古，诸位可愿搏上一搏？"这时大雨滂沱，雷鸣电闪，船只在波涛中上下颠簸，他说得慷慨激昂，众人无不热血沸腾。

那矮胖中年最是激切，猛一拍桌，大呼称快。张德玉却道："梁大人雄才大略，教人好生佩服。只有一事，尚不稳妥。"

梁十八道："张老请讲。"

张德玉道："梁大人是江浙行省参政，在江南呼风唤雨自是不假，只不过江浙行省平章阿里大人是个蒙古人，又是梁大人的同僚，这个……老夫倒不是信不过梁大人的才干，但咱们一旦起事，阿里必定率先镇压，这一道关只怕就……"他这一发问，余下几人心中自也生出顾忌。

梁十八磔磔怪笑，张德玉只道他就要发怒，直听得毛骨悚然。梁十八忽道："张老心思缜密，你且放心，此事绝无阻碍。"

张德玉道："请梁大人赐教。"

梁十八站起身，走到舱门外，进了另一间小船舱。过了片刻，便即回到大舱内，身后却另有三人。众人一瞧，都大吃了一惊，纷纷站起身，神情俱显惶恐，忙道："几位大人，这……我们……"这三人为首的便是江浙行省平章阿里，另两人分别是左丞高翯、佥事张祐。

梁十八请三人入座，又推阿里坐在上首，阿里几番推辞，终于还是战战兢兢地坐下。梁十八是参知政事，阿里是行省平章政事，专管兵马财赋，他和左丞高翯与梁十八品秩相当，这时却显得唯唯诺诺，好似是他们的下官一般。众人都觉奇怪，料想梁十八要起兵造反，若没这几人相助，必定困难重重，但瞧眼下情形，似乎这几人已唯梁十八马首是瞻，却不知他用了什么霹雳手段。原来这三人此前假借名义买了一万五千盐引，增价转卖于人，盐属国有，私人倒卖乃是重罪，各地均设盐运使，专管盐务。阿里等人以权谋私，大发横财，却被梁十八抓住了把柄，倘若被御史台知晓，按元制，当监禁二年，杖七十，一半家产没入官府（按：诸犯私盐者，仗七十，徒二年，财产一半没官，于没物内一半付告人充赏。《元史卷一百　志第五十二　刑法三　食货》）。那阿里本来身体就不甚强健，打他七十棍，即便还有命在，也已半身不遂，是以几人为保身家性命，不得不对他唯命是从（按：阿里等人贩盐之事确属史实，见《元史卷二十一　本纪第二十一》："御史台臣言：'江浙行省平章阿里，左丞高嵩、安祐，佥省〈一曰佥事〉张祐等，诡名买盐万五千引，增价转市于人，乞遣省、台官按问。'从之"）。

梁十八自然不会将这些事告知张德玉等人，只道："阿里大人深明大义，已决心弃暗投明，与咱们共图大事。"

众人均想，若有阿里相助，自是事半功倍。他们都是封疆大吏，率一省之众造反，那是何等声势？更何况他又是蒙古人，朝廷绝想不到这一次祸起肘腋，势必会乱了阵脚。

阿里道："梁大人文韬武略，必能成就一番伟业，我等自当死命效劳，江浙众官兵愿奉梁兄为王，你一声令下，咱们便挥师北伐。"

那左丞高嵩道："只不知咱们何时起事？我也好筹备辎重粮草。"

梁十八微微一笑，道："安西王与怀宁王势同水火，皇帝现已日薄西山，他一死，两王势必有一场大战，待他们两败俱伤，咱们再坐收渔利。"

众人齐声称善。梁十八从怀中掏出一卷羊皮纸，在桌上铺开，纸上写有汉蒙两种文字，却是一份檄文。佥事张祐念道："自古龙御天下，皆中国居内以制四夷，四夷居外以祗中国，未尝有四夷居中国而制天下也。自宋祚倾颓，蒙元入主中国，九州以内，生灵涂炭，铁蹄到处，草木不生。又兼科举不兴，士人报国无门，圣训鲜著，禽兽横历天下。豪杰志士，悉为戮戕，亡地南徙，易我冠裳。黎民侧目，莫可谁何。予每念是，泪干有血，心痛无声。方今大德不遵祖训，败坏纲常，废长立幼，兄弟阋墙。当此之时，天运回眷，中原气盛，亿兆之中，当降圣人，复我河山，立纲陈纪，救斯万民。予本江南布衣，恭承天命，罔敢自安，方欲遣兵北逐胡虏，拯生民于涂炭，复汉官之威仪。盖我中国之民，天必命我中国之人以安之，元贼何得而治哉！予恐中土久污膻腥，生民扰扰，故率群雄奋力廓清，志在逐胡虏，除暴乱，使民皆得其所，士悉可报国，尔等其体之。如蒙古、色目，同生天地之间，有能知礼

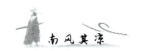

义，愿为臣民者，与中夏之人抚养无异。故兹告谕，咸使知闻。梁十八，江浙行省平章政事阿里，左丞高翥，佥事张祐，谢展，张德玉、吴耀奎、王钰歃血书之。"

这篇檄文慷慨激昂，洋洋洒洒，众人本来看得血脉偾张，只不过见到落款中自己的名字，都是一凛。张祐刚念完，梁十八便抢道："咱们今日歃血为盟，他日同享天下，请诸位在各自名讳处按上一个手印，以表同仇敌忾之心。"红印泥早已备好，置于几上。

众人怎会不知，梁十八在檄文中写上自己的名字，再按上手印，要想反悔，那也绝无转圜余地了。吴耀奎等人先前意气勃发，但个人心中均存一丝侥幸，倘若事显败象，自己便临阵倒戈，抵死不认，只推手下佃户造反，与自己并无干系。眼下梁十八已断了自己的后路，哪里还容得狡辩？这时不由得害怕起来。几人正自踌躇不定，却见阿里、高翥、张祐三人已先后盖上手印。

梁十八脸有愠色，道："诸位想要反悔，那也容易得很，自古高士死节，诸位就请自行跳进这钱塘江中，以证清白吧！"

谢展道："罢了，就开这一场豪赌，赢了荣华富贵享之不尽，输了大不了砍……

砍头就是。咳咳！"他心中已打定主意，要让全家老小携带金银，尽快乘船远渡海外，倘若大功告成，便将家人接回，若是一败涂地，也不过赔上自己一人性命。他曾身受极重内伤，二十年来每日服用虫草、鹿茸、人参等，才能保得性命。如今朝廷改革税制，家境已远不如当初，再过几年，这些东西是指定吃不上了，因此倒不如爽爽快快赌上一把。当下重重盖上了一个手印。

吴、王、张三人见他已踏出了这步，梁十八又以性命相要挟，再也不敢犹豫，纷纷按下手印。

梁十八道："既已歃血盟誓，梁某愿与诸位义结金兰，以彰拳拳之心。"

谢展道："我等草民，岂敢仰扳，有辱俯就，但为梁王马前效力，死亦足矣。"

梁十八道："谢贤弟不必过谦，莫不是轻贱梁某？"

几人推辞不过，只索与他喝下金兰酒。

梁十八为几人斟上满满一杯酒，道："诸位兄弟，若能建此不世之功，梁某愿与大伙同享天下。"说罢一口饮尽。

众人齐道："我等愿为梁王赴汤蹈火，万死不辞。"

向墨庭在舱外听得一阵哈哈大笑之声，此前的说话却浑然听不清，只觉这些人定然在谋划一件极其重大之事。眼下只能待到席散，再问梁十八有关莫同非的事。

几人各自敬了梁十八数杯，梁十八起身走到舱外，吩咐将金银铜三人带来。金银铜和夜叉、紧那罗武功高强，先前虽被谢展点了穴道，但也已自己冲开，梁十八手下官兵知道几人不易对付，便用牛筋、铁链牢牢缚住几人手脚，他们这才不能逃脱。梁十八差人解开金银铜手镣脚铐，随即表明身份，赔礼道歉，说了些客套话，送了三人几十两黄金，请他们将世子交给怀宁王处置。又说倘若怀宁王用得上自己，定效犬马之劳。至于夜叉和紧那罗，便请金大交给他来处置。金银铜虽不明白到底是怎么一回事，但在座的都是达官显贵，怀宁王也需给几分面子，自己倒不便与他们为难，况且此番本就是为世子而来，中间虽然有些波折，幸于目的达到，心想尽快办妥了差事，再来为铁四报仇不迟。

临走之时，金大忽道："这位兄弟武功卓绝，不知是哪一门派？"这话自是对谢展所说。

谢展拱手道："适才多有得罪，在下谢展，先前只不过趁各位未曾防备，暗施偷袭，这才得手，一些微末的家传把式，不足挂齿。倘若正面交锋，在下绝不是对手，武功卓绝四字，实不敢当。"

金大心想，刚才确是他暗中偷袭，方才将自己点倒。武林中人极重颜面，便是真的偷袭，也不会承认，他既如此说了，也已给足了自己面子。但转念又想，即便他是偷袭，这等不露形迹，快速无伦的打穴手法，倒也真不可小觑，日后若再遇上，可得加倍留神，又道："阁下太过自谦，既不愿透露派别，那在下就告辞了。"

金银铜带着莫同非，从大船另一侧上了小艇，梁十八早已备有另一艘船，载几人往瑞州而去。向墨庭哪里知道金银铜三人虽然走了，却是带着莫同非

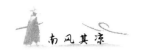

一道走的，自己尚在苦等梁十八等人酒足饭饱。

三人带着莫同非渐行渐远，梁十八又将夜叉和紧那罗请到了舱内。陈希夷此前为取得藏宝图，以安西王之名拉拢梁十八，梁十八将计就计，对陈希夷等人照顾得颇为周到，又将栖霞馆送给了他，只为让他放松戒备，才好一举将其猎杀。夜叉和紧那罗因此也与梁十八相识，后来陈希夷赴六盘山为安西王祝寿，哥俩留在栖霞馆看守何阮溪和陈大学，梁十八居然也无微不至，命馆内仆役服侍得妥妥帖帖。两人大半生在西域，虽是八部会首领人物，但化外之地与这富庶江南岂可相提并论？在此锦衣玉食，拥香怀柔，实是享尽平生未有之大乐，因而对梁十八自然大为感激。

夜叉与紧那罗一见梁十八，登时客客气气地道："拜见梁大人。"紧那罗又道："我们不知世子是被梁大人接去，实在鲁莽，还请大人原谅。却不知陈大人是否在内？"陈希夷既被安西王封为集贤院从三品侍讲学士，他便对陈希夷以"大人"相称了。他只道是自己没能看好世子，闹出乱子，要教陈希夷亲自出手，因此才被捆绑在黑屋里，以示惩戒。

梁十八不答，却道："两位先生，请到舱内坐坐。"

两人应声入内，见那病汉谢屉也在席间，夜叉道："原来梁大人手下尚有这等高手，刚才那伙人厉害得紧，竟被这位英雄轻易制伏，佩服，佩服。"环顾四周，除了梁十八和先前见过的病汉之外，余下几人都不认识，既不见陈希夷在何处，更不见莫同非影子。

紧那罗生性机敏，已察觉事有蹊跷，夜叉却兀自喝酒吃菜，不亦乐乎。紧那罗道："梁大人，不知陈大人和世子现在何处？"

梁十八道："二位先生远来江南，梁某这些时日照顾不周，简慢之处，请多担待。"

夜叉满嘴酒肉，含含糊糊说道："大人太客气了，咱兄弟二人全托你的洪福，日子过得别提有多自在。"

梁十八笑道："哈哈，先生说笑了，二位高居武林大派之尊，何等场面不曾见过？"

夜叉道："咱们八部会，在武林中虽然赫赫有名，可南疆大漠比起江南形胜，到底是差得远了。"

谢展一听"八部会"三个字，登时一凛，目光之中既有怒色，又含惧意，连咳了数声，道："你们……你们是……八部会……"

夜叉见他模样，想他刚才以鬼魅手法将自己点倒，虽然是偷袭，但毕竟不是易与之辈，没料到他听见八部会的名号居然脸色大变，不由得心花怒放，傲然道："是又怎样？"

谢展道："陈……陈希夷，在哪里？"他说"在哪里"三字时，中气沛然，大异往常，显是胸中积郁已久。

夜叉和紧那罗面面相觑，梁十八"噫"了一声，道："谢兄弟，这中间有什么曲折，请你不妨说来听听。"

原来谢展身上所受内伤，正是当年拜陈希夷所赐。陈希夷奉安西王之命，迫使北方豪强南迁，谢家堡自然也在其内。那时谢展还不到二十岁，他父亲谢方铭是当时赫赫有名的豪客，使一套"残花败柳拳"，威震河朔。谢方铭自恃武功高强，宁死也不肯离乡背井，和儿子谢展一道，与陈希夷恶斗一日两夜，最终死在他掌下，谢展也身受重伤，到今日仍未痊愈。他当时重伤昏迷，陈希夷只道他已死了，好在他家境殷实，花费重金找寻名医治疗，每日服用珍奇补药，这才活到现在。

谢展将事情原本道来，又道："早知你们是这姓陈奸贼的走狗，刚才在船上我就该将你们杀了！咳咳！"他说话时手上已潜运真力，待要蓄势一击。

梁十八哈哈大笑，道："恭喜谢贤弟，大喜！"

谢展心感诧异，当下缓收内劲，道："梁大人何事大喜？"

梁十八道："实不相瞒，你的大仇人陈希夷，已经死了。"

这句话一说出，谢展固然又惊又喜，料想梁十八神通广大，手段通天，况且自己与他已结为盟友，他绝不至以此诓骗自己。而夜叉和紧那罗更是目瞪口呆，当真不敢相信自己的耳朵。

紧那罗道："梁大人，这可不好开玩笑的，陈大人怎会……怎会……"

梁十八道："陈希夷能给二位的好处，梁某自不会缺一短二，只要二位今后肯替我办事，梁某包你们荣华富贵。"

夜叉和紧那罗脑中嗡嗡作响，倒不是伤心陈希夷真的死了，只是一来陈希夷谋略过人，算无遗策，武功更是出神入化，怎会轻易就死？二来梁十八

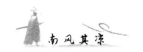

"荣华富贵"四字也的确是说到了自己心坎上。但若不问明白陈希夷是否当真已死，自己也绝不敢背叛他另投别人，否则一旦让陈希夷知道，定然吃不了兜着走。

梁十八见二人不敢相信，心想这也是常理之中，便将自己如何设下陷阱诱使陈希夷中计，如何将他困死在方腊洞中，那方腊洞是何等构造，自己又如何遣人守住洞口，从头至尾一一说了，个中关键处说得细致入微，令人不得不信。只是自己要对付陈希夷的缘由，却说是为了斩去安西王的左膀右臂。夜叉和紧那罗本就是墙头草，起初替南玄办事，后来又慑服于陈希夷，历来便首鼠两端，见风使舵，听梁十八这一说固已深信不疑，而谢展更加感恩戴德，其余人亦是既惧且佩，惧怕的是梁十八手段残忍，佩服的是其心思缜密，但这二者兼而有之，岂非成大事者？

谢展起身拜倒，道："梁大人大恩大德，在下无以为报，唯愿以此残躯，助大人建功立业，粉身碎骨，在所不辞。"他见有外人在此，也就不便称其为梁王。梁十八将他扶起，道："谢贤弟，咱们今日之后，便是同袍了，你的事就是梁某的事，何况此举原非为兄弟报仇，只不过事有凑巧罢了，兄弟不必多礼。"谢展见他意不居功，更加感激莫名。

梁十八道："两位先生武功盖世，是难得的人才，屈居陈希夷之下，梁某实感不平。想那陈希夷不过是安西王的一条走狗，蹉跎半生，又得了什么好处？人家始终未将你放在眼里。二位跟着他，能有什么前途可言？"

夜叉和紧那罗连连点头。梁十八又道："两位倘能与我一道共图大业，将来封王封侯，自是不在话下。"这话两人却有些不大相信，心想梁十八虽位高权重，但与安西王相比，那又是天壤之别，封王封侯实是无稽之谈。

梁十八向身旁侍卫打了个手势，那侍卫便出了舱门，过不多时，抬进来一口大箱子，打开一瞧，竟是一箱黄金，吴耀奎等人家财万贯，倒没放在心上，夜叉和紧那罗却是看得垂涎欲滴。梁十八道："这是黄金五百两，二位就当零花钱使使。今后不妨便住在栖霞馆内，衣食住行一概如旧，可好？"

夜叉和紧那罗大喜过望，没料到天底下居然有这等好事，连声称谢，夜叉道："这……梁大人……咱们不知如何报答才好？"

梁十八道："今后梁某定有大事需要二位，那时还请鼎力相助。"

夜叉道："梁大人但有吩咐，我二人定当效劳。"

众人又都喝了几杯，已是时交子刻。暴雨初歇，江上升起阵阵凉意。谢展道："谢某身子虚弱，这就先告辞了。"

梁十八将谢展送出舱门，跟着夜叉、紧那罗和阿里、吴耀奎等人也先后乘船回府。

众人散尽，梁十八想到今日接连收服江南豪强和夜叉、紧那罗两大高手，自是洋洋得意，兀自轻哼小曲，自斟自酌。

突然间面前闪出一个人影，不禁吃了一惊，一看之下，才知是向墨庭。梁十八心念电转："他怎会在此？也不知咱们席间说的话他是否听见了？且试他一试。"道："啊哟，是向贤侄，怎的刚才不进来喝一杯？"

向墨庭心想："不好，梁大人知道我先前便已来了，不过我可未曾偷听他说话。"

道："梁大人，对不住，晚辈事前不知是你宴请宾客，刚才就不便进来叨扰，一直在外候着。"

梁十八一凛，道："这么说，我和刚才那些人所说的话，你都听到了？"

向墨庭忙道："没……没有……外面雷雨交加，听不清……也不是听不清，晚辈原本也没打算听……"他本来性子极是豪爽，只不过一想到梁十八是梁筱的父亲，不知怎的竟有些畏首畏尾。

梁十八那日瞧见女儿看他的神情，早已猜出几分，此时见向墨庭这般模样，心中便有如明镜，道："听见了也无妨，我女儿很欣赏你，这我是知道的，我就这么一个宝贝女儿，她喜欢的，我自然也喜欢。"

向墨庭一颗心怦怦乱跳，不知说什么好。梁十八又道："你来找我，有什么事？"

向墨庭见他岔开话题，心中松了口气，一时间居然想不起自己是要问什么，微一沉吟。梁十八又道："是为了南少侠吧？这件事我很对他不住，你若心中有气，要将我杀了，那便动手吧，梁某杀人偿命，敢做敢当。"

向墨庭忙道："不是，不是，梁大人，这件事要怪也只能怪我，与你无关。"

梁十八略感诧异，道："哦？那是为了什么？"

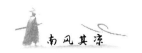

向墨庭终于想起来，道："是了，那孩子，就是世子，他是一安的小兄弟，不知他现在何处？还请梁大人高抬贵手，不要为难他。"

梁十八一怔，随即哈哈大笑，道："我道是什么事，原来就为这个？"

向墨庭道："就是这件事。"

梁十八道："梁某虽算不得大英雄大豪杰，却也绝不至为难一个弱童吧？贤侄放心，我已将他送去了他该去的地方，总之性命无忧。你若信得过我，这件事也不必过问了。"

向墨庭道："梁大人一言九鼎，既这么说了，晚辈自当遵从。晚辈与那世子并不相识，只是他管一安叫大哥哥，想来交情匪浅，一安因我而死，因此我定要护这孩子周全。"

梁十八道："很好，有情有义，是条汉子。这小孩是安西王的世子，安西王对咱们汉人心狠手辣，但我也不会因此迁怒一个小娃娃。你与他既没什么交情，只要知道他性命无忧，也就是对南一安有所交代了。何况他贵为世子，又有什么人能真的为难他？"

向墨庭点点头，道："梁大人说的是。"

梁十八道："以后就不要再大人大人啦，你若不嫌弃，便叫我一声伯父。"

向墨庭一怔，摆手道："晚辈一介草民，岂敢高攀，这可使不得。"

梁十八道："嘿，枉你人称'一点浩然气，千里快哉风'，我看是徒有虚名，官又怎样，民又怎样，哪怕是皇帝老子，那又怎样？还不是爹生娘养，肉体凡胎，难道那皇帝老子就当真是天子了？他做得，旁人便做不得了？"向墨庭听他这话，前面很是在理，后面便不知所云了。料想梁十八兴许是多喝了几杯，加上他是汉人，眼见国土沦丧异族之手，心中悲愤也是有的。向墨庭是陆象杉一手调教，陆象杉高风亮节，不愿侍奉元廷，自己耳濡目染，心中也颇以为然。此时听梁十八说这"大逆不道"的话，却也极为受用，心下又多了几分敬服。

向墨庭道："梁大人快人快语，晚辈既感且佩。"

梁十八笑道："向大侠也学会拍人马屁了？哈哈，我让你叫我伯父，怎的还是叫大人？"

向墨庭极重气节，倘若梁十八不是身居显职，恐怕早已改口，但事实并非如此，若就此便称其伯父，倒显得自己在巴结他。他明知梁十八不会作是想，可就是难以说服自己。

梁十八见他若有所思，便已猜出他心思，道："好了，你眼下既然不愿，我也不勉强，等哪一天你心甘情愿了，再改口也无妨。"

向墨庭自知以小人之心度君子之腹，顿感惭愧，道："多谢梁大人。"

梁十八请他入座，又为他满满斟上一杯酒，道："方今之世，夷狄当道，窃我国器，汉家河山尽丧他手，不知向贤侄有什么打算？"

向墨庭道："先师曾言，达则兼济天下，穷则独善其身。蒙古人虎踞中原多年，老百姓早就习以为常，晚辈常感愤恨，终究无可奈何。"

梁十八道："怎么无可奈何？你有一身绝世武功，难道不想着收复河山？"

向墨庭道："实不相瞒，晚辈便是做梦，也想着能够匡扶宋室，一展我汉家男儿雄威，以全先师遗愿。只可惜宋室倾颓，天下汉人早已是一盘散沙，难以成就大事。"

梁十八道："不错，关口便在于此。只要有人能将这一盘散沙拢而聚之，何愁不敢与天相争？"

向墨庭不答，心想宋朝覆灭多年，又有谁能一呼百应？梁十八道："天色晚了，你知道夜色什么时候最黑暗？"

向墨庭不解其意，道："似是破晓之前。"

梁十八点点头，笑道："咱们今日所谈，都是酒后戏言，你可不能向旁人说起。"

向墨庭隐隐觉得梁十八在谋划一件天大的事，但两人相识不久，自也不便多问。

既已知道世子性命无忧，这便告辞了。他与梁筱约定三日后在雨花阁相见，于是今晚便回到自己的住处。他自从来到杭州之后，便在西湖旁的五云山中盖了一间茅草屋，回到家中，已近丑时，躺在床上，心中想着梁十八一番意味深长的话，但这几日委实疲惫不堪，过不多时，便睡着了。

第二十七回　西子湖畔

向墨庭这一觉直睡到次日中午，他半日未曾进食，腹中饥饿，便即醒来。起身坐在床沿，尚自睡眼惺忪，突然间闻到一股烤鸡的香味，精神为之一振。他这间茅舍甚是狭窄，但麻雀虽小五脏俱全，桌椅板凳，炉灶书架一应齐备。他向前一瞧，桌上果然放了一只烤鸡，端的是香气四溢，除此之外，另有桂花糕、玫瑰糕、杏仁饼一类点心，都是苏杭特产，美中不足之处，却是有菜无酒。

向墨庭心道："不知是谁给我带了这些好吃的。"他天性爽朗，也不管对方是敌是友，抓起了一块糕点，便送进嘴里。

只听木门吱呀一声打开，一个俊朗青年站在屋外，手上提了一大坛酒。那俊朗青年见到向墨庭，满脸堆欢，显得甚是亲热，道："大师兄，别来无恙。"正是南加台。他在安西王的寿宴之上与陈希夷交过手，知道陈希夷武功深不可测，自己一人绝非他的敌手，因此当时便打算到江南寻找向墨庭，也好两人联手替师父们报仇。

向墨庭虽与他多年不见，但自己离开三圣庄时，南加台也已十六七岁，因此时隔多年，他相貌变化也不甚大，只是更显成熟了几分。今日久别重逢，喜不自胜，双手握住他肩头，奋力摇了几下，道："阿台，你怎么来了？"携了他手，并肩进屋。

岂知南加台左手突然间从他右掌中缩了出来，以手腕撞向他右肋。向墨庭吃了一惊，猿臂伸出，将南加台手腕荡开。南加台早备后招，右拳疾挺，朝向墨庭胸口击去，向墨庭斜身让过，反抓他肩头，大笑一声，道："阿台，你想考校我的功夫，那便放马过来吧！"

南加台将酒坛置于桌上，从腰间取下折扇，手腕一抖，只听"唰"的一声，折扇应声展开，道："大师兄，看招！"劲风压过，扇面往向墨庭头顶盖下。向墨庭身躯后仰，身子几乎与地面平行，南加台这一击便落了空。向墨庭横跨一步，到了屋外，道："阿台，咱们到外面比过，一不留神打翻桌子，可糟蹋了酒菜。"

南加台笑道："正是！"说着聚扇成柄，点戳刺压，连进数招，向墨庭身子疾闪，跟着呼地右掌拍出，左掌从右掌掌底穿过，使的是九渊掌中的"先礼后兵"。南加台扇柄兜回，揽他后颈，乃是九渊剑中的"请君入瓮"，意在化敌之力而为己所用，乃是一招精妙无伦的上乘招式，当年陆象杉在范谷坨村大战南玄，危急之时曾用过这招，不过陆象杉使的是九渊神功的掌法，南加台使的却是剑法。他的功力比之陆象杉固是差了太多，向墨庭岂能束手就擒？当下向前跨了一步，欺至南加台身前，那扇柄便只从他后颈发梢掠过。跟着手臂一荡，朝南加台拦腰抢去，这一抢当真势大无比，向墨庭只怕南加台禁受不住，忙将南加台身躯抢到半空，卸去了大半劲力，反手又抓他肩头，往地下掷去。南加台身手也十分矫捷，手掌一撑地，身子便转了半个圈，左腿横扫，朝向墨庭腿上踢来。向墨庭喝了声彩，道："'入地无门'，好！"

向墨庭抬足跃开，南加台第二脚、第三脚、第四脚又跟着扫来，端的是快速绝伦。向墨庭心道："阿台这些年倒比在三圣庄时更用功了些，过得几年，在江湖上便算是一流人物了。"

两人又拆了数十招，向墨庭却始终不曾发力，每每要伤及南加台，便点到为止。再拆十余招，南加台已了无兴致，罢手跃开，道："不打啦，你总是让着我，当真没趣。"

向墨庭微微一笑道："阿台，这些年你长大了，倘若在三圣庄时便如今日般勤加苦练，恐怕我早不是你的对手了。"

南加台听他称赞，心中颇为受用。二人在三圣庄拜师学艺时，他便对向墨庭佩服得五体投地。陆象杉曾赞向墨庭为"百年一遇之奇才"，不仅天资奇高，且踏实勤奋，还未下山时，陆象杉已知他日后武学造诣定然在自己之上，

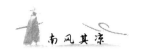

似李博渊这等富家公子，那是不可相提并论了。南加台道："大师兄，你瞧我功夫是不是长进不少？"

向墨庭点点头。南加台又道："倘若我在三圣庄时像你一样，每日只睡三个时辰，那也不用你让着啦。"

两人忆起三圣庄学艺的日子，陆象杉辞严心善，道济和蔼可亲，陈挎时而仙风道骨，时而趣若同龄，同门之间兄友弟恭，彼此切磋武艺，下棋读书，春分踏青，夏至捕蝉，秋来赏月，冬至听雪，无忧无虑，好不快活。两人心驰神往，怔怔出神，突然间一只大雁飞过，呀呀叫了几声。

南加台忽道："大师兄，我只顾和你切磋，倒忘了此番前来的要紧事。"

向墨庭道："哦？什么要紧事？"

南加台道："大师兄，夫子……夫子他……"他原以为向墨庭不知道陆象杉故去之事，今日见到同门师兄，心中悲伤再也难以抑制，竟放声大哭了出来。

向墨庭黯然神伤，眼眶也已湿润，温言道："夫子的事，我也知道了。他老人家半生为国为民，半生传道授业，定当名垂千古。"

南加台恨恨地道："数月前，我随叔父赴六盘山安西干寿宴，席间见到了害死夫子的仇人，那人是阿难答的幕僚，谋略过人，武功了得，我借故与他交手，他未出半力，我便已不敌。这次到江南来，正是要请大师兄你出马。"

向墨庭道："阿台，他……"

话未说完，南加台抢道："他使的一门厉害功夫，叫作'火狱掌'，此前听人说这掌法一经内力催动，掌心便能喷出烈火，因此我与他交手时，使了些小伎俩，迫他使出来，只盼能瞧出些门道，也好告知你，早做提防。"

向墨庭奇道："竟有这样的功夫？"

南加台摇摇头，道："不对，他一掌拍出，我便听见几下奇怪的响声，当时我不知那是什么声音，过了一月，有一晚我途经渭河，遇见一个方士在河边炼丹，我问他为什么在那里炼，他说附近的村子闹瘟病，请了许多大夫也治不了，因此便请他炼制丹药驱邪。那时天色晚了，我想着明日再赶路，于是坐下来看他如何炼丹。突然间又听见那奇怪的响声，那方士说是硫黄、硝石燃烧的缘故。"

向墨庭"噫"了一声，觉得颇为新奇。南加台又道："那陈希夷使出'火狱掌'时，将我衣服烧了好大一个洞，我本想将这破衣服拿给你瞧瞧，结果遇上这方士，便先让他看看，他凑到鼻尖轻轻闻了闻，说正是硫黄与硝石烧出来的。"

向墨庭道："原来如此。"

南加台道："这姓陈的狗贼功力本已极是厉害，想必是以内力将这些粉末催热，然后喷出烈火。"沉思片刻，又道："大师兄，饶是如此，这掌力也委实厉害。"说着将那破衣衫从包袱中取出，展了开来，又道："你瞧咱们要替师父们报仇，有几成把握？"

向墨庭故作难色，摇了摇头，道："我听说连少林派的妙语大师也只和他打成平手，咱们可更加不是对手了。"

南加台脸现愠色，道："师兄还没动手，就先认输了，当真是长他人志气，灭自己威风。"

向墨庭叹了口气，径自走进屋里，坐在桌边，一面开坛饮酒，一面撕下鸡腿来吃。南加台又气又急，道："大师兄，我跟你说要紧的事，你怎的只顾吃吃喝喝？"

向墨庭道："打不过就是打不过，那也没有法子，难不成去送死吗？"说着又喝了一大口酒。

南加台大怒，拍案而起，大声道："向墨庭，你这贪生怕死、忘恩负义的小人，枉我这般敬重你。哼，我虽打不过那狗贼，但就是拼上性命，也要为夫子报仇雪恨。"

向墨庭笑道："师弟息怒，你我久别重逢，先喝一碗。"正要替南加台斟酒，忽见门外奔来一名小吏，那小吏欠身道："向大侠，梁大人说，他在西子湖畔有一处别院，常年无人居住，怕被绿林占为了贼窝，因此想劳驾向大侠去镇镇宅子。"

向墨庭心想："梁大人若真这么想，随意派几个人去守着便是，何必定要我去？多半是要将他那宅子送给我，却又不便明说。"转念又想："梁大人怎的对我这样好？他说梁姑娘喜欢我……难道……难道……"他虽已是而立之年，却仍未经历过男女之事，也不曾和女子谈情说爱。见梁十八此举，再想

到梁筱，不由得面红耳赤，心中却说不出的甜蜜，回过神却见那小吏正盯着自己，于是清了清嗓，道："这位先生，梁大人的好意在下心领了，只是向某无拘无束，历来居无定所，要我每日守在那宅子里，可比要我的命还要难受。若有别的差遣，在下自当效劳。你请回吧。"

那小吏面有难色，心想："也不知你哪里来的福分，梁大人多半是要你做他的上门女婿了，你这小子还不识抬举呢。"说道："这……还是请向大侠……"

他话未说完，南加台已怒不可遏，道："好你个向大侠，我说怎的对夫子的事不上心，原来是在闷声发大财了。哼，我虽是蒙古人，也明白知恩图报，你既不愿，我也就不勉强了，告辞，后会无期！"转身便往外走。

向墨庭原本是想逗他一逗，没料到梁十八这时差人来送上厚礼，倒是有理说不清了，忙道："师弟且慢。"

南加台头也不回，径往山下奔去。那小吏正待劝说，向墨庭早已拔足飞奔。

那五云山海拔甚低，南加台脚力了得，不多时已奔至湖边。向墨庭要追上他，本来极是容易，但却不如趁机想想如何跟他解释，于是刻意放缓了脚步。

两人到得湖边，向墨庭喊道："师弟，你别生气，那狗贼已经死了。"

南加台却哪里相信，冷哼一声，道："你是怕打不过，白白送命，不敢去找他罢了。"

向墨庭道："我亲眼所见，若有半句虚言，教我不得好死。"

南加台听他赌咒发誓，怒气稍减，道："他当真死了？怎么死的？"

向墨庭便将他如何遇上南一安，如何与南一安一道跟踪梁十八，又如何目睹陈希夷和南一安同被困在方腊洞之事原原本本说了。南加台当日回三圣庄将师弟师妹接到府中，那时便听何阮溪等人说起了师父们身死的经过，自然也知道了南一安，既然向墨庭提到南一安的名字，那么所言当是实情。

南加台道："师父们大仇得报，固然可喜，只是咱们这位南师弟，唉。"他见向墨庭面有愧色，默然无语，道："大师兄，刚才是我错怪你了，给你赔不是。"

向墨庭道："师弟大忠大勇，无愧咱师父们的名号，我也欢喜得紧。"

南加台道："刚才那人提到的梁大人，是什么人？"

向墨庭道："那位梁大人，正是设计诱杀陈希夷之人，他是江浙行省参知政事。"

南加台道："哼，这姓陈的狗贼恶贯满盈，连朝廷的人也要杀他，只可惜让他死得太过便宜。"话锋一转，又道："他怎的要送你宅子？"

向墨庭一怔，刚才下山的路上，正是在想这话如何答，可总觉得说不清，便道："梁大人替咱们报了大仇，是自己人，他想交我这个朋友，那是一番好意，不过我向来无拘无束，却不愿寄人篱下。阿台，这中间还有些别的因由，一时半会儿也说不清。"其实梁十八昨晚说的那番话是什么意思，他又为什么要送自己宅子，连他自己也弄不明白。他见南加台这般正义凛然的模样，心中顿生敬意，突然间想到梁十八的话，寻思："梁大人昨晚所说，什么皇帝蒙古人做得，旁人就做不得？这话倒也没错。夫子半生与蒙古人为敌，最大的憾事便是没能替大宋守住天下。只是谁来坐这天下，都须待百姓好，都需正义之士，方能坐得安稳。阿台疾恶如仇，一身正气，倘若将来的蒙古皇帝也是这般，何故定要咱们汉人来做？"

正自凝思，忽听南加台道："大师兄，我这大老远来一趟，虽然害死师父们的大仇人已经死了，却也不能白来。我早听说江南人杰地灵，善孕斯文元气，心中神往已久，不如你我兄弟两人泛舟西湖，对酒当歌，岂不快哉？"

向墨庭嗜酒如命，哪有拒之之理？反正与梁筱之约尚有两日，左右无事，当即便应了下来。两人回茅舍取酒携食，折返西湖边上，驾一叶扁舟，任其随波逐流。

这日大雨方霁，湖面烟波浩渺，水光潋滟。苏东坡诗云：欲把西湖比西子，淡妆浓抹总相宜。将西湖比作西施，固是新奇别致，情味隽永，但西施虽美，早已香消玉殒，而西湖静卧千年，仍是楚楚动人，可见天道恒久，人力有竭，朝代更替，不亦宜乎？

南加台是蒙古人，酒量亦是不凡。两人你来我往，畅快淋漓之至。两人多年不见，自是大谈往事。三圣庄的规矩，下山的弟子不能向旁人说起师父的名号，许多趣事自是无从说起，今日重逢，必要一吐而快。说了好一会儿，

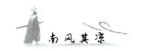

南加台便问起了向墨庭的近况。向墨庭说起当初原本在那四川豪绅府中，后来惹出祸事，才南下杭州。那豪绅为保自己，招来杀身之祸，一时甚嚣尘上，竟连南加台也有所耳闻。向墨庭道："恩公是古今少有之义士，他不愿出卖我，因此散尽家产，全给了府中家丁，令他们各奔东西，不得向人透露半个字，我才至今未被官府通缉。"

南加台点点头，对那豪绅的仗义古风肃然起敬，又道："我听说被你打死那人是个蒙古千户，否则汉人之间江湖斗殴，便是死了，官府也不见得当回事。"

向墨庭道："哼，要上门挑战，便应将生死置之度外，技不如人，又有何话说？死个蒙古千户，有什么大不了？他的命是命，恩公一家上百口人，便是草芥了？"话音甫落，便觉失言，忙道："阿台，我这话可不是说你，你是有情有义的好汉子，是我的好兄弟。"

南加台哈哈大笑，站起身来，大袖一挥，举坛豪饮，道："大师兄，你说的是正论，我岂会恼你？蒙古人也好，汉人也罢，族类有别，天道无差，当朝者自当一视同仁，不论蒙汉藏回，凡大元子民，概莫能外。古人言，水能载舟，亦能覆舟。倘若皇帝不能爱民如子，那便会自取灭亡。宋朝享国三百一十余年，后其子孙不能敬天爱民，那理宗皇帝逐声追色，乾纲解弛，大兴土木，民不聊生，奸臣当道，祸乱朝政，终致太阿旁落，因此天降世祖，龙兴漠北，来主中原，海外番邦归于一统，九州庶黎尽享安乐，四方无虞，民康物阜。虽有人力之功，更为自然之理，天道使然。反之，若今后咱们蒙古人不能效法先圣，亦必有豪杰之士顺应天命，为民起义。"

他一番高谈阔论，直将向墨庭听得呆了，只觉这番话当真在理之极，连连点头，心道："倘若蒙古皇帝尽如阿台这般，那这江山便给他坐上一万年也是好的。只是这样的人毕竟在少不在多，别的不说，咱们汉人如今受尽欺压，却哪里被一视同仁了？"

忽听南加台朗声道："前面便是段家桥了吧。"段家桥即唐时断桥，宋时宝祐桥，断桥残雪为西湖十景之一，历代文人不吝笔墨咏之。

向墨庭抬眼一瞧，果然便是，道："师弟是文武全才，今日到这段家桥一游，也算不虚此行。"

南加台道："杭州有一位大词人，名叫何梦桂，别号潜斋，他与夫子一样是南宋遗老，且不事新朝，我仰慕已久。"

向墨庭道："这倒不曾听人说起。"

南加台道："这何老先生有一首词作得极好，思忆故人，情意深永。"当下临水轻唱："伤离别。江南雁断音书绝。音书绝。两行珠泪，寸肠千结。伤心长记中秋节。今年还似前年月。前年月。那知今夜，月圆人缺。"

蓦听得一阵低沉的声音吟道："那知今夜，月圆人缺。唉，也不知孙姑娘何时才肯见我？"那人伫立桥头，自言自语。向、南两人循声望去，向墨庭顿觉他好生面熟，却记不起是谁。

这时桥头突然间传来阵阵脚步声，向墨庭和南加台在船上，雾霭朦胧，难以看清，却听桥上那人喊道："孙姑娘，我是朱襄啊！"喜悦之情，溢于言表。

向墨庭这才忆起，那人正是他在杭州客店中见过的落寞书生，当时朱襄与杨月亭、马东黎大谈梁十八旧事，被梁筱奚落了一番。他将船驶近，只听那孙姑娘道："他快追来了，咱们上一艘船，藏在芦苇荡中。"这话却是跟身后几人说。

向墨庭一瞧，"噫"了一声，原来那孙姑娘便是雨花阁的老板，"妙手空空"孙逸潇。只见她语气慌张，心下更奇："不知是什么人在追孙姑娘？"再一看，却见她身后乃是梁筱，梁筱身旁另有一男二女，他倒不认识了。

向墨庭道："咱们去瞧瞧。"两人提一口气，纵到桥上。

梁筱一见向墨庭，登时喜不自胜，道："向大哥，你林师妹找到啦！"

向墨庭初时不知她何意，转瞬便已明白，林师妹正是南一安苦苦找寻的林知寒，自然也是自己的师妹。她身后一男一女，则是陈大学和何阮溪。南加台当日上三圣庄善后，曾见过何、陈、林三人，这时也认了出来。向墨庭正待详问，不料远处又有一人，一面没命价狂奔，一面大喊："别走！别走！"这人一袭黑袍，披头散发，正是南玄，不过比起数月之前，头上竟多出了许多银丝，看来似是老了十岁。原来他那日从指玄洞中出来，到了三圣庄中，正好看见兄嫂被陈希夷等人劫持，他趁日食天黑之际，施展"天眼通"，打算救出兄嫂，不料刘云已先下了毒手。当时情形混乱，不只是南一安等人，便

连陈希夷也以为是他杀了南天和柳青青。他本来在指玄洞中已疏通筋脉，神志逐渐恢复，这一受刺激，丹田真气紊乱，溃散至奇经八脉，居然又变得癫狂。他逃离三圣庄后，便往山下奔去，下山后一口气又奔出十余里，在一处山洞中躲了一个月，每日到左近的农户中偷取家禽，将这些鸡鸭生吞活剥，维持生计。这天在一处集市上撞见点苍派的弟子，听她们说要找寻掌门，突然间想起何阮溪，便暗中跟随她们。何阮溪和陈大学护送熊子回到莫家村后，被陈希夷劫到了杭州，这几名女弟子哪里找得到？正没奈何，却撞上了几名关帝帮的帮众，一番询问之下，其中一人才告诉她们，自己在江西见帮主陈大学和何阮溪被官兵押着，正往杭州方向去。那几名女弟子又奇又怒，问他怎不将陈、何两人救出来？岂知那人说，陈大学沉迷点苍派掌门的美色，置帮内事务于不顾，众长老已决定另立贤能，因此他是生是死，已与关帝帮无关。那几名女弟子啼笑皆非，南玄听到此处，便折东南而去。他到杭州已有十来天，但钱塘县城广人众，始终未能找到何阮溪。今日梁筱和孙逸潇一道去了栖霞馆，要探明林知寒是否在此，夜叉和紧那罗见她来要人，两人既已归顺梁十八，便老老实实将何阮溪等人交了出来。梁筱自称是南一安的朋友，将南一安被困方腊洞之事大略说了一番，林知寒伤心欲绝，险些晕过去。她执意要到方腊洞看个究竟，否则绝不相信南一安便这么被困死在洞内。岂知走在大街上，却正巧碰上南玄。何阮溪转身就走，仍被南玄看见，南玄一见何阮溪，便似发狂般大喊大叫，穷追不舍。梁筱来不及细问，只知这人穷凶极恶，何阮溪等人一见就逃，绝不是善茬，也自感到害怕。她熟门熟路，在城里七拐八弯，南玄也不易追到，几人你追我赶，一路奔到西湖边上，才让向墨庭撞见。

孙逸潇本想和众人躲进芦苇荡，眼下见南玄已经追上，道："糟糕，来不及了！"几人奔至向墨庭身旁，严阵以待。

向墨庭大喝："什么人？"

陈大学道："是南一安的二叔。"将大刀横托胸前，又道："你打不过他，快带他们走。"他不知向墨庭是什么人，只是见他年纪比自己还小上许多，料定他武功定然更加不及南玄。南一安在扬州梁宅曾对向墨庭讲述过自己许多经历，但关于南玄的事，只说了自己爹娘为保护南玄，在聚寿山下与几大派厮杀，后面的事倒未曾提起，因此向墨庭也就不知。刚才听陈大学说来者是南一安的二叔，料想应当是友非敌，但八部会恶名素著，又见他疯疯癫癫，一路追赶众人，不知要做出什么事来，倒不得不防备。

陈大学"走"字刚出口，南玄已逼至众人身前，但他本不是要动手，只不过一见何阮溪便情难自已。向墨庭长臂一拦，道："前辈且慢！"

南玄哪肯理会，"呼"的一掌，往向墨庭肩头拍去，向墨庭右臂拦在众人身前，左掌击出，两掌相对，二人身子都是一晃。南玄一凛，道："阮溪，他是你什么人？"何阮溪不答，陈大学惊道："好俊的功夫！"他见向墨庭年纪轻轻，内力就如此雄浑，不禁啧啧称奇。

南玄道："是你的相好，是不是？"

何阮溪又羞又怒，道："你胡说什么？"

陈大学脸涨得通红，怒道："他妈的，你才是她的相好！"话一出口，便觉更加不妥，道："不对，不对，你这厮怎能是她的相好？""唰"的一声，挥刀朝南玄拦腰砍去。他本来功力较南玄已差之甚远，此时心浮气躁，刀势更无章法，南玄轻轻一让，跟着一掌斜劈，直取陈大学脖颈，陈大学已避无可避。向墨庭见这一掌比之刚才更险，但南玄全力出击，浑无半分守御，他若此时袭击，势必一击而将其重创，但一来此举既非君子所为，二来他是一安的二叔，三来南玄一掌劈下，陈大学多半也九死一生了。当下不及多想，只能挡在陈大学身前，双臂交叉，架了个十字，要硬接南玄这威势无俦的一劈。南玄掌锋划下，夹在向墨庭两手手腕之间，向墨庭固是浑身一震，双足已陷入地下寸许，南玄亦吃惊不小，左拳倏地击出，只听"砰"一声响，已重重打在向墨庭胸口。向墨庭应声向后飞出数丈，在半空中一个腾挪，落地时居然不倒，但实已觉今日所遇，乃生平前所未有之劲敌，"哇"的一声呕出一口鲜血。南玄这一拳乃是全力击出，若非向墨庭功力深湛，眼下已没了性命。这几下电光火石，从陈大学挥刀至向墨庭受伤，众人只觉是一呼一吸之间，全然不及反应。这时梁筱和南加台同时惊呼："向大哥！""大师兄！"奔到向墨庭身旁。梁筱俏眉紧蹙，眼波盈盈，紧紧握住向墨庭的手。南加台怒道："我跟他拼了！"向墨庭摇了摇头，低声道："你不是他对手。"跟着紧闭双目，暗自调匀内息。

何阮溪与向墨庭并不相识，见他因自己身受重伤，心中愧疚不忍，道："好吧，南玄，你要我跟你走，我依你就是了。"

陈大学挡在她身前，道："老陈还在，不必担心。"

南玄怔怔地看着向墨庭，道："九渊神功，陆象杉，你是陆象杉？不对，陆象杉是个老头，你绝不是他，可是……"一面喃喃自语，一面若有所思。南玄并不知陆象杉已死，刚才数招之间，觉得向墨庭武功路数与儒圣如出一辙，他神志癫狂，竟想不明白是怎么一回事。

梁筱问道："何姐姐，一安的二叔为什么疯疯癫癫的？"

何阮溪道："一安早已不认他这二叔，是他害死了一安的爹娘。"

众人大惊，南玄急道："我……不是我……阮溪，我没有！"他脸上一阵红一阵白，显是周身内息乱窜，突然间发狂价扑来，南加台道："我来会会你！"孙逸潇、何阮溪、陈大学一拥而上，各施绝技。南加台使开折扇，簌簌声响，朝南玄"膻中穴""风池穴""丝竹空"连刺。南玄哈哈大笑，道："陆象杉老啦，九渊剑已稀松平常！"催动"天眼通"心法，将南加台刚才使出的三招九渊剑一一奉还。当年他与陆象杉对弈时曾这般依葫芦画瓢，陆象杉立时便识破他的九渊指乃徒有其表，但如今面对南加台，却是绰绰有余。南加台心中又惊又疑："怎的他也会九渊指？"这一分神，后脑"风池穴"已被点了一下，登觉头晕目眩。孙逸潇、何阮溪、陈大学连进数招，始终近不了南玄的身。何阮溪长剑舞得密不透风，使的都是凌厉杀招，南玄却只躲避，不敢伤她。孙逸潇招式平平，但轻功着实了得，白衣翩然，左右腾挪辗转，南玄一时间也无法将她重创。陈大学刚才吃了苦头，心想今日冤家路窄，逃是逃不了了，拼死也要保护何阮溪，这时刀法严整，将生平绝学尽数使出。南玄只要攻击孙、陈、南三人，何阮溪长剑立时刺来，他不敢还手，只能招架，另三人便趁机联手反攻，斗了十余招，仍是僵持不下。倘若南玄神志清醒，便绝不会上当，只消先点了何阮溪的穴道，让她无法攻击自己，再腾出手来对付另三人，除此之外尚有许多法子既可一举成功，又不伤何阮溪。只不过他疯疯癫癫，心中在意的只有何阮溪，因此想不到别的方法。这几人便似在合力对付一只猛兽，猛兽虽然强悍无匹，终究不如人类聪明。但这不过是权宜之计，南玄武功毕竟高出几人甚多，这般下去，百招千招过手，他倒是浑若无事，另几人却已力有不逮，最后仍只能束手待毙。

梁筱问林知寒道："林姐姐，一安的二叔真的害死了他爹妈吗？"

林知寒自始至终念着南一安，对其余事都漠不关心，听梁筱问自己话，才回过神，点了点头。

梁筱见她点头，突然间计上心来，又问："他二叔叫什么名字？"

林知寒道："南玄。"

梁筱"嗯"了一声，朗声道："喂，南玄，你为什么要害死一安的爹妈？"

南玄听见问话，喊道："没有，我没有！"说话间双掌仍是舞得飞快。

梁筱又道："人人都看见你行凶杀人，你还敢抵赖？"

南玄怒极，喝道："小丫头胡说八道，谁看见了？"

梁筱道："跟你打架的这些人都看见啦，要不然他们为什么跟你打架？他们是要替南一安的爹妈报仇！"又道："你瞧，那是谁？是南一安的爹爹！"

南玄心神大乱，四下张望，却哪里有南天的影子？陈大学挥舞大刀，狠巴巴砍来，南玄回头一见，竟觉陈大学便是南天，直吓得魂不附体，道："大哥，不是我害死你的，不是我！"孙逸潇听见梁、南两人一问一答，心领神会，道："南玄，你害死我夫君，连我这大嫂也不放过，你好狠毒。"发掌向他拍来。南玄大惊，又觉孙逸潇分明便是嫂子柳青青，更加惊恐莫名。南加台厉声喝道："二叔，你害死我爹娘，老天不会放过你！"几人一唱一和，直将南玄弄得云里雾里，惊惧交加，一时茫然无措，不知身在何方，所为何事。南加台扇柄斜刺而出，径往南玄"膻中穴"刺去。这一击南玄终于没能避过，登时鲜血喷出，连退了数步。所幸南加台功力较浅，倘若换作向墨庭，南玄焉有不重伤之理？"膻中穴"是藏气之所，南加台一击之下，虽不能将他置于死地，然而九渊剑法也非浪得虚名，南玄此刻内息紊乱，几人若合力发难，定能将他格毙，但都慑于他武功高强，只怕他临死反扑，因此不敢贸然上前。南玄惊魂未定，双手在头上胡乱抓扯，口中哇哇怪叫，向前方树林中奔去，转眼已不见人影。

刚才险象环生，众人都无全身而退的把握，这时终于松了口气，又觉退敌之法实如儿戏，生平恶战不少，却从无以此获胜的先例，不禁都哑然失笑。

梁筱见强敌退去，更加关心起向墨庭的伤势，问道："向大哥，你怎么样？"其余人都聚将过来。

向墨庭缓缓睁开眼，道："伤势不轻，好在倒无性命之忧，调理几日，便没大碍。"向众人一抱拳，道："今日多承几位御敌。"又向陈大学、何阮溪一揖，道："在下向墨庭，幸会。"

陈大学道："向兄弟真是折杀我老陈了，刚才若非你舍命相救，陈大学这脑袋可要搬家了。"

向墨庭道："原来是山东关帝帮的掌舵人，失敬，失敬。"

陈大学哈哈一笑，摆了摆手，道："不瞒兄弟说，我老陈早不是什么帮主了。"

向墨庭"噫"了一声，何阮溪也觉奇怪，问道："你怎的不是了？"

陈大学道："不提也罢，不提也罢，这帮主有什么好的，倒不如眼下逍遥快活。"

何阮溪道："刚才差点送了性命，还说逍遥快活呢。"她语气似笑非笑，似嗔非嗔，陈大学直听得心神一荡，半晌说不出话。

何阮溪道："梁妹妹，孙姑娘，向大侠，南少侠，多谢几位搭救。"她想起那日在莫家村遭遇陈希夷，自己和陈大学被掳到杭州，猜想陈希夷之所以如此，乃是知道他们都与南一安交情匪浅，多半陈希夷忌惮南一安，要以此掣肘。却不知莫同非眼下怎么样，问道："只不知诸位是否见过一个十岁上下的小孩子，我们被捉到杭州之前，曾和那孩子在一起，我担心他也遇到了危险。"

梁筱心道："她说的那孩子，难不成就是世子？"道："何姐姐说的，莫非是安西王的世子？"

何阮溪摇摇头，道："不是，他只不过是个普通农家的孩子。"

梁筱道："那就没见过了。"她本想问问向墨庭小世子的情况，又觉向墨庭受了重伤，不宜再令他心烦，何况此事对她来讲，实在无甚要紧。

南加台见过了陈大学和何阮溪、林知寒三人，便走到孙逸潇身旁，深深一揖，笑道："在下南加台，适才冒充令郎，实在无礼之至。"他是在说几人各扮角色，诓骗南玄之事。

孙逸潇"噗"的一笑。经历一番恶斗后，她面颊上渗出几颗汗珠，泛出阵阵红晕，宛如白玉上抹了一层胭脂，神光离合，明艳动人。

南加台看得如痴如醉，半晌才回过神，又道："未敢请教姑娘芳名。"

突听一人大喊道："孙姑娘，孙姑娘，我护花来迟啦！"正是朱襄。他一面叫嚷，一面从桥头草丛中奔出。

众人愕然，不知此人是谁，只梁筱和向墨庭曾见过他一次。梁筱道："原来是这个腐儒。"转头问孙逸潇："姐姐，你认识他？"

孙逸潇不置可否，只道："这倒说不上。"

朱襄不知从哪里寻来一根木棍，双手紧握，奔到孙逸潇身旁，俨然一副视死如归的模样，众人见了都觉滑稽可笑。

孙逸潇不理会他，却也对南加台的问话置之不答，道："南公子，烦你领向大侠去我雨花阁中歇息几日，眼下我和梁筱妹子陪着林姑娘去方腊洞。"

南加台小时候听故事，曾听人说起方腊洞的由来，却不知世上当真有这地方。向墨庭道："师弟，你和他们同去，我那茅舍离此不远，自行回去便了。"

南加台自是求之不得，虽然担心向墨庭伤势，但想他武功高强，既然没什么大碍，自己在他身旁也是无用。心想大师兄命自己随他们同去，师父不在了，这叫作长兄如父，不得不从，看了眼孙逸潇，一颗心便要跳了出来。

第二十八回　水帘方寸

南加台、孙逸潇、梁筱、林知寒、何阮溪、陈大学一行六人辞别向墨庭，便往方腊洞并行而去。朱襄独自一人，在后面跟随。何、陈、林三人与南加台只在三圣庄见过一次，今番再会，竟成了过命的交情。几人相互寒暄一阵，却都不愿提起南一安。陈大学听南加台管向墨庭叫大师兄，问及向墨庭是否是儒圣高足，南加台自当实言相告。陈大学道："果真如此，陆老前辈后继有人了，哈哈！"

众人在城里打了尖，梁筱领路，行了两个时辰，便到方腊洞口。梁十八派遣的官兵尚奉命把守在外，三步一岗，五步一哨，甚是严整。其余人问起梁筱缘故，她便照实说了，几人虽觉梁十八行事稳妥，此举本是应当，但一想到南一安也在洞内，心中都是说不出的滋味。

林知寒明知这是死穴，否则这些官兵不是被陈希夷尽数杀了，便也早回去禀报，但她心有不甘，仍是仔细查探洞口周围，见这石洞密不透风，终于心灰意冷。

梁筱黯然道："林姐姐，对不住，这是我梁家欠各位的。"

林知寒清泪淌下，呆了半晌才道："一安命苦，老天不该如此待他。"

何阮溪也曾痛失爱人，见她这般模样，感同身受，深知安慰亦是徒劳。何阮溪与南一安之间的感情，又自不同。南天死后，她本已心如古井不波，但南一安是所爱人之子，当年一声"何姑姑"，她便已视其为至亲，如今南天不在了，他的独生爱子也相继离世，此情此景，怎不教人凄然伤悲？忍不住也跟着哭了出来，陈大学拍拍她肩膀，叹了口气。

朱襄远远跟在后面，不知这些人为何神情肃穆，一个个泪流满面，悄悄走到孙逸潇身旁，低声道："孙姑娘。"

孙逸潇离几人尚有一段距离，听见朱襄说话，道："朱先生，你有什么事吗？"

朱襄脸一红，咽了口唾沫，道："没……没……"

孙逸潇道："没事就请回吧。"

朱襄道："不是，那个，在下是想……是想请……请姑娘……那个……"

南加台本来也随众人沉浸在一片哀思之中，忽闻这边动静，见朱襄正贼眉鼠眼地搭讪，不由得醋意大盛。随手在地上捡起几颗石子，手指微一运力，第一颗正中朱襄脑门心，朱襄吃痛大呼，鲜血直流，众人都向他瞧去。第二颗、第三颗早已跟着弹出，分别击中他两膝，朱襄登时便跪倒在地。

南加台心中暗觉好笑，道："这位先生有心了，倒也不必行此大礼。"

众官兵见了都忍不住笑。朱襄已知是南加台故意捉弄，只觉在孙逸潇面前大失颜面，站起身来，瞪了南加台一眼，气冲冲地走了。

南加台朝孙逸潇望了一眼，微微颔首，他以为自己替孙逸潇赶走了这只烦人苍蝇，孙逸潇必定感激，没想到对方竟丝毫不加理会，连看也不看自己一眼，心中好生失落。

林知寒请众人先回，自己要在这儿多待上一会儿。众人依言。梁筱又请众人在杭州盘桓几日，明日梁宅设宴款待，跟着安慰了林知寒几句，吩咐两名认识的官兵护送她回城，便领其余人先行去了。

林知寒顺山壁信步而行，忽而忆起第一次见到南一安，那是在三圣庄的凉亭中，骆宝颐和沈汀等人发生争执，那也是一安初次见到骆宝颐，他一见之下，脸就涨得通红，说话也结结巴巴，我在角落里瞧着他，他看起来像个愣头愣脑的乡下小子。他走路的样子很奇怪，就像是踩着高跷。她想到这里，竟不自觉面露笑意。有一晚，我在伯牙亭练琴，弹的是那首《南风其凉》，脑中想的，都是师父唐凤逼迫自己做奸细，两边都是自己最为敬重之人，左右为难，生不如死。忽然看见一安，问了他一些莫名其妙的话，他一定觉得我很奇怪吧？宝颐也来了，夜色很黑，远远看着那两个人，为什么都是一般的

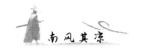

年纪，我却一天也没这样快乐过？第二天，我们三个一起跌落断崖，那一刻，原来真的就要死了，可是那时候，我不想就这样死去。从鬼门关出来，我们放声大笑，我好像很久也没那样笑过了。再后来，他为了救我，被他二叔打伤，济公和少林派救了我们，我向他吐露的心事，济公全听见了，我心里很愧疚，也很畅快。那三年我们住在少室后山，那是最开心的日子，他总想着爹爹妈妈，还有宝颐，我也总在想，他爹爹妈妈是什么样的人？我教他弹琴，他学得很快，可是没过多久，便没了兴致。少室山最美的时节，是在冬季，遍地铺满了鹅毛。第二年腊月，有一天清晨，我醒来见不着他，我早料到他不会等这样久，一定是下山去了，我独自站在院外，北风猎猎作响。突然之间，面前的雪人居然开口说了话，它说，知寒，你怎么不来找我？原来一安并没有走，他不会丢下我的。有一天，他在屋里午睡，法智送来了宝颐给他的信。我忍不住拆开来看，我为什么会哭呢？还哭得那样伤心。他见到这封信时，我们已经下山了。我不是不愿给他，罢了，我就是不愿给他。下山后发生了许多事，我有时很气恼他，我想一辈子在少室后山住着，或者别的什么地方，没人认识咱们的地方，可他一定要走，说什么也是拦不住的。师父死了，老祖死了，他爹爹妈妈，夫子，济公都跟着死了，宝颐也走了，一安很伤心，我也一样，他整个人都消沉了，不再爱笑，看我的眼神也变得冷冰冰的。但我又很庆幸，因为今后就只他和我两个人，我告诫自己，不能有这样的想法，这时候感到庆幸，仿佛是犯了滔天大罪，可心里定要这样想，又有什么办法？再后来，一天夜里，有几个人闯进三圣庄，其中一个人是沈汀，她想报复我，将我带到了杭州。那个青城派的刘云问她，抓这丫头有什么用，她没告诉他真正的原因，可是她说，我是南一安的心上人，抓了我在手，南一安投鼠忌器，就不敢贸然找他们麻烦。我听了很开心，虽然她是胡说的，可我知道，一安会来救我。但我又不想他来，不想他身处险地。我被锁在一间屋里，有一天醒来，枕边有一条蛇，我很害怕，听见沈汀在屋外大笑，她说要慢慢折磨我，不会轻易让我死的。这段日子很难熬，但只要想到一安，我就能挺过去。不知道他在什么地方，会不会早将我忘了，会不会去找宝颐？我待在那里，外面的事什么也不知道。他如果和宝颐在一起，开开心心的，那也很好，至少他不用再为我犯险。

她缓缓而行，伸手轻轻触碰石壁，默念着南一安的名字，泪水簌簌落下，突听得一个女子的声音："林知寒！"

她循声看去，一个十八九岁的妙龄少女站在一株树下，手臂上挎了一只竹篮，身后还有四名女童。

林知寒一怔，这少女不是骆宝颐却又是何人？两人时隔三年，没想到再见面，竟是此情此景。林知寒道："宝颐，你怎么在这里？"原来骆宝颐和南一安自终南山一别后，便随李博渊到了杭州，在李府住了下来。李家上下对她极是喜欢，拿她当自家闺女看待，加上李博渊对她一往情深，她心中也很感激。这些时日李员外肝病复发，寻常大夫始终难除病根，骆宝颐师从道济，医术不凡，偏生知道一味药方能祛此顽疾，只是需到城外的山上采一些白芍，今日便是采药来了。

骆宝颐看了看四周，问道："南一安呢？"

林知寒默然不语。骆宝颐见她眉间隐有忧色，只道林知寒害怕自己抢走南一安，又道："罢了，你告诉他，我要和李师哥成亲了。"说完转身就走。

林知寒道："宝颐！"

骆宝颐回过头来，淡淡道："你若愿意，下月初三便来喝杯喜酒。进了清波门向南，李府就在元宝街上。"

林知寒呆呆望着她，只觉骆宝颐突然出现，突然又走了，仿佛是在做梦。

这一路不知不觉已走到半山腰，两名官兵远远跟着。忽见前方有一条小溪，溪水顺山道蜿蜒而下，绵延不见尽头。她走到溪边，除下鞋袜，踏进水中，顺着溪水向山下走。突然间脚踩一块软绵绵的物事，瞥眼瞧去，却是一本泛黄的旧书，溪水浸泡之下，已变得破烂不堪。她弯腰将那旧书拾起，细看之下，登时一凛，只见封面上模糊写着"楞伽经"三个字，书页整体暗黄，边角褶皱翻卷，不似浸泡所致，反倒像经年累月而成。她又惊又喜，这分明便是法戒交给南一安，请他转赠道济的那本《楞伽经》，那是刘宋时天竺高僧求那跋陀罗的译本，世间独一无二，她此前读过，见其排版字迹，确然便是。她强抑内心波澜，思索南一安身上的东西怎会在这条小溪中。踮脚向上游张望，拐了个弯，溪流便隐没在丛林中。当下溯游而上，来到那拐弯处，见前面仍有好长一段，这般盘着山道追溯，行了大半个时辰，眼前豁然一片开阔

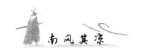

地，居然到了一处山谷，东边有一面峭壁，耳听得水声潺潺，原来那峭壁断崖之上，尚有条山涧直流而下，溪水的源头便在此处了。

这时天早已黑了，梁筱派遣的两名官兵仍跟随在后，林知寒请他们在此稍待，自己要到峭壁顶上瞧瞧。那两名官兵跟她一路爬坡上坎，早已颇不耐烦，只是怕她遇上猛兽，或者在山里迷了路，累着自己担上干系，因此只能随行保护。这时听她吩咐，自是求之不得，何况那断崖不过百尺，两边山道亦不甚陡峭，料来也无多大危险，当即便应了下来。

林知寒从两侧山道往上攀爬，不多时便到山顶，只见那山涧源头还有一个不到两丈见方的水潭，背靠之处又是一面山壁。此时月出东山，月光照在水面上，那潭水清澈见底，尚有不少鱼儿。林知寒心想："这本《楞伽经》就是从这水潭一路流到山腰，只是一安分明在那山洞中，为什么经书会到了这么远的地方？"

突然间灵光一闪，想到当初在三圣庄听陈抟讲学，陈抟是道家，精通风水堪舆之术，于地理之学颇有精研。陈抟曾讲授黄石公的《青囊经》，下卷有一句：日月星宿，刚气上腾，山川草木，柔气下凝。他阐述颇为详尽，将云气汇聚成雨，雨水渗地成泉等原理都作了讲授。一些极端情况下，山顶岩石层呈盆地形状，积留了大量降雨，形成地下水。此外，因土壤有毛细现象，水借助大气压在很小的孔隙中上升，将山下的地下水吸至山顶，譬如以干布条下半截放入水中，很快整根布条都会吸满水，便是此原理。

林知寒就着月光，见潭水中有鱼，说明此潭经年已久，而潭水不断流向山下，雨水时有时无，要保证充足的水源，那绝非尽是降雨，多半尚有地下水供给。可是这潭水只不到两丈见方，怎会有如此多的地下水涌出？心念一转，便有计较，多半是另有水源，那么这本经书便是从那源头漂流而下，源头所在，必然就是南一安的所在。这经书既然能得见天日，说不定人也能出来。可细看之下，却哪里还有水源了？正凝思间，忽见潭中鱼儿消失了不少，过得一会，又多出不少，她立时细察其中一条，只见那鱼游到潭面临接山壁一处时，倏地便没了踪影。她下到潭中，潭水深度只不过到她腰间，山高水寒，不禁打了个哆嗦。她缓缓移步到鱼儿隐没处，只见水下的山壁上布满了水草，她伸手将水草拨开，居然是一个小小的洞口，洞口约莫三尺见方，恰好可供人躯进出。林知寒大喜过望，当下提一口气，潜入水中，钻进洞口。洞口之后乃是一条狭长的通道，通道中灌满了水，此处月光已无法照入，眼前一片漆黑，她只能向内游去。游了数丈，抬手一摸，便即碰到石壁，显是仍在通道里。这时她渐有窒息之感，手足绵软无力，回头已是不能，只得继续向内游。再游得两丈，眼前变得忽明忽暗，似有亮光闪烁，心想这通道尽头多半已不远。当下咬紧牙关，奋力向前游动，光线愈来愈亮，终于游到了一片开阔的水池，这水池深度与洞外潭水相当，她双足着地，哗的一声浮出水面。

只见这水池约莫五丈见方，水池外是一处石窟，地上散有少许金银，数具白骨。四周石壁上挂有火把，火焰尚未熄灭，显然不久前有人将其点燃。她朝岸上走去，忽见地上躺着一个人，上岸一瞧，登时喜不自胜，这人正是南一安。他身旁还有一人委顿在地，林知寒认得那是青城派掌门刘云，只见他胸前衣襟烧毁，左胸还有手掌般大小的窟窿，贯穿胸口，直透后背，显已气绝，但手中长剑血迹斑斑，兀自紧握，似是临死前历经一场搏杀。可是周围却不见陈希夷的身影。

林知寒疾奔到南一安身旁，将他轻轻抱起，倚在怀中，轻呼他名字。南一安冷汗涔涔而下，周身不住发颤，脸色时红时白，双眉紧蹙，显得痛苦万分。林知寒搭他脉搏，但觉脉象紊乱异常，似有数股真力交织乱窜，为今之计，只能借旁人真力为其固本培元，疏通奇经八脉。可她医术虽精，于此却一窍不通，这时不由得手足无措。忽见南一安眼眶发黑，暗笼一层紫气，心想："一安这模样，倒似中毒所致，却是中了什么毒？"一瞥眼看见刘云，心中一凛，寻思："夫子当时被刘云所伤，中毒后便致内力被蚕食，还有熊子也是如此。是了，定是沈汀炼制的剧毒。"又想，倘若是刘云下的手，他身上多半藏有解药。她慢慢将南一安平放在地，跑到刘云身旁，在他怀中、衣袖一阵摸索，浑身上下翻了个遍，却哪里有什么解药？眼见南一安性命垂危，自己束手无策，不由得焦急万分。

正在这时，突然看见南一安右臂上一道三寸来长的剑痕，心想这定是被刘云所伤。猛然想到，刘云身上没有携带解药，但他向来谨慎，多半事先已悄悄服用过，他死的时间不长，药性尚在体内，让一安服食他的血，兴许对

解毒有益。想到这里，计上心来。眼下没别的法子，只好姑且试一试。

刘云已死了一天，寻常人尸体早已僵硬，但他内功颇有修为，气血尚未完全凝固，竟如死了没多久一般。林知寒摘下了头上发簪，在刘云"膻中穴"上戳了一下，将嘴凑过去，贴在出血处吸吮，吸上一口，又凑到南一安嘴边，两唇相接，将刘云的血喂进他口中，再缓缓抚按他胸口。

如此来来回回喂了二十来次，眼见南一安面上紫气果真渐有消散之势，神情亦平缓了许多。喂到第三十次时，她刚将嘴唇贴上，南一安竟突然睁开了眼，两人四目相对，林知寒吃了一惊，虽是为了救人，毕竟也从未与男子有过如此亲密之举，浑身毛发倒竖，芳心怦怦乱跳，羞得玉颊绯红。待要坐起身来，只觉腰间一紧，似有一只大手压在她后腰上，却是动弹不得。南一安揽住她纤腰，觉得她双唇柔软，血腥味不掩阵阵清香，心中一阵激荡。林知寒鬓间两缕长发本来夹在耳后，她埋头轻轻挣扎之时，几根秀发滑落，在南一安耳畔荡来荡去，南一安只觉浑身酥麻绵软，一颗心直要从口中蹦出来。林知寒不施粉黛，竟体自有一股淡淡香气，南一安鼻触芳兰，片刻间天旋地转，神魂颠倒。林知寒全身湿透，衣衫紧贴在她柔腻娇嫩的肌肤之上，南一安双手抚撑，只觉触手冰凉，但肌肤之下又隐然有层层热气上涌，他愈抱愈紧，恨不能与林知寒合二为一。林知寒嘤咛一声，将嘴唇挪到一旁，嘴角贴在南一安面颊上，柔声说道："一安，你……你在干什么？"洞中本来极是安静，南一安被这一问，登时一惊，恍如大梦初醒，林知寒察觉他手上劲力松弛，却不立刻坐起身，只将头放在南一安胸口，静听他心跳之声。两人都是未经人事的少男少女，便是想胡天胡地一番，也不知如何着手。平日里极少听人说起过这种事，但情窦既开，偶尔亦不免神往，每每念此，都不禁春心荡漾，那是人之常情，世上美妙之事亦无过于此。

南一安刚才一阵胡搅蛮缠，不知林知寒是否生气，当下一动也不敢动，低声道："知寒，我……我……"林知寒握着他手，道："别说话，就这样，我……我喜欢……"

南一安最初一只脚已踏进了鬼门关，全然想不到自己竟能捡回一条性命，更不知林知寒怎会找到这洞窟，过了半晌，问道："知寒，你是怎么找到这里的？"林知寒照实说了，又问："你呢？洞里发生了什么事？"

原来那石门落下之后，洞里便漆黑一片，陈希夷知道着了梁十八的道儿，直恨得牙痒痒，但他不甘就死，心想无论如何也要找到出路。当下取出火折子，吹气点燃，昏暗中看见南一安已发掌打来。他早知南一安习得神功，能于黑暗中见物，自己一只手拿着火折子，毕竟施展不开，不由得心惊胆战，随即招呼刘云共同抵御。

南一安以一敌二，但他既无牵绊，周围事物又清晰可见，自是大占上风。只见他拳掌如风，呼呼呼连拍三下，直将陈、刘二人逼得节节败退，左支右绌。陈希夷道："一安，你杀了我，自己也出不去，眼下咱们同在一条船上，还是先找到出路才好。"南一安道："你们害死那么多人，我与你们同归于尽，那也是大仇得报，死而无憾！"双掌一错，分向陈、刘两人胸口拍去。陈希夷和刘云手中都拿了火折子，但火光微弱，只能稍稍看见周围一两尺的情况，再远却看不清了，只能听风辨形。陈希夷最初只守不攻，不敢贸然反击，那是出于谨慎，先求自保，这时已斗了一阵，对周遭地形大致有了数，当下信心大振。他虽只能用一只手，仍然悍勇无匹，刘云在一旁策应，相机刺上几剑，让南一安有所顾忌，致他不能专心对付陈希夷。心想只要能刺中一剑，毒性发作，南一安只能束手就擒。

陈希夷使开"西来龙象手"，五指内屈，一招"五智如来"，抓南一安头顶，南一安手肘上扬，撞他掌心，岂知陈希夷这一招是虚招，半道上变爪为拳，径向南一安左胸打去。南一安这时临敌经验虽已不浅，但面对陈希夷这样的大高手，仍不免吃亏，当下猛吃一惊，身子向后一让，虽避过了最厉害的拳劲，余势仍将他击中，幸在他内力深厚，这一击倒无大碍，只是左手发招便没先前灵活了。

那石窟甚大，南一安知道在同一处地方斗上一阵，陈希夷便能熟悉周围环境，于是将他们往石窟深处引去，不住地变换地点，教这两人每到一处新的地方，攻势便须减缓，自己再借机猛攻。几人恶斗了上百招，已不知身在何处。南一安欲报大仇，心中好似燃起一团烈火，久久不息，定要手刃仇敌，方才肯罢休。陈、刘两人却愈发焦躁，两人毕竟吃了目视不清和只手应战的亏，心想南一安这疯小子咄咄进逼，势要力战至死，他不要命，自己可不能陪他这般耗着。

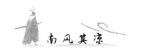

林知寒问："那后来怎样？"

南一安道："我也不知打了多久，更不知那是什么时候了，刘云突然像是碰到了石壁上一个机关，那石壁居然开了一道门。"

那暗门之后有数十级石梯，向上不知通向何方，陈希夷大喜，手臂疾运内力，呲呲呲几声响，掌力甫吐，喷出一条火龙，恶狠狠地向南一安扑来。南一安催动《六通指玄经》功法，奋力招架，双掌推出，好似在身前架起了一道气墙，烈焰便无法将他重创，但其势殊难抵挡，直将南一安震出了数丈。陈希夷和刘云趁机往暗门里窜去。

南一安被震得头晕目眩，定了定神，追了上去。那石梯颇长，似是在山坡下面挖了一条密道，追了好一阵，终于出了密道，来到另一处开阔洞窟，便是林知寒找到的地方。

梁十八先前在洞里查勘，不知有机关暗门，自然以为那石窟是个死穴。岂知北宋年间方腊起义，这洞窟便是他藏身屯兵之处，其构造自比寻常石窟更为复杂，至少留有逃生的后路。不过这条密道却非方腊修建，由谁建造，已不可考。

林知寒听得心惊肉跳，道："这样一来，他们便不惧你了。是你杀了刘云吗？"

南一安摇摇头，道："不是，是陈希夷。"

南一安进到洞内，四周火把已被陈希夷点燃，这时火光照耀，周围事物一览无余。他内力深厚，掌风到处，瞬息便能将火把扑灭，陈希夷自不会眼睁睁看着他这么做，早已挡在他身前，道："你自寻死路，也怪不得我。实话告诉你，我从没打算要取你爹娘的性命。你小小年纪，已有如此功力，我要你为我所用，才将他们绑了，要怪只能怪南玄那小子。"

南一安道："那也是因你而死，何况夫子和济公，都是你害死的，又有何话说？"说罢怒目瞪视刘云。刘云心中一凛，他在石窟外撞见陈希夷，知道陈希夷对自己起了疑心，那已是犯了大忌，日后升官发财固是到此为止，能否保住性命亦未可知。加上陆象杉死于己手，南一安对自己恨之入骨，陈希夷和南一安不论鹿死谁手，自己都难逃厄运。想到这里，一阵凉气直透骨髓。他心念电转，突然间想到一个计策，喝道："不识相的小兔崽子，我先杀了你!"唰的一剑，向南一安刺去。

南一安身子一晃，抢到他身前，刘云手中长剑从他身旁掠过，却没能将他伤到。刘云向后疾跃，长剑划过一道弧线，使一招"众山皆应"，跟着"蜀中八仙""柳暗花明""幽谷飞泉"接连使出，刘云武功本来也非泛泛，青城剑法以快见长，这几招首尾相连，倒也不易应对。但南一安内力绵长，拆得三十来招，刘云已显败象，突然间长剑横扫，一招"行云无踪"砍他左胯，南一安微一侧身，避开了剑锋，猛然拍出一掌。刘云武功不及南一安，但他久历江湖，所经大小战役过百，临敌经验却比南一安丰富许多。他这一招"行云无踪"已使过不知多少次，厉害的对头初次拆解之时，大多先出虚招，再击实招，只因这"行云无踪"本就是诱敌如此，敌人虚招一出，自己不加理会，转而应其实招，后发先至。南一安果然如他所料，一掌虚击而出，岂料刘云的本意并不在后发先至，却是要接他这一掌，当下假扮避之不及，虚招便成了实招，打在他右肩上。刘云盘算这一虚击取不了自己性命，自己便可佯装受伤，倒地不起，让南一安与陈希夷恶斗一番，他置身事外，不论暗寻出口，抑或趁机偷袭，都可随机应变。

南一安固然不知已中了圈套，他这一掌虽是虚招，但发掌奇快，刘云难以避过也属情理之中，因此陈希夷也未起疑，何况他自视甚高，眼下南一安已不具优势，自是有恃无恐，有没有刘云帮忙，也无甚要紧。

南一安击倒刘云，转身面向陈希夷，想到他为博荣华富贵，害得陈抟愧疚半生，含冤而死，对自己的妻子儿子心狠手辣，百般利用，世上怎会有这样的人？但他毕竟又是自己爹妈的养父，抚育之恩，天高地厚，今日便要杀他，也不能累得爹妈不肖，道："我不愿叫你外公，姑且再叫一声神龙尊者。今日在这洞穴之中，不是你死就是我亡。我让你三招，以报昔年你对我父母的养育之恩，三招过后，绝不容情！"他年轻气盛，今日势必要取陈希夷性命报仇，即便这三招间受了伤，凭一口气也要和他拼个你死我活。

当下沉肩坠肘，左手前伸，手腕转了个圈，右手横托胸前。

陈希夷心想："你要让我三招，好大的口气，先挨过一招再说。"冷笑一声，道："九渊掌，老夫就看看你练到了什么地步！"他一面说话，手上已暗运神功，"步"字未毕，砰的一声，双掌齐发，催出两道火龙。南一安运起

《六通指玄经》心法，混着《洗髓经》内力，两手一牵一引，只听嗤嗤嗤几声响，衣袖已被烈火焚毁，这两条火龙乃是以陈希夷另一门绝艺《经行记》催动，内力之强，实是他前所未遇，好在他自身功力精湛，否则纵不立即毙命，也必身受重伤。他化去两道掌力中最强劲的势头，余势仍将他震得气血翻涌，脑中嗡嗡作响，直向后退了七八步，这才站定。

南一安只觉浑身有如烈火炙烤，丹田内猛觉一阵灼热，喉头一紧，喷出一口血来。他潜运《洗髓经》心法，调理内息，瞬息间将内气在周天搬运了数转，勉力能稳住心脉，道："这是第一招。"

陈希夷刚才使出全力，南一安竟未当场毙命，心下吃惊之余，更是恨恨不已。他当日在三圣庄以"火狱掌"神功和妙语大师对了一掌，自知较老和尚确是稍逊了一分，但妙语毕竟百年修为，当世无可匹敌，他倒也不放在心上。南一安只不过十七八岁年纪，内力竟已登峰造极，心想这小子为己所用已是不能，倘若今日不将他除了，日后必成大患。法智当初在少室后山试探过南一安的功夫，那时南一安神功初成，尚不能运用自如，法智将实情禀报了陈希夷，他虽不敢小觑，却也未到为此担忧的地步，如今南一安功力进步神速，倒令他惴惴不安了。

陈希夷这"火狱掌"是以内力将硫黄、硝石、马兜铃等物点燃，再以内力击出，但这些东西在身上藏得过多，既危险又不便，因此他每次只在袖口中放了少量，可供"火狱掌"使出三次，眼下已用了两次，最后一次不到万不得已，不会轻易使出。跟着第二招、第三招都是以西来龙象手辅以《经行记》神功，接连向南一安打来。南一安身具并世两大无上内功，虽然修习时日尚短，但两者相辅相成，同促并进，自然事半功倍，单以内力雄浑而论，与陈希夷只在伯仲之间。他三招报恩，全在守御，莫说是陈希夷，便是陈抟也奈何不得。只不过江湖上斗殴厮杀，鲜有专守不攻的时候，而但凡有攻便有招，有招便有破解之法，因此如果南一安施展绝技与陈希夷全力搏杀，那么陈希夷反倒有了制住他的手段。

三招过后，南一安道："我师兄向墨庭说，有恩报恩，有仇报仇，现下恩已报完，神龙尊者，留神了！"

陈希夷突听"嗖"的一声响，只觉背后风至劲到，南一安眨眼间竟欺至他身后，呼的一掌朝他后心拍落。陈希夷也不转身，右掌后窜，卸劲借力，跟着运劲指尖，点南一安"膻中穴"。南一安九渊掌突变龙图拳，屈臂压肘，撞他手腕，陈希夷竖掌封挡，立时反攻，刹那间左手五指弯曲，蓦地穿出，这一招实是变换于须臾之间，且若有若无，虚实相间，南一安若要拆解，使虚了固然有碍，使实了也觉暗伏杀机，一时应付不易，反被他掌风震到，登觉胸口剧痛。他九渊掌与龙图拳这两门功夫的招法虽已颇具火候，但仍不能切换自如。陈希夷毕竟数十年修为，于发招运力之道、应对转换之理自比他更有见地。高手过招，间不容发，除了内力强弱和招式精粗之别以外，尚有许多不能言传的门道，陈希夷这一下陡占上风，气势大盛，后面二十来招，直压得南一安喘不过气来。

刚才三招报恩，南一安只想抵挡住便好，这时他要与陈希夷生死相搏，只守不攻可不成。但陈希夷掌风笼罩，已成压制之势，要想取胜谈何容易？心念一动，猛然想到刑舒和陆象杉在三圣庄大战，陆象杉事前让他留神观摩，学个一招半式，都能受用无穷。当时刑舒使的是看家本事"玉虚神功"，将陆象杉的一招一式尽数反弹了回去，陆象杉一时间无可奈何。他那《六通指玄经》囊括天下内功，"玉虚神功"虽然精微奥妙，也不能例外。当下转换心法，气通周身百脉，有如撑起了一个无形的气球。他对这门神功本来并不熟稔，其效力较刑舒差之甚远，只能将陈希夷的攻势弹去一部分，不过混以他自身的《洗髓经》和《六通指玄经》两大内力，威力又自不同。陈希夷吃了一惊，心下暗自奇怪，不知刑舒的绝活为何让南一安学了去。

陈希夷知道"玉虚神功"是华山派的无上秘典，就连公良止宇也不曾学过，况且这门功夫博大精深，南一安绝无看一次便会的道理，多半他学艺未精，后继乏力。于是使开西来龙象手，两人拳来足往，激斗不休。陈希夷越打越快，要让南一安应付不及。他虽然出招极快，但一招一式仍然有头有尾，清清楚楚，好似唱曲名家，即便唱得再快，板眼吐字依旧交代得明明白白，绝无半字荒腔走板。

南一安心想，陈希夷武功极高，他和夫子都是一代宗师，但夫子善良正派，将武功用在正途，而他却作恶多端，恃强凌弱，为虎作伥，可见器无好坏，端在人用。

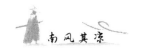

两人愈斗愈狠，内力向四周激荡，这时一面石壁上的两根火把已被劲风扑灭，好在这石窟甚大，几面石壁相距又远，其余火把尚未受到波及。陈希夷右掌斜劈，掌力宛似穹庐，圆转广被，南一安知道这一掌浑厚雄劲，自己这半吊子"玉虚神功"难以应付，当下举掌还架，两掌相接，砰一声响，终究是陈希夷更胜一筹，这一道内劲刚猛无匹，如有地裂山崩之势，竟将南一安身后那一潭水池震得波涛汹涌，池水分向两侧荡开，中间露出一条道。南一安背对水池，不知身后情形，陈希夷一见之下，又惊又喜，刘云一直在远处观战，这时也瞧见了。原来水底居然有一个大箱子，陈希夷心想他要找的东西多半便在其中，同时水面石壁之下还有一个洞口，兴许便是这石窟的出路所在。

刘云已看出胜败转瞬即将分晓，当下悄悄向水池这边走来。陈、南两人恶斗正酣，且到了最为要紧的时刻，对刘云都未加留意。这时陈希夷背对着他，身子又挡住了南一安视线，两人都瞧他不见，刘云瞅准时机，提一口气，倏地举剑刺来，这一剑意在将两人同时刺死。他轻功了得，剑法又快速无伦，眨眼间便欺至陈希夷身后，剑尖离陈希夷后心只一尺之遥。

岂知陈、南都知胜败一线，要做最后一搏，正在这时，使出浑身解数对了一掌，威力之巨，实有万夫莫当之势。刘云长剑刚要递到，便被两人内力震到，猛觉虎口剧痛，剑身蓦地偏转，只听嗤一声响，将南一安右臂划了一道口子。

陈、南二人大惊，陈希夷本就对他起疑，这一下更是杀心顿起。刘云一击不中，功败垂成，已知死到临头。陈希夷大喝："你找死！"右翻掌出，轰隆一声，那最后一道"火狱掌"应声击出，但听刘云一声惨叫，身子飞出数丈，倒在地上，已然气绝。

南一安回过神，待要再战陈希夷，突觉内力不济，身子晃了晃，心念一转，便知是刘云故技重施，在那剑身上涂有蚕食精血、吸取内力的剧毒。陈希夷见他右拳扫到一半，却凝滞不前，只道南一安力战至此，已是内力耗尽，浑未想到是刘云的剧毒起了作用。当下闪身至南一安背后，右掌往他背心拍去。啪的一声，南一安中掌倒地，鲜血狂喷，动也不动了。陈希夷料想南一安内力耗竭，已无神功护体，自己一掌非要他性命不可。他却没料到这一掌的劲力侵入南一安体内，居然被毒性尽数蚕食，南一安只不过是被外力震伤，内脏却未受损。

林知寒听南一安备细一说，几次都听得胆战心惊，紧握着南一安的手，道："一安，这次你能活下来真是老天保佑，咱们以后也别再报什么仇了，我想和你回到三圣庄去，永远在山上生活，你说好吗？"她见南一安面上颇有不甘之色，又道："刘云害死了夫子，他已经死了。今天我和向师兄他们在西湖碰上你二叔南玄，他也变得疯疯癫癫，神志不清，那是老天对他的惩罚，过去的事，就让它过去，好不好？"

南一安奇道："你说的向师兄，可是向墨庭？"

林知寒点点头，将梁筱和孙逸潇如何救出自己与何阮溪、陈大学，如何撞上南玄，向墨庭和南加台等人如何退敌之事简略说了一遍。

南一安听她说起梁筱，忽然想到梁十八设计诱杀陈希夷之事，如今陈希夷逃出了方腊洞，梁十八和梁筱尚且不知，道："不好，咱们快出洞去，梁姑娘和她爹爹有麻烦了！"

他这一说，林知寒也随即想到了，梁筱于她有搭救之恩，这时梁家陷入危难，她也决不能袖手旁观。

两人潜入水池中，出了方腊洞。南一安拉着她手，提一口气，便欲拔足飞奔，谁知脚下一软，竟已使不出半分内力。

第二十九回 从善如登

　　林知寒见他神色有异，道："一安，怎么了？"

　　南一安照着《六通指玄经》心法，又一次催动真力，只觉周身筋脉要穴便似多了一道关卡，真力积蓄在体内，被这些关卡阻住，不能激发出来，摇了摇头，喃喃道："我已服了刘云的血，中毒的症状也消失了，怎的还是使不出力？"

　　林知寒道："难道是时间过了太久，虽然保住了性命，毒性仍未根除？"伸手搭他脉搏，过了片刻，道："脉象瞧不出异常，奇怪。"

　　原来南一安中毒之后，本来捱不了这长时间，只因他体内《六通指玄经》和《洗髓经》两股真力源源不断，共同抵御外毒入侵，这才能等到林知寒。但正所谓福兮祸之所伏，这两种极强的内力虽然救了他性命，但被毒性扰乱，于是在他体内冲撞交织，各行其是，竟成对峙之势，宛如一佛一道，于不动声色间相互斗法，外表上实在也看不出门道。这也难怪，他内力虽强，还远未到将两种内力运用自如的境界，这时便更难驾驭了。

　　正在这时，突听一人喊道："姑娘，你到哪里去了？咱们可找得你好苦，这深山老林，半夜里遇上豺狼虎豹，那可不得了。"原来是刚才两名官兵其中一人。他二人见林知寒半晌不曾下来，心下担心，上峭壁一瞧，却连个鬼影都没有。于是两人商量，他在原地等候，另一人到别处找寻。

　　林知寒进洞后耽搁了一个多时辰，眼下已时交子刻，只见月亮高悬山头，果然有嗷嗷狼嚎，道："这位大哥，对不住，咱们有要紧事禀告梁大人，烦你快领路回城吧。"

那官兵瞧了瞧南一安，又瞧了瞧林知寒，不知哪里冒出来一个男子，他却想不到这跟梁十八的计划有什么干系。但林知寒既然好端端的，自己这一个月的俸禄算是保住了，当下也不等同伴回来，径领南、林两人回了钱塘县城去。

回到城里，已过丑时，那官兵领着二人到了梁十八府外，正要敲门，里面却有两人先走了出来。一人是梁宅的管家，另一人五十岁上下，服饰璨然华贵，似是个富贾。那管家拱手一揖，道："李员外，请。"街上早有一乘坐轿等候。

管家目送他上轿，那轿子在街角拐了个弯，便不见了。那管家看着南一安三人，见一人穿的是官兵服色，但显然军阶颇低，道："大人已经歇了，有什么事明日再说。"说着便要关门。

林知寒和南一安均想："梁大人既已歇了，那么陈希夷自然便没找上门来。只是这件事关乎他和梁筱性命，总要告诉他，提早提防才好。"林知寒道："老伯，咱们确有要紧事，烦你通报一声。"

那管家摆摆手，道："大半夜的，能有甚要紧事？明日再说，明日再说。"

林知寒道："算了一安，既然梁大人没事，咱们明日再来也无妨。我带你去见你何姑姑吧，她要是知道你好端端的，不知会有多开心。"

南一安道："也好，咱们走吧。"

突听一个少女的声音喊道："南一安！"两人回过头看去，那人正是梁筱。她快步走近，瞪大了双眼，伸手捏了捏自己的脸，又捏了捏南一安，道："你……你没死？"

南一安笑道："我没死，让你失望了吧？"

梁筱连忙摇头，道："不，那天……我爹……"她支支吾吾说了半晌，又道："你没死就好，太好啦！"话锋一转，问道："你是怎么出来的？陈希夷他……他死了吗？"

南一安摇摇头，见梁筱目光中既有惭色，又显失望，道："梁姑娘，陈希夷绝非易与之辈，我担心他会对你和梁大人不利，我和知寒这么晚来到梁宅，就是想让梁大人早做提防。"

梁筱道："咱们里面说。"三人进了梁宅，梁筱吩咐伙夫做了几道饭菜，

南一安两日不曾进食，一口气吃得杯盘狼藉。梁筱详细询问了事情经过，并对南一安讲述了陈希夷与梁家的恩怨，请他宽宥。南一安说了些谅解的话，将陈希夷所做的恶事也大致道了一番。几人商定今晚在梁宅暂住，明日将陈希夷脱逃的事告诉梁十八。

第二日中午，梁筱分别叫醒了南、林两人，领他们去书房见梁十八。梁筱先进了房门，南一安和林知寒在门外等候。梁十八正自欣赏墙上一幅字画，梁筱道："爹爹，早。"

梁十八笑道："筱儿，你过来，念给我听听。"指了指墙上的一幅字画。

梁筱道："爹，女儿向来不喜欢这些，这上面字歪歪扭扭，在这书房里挂了好几年，它们认识我，我可一个也不认识它们。"

梁十八板着脸，道："爹让你平时多读书，你就是不听。你是我梁家的后人，爹就你这么一个女儿，日后爹老了，梁家可就得靠你啦。"

梁筱道："知道啦，那你说这上面写的什么？"

梁十八捻着一撮胡须，道："这是黄庭坚的真迹，写的是他老师苏东坡的一首词，叫作《江城子·密州出猎》。"黄庭坚长于狂草，这幅字帖燥湿相间，宾主合宜，确属上品。梁筱虽不谙其中妙谛，但这首词小时候却曾背过，道："老夫聊发少年狂，左牵黄，右擎苍。看来爹爹是不服老啊。"

梁十八笑而不答。梁筱正色道："爹，有个人要见你。"

梁十八道："哦？什么人？"

梁筱侧身望向门外，梁十八相循看去。南一安和林知寒并肩走进书房，南一安道："梁大人，你好。"

梁十八一见之下，倒吸了一口凉气，几乎不敢相信自己的眼睛，愣了半晌，道："你……你……"他自然是想问你为什么能出来，言下之意则是问陈希夷是否也出来了，过了片刻，却道："南少侠吉人天相，快来，快来。"走上前去，拉着他手，到几旁坐下，跟着又关上了房门，站在门口，怔怔瞧着南一安，却不说话。

南一安知道他心中疑惑，只是碍于情面，不便直言相询，道："梁大人，陈希夷没有死，我这次来就是要将此事告知于你，他绝不会善罢甘休，一定要小心提防。"

梁十八道："不错，不错，可是他……你们……"

南一安道："那石窟中另有哑门，我们在打斗中无意碰到了机关，有通道通向了别处，他才得以逃脱。我和知寒原以为他出来后，定会来找你的麻烦，于是便赶过来，天幸梁大人你没事。只不过他工于算计，武功又高强，料来是在暗中筹划，因此务请梁大人和梁姑娘加倍当心。"

梁十八点点头，叹了口气，道："多谢少侠了，既然如此，那是姓陈的命不该绝，但不致南少侠受到牵累，也属万幸。"又问梁筱道："咱们和陈希夷的事，你和南少侠说过了吧？"

梁筱道："是，爹爹，一安和咱们同仇敌忾，你不必过于自责。"

梁十八"嗯"了一声，若有所思。

梁筱道："爹，我有几个新朋友，我请他们一会儿到家里做客，咱们一起吃饭吧？"

梁十八微微一笑，道："你替我好好招待他们，爹还有些公务要处理。"又对南一安和林知寒道："两位请宽坐，老夫先失陪了。"

梁十八初时得知陈希夷死里逃生，心如乱麻，片刻间便冷静下来。心想陈希夷此时必定已回到西北，欲将此事告知阿难答，他是阿难答的左膀右臂，在阿难答看来，自己要将陈希夷除掉，那是项庄舞剑意在沛公。如今自己与阿难答已成敌我之势，阿难答在朝中权势熏天，他一个地方汉官如何与之抗衡？他原本打算等到皇帝驾崩，两王相争时在江南起事，眼下局势波诡云谲，唯有先发制人，背水一战，否则一旦阿难答对自己下手，一切部署固然付诸流水，更会身陷万劫不复。当下急匆匆往行省衙门去，又命亲信将行省平章阿里和谢展等人请来，密谋造反之事。

梁十八去不多时，南加台、孙逸潇、何阮溪、陈大学便到了梁宅。梁筱又差人去五云山请来向墨庭，待人到齐，才将南一安叫了出来。众人都不知南一安死里逃生，何阮溪和向墨庭见到南一安，都是又惊又喜。何阮溪拉着南一安问长问短，南一安说出事情经过，众人都觉匪夷所思，至于他和知寒的亲密之举，自是绝口不提。向墨庭原本颇感内疚，眼下见南一安平安无事，心中舒畅了许多。

南一安问起他被关在洞中之后的事，向墨庭便将他与萨迦四杰相斗、梁

筱设计脱身、孙逸潇仗义援手等一概说了，只是在钱塘江中所见所闻，他自己想不明白，便烂在了肚子里。

豪饮数巡过后，向墨庭忽然想起小世子的事来，便问起南一安，这次南一安、何阮溪、陈大学和向墨庭几人都同时在场，将小世子的容貌、身形等描述一番，何阮溪再说起在莫家村被陈希夷劫持一事，诸多事情联系起来，一加对证，便知小世子原来就是熊子。只是熊子怎会是安西王府的世子，众人却不得其解。

向墨庭看向梁筱，见她始终一言不发，问道："妹子，你可知道你爹爹将小世子安顿在什么地方？"

梁筱摇了摇头，她平常活泼灵动，此时面色沉凝，大不同于往昔，向墨庭心下犯嘀咕，但又不便追问，转而对南一安道："兄弟，你若想见见小世子，咱们这就去找梁大人，谅来他不会阻拦。"

南一安点点头，道："正是如此。"这时一名家丁走到梁筱身旁，手上拿了封帖子，道："小姐，这是李员外家送来的请帖，李公子下月初三大婚，请了老爷和小姐去吃喜酒。"

梁筱接过请帖，道，"哪一个李员外？"

那家丁道："李明甫，他儿子李博渊，小姐年幼时见过的。"

南一安听见李博渊的名字，心中一颤，骆宝颐当初在终南山负气之下，和李博渊同行而去，此后便再没见过她。眼下李博渊要成亲，这新娘难道便是骆宝颐了？霎时间浮想联翩，往事潮水价涌上心头。当初在三圣庄的日子虽然短暂，但回想起来，心中都是甜蜜无限，只不过自此而后，总是聚少离多，且两人之间还夹杂着许多误会，想到她即将成为人妇，又不禁苦涩难言。

林知寒见他神色古怪，早已猜中他心思，却假装不知，握了握他手，道："一安，你怎么了？"

南一安被她一语所惊，回过神来，那家丁早已退下了，也不知梁筱又说了什么。斟上一杯酒，轻轻嘬了一口，道："没事，知寒，我在想熊子怎么样了。"

林知寒明知他在说谎，仍顺着他说道："梁大人有公事要办，咱们在这里候他回来，问问他就知道了。"

突听南加台道："大师兄，南师弟，陈希夷这恶贼侥幸逃脱，那是老天要让咱们三兄弟合力为师父们报仇，你们说说，怎生想个法子找到他才好？"他自从知道陈希夷活得好好的，心中既愤愤不平，又跃跃欲试，这话早就想问，但始终插不上话。

向墨庭道："不错，师父的大仇，那是一定要报的。"

南加台道："咱们师兄弟三人联手，纵他武功再厉害，也不足为惧。"

陈大学站起身，昂然道："你们替三圣庄的老前辈报仇，也算我陈大学一份，老陈武功虽不如你们，打个前站，当个先锋，总是可以的。"

两人见他慷慨激昂，大有同仇敌忾之感，心中都颇存敬意。当下齐看向南一安，只见南一安苦笑摇头，道："不瞒二位师兄，小弟这身功夫，恐怕已经废了。"

众人相顾愕然，不知他所言何意，南加台道："师弟莫不是怕了那老贼？"

向墨庭厉色道："阿台，一安岂是贪生怕死之辈？你不可出言侮他。"

南加台也觉失言，道："师弟，我是报仇心切，你别放在心上，可你此话却是何意？"

南一安道："大师兄，你还记得我跟你说过，夫子是怎么死的吗？"

向墨庭道："你说是中了逆徒沈汀所制的剧毒，以致内力精血……啊！难道你，你……"

南一安点点头。何阮溪和陈大学齐声问道："怎么回事？"

南一安道："大家不必担心，我能捡回这条性命已是上苍垂怜，这身功夫本就是机缘所致，非我勤修苦练而来，丢了也没什么可惜。"又道："两位师兄，师父们的大仇自然要报，我定会想办法找到咱们的大仇人。"

向墨庭恨恨地道："这个刘云，枉为正派掌门，干的全是卑鄙无耻的勾当，哼，陈希夷一掌将他杀了，倒还算做了件好事。"

梁筱闷了半晌，这时忽然开口道："一安，你说陈希夷进了方腊洞，的确是要找一样物什，那是什么东西？"

南一安道："我当时毒性发作，倒在地上时，看见他跳入水中，似是从水里拿出一只大铁箱来，之后我便昏过去了。"

梁筱喃喃道："难道方腊洞宝藏的传闻确有其事？"

孙逸潇道："恐怕没这么简单，陈希夷既然是安西王的股肱重臣，哪里缺得了金银财宝？区区一只箱子，能装下多少钱财？我要是他，可不会为此犯险。"

众人听了均觉在理，南加台道："莫非是什么厉害的武功秘籍？方腊悍勇无匹，将毕生所学辑录成册，那也说不定。"顿了顿，又道："可是他如今已鲜有敌手，何况其志不在此，要说他为了一本武功秘籍而大费周折，也说不大通。奇怪，奇怪。"

何阮溪向南一安使了个眼色，示意有话要对他说。两人一前一后走到花园假山旁，何阮溪温言道："一安，你爹娘就一根独苗，他们若是还在，一定希望你安安稳稳的，既然杀害儒圣的刘云已经死了，你二叔也遭了报应，能不能别再去找陈希夷报仇了？你和知寒一起，跟我回云南，好不好？"

南一安默然无语。何阮溪又道："冤冤相报何时了，况且你现在武功尽失，去找他报仇，那不是自寻死路吗？还有陈……陈帮主他……他也不是陈希夷的对手……"

南一安心中"噫"了一声，他知道何阮溪关心自己自然是真，却没料到她心里也这样在乎陈大学。心想陈大学对何姑姑一往情深，甘做护花使者，何姑姑被其打动，那也是情理之中。转念又想到自己，对待感情总是三心二意，实在不该，可是这却非人力所及，心中要这样想，自己也无可奈何。

何阮溪道："一安，你在听吗？"

南一安回过神，心想何阮溪说得很是，可要他苟且偷生，任两位师兄自行去找陈希夷，未免也太不够义气，不过此事本非旦夕可成，眼下宽慰她几句也无妨，道："何姑姑，你放心，我会照看好自己的。"

何阮溪道："你可不许嘴上说说。"

两人回到席中，这一顿饭直吃到日落山头。宾客尽兴而散，只南一安和林知寒尚在梁宅等候梁十八。

不觉已过酉时，梁十八这才回到府中，径自去了书房。南一安听见动静，也即跟去。梁十八刚要关上房门，南一安便伸手将门抵住，道："梁大人，打扰了。"

梁十八一惊，见是南一安，和颜道："小兄弟，请进。"

梁十八端坐上首，兀自凝视南一安，目炬中恍然有股天神之威，比陆象杉的浩然庄严多了几分倨傲，又比陈希夷的阴狠毒辣多了几分含蓄，实是捉摸不透，然而视之栗栗。南一安被他瞧得浑身不自在，半晌开不了口。

梁十八沏了一杯茶，慢慢喝下一口，道："小世子不在我这里。"

南一安一惊，心想："我还未开口，他怎的已知道了？"

梁十八叹了口气，道："这个小世子身世可怜，他父亲安西王也只不过是要利用他罢了。我原想好好款待他几日，再送他回家乡，没料到被怀宁王的人先下了手，人多半已被带到了瑞州怀宁王府。"

南一安踌躇片刻，道："怀宁王是安西王的对头，他一定会对熊子不利，梁大人，请你想想办法。"

梁十八道："熊子？"

南一安道："就是世子，他的养父母管他叫熊子。"

梁十八道："少侠也太瞧得上老夫了，怀宁王要的人，除非是皇上，谁敢和他抢？"

南一安听他说熊子被怀宁王带走，原也知道此事颇为棘手，料来梁十八也无计可施，心想与其求人，不如自己亲去探上一探。只是如今武功尽失，莫说王府中有什么厉害高手，就算寻常蒙古军官，自己恐怕也难以抵敌，心下不禁着恼。再看梁十八，见他悠然饮茶，显未将此事放在心上，便也不愿多言，道："叨扰了。"

来到林知寒房中，心中千头万绪，半晌不语，过了好一会儿，才将刚才和梁十八的一番说话复述一遍，又道："知寒，你说怎么办？"

林知寒站起身，怔怔出了会儿神，却问南一安道："你怎么想？"

南一安心想："小时候和爹爹妈妈在一起，被刘云那些人追杀，那时我不曾怕过。后来陈希夷设计要害师父们，我也不曾畏惧。为报爹妈和师父们的大仇，我和陈希夷在石窟中拼命，更没想过一个死字。先前何姑姑劝自己不可再去寻仇，自己也不会乖乖听话。可是如今想到要去怀宁王府救出熊子，怎的这般踌躇？是因为我没了武功，还是熊子与我非亲非故，犯不着为他冒险？"转念又想："南下扬州途中，我也见了许多百姓遭受欺压，出手相助，反倒被人误解。可见做了好事，旁人也未见得受用。我从石窟中死里逃生，

但武功尽失，要替爹妈和师父们报仇，真不知等到何时，就算今后功力恢复，那陈希夷又能活到那时候吗？"愈想愈觉得自己所做之事，看来尽是些无用之功，又何必枉送了自己性命？可是眼前这人是自己的心上人，这样的想法，要怎样才能说得出口呢？

林知寒见他脸上一阵迷茫，一阵忧愁，道："你不想去，是不是？"

南一安一凛，道："我……"

林知寒走到床边，叹了口气，悠悠道："一安，咱们经历了许多，世道险恶，又怎会不知？你武功没了，要冒险去救一个非亲非故之人，扪心自问，我害怕极了，害怕咱们又要分开。我……我真后悔，在少室山时你要教我武功……我却……却不想学……"说到后面，已自哽咽。

南一安听她这般说，心中霎时涌起一股暖流，想到世上还有如此爱惜自己之人，当真甜蜜无限。伸手拭去她眼角泪珠，道："知寒，可是咱们真的就这样袖手旁观了吗？"

林知寒握着他手，道："倘若在从前，你要是跟我商量，我如何也不会让你去。"

南一安"噫"了一声，道："那么你眼下是让我去了？"

林知寒道："方腊洞之后，我想了很多事情。我跟你说过，我是怎样找到你的吧？"

南一安点点头，道："是因为法戒大师送给济公的佛经。"他刚说出法戒的名字，心头突然一颤，道："你想起了法戒大师对咱们说过的话，从善如登，从恶如崩，是不是？"

林知寒道："如没那本经书，我是找不到你的，也许冥冥中自有天意。仔细想想，咱们也不知死过多少回了，第一次是从断崖斋落下山，第二次是被你二叔打伤，后来你在莫家村救了我，咱们回到三圣庄与师父们共患难，再后来我又救了你。每一次都是险象环生，老天似乎总不让咱们死。"

南一安听她这番话，不由得面红耳赤，道："知寒，我知道了，你这话教我无地自容。"

林知寒神色笃定，道："不，一安，其实不论我说什么，最终你都会去的，我知道，因为你是三圣的弟子。"

南一安想到三圣的侠骨丹心，霎时间百感交集，泫然欲泣。

林知寒又道："其实我也不知道说得对不对，也许咱们这一去就没命了，可是那又怎样呢？人生在世，总有什么是比命更要紧的。"

南一安既感愧，又振奋，对林知寒更多了几分敬服，道："你说得不错，就算是死，咱们也死在一块儿。"

林知寒嫣然一笑，道："不过能不死，还是活着的好。去是一定要去的，但这件事还需跟你两个师兄商量，看他们有什么办法没有。"南一安点头答应。两人坐在床沿边，不自禁想起在方腊洞中的事，两颗心怦怦直跳。

林知寒依偎在他怀里，渐要睡着。也不知过了多久，隐隐听见南一安沉吟低语，她柔声问道："一安，怎么了？"

这时月光穿透云层，照进房角，南一安一怔，道："我在想济公曾问过我的话，他手指月亮，问我这是什么，不知他是何意？"道济曾问过他三次，前两次林知寒都不在场，最后一次是道济涅槃之前，林知寒在一旁听见了，南一安那时已不知如何作答。

林知寒道："你想这事做什么？"

南一安道："济公是得道高僧，他这话定有禅机，我就是突然想起来，想要弄明白。"

林知寒莞尔一笑，道："好，待熊子之事了结，倘若咱们还没死，那今后要做的第一等大事，就是将济公这话弄明白。反正你没了武功，再也不能'为非作歹'啦。"

南一安哈哈一笑，道："谁说我没有？"

林知寒道："你有什么？"

南一安道："我有……"趁林知寒不备，伸手往她腋下挠了几下，道："我有九渊指！哈哈哈哈！"

林知寒花容失色，一面咯咯直笑，一面使劲挣脱，道："不许挠痒！"

南一安顺势将她压在身下，两人相对良久，都是一动也不敢动。林知寒忽然想到在方腊洞外遇见骆宝颐，宝颐就要和李博渊成亲了，这事要不要告诉一安呢？刚才李府送来请帖，兴许他已经猜到了吧。当初在少室后山，宝颐曾给一安来信，她将信藏了三年，直到下山时才交给南一安，这件事南一

安始终不知情，在她心里却久久不能释怀，呆了半晌，终是开不了口，嗔道："你起来。"

南一安忙坐起身，胸口已渗出汗水，伸手搓了把脸，不知该说些什么。林知寒道："我……我去给你做些吃的。"说着急匆匆奔出房门。

不多时，林知寒手捧一碗热气腾腾的面条走进来，道："你尝尝，上次吃我煮的面条，还是在少室山的时候。"

南一安接过碗来，挑起数十根，吸进口中，连称美味，笑盈盈道："这面尝上一口就知道是你煮的。"

林知寒奇道："怎么能知道？"

南一安道："你不爱吃葱，没葱味儿。"

林知寒低头浅笑，烛火映照在她的酒窝上，如晚霞般醉人。

翌日早晨，两人离了梁宅，要去五云山找向、南二人商议。路经行省衙门时，只见衙门外张贴了告示，老百姓簇拥一团，大门口被围了个水泄不通，众人七嘴八舌，显然群情激愤。这些百姓大多不识字，好在告示旁有一人解说，路人奔走相告，诉苦叫骂之声响彻城郭。两人凑上前去，只听那解说的人道，"干活种地的都是咱们汉人，如今朝廷一道令，苛捐杂税更增十倍不止，朝廷是不给咱们老百姓活路了。"林知寒一瞧，只见这人便是那日梁筱派遣护送自己的官兵，心中大是奇怪，那官兵不在衙门里当差，怎的冒充起了乡农？这念头一闪即过，她也未加细思。

两人来到路边一处面馆，要了两碗面条，突听西面街头传来阵阵呼号，几个蒙古人正自殴打一名商贩。汉蒙皆属华夏，外貌实无甚差异，只因这几个蒙古人身穿质孙服，这才能够分辨。彼时虽是蒙古人当政，但汉人仍占多数，一旁围观的几乎都是汉人，个个又怒又怕，却无一人敢挺身而出。

南一安想起南下时一路所见所闻，怒道："这些蒙古人也太过蛮横。"便要过去教训那蒙古人，忽然间一道灰影闪过，从那几名蒙古人身旁掠去，只听"啊哟"几声，几人尽皆摔倒在地。那灰衣人身法好快，南一安内力受制，竟看不清他以何种手段一举击倒数人。

那灰衣人跟着走出人群，将一个四十岁上下的病汉引到中央，那病汉便是谢家堡的堡主谢展。谢展干咳了几声，深吸一口气，兀自昂然道："在下是谢家堡谢展，受梁大人之托，告诸各位乡里，凡江南之地，若有欺压百姓、作奸犯科之徒，不论蒙汉藏回，皆宜法办，一视同仁。路人见之有仗义勇为者，嘉许白银二十两。"转身对几名官差道："请将这几名狂悖之徒移送官府查办。"那几名官差依言将几个蒙古人绑了，押往行省衙门。

不知何时周围已聚了上百人，只听一阵如雷彩声，在场的百姓都觉扬眉吐气，心中说不出的畅快。跟着又有四人走进人群中央，南一安和林知寒不知这四人是谁，但钱塘县城内的百姓却几乎都认识他们，其中三人便是当日梁十八在钱塘江夜会的吴耀奎、张德玉和王钰，另一人则是李博渊的父亲李明甫，这四人加上谢展，并为江南五大豪绅，江南富庶冠于中华，而这五人的财产便占十之有六。

张德玉朗声道："诸位乡亲父老，咱们五家商量了，尊奉梁大人指令，衙门口那张告示所言的苛捐杂税，由咱们担了。除此之外，地、商两税在原有额度上再削三成，让利于民。"说罢，人群中又是一阵喝彩。众人听这话由东家亲口说出，不由得欢天喜地，恨不能立时告知亲人邻里，不多时便都飞奔着回家去了。

待人群尽散，忽听一人说道："谢兄，你好啊。"

谢展等人闻声看去，都"噫"了一声，那说话之人原来是金大，他身旁便是银二，却不见铜三。谢展心道："上回他着了我的道儿，莫不是找场子来了？"

金大见他神色郁然，道："阁下不要误会，梁大人为人豪爽，礼贤下士，金某敬佩之至，他将安西王世子奉送与我，又帮了咱们的大忙，怀宁王很是高兴。只不过他手底下的人杀了我兄弟，金某向来一是一，二是二，这笔账却不得不算。"

谢展心想："原来你是寻八部会的晦气来了。八部会与我不共戴天，那两人已是梁大人的座上宾，我不便出手，由你们代劳正好得其所哉。"

南一安听金大说梁十八将安西王的世子奉送给他，这与梁十八本人所说显然不同，心中纳闷，寻思："大师兄昨日说怀宁王的属下要劫持熊子，梁大人也说是怀宁王派人将熊子带走的，可听这人所说，显然是梁大人自己将熊子交给了怀宁王，这是怎么一回事？"

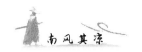

只听谢展道："哦？却不知是梁大人手下哪一号人物有这等手段？"

金大道："这两人尊驾也曾见过，当日在钱塘江边与我兄弟几人厮杀的便是了。请阁下转告他们，三日后的未时三刻，萨迦三杰在飞来峰上恭候大驾。"飞来峰与西湖相去不远，峰上灵隐寺是道济出家悟道之地，誉满天下。

南一安听到"萨迦三杰"四字，想起此前向墨庭对他所说之事，便即留神。谢展道："自当遵命。不过这两人已投靠了梁大人，还望二位手下留情。"

金大道："哼，朝秦暮楚，更该杀。"他却不知谢展这话原是要他放下顾虑，倘若二尊是安西王的人，旁人只怕投鼠忌器。

金大和银二一拱手，与谢展拜别。南一安向林知寒使了个眼色，两人远远跟随金大。

穿过几条街巷，便到了雨花阁。南一安知道这是风月场所，心想金大多半是来寻欢作乐的，林知寒在他身旁，自己又不便跟着进去，于是便在外面等候。过不多时，金大和银二便从里面出来，径往西湖方向去。原来那日铁四死在雨花阁，当时情形不容为其收殓尸身，这次来就是为他料理后事。岂知孙逸潇竟已将铁四安葬在西湖边上，金大和银二感激莫名，这便要去铁四坟前上一炷香。

出了钱塘门，到得西湖边上，临湖有一处小树林，只见杨柳依依，清波荡漾，铁四的坟冢便在此处。

二人见碑上刻着铁四侠之墓，心中又是一阵感愧。萨迦四杰在乌思藏武林颇具威名，但四人被怀宁王豢养多年，干了许多蝇营狗苟之事，这侠字实在也难当得。

敬香过后，忽听金大朗声道："是哪位朋友，不妨上前一见。"

南、林两人都吃了一惊，南一安心想："既已被察觉，也只好会会他了。"正要从大树后走出来，突听一阵干笑声。只见两个人从一株大松树上跃将下来，南一安认得背影，却是紧那罗和夜叉。

金大和银二都吃了一惊，心中暗叫不好，原来几日前他兄弟三人携了莫同非回瑞州，半道上商议，金银二人折返杭州，收殓铁四的尸首，铜三将莫同非献给怀宁王后，即赴杭州会合，共同对付紧那罗和夜叉，替铁四报仇雪恨。铜三往返两地，需耽搁几日，因此让谢展带话，三日后双方决斗。不料这时铜三尚未赶到，对头却先到了。雨花阁那日萨迦四杰恶斗向墨庭在先，因此敌不过二尊，还折了铁四，倘若金银铜三人均神完气足，世上倒也少有敌手。

紧那罗道："你不是要找咱们打架吗？不用你请，这便动手吧。"原来梁十八决意起兵造反之后，仍对谢展等人不放心，因此派遣夜叉和紧那罗暗中跟着这几人，不过只是让他们如实禀报行踪，并不将其真实意图告知二尊，二尊更不知梁十八已决意造反。没料到撞见金银二人回到杭州，两人跟到雨花阁，探明金银二人要去西湖边祭拜，因此先一步埋伏在周围，意欲先行下手，除掉祸患。南一安和林知寒远远跟随，加上树林茂密，隐没了二人身影，倒没教他们瞧见。

金银二人心下叫苦不迭，四人中金大武功最高，铜三次之，倘若三人联手，倒也不惧二尊，只是今日情形，只怕免不了一场恶战，怎生想个法子，避过了今日，又不失颜面才好。金大道："今日祭拜我枉死的兄弟，三日后在此恭候两位。"

夜叉道："早晚都得动手，还挑什么日子？还是你们少了帮手，怕打不过？哼，江湖规矩，咱们二打二，都不占便宜，有何不妥？"

南一安心道："夜叉和紧那罗武功高强，这两人多半打不过，倘若被他们杀了，便无法问明熊子的去处，这可大大不妙。"

金大被他说中心事，不禁恼羞成怒，但冷静一想，眼下敌强己弱，久战必致败局，倘若意气用事，非但不能给铁四报仇，反倒自己搭上性命，须得想个法子，上则取胜，次则脱身。可是他自负武功不弱，又是江湖上有头有脸的人物，这计策却不能失了体面。金大昂然道："上次交手，我们兄弟四人打不过二位，如今只剩三个，原也没给自己留活路。"

夜叉暗自得意，搓了搓鼻子，道："你既知道，跪下来叫三声爷爷，倒也不是不能放过你。"

金大道："杀人不过头点地，二位也是道上成名已久的人物，逞这口舌之快，未免落了下乘。"

夜叉道："你待怎样？"

金大道："我兄弟几人从不自诩英雄豪杰，不过是为怀宁王卖命的马前

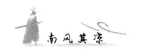

卒。但王爷仁义过人，向来待咱们不薄。我兄弟二人死不足惜，只是今生无以为报，若三弟将咱们的死讯告知王爷，还累得王爷大动肝火，伤了身子，真是百死莫赎！"

二尊恍然大悟，心中不禁犯起嘀咕："他们是怀宁王的手下，这怀宁王别说是咱们，梁大人也是开罪不起的。要杀就不能留下一个活口，最好等他们三兄弟到齐了，也免贻人口实。"他们要是知道梁十八已起不臣之心，便不会有此打算。

夜叉道："你要是今日死了，那是死不瞑目。咱们就约定三日之后，你叫上帮手，到时拼个你死我活，好叫你心服口服。"

金大点头不语。紧那罗心念电转，寻思："他是在虚张声势，倘若今日放他走了，未免多生事端。"

金大正待回身，忽听紧那罗道："慢着，你想拿怀宁王吓唬咱们，爷爷可不是吃素的。今儿个将你挫骨扬灰，妈的，谁知道是咱们干的?"

这一出金大可没料到，暗叫："我命休矣！"便在这时，耳听得一阵喊叫："我是谁? 你在哪儿? 你是谁?"那人说"我是谁"时，似乎相距甚远，待说到"你是谁"时，竟然已奔至紧那罗身前。两人大眼瞪小眼，只因相距过近，紧那罗尚未将这怪客认出来。夜叉仔细一瞧，直吓得心胆俱裂。只见此人一身紫袍，双眼凹陷，额上罩着一层黑气，披头散发，颔下浓须又脏又乱，却不是南玄是谁?

夜叉"啊也"大叫，挽着紧那罗手臂向后纵跃，喊道："南玄！"这一来紧那罗也即认出。两人对他甚是畏惧，在三圣庄又临阵脱逃，只怕他找上门来，焉能有善果? 初时跟着陈希夷，尚不免提心吊胆，这时陈希夷不知在何处，两人心中都叫苦不迭。想到南玄当日折磨兄嫂之残酷、力战儒圣之神威，兀自心有余悸。

南一安听见南玄的名字，身子一颤，他认定南玄是杀害父母的大仇人，正要拔足上前，林知寒早已料到，急忙拉着他手，摇了摇头，示意不可轻举妄动。南一安这才想到自己武功已失，如今连一个寻常壮汉也打不过，却哪里是南玄的对手? 他又急又恼，又无可奈何，咬牙切齿，身子不住颤动。

南玄手舞足蹈，神情时而狰狞可怖，时而茫然若失，忽然间低声道："你在哪里，为什么我找不到你？你来见见我，好不好？"他声音忽高忽低，语气乍忧乍怒，就连金大银二也瞧出他神志疯癫，但想八部会迦楼罗尊者威名赫赫，此前虽未交手，也知他必定凶悍无比，当下严守门户，以备敌人突施杀手。

这时夜叉四人都不敢轻举妄动，心中栗栗危惧。只见南玄声音愈来愈低，若有所思，不知喃喃自语些什么，对其余人浑不理会。紧那罗手肘轻轻撞了撞夜叉，打了个手势，便要溜之大吉。两人小心翼翼，一步步向后退开。金大和银二素闻南玄狠毒，绝非善类，当下也慢慢走开。

夜叉和紧那罗退了三丈来远，见南玄仍是自顾自埋头思索，心下稍宽，两人同时提一口气，转身拔足飞奔。

又奔出六七丈，猛然间看见南一安，不禁大为骇然。两人自不知南一安武功尽失，先前在他身上吃了苦头，兀自心中惴惴。就这么一迟疑，已被南玄觉察。

南玄身法奇快，不见他举步，弹指间便抢到二尊身后，疾风掠过，带落几片树叶。

众人俱是骇然，二尊要逃已是不能，要打又打他不过，正不知所措，却见南玄怔怔地看着南一安，初时神情讶异，倏忽又显赧然，跟着竟露惧色。

南一安惊怒交集，明知动手便是一死，但他牛脾气发作，哪里管得了许多，挥拳便要朝他面门击去。

忽听南玄磔磔怪叫，大喊道："不是我，不是我！我没有，我没有！"双足一撑，跃上树梢，几个起落之后，早已不知去向。众人见状，无不大感奇怪。

夜叉和紧那罗心中着恼，去了南玄，又撞上南一安，二人不知南一安功力尽失，心下发怵。

两人既知敌他不过，也免了上前自取其辱，夜叉笑眯眯地道："一安，怎的你也在这儿？"

南一安瞧出他心思，索性唱他一出"空城计"，道："我们两人在湖边游山玩水，难道还要事先告知你？赶紧走吧，看得我心烦。"

夜叉忙赔笑道："这就走，这就走。"朝紧那罗使了个眼色，便往回城方

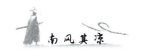

向而去。走得一阵，紧那罗忽道："师哥，我瞧这事有古怪，南玄与那小子有血海深仇，刚才逃走，那小子怎不去追？"

夜叉道："师弟，我看你是老糊涂了吧？南一安自知打不过南玄，难道还收拾不了咱们？快走吧。"

紧那罗道："他两人功夫半斤八两，谁也对付不了谁，以那小子的脾气，怎肯轻易将他放过？这事肯定有蹊跷。"

夜叉颇不耐烦，道："蹊跷个屁。"顿了一顿，压低嗓音道："要说真本事，咱们倒也不输给他，只不过那小子功夫和咱们同宗同源，知己知彼，似乎又有什么巧妙法门克制咱们，唉，好汉不吃眼前亏，走吧。"其实南一安并非有什么巧妙法门，只是那《六通指玄经》包罗万象，因此二尊才觉处处被他克制。紧那罗虽觉有异，但师兄既然笃定，便只能作罢。

南一安刚才将计就计，故作镇定，实是铤而走险，林知寒更加害怕，屏住呼吸，几已听不见心跳声。两人见二尊走远，前胸后背都已被汗水浸湿了一大片。

金大和银二都觉奇怪，心想这少年不知有何能耐，八部会三大高手见了他，不是被吓跑就是恭恭敬敬，当真匪夷所思。

金大上前打了一躬，道："金某久居藏边，不知中原武林竟出了如此少年英雄，失敬，失敬。"

南一安虽知金大不是善类，但眼下自己武功尽失，不敢贸然与其发生冲突，便欠身道："不敢，晚辈南一安，拜见金前辈。"

金大心想："他竟认得出我？倒也奇了。"道："未敢请教南兄弟师承何门？"

南一安道："晚辈是八部会门人，阿修罗、乾达婆二位尊者正是先考妣。"

金大微微一怔，心想："原来是南天和柳青青的儿子，难道他练成了《六通要旨》，因此夜叉和紧那罗才这般惧怕他？"想到《六通要旨》，突然间心中动念："倘若教我取得这无上神功，王爷必定对我另眼相看，老四的大仇也能得报。这小子虽然武功高强，毕竟不谙世事，要将秘籍诓来，倒也不是全无可能。"

金大拱手道："原来是南大侠和柳女侠之后。兄弟我听说了令尊令堂之事，可恨天妒英才，教人扼腕哀叹。只可惜适才南玄逃得太快，否则小兄弟今日便能报仇雪恨。"

南一安心道："看来刚才我吓跑紧那罗那几人，这金大倒是对我有点忌惮，不妨问上一问。"道："前辈厚意，晚辈感激莫名。有一事还请前辈赐教。"

金大道："赐教不敢，小兄弟但说无妨。"

南一安道："晚辈有一个朋友，传言说是安西王阿难答的世子，前些时日到了怀宁王府做客，不知前辈能否行个方便，好教我与他见上一面。"

金大心想："原来他早知我的底细，这小子有备而来，却不可不防。"转念又想："那秘籍强夺不易，只能智取，他现下有求于我，正是大好时机，到时在王府下手，那就好办得多了。"脸上乍露笑意，不及为人发觉，已自收敛，道："好说，好说。承蒙王爷折节下交，命我在王府当差，这点小事算不了什么。"

银二道："大哥，事关重大，咱们还是先向王爷请示为好。"

金大瞪了他一眼，道："见上一面，不碍事。"

银二欲要争辩，金大忙抢道："事不宜迟，咱们这就去怀宁王府。"

金大有心试探南一安的功夫，道："南贤弟少年英雄，凭你的脚力明早便能到瑞州路境内，老哥哥不中用，勉力试试。请吧。"

南一安虽不知他真实用意，但想若自己一展身手，立时便会露馅，到时他还会否这般客气，那就说不准了，便道："我这位同伴不会武功，还是雇一辆马车前去为好。"

银二见林知寒生得美貌，不禁色心大起，搓了搓手，道："妙极，妙极，咱们乘马车回去，途上游山玩水，好不快活。"

第三十回　螳螂捕蝉

金大道："这样如何，银二，你去雇一辆马车，护送这位姑娘，要是有半点无礼，我饶不了你。"

银二求之不得，大喜道："大哥说了，弟弟无有不从。"

南一安暗叫糟糕，却听林知寒笑道："金先生要同你比比脚力，你可不能输给了他。"

金大被他说破心事，哈哈大笑，道："姑娘误会了，南兄弟，就按你说的办。咱们在王府恭候。"金银二人先行一步，待二人走远，林知寒道："一安，咱们要不要将这事告知向师兄？"

南一安沉思片刻，道："倘若告诉大师兄，他定不会置之不理，如今要入王府，势必危险重重，这是咱们自己的事，还是别将大师兄牵扯进来为好。何况大师兄与金大那伙人有过节，只怕掺和进来反倒坏事。我瞧他目下尚且客气，也不知是敬重我爹妈，还是对我心存忌惮，总之暂且不会对咱们不利，还是先去会会他们，见机行事便好。"

林知寒点点头，道："好，咱们走吧。"两人到城里购置了两匹良驹，折西往瑞州驰去。

这日到得饶州路鄱阳县，已至申牌时分。鄱阳湖苍山环抱，水蓼丛生，倒映湖中，盎然成趣，宛如碧玻璃上画了一幅山水泼墨。这时落霞掩映，雁阵高旋，渔夫引吭高歌，满载而归，比之杭州西湖，别有一番烟火气息。林知寒勒马湖畔，道："渔舟唱晚，响彻彭蠡之滨。一安，你看多美。"

此刻湖光山色尽收眼底，南一安望着林知寒，只觉她容色绝丽，夕阳一衬，更是灿然生光，不禁心驰神摇。

林知寒被他瞧得脸红，微微低下了头，嘴角隐含笑意。又向西行一阵，忽然瞥见一处阁楼，曲栏回护，丹碧辉煌，卓荦不凡。

林知寒道："那想必便是滕王阁啦，咱们去饮一杯如何？"

南一安笑道："好，这就去。"

滕王阁始建于李唐，有元一代多历战乱，阁楼几经损毁，这时二人所见，乃至元三十一年（1294 年）重建落成，规模虽未见得大于前朝，但气象犹有过之，且宋时旧砖旧瓦概不使用，一反窈窕之姿，大有干云之势。

到了滕王阁外，将马拴于木桩，步入内堂。那跑堂极是热情，老远便开始吆喝。两人上得二楼，寻了张靠湖的桌子坐下。

过不多时，酒菜都已上齐，林知寒道："一安，我没喝过酒，这还是头一次。"

南一安道："刚到扬州时，我倒与大师兄喝过一回。"

林知寒道："不曾喝过酒，怎算是闯荡江湖？一安，你陪我干一杯。"

南一安笑道："这话从你口中说出，倒教我好不习惯。"

两人对饮了一杯，林知寒又道："临阁酾酒，登高抒怀，君子相伴，夫复何求。一安，再干一杯。"

南一安道："知寒，你说话总是文绉绉的，真像师父。"一面说，一面举杯饮酒。林知寒道："如师父一般，那也很好，光明磊落，胸怀坦荡。这一杯，咱们便敬三位恩师。"这次不等南一安说话，兀自一饮而尽。

南一安微觉诧异，心道："知寒今日是怎么了？"道："你慢点喝，醉了可不好受。"

林知寒酒量甚浅，三杯下肚，俏脸已泛起阵阵红晕，道："听人说一醉解千愁，我瞧倒也未必。"

南一安道："知寒，你有什么难事吗？"

林知寒放下酒杯，正色道："一安，有一件事，我想对你说。"

南一安心下好奇，问道："是什么事？"

林知寒将酒杯置于桌上，却不松手，道："我在方腊洞找到你之前，遇见

了宝颐。"

南一安听见"宝颐"二字，脸上微一变色，但转眼便如常态，林知寒又道："她说她就要和李师哥成亲了。"

南一安那日在梁宅时，有人送来李博渊成亲的请帖，那时便已大致猜到，只是未敢笃定。这时一听，霎时间如鲠在喉，脸上却不动声色，道："那很好啊。"

林知寒右手食指与拇指捏着酒杯握柄，在两指间转来转去，目光也渐渐低垂，缓缓道："你还记得咱们离开少室山后，我给了你一封宝颐寄来的信吗？"

南一安似是没听见，过了半晌，才道："我记得。"

林知寒"嗯"了一声，续道："其实那封信，在咱们上山不久之后便寄来了，那时我没有交给你，下山后也未对你说实话。"

南一安神色木然，心中却如九曲回肠，林、骆两人之事，虽不至日夜萦怀，可一旦想起来，总让他辗转为难。与林知寒相处日久，倒也逐渐淡忘骆宝颐了，怎料到林知寒忽然说起，百般柔情竟又涌上心头，始知当初骆宝颐来信之事另有隐情。倘若早早读到她来信，是否会对两人的情意更加笃定？又是否还会对林知寒暗生情愫？

林知寒见他愁眉深锁，自己却如释重负，她深知此事若不说出来，南一安永远不会知道，但若当真如此，眼前这情郎便如偷窃所得，将来的每一天自己都会郁郁寡欢，倘若南一安就此再也不睬自己，那也是她自作自受，怨不得旁人。

两人默然无语，各怀心事，突然听见楼下烈马疾嘶，八匹骏马飞驰而至，马上之人劲装结束，一色的青衣汉子。

当先一人道："这小子多半躲在里面，咱们进去搜。"

八人一齐跃下马来，南、林两人听闻动静，朝楼下看时，八人已涌入滕王阁内。正在这时，一个风尘仆仆的俊朗青年自楼梯口奔来，他神色惊惶，四下张望，当是在找寻藏身之处。两人定睛一瞧，都吃惊不小，原来此人便是李博渊。

李博渊也瞧见了南、林二人，他与南一安虽有过节，但终究师出同门，当此危难关头，南一安即便不出手相助，定也不至有所加害。他向两人点了点头，不敢多耽，当下纵身跃过围栏，右掌勾在屋檐上，这样一来，阁楼内的人便看不见他。

这时那八人也上了二楼，分往四处搜查，一人走到南、林身旁，问道："刚才有没有见一个青年男子上来？"

南一安摇摇头，道："这里人来人往的，没留意。"

那人正待去问旁人，林知寒忽道："是不是一个二十岁出头、穿着白衣的男子？"

李博渊一听，暗暗叫苦，心想："没料到却是你要害死我。"

那人追问道："他在哪里？"

林知寒指着阁楼北角，道："你们上来前，他就从那扇窗户跳了下去，兴许跑远了！"

那人见她容色秀丽，天真无邪，半点未起疑心，朗声招呼道："那小子跑了，快追！"

李博渊这才明白她是为了搭救自己，将那伙人引开，心中蓦生感激。见那八人纵马北驰而去后，他右掌一撑，翻身回栏。三人相顾无言，各有心事。过了半晌，李博渊才拱手道："南师弟，林师妹，多谢了。"他这话说得极是诚恳，回想当初种种过节，皆因自己心生妒忌，理亏在先，如今就快和师妹成亲了，过去之事宜应释然，况且今日南一安还救了自己的性命。

南一安朝他点了点头。李博渊正待离去，林知寒却道："李师哥，那些追你的是什么人？"

李博渊看了看她，又看了看南一安，见南一安也正凝视着自己，只道他也想知道，殊不知南一安想的却是另一回事。

李博渊道："两位又怎会在这里？"

南、林两人相互对望，不知从何说起。李博渊左右顾盼，神色警惕，在二人之间坐下，低声道："南师弟，以前是我不对，这里跟老弟赔不是了。今日我李家大难临头，望你不计前嫌，帮我一个忙。"

南一安大感奇怪，道："李师哥言重了，有什么话但说无妨。"

李博渊又瞧瞧四周，道："此处不是说话之地，咱们换个地方。"

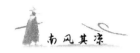

南一安心想："他既已是宝颐的未婚夫，有什么难处，我理应援手。"当下答应了，几人下楼上马，径往鄱阳湖去。

到得湖边，这时天已黑了，几人乘了小船，往湖心划去，那鄱阳湖水域甚广，舟至中央，没入夜色之中。

林知寒道："李师哥，这里就我们三个人，有什么要紧事，你请说吧。"

李博渊道："在下想请二位到瑞州怀宁王府送个信。"

此言一出，南、林怎不惊异？他二人原本就是要去怀宁王府，可是李博渊又如何与怀宁王扯上了干系？

两人面面相觑，只听李博渊又道："二位放心，只需将这封信交给怀宁王便好。刚才那伙人定会穷追不舍，多半已有人先行赶往瑞州，我一现身，等于是自投罗网。他们不认得你们，绝不会节外生枝。"说着将一封信从怀中掏出。

南、林两人见信封上写着怀宁王亲启，封口上盖了火漆印。林知寒道："那些人为什么要追你？"

李博渊叹了口气，道："此事说来话长，你们可知我爹是谁？"

两人摇摇头，李博渊又道："我爹爹名讳卜明下甫，是江南五大豪绅之一，刚才那些人都是江浙行省参政梁十八豢养的死士。"

南、林二人同时"啊"了一声，南一安道："是梁大人要为难你？"

李博渊道："不错，梁十八意图造反，在江南自立为王！"

两人一惊，一时间却难以相信，齐道："梁大人要造反？"

李博渊道："不错，你们认识他？"

南一安道："她的女儿和我们是朋友，你可是说真的？"

李博渊道："若有半句虚言，管教我天诛地灭，死无全尸。那梁十八表面上一副谦谦君子的模样……"

突听林知寒道："我想起来了，那日钱塘县城里张贴了告示，是说朝廷要加重税赋，当时在一旁解说之人，正是梁大人手下的官兵。后来有几个人又说，这告示不必遵从，我当时就觉奇怪，原来如此。"

李博渊道："姓梁的最善收买人心，这告示说不定便是他一手炮制。"又道："凭他一己之力，要自立为王那是难于登天，因此他要联合五大豪绅，咱们五家为他出钱出人，谢、吴、王、张四家已经答允，那几个充好汉的，多半便是他们。这是掉脑袋的事，我爹爹不敢同他们沆瀣一气，表面上应承下来，暗中派我去给怀宁王通风报信，不料却还是被梁十八察觉，目下我爹爹已被他软禁，我是趁乱逃走的。"

南、林两人均想："这等大事，李博渊当不会信口胡诌，况且咱们分明见他被人追捕，只是万万没想到，梁大人竟有如此野心。"

林知寒道："于是梁大人就派人将你捉回去？"

李博渊道："不错。"

南一安道："那……那宝颐她……"

李博渊一怔，道："宝颐和我爹爹在一起，他老人家对梁十八还有用，眼下梁十八还不敢动我的家人。"

林知寒若有所思，忽道："可是……怀宁王发兵之后，梁大人会不会，便……便……"

李博渊点点头，道："我爹说，梁十八这些时日大肆收揽人心，大功告成之前，绝不会滥杀汉人，落下恶名。况且我爹爹乐善好施，在江南颇有名望，谅他不敢下杀手。可是这也说不准，此人心狠手辣，倘若要军前立威……"他说到后面，脸色已惨白如纸，道："因此我须尽快回去，将爹爹和宝颐救出来。"一面说，一面划船靠岸。

南一安道："李师哥，有件事我想不明白，不知当不当问。"

李博渊道："师弟请说。"

南一安道："夫子生平与蒙古为敌，倘若咱们能收复河山，即便不能匡扶宋室，那也好过教元人坐天下，有什么不好？"

李博渊道："我早料到你有此一问。夫子是一代大儒，对赵宋忠心不二，他为国尽忠，固然半点错也没有。可是如今宋室早已覆灭，正所谓一朝天子一朝臣，难道数十年后，数百年后，咱们的子子孙孙一出生，都要立反元之志不成？那姓梁的要做皇帝，无非是为了荣华富贵，难道当真是为了汉人的天下，当真是为了汉人的百姓？打起仗来，苦的又何尝不是老百姓？什么时候老百姓自己能做主了，那才是天下太平！"

李博渊这番话，南一安从未想过，便如醍醐灌顶，不禁思绪起伏，呆呆

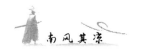

出神。

过不多时，船已近岸。李博渊道："梁十八已着手招兵买马，筹措军饷，师弟，你须尽快将信送达。怀宁王手下的精兵强将都是漠北的探马赤军，要调兵江南，尚需呈报枢密院。务必要在梁十八成气候之前将大军开到，教他知难而退，如此百姓才能免遭涂炭。"

南一安点头答应，道："是了，你回到杭州之后，去西湖边五云山找向墨庭向师妈，他是三圣庄的弟子，武艺高强，当能助你一臂之力。"

李博渊拱手道："多谢，两位保重。"

正待转身，南一安忽道："师兄！"

李博渊回过头，道："还有何事？"

南一安一怔，道："没……没事，你也保重。"

李博渊微微一笑，翻身上马，扬长东去，马鞭挥击之声渐远，最终没于黑夜。

南一安道："知寒，咱们此番去通风报信，却又害了梁大人，他和梁姑娘都待咱们不薄，好教人为难。"

林知寒道："我刚才也一直在想这件事，你说怎么办？"

南一安想了想，道："不知情倒还好，既然知道了，却不能不说。梁家对咱们自然不错，但个人的小小恩惠，又怎能比得过天下苍生？大是大非之前，当舍则舍。"

林知寒道："好，咱们报信有功，也不求别的赏赐，只求怀宁王到时放过梁大人和梁姑娘的性命，你说好不好？"

南一安道："正是如此。"

二人在船上小睡了片刻，天刚亮便即动身，纵马西驰。行了数日，两人抵达瑞州。这时正是晚饭时候，两人盘缠都已用尽，无处落脚，便径往怀宁王府去。

那怀宁王府好不气派，只见雕梁画栋，丹青斗彩，肃穆古雅，气势恢宏。两人向府外亲兵报了名讳，金大早已打过招呼，一名亲兵领路，穿过几进院落，来到一处花园，花园内流水潺潺，假山耸立，再往前是一座戏楼，过了戏楼，便是一块练武场。

金大正教练亲兵，猛见南一安来此，不禁笑逐颜开。走上前道："南兄弟，这一路舟车劳顿，咱们先去用饭。"拉着他手，进了一间厢房。

南一安道："有劳前辈了。"饱餐之后，南一安道："可否领晚辈去见见熊……见见世子？"

金大道："这可不巧，昨日王爷和世子外出打猎，多半要过两日才能回来，兄弟不妨在此多住上几日。"

南一安"啊"了一声，道："王爷也不在府上？"

金大道："不错。"

南一安心下焦急，道："实不相瞒，晚辈此番还有一件大事要禀告王爷。此事十万火急，还请金前辈领路参见。"

金大心想："你不就是想见见世子吗？诳我说有大事，我倒要瞧瞧你能有甚大事。"笑道："哦？不知是什么大事？可否先跟我说说？"

南一安道："这……这……"

金大道："不是金某故意为难，实在是王爷有过吩咐，除非军国大事，否则谁也不能打扰，府上事务也都交由我暂且打理。小兄弟莫非信我不过？"

南一安道："金前辈误会了，只是此事太过重大，还是……"

金大佯装愠色，道："既然兄弟信不过，那在下也不追问。只是王爷吩咐在前，咱们做属下的也不敢违逆，还请南兄弟见谅。今日天色已晚，便不打扰二位歇息了。"当下作势起身，南一安忙道："金前辈留步。"

金大道："怎么？"

南一安欲言又止，看了看林知寒，道："金前辈，我听到消息，江南近日有大事发生。"

金大脸上微一变色，道："小兄弟话说半截，倒还是信不过我，罢了。"喝了一大口茶水，又欲起身。

南一安道："江南有人要造反。"

金大这一惊，直将茶水尽数喷出，大声道："谁？"急忙起身，走到窗边，左右张望一番，确信四下无人，便阖上窗户，回到座位上，低声问道："你此话当真？"

南一安道："千真万确。我身上带了一封书信，但写信之人交代了，须由

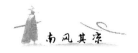

怀宁王亲启。"

金大默然不语，心想："我自人了王府，尚未建立寸功，倘若真有人造反，我便向王爷请缨出战，待我立下战功，看谁还敢不服。"

林知寒道："金前辈，事关重大，请立即面见王爷。"

金大起身出门，道："来人，牵三匹大宛马来。"

南一安握着林知寒的手，道："你在这里等我，我去去就回。"

林知寒摇头道："不，我不和你分开，片刻也不行。"

南一安见她神色乞怜，心中一荡，道："好吧。"

大宛马神骏非凡，甲于天下，三人飞驰出城，只一顿饭工夫，已到怀宁王行辕。随行亲兵进帐通报，三人一齐入内。一进帐中，便听得欢声笑语，只见一个方脸阔口、满面虬髯的男子与一个十岁上下的少年各执木剑，嬉闹正酣，正是怀宁王海山与熊子。

海山见三人走进，仍是自顾自与熊子玩耍，却道："不是说了吗，怎的又来扰我兴致？"

南一安见到熊子安然无恙，喜道："熊子！"

熊子一听，回头见是南一安，登时目露精光，跑到他跟前，笑道："大哥哥，大哥哥！"

金大此前本想趁怀宁王外出时，寻个时机教南一安与熊子见上一面，因此尚未向怀宁王禀报，海山不知南一安是谁，也不知其来意，便道："帖赤，过来。"帖赤是安西王为熊子起的蒙古名字。熊子听他招呼，忙回到海山身旁。

海山将他抱在怀中，道："跟哥哥说，他是什么人啊？"

熊子道："他是大哥哥，大哥哥救过我，武功很厉害。"

金大心想："看来这小子的确身负绝世武功，小孩子可不会骗人。"

海山道："哦？有多厉害？你跟他比试比试，你已经是帖赤巴特鲁了，就用我教你的剑法。"

（按："巴特鲁"意为勇士。蒙古名将赤老温、清朝权臣鳌拜都曾得此封号）

熊子摇摇头，道："我打不过大哥哥。"

南一安朝金大使了个眼色，金大道："王爷，卑职有重要军情。"

海山将熊子放在一旁，坐在上首，道："我那王叔不安分了？"

金大神情警惕，半晌不语。海山会意，屏退左右，道："说吧。"

金大道："这位南一安兄弟，有确切情报，江南有人要起兵造反。"

海山颇为不屑，瞧了瞧南一安，显是并未相信，但他知道金大素来老成持重，倒也不敢轻视，道："谁吃了豹子胆？"

金大道："属下自知这是军国大事，便请了南兄弟前来禀告王爷。"

海山知他不敢僭越，当下微微一笑，颇有赞许之意。

南一安从怀中将信掏出，双手递给海山。海山道："信是谁写的？"

南一安道："是杭州的李明甫。"

海山喃喃道："李明甫？他说有人造反？"这时才显重视，忙将信拆开，读到一半，忽然拍案大怒，骂道："杀千刀的猴崽子！"再接着往下读，堪堪读罢，便将那信撕了个粉碎，没口子大骂，这时却说的蒙古话，几人都听不明白。

金大抱拳道："属下愿为王爷出战，取那反贼项上人头。"

海山道："你陪南兄弟在此宽坐，容本王想想。"说罢出了大帐，径往营地西北处。

此处另有一间大帐，营地中数十间帐篷，供怀宁王起居的最大，这一间次之。海山走进帐中，只见一个六十来岁的老者坐在上首，正自闭目养神，这老者不是旁人，正是陈希夷。

海山道："陈先生。"

陈希夷睁开眼，见是怀宁王亲自来此，忙起身相迎，道："老朽不知王爷驾到，未能远迎，请王爷恕罪。"

海山手一摆，道："虚礼就不必讲了。陈先生前些时日要本王当心梁十八，不瞒你说，本王当时并未在意。没想到先生果真料事如神，本王得到消息，那梁十八要起兵造反。"

陈希夷险些被梁十八困死在方腊洞，只道梁十八是海山一党，因此才对自己下手，要除掉安西王的左膀右臂。他先前对海山所说，一来为泄私愤，二来挑拨离间，这时弄假成真，他却哪里能想到？倒显得自己高瞻远瞩，深不可测，实是意外之喜。当下不动声色，只等海山说出来龙去脉。

待海山说罢，陈希夷道："梁十八是不是王爷的人？"

海山道："那姓梁的都要反了，怎会是本王的人？"

陈希夷心想："这就奇了，梁十八既不是怀宁王的人，又为什么跟我过不去？"

他却哪里知道，那水陆庵的清月师太，正是梁十八的原配夫人。

陈希夷思索片刻，忽然轩眉一笑，道："王爷，这是天大的好事。这步棋下好了，王爷便是真龙天子。"

海山又喜又疑，道："此话怎讲？"

陈希夷徐徐道："出兵是非出不可的，只不过既要平叛，又不能速战速决。"

海山急不可耐，道："接着说，接着说。"

陈希夷道："王爷请想，江南一旦发生叛乱，谁是平叛的不二人选？"

海山道："远水解不了近渴，自然是本王。"

陈希夷道："不错，再加上王爷战功赫赫，阵前督军，最能服众。如今安西王的世子已在王爷掌握之中，安西王绝不会坐以待毙，眼下多半是在暗中筹划，要给王爷来个致命一击。但人算不如天算，江南一旦兵变，朝廷便须仰仗王爷，安西王的计谋便不易得逞。"

海山点点头，心中若有所思。陈希夷又道："但不能赶尽杀绝，至少这一两年不行。"

海山道："本王明白了，先生的意思是，江南越乱，本王的位子就越稳，因此既要平叛，又不能赶尽杀绝。"

陈希夷笑道："王爷真是天资过人，一点即透。江南是朝廷的钱袋子，至关重要，不能有失，江南越重要，王爷就越重要。过得几年，皇上驾崩，再一举剿灭反贼，那时王爷威望之隆，无人能出其右，这才是天命所归。"

海山听得目光炯炯，大喜若狂。陈希夷又道："王爷，还有一个好消息。"

海山道："快讲，快讲。"

陈希夷道："老朽已疏通了高丽僧海圆，他会说服高丽国王与咱们结盟。"

海山一拍大腿，喜道："天助我也，天助我也！本王今日对长生天发誓，先生若辅佐本王登上皇位，必使先生拜相封侯。"

陈希夷一听，端的是心花怒放，他此前虽得安西王信任，但始终没有一官半职，后来安西王赐了他一个集贤院的官职，也是个闲差，他胸有大志，如何不郁郁难平？当下忙跪倒在地，道："希夷愿助王爷完成大业。"

海山将他扶起身，过了半晌，又道："梁十八将世子送给我，多半也已教安西王知道了，他想让咱们两王相争，他坐收渔利。怎料到如今他在明，我在暗，螳螂捕蝉，黄雀在后。"

陈希夷道："此言甚是，江南一乱，天下便成定局，世子便成弃子，王爷打算如何处置？"

海山沉吟片刻，说道："这小兄弟我倒很喜欢，将他留在身边也不错。"

陈希夷道："也好，如此安西王投鼠忌器，便不敢硬来。当务之急，是要在江南的火上浇一盆油。"

海山哈哈大笑，道："知我者，陈先生也。"说罢转身离帐，回到自己帐中。

不知何故，熊子正哇哇大哭，南一安垂头丧气，连连摇头。海山问道："怎么回事？"

金大道："王爷……"

海山抢道："本王不是问你。"走到熊子身旁，厉色道："帖赤，男子汉大丈夫，不许哭。告诉哥哥，怎么回事？"

熊子听他呵斥，不敢再行哭闹，道："大哥哥说要带我回家，我不想回去，我要留在这里，家里有什么好玩的？"

海山哈哈大笑，道："好，你是本王的兄弟，今后就跟着哥哥。"熊子抹了抹眼泪，破涕欢笑。

林知寒道："一安，人各有命，不能强求，咱们走吧。"

南一安温言道："熊子，难道你不想见到爹爹妈妈吗？"

却听海山说道："他养父养母已被安西王害死了，难道他要回到安西王身边，认贼作父不成？"

南、林二人大惊，南一安道："什……什么？"不禁看向熊子，只见熊子拉着海山的手，泪眼汪汪，煞是可怜。他刚到怀宁王府时，海山便已将此事跟他说了。初时熊子不免一场大哭，过了近一月，情绪日渐好转，海山便带他打猎散心。

南一安呆立半晌，忽道："告辞了。"

海山道："且慢。"

在桌上拿了几锭银子，一沓交钞，道："南兄弟此番报信有功，本王不能白收你的好处，这些盘缠不成敬意，望兄弟笑纳。"

南一安忽然想起一事，道："多谢王爷，这些钱恕草民不能接受。不过有一事，倒要请王爷开恩。"

海山笑道："你也看见了，不是本王非要留下世子，是世子自己不愿走，这可怨不得我。"

南一安摇摇头，道："草民所请，并非此事。是想请王爷日后能饶过梁十八一家的性命。"

金大道："南兄弟，姓梁的是反贼，你为他求情，这恐怕不妥吧？"

海山问道："梁十八是你什么人？为何要替他求情？"

南一安凛然道："梁大人与草民非亲非故。只不过他女儿是我的朋友，朋友有难，不得不帮。"

海山故作难色，过了良久，说道："梁十八这些年在江南干得不错，是有功的。他一念之差，误入歧途，本王甚觉怜惜。你回去告诉他，只要他知错就改，本王便不计前嫌，否则一旦上达天听，谁也保不住他。"

南、林二人大喜，没料到海山竟答应得如此爽快，既免了生灵涂炭，又保住梁十八一家性命。金大却听得糊里糊涂，他老谋深算，暗想此事必然另有蹊跷，当下却不动声色。

海山让南一安传这番话，正是要火上浇油。他料定梁十八造反，绝非心血来潮，定然是筹划已久。梁十八非但不会知错就改，反倒会认为朝廷惧怕他，因此便更加胸有成竹，志在必得。

南一安抱拳道："多谢王爷开恩。"他走到熊子身旁，又问了他几句，熊子仍只愿留在王府中，南一安无可奈何，但想怀宁王似乎待熊子不薄，他年纪幼小，父母双亡，倘若怀宁王能诚心相待，总好过他孤苦伶仃。于是接过盘缠，便欲辞行。

金大见他要走，想到《六通要旨》之事，忙道："王爷，属下送南兄弟回城。"

第三十一回　夜探李宅

海山道："你留下。"

金大一怔，但王爷既已开口，谅来有要事吩咐，也只能遵从。

这时已鼓交三更，海山派了两名亲兵，陪同南、林二人回城，城门口守卫见是王府亲兵，忙开门相迎。进城之后，两名亲兵又即返回行辕。当晚二人便住在高安县最大的客店之中。

梁十八造反之事间不容发，须得尽快赶回杭州。次日大早，鸡鸣三声之后，两人便策马东行。这日中午，甫至浙江境内，只见沿途并无难民，亦不见硝烟尸骨，南一安道："梁大人此时尚未起兵，咱们再快点。"马鞭虚击，烈马发足飞奔。

南一安侧目一瞧，不见林知寒，回头望去，却见她匍匐在马背之上，摇摇欲坠。他急忙勒转马头，奔至林知寒身旁，将她抱下马来。原来这段时日奔波不断，南一安纵然内力尽失，究竟年轻力壮，林知寒本就娇弱，两日前便已吃不消了，但想此番责任重大，唯有咬牙坚持。这一阵委实精疲力竭，忽然间天旋地转，眼前一黑，便不省人事。

南一安将林知寒抱到一株大树旁，取出水来，在她嘴唇边蘸了几下，过不多时，林知寒便悠悠醒转。

南一安道："知寒，是我不好，只顾着赶路，咱们歇一会儿，进城寻间客店，今日就不走了。"

林知寒道："不行，生死攸关的大事，不能被我拖累了。一安，你先走，

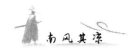

我在后面跟着。"

南一安道："我走了，你遇到歹人，那怎么办？别说了，我不会答应。"

林知寒将他轻轻推开，道："我又不是小孩子了，何况真要遇上歹人，你如今也救不了我。一安，全江南的百姓和你我儿女情长，孰轻孰重？快走，快走！"

南一安一凛，知道她今日是无论如何不肯拖累自己，便道："好吧，你千万当心，咱们在梁宅会合。"

林知寒点点头，眼望南一安翻身上马，一骑绝尘，不多时便瞧不见了。她在树下歇了半个时辰，自觉并无大碍，于是起身赶路。那怀宁王府的大宛马深通人性，知道主人疲惫，便缓步奔行，以免颠簸。

正路过一处村口，忽听得一阵尖厉叫骂声传来，循声看去，却见一个三十来岁的村妇，手持一根木棍，追赶一个二十岁上下的姑娘。那村妇面色焦黄，粗手大脚，其貌不扬，被她追赶的少女容色倒算秀丽，只是涂脂抹粉，颇显媚俗。

那少女逃到村口，忽被一块石头绊倒，摔在地上。那村妇骂声愈来愈近，眼见便要追到，那少女多半少不了挨一顿毒打。林知寒正待上前劝阻，却听那村妇骂道："直娘贼，狐狸精，你偷我男人，不要脸！"

林知寒一怔，忽然间神志恍惚，竟以为那泼妇是在骂自己。猛听得"啊哟"一声，那少女臀部已吃了一棍，她这才回过神来，知道那村妇是骂的旁人。

那少女连连告饶，那村妇只是不理，气焰却更见嚣张。这时四周村民都聚拢过来，七嘴八舌，指指点点。林知寒问身旁一个老妪，道："大娘，再打下去可活不成了，你们怎的不去劝劝？"

那老妪吐了口唾沫，斥道："偷汉子，该打，打死了才好。"

林知寒生性善良，眼见那少女被打得皮开肉绽，岂能袖手旁观？她冲进人群，趁那村妇不备，将她手中木棍一把抢过，道："别打了，再打就打死了！"

那村妇见有人帮腔，怒火更甚，奋力将林知寒推开，道："好哇，又来一个狐狸精，你们两姐妹合起伙来偷汉子，是不是？不要脸的东西，自己没男人，就惦记别人家的，世上还有没有公理啦？"她说到后面，竟瘫坐在地，哇哇大哭起来。

正在这时，一个瘦高汉子抢上前来，扑通一声跪在那村妇身前，哀求道："娘子，我知错了，今日你就是打死那狐狸精，我也不会替她求情，只求你宽宥我，是我的不是。"

那少女见状，心中更是委屈，两眼泪光盈盈，簌簌滴落，道："南郎，南郎，你跟我许下的海誓山盟，就不记得了吗？你要跟这泼妇回家，再也不要我了吗？"

林知寒听她呼唤"南郎"，蓦地心神激荡，四下人声喧哗，那瘦高汉子神情决绝，却如何也听不清他在说些什么。那少女脸上的浓妆早被泪水抹花，似乎被那汉子言语所伤，心如死灰，掩面离去。又过一阵，那瘦高汉子扶着那村妇回家，村民看完热闹，一哄而散，忽然间只林知寒一人留在原地，呆呆出神。

时隔良久，抬眼一瞧，见村口牌坊上有一块石匾，写着"南庄"二字。原来这村子名叫"南庄"，村中许多人是唐朝名将南霁云的后代。南将军是河南人，当年抵抗安史叛军，屡建奇功，后来睢阳陷落，慷慨就义，其子孙南迁江浙，在此定居已数百年。

林知寒心事凝重，信步而行，不觉走进一间祠堂，这祠堂叫作南八祠，南霁云在家中排行第八，人称"南八"，此处正是供奉南将军的所在。

祠堂正中有一座神像，唐朝武官服饰，帅袍上绣着狮虎图案，明光铠甲熠熠生辉，左手宝剑锋锐，右手令旗招展。那神像容貌庄严，目光如炬，显得威风凛凛。

林知寒站在神像前，喃喃道："偷……偷男人……我……我这样也算是偷吗？一安今后会不会像刚才那人一样……弃我不顾？"抬眼凝视神像，问道："将军爷爷，一安和宝颐才是一对，是我横刀夺爱，是不是？"

忽听祠堂外一人说道："我可没老婆，你要不要试试？"

林知寒登时吓了一跳，待要转身去看，只觉后心一麻，竟被点中了穴道。又听"吱呀""哐啷"两声，那人已将祠堂大门紧闭，上了门闩。林知寒心中怕极，不知对方是什么人，但听他刚才出言轻浮，暗自计议，倘若那人有

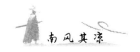

非分之举，立时便咬舌自尽。

那人嘿嘿淫笑，慢慢踱到林知寒身前，只见他身长八尺，臂阔腰圆，不是银二是谁？

林知寒在西湖边见过他一次，道："银……银前辈……你要做什么？"

银二上下打量她，道："银前辈嘛，自然是要淫……哈哈哈！"

林知寒吓得面无人色，道："你别乱来，金前辈说过，你若对我无礼，他饶不了你的。"

银二道："你少拿大哥唬我，乖乖听话，让你银大爷好好疼你，嘿嘿。"

林知寒大声呼救，银二出手如电，点了她哑穴。跟着在她脸上轻轻捏了一把，又凑到她鬓间闻了闻，笑道："好嫩，好香！"

林知寒哑穴被点，连咬舌也是不能，她又气又急，泪水连珠价涌出，浑身战栗不止。

银二道："这祠堂是简陋了些，不过你放心，咱们在此凑合着洞房，回到瑞州之后，相公我定给你风光大办一场。"

他虎背微屈，将林知寒横抱起来，见她神情绝望，不禁大感兴奋。

突听一阵"嗡嗡"之声，抬眼一瞧，却是那神像兀自发出。银二一惊，心想："老子风流快活，难道这死人像瞧着眼馋了？"将林知寒缓缓放下，上前说道："南将军，你是大英雄大豪杰，银二很佩服你，不过嘛，你死也死了几百年了，这个……这个怕是教人为难。"顿了片刻，又道："这样吧，我完事之后，给你老人家捉几个年轻貌美的姑娘，在这祠堂里杀了，给你烧过来，怎样？"

林知寒听得心惊胆战，暗想银二当真十恶不赦，连这种事也做得出，自忖今日难逃他魔爪。只是如今叫天不应，叫地不灵，求生不得，求死不能，倘若被这恶魔糟蹋了，那便唯有一死了之。不禁想起南一安，自己死后，一安会很伤心吧？伤心一阵子，又会遇上另一个女孩，再过一阵儿，就会将自己淡忘了。那样也好，反倒清白干净。

她愈想愈是心如死灰，正在这时，猛听"啊哟"一声，银二疾向后跃开，似是受惊不小，喝问："你……你是人是鬼？"

只见神像后走出一个人来，那人身穿灰色斗篷，脸颊各有两道疤痕，似笑非笑，丑陋恐怖，直如僵尸一般，厉声说道："好色之徒最是可恨，滚！"听她语音声调，是个约莫四十岁的妇人。

她刚才藏身神像之后，露了半边脸出来，银二忽然瞧见，吃惊不小。这时听她说话与常人无异，银二知道是人不是鬼，便不再害怕。他好事被搅，不觉怒从心头起，恶向胆边生，道："哪来的丑八怪，活腻了不成？"

他一语甫毕，突觉喉头骤紧，竟喘不上气来，却是那丑妇人伸手扼住了他脖子，身法怪异迅捷，有如鬼魅。林知寒横卧地上，见她手背白皙光滑，与容貌大相径庭，想来她当初也是个美人，只不知经历何事，使容貌至这般。

银二亦非泛泛之辈，他内力虽未至精纯，却有一身外家横练的硬功，那丑妇一扼之下，他脖颈肌肉立时紧绷，倒没能将他毙命。银二趁她劲力稍弛，抢右臂将她格开，左拳跟着击出，正中那丑妇前胸。他膂力奇大，当年在本波山遇到一头棕熊，只数拳便将那棕熊打得脑浆迸裂。这一拳使足了劲，至少有三百斤之力，谅这丑妇无论如何也抵挡不了。

岂知拳面触到那丑妇身躯，便如打进了一潭水里，任他千斤巨力，也即消于无形。银二又惊又疑，只道这一拳是没能击中，右臂回转，抓她肩头，左拳不曾收回，径往前挺。那丑妇周身好似抹了油，滑溜异常，银二右手分明已抓到她左肩，居然抓之不住，左拳击出，却打在了自己的右掌之上。因他右掌一抓落空，泄了劲力，整只手臂登时松弛下来，左拳猛击之下，疼得哇哇大叫。

那丑妇冷冷道："你的外家功夫还没练到家，要动手就亮兵刃吧。"

银二一怔，道："丑婆娘，竟敢小觑我？""嚯"的一声，将腰间弯刀抽出。萨迦派的圣山刀法变化不多，但招式大开大合，一经展开，立有摧枯拉朽之势，委实不易招架。

那丑妇凝神抵御，双掌翻飞，刀掌相接，竟是举重若轻。数招过后，那丑妇陡然间拍出一掌，只见掌影飘飘，顷刻间罩住银二头顶至小腹各处要害。银二听得风声，知道这一掌真力充沛，非同小可，不敢硬接，身子微微一侧，弯刀翻转，成反勾之势，径勾她面门。这一让一勾，一气呵成，丝毫不显窒滞。那丑妇不禁喝了声彩："好功夫！"身子一矮，回掌拍他手腕。

这一下银二却没能避过，只觉右臂剧痛，直透骨髓，暗想若非自己攻势

在先，那丑妇回掌时已不足全力，这条手臂恐怕已保不住了。又想："这丑婆娘不知是何来路，我在这里寻欢作乐，偏要来坏我好事。"他又气又恼，引得蛮力发作，展开圣山刀法，舞得虎虎生风。这套刀法走的纯是刚猛路子，刚柔本无高下，练到高明之处，都足以开宗立派。按说他刀法也属一流，但这丑妇在对付刚猛武学上似乎颇有精研，一招一式全是以柔克刚。

数招过后，那丑妇眼中精光一闪，露出一股杀气，加之她本来面目丑陋，银二与她对视之下，竟不寒而栗，心中有说不出的厌恶。

那丑妇"嘿嘿"一笑，左臂疾扭，婉如一条巨蟒，缠住银二右臂，蜿蜒直上。银二大吃一惊，待要挣脱，已是不能，她手臂愈缠愈紧，银二弯刀拿捏不住，只听"咣啷"一声，落在地上，那丑妇右掌加劲，往他胸口击去。银二无法避让，这一击之下，轻则胸骨震裂，重则筋脉尽断，直吓得面如土色。

正在这时，忽有一人破门而入，他身法快得出奇，眨眼间便扑到两人身前，右手食指刺出，与那丑妇掌力相接，只听"砰"的一声，指掌尚距一寸，真力已然相交。那丑妇登觉对方指力怪异，暗藏机锋，身子不由得一颤，向后退开三步。

银二喜道："大哥！你来得正好，这丑婆娘……"

来人正是金大，他和银二受海山指派，赴杭州打探梁十八虚实，这日路过南庄，寻了家客店打尖，银二远远瞧见林知寒，登时色迷心窍，向金大胡编乱造一通，尾随林知寒到了南八祠。金大见他久久未归，于是出去寻他，却在南八祠外看见自己的大宛马，一走近，便听见银二的呼喊声。

金大见林知寒卧在地上，已猜了个八九不离十。他一心惦念《六通要旨》，被银二这一搅和，南一安势必怀恨在心，自己的盘算更是难上加难。倘若杀了林知寒灭口，又不知南一安是否就在左近，况且眼前这丑妇功力与自己只在伯仲之间，实是进退两难，心中恼恨至极，狠狠瞪了银二一眼，道："你给我闭嘴，我可跟你说过，若对林姑娘无礼，我绝饶不了你。"忙走上前去，要解开林知寒穴道。银二不知金大心思，被他无端责骂，心中委屈，却不敢顶嘴。

那丑妇伸手一拦，道："要做什么？"

金大退了一步，道："不意今日遇上南海甘泉岛的高手，在下萨迦派金大，幸会。"

那丑妇听他说出自己来历，不禁一凛，心想："只一招他便认出我的秋水功，这人眼力好厉害！"冷哼一声，却不答话。

金大道："适才多有误会，阁下武艺精湛，我师弟三脚猫的打穴功夫原也难不了阁下。"又对林知寒道："林姑娘，金某管教失严，罪甚，罪甚。后会有期。"

银二道："大哥，这就……"

金大道："先办公事，回头我再跟你算账。"向那丑妇微一欠身，和银二出了祠堂。

那丑妇待二人走远，解开林知寒穴道。林知寒倒身下拜，热泪盈眶，道："多谢前辈搭救。"

过了半晌，却不见那丑妇答话，抬眼一瞧，却见她双眉紧蹙，摇摇晃晃，险些便要摔倒。林知寒抢上前去，扶她缓缓坐下，一搭脉搏，知是刚才被金大指力所伤。好在她随身带有针包，当下取出五枚银针，分刺那丑妇"百会""迎香""扶突""天鼎""曲池"五处要穴，替她疏通经络，活血散结。她的银针手法是道济亲传，术精岐黄，着手成春。她银针扎毕，又替那丑妇推拿各处要穴。那丑妇功力本就甚强，过了半个时辰，脸色便渐转红润，再过一炷香时辰，已没了大碍。

林知寒从包裹中取出水和食物，那丑妇摇头不吃，只怔怔地瞧着她，道："我年轻那时候，也和你一般的美。"

林知寒愣了片刻，不知她何意，道："前辈，你……"

那丑妇惨然一笑，道："可惜，男人爱的只是咱们的容貌。"

林知寒心想："这位前辈看来极恨好色之徒，因此刚才银二要对我无礼，她才会出手救我。只不知她曾经历了何事。"林知寒听她所说，似是为情所伤，不禁想起师父唐凤来，顿生亲近之感。又想："只不过师父到死都不知陈希夷是在利用她。知道了会伤心难过，不知道又觉可怜，到底哪一个好？"

那丑妇凝望门外，这时天色昏黄，似有一场秋雨将至，忽道："你叫什么名字？"

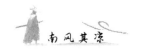

林知寒报了名讳，又道："不敢请教前辈尊姓大名。"

那丑妇悠悠地说道："知寒，知寒，有人说叶落知秋，可若不亲身体会，又怎能知寒？即使知道了，是否为时已晚？"她呆了片刻，眼中似哀似怨，忽道："我叫何人斯，你不必叫我前辈。"

林知寒心想："何人斯，这是诗经里的一首诗，好美的名字。"道："那就叫何姨吧，金大说你从南海而来，不知要去什么地方？"

何人斯"哼"了一声，过了良久，才缓缓说道："我要去杭州灵隐寺见一个人。"

林知寒喜道："何姨，我也正要去杭州，咱们不妨结伴而行。"忽地心中一动："灵隐寺是济公悟道之地，济公坐化后，少林派曾将他老人家的唇舌舍利供奉在此，再过十几日就是他老人家诞辰了，倘若诸事顺利，我也当去灵隐寺祭拜恩师。"转念又想："却不知何姨去那做什么。"

正待开口询问，只听何人斯道："我这人喜欢清静，咱们还是各走各的好，我救了你，你刚才又替我疗伤，两不相欠。"

林知寒没料到她会回绝，不禁一怔，道："既然何姨不愿，那我就先走一步了，你的内伤未愈，一个月内不可动武，保重。"

何人斯不动声色，兀自闭目养神。林知寒将自己的干粮分了一半给她，上了大宛马，东驰杭州。

第二日傍晚，林知寒到得钱塘县城门口，只见南一安站在城楼下，向她摆手招呼。只两日不见，便如久别重逢，蓦地心头一暖，牵马上前，笑道："你怎的知道我来了？"

南一安道："我早上便等在这里，你今日不到，明日我再来等。"

林知寒噗地一笑，道："梁大人那里怎么样了？"

南一安道："梁大人这几日不在杭州，梁姑娘也不知他去处。大师兄他们正商议如何救出李师哥的家人，咱们这就去同他们会合。"

林知寒道："好，走吧。"

两人来到一处客店，向墨庭、南加台、李博渊、陈大学、何阮溪等人都在二楼包厢，正自计议。只听南加台道："要救人倒是不难，只是夜里要出城，若没梁十八的令牌，恐怕不易成功。"

陈大学道："你也是公子哥儿，把你的令牌拿来使使，管不管用？"

南加台笑道："陈大侠这可是打趣儿了，我又没有官职，哪里来的令牌？"忽又冷冷道："何况梁十八已起不臣之心，哼，就算带着我叔父的令牌，在这江南也未见得好使。"

此前李博渊已将来龙去脉告知向、南二人，众人自然也知道了梁十八造反之事。向墨庭这才明白梁十八当日在钱塘江大船中所言，原来是他自己要做皇帝。寻思："梁大人待我礼敬有加，梁筱妹子又对我有情有义，若梁家要我相助，就算舍去性命，也是分所当为。只是不免要与阿台为敌。"他瞧了南加台一眼，这位师弟与他自幼感情甚笃，实不忍与他兵刃相见。又想："那日西湖泛舟，阿台说天下也未必定要蒙古人做皇帝，倘若蒙古人不爱惜百姓，必有豪杰取而代之，足见他胸襟广阔，见识不凡。况且天下太平不久，江南又是繁华盛世，这时大起兵戈，滥兴杀伐，恐非正义之举。若是师父他老人家在，他该当如何？这也难说，除非梁大人是要匡扶宋室，否则师父也未必会相助。"他越想心中越乱，只觉左右为难，如坐针毡，倒了一杯酒，吞饮下肚。

只听陈大学道："那么咱们便硬闯，又有何不可？"

何阮溪道："只怕动静太大，惊动了官府，到时引来追兵，那便如何是好？"

陈大学出了口粗气，道："这也不成，那也不成，我可不管啦！向兄弟，我陪你喝酒。"端起了酒壶，咕嘟嘟往腹中灌下去。

李博渊颇感歉疚，道："二位师兄，南师弟，这是我自家的事，原不该叨扰诸位，既然此事不易办，那兄弟先告辞了，多谢。"

向墨庭忙道："且慢，咱们再想想办法。唉，倘若师父们在，定能想出法子。"

南一安一凛，忽然想起一事，却是当初南玄助唐凤报仇，杀陈抟之前，先派紧那罗和夜叉将陆象杉引开，使的是调虎离山之计，此番倒可用上一用，细细想了半晌，道："我有个法子。"

众人齐问："什么？"

南一安道："只是要冒一冒险。"

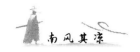

陈大学促道：“磨磨唧唧的，快说快说。”

南一安道：“今晚大师兄和李师哥到李宅救人，救出之后，将人带到福悦客栈。阿台师兄、何姑姑和陈帮主料理城门口守卫，乘马车出城，官兵势必以为李师哥一家已逃离杭州，过得一日，李师哥再携家眷出城。”接着将关口细细交代一番，众人皆觉可行。

南加台道：“好，兵行险着，出其不意，就这么办。”

李博渊连连点头，道：“只是要教陈大侠、何女侠和台兄受累了。”

南加台道：“自家兄弟，哪里的话。”

陈大学双目圆睁，道：“咱们江湖中人，最讲一个义字，当年劳山五鬼绑了我帮中弟兄的堂妹做压寨夫人，我老陈二话不说，将那……”

何阮溪打断道：“好啦好啦，吃你的菜吧。”说着夹了一块红烧肉，放在他碗里。陈大学道：“我可没胡吹大气，你们在济南打听打听，说起我陈大学的名号，谁不竖一根大拇指？”众人听他插科打诨，都忍俊不禁。

南一安忽道：“怎的没见孙姐姐，她轻功甚高，夜里潜入李宅，最难被人察觉。”

向墨庭道：“孙姑娘与梁家交情非同一般，还是别将她牵扯进来的好，教人两难。”

当天夜里，向墨庭和李博渊依计潜入李宅，那宅子足有五进院落，但李博渊就是闭着眼也能寻路。梁十八足足派遣了数十人在内看守，时交子刻，仍有几支小队各自巡逻。

李博渊虽然轻车熟路，但那宅子太大，又要避过巡逻的守卫，找了小半个时辰，终是没能找到。两人躲在假山后，向墨庭低声道：“这么无头苍蝇般找不是办法，去屋外守卫最多的一间瞧瞧，兴许便关在里面。”

李博渊点点头，两人翻上屋顶，矮身潜行。第五进院落内有一间厢房，是李明甫收藏古玩之处，门外的守卫有五人之多，李博渊道：“多半便是这里了。可是要怎么进去？”

向墨庭道：“这个好办，我点了那五人穴道，你趁机进去将人救出来。”

他轻功也真高明，从屋顶跃下，竟如一张纸屑，轻盈飘逸，不出半点声响。力运指间，一眨眼便点了那五人“腰阳关”，那五人预知不妙，正待大喊，转瞬又被点了哑穴。

李博渊推门进屋，屋内漆黑一片，什么也看不清，却听一只恶狗嗷嗷狂吠，向、李二人都大吃了一惊，李博渊忙取出火折子，将桌上油灯点燃，这一瞧才知道，屋内只一条恶犬，哪里有什么人。那恶犬狂吠不止，院内守卫听见动静，径往厢房奔来。

东首一间厢房无人把守，这时却听见有人呼喊："博渊，博渊，是你吗？"那声音再熟悉不过，不是他父亲李明甫却又是谁？

向、李二人齐向那屋奔去，踢开房门，燃起油灯，李明甫和骆宝颐果然在此，另有几名贴身的丫鬟，不见一名男丁。

李博渊道："爹，孩儿来迟了，咱们快走！"将李明甫负在背上，拉着骆宝颐的手，道："宝颐，你受苦了。"

骆宝颐摇摇头，道："我知道你会来救我们。"

这时向墨庭已制伏了十余名守卫，他施展开九渊神掌，这些寻常官兵哪里是他敌手？众人见他神威凛凛，都不敢再上前阻拦。一路杀到前院，忽听院外马蹄声响，少说有数十匹，不一会儿灯火照耀，又听甲胄兵刃之声哐啷作响，料知敌人援军已到，免不了一场恶战。两名守卫壮起胆子，抢开红缨枪，直往向墨庭两肋刺去。向墨庭也不闪避，径抓两支枪杆，虎口微一使力，啪的一声，两枪齐断。那两名守卫转身欲逃，被向墨庭拿住后领，暴喝一声，将两人脑袋撞在一起，登时脑浆迸裂，气绝当场。向墨庭喝道："谁敢阻我？"

当此之时，树梢上群鸦四散，竟有二十余名弩手翻上屋檐，张弓搭箭，当日梁十八在方腊洞设计伏杀陈希夷，随行的正是这些弩手。这一来，向墨庭等人便成了活靶子，他轻功再高，终快不过万箭齐发。只见他昂首伫立，顾盼之际，凛然生威，直如天神战将，教人不敢逼视。这些弩手见他临危不惧，倒也颇存敬畏。

李博渊将骆宝颐护在身后，惨然一笑，道："宝颐，是我对不住你。"

骆宝颐一怔，她哪里见过这等阵仗，早已吓得面如土色，听见李博渊说话，竟忽生悔意，倘若当初没有意气用事，跟着李博渊来到杭州，又怎会遭遇这杀身之祸？不由得想起南一安，心中又爱又恨，若那弩箭射出，自己顷刻间毙命，终南山一别竟成了永别，只盼临死之际能再见他一面，可是又恼

恨他几番弃自己不顾，若非如此，自己又怎会远到江南？呆呆说道："是，就是你对不住我！"不禁哭了起来。她心中想着南一安，这话自是对南一安所说，李博渊却哪里知道？听她出言怨怼，既自责又失落，叹了口气，不再说话。

这时大门呀的一声打开，一个长须玉面的中年男子走进院内，正是梁十八。只见他神色木然，瞧不出喜怒，一双眸子黑漆漆的，四周火光也照之不进，好似千年古井，显得深不可测。他身后便是紧那罗和夜叉。再后尚有三个怪客，一人年过半百，弓腰驼背，面色蜡黄，头戴斗笠，身披蓑衣，手持一根下粗上窄的长竹竿，竿头有细线垂下，似是个渔夫；另一人三十来岁，身着青色布衣，手持黑铁戒尺，浓眉大眼，三绺胡须，一副书生扮相；他身旁是个女子，四十岁上下，腰缠碧帛，肩披红缎，朱唇细眉，婀娜妩媚，她一进来便搔首弄姿，见向墨庭仪态伟岸，便不时朝他抛个媚眼。

向墨庭心道："瞧这几人模样，莫不是雁荡三仙？听说这三人行事怪僻，正邪难辨，梁大人难道也请了他们出山相助？"

李博渊喊道："姓梁的，你造反之事，怀宁王已知道了，不日便要兵临城下，走着瞧吧！"

梁十八仍是不动声色，紧那罗和夜叉听他所说，梁十八竟未反驳，这一惊当真是非同小可。但他二人向来只贪图眼前富贵，从不管今后之事，心想梁十八若是当了皇帝，哥儿俩非做个大将军不可，倘若见势不对，那便三十六计走为上计，左右不是个难事。

向墨庭道："梁大人，向某是个草莽，大道理是不懂的。只知朋友有难，便是两肋插刀，也定要帮上一帮。至于你要怎样，轮不到向某来管，但人各有志，旁人不愿同路，也请你莫要强逼。"

梁十八轻轻一笑，面露狡黠，道："江湖中人义字当头，庙堂之上趋利避害，人各有志，确实如此。不过今日之事，也未见得真如你所见所闻。"顿了片刻，又道："李明甫承诺在先，却阳奉阴违，背信弃义，要置我于死地，这是个人恩怨。但江湖事就用江湖上的法子来解，你要我放了他们，须得问问我这几位江湖上的朋友。了结之后，咱们再来谈谈庙堂事，你意下如何？"

二尊和雁荡三仙会意，迈上前来。夜叉道："向大侠，今日你不留下一手绝艺，好教咱开开眼，只怕出不得这大门。"

正在这时，人群中忽然窜出一人，只见他身穿甲胄，一直混在官兵之中，始终未被发觉，这时手持匕首，从梁十八斜后方刺来，正是南加台。他身法好快，那匕首眨眼间便要插入梁十八后心，眼见便要得手，突觉手腕一紧，手臂被一股力道向上提去，刀尖从梁十八后领划过。南加台大惊，自己的手臂如何会不听使唤？原来是那渔夫以鱼竿上的钓丝作兵刃，那钓丝纤细如发，夜里如何瞧得清？尚自犹疑，陡然间红影闪动，一条红绫蓦地射出，将南加台缠住，那红绫原本又轻又薄，这时裹在他身上，竟有百斤之力，霎时间呼吸窒塞。南加台临机应变，右手一松，匕首落下，正好拿在左手，唰的一声划下，要将那红绫割断，岂知那红绫却非寻常蚕丝所造，质地坚韧非常，南加台这一割，乃是用了内力，刀刃与红绫相接，却如砍在一团棉花之上。耳听得背后风声响动，鬓发随之微扬，知是又有敌人袭来，回头一瞧，却是那书生手中的戒尺递到。向墨庭见他处境危急，"呼"地一掌拍来，那书生不敢大意，回掌招架，"砰"的一声，只觉向墨庭掌力雄浑，若非他受了南玄一拳，伤势未愈，功力大减，那书生硬接之下，非受重创不可。向墨庭击退那书生，一声虎啸，招法陡变，以擒拿手法径抓梁十八肩头。梁十八不会武功，不知如何拆解，倒吸一口凉气，急忙向后退开。那使红绫的艳妇和那渔夫见势不对，各收兵刃，红绫一摆，往向墨庭腰上卷来，鱼竿虚晃，钓丝便如一口利刃，朝他颈部割去。怎料向墨庭乃是围魏救赵，他知敌人高手众多，绝难活捉梁十八，因此佯装袭击，迫使那艳妇和渔夫解围。眼下已经得手，当下反手一抓，将那红绫抓在掌中，掌力甫吐，一股刚猛霸道之力从他掌心传到红绫另一端，那艳妇浑身一震，急忙松手。他毕竟有伤在身，身法不如平日灵便，刚要回身，却被那钓丝割破了右颊，慢得一步，伤的便是脖颈要穴。向墨庭救人心切，也不回击，将南加台一提，退了开去。

梁十八在官场纵横捭阖，游刃有余，却没见识过这等武学高手施展杀招。饶是如此，惊惧之色也只一闪即过。这时凝月冥冥，映在他双眸之中，只觉寒气森森，不怒自威，教人视之栗栗。

向墨庭刚才以一敌三，大展神威，震慑群雄，更激他勇武豪迈之气，朗声道："要打就一齐上，向某何惧？"

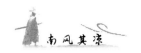

梁十八忽然哈哈大笑，道："江湖中人称你是'一点浩然气，千里快哉风'，果然名不虚传。刚才你若存心取我性命，恐怕我这几位朋友也奈何不得。"

二尊和雁荡三仙听了这话，自觉惭愧，但向墨庭令梁十八小觑了自己，又对他愤愤难抑，更生杀念。唯独那艳妇目放春光，食指尖轻触下唇，似对向墨庭垂涎三尺。

只听梁十八又道："江湖上的梁子，算是解了。你随我来吧。"说罢举步向外，翻身上马。

紧那罗道："大人，我师兄弟随你一道，也好护你周全。"

梁十八一摆手，道："不必，向墨庭是英雄豪杰，岂会加害于我？你们在此等候便是，将李家的人看紧了。"

紧那罗再要劝说，夜叉低声道："关你屁事，梁大人既已发话，咱们在这儿等着就是了。"

南加台道："大师兄，小心有圈套！"

向墨庭不知他葫芦里卖的什么药，但眼下别无选择，道："你照看好李师弟一家，我去去就回。"随梁十八出了李宅。行了一顿饭工夫，梁十八勒马止步，却是回到了自己宅子。向墨庭跟在他身后，入了梁宅，穿过花园，回廊尽头另有一处别院。梁十八站在一间房门外，却不进去。只见屋内灯火通明，似有什么人在里面。

向墨庭道："梁大人，你有话还请直言相告。"

梁十八不加理会，面向房门，径自跪了下去，叩首道："臣梁十八叩见圣上。"

一语甫毕，向墨庭大惊失色。

第三十二回　孰是孰非

向墨庭道："圣……圣上？"

过了片刻，只听屋内一人道："进来吧。"

梁十八道："是。"站起身来，掸了掸衣衫上的尘土，推门进屋。向墨庭跟着入内，只见西首卧榻上盘膝坐着一个和尚，大约三十岁出头，面如冠玉，唇若涂脂，丰采高雅，气度不凡，但目光深沉暗淡，隐隐然似有无限伤心之事，兀自拨动佛珠。

梁十八进屋跪道："臣梁十八有要事启奏，惊扰圣驾，罪该万死。"

那和尚悠悠念道："拂石坐来衫袖冷，踏花归去马蹄香。整整二十六年了，星月流逝不见异同，故国荷花几度开落。"过了半晌，忽道："梁大人快请起，赐座。"

梁十八道："谢皇上隆恩。请皇上直称微臣贱名便好。"搬了张椅子坐下。那和尚又道："现下是什么时辰？"

梁十八道："回皇上，约莫已过了丑时。"

那和尚叹了口气，道："我来这些日子，夜夜无法入眠，真想去西湖赏梅，可惜物是人非。"

梁十八道："皇上不必忧心，臣卧薪尝胆二十余年，如今反元之势已成气候，定能驱除鞑虏，收复我大宋河山。只是微臣擅作主张，不敢向旁人提起皇上，以免皇上遭奸人暗害。犯上之举，请圣上恕罪。"说罢又跪倒在地。

原来那和尚便是宋恭帝赵㬎，乃是宋末三帝之一，宋度宗赵禥之子，端

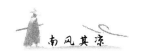

宗赵㬎和末帝赵昺的兄弟。德祐二年（1276年），蒙古大军攻破临安府，赵㬎受降退位，北赴上都，被封为瀛国公，那时他才五岁。十三年后，忽必烈敕令他到乌思藏出家为僧，高山峻岭，青灯古佛，一晃又是十三年之久。时隔二十六年重回故土，当年帝王之尊，而今恍如隔世，怎不教人感喟？

赵㬎道："梁大人为我大宋江山殚精竭虑，何罪之有？快请起。"缓缓叹了口气，又道："你迎我东归，我才知天下尚有忠良，倘若你我君臣相遇早上二十年，我大宋江山又岂会落入异族之手？"

梁十八缓缓起身，似是忽然间显老态龙钟。

向墨庭终于按捺不住心中疑惑，问道："你……你是皇上？"

梁十八厉声道："你是汉人，你师父是大宋命官，见了德祐圣主，还不下跪？"

向墨庭犹豫不决，呆立原地。听梁十八说德祐圣主，心想这和尚倘若真是皇帝，便是赵㬎了。赵㬎之事，陆象杉对他说过不止一回，曾说："幼主投降蒙古，皆是奸臣贾似道、陈宜中之过，一个五岁孩童，怎知国家大事？"后来得知赵㬎在乌思藏出家为僧，亦曾潸然泪下，不知是痛惜他落魄至此，还是庆幸他遁世了凡。虽是如此，向墨庭终觉眼前之事太过突然，梁十八心机深沉，智谋百出，岂知这和尚不是个跑龙套的？

赵㬎道："你叫什么名字？"

向墨庭一怔，他心中虽然存疑，但这和尚似乎天生有股威严，不由得答道："向墨庭。"

赵㬎又道："梁大人说你师父是大宋命官，他是何人？任何官职？"

向墨庭道："先师姓陆，名讳上象下杉，曾任枢密副使。"

赵㬎微微一惊，目中似是泛起泪光，手指也不再拨动佛珠，怔怔地瞧着向墨庭，过了良久，问道："陆公已不在人世？"

向墨庭见他神情真挚，言辞恳切，决计不是作伪，想到恩师生前教诲，不禁鼻中一酸，哽咽道："是，先师已于今年六月过世。"

赵㬎嘴角抽搐，忽然间放声大哭，梁十八连忙宽慰，哭了好半晌，才道："他……他……他是怎么死的？"

向墨庭将陈希夷的阴谋诡计和各派围攻三圣庄，陆象杉中毒身亡诸事大略说来，又道："恩师始终不忘故国，赤子之心，天可怜见。"

赵㬎凝望窗外，悠然神往，叹了口气，道："陆公与文天祥、陆秀夫并称宋末三贤，抗元杀敌，赤胆忠心，只可惜我那时年幼，居于深宫，无缘一睹风采，后来去了上都，又去乌思藏，更加不得相见。崖山海战之后，我听说他不愿入仕元廷，采薇西山，教人好生敬仰。此次东归故里，我原想与他见上一面，不料他已……"

向墨庭见他神色郁郁，感同身受，道："你……你真是皇上？"

赵㬎淡淡一笑，不置可否。

梁十八道："皇上，这位义士是陆公的高足，江南有名的英雄豪杰，倘若他能鼎力相助，上场杀敌，复国大业必定指日可成。"

听见这话，赵㬎忽然间目露精光，转而凝望向墨庭，眼中满怀期许，似在等他表露心迹。

向墨庭方始明白，梁十八让他来见赵㬎，是要教自己知道，他造反并非为了自己做皇帝，而是要复辟赵宋王朝。心想："倘若真是如此，我便战死沙场，那也死得其所，恩师若地下有知，亦必含笑九泉。可若是梁大人设下的圈套，那我岂非成了他手中杀人的屠刀？"

赵㬎见他迟疑不决，心念一动，道："母后曾说，我皇祖父，也就是理宗皇帝，当年御赐陆公一对宝剑，一柄刻着天地正气，一柄刻着国士无双。陆公死后，这对宝剑你可还留着？"

向墨庭一凛，心下如释重负。原来这对宝剑便是当日陆象杉与华山派刑舒过招时所用，陆象杉视如珍宝。还说理宗皇帝赐剑之时，是在驾崩前夕，那时皇上身边就只有三人，一人是太子赵禥，一人是文天祥，再一人便是陆象杉。因此赐剑一事，朝廷上下并无几人知晓。陆象杉为官谨慎，不喜夸耀，此事也从未对旁人提起，直至退隐之后，才对几名最喜爱的弟子说起过。赵㬎既然知道，自是他父皇赵禥所言。向墨庭听赵㬎这般问，虽知他有刻意自证之意，但总好过糊里糊涂，当下再无疑虑，心想："阿台与我亲如兄弟，但忠义不能两全，既是陆氏门生，自当为国尽忠，即便日后沙场相见，他也定能体谅我的苦心。"抱拳道："这两把剑已随先师入土，墨庭愿承先师遗志，杀敌报国。"向墨庭不过三十出头，独自闯荡江湖亦不逾十年辰光，彼时早已是

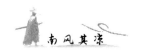

元朝天下，其实哪里有什么铭心刻骨的复国之志？但他自幼被陆象杉收养，在其身边长大成人，陆象杉对他既有抚育之恩，又有授业之德，他不仅视陆象杉如亲生父亲，有时甚至认为自己就是陆象杉，为人行事无不奉其为圭臬。陆象杉毕生之憾事，乃在大宋国破，最大的心愿便是复兴宋室，但他深知江山已定，非人力所及，向墨庭是他最得意的弟子，因此偶有对他表露心迹。向墨庭那时虽懵懂无知，渐渐地也受其影响，因此今日得知复国有望，便打定了主意要为恩师完成心愿。

梁十八忙道："向兄弟武功盖世，能敌万人之勇，实乃不可多得的良将，恭贺皇上，恭贺皇上。"

赵㬨大喜道："陆公在天有灵，定佑我收复河山。"

向墨庭道："梁大人，小人始知你用心良苦，先前多有得罪，还望不计前嫌。"

梁十八道："向兄弟哪里的话，日后你我同心合力，收复大宋江山，以慰先贤在天之灵。只是今晚之事，切不可再对第二人提起，倘若教朝廷的人知道，皇上性命堪忧。"

向墨庭点点头，正要为李明甫一家说情，忽听屋外有人喊道："老爷，老爷!"

向墨庭认得那声音，知是平日伺候梁筱的嬷嬷。梁十八向赵㬨请了安，与向墨庭同出房门，道："什么事慌慌张张？莫要扰了大师清修。"梁十八将赵㬨接到家里，对旁人都说是自己请来供养的高僧，元朝时佛教盛行，倒也无人起疑。

那嬷嬷道："老爷，大事不好了！老奴刚才被人吵醒，觉得似是小姐的声音，去小姐闺房一瞧，那房门敞开，人却不见了，大门口的守卫也被人打伤，不知是什么人将小姐掳走了！"

梁、向二人大惊，梁十八心念电转，道："墨庭，筱儿有难，快随我去李宅。"

两人各乘骏马，不到半炷香时辰，便到了李宅。官兵将宅子四面八方围了个水泄不通，见长官回来，忙让出一条道儿。梁十八飞奔进院，只见南一安、林知寒、何阮溪、陈大学都在院内，何阮溪手持长剑，架在一名少女肩头，那少女不是梁筱却又是谁？

梁筱见梁十八赶来，大喊道："爹爹，救我！"

南一安道："梁大人，对不住，你要想梁姑娘平安无事，便放了李明甫一家。"

梁十八眼角不住抽搐，一颗心怦怦乱跳，似在强抑愤怒和担心。过了片刻，忽然长舒一口气，跟着竟仰天长笑，道："没有人可以威胁我，你将她杀了便是。"

众人又惊又疑，相顾愕然，所谓虎毒不食子，均想梁十八就这么一个掌上明珠，怎会让她任人宰割，难道他为了达到自己的目的，连女儿的性命也不在乎？他这话说得掷地有声，便连一旁的二尊和雁荡三仙也没料到，不由得打了个寒噤。

向墨庭心想："瞧今晚情形，梁大人应该早知道咱们会来救人，因此事先设下埋伏，等咱们自投罗网。只不知他却如何知道定是在今晚？"又想："他痛恨李明甫阳奉阴违，原也是情理之中，但刚才他已亲口说过，江湖上的梁子解了，现下我与他同为复兴宋室，那他所说的庙堂事也已办妥，他又何故不愿退让一步，彼此相安无事？我且劝劝他。"低声说道："梁大人，李明甫背信弃义，不是君子所为，但也罪不至死，眼下还是梁姑娘要紧。"

梁十八呼吸一阵急促，一阵平缓，面容冷峻，目露杀机。却听南一安道："李博渊将告密信交给了我，是我向怀宁王告发你的，你放了他们一家，我和他们换。"

梁十八冷哼一声，道："你一个十几岁的娃娃，我以上宾之礼相待，我女儿也视你为好友，你不图报答也就罢了，还要出卖于我，岂有此理？"

南加台见向、梁二人近在咫尺，喊道："大师兄，你快捉住这老贼！"

向墨庭一怔，不敢与他相视。

南加台道："大师兄，你……"

向墨庭咬紧牙关，双拳紧攥，人非草木，便是取忠舍义，却又怎能无动于衷？但既心意已决，这话迟早要说，便道："阿台，我已决意相助梁大人，你我兄弟情深，自埋心底，倘若他日沙场相见，不必留情！"

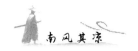

这话众人听来直如晴天霹雳，不知梁十八用了什么迷魂法术，令向墨庭性情大变。

只听南加台道："大……大师兄，你……你说什么？"

向墨庭不再答话。陈大学冷冷道："你这大师兄多半是被重金收买，否则怎会如此反复无常？"

南加台喝道："你胡说！"又对向墨庭道："大师兄，你……你到底有什么苦衷？"

无论他如何质问，向墨庭只是不答。

南一安心乱如麻，不知向墨庭为何不惜与南加台为敌，也要相助梁十八。他与向墨庭相识虽然不久，也知他为人豪爽，极重义气，且是非分明，他这么做必有其缘故，难道梁十八应该造反？难道自己不应告密？究竟孰是孰非，一时想不明白。忽然瞥见官兵中一个人，只觉好生眼熟，但此时千头万绪，竟想不起是谁。

何阮溪道："大家都不愿退让，总不是办法。梁大人，你将他们放了，我绝不伤你女儿。梁姑娘与咱们原本就是朋友，若非情势所逼，也不会出此下策。"

梁筱未料到父亲居然见死不救，心中又伤心又气恼，两行清泪滚滚淌下，道："爹，你女儿的命就这么不值钱？抵不过你被旁人威胁，丢去的面子吗？"

梁十八对待爱女，自不会如此绝情，他自视甚高，不愿受制于人是真，但也非全然如此，不过是料定南一安这些人绝不会对梁筱痛下杀手，因此才肆无忌惮。眼见被女儿误解，心肠霎时软了，但仍不动声色，只是左手轻轻一摆，示意放人，墙沿上的弩手得令，将弓弩收将起来。

何阮溪道："梁大人，你是英雄豪杰，君子一言，驷马难追，我放了梁姑娘，你放我们出城。"

陈大学道："让梁姑娘随咱们一道出城，走个百八十里再放她回来，就这么办，否则老陈一刀砍下去，你这如花似玉的宝贝女儿可就成了断头鬼了。"他一面说，一面用袖袍擦拭刀面，磨刀霍霍，跃跃欲试。

向墨庭又急又怒，道："谁敢动她一根汗毛！"

梁十八拂袖转身，道："罢了。"

众人见他服软，一步步向大门外移去。正在这时，南一安忽地想起刚才那眼熟的官兵是谁，心中起疑，回过头去，道："金……"那人正是金大，不知何时竟换了身盔甲，混在官兵之中，只因适才情势危急，南一安不暇细想，加之他着装与群兵无异，乍看之下实难分辨，因此才未立时认出。只见他右手食指和拇指间夹着一个箭矢，力运指尖，"嗖"的一声，那箭矢激射而出，直向骆宝颐射来，南一安大惊，喊道："小心！"身子已不自主扑将上去，挡在骆宝颐身前。那箭矢势迅劲足，南一安武功尽失，哪里来得及？眼见骆宝颐便要穿心而死，忽听"铛"的一声，一条铁链从墙沿上窜出，与那箭矢半空相击，箭矢受力，方向偏转，从骆宝颐身旁飞过，直将南一安右肩贯穿，那箭矢余势不衰，竟又射向南一安身后的何阮溪，幸在这时势道已大大减缓，何阮溪横剑一挡，那箭矢击在剑鞘上，掉落在地。梁十八虽不懂武功，但也瞧得出来，倘若不是那铁链让箭势偏移，同时化解一半的劲力，那箭矢势必将骆宝颐胸口贯穿，自己所处方位正好在骆宝颐身后，他这条性命不免难保。

林知寒和骆宝颐见南一安受伤，两人都是心如刀割，不约而同上前相扶，那铁链忽然一抖，卷在南一安和骆宝颐身上，将两人捆了起来。众人顺着铁链另一端看去，只见墙沿一角伏着一个紫袍怪客，黑夜中瞧不清容貌。铁链另一端便握在那紫袍怪客手中，只见他手臂一扬，南、骆二人同时被他卷起，眨眼间便越过院墙，林知寒、向墨庭、何阮溪等人追出院外，无不惊愕。那紫袍怪客轻功如神，一手提着南一安，一手携着骆宝颐，在数间房顶上纵高伏低，两三个起落便没了踪影。

从箭矢射出，到南、骆被那紫袍怪客带走，实是瞬息之间，众官兵自是回不过神，就连在场的众多武林高手也都目不暇接，措手不及。原来海山派遣金大到江南打探是否当真有政变之迹，金大不知海山另有盘算，却想寻个良机将梁十八杀了，岂不是釜底抽薪，一举立下大功？刚才梁十八和他身旁的几名高手都背对自己，心想一箭将那少女和梁十八同时射杀，双方定然认为是对方突施冷箭，势必有一场火并，自己便可趁乱溜走。哪里料到箭矢被那紫袍怪客的铁链击中，偏了方向，未能成功。梁十八机敏过人，心想有谁会偷袭一个少女，暗忖多半是怀宁王派来的刺客，想到刚才情势之险，兀自心有余悸。二尊见梁十八站在原地，默然无语，还道是吓得呆了，忙凝神致

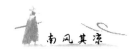

志，在梁十八左右护持，似要以己之躯代梁挡箭，这番忠心此时不表，更待何时？

向墨庭追了那紫袍怪客一阵，只可惜重伤未愈，轻功无法全力施展，居然追之不上。回到李宅门外，见林知寒神情颇有异样，忽而焦急恐惧，忽而凄楚无奈，只道她是牵挂一安伤势，殊不知除此之外，林知寒脑中还想着另一件事："一安当年不顾性命为我挡了他二叔一掌，我以为自己对他很重要，其实他也会对别人这样。我在他心里，又有什么不同呢？"

何阮溪等人担心梁十八变卦，不敢在此多耽。瞧那紫袍怪客适才出手，分明是要救骆宝颐，只是没料到南一安突然扑上来，那箭矢才将他误伤，料知那紫袍怪客多半没有恶意。但不知这怪客底细，仍是放心不下，何阮溪道："一安受了外伤，定然留有血迹，咱们顺着血迹找找看。"与陈大学并行追去。

向墨庭道："我也去。"纵身跃上屋顶，展开轻功，一路狂奔。过了一阵儿，忽听背后有人喊道："大师兄，你等等！"回头一瞧，却是南加台。

南加台道："如今天下太平，为什么要帮梁十八造反？你不实言相告，我再不与你相见！"

向墨庭心中一凛，想要实话告诉他，可答应了梁十八在先，况且南加台叔父是元廷高官，倘若知道实情，难免坏了大事，怆然道："阿台，蒙古人入侵中原，屠杀百姓，夺了大宋江山，你我兄弟情深，不在于此，但事难两全，沙场白骨堆上，便是你我重逢之地。你保重吧。"他这话有意说得慷慨激昂，但仍难掩胸中悲抑之情。

南加台道："那梁十八不过是自己要做皇帝，你就算帮了他，于天下百姓何益？不过是再多数百万尸首罢了。"

向墨庭读书不多，只粗通些文墨，这些大义即使懂得，也并未印在心里，他只知陆象杉的宏愿是匡扶宋室，因此他便要遵承先师遗志。两人站在屋顶，这时已是卯时，冷月低悬，忽然间黑云飘至，渐而转盈为缺。

向墨庭道："我意已决，别再说了。"

南加台深知他脾气，固执起来丝毫不逊于陆象杉，见他如此决绝，不留半点余地，心中不解、痛惜、伤感、怨怼之情蓦地全都化为怒火，正要发作，目视向墨庭萧索的身影，那是自己从小敬仰、倾慕、喜爱，对自己爱护、包容的大师兄啊！便有天大的怨愤，又不禁碎成了凄苦、无奈和悲凉。

南加台苦笑一声，道："大师兄，记得在三圣庄时，我学武总是不用功，有一年师父考校我，见我几月来毫无长进，罚我在大雪天里站了两天两夜。我气不过，烧了他老人家十卷藏书，在雪地里生火取暖。后来师父大发雷霆，责问起来，要将我逐出师门，你却说是你烧的，哈哈，师父哪里肯信？便将你我各打了五十大板。你记得吗？"

向墨庭心中一暖，说道："我记得，那是至元二十六年冬，那时候你十二岁，我十七岁。"

南加台慢慢向他走近，道："不错，你知道师父为何不肯相信？"

向墨庭摇摇头。南加台又道："因为你不会说谎话，你说谎的样子，傻子也瞧得出来。何况你生性纯厚，师父又是你最敬最爱之人，他老人家岂会相信你做得出这种事？"

向墨庭隐隐觉得他话里有话，问道："阿台，你想说什么？"

南加台道："从前都是你护着我，我没能为你做过什么，如你所说，你我兄弟情深，不在于此，我不问了，咱们喝酒。"

一说起喝酒，向墨庭登时兴致盎然，道："好！"街头有一家酒肆，两人推门入内，南加台在柜台上放了一叠交钞，各拿了一大坛桂花酒，回到屋顶，并排而坐。

豪饮一阵，南加台道："现下好像回到了三圣庄，咱们坐在断崖斋顶上，只不过那时你只能悄悄地喝，被师父发现，又得打你的板子。"

向墨庭回想起往事，心中一阵酸楚，他知道今日也许是两人最后一次同饮了，日后一个是赵宋，一个是蒙元，忽然觉得一个人武功再强，本领再高，很多时候都无能为力。但又觉庆幸，两人即使阵营不同，甚至呈敌我之势，彼此的情谊终究不会改变。

向墨庭道："阿台，日后你有什么打算？"

南加台道："今日只论从前，不谈往后。"

向墨庭拉着他手，道："好，今朝有酒今朝醉。"

南加台道："正是。大师兄，你说说，你是怎么认识梁姑娘的？"

向墨庭一怔，不知是酒气上涌还是怎的，忽地脸颊泛红，不自觉微微一

笑，道："梁筱妹子吗？你怎的忽然问起她来？"

南加台嬉笑道："她是我未来的嫂子，怎不能问？"

向墨庭道："别乱说话。"

南加台哈哈大笑，道："'一点浩然气，千里快哉风'的向大侠也有害臊的时候。"

向墨庭无话可说，耳根子阵阵发烫。

南加台道："你们汉人男子和女儿家没什么两样，喜欢就是喜欢，那又有什么好掩饰的？难道是我看走眼了？"

向墨庭忙道："不是，没有。"

南加台道："你们俩对视的眼神，若非互相倾慕，那便是都得了失心疯。"

向墨庭呆了半晌，道："我是个粗人，不懂女儿家的心思。"

南加台道："你哪里是粗人，分明是木头。你跟我说说，是怎么认识的？"

向墨庭道："那是一年前的事了。绍兴路四明山上有一伙绿林，劫了东平镖局的镖，我受人之托，问他们讨了个说法。那盗魁打不过我，不但将东西奉还，还说要与我结拜。我见他一片赤诚，是个性情中人，倒也没有推辞。便在那山寨中拜了关帝爷，洒了鸡血，喝过结拜酒后，忽觉神志不清，若非我内力已有修为，只怕当场便要昏过去。我这才知道，那盗魁是假意与我结拜，在酒里下了迷药。他们趁我无力反抗，用铁链将我绑了，问是什么人命我前去。"

南加台道："大师兄，你说话总是喜欢娓娓道来，说了半晌，却跟梁姑娘有什么干系了？"

向墨庭微微一笑，道："这时一个少女从后堂出来，便是梁筱妹子了。"

南加台奇道："莫不是是她单刀赴会，美人救英雄？"

向墨庭道："他们是一伙的。"

南加台吃了一惊，道："梁姑娘怎能是绿林？"

向墨庭道："她那时穿着一身黄衫子，头上戴了一顶白色小方帽，帽顶上还插了一支羽毛，一双眸子滴溜溜地转，在我身上上下打量。我从没见过眼睛忒大的女孩，忍不住多瞧了几眼。岂知她一巴掌扇来，还说我再看一眼，便将我的一双招子挖了去。"他一面说，一面笑，好似双眼被人挖去，倒是件甜蜜无限之事，又道："我自知无礼，不敢再看。心想我向墨庭又非轻佻之人，这女孩心肠狠毒，生得再美又怎样？"

南加台急道："后来如何？"

向墨庭道："他们对我严刑逼问，我如何也不肯说是受何人所托。梁筱妹子道：'你倒是根硬骨头，好吧，实话告诉你，你知道这批红货是什么？又知道是送到哪里？'我自然不知。她说，这是运送给沿海倭寇的。庆元路的地方官与倭寇勾结，将这些火器送给他们，倭寇在东南沿海烧杀掳掠，抢来的钱财便与那些贪官污吏分赃。"

南加台大怒，道："哼，卖国贼不得好死！"

向墨庭接着道："梁筱妹子得知此事，便联络四明山的绿林好汉，劫了这批货，我不知情由，险些助纣为虐。"

南加台道："盗亦有道，这伙绿林还算是英雄好汉。"他若有所思，顿了片刻，道："梁十八真狡猾，他不愿得罪江南同僚，自己不派官兵，却教土匪出面，旁人只道是黑吃黑。"

向墨庭道："梁大人也许有他的苦衷，就算如此，那也是大节不亏。"

这时五鼓鸡鸣，东方破晓，两人都有了几分醉意。南加台道："是了，大师兄，昨晚我们见你受困，便去找了梁姑娘，她是自愿为质，你不可责怪一安与何掌门。"

向墨庭一怔，南加台又道："梁姑娘真心待你，你可别负了她。我走啦。"

向墨庭道："你去哪里？"

南加台道："去雨花阁，跟孙姑娘道个别。大师兄，人有离合，月有盈缺，今日相谈对饮，豪兴不减当年，倘若他日沙场相逢，就不必再留什么情面了。"说罢白影晃动，转过街角，终于不见。

向墨庭呆立屋顶，这时秋风拂过，更添别情。正是：

今宵酒醒何处，杨柳岸，晓风残月。此去经年，应是良辰好景虚设，便纵有千种风情，更与何人说！

第三十三回　落花流水

南一安和骆宝颐被那紫袍怪客挟去，那怪客一路狂奔，径往西湖去。到得湖边，翻上一座高山，奔行数里，群峰环抱的山谷中有一座禅院。禅院背靠北高峰，面朝飞来峰，寺前一泓清泉流过，恍如置身蓬莱仙山。这寺院便是灵隐寺了。

那紫袍怪客足不点地，行走如风，此时寺院内僧人多半在睡梦中，竟无一人察觉。过了药师殿，再往北行一阵，穿过一片竹林，来到持戒堂，这是灵隐寺僧众练武之处。这时南一安早已痛得昏了过去，那怪客携二人入内，忙捡起地上两条铁链，铐住他手腕，铁链另一端套在两根松木大柱上，这样一来，他便连这屋子也出不去。那怪客道："小姑娘，竹林西面客房中有一个大和尚，你快去请他过来给一安治伤。"

骆宝颐医术虽不及林知寒精湛，但外伤包扎止血这等浅显手法，倒也不在话下。只是眼下没有工具药材，加之南一安失血过多，损耗元气，尚需以内力为其筑基固本。她不知眼前这人是谁，可见南一安气息奄奄，哪里管得了许多，依言去了客房，只见一个白袍僧人端坐蒲团，正自诵经。忽见一个少女闯进屋内，微微一惊，道："努古塞唷？"

骆宝颐一怔，不知他叽里咕噜说些什么，一面比画，一面道："有人受伤，请大和尚救人。"

那白袍僧原来是高丽人，刚才说的是本国语言，意思是问对方是谁。不过他遍读汉文佛经，汉语也颇为熟稔，起身道："快领我去。"

两人疾步回到持戒堂，那白袍僧见南一安委顿在地，脸色惨白，受伤不轻，当下盘膝坐在他身旁，让骆宝颐将他扶起身。取出随身携带的数颗高丽仙参丸，握在掌心，一经内力催动，登时化成了粉末。将那药粉涂抹在南一安的创口上，撕下两片衣襟，为其包扎妥当，鲜血立止。

　　跟着伸出两掌，分别按压在南一安右肩前后创口，南一安原本昏迷不醒，这时顿觉一股暖流涌入体内，伤处疼痛之感亦减缓不少，但疼痛感只是片刻间消于无形，随即又觉痛楚难当。

　　过了一阵儿，忽见那白袍僧双眉微皱，收掌合十，道："阿弥陀佛，贫僧无能为力。"

　　骆宝颐和那怪客同时吃了一惊，那白袍僧又道："小施主体内尚有两股真力，其深厚雄浑，世所罕见，且不知何故，这两股真力已成对峙之势，贫僧修为浅薄，无法与之抗衡。适才贫僧以内力催入，内力便如溪流汇川，径自与两股真力融于一体。"

　　那怪客又惊又急，道："海圆大师，还有什么法子？"

　　这白袍僧法号海圆，乃是高丽国佛教瑜伽宗位分尊崇的高僧。高丽国尊崇佛教，国王庶子一律出家为僧，因此国内僧人享有优厚的政治待遇。安西王阿难答为巩固自身地位，曾派陈希夷密邀高丽高僧达木法师入元。达木颇具政治野心，提出以玄奘法师亲译的《成唯识论》作为交换，陈希夷花费数年心血，才从方腊洞中找到此经。原来此经乃瑜伽宗无上宝典，北宋末年被盗，高丽国高僧们已成共识，谁能取回经书，便推其为全国佛门领袖。但达木已于去年病逝，陈希夷多方奔走，又联络了达木的师弟海圆，海圆虽不图名利，但他在国内所学的《成唯识论》皆非原本，不同译本间多有出入，他毕生钻研佛法，便欲一窥究竟，悟得禅修之无上法门。此番远渡中土，便是受陈希夷之邀，上个月途经杭州路时，得闻道济的唇舌舍利供奉在灵隐寺，他仰慕道济已久，又恰逢道济诞辰，便顺道前来参拜。

　　那日海圆在西湖边偶遇南玄，见其正欲投湖轻生，便设法劝救。南玄当年走火入魔，心智受损，自离开指玄洞后，又见兄嫂被害，神志更加癫狂，一天只一两个时辰清醒，见到海圆时，正是其清醒时分。海圆将他救下之后，询问了缘由，南玄如实回答。海圆是瑜伽宗大宗师，佛法深湛，在西湖边为

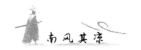

其讲授《瑜伽师地论》，三日不辍，以期压制南玄心魔。南玄所困，虽由走火入魔而起，究其根本，仍是心中执念所致。佛学之道，在于对外扫相，对内破执，但瑜伽宗与禅宗之顿悟有所不同，乃着眼于佛法渐修，《瑜伽师地论》便以分析名相有无而始，最终加以排斥，使人悟入中道。南玄依法修习，三日之后，果然大有起色。于是海圆将他领到灵隐寺中，每日为其开示，教其修炼法门。南玄自知武功太高，一旦失控不堪设想，便请灵隐寺众僧以铁链将其绑缚。这日南玄自觉好转，欲往钱塘县城找寻南一安，诉说当时南天和柳青青被害实情。他匿身墙头，见骆宝颐顷刻间便要毙命，他曾在三圣庄与骆宝颐有过一面之缘，知道这女孩与南一安关系非同一般，这才救了她一命。这紫袍怪客自然便是南玄了。

南玄心忧如焚，道："大师，求你救我侄儿！"

骆宝颐这时忽然回想起来，仔细一瞧，立时认出了南玄。随即想到那日目睹他害死陈抟，直吓得魂不附体，想上前替老祖报仇，可见到这魔头又害怕至极，想悄悄逃走，但一安为救自己才身受重伤，岂能独自逃命？霎时间数个念头在心中闪过，神色极是古怪。

南玄心系南一安，倒未曾留意骆宝颐。

海圆摇摇头，脸上颇有惭色，道："令侄失血过多，若能以内力接续，原本不算棘手，只是贫僧也从未遇过这等情形。唉，倘使道济禅师在世，兴许能另辟蹊径，只可惜贫僧医术不精，罪过，罪过。"

南玄心中大恸，不禁再次陷入迷惘，心想若非自己贸然出手，那箭矢本不会偏转，一安也不会受此重伤，忽然间心魔大盛，眼中杀气腾腾，双手乱抓乱舞，铁链铮铮作响，口中不住低吟，仿若一头饥饿的猛兽。

海圆知他旧疾复发，兀自念诵佛经。

骆宝颐生怕他挣脱铁链，正待搀扶起南一安，夺门外逃。当此之际，南一安忽然醒转，他只道自己命在顷刻，昏迷中隐约听见南玄的声音，用尽了全身气力，蓦地站起身，从兵器架上抽出一柄长剑，"唰"的一声朝南玄刺去。

南玄丧失理智，见有敌人攻来，不由得挥掌还架。他虽神志不清，功力却未见丝毫削弱，南一安内力尽失，加之身有重伤，原本是以卵击石，岂知他出剑方位之奇特，剑招蕴变之精微，实是匪夷所思。饶是南玄武功精湛，这一招也只能守御。原来南一安自练《六通指玄经》后，诸般武学皆能快速习得。当日在聚寿山上，陆象杉与刑舒鏖战千招，内力都已耗尽，因此便纯以剑术较量，两大武学宗师各展绝艺，他在一旁观战，不知不觉竟学得了一两招九渊剑法的剑意。这时生死一线，他心无旁骛，不自主将九渊剑法使出，迫使南玄避让。本来高深武学悉以内力为基，有此奇巧，实也是因九渊剑法冠绝天下，单凭剑招也能克制强敌，倘若换了别派剑法，若非辅以深厚内力，焉能与这等绝顶高手走上一招？兼且南一安当时领悟的乃是九渊剑法的剑意，这时便如陆象杉亲自刺出，旁人即使学了剑法，难以形神皆备，终究不能发挥剑法最大威力。

南一安一剑不中，再欲攻击，怎奈已没了半分劲力，身子一晃，俯身朝前跌去。南玄哪里还识得他亲侄子？只听"砰"的一声闷响，南一安胸口已挨了一记金翅伏魔掌，这是南玄的看家功夫，辅以《六通要旨》内功，威力非同小可，当年陆象杉与他交手之时，也觉不易对付。

南一安只觉灼烧之感直透肺腑，眼前一黑，昏晕在地。骆宝颐和海圆都始料未及，海圆伸手搭他脉搏，哪里还有脉象。骆宝颐见他神色，忙探南一安鼻息，登时方寸大乱。

海圆既惭愧，又不忍，摇头道："罪过，罪过。"

骆宝颐珠泪盈眶，颤声道："不会的，不会的……一安怎么会就这样死了？"兀自不肯相信，又摸了摸他心跳，仍无半点生迹，喃喃道："我原本已经忘了你，为什么又来招惹我？来也来了，为什么又这样走？"忽然哭喊道："南一安，我恨你！"

她口中怨怼，心里却伤心不已，忽然将地上长剑拾起，双手握柄，往南玄头顶劈落。她不会武功，那剑又甚沉重，一剑劈下，笨拙至极。

海圆岂能眼见她送死？大喊道："不可！"拦在骆宝颐身前。只听"哐啷""哐啷"两声，回头一瞧，南玄竟将两根铁链挣断，海圆大惊，心想南玄身不由己，倘若不加约束，只怕牵连无辜。当即阻他去路，南玄"呼"地一拳击出，海圆凝神还架，奋力推出一掌。海圆修习佛法，内功颇为温润，也未曾练过什么厉害招式，这一搭上手，便知南玄武功奇高，自己实非他敌手，

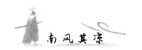

却哪里拦得住？南玄怪叫不止，破门而出，转瞬便消失无踪。

这时有灵隐寺僧人听见动静，看见有人暴毙寺内，急忙去禀报方丈至空。

过不多时，一个五十多岁的胖和尚匆匆赶来，正是灵隐寺主持至空。至空问明缘由，吩咐道："关上门，千万不可传扬出去。过些时日便是道济禅师诞辰，到时贵客云集，倘若此事教官府知晓，不免生出事端。"

他见海圆坐在地上诵经，上前一步，弯下了腰，笑道："海圆大法师，你远道而来，不想敝寺竟发生这样的事，惊扰大师，实在过意不去。"

海圆微一欠身，道："至空师兄，不必多礼。"

至空仍是弯着腰，双手撑着膝盖，道："请大法师移步斋堂用膳，这里的事交由小僧处理便是。"随即挺身吩咐一名老沙弥道："将这里打扫干净，莫要妨碍了宾客游览。"

骆宝颐大怒，道："你当这是什么？他尸骨未寒，你一个出家人怎的毫无恻隐之心？"

至空一怔，咧开大嘴，赔笑道："不知这位女施主是？"

骆宝颐道："你刚才说的道济禅师，正是我们的师父。"

至空"嚄"了一声，道："原来是六祖门下高弟，失敬失敬。那便请女施主同去用膳。"吩咐左右道："将这小兄弟的尸首妥善安置，过几日在寺内火化。"

正在这时，猛听得一阵剧烈喘息，众人一瞧，都吃惊不小，一些胆小的沙弥已躲在同门身后。原来那声音竟是南一安所发。骆宝颐只觉如梦似幻，南一安分明已经气绝，怎能死而复生？海圆伸手搭脉，知他确然活转，但也想不出缘由。

至空寻思："多半是这番僧号错了脉，否则岂能有这等奇事？"心念一动，合十道："阿弥陀佛，小兄弟福泽无量，杨岐六祖显灵了。"对身后一名中年沙弥道："快传话出去，就说灵隐寺佛光普照，信徒死而复生。"心想："天幸是海圆亲眼所见，这一次定能吸纳不少信众，我寺便能成为江南第一禅院。"又道："快将这位小施主抬至客房歇息，再拿本寺的金创灵药，这外伤仍需尽早医治。"

两僧取来担架，将南一安小心平放，抬去一间最大的客房。不多时，又有一僧取来金创药，为南一安涂抹伤处。这金创药是灵隐寺秘方，治疗外伤甚有奇效。

南一安刚才虽然醒转，体力仍极虚弱，卧在床上时隐约听见众人忙前忙后，心中亦觉奇怪。

骆宝颐坐在床沿，见大小和尚端茶送水，嘘寒问暖，与此前那至空方丈的态度大相径庭，又是好气又是好笑。所幸南一安福大命大，居然活了过来，虽不知何故，倒也不甚在意。

当天夜里，海圆前来探望，问道："这位小施主的内功是跟何人所学？"

骆宝颐自然不知，摇了摇头。

南一安睡得甚浅，听见海圆的声音，只道自己的性命是此人所救，缓睁双眼，低声道："谢大师救命之恩。"

海圆微微一笑道："施主性命并非老衲所救。"

骆宝颐道："一安，你醒啦。"

南一安心有愧意，不敢与她对视，问道："你没伤着吧？"

骆宝颐道："我没事，你……你为什么舍命救我？"

南一安道："我不知道，只是那时……我……"忽觉伤处疼痛，便说不下去。

骆宝颐见他受苦，先前的怨怼转瞬化为怜爱，道："你别说话了，好好养着吧。"

海圆见他伤势已无大碍，稍觉宽慰，只是南一安目下尚且虚弱，心中虽有疑惑，却不便相询，径自回了下处。

南一安这时已没了睡意，只觉腹中饥饿，骆宝颐喂他吃了些糕点，两人原本有许多话要说，可都不知如何开口。

过了良久，南一安忽道："宝颐，你若没事，就去找李师哥吧，他一定很担心你。"

骆宝颐脸一沉，将南一安嘴里的半块桂花糕抠了出来，道："只怕是你思念你的知寒姐姐吧？"

南一安一怔，道："宝颐，你已快成为李师哥的妻子，应当回到他的身边。"

骆宝颐"哼"了一声，道："我问你，当初我给你写信，你为什么不回信？"

南一安此时已知是林知寒未将信件交给他，但若照实说了，不免教骆宝颐恼恨她，道："我那时伤得重，连起身也是不能，后来伤好了些，这事倒给忘记了。"

骆宝颐白了她一眼，但想道济从少林寺回三圣庄后，已将诸般事由告知给她，料来南一安所言不虚，又觉心疼，道："就算如此，后来也未见你睬我。现下我问你，你愿不愿意和我在一起？倘若愿意，咱俩远走高飞，你可是说过，要带我去你的故乡玩儿。"

南一安想到往事，抬眼见她似羞似怒，明眸秋水，实有万种风情，一时间如饮醇醪，颇有微醺浅醉之意。转念想到林知寒，这却教人为难了，心想他和骆宝颐在断崖斋时，确也说过这话，只是谁承想又经历了许多事情，倘若和骆宝颐回到八部会，那林知寒又怎么办？心中拿不定主意，便装作睡着。

骆宝颐嗔道："你休想骗我。"伸食指在他右肩伤处一戳，南一安顿觉痛入骨髓，不禁叫了出来。骆宝颐自知下手没轻没重，又觉后悔，道："好好好，今日暂且放过你，等你伤好些再答复我。"说完小跑着出了房门。

南一安心想："知寒可从来不会这般捉弄人。也不知她眼下在哪里。"他心里虽念着林知寒，但与骆宝颐久别重逢，又觉欢喜畅快，自知这般反复无常，实在令人不齿，心道："宝颐即将为人妻子，我又何必总想着当初之事？知寒于我有救命之恩，对我不离不弃，于情于理，我都不应负她。"又想："我若带着宝颐回到西域，知寒和李师哥都会很伤心，但若离开她，同知寒在一起，便只她一人伤心，况且李师哥对她很好，她即使真的伤心一阵子，时日久了，也就淡忘了。"越想越觉有理，仿佛困扰许久的难题终于寻到解开之法，心中豁然开朗，如释重负，不多时便交睫入眠。

这几日南一安卧床养伤，骆宝颐每日前来探望，对他嘘寒问暖，无微不至，却始终不提那日所问之事，南一安也难以主动开口提及。过了十日，这天大早，南一安睡醒起身，但觉那金疮药效力甚显，右肩痛感大消。他心中思念林知寒，便欲向至空方丈和海圆辞行。他胡乱吃了些糕点，出得房门，路经药师殿外，只见殿内一名白袍僧呆立其中，时而凝望佛像，时而垂首摇头，似在苦思冥想。

南一安赓即认出这白袍僧便是海圆，进得殿内，道："大师，早。"

海圆一怔，见是南一安，道："南施主伤势可有好转？"

南一安道："有劳大师挂怀，这点外伤不碍事。"

海圆点点头，道："可否让贫僧再为施主号一号脉？"

南一安伸出左手，笑道："承大师美意，多谢。"

海圆两指一搭，过了片刻，道："内伤果然痊愈，但施主此前体内两股内力却只剩其一，当真不可思量。"

南一安心下奇怪，寻思："我几时受了内伤？"道："大师此言何意？"

海圆将那日情形说出，南一安才记起他性命垂危之时，曾欲杀南玄报仇，却被南玄打了一掌。

海圆问道："南施主的内功师从何人？"

南一安道："晚辈曾学过两种内功，一是《六通指玄经》，乃家传武学，一是《洗髓经》，曾蒙少林寺已故方丈法戒大师传授。"

《洗髓经》闻名遐迩，海圆早已听过，但《六通指玄经》却是闻所未闻。前者是少林派不外传的法门，虽未领略，料来也是高深至极，南一安体内两股内力能成对峙之势，后者必然不逊于此。只是这两股内力因何故至此，南一安又何以死而复生，海圆却想不出所以然，问道："施主体内真力颇有异样，可知是因何所致？"

南一安将他在方腊洞中毒以致内力尽失之事大致道出，海圆沉吟一阵，终于明白缘故。原来南玄的内力与南一安同宗同源，那日一掌打出，《六通要旨》内力与《六通指玄经》内力混于一体，压制住了《洗髓经》内力，两力相消，不仅化解了对峙之势，其中残余内力更助他疗伤固本。

海圆自幼出家，饱读经书，治学严谨，颇有几分书呆子气，但凡碰上难解之事，必是焚膏继晷，兀兀穷年，以求钩沉考索，探寻真知，有时陷入问题太深，几于木讷迂腐。南一安体内两股真力交织、起死回生，他想了好几日，都想不出所以然，今日一番询问，才解了心中疑惑，但随即又陷沉思。

南一安潜运真力，果觉如他所言。过了片刻，南一安道："大师，你可知我那二叔去了何处？"

海圆正自思索，微微一惊，道："南居士是内力攻心，走火入魔所致，非其本愿，还望小施主莫要苛责。"

南一安道："他杀我父母，此仇岂能不报？"

海圆道："令尊令堂并非他所杀。"

南一安自不肯信。海圆又道："贫僧那日在西湖边上与令叔相逢，这是他神志清醒时亲口所说。"

南一安道："他心狠手辣，诡计多端，这话岂能相信？"

海圆与南玄并不相熟，觉得南一安所说亦有道理，一时语塞。其实南一安心中何尝不愿相信？倘若他父母不是南玄害死，南玄便能洗脱罪名，叔侄亦能重圆如初。可惜他一加追问，海圆便答不上来，单凭一面之词，怎能说服自己？不禁有些失望。

南一安问道："大师可知他去向？"

海圆道："贫僧不知。"

正在这时，一名小沙弥奔来，向南一安和海圆行了一礼，道："海圆大师，方丈请大师移步客厅一叙。"

海圆点点头，道："不知方丈有何事？"

那小沙弥道："小僧不知，只知有三位贵客前来。"

既是主人所请，自也不便推辞，海圆便随那小沙弥同去客厅。南一安忽觉伤处一阵疼痛，料想伤势未愈，不宜多动，当下回了客房，照《六通指玄经》心法调理内息。忽然想到那晚他鬼使神差使了一招九渊剑法，竟令南玄也不得不守，这时刻意思索，左手兀自比画，这一招反倒使得似是而非，不伦不类。试了好几次，都觉剑招窒滞，只因那晚他刺南玄这一剑，实是剑意而非剑招，心无挂碍，任意为之，目下刻意而为，不免囿于形式，九渊剑法的招式本就繁杂艰深，若不能领会其中奥义，难以挥洒自如。

当天午后，南一安正自打盹儿，忽听屋外一人说道："宝颐，你为什么躲着我？"

南一安认出那人声音，正是李博渊，不知他怎会来此。他轻轻推开窗户，向外探去，只见骆宝颐站在庭院里，背对着李博渊。

李博渊又道："是不是因为南一安？你一见到他，又将我忘了？他有什么好？我对你一心一意，你忍心这样对我吗？"

骆宝颐叹了口气，悠悠地道："就算他不和我在一起，我也不能嫁给你了。"

李博渊急得脸颊紫涨，道："为什么？"

骆宝颐面上彤云飞过，道："我……我……我心里始终装着别人，又怎能做你的妻子？"

李博渊大怒，道："我说的果然没错，南一安在哪里？你给我出来！"

南一安心道："我且跟宝颐说明白。"出了房门，道："宝颐，你……"李博渊满腔怒火正无处发泄，见他陡然现身，拔剑上前，便要和他拼命。

骆宝颐喝道："你做什么？他救了你一家的性命，你要恩将仇报不成？"

李博渊一凛，惨然道："你不愿嫁给我，我也不想活了，我先杀了他，再伏剑自尽便是。"

"唰"的一声，李博渊持剑往南一安胸口刺去。正在这时，只听一人喊道："住手！"几乎在同时，一颗石子破空击出，打在剑身上，那长剑"嗡"的一声响，脱手落下。

南一安这时武功远不如李博渊，这一剑刺出，如何能招架？兀自惊魂未定，转身瞧去，来人竟是金大。

原来金大觊觎《六通要旨》，此番原本是为南一安而来。那晚见南一安和骆宝颐被南玄带走后，李博渊郁郁不乐，李家出得城后，便亮明了身份，派铜三护送李家上下先行去往瑞州王府，自己和银二同李博渊一道追寻骆宝颐的踪迹。他明里帮李博渊，暗中却是打着南一安的主意。

先前那小沙弥请海圆到客厅叙话，说有贵客前来，正是金大、银二和李博渊。金大只说是怀宁王府家将，那至空方丈登时将他奉为上宾，又邀海圆前来作陪。至空自是极尽阿谀之能事，又说要开设水陆法会，为海山祈福积德，这些场面话金大本来不甚在意，但至空又替金大引荐了高丽国高僧海圆，金大这才留了神。他是怀宁王心腹股肱，怎会不知怀宁王邀海圆入元之事，便请海圆随他一道赴瑞州路，岂知海圆竟一口回绝。

海圆经历了南玄、南一安之事，这几日左思右想，心想那《六通要旨》是一部绝世武学，中原武林人人梦寐以求，南玄练成神功，已然武功盖世，

但正因如此，他走火入魔之后，其功力才反噬更甚，以致丧失本我。又想南一安年纪轻轻，已学得两种无上内功，多少人毕生所愿之事，他不到二十岁便已达成，可即便有此般际遇，如今也是竹篮打水一场空。再想起此行目的，霎时间若有所悟，寻思："习武如此，悟道亦然。我一生在经中求佛求法，自以为学遍佛经，将书中所述一一弄明，便能成佛悟道，可是书中所载，焉非名相尔？佛曰，法无二法，非法非非法，岂非此之谓耶？我如此执着经典，与武林中人痴迷武功秘籍何异？恐与佛法背道而驰。"于是改变了主意，不再执着经文，自然便不愿再去王府。

金大热脸贴了冷屁股，但想海圆身份非同一般，不敢用强，正自寻思对策，忽有一名沙弥奔来，说两拨客人起了争端，几人只好匆匆赶来调解。

金大见南一安果然在此，心中大悦，心想："他十日前中了我的幻云镖，目下居然已能行走自如，当真非同小可。"瞧这情形，便知李博渊是醋意发作，忽然间心生一计，道："李公子，可否借一步说话？"

他将李博渊叫至一旁，走到一处佛堂外，低声道："那位姑娘，可是贤弟未过门的妻子？"

李博渊点点头，脸上怒色未消。

金大道："若非梁十八造反，贤弟这时已拜堂成亲了吧？"

李博渊恨恨地道："天杀的梁贼，我恨不得将他千刀万剐。"

金大道："贤弟是非娶这姑娘不可，是不是？"

李博渊道："那是自然。"

金大道："我有个法子，能让你得偿所愿，却不知贤弟敢不敢一试。"

李博渊大喜，忙道："请先生赐教。"

金大低声耳语一阵，李博渊直听得面红耳赤，道："那……那怎么行？不……不可……"

金大嘿嘿一笑，道："你们本就有婚约，有何不可？到时生米煮成熟饭，便由不得她不从。一旦错失良机，日后他二人远走高飞，贤弟只怕追悔莫及。"

李博渊心想这话虽然不错，可自己身为陆氏门生，岂能不顾念道德礼法？

金大见他目光闪烁，神情犹豫，道："金某对天发誓，绝不会向旁人吐露半个字，天知地知，你知我知，绝无不妥。"

李博渊道："可若她……她对别人说起，我……我何以自处？"

金大拍拍他肩，道："这等事，女儿家怎会自己说出去？何况我瞧那姑娘对你还是有情的，否则怎会答应嫁给你？只不过被南一安那小子蛊惑，这才变得反复。大丈夫若不当机立断，如何成就大事？贤弟此番报信有功，莫说王爷，皇上也定有重赏，那姑娘日后跟着你荣华富贵，岂不比跟着南一安好？女儿家一时感情用事，时日久了，便会知道你的苦心。"

他说一句，李博渊心中便笃信一分，心想："金先生说得不错，我这也是为了宝颐好，她若嫁给我，这辈子锦衣玉食，跟着南一安漂泊无定，只有受苦的份儿。"但想南一安武功甚高，倘若教他察觉，恐怕要坏事，道："可是……南一安那边……倘若被他发现，出手阻挠，只怕我敌不过他。"

金大料知他心有动容，道："贤弟放心，金某自有办法助你办了这桩美事。"

当天傍晚，金大向银二讨了一包春药、一包麻药，银二好色，这两样物事向来随身携带。那麻药便是用于迷倒南一安，自己好趁机偷取《六通要旨》。他将这两包药交给李博渊，又去请至空摆宴款待海圆，只说是替王爷请他过府一聚。李博渊独自来到厨房，假意为南一安和骆宝颐分别点些餐食，在两人的餐食中各自投放药粉，又对伙夫交代，务必不能弄混，以免怠慢了方丈的贵客。

晚饭时分，李博渊暗自躲在骆宝颐所住客房的屋顶，揭了一片瓦，悄悄窥视，只待她将那放了春药的餐食吃下。

只见骆宝颐独坐床头，兀自哭泣，心想："宝颐，日后你做了我的妻子，我李博渊定不会让你受半点委屈。"转念想到即将与她风流快活，不由得心驰神醉，浮想联翩。

忽觉后背一麻，想要转身，却无法动弹，便知被人拿了穴道，心想："不好，我在这里偷窥，传出去如何是好？"只听身后一人道："小贼，敢打我侄媳妇的主意，哼，你既喜欢偷看，就在这里看个够吧。"

他不知那人是谁，更不知他何以说什么侄媳妇。原来那人正是南玄，他那日挣脱铁链逃走，疯癫了几日，这天又恢复清醒，悄悄回到灵隐寺后，一

直躲在暗处，不敢与南一安相认。白日间恰好听见金大的诡计，他只道南一安与骆宝颐两情相悦，便索性将计就计，顺水推舟。他是八部会首领，行事本就怪僻，不能以常情揣度，加之他又是个至情之人，因此这么做他丝毫不觉有何不妥。

制伏李博渊后，从屋顶轻轻跃下，藏身于一座浮屠塔后。过不多时，两名送饭的沙弥先后走来。南玄举步上前，道："方丈那边的饭菜上齐了吗?"

这几日寺中陆续来了不少宾客，有僧有俗，有男有女，都是受邀前来祭拜道济，两名小沙弥听他这般问，只道仍是方丈的贵客，其中一名瘦高僧道："回施主，尚有几道菜未曾备好。"

南玄道："哪一份是给南公子的?"

那瘦高僧道："先前有客人交代过，这一份是给南施主的。"

南玄道："南公子身子不适，已歇息了，斋堂那边贵客多，饭菜上得慢，将这一份先送过去。"

那瘦高僧应了，径往斋堂去。另一矮僧将骆宝颐的餐食送毕，刚走了几步，便被南玄截住。南玄掐着他后颈，那矮僧吃惊不小，正待呼救，南玄手上微一伸力，道："照我说的做，否则扭断你的脑袋。"当下低声吩咐了几句。

那矮僧被拿住要害，不敢不从，走到骆宝颐房门外，道："骆施主，厨房忙不过来，南施主的餐食来不及做，二位可否凑合着搭个伙?"

过了片刻，只听骆宝颐道："让他过来吧。"

南玄大喜，又拉着那矮僧衣领，走到南一安房门外，那矮僧道："南施主，骆施主请你前去用斋，有话要对你说。"

说完之后，南玄将他逼至一处墙角，道："这是方丈的意思，敢多嘴就是死，明白吗?"

那矮僧吓得连连点头，但想既是方丈安排，必有道理，何况又不是杀人放火，自己何必多事。

南一安腹中早饿，听那矮僧传话，寻思："也好，今晚我便将话说明白了，此事拖得越久，越难解决。"当下去往骆宝颐住处。进得房门，只见骆宝颐坐在桌边，容颜清俏，颇有憔悴之色，不禁心生怜惜，又觉愧疚。

骆宝颐道："送餐的和尚说你没吃的，饿坏了吧?"

南一安一愣，心想："他跟我可不是这么说的。"他只道是骆宝颐口是心非，说道："宝颐，我有话跟你说。"

骆宝颐道："说出来是教我开心的，还是难过的？"

南一安一时不知如何接口，半晌不语。

骆宝颐噗地一笑，道："逗你呢，快吃饭吧。"

两人吃了一阵，骆宝颐忽道："我不想嫁给李博渊。"

南一安呛了口菜，连咳数声，喝了一大杯茶，道："你与李师哥已有婚约，这时反悔，只怕不妥。"

骆宝颐脸一板，道："正是因为还未成亲，才得以反悔。"忽然间眼眶竟有些湿润，又道："这可不是为了你，不论你要不要和我在一起，我都不愿嫁他。"

李博渊在屋顶上，二人说话听得清清楚楚，亲耳听见骆宝颐这般说，只觉凉意透入脏腑，霎时间万念俱灰。

南一安道："为什么？李师哥对你这样好……"

骆宝颐惨然叹道："倘若我嫁给她，日夜心中所思所念，却是另一个人，那又怎能快乐。"

南一安心想："情爱之事，原该如此，宝颐做得也没错。那么我呢？和知寒在一起，会想着宝颐，还是和宝颐在一起，会念着知寒？"刚刚如是想，便觉不对，寻思："先前分明已想明白，岂可再举棋不定？"忙端起茶水，一饮而尽。可为情迷惘之人，便是黄河倒灌，尚不能令之清醒，一杯水又济得甚事？

抬眼一瞧骆宝颐，只见她玉颊绯红，似有醉态，忽觉心神荡漾，目眩神迷。

骆宝颐纤手支颐，道："一安，你不愿和我在一起，我不强求，今后咱们也别再相见了。只是……只是你此刻……能不能抱抱我？"

李博渊一听，知道药力多半已发作，不禁心急如焚，悔恨不已，怎奈他既无法出声，又不能活动，只得眼睁睁看着。

南一安渐感浑身炙热，欲火焚胸，只觉每一根汗毛都竖了起来，好似神游太虚，销魂涤魄，竟不知天地之大，除了眼前丽人，更有何物。

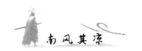

骆宝颐搂住他脖子，两颊相贴，耳鬓厮磨，在他后颈缓缓吹了口气，悄声说道："抱紧我。"

南一安血气方刚，药力催动之下，霎时间血脉偾张，整个身躯似要炸裂开来。

他将骆宝颐一把抱住，顿感胸口被两块软绵绵的物事抵住，骆宝颐轻轻"嗯"了一声，两人抱得更加紧了。南一安一颗心怦怦乱跳，双手在她身上抚摸，朝她嘴唇吻了下去，只觉阵阵香甜之气扑鼻而来，恍如置身卉园花圃。

李博渊耳闻目睹，心中妒火直要将四海烧得沸腾起来，想要闭目不看，可听见骆宝颐那些缠绵情话，又不自主睁开眼睛。这些爱怜之语，骆宝颐从未对他说过半句，如今第一次听见，却是在与旁人缱绻风流，心中暗想："不杀你们这对狗男女，我姓李的誓不为人！"

第三十四回　谁为此祸

　　金大、至空、海圆、银二等人吃了南玄调包的餐食，不多时便昏睡过去。南玄有意要让南一安与骆宝颐重归于好，因此将斋堂内侍候的僧人尽数制伏，不让旁人打扰。

　　过了四个时辰，已至第二日寅末卯初，金大渐渐醒转，只见至空和海圆趴在桌上，银二横卧在地，鼾声如雷。

　　金大觉察不妙，忙奔向南一安的下处，不见屋内有人，又往骆宝颐住处去。这时他已愈发觉得古怪，顾不得敲门，径将房门推开，屋内烛火早已燃尽，当下点燃一根火折子，轻轻走到床边，一瞧之下，惊愕不已。只见南一安竟身体赤裸，躺在床上，骆宝颐睡在一旁，也是一丝不挂，四下不见李博渊，一时间不知什么地方出了差错。

　　侧目看见南一安衣衫散落在地，心中大喜，只盼《六通要旨》便在其中。可寻了半晌，除了一部泛黄的《楞伽经》，哪里有什么武功秘籍。他心念电转："瞧这经书已有些年头，莫不是那《六通要旨》便藏在这佛经里？定是如此，否则他将这经书带在身上做甚？待我回去细细参详，定能明白其中奥妙。"想到此处，登时得意扬扬。他将房门关上，悄悄回到斋堂，其余人功力差他甚远，这时仍未醒来。金大心想："多半是那送饭的将餐食弄混。李博渊啊李博渊，办法我是替你想了，你自己不争气，这可怨不得我。"忽一转念，又想："何不将计就计，把这老秃驴诓去王府。"

　　微一筹算，已有计较。

金大从腰间抽出匕首，在左臂上划了一道伤口，走到斋堂外，躺在地下。

过了半个时辰，海圆、银二、至空先后醒转，三人相顾错愕，不知发生何事，又见斋堂内几名僧人都委顿在地，却不见金大，料知大事不妙。至空当先起身，喊道："来人，来人！"

银二心想："莫不是大哥看上了李家媳妇，否则他问我拿催情药做甚？可是大哥为何要将咱们都迷倒？是了，大哥定是不想旁人坏他的好事。"他越想越是淫秽，不禁笑出了声。

海圆先查探了几名僧人的伤势，均是外力击打所致，便替诸人一一推拿穴位。忽听至空在外喊道："金施主，你怎么样？"

银二大惊，飞奔出门，只见金大委顿在地，身旁尚有血迹，只怕金大遭了不测，上前喝问至空，道："快将我大哥扶到屋里，倘若我大哥有什么三长两短，怀宁王定要踏平你这飞来峰！"

至空道："咱们都被下了套，谁人主使尚不能断定，怀宁王岂能不分是非，胡乱降罪于贫僧？银施主休要含血喷人。"

两人将金大抬进屋内，海圆走上前来，道："且让贫僧瞧瞧伤势。"

金大自己将自己划了一刀，却未受丝毫内伤，只怕教海圆瞧出破绽，忙咳了两声，缓缓坐起身。几人见他醒过来，都松了口气。

金大佯作疲态，道："不碍事，金某自行调理半日便好。"对海圆道："大师没事便好。"

海圆一怔，隐隐觉得事有内情，道："金施主何出此言？"

金大微微一笑，道："没事，没事。在下先去歇着了，失陪。"

银二道："大哥，是什么人伤了你？"

金大道："莫要多问，跟我走。"

至空道："且慢，金施主，倘若尊驾知晓实情，还请告知，否则怀宁王怪罪下来，我这间小庙可经不起雷霆之怒。"说着瞥了一眼银二。

金大会意，道："银二，是不是你出言无礼？快向至空方丈赔罪。"

银二虽不情愿，但不敢忤逆金大，抱了一拳，道："在下刚才一时心急，方丈莫怪。"

至空哈哈一笑，道："好说，好说。不过终究是我灵隐寺怠慢了诸位，却不知是何人胆敢在此造次?"

金大道:"方丈宽心,此人虽然武功高强,但已被金某打发了,适才交手,他也未讨到便宜,当不会再来。"

他说话间不时看向海圆,海圆见他欲言又止,神色颇为异样,心中起疑,道:"金施主,此事可是与贫僧有关?"

金大微一迟疑,摇了摇头,道:"还请大师莫再追问。"

他愈是回避,海圆便愈觉蹊跷。至空虽有疑虑,但今日是道济诞辰,杭州净慈寺、国清寺、保德州佛光寺、河南少林寺、陕西法门寺等数百高僧前来赴会,他乃东道主,招待来客、主持会务,诸事缠身,此事已无暇顾及,便赶往大雄宝殿,召集寺内长老议事。

金、银二人出了房门,银二道:"大哥,当今世上能伤你的不出五人,梁十八手下的雁荡三仙加起来也最多和你打成平手。"沉吟了片刻,道:"莫不是那姓向的?"

金大低声道:"是安西王府的高手。"

银二吃了一惊,大声道:"阿难答的人?那老东西要与王爷撕破脸不成?"

金大做了个噤声的手势,道:"你嚷嚷什么?"

银二这一声自然教海圆听见了,陈希夷此前为阿难答效命,早替阿难答邀请过海圆的师兄达木,只是后来他改换门庭,才替怀宁王力邀海圆入元。此事海圆自然知晓,又想刚才金大举止异常,心想:"师兄此前答允安西王赴元,他涅槃之后我又为那《成唯识论》应了怀宁王之邀,想必安西王怀恨在心。莫非此事真与自己有关?"

随即追出门去,问道:"阿弥陀佛,金施主,安西王派遣高手来此,想必不是要对付尊驾吧?"

金大转过身,道:"此事在下本不愿告知大师,大师既已知晓,在下便不再相瞒。"

海圆问道:"安西王不愿我去怀宁王府?"

金大点点头,道:"不错。"

海圆道:"金施主既救了贫僧,何故不愿说出来?"他堪堪说罢,便已知缘由,合十道:"金施主真有中国古君子之风,贫僧愿往瑞州。阿弥陀佛。"

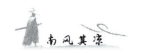

金大略施小计，海圆便上了套，心中暗自得意，道："金某不愿提，正是不愿以此裹挟大师，大师不必勉强。"

海圆道："贵国古人有言，投我以木桃，报之以琼瑶。金施主虽不图报答，然贫僧亦非背恩忘义之辈。"

金大道："既如此，那在下就替王爷先行谢过了。大师且宽心，那安西王延请大师，不过是想借高丽国之力以壮己之势。而怀宁王一片赤诚，无非与大师谈佛论道罢了。"

海圆道："善哉，善哉。"

金大心想："这件事原是因那李博渊而起，他被扣了顶绿帽子，定然气急败坏，目下当先稳住他，莫要将事情闹大，反教海圆瞧出端倪。"

金大于寺内寻了半晌，不见李博渊人影，忽听得西首有吵嚷声，箭步奔去，到得南一安所住客房外，只见有不少僧人聚在一处，一僧招呼道："快去禀报方丈。"

金大走近一瞧，只见李博渊蓬头垢面，两个眼眶好似浸了墨汁，红血丝满布双眸，神色极是萎靡，目光却有如冷电般射向他身前两人。那两人正是南一安和骆宝颐，李博渊手持长剑，架在南一安脖颈上，说道："南一安，你欺我太甚！"

南一安自知昨晚做了出格之事，不仅毁了骆、李二人的婚约，更加有负于林知寒，但木已成舟，眼下如何后悔也为时已晚，道："我铸成大错，甘愿领死。"

众僧议论纷纷，都不知出了何事。

骆宝颐道："即便如此，你宁死也不愿同我在一起吗？"

南一安惨然道："宝颐，此事错在我一人，是我对不起你。"

骆宝颐柔声道："让我做你的妻子，好不好？"

南一安摇摇头，道："除了知寒，我心里再也装不下第二个人，如何能够勉强？"

骆宝颐俏脸一沉，道："可我偏要勉强。"

李博渊怒不可遏，道："贱货，我先杀了你！"挺剑朝骆宝颐胸口刺去。

南一安大惊，左手虎口倏张，扣向李博渊手腕，顺势一托，剑尖自骆宝颐胸口、下颚、鼻尖之前划过。骆宝颐回过神时，才知李博渊当真起了杀心，若非南一安出手，自己已毙于他剑下。

南一安刚才所使招式，乃是龙图拳法第一式"摇光揽月"，他自学成以来，这一招最为熟稔，情急之下，招式自然而然使出来，只是目下他内力已远不如当初，否则以李博渊的功力，焉能经受得住？

李博渊剑术本非泛泛，但他穴位窒塞数个时辰，眼下四肢麻木，力有不逮，接连使出几招厉害的剑法，终是差之毫厘，教南一安惊险避过。

饶是如此，李博渊也已看出南一安功力大减。他曾在终南山与其交手，当时殊无还架之力，这时虽不能立时取胜，却能大占上风，心想："他重伤未愈，真是天助我也。"

南一安若如当日突袭南玄那般，只攻不守，李博渊便难以招架，但他眼下处于守势，反让对方没了忌惮。李博渊长剑一振，使一招"南康之会"，往中路刺去，刺到一半，剑锋陡然一转，劈向南一安右肩，剑招尚未用老，倏地又生变化，径往南一安左肋削去。

李博渊剑招第一变时，南一安已认出了这"南康之会"，早已运起《六通指玄经》中的"神足通"心法，那口诀自是烂熟于心，内息吐纳法门、脚步变换方位更加如臂使指，只可惜究于内力不济，难以驱使这无上神功。金大眼下已取得秘籍，正好借李博渊之手将南一安除掉，否则待南一安痊愈，又发现秘籍遗失，定不会善罢甘休。

眼见李博渊长剑削去，金大心中又忌惮南一安临危之际背水一搏，便欲助李博渊一臂之力，当下拾起一块石子，指尖运力弹出，嗤一声响，打在南一安脚踝处，这一击用的是绵力，被击之人无法站立，但却不会受伤，旁人难以察觉有人暗中出手。这样一来，南一安更无趋避之余裕，噗的一声，跪在地上。

众僧见状，都大惊失色，纷纷喝令李博渊住手。李博渊杀得兴起，哪肯理会？手腕加劲，誓要将南一安毙于剑底。忽觉一阵热气扑来，罩在面颊之上，鼻口似要被一股真力压得变形，双目顿感炽热，如欲流泪。李博渊大骇，心念电转："这小子反戈一击，我命休矣！"回剑横架胸前，跟着退了几步。这时那真力似已消退，他缓缓睁开双眼，只见南一安仍旧单膝跪地，神情

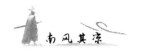

茫然。

只听一人朗声道："阁下也是江湖中成名已久的人物，要考校后进的功夫，自该光明正大，何必施这鬼蜮伎俩？"

众人将目光投去，眼见说话之人是个中年和尚，他侧后方是灵隐寺主持至空，再后尚有数十名僧俗弟子，派头着实不小。

南一安剑底逃生，缓缓起立，一望之下，才知刚才出手相救之人乃是少林寺法定大师。法戒圆寂之后，他便是少林寺方丈。南一安深深一揖，以致谢意。

金大心想："推山掌果然厉害，既已被他识破，今日只能作罢。"抱拳道："法定大师，暌违多年，大师掌力进境如斯，佩服。"推山掌本是纯阳至刚的功夫，一掌拍出，敌人非死即伤，难有转圜，但李博渊刚才只是被一股真力逼退，却并未受伤，他能将如此刚猛无俦的掌力驾驭自如，实是不可小觑。

法戒此前被害，少林派一度以为是南一安所为，后来事情水落石出，阖寺上下都感惭愧。刚才李、南二人交手，法定一眼便瞧出南一安功力大减，只怕他遭人欺辱，有意替他站台，道："这位南施主与敝寺渊源颇深，又与贫僧的师兄法戒禅师交情匪浅，还请阁下顾念少林寺的几分情面，莫要与他为难。"

金大自知武功与法定不相上下，且法定身后尚有少林寺众多高手，倘若撕破脸面，决计讨不了好，道："好说，好说，在下与南少侠也是一见如故。"

至空道："既然法定师兄与南居士是旧识，可否请师兄代为调解，以免惊扰六祖。阿弥陀佛。"

李博渊心想："这种戴绿帽子的事岂能当众说出来？"眼见南一安有少林寺撑腰，倘若金大不肯相助，自己难以将他杀掉。忽然心念一动："金大半夜三更到宝颐的房里，从南一安的衣物中取出一本书，想必此书是一件极要紧的物事。否则他和我又没有交情，何故替我出谋划策，迷倒了南一安，多半便是为了此物。"道："金先生，你打算置身事外吗？"

金大一怔，料知李博渊是成心拖自己下水，说道："李公子，你偷鸡不成蚀把米，又岂能怨我？"

李博渊冷哼一声，手指骆宝颐所住的厢房，道："分明是你利用我，今晨你在那房中做什么，你敢不敢认？"

金大脸上微一变色，寻思："怎会被他看见？此事可不能教旁人知晓，《六通要旨》名显江湖，我好不容易取到手，神功尚未练成，倘若今日这个想来偷，明日那个又来抢，却如何应付得来？眼下且由他，只要今日不让旁人知道，寻个机会杀了李博渊便是。"

金大道："你待怎样？"

李博渊道："将这小子杀了，我便守口如瓶。"

法定迈上前来，目炬炯炯，瞪视金、李二人，道："要杀南一安，且问少林派答不答应。"

金大心想："这小子忒也沉不住气，要杀南一安原本不难，但也不是此时，少林派高手众多，那些秃驴岂能冷眼旁观？"道："咱们是客，今日寺内又有盛会，有什么梁子解不开的，过了今日再说。"金大向李博渊使了个眼色，一面拉着他往旁处去，一面低声说道："李公子莫急，那少林派的方丈可不是好惹的，若在他眼前动手，决计讨不了好。"

李博渊心想这话倒也不错，道："那么好，此事金先生帮了在下，在下定不会与先生过不去。"

两人走后，众僧齐聚大雄宝殿外，至空如期主持法会，南一安和骆宝颐都是道济的弟子，便也一同参加。各寺方丈虽执掌一方宝刹，但每人班辈有别，赴会众僧之中属杭州净慈寺了尘方丈辈分最高，众僧都推他为首，了尘也不推辞，上前点灯、上香、摆供，领着众僧三跪九拜，五体投地。跟着念诵经文，鼓乐齐鸣，诵谒成章，都是歌颂道济生平的功德。如此反复多次，直至酉时方毕。仪式之规格与礼佛无异，自东汉明帝以来，唯独唐代的禅宗六祖慧能法师能享此殊遇。

这时天色已晚，灵隐寺早已准备了斋饭，至空在斋堂延请各寺方丈长老，南、骆二人亦在其中。忽听国清寺一名老僧问起至空，道："至空师兄，贫僧在途中听闻贵寺出了一桩奇事，说有信徒在寺内起死回生，可当真有此事？"

至空含笑道："不瞒秀缘师兄，这是贫僧亲眼所见，海圆大师也是见证。敝寺乃是道济禅师出家本院，想是他老人家发了慈悲，将那位施主从地狱门前拉了回来。"

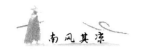

众僧都有所耳闻，无不啧啧称奇，问道："那位施主现在何处？"

至空指着南一安，道："正是这位少年，他是道济禅师的高足，按说与咱们还属平辈。"

众僧齐向南一安望去，见是先前与人争执斗殴之人，心想既是道济禅师的门人，又得禅师在天之灵庇佑，得以起死回生，可不能教邪魔外道欺侮了。

海圆知道此事因由，但一来不愿让至空难堪，二来也无人问起他，便未说出来。法定自是不大相信，他亲眼见道济和陆象杉逝世，倘若道济真有恁般道行，又怎会死于非命？问道："南施主，贫僧孤陋寡闻，倒想听听是怎么个起死回生法？"

南一安眼下心烦意乱，自忖做了出格之事，心中既惭且愧，只盼用完斋饭便寻个清静地方，生怕旁人多问上几句便要问起刚才的事，当下胡乱应答了一番。

法定见他神不守舍，想到此前为法戒之事曾错怪过他，念他小小年纪，多历磨难，心中很是怜悯，刚才又见他和人打斗，似是力有不逮，多半有伤在身，道："贫僧武功低微，不值一哂，不过现下忝为少林掌门，江湖上的朋友多少还会给几分薄面。若你有什么难处，贫僧绝不会袖手旁观。"

南一安道："大师厚爱，晚辈心领了，只不过……只不过……"此事实在难以启齿，他也不知如何开口。

骆宝颐握着他手，道："他要杀你，就将我俩一齐杀了。我的心给了你，身子也给了你，你若死了，我不能独活。"

桌上众人一听之下，无不愕然，心想这女孩出言放荡，实在有辱斯文。法定这时才醒悟，原来南一安欠下的是一笔风流债，无怪李博渊如此恼羞成怒。

南一安神色尴尬，将手从骆宝颐手中抽出，摇了摇头。

骆宝颐不以为意，反倒更加理直气壮，道："我都不怕，你怕什么？男人三妻四妾也不为过，我还没成亲，有何不可？"明眸扫了众人一眼，道："我喜欢他，爱他，情到深处，自然而然，既非强逼，又非乱伦。"她见众僧神情怪异，冷冷道："你们这些大男人，分明是打心里瞧不起女子。"

忽听斋堂外一人说道："小姑娘说得妙极，天下男人之心，没一个是肉长的，十之有九都是登徒子，哪有情爱可言？方丈大师，你就没做过什么下流龌龊之事吗？"

众人循声看去，只见一个老妇踱进门来，一身灰色斗篷，容貌丑陋不堪。众僧听她说方丈大师，但在座的方丈有数十人，却不知说的是哪一个。

那丑妇道："难道我说得不对？"众僧听她语气颇显倨傲，但目光中又透着几分哀怨，当真是丈二和尚摸不着头脑。

那丑妇走到骆宝颐身前，在她周围转了一圈，四下打量一番，道："小姑娘，我当初也如你这般貌美如花，可男人的爱也不过如此，有朝一日容颜不再，那些缠绵情话还不是对旁人说去。"

骆宝颐道："即便如此，那也是快活一日算一日，老前辈何必怨天尤人？更何况又非人人都如你的旧情郎。"

那丑妇冷目森然，说道："不是吗？那你敢不敢在自己漂亮的脸蛋儿上划上几道？瞧瞧这两位少年，还是不是对你倾慕有加。"忽然间身子一晃，右手食指、中指内屈，径向骆宝颐脸上抓去。

骆宝颐还未回过神，南一安大吃一惊，待要阻拦，哪里还来得及？

当此之际，一只手忽然搭了过来，扣住那丑妇手腕，正是法定。那丑妇肩一沉，手臂便如泥鳅般滑脱，法定原无伤她之意，只是事态危急，不得已出手相救，自然也未用上全力，因此这一抓竟没能抓住。

那丑妇绕着法定四周腾挪闪转，身法如游鱼般快速灵动，难以捕捉。

法定运起推山掌，使一招"八风不动"，双掌舞得密不透风，那丑妇身法虽快，始终不能逼近。这一搭上手，法定蓦地大惊，心道："秋水功，难道是……难道是小婉？"罢手跃开，一时间心乱如麻。这丑妇正是甘泉岛主何人斯，原名何小婉。法定出家前曾与她有过一段姻缘，只因时过境迁，她又毁了容貌，便没能将她认出来。但这秋水功却是甘泉岛得以扬名立身的绝学，习武之人见之难忘。当年一位武林高人隐居此岛，见岛上居民捕鱼为生，常常潜入海中，葬身海底之事时有发生。那位高人于心不忍，便创了一套龟息深潜的法门，教授岛民修习。多年之后，"秋水功"渐而嬗变为一门内外兼修的上乘武学，甘泉岛则凭借其成为南海最负盛名的武林门派。

法定怔了片刻，眼中满溢波光，一张冷峻的面庞忽如春风细雨，柔情婉

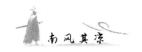

转，好似忆起许多温馨往事。何人斯一抬眼，待二人目光交接时，春风消散，细雨干涸，骤然间已恢复如常，法定兀自口诵佛号。法定原想与她相认，转念又想，当初确是自己有负于她，这倒也罢了，只是自己的行径实在荒唐无耻，也不知她这时现身，究竟所为何事，心想："我的颜面不值一提，少林寺的千年名声却败不得，倘若因此致使本派名誉扫地，那当真百死莫赎。"

何人斯双眉一扬，颇显得意，道："瞧瞧，若不是害怕她毁掉容貌，这少年又为何出手阻挠？我说男人爱的都只是这副皮囊，这话可没说错吧？"

骆宝颐颇为不屑，道："一安，你吃饱了没？咱们走吧，别理她。"

何人斯"噫"了一声，瞧了瞧南一安，又瞧了瞧骆宝颐，道："你就是南一安？"

南一安心想："她怎会认识我？"当下点了点头。

何人斯一怔，忽然捧腹大笑。众僧都觉这丑妇武功既高，又疯疯癫癫，心中均存戒备。

何人斯笑声渐歇，道："姓林的小姑娘为了你牵肠挂肚，原来你躲在这里和别人风流快活，我说男人没一个好东西，难道还说错了？"说罢望向斋堂外。

众人顺着她目光瞧去，门外不知何时站着一个少女，但见她清丽的容颜之下，隐然笼着一层愁色。那少女不是别人，正是林知寒。骆宝颐当着众人说的那些话，林知寒全都听见了，只觉身子忽冷忽热，胸中压抑难当。但她性子柔中带刚，心中便如千刀万剐，也不愿在旁人面前流露丝毫，淡淡说道："何姨，咱们走吧。"转身便往寺外跑。何人斯箭步上前，在她肩上一提，快步奔去。

南一安忙追上去，骆宝颐叫道："一安，你别去！"南一安充耳不闻，发足飞奔。

何人斯轻功甚高，南一安原本追之不及，但她行一阵停一阵，似乎有意在等南一安跟上。

南一安在山间奔行里许，忽见前方一个黑影闪动，还未瞧得清楚，那黑影已扑到他身前。

南一安微微一惊，道："金先生，你做什么？"猛觉胸口一麻，一股阴柔的劲力透胸而入，登时不能动弹。

那黑影正是金大，金大走到他身前，道："李公子，是你自己动手还是由金某代劳？"

这时南一安身后又探出一个人来，却是李博渊。但见他神情怪异，脸上肌肉抽搐，显得既狰狞又兴奋，说道："不劳金先生了，我亲手宰了这厮。"

南一安心知今日落到他手上，无论如何也难逃此劫了，心想："爹，妈，孩儿这就来陪你们了。"当下叹了口气，闭目待死。

李博渊手握剑柄，缓缓向外拔，剑身露出一半，忽听下方山道上传来叫骂声，隐隐听见"祝清泉……负义……贱婢……"金大认出那声音出自何人斯，当即将李博渊手中剑柄摁了回去，打了个噤声的手势，匿身在一丛长草中，小心往下方山道张望。

只听一人道："小婉，事情已过去多年，你又何苦念念不忘？"

金大仔细一瞧，端的是吃惊不小，原来那人竟是少林派掌门法定，当下凝神静听。

何人斯道："我对你念念不忘？你可真是自作多情。"

林知寒道："法定大师……你……你……怎么……"

南一安这才明白，何人斯刚才走走停停，不是为了等自己，而是她料到法定会跟来，却不知两人有什么过节。

林知寒又道："何姨，你们认识？"

何人斯厉声道："岂止是认识？姑娘，我被这狗男人害得好苦！我说男人只爱女人的容貌，你以为我是骗人的吗？你瞧瞧我这张脸，任他什么海誓山盟，见了这张丑陋不堪的容貌，都会抛到九霄云外。天下男人都是一个样。"

法定眉头紧锁，闭目念诵佛号。

何人斯接着说道："当年我年轻貌美，他对我爱得死去活来，言听计从。那时他在南海做没本钱的买卖，结了不少梁子，仇家找上我甘泉岛，我助他力战退敌，被仇家的暗器伤了脸。"说到这儿，眼中忽然泪光闪烁，她使劲眨了眨，眼泪随即消于无形。又道："倘若偏得两寸，便要穿脑而入。这一战打了六天五夜，仇家被尽数杀死，岛上门人也死伤殆尽，我二人幸免于难。虽然如此，我的容貌却被毁了，之后他便对我日渐冷落，一出海便是数月不归。"

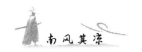

后来终于教我发现，他在海上日夜和一个贱婢厮混，我……我为了他才变成这样，他竟寡恩至此，我一怒之下，卸去了那贱婢的手脚，挖了她一双招子，刺聋她双耳，拔了她舌头，教她受尽折磨，才将她扔进海里喂鱼。"

林知寒听得心惊胆战，不禁"啊"了一声。何人斯道："祝清泉，我说的可有半点差错？"

法定仍是闭着眼，说道："阿弥陀佛，罪过罪过。虽是前尘往事，到底是贫僧对不起你，你心中有怨恨，只消将我杀了便是，贫僧绝无二话，一人做事一人当，还请保全少林寺的名声。"

何人斯冷冷道："杀了你？杀了你岂不太便宜你了？那贱婢死后，你便音信全无，二十五年了，我找了你整整二十五年，难道就是为了杀你？"

何人斯当年将那婢女杀害之后，法定心如死灰，本欲投崖自尽，却被当时的少林方丈妙觉大师救回，接引他遁入空门。此事只有妙觉大师一人知晓，连法戒也不知道。少林寺是中土第一大寺，声名播于四海，靠的一是泽流广浦，福惠众生，二是行侠仗义，忠勇过人，三则是寺规森严，以德服人。虽说佛门广大，有缘皆度，但要担任方丈这等要职，必经严甄细遴，方能服众，否则难免贻人口实。

这一节法定自然知道，只见他默然不语，轻轻摇了摇头，心想少林寺千年基业，历代方丈都是德垂后世，行范当时，倘若因他一人致使阖寺蒙羞，这罪名如何担当得起？说道："只要能保全本寺大节，你要将我千刀万剐，我也悉听尊便。"

金大听到这儿，心中暗自好笑："秃驴忒也迂腐，这丑妇武功虽然高明，却也不是你少林掌门的对手，你一掌将她了结便是，死人又怎能开口说话？"

南一安心想："少林派对我有恩，万不能让法定大师遭了毒手。只是我眼下受制于人，怎生想个法子才好。"

何人斯道："你想死，我偏不让你死。我要让江湖上的好汉都知道你是个什么东西，教你身败名裂，教少林寺名誉扫地，那才痛快。"

南一安听见这话，寻思："这人好奇怪，她若真想这样，刚才当着众人的面便是大好时机，那时不说，此刻却要将这话说给法定大师听，不知是什么企图。"

法定睁开双眼，怒目圆睁，忽又收敛神态，长叹了一口气。

过了半晌，何人斯道："还有一条道儿，你跟我回甘泉岛，永远陪在我身边，发誓一辈子不离岛半步。你自己选。"

众人都是一惊，这才明白她的真实用意在此处。

金大心想："可笑，他岂肯放下少林掌门的高位，跟你去那劳什子破岛？"

李博渊心想："要跟你这丑婆子过一辈子，那还不如死了的好。"

林知寒却莫名心酸，寻思："何姨用情极深，只是你爱着他，他却不爱你了，强扭的瓜不甜，就算时时刻刻在一起，那又有什么好稀罕的？"不禁向来路张望，却只有野兔在草丛里钻来钻去，哪里还有别人？

南一安心想："这倒是个两全之策，既能保全少林寺的名声，法定大师也能弥补昔年的过错。"

只听法定说道："小婉，事情已过去了多年，我早已皈依佛门，又如何能与你再续前缘？你又何必……何必苦苦相逼呢？"

何人斯怒道："那咱们就走着瞧吧！"

突听一人说道："法定大师，你若不便出手，我便替你料理了她。"众人循声看去，只见何人斯身旁有一株枫香树，一人站在树梢上，那树梢上下颠荡，竟是不曾折断，显是轻功修为超凡绝顶。那枫香树距何人斯不过丈许，他在树梢上站了良久，众人居然毫无觉察。

南一安听见这声音，心头登时一凛，那人不是南玄却又是谁？南玄害得他家破人亡，实是不共戴天，但在梁宅里他又救了自己和骆宝颐一命。听那海圆法师所说，自己父母并非他所害，到底孰是孰非，当真百感交集。

法定定睛一瞧，身躯大震，道："你……你是……迦楼罗？"

南玄道："你师弟法慧死于我手，今日只当还你这个人情，咱们就此两清。"他话音刚落，人已欺至何人斯身后，端的是迅雷不及掩耳。何人斯应变也算一流，身子不转，一面向前跨出，与敌人拉开距离，一面双掌回拍，招架敌人攻势。

南玄两臂一错，使一招"鲲鹏展翅"，力道凌厉，变化精微。

何人斯展开"秋水功"，脚踏六十四卦，趋退不定，若即若离。金大一见之下，颇有些意外，心想："我倒还小瞧了你。"

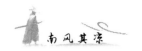

南玄倒不似法定先前那般以不变应万变，他自忖天下几无敌手，根本没将何人斯放在眼里，敌人若快，他便比之更快。数招过手，已压得何人斯气喘连连。

金大心中既惊又喜，惊的是南玄武功之高，实是生平罕见，萨迦四杰曾与向墨庭交手，这时回想起来，两人亦是伯仲之间，倘以招式毒辣致命而论，只怕南玄更胜一筹。喜的是如今《六通要旨》已成囊中之物，假以时日，自己必定功力大进。

林知寒虽不懂武功，但却看得出何人斯处境被动，可是自己帮不上忙，又见法定如一尊塑像般巍然站立，无动于衷，不由得焦急起来，道："法定大师，你就这样视而不见吗？"

法定一凛，心想："法定啊法定，你差一点堕入了魔道！"暴喝一声，发掌往南玄背心拍去，说道："休伤她性命！"

南玄身子一侧，避开来掌，道："你不领情，就凭本事为你师弟报仇吧。"

法定使开推山掌，呼呼两掌拍去，势大力沉，说道："你已亲手杀了你的兄嫂，少林寺与八部会的恩怨一笔勾销，不必再斗得你死我活。"

南玄脑中"嗡"的一声响，额上青筋倏然暴起，骂道："放你妈的屁，我兄嫂不是我杀的！"

法定哪知实情？他随口一说，原是想化解仇怨，岂料反而激怒了南玄。法定性情刚烈，遇上南玄这等蛮不讲理又自恃武功高强之人，更加不会退让。原本是一桩误会，眼下不动手却是说不清了。这一来南玄怒火上冲，也不肯罢手，催动《六通要旨》，霎时间势不可当。

第三十五回　指月之指

法定与何人斯二人联手，各逞生平绝技，勉强与南玄战成四六开。但南玄招招致命，鬼神莫测，实是凶险万分。二人都不由得想到当年在甘泉岛上背水一战，生死相搏的情形，心下不禁动容。

三人纵高伏低，渐渐逼近金大和南一安藏身的大石边。何人斯武功稍弱，时间一久便应付不暇，法定分神替她拆解，自己的招式便显仓促。南玄左掌横扫，拨开了法定来拳，法定这一拳虚耗，肋下露出破绽，南玄右掌跟着递来，眼见避无可避，何人斯一个"鲸跃步"，身子腾空扑来，横在法定之前。两人都知道南玄功力精纯，这一掌吃在谁身上都有丧生殒命之祸，法定大叫："小婉！"

李博渊只怕被人发觉，再也沉不住气，轻轻拔出利剑，打算就此了结了南一安。他站在南一安身后，长剑高举，"唰"的一声劈下。破空之声虽然微弱，但南玄正自催动《六通要旨》，听觉较往常更为敏锐，刚才一掌拍出，毫厘间便要取人性命，这时忽觉异动，登即回过头去，只见南一安命在顷刻，大骇之余，哪里还顾得上眼前敌人？身形一晃，袖袍一拂，将李博渊长剑卷起，抛落山下。

他身法如电，旁人看来只是一瞬之际，加之夜晚目视不清，法定和何人斯都不知他是在救人，见他防御疏失，不由细想，立时转守为攻，双双发掌拍去，"啪啪"两声，打在南玄胸口上。金大暗藏在大石后，心中只有一个念头，便是趁此机会除去一个劲敌，倘若将南玄击杀，再杀掉南一安，那么天

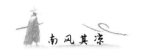

下就只自己一人练成这《六通要旨》。当下催动桑耶指力，劲透食指"商阳穴"，"突"的一声，点在南玄腰心。

这三人武功虽不及南玄，但均是一等一的高手，夹击之下，势道非同小可。南玄只觉筋骨欲裂，气血翻腾，倘若叫喊一声，真气外泄，便立时毙命。当即运力丹田，将南一安担在肩上，强行施展"神足通"，没命价往山下狂奔。

南一安见他为救自己身受重伤，不由得心潮起伏。奔行数十里，已至西湖南面的烟霞岭。南玄步伐沉重，愈跑愈慢，豆大的汗水连珠价滴落，顺着脸颊洒下，一颗颗滴在南一安手臂上。

只听身后衣襟带风，回头一瞧，竟是金大追了上来。南一安心知来者不善，只是他如今自顾不暇，南玄又遭重创，真不知如何应付。南玄忽然顿足不前，运力解开了南一安穴道，说道："孩子，你快走，我拖住他。"

南一安道："二叔，我不会丢下你的。"堪堪说罢，转念又想："难道我心中已相信了二叔没有杀害爹爹妈妈？倘若二叔真这么恨咱们一家，刚才怎会舍命救我？可是二叔那时候神志不清，也许他杀害爹爹妈妈时，自己也不知道，若是这样，我还应该报仇吗？"

足踏落叶之声簌簌作响，金大越逼越近。正在这时，两条人影窜出，挡在南一安和南玄身前。叔侄俩抬头瞧去，端的是惊喜交加，却原来是何阮溪和陈大学。南一安在梁宅负伤，被南玄救走后，林知寒也不知去向。后来两人便在杭州左近四处寻找，所幸皇天不负有心人，今日终于将他找到了。

何阮溪只道是南玄挟持了南一安，"唰"的一声拔出长剑，道："你快放了他！"

陈大学道："啰唆什么，跟他拼了。"

南一安急道："何姑姑，陈帮主，对头在后面！"

陈大学向前张望，怒目圆睁，喝道："什么人？"

这时黑云中电光骤闪，猛听啪啦一声巨响，蓦地雷鸣震震。金大身形枯瘦，缓步踱来，更显阴森诡异。

何阮溪道："一安，你没事吧？"她心中对南玄仍存戒备，右手已按住剑柄。南一安道："是二叔救了我，他现下受了伤，那人武功高强，不可大意。"

金大"嘿嘿嘿"冷笑几声，从怀中掏出那《楞伽经》，道："南兄弟，实在对不住，《六通要旨》这等绝世武功，我一个人练了便好。"

南一安不知他在说些什么，隐隐看见那经书好生眼熟，忽地一怔，摸了摸胸口，法戒赠予道济的《楞伽经》果然不见了。那是法戒的遗馈，他向来珍视，只不知何时落到了金大手中，急道："还给我！"

金大道："你反正就要死了，还给你又有什么用？"

南一安道："那不是《六通要旨》，只不过是一本普通的经书，你要来做什么？"

金大哈哈大笑，道："小朋友还没学会骗人的把戏，若是本普通经书，你怎地紧张做甚？"

南一安心想："难怪他要杀我和二叔，原来他以为那是《六通要旨》。"

陈大学道："废什么话，你是什么人？报上万儿来，上前领死。"

南一安道："陈帮主，他是萨迦派魁首金大，武功了得，千万留神。"

金大的名头何、陈二人倒也听过，只是萨迦四杰极少在中原走动，此前从未交手，对他的武功路数也知之甚少。但听南一安既如此说，陈大学神情虽仍倨傲，心中倒真不敢怠慢。

何阮溪道："扶你二叔到一旁歇息，我和陈帮主来对付他。"

陈、何两人相处这些日子，空闲时便切磋武艺，取长补短，武功都颇有进境。当下拉开架势，一刀一剑分从左右夹击过去。

关帝刀法气势磅礴有余，而迅捷灵敏不足，但如今汲取了点苍剑法的精要，威力增了不少。何阮溪的剑法亦兼采刀法所长，比往日更为沉猛，只是时日尚短，都不足以融会贯通。

陈大学一招"义薄云天"，砍中带刺，内藏数般变化。何阮溪连使"高山流水""美人回眸""风花雪月"，招招险峻，飘逸灵动。金大瞧这阵势，便知二人不是庸手，双手十指齐发，立时催出十道凌厉无比的指力，其中每根手指招法各不相同，或刺或削，或点或勾，似有十般无形兵刃同时攻来。何、陈二人手中兵刃被震得嗡嗡作响，虎口也是一阵剧痛。

南一安见两人渐落下风，细察金大招式路数，忽然间灵机一动，道："你要学我派的《六通要旨》，现下使的这路功夫可不能再练了。"他这话倒也不

完全是信口胡诌，只是过分夸大，意在让金大分心，同时有所顾忌。

金大心想："你这小子分明是胡说八道，我习武多年，从未听过练什么武功就不能练别的。"他虽不信南一安所说，但心中仍不踏实，毕竟那《六通要旨》卓荦天下，非寻常武学可拟，倘若南一安所言不虚，自己的看家本领岂不是要就此荒废？一时间踌躇不定，招法便转迟缓，何、陈二人本来支持不住，这时反倒与他打成平手。

南一安又道："我练这神功之前，原本就不会武功，我二叔更是自废了数十年修为，才着手参详。先前的功夫练得越深，这《六通要旨》便越难学会。"

金大心中一凛，随即冷笑一声，道："今日先将你们杀了，日后慢慢参详，又碍得了什么事？"他内心笃定，手上力道加剧，一招"雪莲邀月"，将何阮溪逼退了数步。

南一安功力虽不如前，但《六通指玄经》心法却早已烂熟于胸，将金大的招法一加比对，大致已知桑耶指的蕴劲发招关窍，道："《六通要旨》的关口在督脉，由督脉运力而至小周天，你练这门指法，需藏气于'天鼎''巨骨''商阳'三处穴位，这三穴是手阳明大肠经上的要穴，长年藏气于内，与督脉不能贯通，你多使一次，窒塞便重一分。"

桑耶指的运力法门乃萨迦派单传绝艺，连银二等人也不知道，金大与何、陈二人斗了半晌也未出什么汗，这时竟冷汗涔涔，心道："这小子倒真有点邪乎。"他原本大占上风，这时却畏首畏尾，陈大学和何阮溪连进杀招，瞬息间攻守易势。又想："如今是他有求于我，倒不如趁机将这功夫的要诀问个明白。"道："书中通篇都是佛经，怎生练法？"他一面问，手上力道却不见缓。

南一安见他仍不停手，时候久了只怕何阮溪和陈大学难以撑持，到时两人败下阵来，金大要杀他们几人便易如反掌，说道："你先罢手，我再告诉你。"

金大双掌轻挥，内藏绵力，教何、陈二人不敢趁机逼近，自己闪身跃开。

陈大学却不服输，喝道："我老陈还没打够呢，你那三脚猫的功夫，有本事再来……"

南一安抢道："陈帮主，请你帮忙照看我二叔。"

何阮溪拉了拉陈大学衣袖，走到南玄身旁。南玄双眸深闭，日思夜想之人就在眼前，他却只是不理。何阮溪瞧这情形，便知南玄确是伤得不轻。但金大武功虽强，也绝不至能将南玄打成重伤，心中想问，终于没有开口。

金大摸出那《楞伽经》，翻开一页，叫南一安到身前来，道："怎么说？"

南一安知道《六通要旨》与《六通指玄经》同出一脉，他若依自己所学，随意背诵几句要诀，说不定也能糊弄一番，只是眼下照本宣科，自己所说必难以和《楞伽经》所载契合，要想在金大这等高手面前蒙混过关，势必漏洞百出，一时不知说什么好。

金大怫然不悦，望了一眼南玄，见他气若游丝，显是内伤甚重，道："推山掌，秋水功，还有我的桑耶指，三门功夫同时打在你二叔身上，他不立时暴毙已属难得，我劝你就别指望他能缓过气儿来，老老实实跟我说了，金某绝不食言。"他只道南一安是拖延时辰，待南玄恢复气力再与他一战，却不知南一安不开口，是真真切切不知如何开口。

南一安心下焦躁，更加想不出法子，心想为今之计，只要能让何阮溪、陈大学带着南玄离开便好，要死就死自己一人，便说道："这中间的关窍是我八部会不传之秘，如今生死攸关，也不得不愧对祖训，但只能说与你一人听，他们却不能知道，你让他们走远些。"

金大心中雪亮，怎会不知他盘算？但转念一想，自己如不顺他的意，便会显得不怕旁人听见，反倒有过河拆桥，事后杀人灭口的嫌疑，南一安也不敢放心说出来，于是点了点头。

何阮溪和陈大学正要搀扶起南玄，金大忽道："慢着，这《六通要旨》你二叔早已精熟，我看他就无须回避了吧？受了重伤，走起路来只怕岔了气。"又道："南兄弟，金某不是出尔反尔之人，只要你如实相告，自然放你们走路。"

南一安心念电转，所幸他在少林后山居住时也读了不少经书，佛经中的表意方法、类比习惯大抵熟知，道："要诀都在这些偈语里，你瞧这句'世间离生灭，犹如虚空华'，表面是说生灭之道，有如虚空中的花朵，并非究竟真实，实则是要练功者不拘泥于一招一式。还有这句'流转无自性，波罗蜜佛子'，也是说运气蓄力的法门，当任意所之，无挂无碍……"他说一句，金大

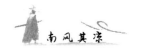

便跟着点头。

南一安接着道："这句'须弥诸山地，巨海日月量'，很是要紧。"

金大问道："怎么个要紧？"

南一安道："下半句'巨海'二字，这'巨'指的是任脉'巨阙穴'，乃藏气之处，'海'指的则是右股'血海穴'，此穴为脾经所生之血聚集之处。练这门神功，关口便在运气贯通这两处穴位。"他若全然胡说，金大倒不难察觉，但这般真假参半，却不由得他不信了。

金大依言试了几次，每每到紧要关头，总是内气滞涩，便向南一安询问缘由。南一安道："刚才我跟你说了，那是练桑耶指的缘故，你只消照我说的修习，一年后便能有所小成，只是你原本的功夫却不能再使。"

金大道："好吧，你接着说。"

南一安故技重施，十句话中三句真、七句假，一些假话实在太过荒唐，金大只当是这门神功晦涩艰深，倒也未加细究。

又过了一炷香时辰，南一安将杜撰的要诀悉数说尽，道："中间的关窍我已说给你听了，咱们可以走了吧？"

金大道："可以。"

南一安一颗心已提到嗓子眼儿，生怕金大背信弃义，小心翼翼地将南玄扶了起来。金大道："等等。"

南一安一惊，暗叫"糟糕"，说道："还有何事？"

金大道："你刚才说的我已全部记在心里，这部秘籍拿回去吧。"

南一安心中长出了一口气，走上前来，正要接过那《楞伽经》，金大忽然抓住他手腕，蓦地磔然怪笑，道："若不废了你的手脚，只怕日后不得安宁。"

南一安大骇，心下叫苦不迭。正在这时，南玄闪身而进，大喝一声，双掌齐向金大拍去。

金大只道南玄受了重伤，就算不死也绝无还手的余力，怎料到他突施杀手？当下顾不上南一安，凝神全力招架，"砰"一声响，四掌相交，金大只觉浑身大震，目眩头晕，不禁连退了数步。

南玄道："你是在找死。"

金大心道："《六通要旨》果然厉害，他内伤如此严重，片刻间便能自愈。

好汉不吃眼前亏，他日我神功大成，也不惧你。"只见南玄一步步靠近，金大更不多言，脚底抹油，几个纵跃便隐没在丛林中。

南一安见南玄不仅伤愈，更在危机时刻击退强敌，正自欢喜，南玄却身子一软，摔倒在地。原来他刚才与金大对掌，实已竭尽毕生之功力，他本就受了重伤，这一来更是雪上加霜。

南一安将他扶稳，靠在一株大树边，道："二叔，你怎么样？"

何阮溪摸出一粒药丸，道："这是我师父传下来的碧风朝露丸，治疗内伤有奇效，快给你二叔服下。"她师父曹睿正是被南玄所杀，二人原本有不共戴天之仇，可这时大仇人命在顷刻，她却心慈手软，反倒施以援手。

南玄摇摇头，道："二叔是不成了，我一生杀人无数，弄得许多人家破人亡，临死前有我的侄儿，还有……"他望了一眼何阮溪，只见她明眸半闭，似露不忍之色，又道："有我的侄儿在一旁陪着，老天爷已待我不薄了。"

南一安急道："二叔先别说了，快吃药。"

南玄摆了摆手，道："我筋脉已经震裂，就是大罗金仙也救不了了。"他顿了顿，又道："孩子，二叔有件事要对你说。"

南一安"嗯"了一声，南玄接着说道："你爹妈是刘云害死的，我……我临死前若不教你知道……死不瞑目……"他用尽最后一丝气力，紧紧握着南一安的手，神情恳切，似在乞求他相信。

南一安使劲点了点头，泪水扑簌扑簌滴落，叔侄二人好不容易化解误会，没料到竟又要生离死别。

南玄紧闭双眼，好一阵都没再说话。南一安低声道："二叔？"

南玄轻轻"嗯"了一声，缓缓道："梁十八手段厉害，你不可再去杭州，知道吗？"

南一安点点头。南玄又道："唉，你爹娘的大仇，能报则报，报不了也就罢了，万万不可执着，二叔一生始终放不下心中执念，到头来却还是海圆说得对，妄想自缠，如蚕作茧，堕生死海……"又过了片刻，道："阮溪……倘若你见到她，替我说声对不起，我……我实在是对不起她……"

南一安道："何姑姑……何姑姑她在这里……"

何阮溪见他性命垂危，仍挂念着自己，心中一阵酸楚，不禁珠泪莹然，

欲说几句宽慰的话，但师父在他掌底送命的情形又浮现眼前，终是难以启齿，轻轻叹了口气。

陈大学道："南玄啊南玄，你武功盖世，武林中人闻风丧胆，只是一生活得困顿，那也无趣得很。要说洒脱快活，你就不如我老陈了。"

南玄双眸深闭，眼珠微微一转，道："只可惜我没能早些明白这些道理，一辈子过得稀里糊涂。"又过一阵，南一安见他半晌不再说话，叫了声"二叔"，南玄仍是不答，南一安伸手探了探他鼻息，手一颤，不禁放声大哭。何阮溪见他哭得伤心，心想他爹爹和二叔，一个是自己深深爱过的人，一个是深深爱着自己的人，如今都已经不在了。寒鸦掠过树梢，"呀啊"悲鸣，何阮溪鼻子一酸，落下两行清泪。

过了好一会儿，南一安才将南玄缓缓放平，三人寻了几十块石头掩盖在他遗体上。翌日天明，南一安在墓冢前拜了几拜，问何阮溪道："何姑姑，你和陈帮主有什么打算？"

何阮溪瞧了陈大学一眼，嫣然一笑，宛似出水芙蓉般明艳端庄，道："他已经不是什么帮主了，我们一起回云南去。一安，你呢？"

南一安道："不知道知寒现下在哪里，待我找到她再做打算吧。"

何阮溪点点头，道："好吧。我原想劝你别再去找陈希夷报仇的，大概你也不会听，人生的路是错出来的，旁人的道理再大也没有用，自己多保重吧。"

南一安道："何姑姑，假如我做了天大的错事，对不起知寒，你说她能原谅我吗？"

何阮溪道："真正喜欢一个人，即便有一天分开了，也只会念着对方的好。一安，知寒是个好姑娘，若你找到她，她定会原谅你的。"

南一安辞别二人，心中不断重复着何阮溪的话，一路来到灵隐寺。知客僧说客人大多已在今早离寺，遍寻阖寺内外，也不见林知寒踪迹，连法定、何人斯、骆宝颐、李博渊等人也不知去向。

正在这时，迎面走来一个胖和尚，却是住持至空。至空道："南施主，你好啊。"

南一安问他可曾见到林知寒，至空说她和何人斯今早一道走了，至于去了哪里，他却不知。

再问及法定的去向，至空又道："师兄早上匆匆去了，只说要回少林寺办一件大事，至于什么事，他不说，贫僧也不便过问。"

南一安心想："知寒也许去了甘泉岛，可是南海这么大，要找到一座小岛岂非大海捞针？"转念又想："是了，法定大师一定知道甘泉岛的所在，待我向他问明，便乘船出海。"

既打定主意，便向灵隐寺借了匹枣骝马，折北往河南少室山驰去。这日途经长江南岸太平路境内，见有大队官兵蜿蜒西行，红色旌旗上写着一个大大的"梁"字，数百辆马车上托运着辎重粮草。原来梁十八已兴师反元，那江浙行省达鲁花赤率领所部三千蒙古军连夜逃离杭州，不料被紧那罗截杀，麾下官兵望风而从，尽数归附梁十八，再加上谢展、吴耀奎等豪绅征调的青壮民夫，目下已号称有十万兵马。梁十八命向墨庭为破虏大元帅，节制江浙行省三万汉军，驻扎在江州路德化县城。德化城是江州路的治所，襟带长江，控扼鄱阳，加以依山凭岳，进可攻退可守，兵家称其为东南之藩篱，江浙之门户，乃叛军西讨海山的战略要地。

南一安瞧这阵势，心想一场大战在所难免，不知又有多少人流离失所，不禁怅然感慨。

渡过长江，数日后便抵少室山。踏着青石长级，诵谒之声悠悠传来。远远瞧见前方山道上走来一人，两人相向而行，走近才知那人是法定。南一安心觉奇怪："法定大师怎的没穿衲衣？"

南一安道："大师要去哪儿？"

法定见是南一安，微微一笑，道："南施主，你怎么来了？昨晚你二叔……"

南一安对他大略说了经过，法定道："原来如此，南玄居士能放下屠刀，悬崖勒马，当真是善之大哉。"

他见南一安盯着自己这身行头，道："贫僧……老夫今早已还俗了。"

南一安道："大师为何……"

法定道："我打算去南海甘泉岛，陪着小婉度此余生。"

南一安既感意外，又不禁佩服法定的魄力，为了当年的爱侣，不顾旁人

指摘，道：“那法定……不是……前辈……”

法定笑道："我俗名祝清泉，法定也好，祝大叔也好，都不过是名相罢了，你喜欢怎么叫便怎么叫。"

南一安道："祝大叔，那少林寺怎么办？你一走，岂不是没了方丈？"

法定道："我师兄般若院首座法厄会接替方丈一职，我这位师兄修为极高，若非生性淡泊木讷，原本也不应由我执掌少林。他自幼在寺里长大，从未踏出寺门半步，倒也真是难为他了。"

南一安心道："少林派确是卧虎藏龙，法定大师说他这位师兄修为极高，可我却从未听闻。"

法定怔了片刻，又道："我入沙门二十余载，若窥初心，不过是遁世免俗，这也无须讳言。只是二十余年来耽于武学末道，既荒废了佛法修持，又没能造福苍生，实在于心有愧。倘若我今日卸任少林方丈，回到甘泉岛去，小婉必定欢喜，我也好循循善诱，令她弃恶从善，佛说众生欢喜，功德无量，那也算对得起佛祖的宝训了。"

两人谈谈说说，不一会儿便到了山脚下，法定道："一安，你来找我是为了何事？"

南一安道："啊哟，我差一点忘了。大师……呃……祝大叔，我要去甘泉岛寻知寒，只不知那岛在什么方位，原本是想请你指明的，如今咱们可以一道走了。"

法定点点头，道："如此甚好，那甘泉岛是南海千岛中的一座，你若独自去，只怕不易找到。"

二人南行月余，这天夜里到了漳州路漳浦县，宿在城郊一座空置的大屋里，待次日乘船出海。南一安仰望天上一轮明月，又想起了道济当初手指月亮，问他那是什么，他始终不知道济的话有什么深意，便求教于法定。

法定道："以指譬教，以月比法。道济禅师此举，确有出处。《楞严经》有云，如人以手指月示人，彼人因指，当应看月，若复观指以为月体，此人岂唯亡失月轮，亦亡其指。"

南一安道："那是什么意思？"

法定道："无尽藏尼研读《涅槃经》多年，仍有多处不解，便问道于慧能法师，法师道：'我不识字，请你将经文念与我听。'无尽藏尼道：'你不识字，又如何为我讲解经文呢？'法师说道：'真理与文字无关，好比天上的明月，文字不过是指月的手指，手指可以指出明月的所在，但却并不是明月，要知道明月的所在，也并非定要通过手指。'"

南一安若有所思，呆呆出神，自言自语道："济公究竟想要告诉我什么呢？"

法定道："我一生所见所闻，不可谓不多。有的人想要高官厚禄，甚至是做皇帝；有的人想要武功天下无敌；有人为名，有人图利；有人亦不过是想和心爱之人长相厮守。各人有各人的志趣，各人有各人的活法，只是他们一朝达成目的，大多又觉兴味索然，或是所求更多，欲望更甚，那么当初孜孜以求又是为了什么？究竟什么是真，什么是假？"

南一安道："祝大叔高论，晚辈受教了。"

法定笑道："我所说亦无非指月之指，实则道理懂得，做起来又是另一回事。好比我此番卸任少林掌门，究竟是为成全小婉，还是明哲保身，又或许是我心中放不下她，尘缘未了，抑或兼而有之，恐怕我自己也不是真的清楚。你还年轻，旁人说什么，不必理会，心中之月，只有自己看得见，岂是他人可以指明的？"

他话音甫落，忽听得屋外兵刃声响，两人透过窗户向外张望，只见四五条大汉一个接一个倒在地上，动也不动。那几人身形魁梧，似是行伍出身，武功却极寻常。他们身前是一个三十岁上下的美艳少妇，那少妇手中长剑兀自滴血，显是刚才从最后一人身上拔出。那少妇身旁还有一个文弱书生，那书生满脸是血，气喘吁吁，道："孙姑娘，前面便是码头了，咱们一起走吧。"那少妇正是孙逸潇，而那书生却是朱襄。

南一安大喊道："孙姐姐！"法定跟着他出了大屋。

孙逸潇道："南公子，没想到在这里还能遇见你。"她小心打量法定，问道："这位官人是？"

南一安道："这是少……"

法定道："在下姓祝，贱名清泉，是一安兄弟的朋友。"

南一安忙点点头，道："不错，祝大叔是我的朋友。你怎会在这里？这些

躺在地上的都是什么人?"

朱襄抢道:"我认识你,你是梁十八闺女的朋友。"他忽然间警惕起来,扯了扯孙逸潇衣袖,低声道:"他们该不会也是梁十八派来杀我的吧?"

他虽压低了嗓音,仍被法定听见,道:"两位是被梁十八追杀至此?"他在南下途中曾目睹过两场大战,自然也知道梁十八是江南叛军的领袖。

孙逸潇点点头,道:"朱公子无意间知道了梁大人的机密,因此……"

十余日前,朱襄到雨花阁找孙逸潇,说是江南战事已起,一厢情愿地想要带她远走高飞,却被孙逸潇断然回绝。正在这时,梁十八忽然来了,朱襄无处可躲,只好藏在衣柜中。他不曾想到,孙逸潇与梁家的关系并不只是梁筱,原来她自始至终都在为梁十八做事,这雨花阁也不只是文人墨客消遣的温柔乡,更是梁十八贿赂各级同僚、宴请大都高官的密所,而孙逸潇便是替他料理操持的人。梁十八不知朱襄躲在衣柜里,说起了南宋末帝赵昺之事:他此前已差人去乌思藏,重金收买赵昺出家寺院的主持,要他严守秘密,绝不能走漏了风声,让旁人知道赵昺已东归杭州,眼下又命孙逸潇加派人手监视,一旦发现异动,便要将那寺院上下斩尽杀绝。朱襄听见这话,一不留神弄出了动静,被梁十八发觉,孙逸潇不忍朱襄因此丧命,才帮他一路逃亡至此。

朱襄心下嘀咕,寻思:"哼,旁人不知道,他若起义成事,自己便可做皇帝。若我猜得不错,南宋末帝不过是他的夜壶,要用时便拿出来,不用时便藏在床底下。"

但这话此时不便说,便道:"倘若没有这件事,我瞧姓梁的也放我不过,否则他何故又要杀了马东黎和杨月亭?"他瞧了一眼南一安,道:"是了,阁下此前是亲眼见过的,咱们在杭州西子楼得罪过他,他那时野心未曾暴露,不便跟咱们计较,眼下他已是梁王,跟他有过节的人,不必他亲自动手,自有人抢着替他办事。"

南一安听他这一说,忆起那时的情形,朱、杨、马三人背地里对梁十八出言不逊,梁十八发现后却并未发怒,反倒以礼相待。倘若真如朱襄所说,梁十八城府之深,隐忍之艰,实在令人栗然生畏。

孙逸潇道:"梁大人不是坏人,你休要胡说。我只能送你到这里了,你好自为之吧。"

朱襄道:"你救了我,梁十八不会放过你的,咱们一道出海,我听说南海许多小国民风淳朴……"

孙逸潇打断道:"别说了,我是不会走的。这些年我劫富济贫,得罪了不少权贵,梁大人也睁一只眼闭一只眼,并未拿我怎样。这次不过是放走了你,回杭州后我便跟他说,你已远走海外,一辈子也不会回来,更不会将他的机密说出去。"她顿了片刻,又道: "我的命是他给的,即便他要我死,我也认。"

南一安虽然好奇她所说的机密,但想此事关乎人命,即便问了,她多半也不会说,还是别打听为好,道:"孙姐姐,咱们正要去南海甘泉岛,你若放得下心,朱大哥可随我同行。"

朱襄道:"孙姑娘,你若不走,我也不走了,朱某一介布衣,没什么本事,可也不能拖累了你。"

法定心中暗暗赞许:"这位朱公子倒是个有情有义之人。"

孙逸潇道:"我救你不过是不想有人无辜送命,将你换成旁人也是一样,除此之外别无他念,你可别会错意。"又道:"南公子,此人与我非亲非故,你愿意帮他便帮,不愿帮便罢,何须问我?"

南一安一番好意,被她问得语塞,一时愕然,却也不生气。孙逸潇情知失礼,心下过意不去,道:"南公子,请借一步说话。"

两人走到不远处一株老槐树下,怔了半晌,道:"有一件事,是我对不住你,咱们日后只怕难再相见,因此须得向你澄清。"

南一安道:"孙姐姐言重了,请讲。"

孙逸潇道:"那日你们一众人在客店商量营救李博渊,那客店的老板是我的眼线,他知道你们的目的后,便派人向我传信,后来你们的计划我全听见了,因此梁大人才在李宅中早早做了布置,待你们自投罗网……"

南一安吃了一惊,心想:"难怪那日官兵来得这般快,原来梁大人早知道了。"

他虽觉意外,但听之前孙逸潇的话,已猜到她和梁十八关系不寻常,因此她当初暗中帮着梁十八也是情理之中,好在最后众人都相安无事,眼下他

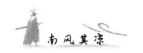

倒不甚在意了，道："原来如此，可是梁大人这么做，只是为了不让李家离开杭州吗？"

孙逸潇道："剩下的我不能再说了。南公子，若你不介意，便带朱襄一道走吧。"

梁十八的另一个目的，自然是一步步引向墨庭上钩，让他为自己所用。

南一安见她那惊世绝俗的俏脸上现出难色，不忍再问，道："孙姐姐，你放心吧。是了，我两位师兄，还有梁姑娘还好吗？"

孙逸潇道："向墨庭和筱儿眼下应是在江州路德化县，那里战事最是吃紧，只怕这几年也不得安宁了。至于南加台……他已投奔了怀宁王海山，你的两位师兄很快便会在沙场相见……"

南一安双眉紧锁，万千惆怅涌上心头。两人回到大屋前，孙逸潇道："朱公子，你若好好活在世上，他日你我或有再见的机会。南公子一片好意，你就随他去吧。"

这几句话说得竟是十分凄楚。

朱襄心中一荡，过了良久，道："好吧，我在甘泉岛等你，你若是厌倦了，就来找我。"

孙逸潇侧过脸颊，轻轻叹了口气，跃身上马，长鞭虚击声中，白马四蹄翻飞，不多时便消失不见了。南一安独自走到海边，望着潮水起落，不禁心绪起伏："知寒真的在甘泉岛吗？见了她我要说些什么，她才肯原谅我？"

第三十六回　残潮荡月

　　翌日天甫明亮，三人便到码头雇了艘大船，扬帆出海。南一安生在西域，哪里见过这般波澜壮阔的景象？眼见白帆高张，碧海苍茫，不由得心旷神怡。海上颠簸数日，朱襄渐与二人熟络。这晚皓月东升，淡天似水，海浪拍打船舷，静夜中偶尔哗哗作响，朱襄见此情景，忍不住酸上几句，只见他站在甲板上，抑扬顿挫地念道："参横斗转欲三更，苦雨终风也解晴。云散月明谁点缀，天容海色本澄清。空余鲁叟乘桴意，粗识轩辕奏乐声。九死南荒吾不恨，兹游奇绝冠平生。"

　　他摇头晃脑地诵完，陶醉其中半晌，竟然无人附和，回头一看，只见法定和南一安正自拆解招式。这些时日，南一安得空便习练内功，《六通指玄经》和《洗髓经》这两门功夫他早已熟知，此番从头再来，个中关隘便无须考索，只消按部就班，功力自然突飞猛进。起初与法定只拆得了数招，旬月之后，已能在他手上走过二十来招。

　　朱襄道："你们两位成日打打杀杀，岂不浪费了这大好的风光？真是可惜，可惜！"

　　两人只顾钻研武学，对他置之不理。忽听朱襄大喊一声："乖乖，不得了！"

　　法定一面拨开南一安来拳，一面道："朱公子，你可看得懂咱们的招式？"

　　朱襄道："好厉害！左边又来啦！啊哟！"

　　南一安心下好奇，罢手跃开，道："你又不懂武功，干什么瞎喊？"

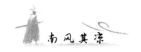

朱襄道："不是，你们快看！"说着指向西首海面。

南一安和法定顺着瞧去，只见月光映照之下，海面上竟有一场恶斗。却是一只小章鱼被数头青鲨困在垓心，那小章鱼甚是顽强，八条臂爪左挡右架，波浪一层层荡开，逼得青鲨不敢靠近。

又过一阵，远处一片背鳍露出海面，那背鳍比之先前几头青鲨的大出数倍，只片刻间，一头大青鲨便如离弦之箭般游了过来。

朱襄道："多半是它们的头领。"

大青鲨窜入鲨群，显出一排锋锐的牙齿，小章鱼甩臂朝它头上击去，大青鲨竟不避让，一口将它的臂爪咬住，小章鱼想要挣脱，已是不能。

群鲨见小章鱼受制，纷纷攻上去撕咬。

南一安连鲨鱼和章鱼都是头一次见，更没见过二者打斗，毕竟是少年心性，不禁看得呆了。

法定道："小章鱼要被它们活活分尸而死，我去救它。"说罢跃入海中。

法定当年在南海为寇，水性颇为精熟，一呼一吸间已游出七八丈。群鲨见他来势汹汹，不敢大意，两头青鲨张开大口，齐向他啃食过来。

法定也不慌张，左掌倏地前窜，拍在一头青鲨的腮部，那青鲨被震得头晕目眩，不敢上前。跟着双掌一扬，将另一头青鲨带出水面，砰的一拳，直将它击出数丈。法定这两招都未使全力，只想震慑群鲨，不愿大开杀戒。

岂知小章鱼的伤口不断流血，血腥味将方圆数十里的鲨鱼都引了过来。眼见鲨鱼越来越多，法定这时自顾不暇，下手也没了轻重，一连几掌，数头青鲨肚皮上翻，顷刻殒命。

南一安见他陷入重围，只怕撑不了多久，自己也跟着跳进海里。

法定道："一安，不必跟它们肉搏，只管打他们的鼻子，那是鲨鱼的罩门。"

南一安应了一声，施展开龙图拳法，将数头青鲨打得落荒而逃。朱襄大喊道："鲨鱼王来啦，小心！"

南一安和法定都是一惊，只是群鲨源源不绝，打死两头，又有三头齐上，实是难以分身。只见那大青鲨兽性发作，甩头撞开几头小鲨，恶狠狠冲将过来。

南一安左手向上一引，这是个虚招，那大青鲨果然上当，嗖的一声飞出海面，法定双掌推出，击向它腹部，眼见就要得手，那大青鲨却不甘就死，鲨尾一摆，将法定来掌挡了开去，一头钻入海里。

南一安道："那畜生去了哪里？"

法定道："留神脚下。"

话音甫落，只见前方卷起一阵五六丈高的巨浪，排山价奔涌而来。南一安大惊，道："莫非又来一头巨鲨？"

法定道："是个大家伙，快上船。"余光瞥见那小章鱼，这时已奄奄一息，它身后两头青鲨如飞梭般扑来，法定心有不忍，道："一安，你先上船。"

南一安不肯独自逃命，跟着法定游上前去，两人拍出数掌，又打死了几头。法定道："带着小章鱼一起走。"

正在这时，却见群鲨纷纷退开，有的竟一溜烟逃得无影无踪。

原来远处波涛之下，竟是一只巨型章鱼，那巨章臂爪足有成年男子的躯干粗壮，眨眼间已游到小章鱼身前。那大青鲨性子甚烈，非但不退缩，反倒朝那巨章身上狠咬。那巨章长臂一晃，将大青鲨卷了起来，在半空中荡来荡去，不知是炫耀武力，还是发泄怒火。

片刻之后，那巨章倏地将另一条臂爪扬起，两条臂爪分别缠住大青鲨首尾，看样子是要将那大青鲨活活撕成两截。

法定大喊："且慢！"

那巨章好似听得懂人话，法定一语方毕，它竟呆住不动。

法定道："众生皆有灵，你的孩子已经脱险，还请放过它。"

巨章似是会意，怔了片刻，便将那大青鲨放归海里。岂料那大青鲨凶猛异常，堪堪入海，便反戈一击。只见它霍地一下跃出，径向那巨章头部扑去。

南一安大叫："不好！"

大青鲨的利齿已嵌入那巨章双目之间。巨章察觉危险，固然为时晚矣，但它决意跟这大青鲨同归于尽，两臂奋然暴起，重又缠住那青鲨首尾，只听"唰"的一声，脏腑喷溅，大青鲨已断为两截。

那巨章要害受了致命一击，性命垂危，法定懊悔不迭，拊膺叹道："章兄，章兄，是我害了你。"

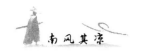

那巨章气若游丝，勉力伸出一条触手，将那小章鱼推至二人身旁，南一安道："你放心，咱们会治好你孩子的伤势。"

巨章用尽最后一丝气力，将二人一章卷上了船，自己却缓缓沉入海底。

这一番情形直将朱襄看得抖舌难下，好一阵儿才回过神，道："天地为炉，造化为工，阴阳为炭，万物为铜，爱恨情仇是杀生利剑，可是死在剑底的，又岂止是人？"

法定忍不住道："朱公子，先别感慨了，快去舱里拿些金疮药来。"

朱襄一怔，瞧了瞧甲板上受伤的小章鱼，道："对对，我这就去。"

法定在小章鱼的臂爪上撒了些药粉，再在桅杆上抠下一根细木条作针，在衣襟上扯下一条细线，不多时便替那小章鱼缝合了创口，道："海上凶险，你自己多保重吧。"随即将那小章鱼抛入海中。

南一安道："祝大叔，那小章鱼回到海里，万一又遇上鲨群，却如何是好？"

法定道："它在岸上也活不了。"这时朝阳初升，海面上万道金光。法定眺望远处，又道："日出日落，潮起潮退，万事万物皆有其法则，本不应以外力干涉，只是人有恻隐之心，又岂能见死不救？救得了一时，却救不了一世，该面对的始终要面对，该过去的始终会过去。一安，你说是不是？"

南一安想了想，道："仿如香象渡河，截流而过，雁掠寒潭，不留影踪。"

法定道："正是。看来道济禅师指月示人，你已心有所悟了。"

朱襄长于儒学，对佛法却知之甚少，见两人谈得投机，不甘受冷落，便岔开了话题，道："祝兄，少林寺的经典中，可曾有叫人分辨章鱼雄雌的？"

法定摇摇头，道："这个似乎没有。"

朱襄道："那适才你怎的叫它章兄，却不是章嫂？"

南一安听他逗趣，忍不住噗地一笑。

法定道："朱公子有所不知，章鱼繁衍颇为奇异，雄章与雌章交合后，便会自断其化茎腕，八条臂爪便只剩下七条，刚才那巨章正是七条臂爪，因此是雄章无疑。"

朱襄大呼奇特，没料到世上竟有如此怪事。南一安不知化茎腕是什么意思，问及二人，二人瞧了瞧他，相互对视一眼，不禁哈哈大笑。

船行半月，这日黄昏，南一安在船舱中打坐练气，朱襄兀自打盹儿，忽听法定在船头喊道："一安，朱公子，前面便是甘泉岛了！"

两人闻声上了甲板，但见暮霭薄雾笼着一个菱形小岛，岛上树木苍翠，海鸥高旋，山坡上竹屋点缀，炊烟袅袅。三人下船上岸，才发现这甘泉岛并不甚大，东西约莫六里，但岛上居民却不在少。这时渔夫络绎归来，担着一网细鱼，满脸洋溢着笑容，几群孩童在沙滩上玩耍了一整日，兴高采烈地哼着童谣，结伴返回家中。

只听一个颤抖的嗓音喊道："回……回来啦？"众人循声看去，一个四五十岁的妇人站在一艘搁浅的破船旁，两手叉在胸前，显得既紧张又期盼。

法定走上前去，两人四目相对，半晌也不言语。过了好一阵儿，法定才道："小婉，我饿了。"

朱襄在南一安耳畔低声道："这位便是祝兄出家前的妻子吗？"

南一安"嗯"了一声。法定与何人斯重归于好固然可喜，但他眼下所思所愿，只是早些见到林知寒，可是又怕见到之后，林知寒不肯原谅他。

何人斯拉着法定的手，走进一间竹屋，桌上早已备好了酒菜。法定奇道："你怎知我今日会到？"

何人斯道："我每日都做了你爱吃的，不论你哪一天到，都能吃上。"她看了一眼南一安，随即转过头去，冷冷道："你怎么也来了？"

南一安抱拳道："何前辈，在下冒昧，不请自来，不知知寒是否在这里？"

何人斯道："她怎会在这里？"

南一安"啊"了一声，道："她……她没有和你一道……她……"

何人斯道："人家好好一个姑娘，教你给气走了，你却跑来问我要人，真是岂有此理。"

南一安呆呆站在原地，霎时间如堕冰窟。何人斯看向朱襄，又问："你又是什么人？来这里做什么？"

法定道："这位朱公子是个忠勇之人，在中原遭人迫害，我便将他带到甘泉岛，望你能收留她。"

何人斯微微一笑，温言道："好，既是你的朋友，住下来也无妨。"又道："喂，姓南的小子，瞧在清泉的面上，容你在这儿吃一顿饱饭，吃完之后，有多远滚多远，免得老娘看得心烦。"

法定道："小婉，你还是这个脾气。一安在海上救过我的命，若不是他，我早已葬身在鲨鱼腹中了。"

何人斯大惊，将法定翻来转去，见他不曾受伤，长吁了一口气，道："你好端端在船上，怎会遇到鲨鱼？"

法定便将海上鏖战群鲨之事说与她听，又道："一安重情义，若非他舍命相救，你哪里还见得到我？"

何人斯听见这话，一颗心登时软了，道："好吧，南一安，我刚才是骗你的。林知寒确是在这甘泉岛上，只是她见到你来，自己便躲得远远的，可不是我有意要将她藏起来。她愿不愿见你，就看你的造化了。"

南一安大喜过望，道："多谢前辈！"说罢顾不上吃饭，飞也似的奔出门外。

南一安在岛上四处找寻，找了近两个时辰，仍不见林知寒踪影，心下奇怪："这巴掌大的小岛，怎的找遍了也不见知寒？莫非她见我来了，便离开了甘泉岛？"他一路奔到海边，夜色茫茫，放眼望去，什么也瞧不见。南一安垂头丧气地坐在沙滩上，喃喃道："看来知寒是不打算原谅我了，这也不能怨你，要怨就怨我自己做错了事。何姑姑说，真正喜欢一个人，即便有一天分开了，也只会念着对方的好。是啊，此时此刻我心里都是你的好，不对，你本来也没什么不好。总之我的心里只装得下你一个人，千山万水，今生来世，也只有你一个人了。"

过了一会儿，他又道："有时我在想，咱们当初要是一直留在少室山，后来会怎样呢？你当初不愿走，我却执意下山救爹爹妈妈，可是他们也已经死了，师父们也都死了，下不下山又有什么差别？倒不如听你的话，至少你还在我身边，也省了如今无限烦恼。"

忽听一人轻轻说道："你烦恼什么？你不是很快活吗？"那声音便如夜里的海风般柔和温润，南一安身子一阵酥麻，不由得心神荡漾，回头一瞧，只见林知寒白衣胜雪，仙骨如玉，长发在风中摇摆不定，宛如春山细柳，绝尘脱俗。

南一安欣喜若狂，奔至她身前，道："知寒，你……我……"一时间语无伦次。林知寒道："你想好了再说。"

南一安拉着她手，道："是……我……我做了错事，我该死，只要你肯原谅我，教我做什么都行。"

林知寒将手挣脱，背过了身，嗔道："你就跟我说这些？"

南一安历经多次劫难，竟无一次如今日般慌张，急得额上汗水直冒，道："那……那要说什么……"

林知寒道："你刚才一个人不是说了很多吗，见了我怎的又说不出来了？"

南一安道："刚才……刚才我说……我说了什么……是了！我说千山万水，来世今生，我的心里永永远远都只有你一个人。"

林知寒扑哧一声娇笑，跟着又哭了起来，转身紧紧抱着南一安，道："这可是你自己说的。"

南一安一把将她举在半空，一面转圈，一面欢呼，道："知寒，你是原谅我了吗？"

林知寒道："你先放我下来。"

两人沿着海岸缓步，林知寒道："何前辈告诉我一件事，原本她不让我对你说的。"

南一安道："什么事？"

林知寒道："她那天看见你和骆宝颐额上都有一块朱砂，她说那是吃了息肌丸的缘故。"

南一安道："息肌丸？那是什么？"

林知寒脸一红，道："总之……总之是因为吃了它……你们两人才会……"她说这话时语调平淡，南一安看着她双眸，却有说不出的失落。回想那时的情形，确有药力催发之感，只是他未经人事，不曾发觉。两人谈及他为何会服下此药，除了觉得是骆宝颐刻意设计之外，便觉是金大为取秘籍而使的下流手段，至于究竟是哪一种，自然也就无从得知了。

林知寒又道："何前辈说，我不告诉你，你就会愧疚一生，永远对我好。可是我不要你因为愧疚才对我好。"

南一安搂着她肩，温言道："知寒，不论是不是息肌丸的缘故，大抵都是我做错了事，你不生我的气，不再离开我，我很感激。我若不真心待你，那真是猪狗不如。"

过了一阵儿，林知寒问道："你二叔呢？何前辈说他那日是为了救你才被打伤，后来怎样？"

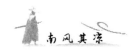

南一安道："之后金大追了上来，正好碰见何姑姑和陈帮主，二叔为了救我们，将金大赶走之后，他自己的伤势却加重了。二叔临死前告诉我，爹爹妈妈不是他杀的，真正的凶手是刘云。"

林知寒道："刘云？"

南一安道："不错，我信二叔的话。如今刘云早已死了，爹妈大仇得报，我也没什么牵挂了。"

林知寒道："当真没什么牵挂？"

南一安知道她在说骆宝颐的事，却道："自然是除你之外。"他见林知寒心事重重，又道："后来我猜你随何前辈来了甘泉岛，便同法定大师一道来了。你不知道，咱们在海上险些被鲨鱼吃了。"

林知寒"噫"了一声，道："有这样的事？"

南一安道："我心中想着你，倘若还没见到你，绝不能这样不明不白地死了，因此凭着信念，才死里逃生。"

林知寒白了他一眼，道："尽瞎说。"她怔了怔，又道："咱们刚认识时，你就是这样贫嘴，后来好长一段日子你都闷闷不乐，如今好似又回到了从前。"

两人都不禁回想起了过去的日子，几年来两人总是被一些事牵绊着，从未像今日这样平淡快乐，说说笑笑，吹着海风，捡着贝壳。

林知寒道："一安，我们就在这岛上住下来，哪儿也不去了，好不好？"

南一安道："好，咱们哪儿也不去，永远住在这岛上，你给我生七八个大胖小子。"

林知寒"呸"了一声，道："谁要给你生孩子了？"

南一安笑道："若不生孩子，等法定大师还有何前辈都老了，不在了，咱们两人岂不是很寂寞？"

林知寒道："你再胡言乱语，我可要将你赶出岛去啦。"

南一安做了个鬼脸，道："好好好，我不说，咱们只管生就是了。"

林知寒不搭理他，转头望向大海，心中却是甜蜜无限。

两人并肩坐在沙滩上，晚风静谧，渗着海盐的咸味儿。光阴就在浪潮涨落中悄然流逝了。

第三十七回　旦夕祸福

"北风其喈，雨雪其霏。惠而好我，携手同归。"朱襄坐在门槛上，眯缝着眼，手上拿了一把竹戒尺，正自背诵《诗经》里的章句。

他身旁是个三岁稚童，那稚童学了一下午功课，早已困乏，靠在门边偷偷打盹儿。

朱襄一瞧，倏地剑眉倒竖，戒尺啪一声响，敲在那稚童手背上。那稚童登觉手背火辣辣的疼，吓得跳了起来。

朱襄道："南怀义，你这臭小子！"这稚童正是南一安和林知寒的儿子，取名怀义，是要他为人处世，常怀仁义之心。

怀义见先生发怒，撒腿便跑，大喊道："婆婆，婆婆，朱襄又欺负我！"

何人斯卧在一株椰树下，正自缝制新衣，见怀义哭喊着奔来，一把将他抱在怀里，哄道："小怀义乖，不哭不哭，婆婆给你糖吃。"

朱襄跑到椰树下，道："大嫂，别宠坏了孩子。他爹妈可是让我严加管教。"

何人斯脸一沉，道："他才三岁，你们便成天让他背一些酸腐文章，哪里还似个小孩子？"

朱襄道："这小子两岁便能背《三字经》，那可不是天纵之才？倘若加以打磨，日后必成大器。"

何人斯道："我不管，你教归教，要再敢欺负他，小心我对你不客气。"

朱襄没奈何，只好作罢。何人斯抱着怀义回到屋里，道："你爹妈早上出海打鱼，怎的还不回来？"

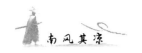

怀义道："爹爹妈妈生弟弟。"

何人斯哈哈大笑，道："小东西，才三岁就没个正形，长大了还了得？"

忽听门外传来一阵急促的脚步声，何人斯向外张望，登时吃惊不小。只见法定手捂胸口，胡须上布满鲜血，跟跟跄跄撞进门来。不等何人斯询问，法定抢先道："朱襄在哪里？快让他躲起来。"

何人斯道："在老椰树下面，你怎么样？是谁打伤你的？"

法定将她往外推了一把，急道："快让他躲起来，快去！"

何人斯正要过去，朱襄已走到了院门前。何人斯道："酸秀才，清泉教你躲起来，你快到屋里去。"

朱襄摸不着头脑，一脸莫名其妙，道："躲什么？躲谁？"

何人斯急性子发作，飞身抢出院门，抓着他手臂，快步回到屋里。法定喘着气道："你们俩抱孩子进去，这里我来应付。"

何人斯道："祝清泉，你要充什么英雄好汉？老娘什么阵仗没见过，今日不管是谁，欺负到甘泉岛来，也教他有来无回。"

只听屋顶上传来喊话声："老太婆口气不小。"

何人斯怒气上冲，闪身出屋，脚底一撑，跃上屋顶，喝道："是你们两个打伤我男人的？"

这两人正是紧那罗和夜叉。二人奉梁十八之命，要将朱襄捉回杭州。那日孙逸潇杀了几名追兵，不料却有一人侥幸活了下来。这几年，梁十八已多次差人出海，可南海这几年来风暴不断，出海的船只要么葬身海底，要么无功而返，时隔四年之后，二尊才终于登上甘泉岛。

紧那罗道："我不杀他，就是要他领路，你倒是要谢我饶了他性命。"

何人斯更不多言，右足向上一撩，一根细竹倏地腾起，脚掌往外一踢，那细竹便如羽箭般射将出去。二尊分往左右避让，趋避之间，已抢至何人斯身前。

法定的功力与紧那罗只在伯仲之间，自然敌不过二尊联手，何人斯比之法定更逊一筹，这时焉能够抵御？数招之间，何人斯已被逼至屋檐。法定前胸中了夜叉的"烈火金刚掌"，后背又吃了紧那罗一记"琵琶弦腿"，只觉浑身骨架似要散了开来，一口气闷在胸口，沉也沉不下去，提也提不上来，想要跃上屋顶助战，竟是半点气力也没有。

何人斯攻势虽弱，但她将秋水功施展开来，霎时间进退飘忽，亦能与二尊周旋一番。紧那罗心想："今日是捉朱襄回去领赏，可不是来陪你玩儿的。"紧那罗向夜叉递了个眼色，夜叉会意，随即脱离战团，右脚猛地一踏，将屋顶踏了个窟窿，跟着跳进屋内，抓住朱襄后领，喊道："得手了，走！"法定拦在门外，夜叉顺势一掌拍去，法定受了内伤，招架不住，径被震翻在地。紧那罗也不恋战，"呼呼呼"三记连环掌拍出，何人斯唯有疾退数步，紧那罗趁机跃下屋顶，逃之夭夭。

朱襄道："两位好汉，是不是认错人了？朱某不过一介书生，何时得罪过两位？"

夜叉一面狂奔，一面掏出怀里的一张画像，道："姓朱的，瞧瞧这是你不是？"

朱襄一见之下，那画中人果然便是自己。

紧那罗道："要我说咱们就在这里把他宰了，提了人头回去见梁王，又有什么不同？"

夜叉道："梁王既已吩咐活捉，咱们照办便是，休要啰唆。"

朱襄听二人一口一个梁王，忽然省悟，原来梁十八不杀了自己是绝不会善罢甘休的，但想回到杭州之后，说不定能再见到孙逸潇，登时惧意全无，大有慷慨赴死的气概。

这时忽然间狂风大作，暴雨倾盆，海面上掀起一阵阵滔天大浪。二尊挟着朱襄上了一艘小艇，划离海岸五六十丈远，又即登上一艘大船。正待起锚，忽见远处一人踏水奔来，二尊都是一凛。那人愈奔愈近，这才看清，来人并非赤足踏水，而是右脚踩了一块木板，左脚则在水里划动，那木板甚小，只容一人立足，他背上尚且背负了另一个人。只因波涛骤起，打翻了这二人乘坐的小船，才不得已以这块木板作为桴槎。木板虽有浮力，但却难以承受两人的重量，这人背负一人，竟然如履平地。大雨滂沱之下，视线受阻，待那人奔至船下，轻轻一个纵跃，翻上了甲板，二尊一见之下，端的是吃惊不小，来者不是别人，正是南一安，他背负之人，自然是他如今的妻子林知寒。两人捕鱼归来，突遇大浪，原本要借这块木板回到岸上，不料却瞧见朱襄被二

尊挟持，因此赶来搭救。

紧那罗喝道："小子，你果然在这儿。两位叔叔这次出来办差，也算没白来。"

南一安道："你什么意思？"

夜叉道："把《六通要旨》交出来，就饶你不死。"

南一安道："只怕你没这个本事，把朱大哥放了。"

夜叉道："你不愿给，咱们自己来取！""呼"的一掌拍出，南一安也不闪避，发掌相迎。"砰"一声响，南一安登觉掌心刺痛，回掌一看，"劳宫穴"上竟多了一个针眼。只片刻间，层层黑气便自针眼处往外扩散。

林知寒大惊，忙喊道："一安，针上有毒！"

夜叉道："嘿嘿，咱们这次是有备而来，你可算着了道儿。"

紧那罗朗声道："沈姑娘，亏得你料事如神，事先给咱们备好了毒针，否则这小子当真不易对付。"一语方歇，船舱中便走出两个人来，一人是沈汀，另一人是陈宵生。

林知寒道："沈……沈汀，你怎么在这儿？"

沈汀十分得意，道："你们在这里逍遥快活，我不乐意，因此专程来害你们，这个回答你满意吗？"

林知寒道："当初你被逐出师门，是你咎由自取，没想到过了这么多年，你非但不知悔改，反倒变本加厉。"

沈汀道："随你怎么说，临死前逞些口舌之快，也由得你。"

陈宵生道："汀妹，你不是说咱们来这儿是助梁王捉拿叛贼吗？怎么南师弟和林师妹也在这里？"

沈汀道："少废话，你我二人吃了这么多苦头，今日报仇的时候到了。"

朱襄喊道："南兄弟，你带着弟妹快走，别管我。"

南一安试着运力丹田，只觉周身并无异样，再看掌心时，先前那层黑气不仅没有扩散，反而消失得无影无踪。原来那针上喂的毒药，与南一安在方腊洞中所中之毒无异，叫作"莲台乌头"，南一安当初解毒之后，体内已自然而然对此免疫。他目下虽不明缘由，但既没有中毒，心下更无忧虑，道："看在你们是叔伯的分上，放了他，我不为难你们。"

夜叉道："好小子，死到临头还嘴硬。从前没在你手上占到过便宜，不信今日还打不过你！"他想南一安既已中毒，内力是半分也使不出来，只道一招便能将他制伏，因此这一招"疾鬼食人"只攻不守，径抓南一安天灵盖。

南一安每日在这甘泉岛上练功，《六通指玄经》和《洗髓经》的内力逐相圆融，渐臻一体，除此之外，拳脚功夫上不仅练成龙图拳法，还从九渊指、九渊掌和华山派"出云五峰十八式"中汲取精粹，诸般高深武学已了然于心。他见夜叉这一爪来势猛恶，但无甚变化，当下使一招"醉里挑灯"，以九渊指力径点夜叉手腕"经渠穴"，这一指的力道自手腕内侧直透外臂，夜叉"啊哟"大叫，整条手臂已不能动弹。

夜叉大骇，道："沈姑娘，他怎么好端端的？"

沈汀不知南一安曾中过此毒，心下也自纳罕。

南一安道："还要试试吗？"

紧那罗道："哪有恁般邪门儿，一起上！"霍的一拳，击向南一安胸口，南一安手肘一摆，撞开来拳，夜叉亮出短剑，"唰唰唰"三剑连刺，迅捷无伦，南一安身子微侧，忽左忽右，站在原地便避开他三招杀手。

一些武林高手自恃武功高强，对敌之时便炫耀技巧，或是极尽繁复之能事，或是彰显姿势之优美，但南一安一招一式无不甄繁就简，破觚斫雕，发招运力间不露棱角，但每一招都教人意想不到，防不胜防。

只见他在两人前后左右穿来插去，二尊时而觉得肋部酸麻，时而又觉后心疼痛，却怎么也看不清南一安何时出招，不由得又惊又怕。

紧那罗忽道："罢了罢了，不打了。"

南一安随即停手，道："怎么？"

紧那罗道："朱襄还你。"

夜叉道："回去如何交代？"

紧那罗想了想，道："就说这厮不在甘泉岛上。"话音刚落，身子一晃，啪啪数掌，将船上同行的官兵武士尽数打死。

众人都吃了一惊。

紧那罗道："沈姑娘，对不住，咱们回程时遇到风浪，打翻了大船，只有咱哥俩幸免于难，委屈你了。"

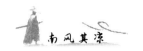

沈汀道："你……你要杀人灭口？"

紧那罗"嘿嘿"一笑，正要发掌拍去，林知寒喊道："慢着，你们为了自己交差，手段也太过狠毒。"

夜叉道："这也是没有办法的事，朱襄既已还给你们，只当咱们没来过，姓沈的和你们有仇，我师弟杀了他，倒还替你们省了一桩麻烦事。一安，大家井水不犯河水，你也别多管闲事。"

南一安道："我媳妇既说你们狠毒，我自然不能袖手旁观。原想放了你们，这样看来，你回去之后难保不再来惹事，即便不来，日后也不知要害死多少人。"

紧那罗干笑两声，道："好一安，南大爷，再怎么说咱们也是一家人，留条活路，日后我若再出现在你眼前，我就是乌龟王八蛋。"

南一安看了看陈宵生，心想毕竟同门一场，不忍他死于非命，可是陆象杉和道济之死与沈汀脱不了干系，要自己帮忙又不情愿，道："今日我在场，这两人你杀不得，你们放一艘小艇下去，能否在巨浪中活下来，那就看老天爷了。日后你杀他们也好，不杀也罢，都不关我的事。"

二尊眼见敌强我弱，再行争辩也属徒劳，依言卜了小艇，兀自向北划去。南一安见他们走得远了，便道："你们也不必谢我，这条命今日保得了，明日可就难说得很了。"

陈宵生向他深深一揖，沈汀却面若冷霜，不言不语。

南一安拾起木板，道："朱大哥，走吧。"正要下船，林知寒回头看了一眼沈汀，忽见她左手拿着一个机栝，不知是什么东西，抬眼见她双目圆瞪，神情狰狞可怖，登时省悟，大喊："一安当心！"身躯已挡在南一安身前。

南一安回过神，一枚钢针已刺入林知寒右肩。南一安大怒，啪的一掌，直将沈汀震出丈许，掌力余势不衰，她又撞在桅杆上，那桅杆受了猛力，齐腰折断。沈汀委顿在地，鲜血狂呕，兀自狞笑不止。

南一安忽地一凛："糟糕，针上必定有毒！"奔至沈汀身畔，喝道："解药拿出来！"

陈宵生眼见沈汀被重伤，非但不害怕，反是异常平静，只见他俯在沈汀耳边，轻轻说道："汀妹，别怕，很快就不疼了，我来陪着你，你就不会孤单了。"

南一安抓起陈宵生衣领，怒道："我救你们性命，你们竟反咬一口，快将解药交出来！"

陈宵生神情温柔，呆呆望着沈汀，恍若不闻，脑中却思绪潮涌：那时在三圣庄，咱们背着师父们好上了，你怀上了我们的骨肉，后来被师父逐出师门，你整日郁郁不乐，孩子终于没能保住，我对你说，汀妹，咱们忘掉过去，找个没人的地方过日子，将来再生一个，不，生一个儿子，一个女儿……你心有不甘，发誓要为我们报仇，为我们的孩子报仇……我知道，你以为我责怪你，可是我从来没有……你变得越来越暴戾、凶残，我似乎已不认得你了……我好累，真的好累啊……可我还是深深爱着你，如今一切都结束了，汀妹……

只见沈汀手一扬，将一只药瓶抛入海中。南一安飞身抢出，在半空中将药瓶接住，坠入浪涛。

这时风浪越来越大，南一安脚下没有木板，无处借力，任他武功再高，在这滔天巨浪里也难以施展。

猛听"轰"一声响，船身终于经不住巨浪，骤然倾覆。船上众人都坠入海中，南一安大喊："知寒！朱大哥！知寒！"他竭力嘶吼，声音仍湮没在雷雨声中。

当此之时，南一安突然被一块冰凉柔软的物事缠住腰间，他下意识一挣，但在水中使不上力，竟然没能挣脱。再一细看，原来是一条章鱼臂爪。

不多时，林知寒和朱襄都已被那巨章的臂爪托上了海面。巨章潜游在海水中，紧紧缠住三人，径往岸边游去。那巨章臂长约有五六丈，体型颇大，在海上乘风破浪显得毫不费力，只半炷香工夫，便将三人送抵岸边。

船倾之时，林知寒前额撞在船舷上，加之海水倒灌，呛入肺中，眼下正晕厥未醒，所幸并无大碍。南一安岛居数年，自然知晓解救之法，忙在她胸口连摁十余次，只见林知寒"哇"的一声，将海水吐了出来。待她咳嗽止住，又将解药喂给她吃了。

林知寒醒了醒神，问道："一安，咱们是怎么上岸的？"

南一安伸手指了指。朱襄叫道："啊哟，莫非是当年的小章鱼？一安，真

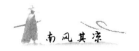

是好人有好报啊！哈哈！"

南一安朝那巨章挥了挥手，喊道："多谢了！"

那巨章伸臂扫了几簇浪花，似是在回礼，之后便重又回到海中。

南一安将林知寒抱回家中，小心放在床上。何人斯牵着小怀义，和法定一道候在一旁。

南一安服侍林知寒喝了些温水，道："知寒，你瞧这解药管不管用？"

林知寒道："没什么异样，只是头有些晕，不碍事。"

南一安道："你先给自己号一号脉，这才放心。"

林知寒笑道："傻瓜，医不自治，哪有大夫给自己诊病的？你放心吧，要是这解药没用，我哪里还能坐在这里和你说话？"

南一安心想："沈汀用尽最后一丝气力也要将这药瓶毁掉，定是解药无疑了。"

怀义走到床边，道："妈妈。"

林知寒将他抱在怀里，亲了亲他脸颊，笑道："怀义，你担心妈妈是不是？"

怀义点点头，道："爹爹妈妈去生弟弟了吗？"

众人相顾一愕，不禁哑然失笑。南一安将他举了起来，道："怀义，你想不想有个弟弟？"

怀义使劲摇头。南一安问道："那你是想要个妹妹？"

怀义道："我不要，我要哥哥。"

林知寒问道："为什么？"

怀义道："这样的话，大家都宠爱怀义。"

林知寒道："生了弟弟妹妹，妈妈也一样宠爱怀义。"

怀义道："爹爹呢？"

南一安道："爹当然也一样啦！"

南一安看着眼前的妻子儿子，心中说不出的温馨甜蜜。正在一片欢声笑语中，林知寒忽然"哇"的一声，吐出一口黑血。

众人大惊，怀义吓得哇哇大哭。南一安道："怎……怎么会这样……"

法定道："别慌，我略通些医术，待我瞧瞧。"伸手切她脉搏，再翻开她眼睑细查，只见瞳孔中隐隐透着蓝色，道："似乎是中毒的迹象，只是我医术粗浅，不敢断定。知寒，你自己觉得怎样？"

林知寒道："一安，药瓶里还有药吗？"

南一安掏出药瓶，抖落一颗，放在手心，道："还有。"

林知寒道："我手上没力，你将这药丸搓成粉末。"

南一安依言照办，林知寒用手指蘸了蘸，凑到鼻尖闻了闻，又道："生火。"

何人斯忙取出火折子，将蜡烛点燃。南一安按林知寒吩咐，将药粉撒入碗里，再以烛火加热。那药粉渐渐由白变蓝，散发出一阵腥臭味。林知寒心下一凉，随即微笑着望向南一安。

南一安急道："你快说啊！"

林知寒怔了半晌，道："朱大哥，你们带怀义出去走走吧，我有话要对一安说。"

何人斯道："有什么话不能当着咱们说，你这臭丫头是不是想急死我？"法定扯了扯她衣袖，何人斯仍喋喋不休，终于还是出了房门。

林知寒正色道："一安，你答应我，不论今后发生什么事，你都要活下去。"

南一安道："你说这话什么意思？你若是死了，我绝不独活。"

林知寒查验那药粉之后，沈汀的用心她已全然明白。原来沈汀射出的钢针上并没有毒，真正的毒药却是那药丸。沈汀料到，她将药瓶抛入海中，南一安势必以为那是解药，她心意已决，以死设下圈套，就是要教南一安亲手将毒药喂给林知寒，让他们一个人死，一个人终身愧恨。但她不愿使南一安心生愧疚，因此无论如何也不能告诉他，诓道："那瓶解药是假的，不过是寻常草药，解不了毒，咱们被沈汀骗了。"

南一安脑中"嗡"的一声响，只觉天旋地转，霎时间怒不可遏，道："我早该将她碎尸万段！"忽然抓着她手，道："可是你和她师出同门，她能制毒药，你也一定有法子解，是不是？"

林知寒不答，只是柔声说道："我已做了你的妻子，还生下了怀义，咱们在这岛上过了四年无忧无虑的日子，我已经很满足了。"

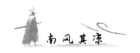

南一安道："可是我不满足！我们还要一起变老，一起看着怀义长大，如果没有你，我活着有什么意思？"

林知寒眼眶微红，道："那怀义呢？倘若我们都不在了，怀义怎么办？当初你爹爹妈妈离开了你，难道要让我们的儿子再经历这样的事吗？"

南一安见她神态，似有哀求之意，道："不行，一定有办法的，一定有办法。你要什么我都给你找来，我给你找来！"

林知寒再难抑制，眼泪不住往下滴落，道："难道我不愿活下来吗？"

南一安一怔，半晌说不出话。

林知寒摇摇头，道："这是'蝰蛇胆'，毒性不会当场致死，但短则数日，长则半年，毒发时瞳孔会变成蓝色，那时便无药可救了……"说到这里，似是想起什么事来，却欲言又止。

两个相互深爱之人，对方一举一动无不在意挂怀，林知寒神情微有异样，南一安便即察觉，道："你是不是有什么瞒着我？"

林知寒道："没有。"

南一安急道："一定有！知寒，哪怕只有一丝希望，我们也不能放弃。"

林知寒道："你的心意我明白，我不是不想活下去，我也想陪着你变老，陪着怀义长大。可是……可是天有不测风云，希望越大，失望越大，痛苦越深，我怕你……我怕你经受不住……我刚才说短则数日，长则半年，就是说几日之后，我随时可能会死，又何必劳神？"

南一安道："那就是有办法了？你快说啊！"

林知寒知道自己倘若不说，他是如何也不肯罢休的，道："济公的医著上曾载有一则传闻，说是治疗蝰蛇剧毒，需要两样东西。一是江州路景星湖底的鲻鱼眼，一是昆仑山玉虚峰上的衔尾草，二者缺一不可。但这只是传闻，不知真假，况且昆仑山距此万里之遥，若我们还没找到解药，毒性便已发作，又或许找到了，可是根本没有疗效……倒不如在岛上陪着你和怀义，多一天是一天。"

南一安仿佛抓住了救命稻草，喜道："既然有希望，无论如何也要试试。待雨小些，咱们立刻出海，先去景星湖，再去昆仑山。"

他见林知寒仍犹豫不决，道："好，我答应你，尽人事听天命，倘若最后不成，我也会陪着怀义长大。但在此之前，咱们须得竭力一试。若连试也不试，那才真要后悔一生。"

林知寒道："好吧。可是我舍不得怀义，我们将他带在身边，好不好？"

南一安想了想，道："路上不能耽搁，怀义还小，带在身边多有不便，咱们速去速回。"

林知寒杏眸湿润，心想此去生死未卜，可能再也见不到爱子，不禁泫然欲泣。

南一安握着她一双玉手，抚摸那细腻柔滑的掌心，温言道："知寒，你别总想着生离死别，说不定咱们顺利找到那两样东西，很快就能回来啦。"

三日之后，风浪甫平，二人正要乘船驶离甘泉岛。忽听一个稚嫩的声音喊道："爹爹，妈妈，你们要去哪儿？"

两人回头一瞧，却是法定、何人斯和朱襄带着怀义前来送行。

南一安俯下身子，轻轻抚摸他头顶，道："怀义，爹爹妈妈有很重要的事，非得去做不可，怀义乖乖在家等爹妈回来，好不好？"

所谓母子连心，果然不假，只见怀义忽然大哭不止，直哭得撕心裂肺，一面哇哇叫道："不要！不要！怀义要和爹爹妈妈在一起！"

林知寒哪里见得这等场面，心中便只有一个念头：不论什么事也不能让我们母子分离。她跑上前去，将儿子紧紧抱在怀里，母子俩相互依偎，泣不成声。南一安没办法，只好带着怀义同行。

一家三口向北航行一月，便抵漳浦县郊。时隔四年重返江南，眼前景象已大不相同。只见到处都是断壁残垣、饥民流寇。梁十八和海山在江州路至延平路一线已打了四年之久，两军你来我往，势成对峙。

林知寒所中之毒，毒发之前并无异样，正因如此，南一安才更加忧心忡忡，整日提心吊胆，生怕哪一日突然发作，那真是病来如山倒了，恨不能生出一双翅膀，翻山跨江，日行万里。只是这样的情绪不能在林知寒面前显露丝毫，唯有小心隐藏，表面上仍是一副志在必得的模样。

这日傍晚，来到江州路德化县，景星湖便在左近。此时南门早已关闭，城楼下还有叛军把守。三人要进城，却被守卫阻住，那守卫厉声道："干什么的？"

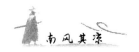

南一安客客气气道："我们只是路过，还请守卫大哥行个方便。"

那守卫道："前方打仗，绕路吧。"

南一安道："可是四周崇山峻岭，这大半夜的，我们一家三口要往哪里去？"

那守卫颇不耐烦，道："你去哪里，跟我有甚相干？怎知你不是细作？"

南一安心想："这七八丈高的城墙拦我不住，可是他们母子要怎么办？倘若硬闯，势必惹来麻烦。"

正自踌躇，忽听城楼上一人喊道："兄弟！"

南一安抬头一看，登时喜不自胜，只见城楼上那人身着戎装，英姿飒飒，却是暌违数年的向墨庭。

向墨庭道："快开城门！"随即下了城楼相迎。向墨庭将三人延至行辕，置酒相款。席间得知南一安近况，得知南、林二人已缔结连理，心下也自宽慰，见到怀义更是亲切，将他抱在怀里亲热了一番，道："兄弟，你和弟妹成了亲，我没能来喝一杯喜酒，当真是一大憾事，这杯酒今日补上，来，干了！"

南一安道："大师兄，你这几年战阵辛劳，一定吃了不少苦吧？"

向墨庭道："你大哥我皮糙肉厚，这点苦头算不得什么。何况皮肉之苦，怎比得上内心煎熬？"

南一安会意，道："阿台师兄与你交过手了吗？"

向墨庭豪饮了一大口，道："岂止交过手，咱们都差点死在对方手上。一次是大德八年，我二人在鄱阳湖水战，海山调遣了东洋水师，那可是蒙古人攻打东夷的精锐，阿台指挥二十二艘战船，险些将我军一网打尽，可海山却急命阿台撤军，我才得以脱险。再有便是数月前的江州大战了，我率兵攻城，将阿台活捉了，念他曾放过我，便也饶了他一命。"

南一安道："大师兄，你和阿台师兄打得你死我活，你想过是为了什么吗？"

向墨庭道："一安，你有什么话，但说无妨。你我兄弟二人今日重逢，做哥哥的高兴。"

南一安道："我听说梁大人早已迎回了南宋末帝赵……"

话未说完，向墨庭忙将他嘴堵上，低声道："你从何得知？"

南一安便将当年在漳浦路遇见孙逸潇和朱襄的事大略说了，那时朱襄并未对他和盘托出，待到后来才将详情道了出来。南一安道："倘若梁大人不是自己想做皇帝，为什么不敢教旁人知道？"朱襄那句"夜壶"之喻，他却忍住了没说出口。

向墨庭道："你既已知道，我便不瞒你了，梁大人之所以不敢教旁人知晓，正是怕奸贼暗中杀害皇上，他日收复了大宋江山，那时再昭告天下，迎归正统，他愿冒天下之大不韪，自称梁王，实则真正是一身正气，为国尽忠。"

南一安心想："若真如此，那朱襄不过一介书生，有什么本事能杀得了赵㬎？他却大费周章，千里迢迢到甘泉岛来拿人。"但见向墨庭将梁十八奉若神明，心下既感唏嘘，又不忍再与他争辩，毕竟国事太大，皇城太高，复国之路又太远，他一心所盼，不过是林知寒安然无恙，各人有各人的志向，又何须多言？想到朱襄，自然便想到孙逸潇，问道："那孙姐姐现下如何？梁大人有没有罚她？"

向墨庭道："这倒不曾听闻，不瞒你说，我也数年不曾见过她了。"又道："是了，你刚才说要到景星湖找什么鱼？要做什么？"

南一安看了眼林知寒，两人一经对视，便即心灵相通，道："鲢鱼，甘泉岛附近水域长了一种有害的毒草，那鲢鱼专以此草为食，我捉几条回去治治水害。"

忽听"喀啦"一声，桌上一只瓷碗滑落地上，摔得粉碎，又听门外一人道："骗人！"

南一安和林知寒都认出了那声音，只见一个碧衫女郎推门而入，正是梁筱。南一安回过神来，才知梁筱又以"听瓮"偷听他们说话。当年初到江南，在扬州路梁十八宅邸时，她便玩过这把戏，如今故技重施，大有恍如隔世之感。

南一安起身道："梁姑娘，你也在这里？"

向墨庭"咳咳"两声，道："该改口啦。"

南一安一怔，登时省悟，笑道："嫂子。"

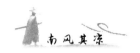

梁筱玉颊飞红，嘻嘻一笑，拉着林知寒的手，道："知寒姐姐，几年不见，你还是这样美。"

林知寒微笑道："筱儿妹妹，恭喜你和向大哥啦！"

梁筱脸上掩不住的欢喜，捏了捏怀义的鼻子，道："小弟弟，你知道我是谁吗？"

怀义从未离开过甘泉岛，对外面的世界既陌生又有些害怕，不禁躲在林知寒身后，不敢应答。

向墨庭道："夫人，你刚才在外面说什么？"

梁筱道："我说南一安他骗人，鲦鱼吃的是小虾，不吃水草，更不会吃毒草。你大老远来，还带着老婆孩子，定有什么要紧事。"

南一安和林知寒都是一愕，向墨庭见二人神情有异，拍了拍南一安肩膀，道："兄弟，你若有难处，只管开口。"

二人不愿说，只因此事关己不关人，说了只会让向墨庭跟着忧心。

梁筱道："现下南加台有五千步军驻扎在景星湖沿岸，你要去湖里捉鱼，谈何容易？若不是要紧事，我劝你还是别动这心思了。"

南一安吃了一惊，道，"便是有五万人，我也非去不可。"

梁筱道："你还打算瞒着咱们吗？"

向墨庭道："兄弟，倘若不便开口，你不说也罢。我明日便率一万人出城，将阿台打发了。"

南一安见向墨庭如此情深义重，心下不由得感激，便将林知寒中毒之事实言相告。

向、梁二人都吃惊不小，向墨庭道："人命关天，你嫂子要是不问，险些误了大事。"

南一安道："可是……大师兄，若率兵出城，只怕德化县防御单薄，一旦敌军偷袭……"

向墨庭摆摆手，道："兵者诡道也，实者虚之，虚者实之。阿台生性谨慎，见我既敢率兵出城，绝不敢兵分两路，贸然攻打德化。况且我一万人打他五千人，速战速决，也不会给他可乘之机。"

正在这时，忽听门外传来响动，向墨庭闪身抢出，只见一个侍从端了一碟菜肴，见向墨庭出来，忙道："将军，后厨添了些酒菜，我给你老人家送来。"

向墨庭接过餐碟，道："下去吧。"回到屋里，道："没什么。一安，这就说定了，我即刻传下令去，明日寅时，大军出城。"

南一安心想："大师兄既有把握，当可一试。知寒的病情不容耽搁，眼下也只好这样了。"

一家三口在城门边一间客栈住下。林知寒道："刚才送菜那人的声音，我听着耳熟，不知在哪里听过。"她精通音律，耳朵自比常人更易辨别声音。

南一安连日奔波，加之喝了不少烈酒，这时睡意袭来，随口说道："我听着没什么特别，只不过比寻常男子嗓音细些。知寒，早些睡吧。"

睡了三个多时辰，南一安刚睁开眼，便听见楼下有人喊道："南爷在吗？将军有事请你过去。"

南一安只道即刻便要出城，不及洗漱，带着妻儿来到向墨庭行辕。向墨庭道："一安，咱们不必出兵了。"

南一安奇道："为何？"

向墨庭道："阿台奉海山之命，撤出了浔阳城，大军退了二十余里，眼下景星湖已空无一人。"

梁筱道："此事恐怕有诈，浔阳城打了三年也打不下，海山为何此时撤兵？"

林知寒点点头，道："筱儿说得不错，昨晚那送菜的……"

向墨庭打断道："海山昏庸无能，将浔阳城拱手相让，我岂有不笑纳之理？况且斥候瞧得清清楚楚，五千兵马已不剩一兵一卒，所谓兵贵神速，机不可失时不再来，此时不往更待何时？"吩咐身旁副官道："传令下去，整顿三千步兵，两千骑兵，一千弓箭手，即刻开拔，进驻浔阳。"

梁筱虽觉蹊跷，但想向墨庭是一军主帅，自己不便指手画脚，况且海山这几年打得不温不火，兵法实在乏善可陈，向墨庭此番也非孤身前往，倘若当真贻误良机，那也可惜得很。

大军西行十里，便抵景星湖畔。南一安长出一口气，喜道："知寒，那鳜鱼长什么样？我这就下水捉来。"

正在这时，忽闻鼓角雷鸣，杀声震天，众人都是一惊，齐向左近山头望去，只见朝阳初升，红霞如血，四面山头上旌旗招展，剑戟如林，满山遍野已布满敌军，竟成合围之势。向墨庭大愧，高呼道："咱们中计了！将士们，杀出重围！"他一言甫毕，敌军箭矢便已如飞蝗般射来。

梁筱带着林知寒和怀义躲在一座石桥下，南一安和向墨庭各展绝艺，将来箭纷纷格挡开来。但梁军六千兵马地处劣势，奋力守御了半个时辰，已死伤大半。

这时羽箭骤歇，只见山头上一人身披银甲，脚跨黑骑，玉面俊朗，气宇轩昂，戎装之下，隐然有一层书卷气。

南一安放眼一瞧，这人不是南加台却又是谁？南加台当先立在山头，朗声道："向逆群匪听了，放下兵刃武器，我军不斩俘虏，负隅顽抗者，格杀勿论！"

这些士卒中有一半都是乡农佃户，被谢展等地主豪绅逼迫从军，此时身处绝境，眼见敌军首领劝降，便纷纷抛下武器。还有一半是汉人官军，自愿跟随梁十八起义，这其中一部分人见同伴投降，便也跟着投降了，剩下都是些有骨气不怕死的，仍不为所动。

向墨庭拾起一根短矛，"嗖"地掷出，一名投降的都头登即被穿胸而死，喝道："谁敢降敌！大好男儿，自该沙场裹尸，投降的，这就是下场！"

他一声暴喝，直如惊雷，众士卒有的士气大振，有的不敢再降，有的寻思如何逃跑，各人所思不一。

南加台道："大师兄，天下大势，殊不可逆，你何必再做无谓抵抗？你我兄弟一场，只要你撤出德化，我便放你一条生路！"

向墨庭哈哈大笑，道："阿台，既说是兄弟一场，你也该知道我的脾气，大丈夫死则死尔，要我投降，休想！"

梁筱躲在石桥下，见丈夫满身是血，身陷重围，仍是毫无惧色，威风凛凛，顿生爱慕眷恋之意，心想二人合卺三载，每一日都在硝烟中度过，竟无片刻逍遥自在，可即便如此，这三年也是自己一生中最快活的日子，既然丈夫要决一死战，自己也甘愿随他奋战至死。于是跑到向墨庭身旁，虽不言语，双眸却透着坚毅和疼爱。

林知寒抱着怀义，跟着走到南一安身边，道："一安，和你死在一起，我心满意足，再无遗憾。只是怎生想个法子，让怀义逃出去。"

向墨庭听见这话，喟然叹道："兄弟，哥哥对不住你，你不是我的部属，快乘这匹马走吧。"说着将身后一匹汗血宝马牵来，又道："这马随我征战数年，熟悉战阵，又颇通人性，你带着他们娘儿俩快走，我替你掩护。"

南一安道："大师兄，是我害了你，若不是因为我，你也不会出城。捉不到鳈鱼，知寒仍是死路一条，要死咱们就死在一起！"

怀义尚不明事，不知情势已险到极处，兀自抚弄那骏马鬃毛。南一安一见之下，登时心生一计，道："大师兄，你看好他们母子，生死就在此一搏了。"

第三十八回 心之所向

众人尚不及问明，只见南一安已飞身上马，两腿猛击马股，那骏马一声嘶鸣，疾往山头冲去。南一安忽然倒栽在马腹之下，双手仍死死抱着马颈。

敌军多是蒙古精锐，个个骑术不凡，却从未见过有人这般骑马。这一愣神，南一安已冲上了半山腰。

南加台下令道："放箭！射马！"

众士卒听闻号令，乱箭齐发。但那骏马脚程既快，又颇为敏捷，加之山上树木遮掩，竟无一箭命中。

眼见骏马奔行如飞，南加台道："拿弓箭来！"当下张弓搭箭，"嗖嗖嗖嗖"，四箭齐射。蒙古人擅于骑射，箭术颇精，那骏马避过三箭，第四箭最终射中它腰间。岂知这汗血宝马非但神骏，且性子暴烈，箭没腹中，反倒奔得更加快了。

南加台又是一箭射出，这次却未能射中，那骏马愈来愈近，南加台不禁有些慌神，接连三箭虚发。待到奔入敌军丛中，众士卒斧钺齐上，刀剑并使，狠命往它身上招呼，那骏马究竟是凡胎，伤势过重，一声惨呼，便要摔倒。

南一安瞅准时机，着地一滚，从一名官兵腰间夺下长剑，催开九渊剑法一路挥剑冲杀，这些士卒哪里是他对手？南一安忽地一跃，又即施展"神足通"，接连在十余人头顶踩过，扑向南加台。

南加台拔出马刀，径向他头上砍去，南一安轻轻一侧，避过刀锋，右足顺势借力，在刀背上一撑，这一撑用了内力，南加台只觉手臂大震，"铛"的一声，马刀脱手，落在地上，心中暗叫："不好！"南一安已跨在他马上，掌心抵住他后背，只消劲力一吐，便即将他五脏震裂。

向墨庭见他施展神功，端的是又惊又喜，不禁拍手赞叹，心想："一安这四年里功力大进，如今看来已不在我之下。反观我身陷战阵，倒荒废了武艺。"

南一安道："阿台师兄，对不住了！"

南加台长叹一声，随即昂首道："要杀便杀，要我投降，绝无可能。"

南一安道："你们两军相争，争的是什么，我不知道，我既不愿帮梁十八，也不愿帮海山，只是大师兄今日因我被困，小弟岂能袖手旁观？"

南加台道："你待怎样？"

南一安道："你先撤军，大师兄再率兵回德化城。"

南加台道："我一人死，换德化一城，这生意赚了。你只管杀了我，要我撤军，痴人说梦。"

南一安道："倘若光明正大地打，你赢得了吗？"

南加台道："你此言何意？"

南一安道："你安插了细作在大师兄身边，以为我不知道吗？"他所说正是昨晚送菜之人。林知寒之所以觉得那人声音耳熟，原来是当年在瑞州路海山府邸时见过，当时金大设宴款待，那人便在一旁侍候。

南加台一凛，冷冷道："兵不厌诈，有什么稀奇？"

南一安道："不错，你现下为海山效命，与大师兄为敌，各为其主，谁也没错。"

南加台道："这话四年前我已和大师兄讲明了。"

南一安道："可是大师兄做不到，他重情重义，你是他最亲爱的师弟，他又如何能强迫自己只将你当作敌人？不瞒你说，我们早已怀疑那人是奸细，可大师兄说，阿台是光明磊落的君子，要分胜负，自当真刀真枪地打，这种下三烂的勾当，他绝不会做。"

他这话是自己杜撰，可是向墨庭重情义之事，南加台岂会不知？因此虽是假话，南加台却笃信无疑，心中顿生惭愧。

南一安又道："大师兄不会投降，你就算将他杀了，德化城还有上万守军，多一个向墨庭不多，少一个向墨庭不少。你虽为国立下战功，可后世对

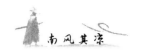

此又会如何评判？也许会说南加台是一代名将，又或许会说你是忘恩负义的小人。九泉之下，有何面目面见恩师？"

南加台怔了半晌，道："恩师曾言，忠孝乃大节所在。就算留下千古骂名，我也在所不惜！"

南一安没想到他如此冥顽不灵，一时想不出该如何应对。

南加台又道："无国哪有家？我不过是秉承恩师教诲，为国尽忠，何错之有？"

南一安抢道："不错。师父确曾如此说，但你只知忠孝，却不讲仁义。师父若是如你所说，那他当初便不会收你为徒。你是蒙古人，夺走了大宋天下，师父为国尽忠，便应将你杀了！可是他老人家一念忠孝，一念仁义，非但不曾迁怒于你，反而传了你一身本事，你倒好，用他老人家教给你的本事去对付他最得意的弟子。一日为师，终身为父，这就是你的孝道吗？"

南加台大骇，没料到南一安说出这番话来。他心中最为敬重之人便是陆象杉，心想倘若师父当真只知为国尽忠，又怎会收自己为徒？看来忠孝之外，仁义尚存，我真是枉为陆象杉的徒弟，竟不能体察恩师的用心！他叹了口气，说道："罢了，罢了，你们去吧！"

南一安哪敢多言，生怕他后悔变卦，当即奔下山来，道："大师兄，咱们快走，阿台师兄要撤兵了！"

众人正待撤离，猛听"轰"一声巨响，景星湖中水花喷溅，却是山头一门大炮射出一枚炮弹。硝烟稍散，南一安望向山头，却见南加台身前又有两人，赫然便是海山和陈希夷。

南一安又惊又疑，寻思："陈希夷既是阿难答的心腹，怎会出现在海山大营？阿台师兄既知他是害死师父的大仇人，又怎甘与他为伍？"

海山怒道："南加台，你险些误了国事！"

南加台道："王爷，我已答允放过他们……"

海山道："你答允？到底是你说了算还是我说了算？别以为你叔父是四川平章，我就能轻饶你，退下！"

南加台心忧如焚，但想自己已尽力而为，眼下王爷发下号令，倘若再行阻挠，又与叛国何异？心中虽觉对不住向墨庭和南一安，可事已至此，凭他一人也无法左右。

陈希夷道："王爷，皇上和安西王都已病入膏肓，眼下时机成熟，当可一举歼灭梁逆，那时王爷威望正隆，又值壮年，忽里台大会上诸王侯定会推你继位。"海山这四年遵照陈希夷的方略，既要平乱，又不能速战速决，要与梁十八形成对峙之势，以图巩固自己在元廷的地位，使得朝廷必须倚仗自己。待时机成熟，再一鼓作气荡平叛乱，那时便是继任皇位的不二人选。

海山心花怒放，得意万分，当下挥鞭为号，霎时间战吼雷动，漫山铁骑奔涌而来。

这些士卒平日由南加台统领，难有机会在海山面前表现，这时敌弱我强，正是建立功勋之机。突然间声势大盛，远远看去，便如蚁蛭般涌下山头。

向墨庭眼见大势已去，断不能让南一安一家白白送命，趁他不备，倏地伸出食指，点了他"神道""灵台""中枢"三处大穴，闭住督脉，跟着将他负在马上，对林知寒道："弟妹，快走！"

林知寒急道："大师兄，筱儿，咱们一起走！"

向墨庭微笑不语，只是和梁筱相互凝望，目光中似有无限不舍，又有无限满足，林知寒从未见过这样的神情，不禁一呆。

梁筱道："知寒姐姐，快走吧，怀义还小，不能死在这里。"一双清丽的眸子却仍是看着向墨庭，好似千军万马冲杀下来也不关己事。

林知寒看了看怀义，又看了看南一安，心下百感交集，终于翻身上马，扬长而去。

向墨庭柔声道："妹子，你怕不怕？"

梁筱道："怕，也不怕。"

向墨庭"哦"了一声。

梁筱道："怕的是死，但想能和你死在一起，也就不怕了。"

向墨庭释然一笑，道："要取咱们俩性命，那也不是易事。"

侧首望去，只见敌军来势汹汹，向墨庭大喝一声，迎头冲杀上去。他内力深厚，掌法精妙，当先杀来的官兵怎是敌手？转瞬便将数十人毙于掌下。梁军众士卒见长官奋勇杀敌，登时士气大振，一个个高呼呐喊，拼命厮杀，一时间刀光剑影，血肉横飞。只是山上敌军有数万之众，端的是源源不绝，一望无际。这时已至正午，官军早做了准备，尚有食物可以充饥，但梁军半

日里滴水未进，加之敌众我寡，时常以一敌众，不由得精疲力竭。又杀了半个时辰，梁军只剩下不到五百人，猛听得锣鼓声响，南北两翼都是包抄而来的敌军，东面平原上又有大队骑兵突袭，阵势锋锐无匹，将梁军往西首逼去。这时西首山头上飞箭如雨，射住了梁军阵脚，四面八方竟成合围之势。杀到午后，只见尸首满地，哀号遍野，血流成河，砌骨如山。向墨庭数年来屡经鏖战，实属此役最为惨烈。

海山喊道："向墨庭，你是汉人的勇士，本王一生大小战役无数，从未遇到像你这般劲敌，本王敬重你。但眼下局势已定，你再顽抗也属徒劳！看看你手下的猛士吧！他们都有妻儿老小，你何必拉他们陪葬？速速投降吧！"

向墨庭早已杀红了眼，对海山的喊话浑不理会，马刀一挥，砍下一名敌军首级，这一挥势道太大，险些没能站定。梁筱身负多处剑伤，后脑被盾牌砸中，兀自血流不止。向墨庭一步一个踉跄，走到梁筱身旁，将她拥在怀里，抚摸她臂上伤口，心中不胜怜惜。

梁筱气若游丝，低声道："我的夫君……是万人难敌的大英雄……我好欢喜……好幸福……"语气中竟是说不出的满足。

敌军起初见他如此骁勇，心下都存忌惮，此时见他行动迟缓，十余个胆子既大又立功心切的士卒当先攻了上去，向墨庭身躯摇晃不定，连兵刃也几乎要脱手，却仍在顽强抵御，仿若一头困兽。只见他手起刀落，几名士卒登时身首异处，再要提刀挥砍，忽地向前扑跌，却是一卒从他身后踹了一脚，这一下没能挡住，敌军胆子又大了些，十余人将他围在中心，左一拳击中他下颚，右一腿扫向他腰肋，眼见合围之人越来越多，你一拳头我一巴掌，人人意气勃发，兴高采烈，竟是在刻意羞辱戏弄向墨庭。

南加台见他沦落至此，再也无法忍受，心想大师兄一生威名，岂能容这些走卒欺辱？但见他眼含热泪，弦搭羽箭，臂拉长弓，"嗖"的一声，一支穿云箭直贯向墨庭胸口，向墨庭抬头望了南加台一眼，轻轻顿了顿首，再看怀里的梁筱，只见爱妻双眸紧闭，似是熟睡一般，嘴角仍挂着笑意。环顾四野，满目都是数不尽的尸骨，他再也支持不住，将马刀插入泥土，便即气绝。

林知寒携着丈夫儿子奔行十余里方才勒马歇息。向墨庭内力深湛，南一安花了好一阵儿工夫才将三处穴道冲开。他心下焦急万分，不知向墨庭能否生还，抑或已战死沙场，倘若不幸罹难，总要替他收敛尸身，当下带着妻儿返回战场。此时已是申牌时分，但见残阳如血，半边天布满红霞，景色凄绝瑰丽，望之令人神伤。杀戮之后，景星湖重归平静，只留下满眼的断肢残臂，斜晖映衬之下，更显动魄惊心。

南一安遍寻四野，终是没能找到向墨庭。突见西首一匹黑马疾驰而来，马上是个身披甲胄的校尉，奔至南一安身前，道："南加台将军已将向氏夫妇的尸骸带回去安葬。将军吩咐，阁下若想祭拜，可往瑞州相会。"说罢长鞭虚击，勒转马头，径往西去。南一安满身沾染血渍，见他愈走愈远，直至隐没山头，只觉胸中积郁着一口气，既呼不出又咽不下，实是郁闷难平。

过了好一阵，忽听林知寒招呼自己过去，当下来到湖边。林知寒双手捧着一条黑鳞朱唇的细鱼，约莫只有两根食指大小，兀自挣扎求生。

南一安道："这难道是……"

林知寒点点头，道："不错，它是被海山的炮火炸出来的。"

南一安伤心之余，平添喜讯，心中五味杂陈，难以言说。林知寒将那鳜鱼放入水壶，舀了一瓢湖水，小心安放，道："大师兄和筱儿他们……一安，你后悔吗？"

南一安知道她心有愧意，自己又何尝不是，但那是后悔吗？倘若早知如此，还会不会执意来找解药？二人呆立良久，南一安定了定神，道："你别多想，害死大师兄和梁姑娘的不是你。"他顿了顿，又道："或许也不是海山，不是陈希夷，不是阿台师兄，也并非梁十八和赵熙……"

林知寒问道："那是什么？"

南一安怔了怔，道："我也不知道，也许是那个'忠'字。"他心中忽然有一个念头："一个人死了，爱他的人，在乎他的人，总是感到很伤心，但若这个人是为了心中信念赴死，那是该难过还是欢喜呢？不论那样的信念旁人看来是对是错，在这个人心里，终究是心之所向，九死未悔。"过了好半晌，又道："往事不可追，咱们这就去昆仑山吧。"

三人折西北行了三个多月，已至西域察合台汗国境内，又行十余日，便抵昆仑山西南麓，山道不知不觉间已由黄变白，风雪渐甚。这时已是第二年初春，江南的山茶花正次第绽放，西北高山积雪却仍未消融，愈往山上走，

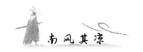

愈是朔风凛冽，刺人心骨。眼见半年毒发之期只剩下一个月，南一安忧心如焚，片刻难得安宁，山中虽冷，内心却如烈火灼烧。怀义生在四季温和的南海，经受不住西北苦寒，加之日夜奔波，舟车劳顿，这日途经一处村落，村口大石上写着"白羚湾"三字，三人在村中暂歇，岂知怀义骤感风寒，高烧不下。林知寒采了些草药，煎成药汤给儿子喝下，半日之后，稍见好转。山顶风雪更大，她心疼怀义，不忍儿子受苦，夫妻俩便商定，母子二人借住在村里猎户家中，南一安独自上山。好在那衔尾草模样颇易辨认，无须林知寒亲去采摘。

安顿好他们母子之后，南一安带了绳索铁锹，背负干粮饮水，径往玉虚峰顶去了。他昼夜不休，在山中行了两日两夜，这天傍晚，终于困顿疲乏，靠在一块大石边小憩，不禁睡去。两个时辰后猛然惊醒，干粮饮水却不知所踪，南一安来不及恼恨，只怕稍晚一刻，林知寒性命不保，当下继续前行。五日之后，南一安饥寒交迫，已然支持不住，他虽内力深厚，究竟是凡人之躯，这般不吃不喝，武功再高也不济，忽然间眼前一黑，晕倒在地。也不知过了多久，醒来时天已大白，只见身旁是一个黑袍老者，那老者手指蘸了些清水，喂进他嘴里，见他醒来，便道："死不了啦。"

南一安知道是这老者救了自己，道："晚辈南一安，多谢老先生搭救。"只见这老者面色蜡黄，眼眶乌黑，神情甚是萎靡，似有重病在身。他身后尚有一辆马车，十余个身披斗篷、劲装结束的武士，都恭恭敬敬站在一旁侍候。

那老者道："不必谢我，叼走你食物的秃鹫，是我豢养之物，眼下物归原主。"

南一安这才知道自己的干粮是被秃鹫叼走，所幸遇见好心人，否则多半要饿死荒山，自己一死事小，林知寒却也跟着没了命。那老者也不多言，上了马车，兀自走远。

他吃了些干粮，喝了几口水，登时精神大振，当下不敢耽搁，赶忙上路。行得一阵，积雪已厚逾数尺，忽见前方大雪封路，南一安施展"神足通"踏雪前行，猛然间脚下踏空，不由得大惊，忙抖出绳索，卷在一处高高凸起的山石上，借力一荡，回到原地。接连试了数次，都没能越过去，心想："这条路太险，恐怕只能绕道。"

四下瞧了瞧，只见到处都是皑皑白雪，却不知哪一条道通往玉虚峰，当下折回先前遇见那老者的地方，心想："分别之时，那位老先生走的不是下山的路，多半也是往山顶去的。"见雪地上有两条车轮碾压的痕迹，还有不少足印，寻思："且跟着这些印记走，兴许能上到峰顶。"

沿车痕又行五六里，遥见一座偌大的宫殿，宫殿背后隐隐似有一座吊桥，彼端是一条陡峭的山道，顺着山道往上看去，那山道尽头赫然便是峰顶了。南一安大喜，心想："过了吊桥，再顺山道上去，便能找到衔尾草了！"快步疾奔过去。走近细瞧，但见这殿堂以石砖砌成，墙体干净雪白，应是落成不久，殿堂上方共有四座金色圆顶，每座圆顶上又有一个塔尖，南一安从未见过这等样式的建筑，不知是个什么所在。

奔至殿门外，果见那老者的马车停在门口，耳听得殿内传来阵阵叫骂声，进得殿内，只见大殿中少说有数十人，都是道人装束。地上横七竖八躺着十余具尸首，有七八个身穿质孙服的蒙古武士，还有四五个黑袍男子。突听最里面一人道："这狗贼拆了我昆仑派的道观，我派百年基业，教他付之一炬！目下他正在玉虚峰顶，咱们只消将吊桥斩断，教他回头无路，他便必死无疑。再将这劳什子破庙一把火烧了，重建仙府！"群道纷纷叫好。

南一安听他声音便觉似曾相识，一瞧之下，那为首的道士正是昆仑派掌门徐存青。数年不见，险些没能将他认出来，只是他既说是昆仑派，那自是徐存青无疑了。只是他要报复之人又是谁，南一安却不知道，但想徐存青心术不正，与他结仇的兴许还是个大好人，寻思："莫非是救我的那位老先生？"忽地一凛："不好，徐存青若斩断吊桥铁索，我却如何能上到峰顶？"

当下不容多想，身子一晃，跃到徐存青身前，挡住了他去路。

徐存青正色道："阁下是谁？"距他上次见到南一安已过了近五年，南一安相貌身材都有变化，一时未能认得。

南一安道："徐掌门，你当年追杀我一家之时，我尚且只有十三岁，想起我是谁了吗？"

徐存青再加端视，登即认出，惊道："南一安？"

南一安冷冷道："徐大掌门，好威风啊。"

徐存青心想："这小子是个狠角色，咱们今日是来报仇的，还是别跟他起

冲突为好。"说道："有何贵干？"

南一安问道："你要斩断那吊桥？"

徐存青道："那又怎样？"

南一安道："我要上峰顶，吊桥是必经之路，为防万一，只好请徐掌门随我一道上去。"

徐存青"哼"了一声，道："倘若我不答应，你待如何？"

南一安道："这恐怕由不得你。"右手倏地探出，抓向徐存青肩膀。

徐存青肩一沉，避了开去。南一安这一抓使的是"西来龙象手"中的招式，擒拿摔打，变幻莫测，没料到徐存青竟有拆解之法。徐存青这些年收服了华山派和青城派，成了三山剑派的盟主，两派弟子将本门武学悉数奉上，他博采众长，武功颇有进境，加之数年前他在博浪沙渡口和唐凤交手，唐凤使的便是这门功夫，那时他败下阵来，此后对这"西来龙象手"的拆解之法便有了些见地。当下手腕一抖，长剑铮的一声出鞘。南一安心下微凛，这一手以内力将剑从剑鞘中催出的本事，实属罕见。徐存青长剑圈转，连进三招，凌厉无比。这三招分属三派，相互间扬长补短，委实不易招架。南一安凝神发掌，寓守于攻，他此时内力已臻造极之境，各路拳脚招式施展开来，威力大增。十余招后，徐存青已无进攻之余力。不宁唯是，他查察徐存青武功路数，连徐存青下一招要使什么剑法，也不出他所料。这时南一安要想伤徐存青性命，实是易如反掌，但他只不过是要徐存青跟着自己上到峰顶，以保其余人不敢贸然斩断吊桥，并无杀人之心。高手过招，痛下死手不过倾力而为，生擒制伏却需拿捏分寸。南一安既不愿下手过重，又不能疏忽大意，徐存青自保之余，不时递出两招杀手，南一安尚需闪避，竟又陷入鏖战。

忽听一个青年道人喊道："师父，不好了，那狗贼逃下来啦！"南、徐二人一面应战，一面用余光瞥去，只见一个黑衣老者在十余人簇拥下仓皇外逃，老者正是此前救了南一安性命那人。

徐存青剑尖疾攒，在方圆一尺内舞成一团剑雨，罩向南一安面门，迫使南一安退了半步，喊道："快拦住他！"

群道闻令，纷纷拔出长剑，十余人堵住殿门，十余人在后追赶，另有十余人分从两侧围剿。那老者身旁的武士在他四周围成一个圈，护送他直夺殿门。当先一人双掌互击，似在发号施令，其余人掀开斗篷，自后背取下长弓，蓦地矢如连珠，羽带劲风，霎时间将七八个敌人射杀。

群道起初不知这些武士善于射箭，未及提防，当下变换阵形，走位愈发飘忽，兼且繁复无常，数箭射出都不能命中。

眼见阵形渐渐收缩，那老者顷刻间便要丧生在群道剑下，南一安心想："徐存青也不是善类，我若对他手下留情，反倒害死了救命恩人。"当下心一横，招式既狠且快，徐存青只觉是突然换了个敌手，端的是难以招架。南一安右掌心忽然运力，赤手将徐存青长剑震断，徐存青大惊，忙使一个"滚雷步"，着地后翻数圈，姿势虽然狼狈，却避开了南一安更为凌厉的后手。

南一安抢到那老者身旁，道："老先生，我来助你。"

那老者一愕，道："是你?"又道："小兄弟，当心。"

南一安凑到他耳边，低声道："老先生，你下山时倘若路过白羚湾，有劳你告知拙荆林氏，就说我很快便能采到衔尾草，叫她别担心。多谢!"话音刚落，夹手将一道士手中利剑抢过，竟以九渊剑法力战群道。群道见徐存青落败，已知南一安武艺高强，但仗着人多势众，又已布下奇阵，仍不怯战。南一安使一招"横扫千军"，长剑在一道士剑身上一粘，劲力自剑身透入剑柄，再由剑柄透入那道士手臂，那道士只觉虎口大震，不禁要将长剑抛落，哪知南一安剑势陡变，绕着群道转了一圈，那道人便也连人带剑跟着转了一圈，这一转之力，端的沉猛雄浑之至，一圈转毕，内层十二名道士悉数倒地。外层众道士一见之下，大为骇然，这时阵眼已破，群道只能各自为战。南一安再使龙图拳法，双拳疾挥，右拳击在一道士左颊，左拳击在另一道士右颊，势盖九牛之力，两个道士在他巨力之下，身躯相互一撞，登时双睛暴突，脑浆迸裂。

南一安喝道："还不滚?"

群道听他这一问，当真喜从天降，先前还怕他杀得兴起，自己不免难逃厄运，当下不敢多耽，眨眼间跑得无影无踪。

南一安四下一瞧，那老者不知何时已趁乱逃了。

徐存青半掩在一根石柱之后，逃又逃不了，打也打不过，不知如何是好。

南一安被奸人设计多次，如今多少也长了些教训，道："徐掌门，有劳你

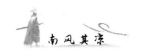

陪我上一趟玉虚峰。"他既不愿就此杀了徐存青，又担心自己上得峰顶，徐存青趁机将吊桥斩断，自己便要困死在那里，因此要让他一同前往。

徐存青只有答应。两人上得玉虚峰，南一安一见之下，几乎不敢相信自己的双眼，只见这峰顶不大，也就四五丈见方，可是每一寸土地上都砌了白砖，远端崖边上还有一块大石，南一安飞奔上前，见那大石上歪歪扭扭刻有文字，只是这些文字他从未见过。

遍寻峰顶，除了地上白砖便是这块石头，连一粒泥土也没有，哪里有什么衔尾草？南一安仍不死心，两眼直瞪着地上石砖，忽然双掌运力，砰的一声，径往地面拍去。那砖块甚是坚硬，饶是南一安内力深厚，也只在砖面上震出一条浅缝。一击不碎，南一安更加疯狂，接连击出数十掌，才将一块砖石震裂，他以双手刨除碎石，十指被尖石割破，鲜血将白砖染得殷红，可是一层之下还有一层，他不断发掌碎砖，内力难以接续，愈到后来，收效愈微，直累得精疲力竭，仍未见到一寸土壤。

玉虚峰顶上，举头红日近，俯首白云低，这绝世风光在南一安眼里却只剩下满目悲凉。他呼天抢地，只觉万念俱灰，痛不欲生。迢递万里，跋山涉水，最后仍是竹篮打水一场空，这都不必说了，为治好林知寒的病，向墨庭和梁筱也被牵连致死，早知如此，自己万不该离开甘泉岛，而是陪着爱妻度过余生，哪一日毒性发作，自己也跟着她赴死便是。果真希望越大，失望越大，痛苦越深。

徐存青从未见过一人癫狂至此，不由得心惊，忍不住问道："你……你究竟在找什么？"

南一安锐挫望绝，脑中浑浑噩噩，只是不理。

徐存青喃喃道："四年前我在华山传剑，那贼厮鸟看上这块风水宝地，趁机将我昆仑仙府烧为焦土，要在此建这破庙，八千人日夜轮换，整整四年半才落成。咱们空有一身武艺，炮火之下还不是灰飞烟灭？好容易等到他现身，原本是报仇之日，哪知老天不长眼……你南一安竟要帮你的大仇人……"他低声哀语，也不知是说给南一安听，还是说给自己听。

南一安忽道："你说什么大仇人？"

徐存青一怔，道："陈希夷害死你恩师，可他是替阿难答做事，难道你不知道?"

南一安心下惶恐，起身问道："你说得明白些。"

徐存青恼道："我说你救了阿难答，莫非你不自知?"

南一安大是骇然，心中不断复述着徐存青的话。徐存青见他神情有异，也觉奇怪，问道："难道你真不知道?"伸手往玉虚峰下指了指，道："那是座清真寺，你身后的碑文，刻的是《古兰经》，现下知道我没骗你了吧?"

南一安看着自己一双血手，不断念道："我救了阿难答……阿难答救了我……我救了阿难答……"陆象杉和道济的死状浮现眼前，法戒方丈自断十指的情形历历在目，陈希夷的狰容狞笑挥之不去，昆仑山山道上那老者的话音犹在耳畔，诸般事端纷至沓来，南一安忽觉胸口气血翻涌，"哇"的一声，呕出一口黑血。

也不知过了多久，只见峰顶下冒着滚滚浓烟，原来徐存青不知何时下了山峰，将那寺中能点燃的东西尽数烧毁。南一安忽地一凛，心想阿难答下山不久，当还能追上他。若能替师父们报仇，那也不算白走这一遭。只是报仇之后又当如何?陆象杉和道济也不会活过来，林知寒的毒仍然解不了，她性命只在旦夕，不如陪心爱之人度过最后时光。当下沿来时之路下山而去。

他时而奔走如飞，只盼片刻即至，时而又走走停停，唯愿太阳永不落山。三日之后，终于回到白羚湾。

林知寒正在那猎户院外等候，见南一安返回，不由得喜出望外。南一安见她玉立雪中，酒靥如杏花初绽，明眸似秋波荡漾，山中薄霭缭绕，宛如芍药笼烟，林知寒身处其间实是清丽难拟，娇美无方。

南一安心中惭愧、怜爱、惋惜、悲痛之情交织错杂，竟然止步不前。林知寒跑到他身边，投入怀中，脸上兀自洋溢着微笑。

南一安道："知寒，我……"

林知寒柔声道："这一路很辛苦吧?"

南一安摇摇头，林知寒又道："我已将鳜鱼眼和衔尾草都服下了。"

南一安一怔，恍如置身梦中，半晌才道："你……你说什么?"

林知寒拉着他手，道："我说我已服下解药，蝰蛇胆的毒已经解啦。"

南一安使劲甩了甩头，又用力捏了捏自己脸颊，道："可是那衔尾草……

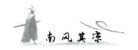

玉虚峰上……"

林知寒奇道："不是你让那位老先生带来的吗？"

一言甫毕，只听院里一人道："我救你一命，你又救了我一命，原本是扯平了，如今我又救了你的妻子，你尚且欠我一笔。"

南一安奔进院门，果然是先前那老者，道："你是安西王阿难答？"

阿难答道："倘若我是阿难答，你便不会救我，是不是？"

林知寒微微一惊，道："一安，他……他是……"

南一安道："知寒，你确信解毒了吗？"

林知寒点点头，道："瞳孔里的蓝色已消失了，绝不会有错的。"

南一安心下松了口气，道："你为何帮咱们？"

阿难答站起身，拄着一根拐杖，在院子里缓缓踱步，道："南一安，我知道你是谁，我也知道你我的恩怨。可惜你不是我，我也不是你。"

南一安道："你的意思是说，倘若我是你，我也会做相同的事？为达目的，不择手段，残害忠良，滥杀无辜，将平凡人的命运玩弄于股掌？"

阿难答道："我烧毁徐存青的道观之前，曾在里面看见一幅壁画，画的是庄子和惠子，题跋写道，子非鱼，安知鱼之乐也？这话说得极是。好比这衔尾草，于你是性命攸关，于我不过装点养目之用，处境有别，不可并论。"

南一安道："你说这些又有何用？难道处境不同，便可草菅人命？"

阿难答道："不识庐山真面目，只缘身在此山中。陆象杉是你的恩师，是南宋忠臣，是一代鸿儒，可是他志在反元，这样的人，本事愈大，愈教人不放心。那些江湖门派自诩仁义，可是杀人放火、打家劫舍之事干得还少了？这些乌合之众，难道不该整肃？"

这时只见一人飞奔进院，在阿难答身边恭恭敬敬地道："王爷，皇后懿旨，请王爷入朝议事。"

阿难答道："知道了。"他走出院门，忽然回头说道："你要替你师父报仇，现下便可动手。就算你不动手，朝廷里还有不少人想让我死。可是你若问我这一生后不后悔，认不认错，恐怕难以如你所愿。"

南一安呆立良久，回过神时，阿难答已走得远了。林知寒道："一安，他走了。"

南一安"嗯"了一声。

林知寒又道："他身患重疾，命不长久，只怕已到不了大都。"话语中竟有说不出的哀婉。

南一安见妻子终于无恙，心中之喜，难以言表，道："知寒，你想去哪里？我陪你。"

林知寒道："咱们一路往南，走到哪里算哪里，好不好？"

南一安道："好，北风刺骨，南方现已是春天了。"

三人雇了马车，一路游山玩水，信马由缰。沿途听闻梁十八兵败被俘，被押解至大都，腰斩弃市，又闻当今皇上驾崩，庙号成宗。海山以平乱之功，继位大宝，改元至大。阿难答争夺皇位失败，囚于大都，海山欲遣使将其赐死，莫同非因得知养父母死于阿难答之手，便讨了这份差事，亲自为阿难答斟上毒酒。海山征讨梁十八时，莫同非与南加台已私谊甚笃，后来在南加台的保举下，莫同非官至户部侍郎。两都之战后，在大都的文宗（即元武宗海山次子图帖睦尔）欲将皇位禅让于明宗（即海山长子和世）。彼时南加台已为四川、云南平章，他翊戴明宗，查知文宗乃假意禅让，实则欲对明宗暗下毒手。当此之际（即1328年），便在四川举兵进攻文宗政权，户部侍郎莫同非在大都为其内应。天历二年（1329年），文宗遣右丞相燕铁木儿奉皇帝玉玺北迎明宗，燕铁木儿在明宗酒水中下毒，明宗暴薨于王忽察都。

南加台兵败，南、莫二人均处极刑。

（按：明代宋濂等编著的《元史》记载，天历二年八月，"四川南加台以指斥乘舆，坐大不道弃市"）

三人这日到得晋宁路泽州城郊外，离聚寿山已不到十里。林知寒道："你想不想回三圣庄瞧瞧，咱们给你爹妈和师父们扫墓。"

南一安也正有此意，两人一拍即合，径往三圣庄去。当晚路经一片树林，忽见一株老槐树下坐着一个和尚，背影似曾相识。两人心下好奇，走到那和尚身边，那和尚不闻不问，兀自念诵《涅槃经》。一见之下，登时吃惊不小，原来这和尚竟是金大。南、林二人怎么也想不到，金大当年将《楞伽经》夺取，自以为那是《六通要旨》，又照南一安所说，自废了一身武功，每日参详经文，不料神功是半点也没学到，却为经中佛法感召，两年后在怀宁王府中顿悟，入了沙门，法号本相。

本相似乎察觉有人来了，睁眼一瞧，怔了片刻，合十道："阿弥陀佛，南施主，别来无恙。"

两人不明就里，相顾愕然。本相道："陈施主今晨在此自尽，贫僧正为他超度。"

南一安反问道："陈施主？"

本相道："正是陈希夷施主。"

南、林两人大骇，只见槐树下果然有一座无字墓碑，可是下面埋葬的怎会是陈希夷？如今海山已如愿做了皇帝，陈希夷替他出谋划策，功不可没，怎会无端寻死？

本相从怀中取出一份文书，上面盖有玉玺，文中写道：长生天气力里，大福荫护助里皇帝圣旨，原无根脚的陈希夷，俺根底用功有来，除江西行省儒学提举。教化、安民得济的勾当有，大都城子里没勾当休人者。钦此。

原来这提举司秩从五品，连阿难答当年赐给他的官职也还大大不如。陈希夷一生苦心经营，翻云覆雨，为的便是辅佐帝王，一展宏图。不承想海山一朝得志，竟然大肆任用蒙古才俊，对他的功绩视若无睹，他霎时间心灰意冷，生无可恋。

南、林两人均想，世上之事，大抵难说得很，世上之人，又实在太过可悲。追名逐利者自不必说，求仁尚义者也下场戚戚。人生实苦，真正的解脱谈何容易？岂不知为得解脱而求解脱，又与贪图名利之人何异？

翌日中午，三人上得聚寿山，三圣庄门庭依旧，只是荒废多年，牌匾上已蛛网密布。进了庄内，忽听伯牙亭里传来阵阵琴声，两人爬上一座高台，遥望操琴之人，却是个黄衫女郎。但见她风姿绰约，容色绝丽，只是面色苍白，眸中似藏无限忧伤。这女郎不是骆宝颐却又是谁？两人一见之下，心中百感交集。

骆宝颐身旁尚有一个五六岁的男童，怀义凝望那男童半晌，忽道："妈妈，他和怀义长得真像。"

（全书完）

跋

　　刘君处之，名家后也，以性情闻词场，少嗜鞠，溺焉而不精于业，或乘兴而矻矻，数日辄志夺，及长则终日戚醮无所期也。乙未和熏，恍尔劬勉，志效查公，成一家之言，振泱泱之风。自是金梁之文口不绝诵，杨董之闻焉不止登，至于迷茫思俨，若忘若遗。比及丙申，抚琴即咏，挥颖成篇。于是启聿，笔下春秋四逝，尺素染毫百万，卒成是书。训考释朴，足证其功。夫世风自乎民尚，民尚自乎众趋，众趋赖乎于引，引之弘者莫过于士。文气之盛莫如今，而志乎弘士希矣。皆濡迹名位而不自持，则卑躬攘攘，赴利相望；皆探赜索隐以符曦晚，则治检戢戢，盖礼漠泊。吾辈与有责焉，用则以诗书蔚兴天下，舍则以礼乐弥漫山泽。斯有是书，侠不戢于途，义无绝于源，乃至太潮漭漭，席而风民，犹可期也！予诚乐而壮之！

金陵黄氏辛丑清明于寓

后 记

　　这本《南风其凉》是我的首部作品，自 2017 年 2 月创作至今，历时四年有余。创作的初心是致敬金庸先生，不讳言，可说是布鼓雷门，连模仿也是很拙劣的，姑且算了却一个金庸迷的心愿。

　　长篇小说的创作是一个苦中作乐的过程，然而多数时候是枯燥苦闷的。这个过程往往会跨越数年之久，作者的心境、眼界、胸怀都会发生不同程度的变化，要在这种变化中保持小说基调的一致性，其实是很困难的。小说作为一种文学体裁所要承担的义务，我认为可能不局限于表达某个特定时代的某些特质，毕竟能够反映时代特质的载体实在是太多了。在故事情节基本能自圆其说的前提下，也许应更多探索人性，包括人之为人的共性和个性。因为时代在不停变迁，变迁的东西是不恒久的，而人性千年以来几未改变，《诗经》中的喜怒哀乐，身处任何时代的人都能够感同身受，但不变的人性又有其复杂多样的表现形式和内在诉求，小说则应与之相互观照。

　　创作之初，我希望表达的主题其实并不明确，越到后面才逐步有了些具体的指向。譬如故事里何阮溪说：人生的路是错出来的。这句话想要表达的含义，即真实的人生是一个不断犯错、试错的过程，每一步都走对的人生是不存在的。希望每一个人都能勇敢迈出去，不要害怕走错。再如书中有一章"指月之指"，指月示人是佛教著名的公案，道济以此引导南一安追寻真理，放下执着。而还俗后法定对此的解释也很有意思，这里不再赘述。再如故事首尾都曾提到的"解脱"，故事里的解脱有两种含义，其一是佛家讲的自性清净，其二是对人的大悲悯、大包容，我个人更推崇第二种，即对所有人，包括对自己的真正的理解和尊重。

小说中的人物，大多有我生活中熟悉的原型。人物间的亲情、爱情、友情，受制于个人的经历和才力，写得其实是很肤浅的，但都是我将自身带入故事中的切身体会。正因如此，也许它才能触及真实，至少是某一阶段的真实。

最后，我要感谢章公玉钧老先生为本书题写书名，感谢我友元贞为本书题跋，感谢志琦女士在创作之初对我的鼓励和帮助。更应感谢我的父母，及向根生先生、刘天熊先生等诸友，在漫长艰辛的创作过程中给予我的陪伴和支持。除此之外，尚有许多需要感谢的人，恩泽在心。

今天故事结束了，我想以阿根廷作家博尔赫斯的话为这四年多的创作画上句点——我写作不是为了名声，也不是为了特定的读者，我写作是为了时光流逝使我心安。

刘泰然
2021 年 3 月 29 日